韓國古典文學思想名著大系 12

經世濟民의 혼신

茶山의 詩文

폐허산하 적지천리 백성은 어쩌라고

下

金智勇 著

明文堂

화성(華城)**과 기중기**(起重機 : 右下) 1794년(정조 18년) 1월에 착공하여 1796
년(정조 20년) 9월에 완공한 화성은 근대적인 규모와 기능을 갖추고 있는 것
으로 유명하다. 다산이 창안한 기중기(起重機)로 인력을 아껴가면서 이상적이
고 합리적으로 건조한 화성의 축성 기록은《화성성역의궤(華城城役儀軌)》에
그대로 남아 있고 이 화성은 1997년 12월 4일, 유네스코 세계문화유산으로 지
정되었다.

〔上〕 **화성**(華城)**의 포루**(砲樓)
화성(수원성) 곳곳에 설치된
이 포루의 많은 구멍, 즉 타안
(垜眼)은 전시(戰時)에는 먼
곳의 적정(敵情)과 성밑의 잠
입을 감시하며 '현안경(懸眼
鏡)을 사용하여', 적이 오면 대
포와 총을 발사하는 구실을 한
다. 다산은 이러한 포루가 7곳
과 적루(敵樓) 4곳, 적대(敵臺)
9곳, 포루(砲樓) 2곳, 노대(弩
臺) 2곳을 화성에 설치했다고
했다.《포루도설(砲樓圖說)》
〔下〕 **화홍문**(華虹門) 수원 성
곽의 북수문(北水門)이고 남수
문은 없어졌다. 지금은 수원에
북문과 남문이 있다.

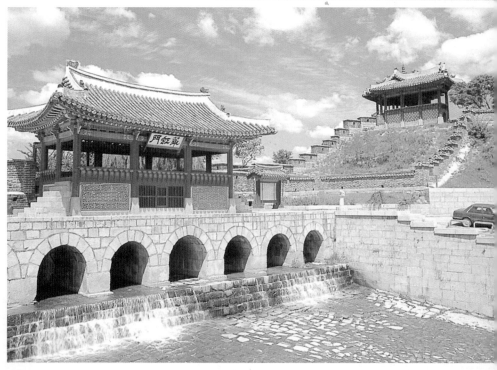

〔上〕 **기중기**(起重機)**와 화성 축성 당시 상황 모형도**　정다산은 정조가 화성 축조를 맡아 진행하라는 분부를 내리자 자신이 창안한 기중기를 사용하여 백성의 노고를 덜고 시간도 빠르게 완성하니 국고금 4만냥을 절약했다고 한다.

〔下〕 **다산 유물 전시관**　전라남도 강진군에 새로 지은 것이다.

〔上〕 **여유당집**(與猶堂集) 한국정신문화연구원 소장.
〔下〕 **목민심서**(牧民心書) 1818년 완성(서문 1821년). 한국정신문화연구원
소장.

〔上〕 **기중도설**(起重圖說) 다산이 1792년 창안 저술한 논설. 활차(滑車)를 이용하여 물체를 들어올리는 데 사용하는 기구를 그림과 함께 창안한 것이다.

〔中〕 **화성성역의궤**(華城城役儀軌) 1800년 의궤청(儀軌廳)에서 편찬한 것으로 10권 10책.

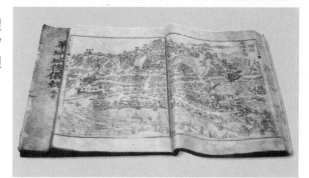

〔下〕 **경세유표**(經世遺表) 일명 방례초본(邦禮艸本). 1817년 완성. 한국정신문화연구원 소장.

〔上〕 **정다산이 제(題)한 담묵산수도(淡墨山水圖)** 33×26cm. 동아대학교
박물관 소장.

〔下〕 **다산의 서간(書簡) 필적** 31.5×39cm. 서울대학교 박물관 소장.

차 례

제2편   정다산의 애민·우국 측달이 사무친 시

592

594

596

598

[하권(下卷)]

제3편 정다산의 경세제민의 문장선

제3편

정다산의 경세제민의 문장선

1. 대책문[策文]

(1) 문체를 바로잡기 위한 대책문(文體策) ①

> ── 물상이 냉(冷)과 난(煖)에 따라 변하는 것은 자연현상이
> 요, 인정(人情)이 이해득실로 변하는 것은 사회현상인데
> 이러한 원리에 따라 문체도 변화한다.

왕은 묻기를,

문장은 한 시대의 체제에 있어 세상을 다스리는 도리와 함께 융성하기
도 하고 침체되기도 하니, 그 문장을 이야기하면 그 시대를 평론할 수 있
을 것인가.

신은 대답하되,

신은 전하의 교화를 받은 한 사람으로 일찍이 전하의 가르침을 가슴에
새겨두지 않은 적이 없고 즐거이 복종하지 않은 것이 없이 청아낙육(菁莪
樂育)1)하시는 성념(聖念)에 보답할 것을 바랐었으나, 홀로 문사(文詞)로
써 인도하시는 방법에는 저희 신하들의 의심이 없지 않으므로 일찍이 그
연유를 알아보려 하였습니다만 알 수 없으니 그 까닭은 무엇이겠습니까.

진실로 전하께서는 성학(聖學)이 고명하시고 경술(經術)·문장이 천고
에 뛰어나시어 여러 제왕들은 물론하고 아무리 글만을 연구하며 초야에
있는 재하자라도 능히 그 문턱에 미칠 이가 적으므로 그 감별을 엄하게

---

1) 청아낙육(菁莪樂育)─무와 나물 기르는 즐거움처럼 인재를 기르는 일(《詩經》
〈小雅〉).

하시고, 취하고 버리고를 엄격히 하시어, 잘못된 글이나 헐뜯는 말이 능히 전하의 명감(明鑑) 앞에 도망쳐 숨기지 못하게 하여야 할 것입니다.

그런데도 그윽히 살피건대 전하께서 칭찬하고 선별하시는 것은 허물을 덮어주는 함구납오(含垢納汚)에만 치우쳐 정밀한 것과 조잡한 것을 가리지 않고 참으로 만족하시는 듯할 뿐, 높은 의논이 없으신 것이 있습니다.

그런데 신은, 대성인(大聖人)의 교육하는 방법은 서두르지 않고 포용을 우선으로 하여 서서히 그 도(道)를 펴시려 한다는 것을 잘 알고 있습니다. 그러나 신은 세도(世道)란 마치 흐르는 강물 같아 한번만 그 길이 열리면, 갈수록 더욱 낮아지므로, 조그마한 지류를 막지 않으면 마침내 산하를 뒤덮게 되는 것이 된다고 생각하여 지금이라도 그 지류를 가로막고 큰 길로 소통시킨다면 오히려 힘을 쓸 곳이 있을 것입니다.

전(傳)[2]에 이르기를 '오직 어진 자만이 능히 사람을 미워할 수 있다'고 하였는데, 어찌 꼭 사람을 쓰는 데에만 그러하겠습니까. 전하 같으신 문장으로서 어찌 근세의 문체를 미워하여 쇄신시킬 수 없겠습니까. 양(陽)을 장려하고 음(陰)을 억제하는 권한이 전하의 손안에 있으신데, 전하께서는 무엇을 꺼려서 하려고 하지 않으십니까.

신은 천지간에 큰 문장(文章)은 물태(物態)와 인정(人情)만한 것이 없으므로, 물태와 인정의 변화를 잘 살펴본다면 문체의 변화도 말할 수 있다고 생각합니다.

왜냐하면 신이 일찍이 살펴보았더니 껍데기 속에 있던 것은 터져 나오고 땅속에 겨우살이 하던 것은 꿈틀대며, 쪼그리고 있던 것은 쭉 펴고 움츠렸던 것은 날아오르는 등 천태만상이 있으니 그 까닭을 따져 보면 모두 차가운 기운과 더운 기운 두 가지 정황에 지나지 않습니다.

또 일찍이 인정을 살펴보았더니, 청렴하던 자가 완악해지고 차분하던 자가 욕심쟁이가 되며, 유약하던 자가 갑자기 사나워지고 담박하던 자가

2) 전(傳)이란 《논어》 이인(里仁)에 '오직 어진이만이 사람을 미워할 수 있다(惟仁者爲能惡人)'라고 했다.

펄펄 끓는 등 천태만상이 있으니, 그 까닭을 따져 보면 모두가 이로움과 해로움 두 가지 실마리에 지나지 않습니다.

물태(物態)에 근거하고 인정에 발로되는 것이 법칙인데, 문체인들 어찌 변하지 않겠습니까. 순수하던 자가 섞여지고 질박하던 자가 꾸며지고 평범하던 자가 괴벽해지고 돈실하던 자가 천박해지고 전아(典雅)하던 자가 비리(鄙俚)해지고 느리던 자가 급박해지는 등 형형색색의 천변 만화가 있으니 그 까닭을 따져보면 얻음과 잃음 두 가지 테두리에서 벗어나지 않습니다. 대저 차가우면 만물이 따르지 않고 해로우면 사람들이 모이지 않으며, 잃는다고 생각하면 능히 문체를 변화시킬 수 있습니다.

끓는 물을 차게 하려면 아무리 백 사람이 부채질해도 도움이 없고 장작을 꺼내어서 불씨를 꺼버리는 것만 같지 못합니다.

그러므로 그릇된 글과 헐뜯는 말의 글들이 전하의 세상에 쓰이지 못하게 하신다면 제(齊)나라가 변하여 노(魯)나라로 되고 노나라가 변하여 도(道)에 이르는 것은 잠깐 사이에 이루어지는 일입니다.[3]

옛날 동중서(董仲舒)가 말하기를 '육예(六藝)의 과목이나 공자의 가르침에 들지 않은 것들은 전부 그 길을 끊은 뒤에야 계통이 일정하게 되고 법도가 밝아져서 백성이 따를 바를 알게 될 것이다'라고 하였습니다.

신이 이를 늘 마음 속에 간직하고서 한번 전하에게 주달하려 한 지가 이미 오랬는데, 오늘 전하의 물음이 여기에 미치시어 곡진한 글이 모두 세도(世道)를 회복하고 문풍(文風)을 개발하는 요지이므로 신이 아뢴 소신들의 의혹이 석연해지고 조그마한 견해도 피력할 수 있게 되었습니다.

그러므로 근세의 규례들은 생략하고, 성인의 말씀을 따라 진술하였습니다(제2절은 삭제한다).

왕은 묻기를,

주(周)나라의 도(道)가 쇠해지자 책략에 능한 자들은 합종연횡(合從連

---

3) 제변이노(齊變而魯)의 대목은 세도(世道)가 진보하는 차례를 말한 것(《論語》〈雍也〉). 즉 '제나라가 변해서 노나라가 된다'는 뜻임.

衡)설을 외쳤고, 한(漢)나라 기업이 성해지자 서경(西京)의 선비들이 사전인 《이아(爾雅)》를 서술했으니, 그 문장과 문체는 누가 시켜서 그렇게 된 것인가?

이육(二陸)의 빛나는 회영(廻映)의 문사(文詞)는 명주(明珠)가 굴러서 벽옥(璧玉)이 합쳐진 듯하고, 육조(六朝) 시대의 화려한 가사(歌詞)는 새가 날고 꽃가지가 흔들리는 듯하니, 세태는 다같이 어지러웠건만 문체가 다른 것은 무엇 때문인가?

가을 물이 긴 강에 모여 천 리에 도도히 흐르는 문장은 넘어진 세속을 만회시키지 못하고, 얇은 비단이나 다듬은 깁과 같은 문장이 겉만을 꾸미기에 궁색하였으나 밝은 시대의 재상이 되기에 손색이 없었으니, 역시 문체의 득실은 세도의 성쇠와는 관계되지 않는 것인가?

들뜨고 겉치레하는 것을 혁신하기 위하여 대고(大誥)⁴⁾를 지었고, 험괴(險怪)⁵⁾한 것을 삭출함으로써 학체(學體)가 크게 달라졌으니, 풍속을 깨우치는 방법은 본래 언어에 있지 않고 잘못된 추세를 바로잡는 요점은 취사(取捨)밖에는 없는 것인가? 세상의 문체를 비루하게 여겨 궁체(宮體)니 배체(俳體)니 하는 기롱(譏弄)이 있었고, 괴이하게 여겨 시학(時學)이니 시문(時文)이니 하는 책망이 있었으니, 이는 기격(氣格)이 사람에게 있어서 바로잡을 수 없는 것인가? 아니면 혹 권장하는 데 잘못되어 점차 풍습으로 굳어진 것인가? (이하 빠짐)

신은 대답하되,

주나라의 덕이 쇠해지면서 종횡설(縱橫說)이 생기고 한나라의 치도(治道)가 융성해지면서 《이아》가 서술된 데 대하여는 아! 기절(氣節)을 서로 높이거나 사명(詞命)을 재능으로 삼았으니, 전국시대의 문장에서도 취할 만한 것이 있고, 상서(祥瑞)를 믿거나 부회(傅會)하여 억지로 둘러

---

4) 대고(大誥)─문체를 혁신하기 위해 중국 소작(蘇綽)이 지어 올린 글 이름.
5) 험괴(險怪)─북송(北宋) 때 유행하였다는 이른바 문체의 하나인 태학체(太學體)를 말함.

붙이는 것이 풍속으로 굳어졌으니, 서경(西京)의 학술(學術)이 진실로 하나의 폐속이었습니다.

그러므로 신은 인도를 바르게 하지 못하려면 도리어 맡겨두는 것만 같지 못하다고 여깁니다.

육기(陸機)와 육운(陸雲) 형제는 명주와 벽옥 같다는 칭찬을 받았고, 제(齊)나라와 진(陳)나라의 문사(文士)는 너무 화려하다는 기롱을 남긴 데 대하여는, 아! 문채(文彩)만 꾸미는 것은 사실 이들에게서 비롯되었는데, 이들의 문장을 '밝은 달이나 몇 겹의 바위'와 같다는 표현은 어찌 《진서(晉書)》의 지나친 칭찬이 아니겠으며, 시들어 약해진 문장의 병폐는 본래 그 근원이 있었는 바 '나는 꽃잎이나 지나는 새와 같다'는 표현은 구양수(歐陽修)의 훌륭한 논평이므로, 신은 이 두 가지에는 그 우열의 분별이 없다고 생각합니다. 한창려(韓昌黎)의 광란을 막지 못하고 장곡강(張曲江)은 겉치레만 하는 데 대하여는 아! 한창려는 남북으로 좌천되어 천하의 문권(文權)이 그의 수중에 돌아오지 않으므로 진학해(進學解)를 지어 선비를 가르치려 하였으나 끝내 부질없는 일로 돌아갔고, 장곡강은 기미(機微)에 밝아 안녹산(安祿山)의 역상(逆相)을 미리 간파한 높은 식견이 있었으니, 문사(文士)들이 서로 배척하는 말이야 어찌 다 믿을 수 있겠습니까. 신은, 그들의 행적을 들어 논한다면 모두 싫어하여 낮출 필요가 없다고 생각합니다.

북주(北周) 문제(文帝)가 《서경》의 〈대고(大誥)〉를 짓게 하고 구양수(歐陽修)가 학체를 바꾼 데 대하여는, 아! 순박한 풍조를 되돌린 것은 후세에서 능히 미치지 못할 바이고, 험괴한 학체를 배격한 것은 한때의 공효에 불과하므로 신은 그 공을 크다고 생각지 않습니다.

간문제(簡文帝) 때 서이(徐摛)가 즐겨 쓴 궁체(宮體)나 건안(建安)시대 제자(諸子)들이 만들어 낸 배체(俳體)에 대하여는, 금릉(金陵)의 소유(小儒)6)가 별도로 지어낸 시체(時體)는 어떤 것은 지나친 꾸밈새와 자잘

---

6) 소유(小儒)—여기서는 간문제(簡文帝) 때의 서이(徐摛)를 두고 하는 말.

한 기교에서 나왔고, 어떤 것은 나라를 병들게 하는 고집에서 나온 것이
므로 신은 모두 의논거리가 되지 못한다고 생각합니다.

왕이 묻기를,

근래에 문풍(文風)이 점차 달라져서 소위 글 짓는다는 선비들이 육예
(六藝)의 문체를 본받으려 하지 않고, 골몰하고 마음쓰는 바를 도리어
자질구레한 패관잡기(稗官雜記)에 두어, 그 짓는 시(詩)나 문(文)은 으레
변려체(騈儷體)여야 하거늘 붓을 잡기도 전에 기운이 먼저 풀어져서, 마
치 깊은 잠 속에 빠진 자가 가끔 잠꼬대를 늘어놓듯 하고도, 스스로 공
교로움을 다했다거나 묘리를 터득했다고 하지만, 실은 호로(葫蘆)도 그
리지 못하고[7] 마치 숨바꼭질놀이와 흡사하다.

이것을 향당(鄕黨)에 쓰자니 도리어 학구(學究)들의 진부한 말 같지
못하고, 조정에 쓰자니 대소(大小)의 사명(詞命)에도 적합하지 못하다.

내가 이를 민망히 여겨 매양 경연(經筵)에서 신하를 대할 적마다 문체
를 혁신해야 한다고 되풀이해서 경계하였으나 나의 말을 막연히 받아들
여 그 성과가 묘연하다. 만약 조추(啁啾)하는 누습(陋習)을 일소하고 일
체가 그 순정(醇正)한 데로 돌아감으로써 한 시대의 문체를 이룩하여 팔
방의 이목(耳目)을 새롭게 하려면, 그 방법이 어디에 있겠는가?

신은 대답하기를, (한 구절 깎음)

패관소품에서는 수반되는 폐단과 대소의 사명(詞命)에 적합하지 못한
데 대하여, 신이 평소에 혼자서 개탄하던 바이기에 이에 감히 숨기지
않겠습니다.

신은 혜성(彗星)·패성(孛星)과 해무리·흙비를 일러 천재(天災)라 하
고 가뭄·홍수로 무너지거나 고갈되는 것을 일러 지재(地災)라 한다면,

---

7) 호로(葫蘆)도 못 그린다—호로는 주식(酒食)을 담는 그릇. 남조(南朝)의 양
   (梁)나라 왕균(王筠)의 고사에서 나온 말(《雲仙雜記》).

패관잡서(稗官雜書)는 인재(人災) 중에서 큰 것이라고 생각합니다.

음탕하고 추한 어사가 사람의 심령(心靈)을 방탕하게 하며, 사특하고 요사스러운 내용이 사람의 지식을 미혹에 빠뜨리며, 황당하고 괴이한 이야기가 사람의 교만한 기질을 고취시키며, 미만(靡曼)하고 조잡한 글이 사람의 장기(壯氣)를 녹여냅니다.

자제(子弟)가 이것을 일삼으면 경사(經史) 공부는 울타리 밑의 쓰레기로 여기고, 재상이 이를 일삼으면 묘당(廟堂)의 일은 한 번 치르고 마는 변모(弁髦)로 여기고, 부녀가 이를 일삼으면 길쌈하는 일을 끝내 폐지하게 될 것이니, 천지간에 어느 재해(災害)가 이보다 더 심하겠습니까.

신은 지금이라도 국내에 유행하는 것은 모두 모아 불사르고 연경(燕京)에서 사들여오는 자는 중벌로 다스린다면, 거의 사설(邪說)들이 뜸해지고 문체가 한번 진작될 것이라고 생각합니다.

아! 사명(詞命)에서 변려체(駢儷體)를 사용하는 것은 옛것이 아닙니다. 그러나 사대(事大)나 교린(交隣)에 있어 이미 전례로 굳혀졌으니, 지금 갑자기 새로 고칠 수도 없습니다.

신이 당(唐)·송(宋) 시대의 변려문을 보니, 평(平)과 측(仄)이 서로 사이사이에 끼여서 마치 율시(律詩)의 법식과 같았고, 우리나라에 이르러 요즈음에도 이런 문체가 있어서 호당(湖堂)의 월과(月課)에 가끔 이 문체로써 응제(應製)한 것을 일러 율표(律表)라고 합니다. 실은 중국의 변려문은 예나 지금이 없이 본래 그러하여 평과 측을 구애하지 않았는데 우리나라에만 있으니 이 또한 소견이 좁은 일면입니다.

신이 일찍이 연경에 보내는 하표(賀表)나 하전(賀箋) 등의 글을 보건대 모두가 다 그러하였으므로 우리나라의 표나 전은 필시 저들에게 비웃음을 받았을 것이니, 어찌 심히 부끄러운 일이 아니겠습니까.

신은 지금이라도 이런 글들은 한결같이 율표로써 격식을 정하고, 국내에서 사용되는 반교(頒敎)나 반사(頒赦) 등의 문자에도 이 법식을 사용하게 한다면, 그릇된 것을 바로잡는 일단이 되리라 생각합니다.

아! 문풍이 전아(典雅)하지 못하기로는 우리나라 같은 데가 없고, 문체가 날로 쓰러져 가기로는 요즈음 같은 때가 없을 것입니다.

그러나 천운(天運)이 돌고돌아서 잘못이 더 가지 않고 거듭되지 않은 이때 곧 전하께서 이를 근심스럽게 여기시며 두려워하여 한번 그 방법을 바꿔보려 하시니, 이는 바로 잘못되어 굽은 길을 막고 바른 길을 여는 기회입니다. 과연 전하께서 이를 하고자 하신다면 어찌 문체가 고쳐지지 않을 염려가 있겠습니까.

그러나 임금이 세도(世道)를 주장하여 그것을 시행하는 것은 권징(勸懲)을 위한 것이요, 권징하는 요점은 오직 취사(取捨)의 권병(權柄)에 있습니다.

옛날 홍무(洪武) 연간에 고황제(高皇帝)의 문체를 바로잡는 조서(詔書)에 '사실 그대로 쓰기를 힘쓰고, 문체(文彩)를 숭상하지 말라'하였고, 그 뒤로도 문체를 바로잡아야 한다는 의논이 있어, 양원상(楊元祥)과 이정기(李廷機) 등이 모두 건의8)한 바가 있는데, 거기에 '천하에 취사(取捨)의 표준을 명시하여, 사람들로 하여금 그 표준을 보아 추향(趨向)하게 해야 한다'고 하였습니다.

아! 비단이나 구슬의 아름다운 것이라도 임금이 엄하게 금지하면 비단옷 입은 자가 보고 버리게 되고 구슬을 찬 자가 법에 걸리게 되어 반드시 저마다 훼손하거나 버릴 터인데, 더구나 겉치레를 첨가하는 것은 본래 작자(作者)들도 즐겨하지 않을 것이 아니겠습니까.

주정(周鼎)이나 상이(商彛)9)의 그릇이 정중(庭中)에 귀중히 놓여지면 음교(淫巧)한 공품(工品)이 버림받고, 황종(黃鍾)과 대려(大呂)의 음악이 당상(堂上)에서 연주되면 배우들의 악극(樂劇)이 폐기될 것이니, 능히 예(禮)와 악(樂)으로써 표준하고 취사선택으로써 가지런하게 하여 한 세대의 글이 해와 달처럼 명백하고 산악처럼 정대하며, 규장(圭璋)처럼

---

8) 양원상(楊元祥)과 이정기(李廷機)의 건의, 즉 헌의(獻議)는 사실주의적 문장을 짓자는 주장임.

9) 주정(周鼎)과 상이(商彛)―주정은 우(禹)임금이 구주(九州)의 쇠를 모아서 만든 솥. 상이는 상(商)나라 종묘의 술담는 제사그릇.

혼연하고 태갱(太羹)10)이나 현주(玄酒)처럼 담담하여 그 화평하고, 아창(雅暢)함이 마치 소(韶)나 호(濩)11)를 청묘(淸廟)나 명당(明堂)에서 연주하는 것과 같게 하면, 저 갈래갈래 결렬되고 조잡해서 마치 젖은 북[鼓]을 치고 썩은 나무를 두드리며, 형린(螢燐)을 벌여놓고 두정(餖飣)12)을 늘어놓은 것과 같은 것들은 모두 없애려 하지 않아도 자연히 없어질 것입니다.

신은 지금이라도 관각(館閣)의 모든 응제(應製)나 학교의 제시(製試)하는 글에 모두 이것을 표준으로 삼아서 취사선택을 엄격하게 하고, 과거 시험장의 글도 정식(定式)에 구애없이 각체(各體)를 섞어서 시험한다면 소위 산문(散文)을 전공한 자들이 앞으로 안개처럼 성하고 까치떼처럼 일어날 것이니 어찌 문체가 새롭게 되지 않을 것을 걱정하겠습니까.

또한 신은 감히 알 수 없는 것이 있습니다. 즉 전하께서 일찍이 되풀이해서 경계하신 사람은 누구이며, 막연히 받아들여서 그 성과를 묘연하게 만든 사람은 누구입니까.

예부터 제왕이 큰 일을 도모하고 큰 공을 이룩한 데에는 일찍이 한두 명의 어진 재상이 없지 않았습니다. 그러므로 요(堯)임금은 기(夔)가 아니었다면 대장(大章)13)을 만들 수 없었고, 주 무왕(周武王)은 태공(太公)이 아니었다면 군사를 다스릴 수 없었고, 한 고조(漢高祖)는 숙손통(叔孫通)이 아니었다면 조정 의례를 만들 수 없었고, 당(唐)나라에서는 육지(陸贄)가, 송(宋)나라에서는 구양수(歐陽修)가 아니었다면, 선비를 선발하는 공거(貢擧)를 맡아서 문체를 혁신시키지 못하였을 것입니다. 오늘날 인재가 비록 묘연하다고 말하지만, 전하의 조정을 낱낱이 헤아려 보면 어찌 요임금의 기(夔)와 같은 신하 한 사람이 없겠습니까.

---

10) 태갱(太羹)-양념하지 않은 담백한 국.
11) 소(韶)-순(舜)임금의 악(樂). 공자(孔子)는 소를 가장 으뜸 음악이라고 했다. 호(濩)는 탕(湯)임금의 악(樂).
12) 두정(餖飣)-실속없는 상차림을 뜻함.
13) 대장(大章)-요(堯)임금의 풍류를 말함.

이 말은 신이 성심으로 전하를 위하여 적어 올립니다. 신은 삼가 대답
합니다.

文體策 己酉十一月 親試

王若曰 文有一代之體 而與世道相汙隆 談其文 可以論其世也

臣對曰 臣陶鑄中一物耳 於 聖人之敎 未嘗不拳拳服膺 無所不
悅 冀以答菁莪樂育之念 而獨於文詞 導率之方 不能無小人之疑
蓋嘗求其說而不得 此其故何也 誠以 殿下 聖學崇明 經術文章
邁越千古 卽帝王家無論 雖窮而在下者 鮮有能幾及其閫閾 宜其
鑑別峻截 取舍嚴覈 詖辭詭言 莫能遁藏於日月之明 而竊觀其所
爲獎詡而甄別者 則顧乃含垢納汙 不擇精粗 有若眞個悅豫 無甚
高論者 然臣固知大聖人敎育之術 優游不迫 姑且涵容以徐伸其道
也 雖然臣竊以爲世道 如江河之推移 一開其道 愈往愈下 涓涓不
塞 終至懷襄 不如及今湮絶 疏通大道之猶可容力也 傳曰 惟仁者
爲能惡人 奚特用人爲然 以 殿下之文章 獨不能惡近世之文體耶
陽舒陰慘 化權在手 殿下何憚而不爲也 臣以爲天地間大文章 莫
如物態人情 善觀乎物態人情之變 則文體之變 可得而言也 何則
臣嘗觀物態矣 甲者坼蟄者蠢 蘊隆者舒散 鬱伏者風揚 芸芸濈濈
千態萬狀 而求其故 則總不外冷煖二情 臣嘗觀人情矣 廉者頑恬
者慾 柔懦者驚發 淡泊者熱沸 紛紛穰穰 千態萬狀 而求其故 則
總不外利害兩端 資於物態 發於人情 顧文體奚獨不然 醇者醨樸
者斲 平易者奇詭 敦實者淺薄 典雅者鄙俚 舒緩者促急 形形色色
千變萬化 而求其故 則不出於得失二字 夫冷焉則物不趨之 害焉
則人不嚮之 失焉則文體可得而變也 欲湯之滄 百人颺之無益 莫
如去薪而絶火 苟使詖詭之文 不見售於大聖人之世 則齊變而魯
魯變而道 特轉移間事耳 昔董仲舒 有言曰諸不在六藝之科 孔子
之術者 皆絶其道 然後統紀一法度明 而民知所從 臣抱玆耿耿思

欲一陳者久矣 今 殿下之問及此 十行諄諄 莫非回世道關文風之
要旨 則臣所爲小人之疑者 可得而釋然 而一斑之見 可得而披瀝
也 臣請略近規 遵聖言以陳之

(第二節冊)

周道降而策士縱橫 漢業弘而西京爾雅 之文之體 孰使之然歟 二
陸迴暎之詞 珠流璧合 六朝綺麗之唱 鳥過花飄 世亂則同 而文體之
異何歟 長江秋注 千里一道 而不能回旣倒之瀾 輕縑素練 窘于邊幅
而不害爲明時之輔 抑亦文體之得失 不關世道之盛衰歟 欲革浮華
而大誥是作 黜去險怪 而學體丕變牗俗之方 本不在於言語 而正趨
之要 亶不外於取舍歟 俚之而有宮體俳體之譏 詭之而有時學時文之
誚 是將氣格之隨人 而莫之可矯歟 無或獎進之失宜 而轉而成習歟
(此下缺)

臣對曰 周德衰而縱橫起 漢治崇而爾雅作 噫氣節相尙 詞命爲
能 則戰國文章 猶有可取 機祥是信 傅會成風 則西京學術 誠一
弊俗 臣以爲導不以正 反不如任之之爲愈也 機雲得珠璧之贊 齊
陳貽綺麗之譏 噫藻繪之巧 實是權輿 則朗月重巖 豈非晉史之溢
譽 靡曼之病 自有源委 則飛花過鳥 適是歐公之尙論 臣以爲二者
無優劣之別矣 昌黎莫挽於狂瀾 曲江只飾於邊幅 噫南竄西征 文
權不歸 則進學訓士 竟屬空言 炳幾逆詐 蔚有見識 則文人相斥
何足準信 臣以爲執跡而論 俱不必厭薄矣 宇文能作大誥 歐陽一
變學體 噫回淳反朴 自非後世之能及 黜險取易 不過一時之成效
臣以爲其功不足多也 至若簡文徐摛之好爲宮體 建安諸子之叛立
俳體 金陵小儒之別作時體 或出於淫巧細技 或由於執拗病國 臣
以爲俱不足屑屑論也

近來文風漸變 其所謂操觚之士 不本乎六藝之文 埋頭用心 反在
於稗家小品 發而爲詩文騈儷之作 筆未落地 氣已索然 譬如昏睡之
人 時作譫囈 自以爲極其巧透其妙 而不成葫蘆之畫 殆同迷藏之戲

用之鄉黨 而反不如學究陳言 用之朝廷 而無以行大小詞命 予爲是
悶 每對筵臣 未嘗不以變文體之說 反復申戒 而聽我藐藐 成效漠然
如欲一洗啁啾之陋 咸歸醇正之域 以成一代之體 俾新八方之觀 其
道何由

（一節刪） ○稗家小品之弊 大小詞命之作 臣於平日 竊有所慨然
者 茲不敢隱也 臣以爲彗孛虹霓 謂之天災 旱潦崩渴 謂之地災
稗官雜書 是人災之大者也 淫詞醜話 駘蕩人之心靈 邪情魅跡 迷
惑人之智識 荒誕怪詭之談 以騁人之驕氣 靡曼破碎之章 以消人
之壯氣 子弟業此 而芭籬經史之工 宰相業此 而弁髦廟堂之事 婦
女業此 而織紝組紃之功遂廢矣 天地間災害 孰甚於此 臣謂始自
今國中所行 悉聚而焚之 燕市貿來者 斷以重律 則庶乎邪說少熄
而文體一振矣 噫詞命之用騈儷 非古也 雖然事大交鄰 已成式例
今不可猝變 但臣竊觀唐宋間儷文 平仄相間 一如律詩之法 至我
朝 近日亦有此體 湖堂月課 或有以此應者 謂之律表 其實中國儷
文 無古無今 本來如此 不拘平仄者 惟我東有之 此亦僻陋之一端
臣嘗觀燕京賀表賀箋等文字 一一皆然 我國表箋之見笑於彼人必
矣 不亦可恥之甚乎 臣謂始自今此等文字 一以律表爲式 而國中
所用頒敎頒赦等文 亦用此法 則亦爲正訛之一端矣 ○嗚呼文風之
不雅 莫我東若也 文體之日喪 莫近日若也 天運循環 無往不復
乃 殿下 惕然思懼 思所以一變其道 此正杜邪逕啓正路之會也 苟
殿下欲之 何患乎文體之不變也 雖然君子主張世道 所以行之者勸
懲 勸懲之要惟在取舍之權 昔洪武間 高皇帝詔正文體 若曰惟務
直述 不尚文藻 其後又有正文體之議 楊元祥李廷機等 具有獻議
若曰明示天下以所取舍 使人望表而趨 噫錦繡珠玉之美 苟人主之
嚴禁 而衣之者見棄 佩之者抵辟 則必將相率而毁棄之 剟虛文假
飾 本非作者之所樂爲哉 夫周鼎商彝之器 貴于庭 則淫巧之工棄
矣 黃鍾大呂之音作于堂 則倡優之樂廢矣 誠能本之以禮樂 齊之

以取舍 使一世之文 明白如日月 正大如山嶽 渾乎如大圭 沖乎如
大羹玄酒 而其和平雅暢 如奏詔濩于淸廟明堂之上 則彼決裂零瑣
若擊濕鼓叩腐木 羅螢燐列餖飣者 皆將不期滅而自滅矣 臣以爲始
自今凡於館閣應製 黌痒試藝之文 莫不以是爲準 嚴其取舍 而場
屋文字 不拘定式 雜試各體 則曩所謂業散文者 亦將霞蔚而鵲起
矣 何患乎文體之不變也

抑臣未敢知 殿下之所嘗反復申戒者誰歟 其聽之藐藐而使成效
漠然者誰歟 自古帝王之圖大事成大功者 未嘗無一二良輔以左右
之也 堯非夔 無以作大章 武王非太公 無以治軍旅 高帝非叔孫
無以起朝儀 唐非陸贄 宋非歐陽脩 無以知貢擧變文體也 今人才
雖曰杳然 歷數 殿下之廷 亦豈無堯一夔也 是說也 臣誠爲 殿下
誦之 臣謹對

(2) 문체를 바로잡기 위한 대책문(文體策) ②
(임금이 비답한(옳다고) 한 절만 적는다)

> ── 이 책문은 ①의 문체책 중 일부의 중복인데 문체의 혁
> 신은 임금님의 의지에 달려 있으니 과감히 시행함이 옳
> 겠다는 책문이거니와 임금이 특히 비점을 찍었다 함.

천하의 성스러운 학문이 높고 명철하여 경술(經術)과 문장(文章)이 천
고에 뛰어나시니, 제왕들은 물론하고 초야에 있는 선비일지라도 능히 그
문턱에 미칠 이가 적습니다. 그러므로 그 감별을 단호히 하고 취사(取捨)
를 엄격히 하시어 피사(詖辭)나 궤언(詭言)이 능히 전하의 명감(明鑑)
앞에서 도망쳐 숨지 못하게 하여야 할 것입니다. 그런데도, 권장하고 선
별하시는 것을 보면, 도리어 부끄러움을 잘 참으시는 함구납오(含垢納
汚)로 그 잘되고 못된 것을 가리지 않고 참으로 만족하시는 듯하여 높은
의론이 없으신 듯합니다. 신도 대성인(大聖人)의 교육 방법은 서두르지

않고 우선 널리 포용하여 서서히 그 도를 펴신다는 것을 잘 알고 있습니다. 그러나 신은 그윽히 세도(世道)란 마치 흐르는 강물과 같아서 한번 그 길이 트이면 더욱 낮은 데로 흘러내려서 막을 수 없다가 마침내 산하를 뒤덮게 된다고 여겨왔습니다. 그러므로 지금이라도 이를 단절시키고 크게 소통시킨다면 오히려 폐단을 만회할 수 있을 것입니다. 전(傳)에 이르기를 '오직 어린 자만이 능히 사람을 미워할 수 있다'고 하였는데, 어찌 꼭 사람을 쓰는 데에만 그러하겠습니까. 이제 전하의 뛰어난 문장으로 어찌 근세(近世)의 문체를 지양시키지 못하겠습니까. 좋은 것을 펴게 하고 나쁜 것을 억제하는 권한이 전하의 수중에 있는데, 전하께서는 무엇을 꺼리어 하고자 하지 않으십니까.

文體策　<small>今刪不錄 只錄御批一節</small>

殿下 聖學崇明 經術文章 邁越千古 卽帝王家無論 雖窮而在下者 鮮有能幾及其間閾 宜其鑑別峻截 取舍嚴覈 詖辭詭言 莫能遁藏於日月之明 而竊觀其所爲獎詡而甄別者 則顧乃含垢納汚 不擇精粗 有若眞個悅豫 無甚高論者 然臣固知 大聖人敎育之術 優游不迫 姑且涵容 以徐伸其道也 雖然臣竊以爲世道 如江河之推移 一開其道 愈往愈下 涓涓不塞 終至懷襄 不如及今湮絶 疏通大道之猶可容力也 傳曰 惟仁者爲能惡人 奚特用人爲然 以 殿下之文章 獨不能惡近世之文體耶 陽舒陰慘 化權在手 殿下 何憚而不爲也

(3) 인재등용에 대한 대책문(人才策)

> — 인재등용은 전문성을 보아야 하며, 겸임을 피해야 하며, 재주 있고 학력이 있으면 귀천과 적서와 지방색을 묻지 말아야 하며, 반드시 붕당 패거리는 멀리하며 직업의 귀천을 논하지 말아야 함.

왕은 묻기를,

인재등용의 어려움은 예부터 그러하였는데, 더구나 여러 가지 재주를 겸전한 사람의 재능을 구함이겠는가? 만약 한 사람의 몸으로 문학(文學)이다 전곡(錢穀)이다 갑병(甲兵)의 재능에 대해 무엇을 시험해보아도 못하는 것이 없다면 이는 겸인의 뛰어난 재주일 뿐만 아니라 이 어찌 그럴 수 있는 일이겠는가?

신은 대답하되,

신은 삼가 전하께서 다스리는 조정을 보건대, 인재를 키우는 정책은 소홀하면서 사람을 쓸 곳은 여러 군데이고, 인재를 고르는 방법은 허술하면서 사람에게 책임 지우는 일은 여러 가지입니다.

그러므로 신의 주제넘는 생각으로는 전하의 마음 역시 일찍이 인재에 대해서 걱정하지 않으시고, 이런 평화로운 세대에서 오직 자리나 채우고 인원만 갖추신 것이 아닌가 생각하였는데, 오늘 전하의 십행(十行)1) 책문이 간곡하여 그 대의(大意)가 '여러 가지 업무를 한 사람에게 겸하여 책임 지울 수 없다'는 것과 '잡기(雜技), 그 어느 것도 버릴 수 없다'는 두 가지로 귀착되었습니다.

신이 이를 봉독(奉讀)하는 사이에 도리어 감격하고 기뻐 탄식하면서, 전하께서는 남 모르는 근심과 깊은 염려가 일찍부터 밤낮으로 떠난 적이 없으시오나 그럭저럭 오늘에까지 이르게 된 것은 부득이해서였다는 것을 알 수 있었습니다.

하오나 신이 감히 비근한 예로서 인체의 여러 가지 기능에 비유해서 말씀드린다면, 이 두 가지 것은 전하께서도 그 책임을 지지 않으실 수 없으십니다.

대저 사람이 천지의 정기를 받았으니, 사지(四肢)를 부리는 데 어찌 여러 가지 일을 총괄하는 두뇌가 있어 무궁한 묘용(妙用)을 발휘하기 어

---

1) 십행(十行)-천인(千人)을 말하나 여기서는 임금이 내린 글. 즉 기이수적(其以手迹) 사방국자(賜方國者) 개일찰십행(皆一札十行) 세서성문(細書成文) 《後漢書》〈循吏傳〉論).

려운 것이 있겠습니까. 그러나 오관(五官)의 임무와 육장(六臟)의 쓰임이 다 한 가지만을 전문으로 하고 여러 가지를 총괄하지 못하며, 한 군데만 고정되고 모두가 융통되지 않아서 귀는 눈의 역할을 맡지 못하고 눈은 귀의 역할을 맡지 못하며, 손으로는 걷지 못하고 발로는 집지 못하며, 간(肝)은 음식을 소화시키지 못하고, 위(胃)는 피를 보존하지 못합니다.

왜냐하면 진실로 정기(精氣)는 오로지 한 곳으로 하는 데서 전문이 되고 힘은 양분하는 데서 분산되어 이것을 들어 저것에 사용하려면 서로 엇갈리는 폐단이 있기 때문입니다.

그러나 한 몸으로, 백 가지로 쓰임에는 모두 배양하는 데 따라서 달라지고 관습하는 데 있어 변동하여 선과 악이 나누어지므로, 바른 말을 듣고 바른 음악을 듣는 것은 귀가 잘 배양되었다 하겠지만 음탕한 가곡(歌曲)이나 정위(鄭衛)의 음악2)에 빠지면 달라지게 되며, 바른 일을 보고 색깔을 보는 것은 눈이 잘 배양되었다 하겠지만 사벽(邪僻)한 글이나 음교(淫巧)한 기예(技藝)에 현혹되면 달라집니다.

모든 것이 다 그러하나, 이는 또 외부에서 들어와 그렇게 억압하는 것이 아닙니다. 사람이 이 한 몸을 운용할 수 있는 백 가지 것은, 신령스럽고 밝은 마음이 주재하여, 한데 모여 이를 수축시키거나 흐트러뜨리고 또 확장시키기 때문입니다.

신이 어리석어 죽을 죄를 무릅쓰고 그윽히 생각하건대, 전하에게 있어서 억조 창생은 마치 전하 한 몸에 따른 마음과 같습니다. 그러면 신이 앞에서 비유한 말씀들을 다시 낱낱이 대비해 보아도 되겠습니까.

문관(文官)이 능히 군사를 훈련시키지 못하고 무관(武官)이 능히 예악(禮樂)을 도탑게 하지 못하는 것은 다섯 사직[五司]이 서로 융통될 수 없는 것과 같은데 전하의 관기(官紀)가 문란하여 변천이 덧없으므로 사람에게 여러 가지 일을 책임 지우는 사례가 이와 같으며, 예악(禮樂)으

---

2) 정위(鄭衛)의 음악—정위지사(鄭衛之辭), 즉 정나라와 위나라의 어지러운 음악.

로 가르치고 효렴(孝廉)으로 다스리는 것은 한 몸이 습관을 바르게 하는
것과 같은데 전하의 교도(教導)가 정당함을 잃어 조급히 권세를 다투는
조경(躁競)이 풍속으로 굳어졌으므로 인재를 배양시키지 못하는 사례가
이와 같으며, 버림받고 흩어진 유일(遺逸)들을 찾아 모아서 제각기 그
공효를 이루게 하는 것은 오관(五官)을 하나도 없앨 수 없는 것과 같은
데 전하의 사람 등용이 원만하지 못하여 재걸(才傑)들이 버려져 있으므
로 인재를 내쳐 버리는 사례가 이와 같습니다. 어찌 애석한 일이 아니겠
습니까.

　인재를 주관하여 뜻대로 부리고 권병(權柄)을 장악하여 수시로 모으고
선양할 분은 전하뿐이시므로, 신이 앞에서 부득불 전하께서 책임져야 한
다고 말씀드린 것은 진실로 절실한 마음에서였습니다. 지금 전하께서 근
심스럽게 여기며 자성(自省)하여 물으시니, 신이 어찌 감히 소견을 피력
하여 백성들에게 널리 알리지 않겠습니까.

　왕이 묻기를,

　고요(皐陶)는 법사(法士)가 되고 기(夔)는 전악(典樂)을 맡았으며, 백
이(伯夷)는 예전(禮典)을 담당하고 후직(后稷)은 곡식을 파종·주관하였
다. 이는 고요가 예를 알지 못한 것이 아니고 후직이 음악에 전혀 어두운
것이 아니었지만, 저것에는 훌륭하나 이것에는 뒤졌으므로 그 모자라는
것을 버리고 그 잘한 것을 취한 때문이다. 만약 백이가 법사를 맡고 후직
이 악정(樂正)을 겸했다면 후세에 어찌 순임금이 지인(知人)했다고 하겠
으며, 백이·후직이 예양(禮讓)했다고 하겠는가?

　한(漢)·당(唐) 이후에는 사람을 등용하는 데 선왕의 제도가 없어졌으
나, 사가(史家)의 기록을 보면 대개 한 벼슬로 한평생을 마친 사람이 많
아, 관청을 설치하고 직책을 분담시킨 본의가 오히려 없어지지 않았었는
데, 무슨 일로 근세 국가의 풍속은 모두가 이와 반대되어, 인재를 전형하
는 이도 전부(銓部)에 이미 능통하면서 풍기를 관장하는 사헌부 풍헌(風
憲)의 장이 되고, 아침에는 농정(農政)을 담당하였다가 저녁에는 병사

628

(兵事)를 보며, 형조의 사구(司寇)와 예조의 춘관(春官)은 으레 겸직하는
것으로 여기고 병사 사무 보는 주사(籌司)와 공조의 수부(水部)는 돌려
가며 앉는 자리가 되었으며, 홍문관의 문원(文苑)에 앉아서 한쪽으로는
군부의 병사(兵事)까지 다스리고, 요직(要職)을 다 누리고도 큰 번진(藩
鎭)3)을 두루 거치는 등, 겸직된 직함이 간혹 여덟, 아홉도 더 되고 남우
(濫竽)4)하는 자가 한둘에 그치지 않으니, 이 어찌 조종조(祖宗朝)에서
삼가고 아끼던 본의이겠는가? 벼슬이 넘쳐나지 않을 수 없고 일이 그르
쳐지지 않을 수 없지 않겠는가?

　신은 대답하기를, (첫마디는 삭제되었다)
　신은 일찍이 옛날 제왕들이 관청을 설치하여 직책을 분담시킨 까닭은
다만 사대부(士大夫)의 이력을 빛나게 하고 직함을 화려하게 하기 위해
서가 아니라고 생각하였습니다.
　아! 전조(銓曹)는 현명한 인재를 추천 등용하는 곳인데도, 그 자리를
맡기면서 '아무는 감식(鑑識)이 있고 또 공정한 마음을 가졌다.'고 말하
지 않고 '아무는 일찍이 아무 벼슬을 지냈으니, 그 자격(資格)과 이력이
전조를 맡길 만하다.'고 말하며, 사헌부(司憲府)의 직책은 잘못을 규탄하
는 곳인데도, 그 자리를 맡기면서 '아무는 풍도(風度)와 재량(裁量)이 있
고 강한 권세도 가볍게 여긴다.'고 말하지 않고 '아무는 이제 아무 품계
에 올랐으니, 그 물망이 헌부를 맡길 만하다.'고 말합니다.
　또 농정관(農政官)에 대해서도 자주 바꾸기 때문에 세입(歲入)이 얼마
나 많고 경비가 얼마나 적은지를 관청 사무보는 유사(有司)가 알지 못하
며, 병조(兵曹)를 자주 바꾸므로 병사의 일 중에 무엇을 먼저 처리해야
하고 무변(武弁) 중에 누가 쓸만한지를 재상이 기억하지 못합니다.
　그리고 전 판윤(判尹)이 결정한 재판을 후임 판윤이 번복하는 것은 사

---

　3) 번진(藩鎭)—여기서는 당대(唐代)의 절도사(節度使)의 뜻.
　4) 남우(濫竽)—재능도 없으면서 벼슬자리만 차지하고 있다는 말.

구(司寇)가 자주 바뀌기 때문으로 옥송(獄訟)에 원망이 많고, 옛날 정해진 의식(儀式)이 오늘 규례에 어두운 것은 춘관이 자주 바뀌기 때문으로 의례(儀例)를 고증할 수 없으며, 주사(籌司)가 으레 겸직되므로 묘당의 정책이 펴지지 못하고, 수부(水部)가 잠깐의 임직이 되므로 관개 수리의 이득이 진흥하지 못합니다.

문원(文苑)에 앉아서 병사(兵事)를 처리하는 사람이 어찌 다 금중(禁中)의 염파(廉頗)·이목(李牧)5)일 수 있으며, 요직을 다 누리고도 큰 번진(藩鎭)을 맡은 사람이 어찌 다 출장입상(出將入相)할 수 있는 재목이겠습니까.

겸직이 여덟, 아홉 개가 넘으면 겨우 서리(胥吏)나 부서(簿書)를 처결하게 될 뿐이요, 남우(濫竽)가 한둘에 그치지 않으면 허수아비나 어리석은 자가 자리를 채울 뿐입니다. 사람 쓰는 일이 이러고서야 인재를 구하기가 어찌 어렵지 않으며, 나라가 어찌 그르쳐지지 않겠습니까.

신이 일찍이 조야(朝野)의 기록들을 보건대, 옛적 융성하던 시절에는 붕당(朋黨)이 고질로 굳어지지 않았고, 풍속이 무너지지 않아 '아무 어진 이가 전조(銓曹)에 들어갔으니 세상이 다행하다.'하기도 하고 '아무 간사한 자가 대각(臺閣)에 들어갔으니 세상의 근심이다.'하기도 하였습니다. 아! 이때는 융성하던 시대였지만, 지금 같아서는 아무 어진 이가 전조에 들어간다 한들 어찌 세상에 보탬이 되겠으며, 아무 간사한 자가 대각에 들어간다 한들 어찌 세상을 폐퇴시키겠습니까.

그러므로 신은 조종조에서 사람 쓰는 방법이 반드시 이같지 않았을 것으로 압니다. 아! 전문하는 공부가 없어지면서 익히는 것이 정밀해지지 못하고, 구임(久任)하는 법이 폐기되면서 치적(治積)이 이룩되지 못한 것이 이와 같습니다. 그러므로 우리나라의 사대부들은 낮은 직책에서 청현(淸顯)6)을 지내고, 높아져서는 요직에 앉아 있으면서도 흐리멍텅하여

---

5) 염파(廉頗)·이목(李牧)—춘추전국시대 조(趙)나라의 명장들.

무슨 일인지도 모르는 자가 대부분을 차지하였습니다.

다만 이서(吏胥)들의 규정만이 전임(專任) 또는 구임(久任)시켜서 규례에 환하고 행사에 숙련되었으므로 비록 강명(剛明)하고 재간 있는 상관일지라도 그들에게 묻지 않을 수 없게 되었습니다.

그러므로 그들의 권력이 세어지고 간사한 행위가 날로 더하여 세상에서 '이서(吏胥)의 나라'라고 이르게 된 것은 바로 이 때문입니다.

지금 마땅히 관제(官制)를 차츰 혁신하여 안으로는 작은 부서와 낮은 관직에서 쓸데없는 것들을 도태시키고 하나만을 두어 전임(專任)케 하는 한편, 문무반(文武班)의 관장들도 각기 한 사람을 뽑아 구임시켜서 성취를 책임지우며, 밖으로는 감사(監司)나 수령도 명성과 치적이 있는 사람을 가려 그 연한을 늘려주면, 인재가 모자라지 않고 백성이 그 혜택을 받을 것입니다.

왕은 묻기를,

그러므로 등용에는 비록 치우치지 않은 것 같으나 선발에는 너무 사람이 넘치는 것이 걱정이다. 음직(蔭職) 출신의 무인(武人)이나 서얼(庶孽)들과 촌락의 상인(常人)이나 초야에 묻힌 사람들은, 경륜을 간직하고도 얼굴이 누렇게 뜨고 목이 비쩍 말라붙도록 한번도 그 간직한 재능을 펴보지 못하니, 하늘이 인재를 낸 본의가 어찌 이러하였겠는가? 이를 미루어본다면 수맥(水脈)과 토질(土質)의 적합함을 살피고 가뭄과 장마의 징조를 점쳐서 사지(四肢)를 게을리하지 않음으로써 흉년을 거뜬히 극복하는 것은 늙은 농사꾼의 지혜요, 산택(山澤)의 이점(利點)을 분별하고, 물건의 귀천을 살펴서 천 리 밖의 사정을 가만히 헤아렸다가 솔개처럼 날쌔게 움직이는 것은 장사꾼의 용단이요, 거북 껍데기를 사용하거나 시초(蓍草)7)를 세면서 도시에 앉아 있는 것은 어진이 처사라며 복서

---

6) 청현(淸顯)-삼사(三司)와 같이 정직하고 높은 자리.
7) 시초(蓍草)-복점가(卜占家)가 쓰는 톱풀 이름, 또는 서죽(筮竹) 따위.

(卜筮)에 몸을 붙여 있는 것이요, 병을 치료해 주거나 귀신과 접촉하는 것은 《주례(周禮)》에 열거되었으니 성인도 의약과 무당을 폐기하지 않은 것이요, 승려들에 대해서는 사실 첫째 가는 이단(異端)이나 피나는 계행(戒行)은 보통 사람으로는 미치기 어렵고 선을 지향하는 마음은 우리와 똑같으니, 그 처치를 적절히 해야 할 것이다. 어찌 한 물건이라도 그냥 버릴 수 있겠는가?

신이 생각하건대, 신은 과거 출신으로서 전하께서 발탁 등용하신 사람입니다. 하오나, 신이 그윽히 스스로를 헤아려보면 참으로 본래부터 속이 텅텅 비어 있었습니다. 이같은 존재로서 백성에 임하여 정치를 한다는 것은 음직(蔭職)으로 올라온 하급 관리만 같지 못하며, 군사를 조련(調練)하고 강궁(强弓)을 잡아당긴다는 것은 아예 대오(隊伍)에 편성된 하찮은 병졸만도 못합니다.

신이 천출들 중에 재학(才學)이 높고, 초야에서 행실이 뛰어난 사람들을 한결같이 평론할 수 없다는 것은 너무도 당연합니다. 신이 뽐내고 자부할 것으로는 과거를 통한 '과목출신(科目出身) 네 글자'뿐이니, 이 무슨 이치가 이러합니까.

대저 과거제도는 수 양제(隋煬帝) 때 시작되어 당(唐)·송(宋) 시대에 성행하다가 대명(大明)에 이르러 극에 이르렀습니다. 군주들이 이것을 주(周)나라의 빈흥(賓興)8)과 한(漢)나라의 현량(賢良)을 책문하던 남은 뜻으로 여기고 이 제도를 금석(金石)처럼 튼튼하게 시행하였고, 후세에 논의하는 사람들도, 그 제도가 확립되지 못하거나 법이 치밀하지 못할까 염려하였습니다.

그러나 신이 보기에는 수·당 이후로는 인재가 날로 시들어가고 예(禮)·교(敎)가 날로 무너져 천하가 하루하루 혼란 속으로 빠져들어 구제할 수 없었던 것은 다른 까닭이 아닙니다.

---

8) 빈흥(賓興)―지방에서 학덕이 높은 인사를 중앙에 추천하여 올리는 일.

그 제도를 자세히 살펴보면, 사실 한 영제(漢靈帝) 때 홍도문(鴻都門)에서 비롯되었는데, 후세의 군주들이 이를 살피지 못하고 드디어 경국(經國)의 큰 계책으로 삼아서 주(周)·한(漢) 시대를 능가하려 하였으니 아! 또한 깊이 생각하지 못한 때문일 뿐입니다. 홍도문 유생(儒生)들의 일은 채백개(蔡伯喈)9)가 이미 논평(論評)하였으니, 세도에 뜻을 둔 사람으로 어찌 책을 덮고 개탄하지 않겠습니까.

아! 여기에서 발신(發身)한 사람은 조정에 등용시키고 여기에서 발신하지 못한 사람은 조정에서 버리니 이 무슨 까닭입니까.

산림(山林)의 유일(遺逸)로서 전조나 대각(臺閣)에 제수되는 것을 아무렇지 않게 여기는 사례가 선조(宣祖) 이후에 시작되었으나 이들이 한 번 세상에 나오게 되면 맹목적인 욕설이 뒤따르기 때문에 거의가 이를 회피하며 불안해하여 끝내 실효가 없었으니, 지금 마땅히 과거제도 이외에도 이들을 등용하는 길을 별도로 열어서 음관(蔭官)으로 청렴과 재간이 드러난 사람을 차츰 재상의 서열에 올려, 묘당의 일에 참여하게 하고, 향(鄕)이나 도(道)에서 천거한 선비에 대해서는 각기 그 도의 큰 읍(邑)에 별도로 훈도(訓導)나 승좌(丞左) 등의 관원을 두는 것을 마치 국초의 제도처럼 하였다가 빈 자리가 생기는 대로 보임시켜 수령을 돕게 한 다음, 그 성적을 보아서 경관(京官)에 제수하면 재략 있는 사람이 버려지지 않고 묻힌 일사(逸士)들이 차츰 진작될 것입니다.

무변(武弁)에 대하여는, 비록 요직을 두루 거치지 못하나 그 지업(志業)은 충분히 펼 수 있으니 지금 고칠 필요가 없으며, 서출(庶出)들이 벼슬길이 막힌 데 대하여는 모든 역사를 보아도 아무런 근거가 없습니다. 신이 일찍이 송(宋)나라 사람의 세류(世類)를 보았더니, 한기(韓琦)의 어머니는 청주(淸州)의 계집종이었고, 범중엄(范仲淹)은 어머니의 개가(改嫁)에 따라 가서 계부(繼父)의 성(姓)을 쓰다가 한림(翰林)이 되고서 표

---

9) 채백개(蔡伯喈)-후한(後漢)의 채옹(蔡邕)을 말하는데, 홍도문(鴻都門) 안에 학교를 세워 유생을 배출한 사람.

(表)를 올려 복성(復姓)해 줄 것을 청하였고, 소강절(邵康節)은 형제 세 사람의 성(姓)이 각기 달랐습니다.

만일 송나라의 법이 우리나라의 풍속과 같았다면 한(韓)·범(范)의 공훈과 사업이 끝내 이루어질 수 없었을 것이고, 소씨의 경세학(經世學)도 사문(斯文)에 참여되지 못하였을 것이니, 관리의 임용 규례를 때에 따라 변동하는 것도 없지 못할 일입니다.

촌락의 상인(常人)들과 서북(西北) 지방의 버려진 선비들에 대해서도 마땅히 편리한 방법을 별도로 강구하되 각기 분발하여 계발할 길을 열어 놓음으로써 조정 안에 어진 이의 등용이 지방이나 신분을 가리지 않게 된다면 전하의 인륜의 표준을 세워 만민의 법칙을 정하는 건극(建極)의 치도(治道)가 거의 천하에서 바라는 뜻과 부응될 것입니다.

신이 또 생각하건대, 이윤(伊尹)은 농사꾼 출신이었으나 탕(湯)임금이 등용하여 왕도(王道)를 이루었고, 범려(范蠡)는 장사꾼으로 자랐으나 월(越)나라가 등용하여 패왕의 큰 업을 이루었으니 농사나 장사하는 천인(賤人)에게도 경세의 선비가 없지 않았습니다.

옛날 엄군평(嚴君平)10)은 점치는 복서(卜筮)에 몸을 숨겼고, 괴철(蒯徹)11)은 무당이 되었으니, 세상에서 말하는 '현자(賢者)이면서 세상을 피하였고 의사(義士)이면서 망나니 짓을 하였다.'는 것입니다. 신이 보기에는, 은하수를 사이에 두고 견우(牽牛)니 직녀(織女)니 하는 허황된 말로 우매한 세속을 속였으니 군평(君平)은 진실로 좋은 사람이 못되며, 등[背]을 상 보아 이로우니 해로우니 하는 근거없는 말로 반역하기를 유도하여 충의가 땅에 떨어지게 하였으니 괴철 또한 길인(吉人)이 아닙니다.

승니(僧尼)들에 대하여는, 예로부터 내려오면서 부적이나 염불로 민중을 속였으므로 교화를 해치고 풍속을 무너뜨린 자들이 자주 이 무리에서 나왔었습니다. 우리나라에 이르러서도 임진왜란 때 서산법사(西山法師)

---

10) 엄군평(嚴君平)－한(漢)나라 엄준(嚴遵)의 자.
11) 괴철(蒯徹)－초한(楚漢)시대의 변사(辯士)이며 설객(說客). 일명 통(通).

라 칭하는 자가 물을 뿜어 불을 끄고 바람과 비를 마음대로 불렀다 하였으나, 신은 이런 등의 사악한 술법은 모두 마력을 빌어서 기문(奇門)이니 둔갑(遁甲)이니 하는 호칭을 가탁하여 우매한 세속을 노리게 한 것이니, 이치에 밝은 사람이 이것을 살핀다면 조금도 신기할 것이 없습니다. 서산(西山)의 술법 또한 이에서 벗어나지 않습니다.

이같은 무리를 조정에서 한번 높여주거나 장려한다면 백성들이 모두 여기에 휩쓸려 깨우치기 어려울 것이니, 오직 준엄한 말씀으로 배격하여 내쳐서 끊고 몽매한 것을 환히 열어놓아야 할 것인데, 지금 전하께서 '괴롭게 이루는 계행(戒行)은 보통 사람으로 미치기 어렵고, 선을 지향하는 마음은 우리와 똑같으니 그 처치를 적절히 해야 할 것이다. 어찌 한 물건이라도 그냥 버릴 수 있겠는가'라고 하시니, 신은 그윽히 개탄해하는 마음을 금할 길 없습니다. 삼가 생각하건대, 전하께서 등극하신 초기에 바로 무격(巫覡)을 몰아내고 승니(僧尼)를 거절하도록 하시어 지금에 이르기까지 도성(都城) 안의 출입을 불허하시니, 이는 제왕(帝王)의 훌륭한 덕이요 역사에 빛나는 일입니다. 이를 끝내 지켜 흔들림 없이 삼가기를 처음같이 하신다면 국가의 복일 것입니다.

의약(醫藥)의 기술(技術)에 대하여는, 본래 《주례(周禮)》에 열거된 직책으로 요사(夭死)를 구제하고 병을 치료하여 백성을 오래 살게 하고 생명을 보호하였으니, 이는 참으로 우리의 간절한 책무요 국가의 큰 정사입니다. 근세에는 이 법에 대한 명의로서 스승이 완전히 없어지고, 부끄러움을 모르는 천박한 무리가 방문(方文)을 날조하여 병의 근원과 약재의 성분도 분별치 못한 채 경거망동으로 치료하다가 10명에서 7~8명은 죽이곤 하니, 적은 걱정거리가 아닙니다.

아! 장(臟)·부(腑)·맥(脈)·낙(絡)의 깊고 숨은 이치를 관찰하고 온(溫)·양(涼)·보(補)·사(瀉)의 묘용(妙用)을 분간하기란, 비록 이치에 환하고 식견이 넓으며, 정미하게 생각하고 세밀하게 살피는 사람도 오히려 밑바닥까지 연구해내지 못할 것입니다. 지금의 의자(醫者)들은 거의 어(魚)자와 노(魯)자를 분간하지 못하고 방망이와 방패를 식별하지 못하여 글로는 편지 한 장도 통하지 못하고, 식견으로는 하나 둘을 헤아리지 못하는데, 사람을 죽이고 살리는 큰 권한을 이런 무리에게 준다면 어찌 옳은 일이겠습니까.

신은, 별도로 바로잡아 구할 방책을 강구하고 한편으로 정경(正經)의 서적을 구하여 명석하고 달통[明達]한 선비로 하여금 합동으로 익혀서 전하의 보주(寶籌)를 기원하고 민생을 장수(長壽)케 하도록 하시기를 기원합니다.

왕은 묻기를,

대저 임금이 사람을 등용하는 데는 마치 천지가 만물을 생장시켜 각기 제곳을 얻게 하되, 그 덮어주는 것이 치우치지 않고, 실어서 위해 주는 것이 사사로움이 없듯이, 칠정(七政)12)을 가지런히 하고 모든 일이 신장되었으니, 오늘에 와서 본다면 치우쳤는가, 치우치지 않았는가, 사사로웠는가, 사사롭지 않았는가, 만약 사람을 등용하는 방법이 치우치고 사사롭다면 나라가 어찌 나라꼴을 형성하겠는가? 참으로 순임금의 명관(命官)을 본받고 주(周)나라의 입정(立政)13)을 본받아 재주를 헤아려 직책을 맡기고 책임을 전담시켜 그 공성을 책임지움으로써, 서울의 각종 서얼과 초야에 숨었던 모든 재사가 모두 그 도야(陶冶) 속에 들어 참여하는 유구(悠久)한 꾀를 영원히 남겨주려 하니, 그대들은 바로잡아 구할 방책을 자세히 기술하라.

오늘 전하의 물음에서 치우치고 사사로운 것으로 깊이 경계하시니, 이는 삼무사(三無私)14)를 받들고 오황극(五皇極)15)을 세우는 훌륭한 덕이

---

12) 칠정(七政)－일(日)·월(月)과 오성[水火木金土] 등 일곱 별이 운행하는 차서.

13) 명관(命官)과 입정(立政)－명관은 어진 사람을 적소에 임명하는 일이요, 입정은 어진 사람을 임용하는 방법.

14) 삼무사(三無私)－사사로움을 덮거나 싣거나 비춤이 없는 세 가지. 즉 사사

요 지극한 뜻입니다. 그러나 붕당을 제거하지 않고서는 전하의 뜻을 반드시 이루지 못할 것입니다.

신이 일찍이 붕당의 화를 음식 다툼에 비교하였습니다. 왜냐하면 만약 연회가 있어 열 사람이 한 상(床)에 모였을 때, 예양(禮讓)이 없고 서로 많이 먹기만을 위주하면 반드시 다툼이 생기게 됩니다. 그 다툼에 있어 '네가 나보다 많이 먹고 네가 나보다 자주 마셨다'라고 말하지 않고, 반드시 '장유(長幼)를 가리지 못하니 너는 어찌 그리 무례하며, 버릇없이 떠서 먹고 흘려 마시니, 너는 어찌 그리 불경(不敬)한가'라고 말할 것이니, 이 꾸며서 하는 말이 근거가 없지 않으나 그 원인을 따지면 다 마시고 먹는 것에 있을 뿐입니다.

붕당 역시 그러합니다. 그 다툼에 있어 '네 벼슬이 나보다 높고 네 녹(祿)이 나보다 많다'라고 말하지 않고 반드시 '임금을 저버리고 나라를 그르치니 너는 어찌 그리 불충(不忠)하며, 역당(逆黨)에게 붙고 사사로이 처리하니 너는 어찌 그리 불순한가'라고 말할 것이니, 이 꾸며서 하는 말이 근거가 없지 않으니 그 원인을 따지면 다 관직과 작록(爵祿)에 있을 뿐이기 때문입니다.

아! 다툼의 결판은 힘입니다. 힘이 부족하면 후원(後援)이 따르고 후원이 따르면 붕당이 되므로 당을 아끼는 마음은 후원을 바라는 데서 생기고 후원을 바라는 마음은 힘을 합하려는 마음에서 나오고 힘을 합하려는 마음은 먹을 것을 다투는 데서 나옵니다.

이를 미루어보면 붕당이 발생된 그 원인은 참으로 추(醜)한 것입니다. 지금 전하께서 척연(惕然)히 스스로 경계하여 탕평(蕩平)의 정책으로써 편당의 풍습을 한번 씻으려 하시나, 신은 우매하여 죽을 죄를 모르고 그윽히 전하의 일월(日月) 같은 밝음으로도 오히려 붕당 밖의 것을 살피지

로움을 하늘은 덮어주지 않고, 땅은 심어주지 않고, 해와 달은 비춰주지를 않는다(《禮記》).

15) 오황극(五皇極)―홍범(洪範)의 제5의 덕목(德目)(《書經》).

못하신 바가 있다고 생각합니다.

왜냐하면 서북(西北) 지방의 백성과 여항(閭巷)의 천류(賤流)가 일찍이 붕당에 가담한 죄가 없는데도, 오히려 탕평의 정책에서 거론되지 않으시므로 신이 이른바 '살피지 못한 것'이란 바로 이것입니다. 지금 만약 신장(伸張)을 회복 강화하고 편사(編私)를 개혁하시면, 인재가 비로소 모두 등용되고 국가의 다행이 이보다 더 클 수 없을 것입니다.

※ 정다산의 인재책은 어비일절(御批一節)이 따로 있다. 그러나 그 내용이 짧으면서 이것과 중복되므로 번역하지 않았다.

人才策

王若曰 人才之難 自昔已然 而況於兼人之才乎 今有一人之身 而文學也錢穀也甲兵也 無試而不可 則又不特兼人之才而已 是豈理也歟

臣對曰 臣竊伏觀 殿下之廷 育才之政疎 而用人則廣 揀才之法粗 而責人則博 妄竊以爲 殿下之心 亦未嘗以人才爲憂 及此時平世泰 惟以充位備員而已 今十行 聖策 諄諄懇至 而其大意 摠歸兩端 曰衆務之不可兼責也 雜歧之不可偏廢也 臣奉讀以還 感戢欽歎 有以知大聖人隱憂深慮 未嘗不耿耿宵旰 而因循至今 將不得已也 雖然臣敢近取諸身 援以爲譬 則是其兩端者 顧 殿下 又不得不任其責焉耳 何者 人稟天地之精 其形軀所須 顧何難兼摠衆務 妙用不窮 而五官之司 六藏之用 顧皆專而不總 泥而不通耳不能司明 目不能司聰 手不能蹈 足不能握 肝不能消食 胃不能藏血 此其故何哉 誠以精專于一 力分于兩 擧斯加彼 未免有齟齬之患耳 然顧是百體之用 又皆有培養之移 習用之遷 而善惡以分 聞正言聽正音 耳司之養善也 而淫哇之詞 鄭衛之聲汨之則移 視正事觀正色 目司之習善也 而邪僻之書 淫巧之技 眩之則遷 類皆然矣 而是又非外來者 襲而奪之也 人之所以運用此百體者 以有

靈明不昧者 主宰而翕張之 臣愚死罪 竊以爲 殿下之於兆民 猶夫
靈宰之於百體 臣請得以取 譬於前者 一一勘合可乎 文不能鍊戎
武不能敦禮 五司之不相通也 而 殿下之官方淆雜 遷轉無常 則人
才之兼責衆務如是 敎之以禮樂 風之以孝廉 百體之習以正也 而
殿下之導率失宜 躁競成俗 則人才之不能培養如是 搜羅遺逸 各
奏厥功 五官之不可廢也 而 殿下之擧用不徧 才傑沈屈 則人才之
未免偏棄如是 豈不惜哉 主張人才 隨意所使 神權化樞 以時翕張
者 顧 殿下是已 則臣所謂不得不任其咎者 誠切至也 今 殿下 惕
然自省 有茲下詢 臣敢不披瀝而對揚之乎

皐作士而夔典樂 夷掌禮而稷播種 皐非不講於禮 稷非專昧於樂
特以優於彼而遜於此 捨其短而取其長也 假使夷摠士師 稷兼樂正
後世豈以舜爲知人 而夷與稷爲禮讓也 漢唐以來 用人之法 無復先
王之制 而觀於史氏所載 槩亦終世而止於一官者多 設官分職之義
猶有不泯者矣 夫何國家近俗 一切反是 旣通銓部 而又長風憲 朝管
太農 而暮窺本兵 司寇春官 視若例帶 籌司水部 便作輪差 據文苑
而傍聽戎務 極淸華而歷按雄藩 兼銜或過八九 濫竽不止一二 是豈
祖宗朝愼惜之意 而器安得不溢 事安得不償也

　(一節刪) ○臣竊嘗以爲古昔帝王之所以設官分職 不特爲士大夫
侈其踐華其銜而已爾 噫銓地 所以擧用賢才 而其任之也 不曰某
人有鑒識秉公心 而曰某人曾經某官 其資歷足任也 憲職所以糾正
彈壓 而其任之也 不曰某人有風裁輕强圉 而曰某人今陞某品 其
物望足任也 至若太農數遷 而歲入之幾何多 經費之幾何少 有司
莫得以知之也 本兵遞授 而戎務之孰可先 武弁之孰可用 宰相莫
得以記之也 決訟於前尹 而翻案於後尹 則司寇之數遷 而獄訟多
寬也 定式於昔日 而昧例於今日 則春官之遞授 而儀軌莫徵也 籌
司例兼也 廟堂之謨不張 水部暫歷也 山澤之利不興 據文苑而理
戎務者 豈皆是禁中頗牧 極淸華而按雄藩者 豈盡合出入將相乎

提擧或兼八九 則胥吏簿書 謹署之而已矣 濫竽不止一二 則士偶
癡聾 備位焉而已矣 用人如此 才安得不難 國安得不誤乎 臣竊嘗
觀朝野所記 昔在盛時 朋比不痼 習俗未壞 有言某賢人入銓地 世
道之幸也 有言某奸人入臺地 世道之憂也 噫此盛時也 苟如今也
某賢人入銓地 安能補世道 某奸人入臺地 又安能敗世道也 臣故
知 祖宗朝用人之法 必不如是也 噫專治之工 蔑而肄習不精 久任
之法 廢而續用不成 如是也 故我國之士大夫 卑蹙清顯 崇都權要
而漫不知何事者 滔滔皆是 惟吏胥之法 旣專且久 體例嫺習 舉行
練熟 則雖剛明幹識之士 不能不就問焉 故權力旣重 奸僞日滋 世
稱吏胥之國者 誠以是也 今宜稍變官制 內而小司卑官 汰冗置一
使之專治 文武長官 亦各選委一人 久任責成 外而監司守令 亦擇
其有聲績者 寬其瓜限 則人才不乏 而民蒙其利矣

是故用之雖若不偏 取之每患太溢 蔭武也庶流也 委巷之卑微也
草野之疎逖也 懷寶掩珍 黃馘枯項 曾不一展其所抱也 天之生才 豈
其然乎 推是以往 則相水土之宜 占旱澇之候 不惰其四肢 不畏乎凶
年者 老農其智也 辨山澤之利 審貴賤之機 默運於千里 奮發於鷙鳥
者 商賈其勇也 依龜撰蓍 坐於都市 則賢者之自託卜筮也 濟札交神
列於周禮 則聖人之不廢醫巫也 至於僧尼之流 實爲異端之最 而戒
行之苦 人或難及 向善之心 彼亦同得 用適其處 物豈終棄

臣以爲臣科目中人 殿下之所擧而用之者也 雖然臣竊自量度 固
空空如也 以之臨民制治 曾蔭路末官之不如也 以之練戎輓强 曾
編伍小卒之不如也 賤流之才學絕倫 草野之行誼超等 其不可與臣
同日而論者 又蔚然也 臣所爲凌軼而自負者 不過曰科目出身四字
而已 此何理也 夫科擧之制 昉於隋煬 盛於唐宋 而極於 大明 世
主固以是爲周氏賓德 行漢家策賢良之遺意 而行此之制 堅如金石
後之論者 猶恐其制之不立而 法之不密也 然以臣觀之 自隋唐以
來 人才日喪 禮敎日崩 天下日入於壞亂 而莫之救者 非異道也

諦觀其制 實始於漢靈 鴻都之事 後主不省 遂以是爲經國之大猷
欲軼周漢而並駕 嗚呼其亦不思而已矣 其鴻都諸生之事 蔡伯喈
固已論之矣 有志世道者 寧不掩卷太息於斯也 噫以此發身者 朝
廷擧而用之 不以此發身者 朝廷棄而委之 抑何故也 山林遺逸之
無礙於銓曹臺閣 昉於宣廟以後 而一出世路 嗤罵隨之 故率皆遜
避不安 終無實效 今宜令科甲之外 別開登崇之路 蔭官之以廉幹
著名者 稍陞宰列 參聞廟謨 鄉擧道薦之士 各其本道大邑 別置訓
導丞佐等官員 如國初遺制 隨窠補代 以佐守令 考其仕績 入授京
官 則才略不屈 而遺逸稍振矣 至於武弁之路 雖未盡歷敭清華 亦
足以展布志業 今必變革也 庶流之枳塞 考諸史冊絶無憑據 臣嘗
觀宋人之世類 韓琦之母 青州之婢也 范仲淹 隨母改嫁 冒其繼父
之姓 及爲翰林 表請復姓 邵康節 昆第三人 各一其姓 若使有宋
之法 亦如吾東之俗 則韓范之勳勞事業 卒無所施 而邵氏經世之
學 亦不得與於斯文矣 官方之及時變通 誠未可已也 至如閭巷卑
微之倫 西北沈屈之士 亦宜別講便宜之策 各啓振發之路 使朝廷
之内 立賢無方 則我 殿下 建極之治 庶可以僕志也 臣又思之 伊
尹起於畎畝 而湯用以王 范蠡長於商賈 而越用以霸 農商之賤 固
未嘗無經世之士也 昔嚴君平 逃於卜筮 蒯徹逃於巫 世所稱賢者
而避世 義士有汙身者 以臣觀之 天漢牛女之説 作爲荒誕 以誑愚
俗 君平固非好人 相背利害之説 勸人叛逆 忠義掃地 蒯生亦非吉
人 至如僧尼之屬 自古以來 符呪惑衆 傷風敗俗者 輒起此流 至
我國朝 壬癸之亂 稱西山法師者 謂能噀水救火 呼風喚雨 臣謂此
等邪術 皆藉魔力 假立奇門遁甲等名目 以驚愚俗 明理者燭之 了
無神奇 西山之術 亦不外是 如此之類 朝家一或崇獎 則百姓靡然
易惑難曉 惟當嚴辭斥絶 大闢昏蒙 乃 殿下 以爲戒行之苦 人或
難及 向善之心 彼亦同得 用適其處 物豈終棄 臣竊不勝其慨惜之
至 恭惟我 殿下 御極之初 卽令驅出巫覡 拒絶僧尼 式至今日 尚

不許混入城闉 此帝王之盛德 史策之光輝也 誠能守之勿撓 愼終
如始 則國家之福也 至如醫藥之技 固嘗列之於周官 濟天療疾 壽
民保生 是固吾人之切務 國家之大政 近世此法 絶無師承 無恥賤
徒 捏造方文 不識病源 不辨藥性 妄行療治 十殺七八 非細憂也
噫察臟腑脈絡之隱理 分溫凉補瀉之妙用 雖明達博識 精思密察之
士 猶不能以畢窮 今之醫者 率皆魚魯莫分 椎鹵無識 文不足以通
書牘 識不足以數一二 遽以生殺人之大權 付之此輩可乎 臣謂別
講矯救之策 旁求正經之書 使明達之士 合同肄習 以祝寶籌 以壽
民生 臣之願也

大抵王者用人 如天地之遂萬品 林林葱葱 俾各得所 其覆也無偏
其載也無私 以至齊七政熙庶績 自今觀之 偏歟不偏歟 私歟不私歟
用人之道 若是偏且私 而國其能爲國乎 誠欲法虞命官 效周立政 量
才授職 專任責功 京而庶類各岐 鄉而抱才草野者 咸與陶鑄 永貽悠
久之謨 子大夫 細陳矯救之策

今此 聖問 深以偏私爲戒 此奉三無私建五皇極之聖德至意也
雖然朋黨未祛 則 殿下之志 必不能遂也 臣嘗以朋黨之禍 比之飲
食之訟 何者 今有宴集於此 十人共一盤 不以禮讓 惟以貪爭 則
必有訟焉 其訟也 必不曰爾食多於我 爾飲數於我也 必將曰長幼
不齒 爾胡無禮 放飯流歠 爾胡不敬 卽其修飾之談 不爲無據 而
考其緣故 蓋唯飲食焉而已 朋黨亦然 其訟也 必不曰爾爵尊於我
爾祿豊於我也 必將曰負君誤國 爾胡不忠 黨逆循私 爾胡不順 卽
其修飾之談 不爲無據 而考其緣故 蓋惟爵祿焉而已 噫爭之判力
也 力之不足援至焉 援之至黨也 故愛黨之心 出於望援 望援之心
出於合力 合力之心 出於爭食 由是觀之 朋黨之所由發 亦孔之醜
也 今 殿下 惕然自警 思以蕩平之政 一洗偏黨之習 而臣愚死罪
竊以爲日月之明 猶有所未燭於朋黨圈套之外者 何則 西北之民
閭巷之賤 未嘗有黨比之罪 而猶不能擧論於蕩平之政 臣所謂有所

未燭者此也 今若益加恢張 痛革偏私 則人才始可以畢擧 而國家
之幸 莫大于是也 (下一節刪)

(4) 선비[儒]에 대하여 묻는 글(問儒)

(곡산부(谷山府) 향교에서 선비를 시험보인 글)

> ― 선비[儒]란 학문을 닦고, 예의를 설론하며 다스리는 도
> 를 품고 수행하여 행실이 모범이 되는 학자를 이른다.

묻는다. 《주례(周禮)》〈천관편(天官篇)〉에 '도(道)로써 민심을 얻는
사람을 선비[儒]라 한다'고 하였으니, 선비란 명칭이 어찌 크지 않은가.
선비에 대한 설명은 《예기(禮記)》의 〈유행(儒行)〉1) 17장보다 더 상세한
것이 없다. 이것을 어떤 이는 성현의 일로서 각각 지적한 바가 있다고 하
고, 어떤 이는 공자의 말로서 사실은 자신을 말한 것이라고 하는데, 지금
이를 분석하여 상세히 논할 수 있겠는가.

유가의 도[儒道]에는 어짊[賢]과 사악[邪]이 없어야 당연한데 《논어
(論語)》에서 군자와 소인을 나눈 것은 무엇 때문이며, 유가의 풍[儒風]
에는 한계가 없어야 당연한데 사서(史書)에선 산동(山東)과 하북(河北)
을 분별한 것은 무엇 때문인가.

한 고조(漢高祖)는 유관(儒冠)에 오줌을 누었으나 유풍(儒風)이 서경
(西京) 장안(長安)에서 크게 떨쳤고, 당 효문제(唐孝文帝)는 태학관(太
學館)을 지었으나 건중(建中) 연간에 문득 유림의 화가 일어났으니 나라
를 세울 때의 규모는 후세와 관계가 없는 것이며, 양웅(揚雄)은 이단(異
端)으로 돌아갔으나 선비를 숭상하는 의론이 천(天)·지(地)·인(人) 삼
재(三才)를 거론하기에 이르렀고, 급암(汲黯)은 바른 사람이라는 이름이
났으나 선비를 헐뜯었다는 소문이 천고에 유전되었으니 그 까닭을 가히

얻어들을 수 있겠는가.

못난 선비인 수유(豎儒)·썩은 선비인 부유(腐儒)·비열한 선비인 비
유(鄙儒)·매인 선비인 구유(拘儒)라 하여 조롱한 말도 많고, 도둑 선비
인 도유(盜儒)·천박한 천유(淺儒)·비속한 이유(俚儒)·속빈 공유(空
儒)라 하여 배척한 예도 하나가 아닌데 그 이름을 낱낱이 지적할 수 있
겠으며, 안자(顔子)·증자(曾子)·자사(子思)·맹자(孟子)는 다같이 유종
(儒宗)인데도 순정한 학자인 순유(醇儒)라는 지목이 홀로 맹자에게만 돌
아갔고, 수하(隨何)·육가(陸賈)·신배(申培)·숙손통(叔孫通)은 모두
선비인데도 두루 능통한 통유(通儒)라는 칭호가 오직 숙손통에게만 있었
으니, 그 뜻을 상세히 말할 수 있겠는가.

사장(詞章)은 당(唐)나라 때보다 더 성행된 적이 없었는데도 창려(昌
黎)·한유(韓愈)는 덕(德) 있는 친구가 없었고, 도학(道學)은 이정자(二
程子)·소옹자(邵雍子)에게 와서 지극히 융성하였으나 소동파(蘇東坡)는
따로 학파를 만들었으니, 유학(儒學)과 문장(文章)은 그 길이 같지 않은
때문인가.

어두운 선비인 무유(瞀儒)란 무슨 책에서 나왔고, 드높은 노학자인 기
유(耆儒)는 과연 누구를 가리킨 것이며, 명(明)나라 때 해진(解縉)과 양
영(楊榮) 등 제공은 주자(朱子)의 글을 표장(表章)하였으나 주자와 다른
학설이 명나라 말년에 가장 많았고, 명나라 정황돈(程篁墩)은 사실 육상
산(陸象山)의 학설을 높였는데도 그의 《심경부주(心經附註)》2)가 유학에
서 존숭(尊崇)을 받으니, 그 까닭을 모두 지적하여 말할 수 있겠는가.

우리 성상(聖上)께서 선비를 높이고 도학(道學)을 중히 여기시며, 문
학(文學)을 두둔하고 학문을 일으키시어, 즉위(卽位)하신 지 20년에 지
극한 교화가 넘쳐흐르게 되었으니, 마땅히 팔도(八道) 모든 고을의 선비
라 이름하는 이는 함께 인재를 육성하는 교화에 젖어서 모두 현인(賢人)

---

2) 심경(心經)－송(宋)나라 진덕수(眞德秀)가 찬(撰)한 성현들의 심경을 논한
격언집. 여러 유학자들의 주(註)가 있는데 여기서는 정황돈(程篁墩)의 주를
말함.

이 많다는 노래에 올라야 할 것이다.

그런데 어찌하여 곡산(谷山) 고을만은 홀로 따뜻한 봄을 막고 스스로 우로(雨露)의 은택을 뒤로 하는가. 지방 향례(鄕禮)에 관한 서적을 반포(頒布)하여도 예의로써 사양하는 풍속이 진작되지 않고, 향약(鄕約)의 제도를 밝혀도 효제(孝悌)한다는 소문이 들리지 않으며, 대성전에 석채(釋菜) 올리는 반열(班列)에는 떠들어대어 엄숙하지 않고, 검소하게 먹고 공부하는 향교에는 글 읽는 소리가 멎었으며, 독점하는 재임직(齋任職)은 솔개가 새를 채어가듯 하여, 치고받는 송사(訟事)가 반드시 재임과 관련되고, 소위 훈장이라는 사람은 살쾡이가 호랑이 행세를 하듯이 빈번한 소장(訴狀)이 모두 훈장에 의해 작성되는가 하면, 시장의 푸줏간에 팔을 흔들며 출입하며 산림(山林)에 몸을 닦는 선비를 차가운 눈으로 흘겨 보며, 학교의 전답에서 생산된 쌀을 자기 주머니에 든 것처럼 마구 쓰고, 향교에 장서한 책을 모두 자기 집 창과 벽에 도배하며, 투호놀이[投壺戲] 하는 자리에 싸우는 기색이 먼저 나타나고, 잔치 모임에는 여전히 시끄럽게 떠들어대니, 선비의 관을 쓰고 선비의 옷을 입는 장소에서 이러한 풍습이 있으리라고는 생각지도 못하였다.

아! 경서(經書)를 이야기하고 예(禮)를 강론하며, 도(道)를 안고 행실을 닦아야 할 것은 아예 말할 나위도 없지만 심지어 공령(功令)의 하찮은 재주와 시(詩)·부(賦)의 작은 기술을 아무리 속유(俗儒)·누유(陋儒)라도 거의 성심껏 진취하려 하는데, 곡산(谷山)의 선비들은 하찮은 재주와 작은 기술도, 모두 높고 멀어서 행하기 어려운 것으로 간주해 버리는가 하면, 명예가 잠시만 알려져도 문득 선생을 압도한다는 꾸짖음을 부르게 되고, 과거 날짜가 돌아오면 다만 뇌물 바칠 길만을 찾으며, 거접(居接)3)한 지 며칠만 지나면 삼삼오오로 떠돌아다니고 순제(旬題)4)를

---

3) 거접(居接)―글방이나 조용한 곳에서 과거 준비의 공부를 하는 일(고시 준비실과 같은 곳).
4) 순제(旬題)―성균관이나 향교에서 10일에 한 번씩 공부하는 유생들에게 보이던 시문(詩文)의 시험문제.

백 번쯤 되풀이하고도 감당 못하는 모습은 예와 다름없으며, 군수(郡守)
의 권장에 눈살이 먼저 찌푸려지고, 도백(道伯)의 향시(鄕試)도 털끝 하
나 까딱하지 않는다.

　수안(遂安) 고을은 문사(文士)가 매우 많은데도 분발하는 뜻이 전혀 없
고, 신계(新溪) 고을은 진사(進士)가 줄을 이었는데도 전혀 분비(憤悱)5)
하는 기색이 없다. 선비의 기상과 풍습이 여지없이 이처럼 타락된 것은,
지방을 지키는 벼슬아치가 앉아서 봉급만 축낼 뿐, 잘 이끌어주지 못한 소
치이다. 스스로 반성하고 부끄러워해야지, 누구를 원망하겠는가. 지금 온
고을 선비로 하여금 집집마다 예의에 맞는 행실을 익히고, 사람마다 경사
(經史)의 깊은 뜻을 통하며, 옛 풍속을 크게 진작하여 함께 대도(大道)에
돌아가고, 한편으로 사장(詞章)의 재주를 통하여 점차 벼슬길로 나아가,
궁벽하고 미개한 고을을 문명한 지역으로 변화시키도록 하려면, 그 방법
이 어디에 있겠는가. 아! 우리 여러 선비는 각자 마음껏 기술하라.

問　儒(谷山府鄕校試士)

　問周禮天官 以道得民 謂之儒 儒之名 不其大歟 儒之說 莫詳於
儒行十七章 而或謂賢聖之事 各有所指 或謂夫子之言 實是自道 今
可分析而詳論歟 儒道宜無賢邪 而論語之分君子小人何歟 儒風宜無
界限 而史傳之別山東河北何歟 漢高溲冠 而儒風大振於西京 文皇
築館 而儒禍却起於建中 立國規模 無關於後世歟 揚雄歸於異端 而
崇儒之論 至擧三才 汲黯號爲正人 而毀儒之名 流傳千古 其故可得
聞歟 竪儒腐儒鄙儒拘儒 譏嘲多端 盜儒賤儒俚儒空儒 排斥不一 其
可一一指名歟 顔曾思孟 同是儒宗 而醇儒之目 獨歸孟子 隨陸申孫
俱有儒名 而通儒之稱 唯在叔孫 其義可詳言歟 詞章莫盛於李唐 而
昌黎未有德隣 道學極隆於程邵 而東坡別立門戶 儒之與文 其道不

---

5) 분비(憤悱)―공부하려는 열성이 표정이나 말에 나타난다는 뜻인데 《논어(論
語)》에 '不憤이면 不啓하고 不悱이어든 不發한다'고 했다. (述而篇)

同歟 瞀儒出於何書 者儒果指何人 楊解諸公 表章朱書 而異説最多
於明末 篁墩不受 實宗陸學 而心經見尊於斯文 皆可以指陳其所由
歟 惟我 聖上 崇儒重道 右文興學 臨御二紀 至化洋溢 宜其八域諸
州以儒爲名者 咸沐菁莪之化 皆登棫樸之頌 而何乃谷山一邑 獨阻
陽春 自殿雨露 鄉禮之書 雖頒而禮讓之風不興 鄉約之制 雖明而孝
弟之行不聞 釋菜之班 喧鬧不靖 食蘉之地 絃誦尚寂 圖占齋任 如
鷙攫禽 而鬥毆之獄 必連齋任 號稱訓長 如貍作虎 而訴牒之煩 皆
由訓長 墟市屠沽之場 掉臂出入 山林謹飭之士 冷眼睥睨 學田之米
看作囊橐 校宮之書 盡歸牕壁 投壺之席 爭氣先見 流觴之會 紛呫
依舊 不意冠儒服儒之地 乃有此等風習也 噫譚經説禮 抱道修行 尚
矣毋論 甚至功令末藝 詩賦小技 雖俗儒陋儒 蓋莫不誠心向前 而谷
山之儒 並與末藝小技 而付之於高遠難行 名譽乍騰 輒招倒室之譏
科舉有期 但尋關節之路 居接才過數日 三三五五之求去 句題雖至
百巡 州州荒荒之如舊 官長之勸獎 眉頰先慼 道伯之盛舉 毫毛不動
遂安則文士彬蔚 而少無激起之意 新溪則進士聯翩 而頓無憤悱之色
士氣士習 無復餘地 此莫非守土之官 坐費廩祿 不能誘掖之致 自念
自愧 尚誰尤也 今欲使一鄉儒士 家習禮義之行 人通經史之奧 丕變
舊俗 咸歸大道 旁通詞藝 漸進亨衢 得以僻陋之鄉 化作文明之域
則其道何由 嗟我諸生 其各悉著于篇

(5) 논어에 대한 대책문(論語策)

(지금 책문은 산삭하고, 다만 어비 한 구절만 싣는다)

> —《논어》의 〈제론(齊論)〉은 두 편이 더 많았고, 〈고론(古
> 論)〉은 〈자장편(子張篇)〉을 나누어 두 편으로 만든 것
> 인데 제론이 참되고 고론은 위작이라 생각한다.

《논어》의 〈제론(齊論)〉[1]은 문왕(問王)·지도(知道) 두 편이 더 많고

엄중(淹中)에서 나온 〈고론(古論)〉은 〈자장편(子張篇)〉을 나눠 두 편
으로 만들었습니다. 신은 〈제론〉은 잡되고 〈고론〉은 위작이라 여겨집
니다. 《수서(隋書)》〈경적지(經籍志)〉에 의하면 '장우(張禹)가 〈제론〉
과 〈노론(魯論)〉 두 책을 합하여 번거롭거나 의심된 것을 고치고 외람되
거나 조작된 것을 삭제했다'고 하였으니, 〈노론〉의 구본(舊本)과는 서로
이동(異同)이 없지 않은데, 어찌 공자의 장서함인 공벽(孔壁)에서 나온
고서(古書)로서 그 장구(章句)의 번거로움과 생략한 그 차이가 없겠습니
까. 한 편을 두 편으로 나눈 것은 《서경(書經)》의 〈제전(帝典)〉을 〈요전
(堯典)〉과 〈순전(舜典)〉 두 편으로 나눈 수법2)에 불과한 것으로, 도리어
교묘하게 하려다가 졸렬하게 된 것만 더욱 드러내고 말았습니다. 공안국
(孔安國)과 정현(鄭玄)이 이를 참고하여 주(注)를 썼는데, 진군(陳群)과
하안(何晏)이 한결같이 스승의 학설만을 따랐으니, 참으로 개탄스러운
일입니다.

論語策(今刪不錄 只錄 御批一節)

齊論 多問王知道二篇 古論 分子張爲二篇 臣以爲齊論雜而古論
僞也 據經籍志 張禹 合齊魯二書 刪其煩惑 除其濫僞 則於魯論舊
本 不無出入 安有孔壁古書 而章句煩省 一無所異者乎 分一爲二

---

1) 제론(齊論)-《논어(論語)》의 별본.《한서(漢書)》예문지(藝文志)에 '《논어》는
   본래 공자의 말을 그 문인들이 서로 의논하여 편찬한 까닭에 그렇게 명명한
   것인데, 한(漢)나라가 천하를 통일한 뒤로 〈제론〉과 〈노론(魯論)〉의 설이 생
   겨 〈제론〉을 전한 사람으로는 왕길(王吉)·송기(宋畸) 등이 있고, 〈노론〉을
   전한 사람으로는 공분(龔奮)·하후승(夏候勝) 등이 있었다.' 하였다.

2) 제전(帝典)을 …… 나눈 수법-이는 공벽본(孔壁本)을 위작(僞作)이라 주장하
   는 사람들의 말로, 복생(伏生)의 금문(今文)《서경(書經)》에 〈순전(舜典)〉이
   〈요전(堯典)〉에서 분리되지 않았고 매색(梅賾)이 올린 본(本)에도 〈순전〉이
   따로 독립되지 않았는데, 그 뒤에 왕숙(王肅)의 주본(注本)에는 따로 분리되
   었다. 그러므로 일부 사람들이, 왕숙이 공벽본의 《서경》 체제를 따른 때문에
   고문본에는 본래 2편으로 분리된 것이라고 하였다.(민추본에서)

即不過劈帝典爲堯舜二典之手法 愈顯其欲巧之拙也 孔鄭之參考爲
注 陳何之一遵師說 誠可慨矣

(6) 맹자의 참뜻을 밝히는 대책문(孟子策)

> ― 맹자의 인·의·예·지는 공자의 인(仁)과 효제의 이념
> 과 다르지 않고, 왕도정치론은 공자의 《춘추전》과 일맥
> 상통하며 호연지기론은 천명(天命)에 근본을 둔 성선설
> (性善說)의 정신임.

왕은 묻기를,

맹자는 공자 이후의 일인자이며, 《맹자》 7편의 경서는 맹자의 도가 실
린 것이라 할 것이다.

신은 대답하되,

신은 일찍이 성현의 도의 전통은 위로 무왕(武王)에 그치고 아래로는
맹자에 그쳤으므로 그 기상도 서로 비슷하다고 여겨왔습니다. 지금 만
약 《맹자》의 글로 인하여 맹자의 도를 구한다면 거의 잘못이 없을 것
입니다.

맹자가 평생 정성들여 온 뜻은 곧 백 리의 땅에 왕도(王道)를 일으키
는 것이었으나, 그 방법은 불과 5묘[1]의 집터에 뽕나무를 심고 닭이나 돼
지의 번식 시기를 잃지 않으며, 상(庠)이나 서(序)[2]의 학교 교육을 신중
히 하여 효제(孝悌)의 뜻을 거듭 밝히는 등 몇 구절뿐입니다.

이를 지금 본다면 참으로 평이하고 천근(淺近)한데, 당시의 제후들이
귀담아듣지 않다가 끝내 전쟁하는 일에서 벗어나지 못하였습니다. 그래

---

1) 오묘지택(五畝之宅)―주(周)나라 때 정전법(井田法)에서 성년 남자 한 사람
  에게 주는 주택 대지의 넓이.
2) 상서(庠序)―중국 고대의 초등학교 교육을 말함. 서상(序庠)이라고도 했다.

서 무왕 이후로 왕도가 끝내 종식되어, 무왕이 '말기에 천명을 받았다(末受命)'는 세 글자가 마침내 천고의 뜻있는 선비의 한이 되고 말았던 것입니다.

옛날 공자가 소(韶)를 일러 '진선(盡善) 진미(盡美)'라 하였고 무(武)를 일러 '진미하나 진선하지 못하다'[3]고 하였습니다. 후학들이 볼 때 공자와 맹자에게도 진실로 소(韶)와 무(武)의 분별이 없지 않으나, 맹자가 이단을 배척하고 심성(心性)의 근원을 환하게 논했으니, 맹자는 참으로 신성(神聖)의 다음입니다. 불행히 맹자를 비방하는 의논이 순경(荀卿)의 비십이자(非十二子)[4]의 설에서부터 시작되어 꼬집고 늘어지는 자들이 대대로 연이었습니다. 오늘날 성인의 학문이 퇴폐하고 이단의 학설이 멋대로 날뛰므로 맹자의 도를 하루 속히 찬양해야 하는데, 전하의 물음이 때마침 미치시니, 신이 어찌 감히 소견을 피력하여 임금님 명에 대답 천명해야 하지 않겠습니까. (두 번째 대문은 삭제되었다)

또 묻기를,

어떤 이는 '맹자가 여러 나라를 방문하였으나 때를 만나지 못하자 물러나서 《맹자》를 저술했다'고 하고 어떤 이는 '돌아간 뒤에 그 문인들이 《맹자》를 추기(追記)했다'고 하니 두 설에서 어떤 것이 옳은가?

《논어(論語)》에서는 다만 인(仁)에 대해서만 말하였는데, 《맹자》에는 인(仁)·의(義)·예(禮)·지(智) 사덕(四德)을 아울러 말하였고, 《춘추(春秋)》에는 유독 주(周)나라만을 높였는데 《맹자》에는 누구나 왕도(王道)를 행하라고 권하였으니, 맹자의 소원은 공자를 배우는 데 있었으면서도 서로 반대되는 듯한 것은 무슨 까닭인가? '호연지기(浩然之氣)를 잘 기른다'는 말은 참으로 전성(前聖)이 계발하지 못했던 것을 발명한 공

---

3) 소(韶)와 무(武)─소는 순(舜)임금의 음악. 무(武)는 주(周)나라 무왕(武王)의 음악인데, 공자는 "謂韶하시되 盡美矣 盡善也라 하고, 謂武하시되 盡美矣 未盡善也"라 하였다(《論語》〈八佾篇〉).

4) 비십이자(非十二子)─순황(荀況)이 지은 《순자(荀子)》의 편명.

로가 있는데, 다만 '성(性)은 선(善)하다'고만 말하였으니, 기(氣)를 논하는 데 구비하지 못하나 혐의가 없지 않겠는가?

《시경(詩經)》·《서경(書經)》은 말하기 좋아하면서 《주역(周易)》의 글만은 인용하지 않았고 성인의 경지에 들었으면서 오히려 전국(戰國)시대의 습속을 면하지 못한 것은 무슨 까닭이며, 규칙을 확립하였으나 천 길 높이에서 우뚝 서서 자재로운 기상이 있었고, 채화(綵花)5)를 만들어냈으나 흔적이 없는 조화(造化)의 공이 모자란 것은 무슨 까닭인가?

대답하되,

맹자 자신이 저술했느니 문인들이 추기했느니 하는 두 가지 설이 있는 것은, 신이 생각하건대 자기가 저술했다고 주장하는 사람들은 '장주(莊周)가 장자(莊子)라 자칭하고 안영(晏嬰)이 안자(晏子)라 자칭하였으니, 《맹자》에서 맹자라 자칭한 것을 보면, 추기했다는 증거가 될 수 없다'라 하고, 추기했다고 주장하는 사람들은 '등문공(滕文公)과 양양왕(梁襄王)의 죽음이 모두 맹자보다 뒤였으므로 그 시호를 미리 사용할 수 없었을 것이요, 공도자(公都子)와 악정자(樂正子)의 무리가 모두 맹자에게 집지(執贄)하는 문하생이므로 자(子)로써 존칭할 수 없었을 것이다'라고 하니, 두 말이 다 이치에 가깝습니다.

그러나 조기(趙岐)가 일찍이 《맹자》의 외서(外書) 4편6)은 그 문체가 넓고 깊지 못하여 《맹자》와 같지 않다 하여 깎아 삭제해 버리고 주석하지 않았으므로, 당시의 전습(傳習)이 모두 맹자의 저술이었다고 간주하였음을 알 수 있습니다.

사덕(四德)을 아울러 말한 것이 《논어》와 다르다는 것은, 신이 생각하건대 사덕은 본래 두 이치가 아닙니다. 그러므로 맹자가 어버이를 섬기

---

5) 채화(綵花)-색종이로 만든 조화(造花). 중국 고대 입춘(立春) 때 임금이 근신에게 내렸다 했다.

6) 맹자의 《외서(外書)》 4편-성선(性善)·변문(辨文)·설효경(說孝經)·위정(爲正)을 말하며 지금 전하는 맹자 7편은 내편(內篇)이다.

고[孝] 형을 따르는 것[弟]으로 사덕의 실제를 삼았으며, 공자도 효(孝)와 제(弟)로써 인(仁)의 근본을 삼았으니, 이로 말미암아 말한다면 맹자는 사덕을 총괄하여 인(仁)·의(義)를 삼았고 공자는 인·의를 합쳐 인을 삼은 것이니, 일찍이 두 가지가 있는 것이 아닙니다.

왕도(王道) 정치를 행하라고 권한 것이 《춘추(春秋)》와 다르다는 것은, 신이 생각하건대 공자가 온 천하(天下)를 주유(周遊)한 것은 주왕(周王)을 높이기 위해서였습니까, 아니면 왕도를 행하기 위해서였습니까. 일찍이 애공(哀公)의 물음에 답한 것에, 그 규모와 절차가 분명히 한 제왕(帝王)의 제도였지만, 한 마디도 주왕을 높여야 한다고 언급하지 않았으니, 공자의 평소 뜻을 대충 알 수 있습니다. 《춘추》에서 주왕을 높이는 것을 대서특필한 것은 진실로 그 글이 사서(史書)이기 때문이었습니다.

어떤 이는 맹자 때에 주나라가 더욱 쇠약한 때문에 제후들에게 왕도를 행하라고 권했다고 하는데, 신은 이를 믿지 않습니다.

호연지기를 기른다고 말하고서 다만 성선(性善)만을 말한 것은, 신이 생각하건대 맹자의 성선설은 천명(天命)에 근본한 때문에 일찍이 기질성(氣質性)을 겸해서 말하지 않은 것이요, 기질성에 대한 학설도 가로막힘이 있으므로 신은 감히 맹자의 설이 구비하지 못했다고 여기지 않습니다.

《시경》·《서경》은 말하면서 《주역》은 인용하지 않은 것은, 신이 생각하건대 《논어》·《예기》와 선진(先秦)의 제자(諸子)들도 《주역》을 인용한 적이 없었고, 시서를 인용한 것들로는 《좌전(左傳)》과 《국어(國語)》에 가끔 인용하곤 하였으니, 이 점에 대해서는 의심할 것이 없습니다.

성인의 경지(境地)에 들어갔으면서 전국시대의 여습(餘習)에 가까웠던 것은, 신이 생각하건대 성인은 그 투(套)를 똑같이 할 필요가 없습니다. 요(堯)·순(舜)·탕(湯)·주무(周武)의 기상이 현격하게 달랐으니, 문장이 날카롭고 의논이 준엄한 것을 들어 전국시대의 여습이라 하는 것은 옳지 않습니다.

천 길 벽 위에 우뚝 선듯한 것은 그 기상이 준엄한 때문이었고, 채화를 만들어 낸 것은 그 광휘(光輝)의 자취가 있기 때문입니다. 그러나 이런 등의 의논은 직접 모시고 배운 사람이 아니고는 망령되게 평론할 수 없습니다.

(또 묻기를),

어떤 이는 '《맹자》는 배우려고 해도 의거하여 힘쓸 만한 곳이 없다.'하고 어떤 이는 '읽고 나서야 비로소 왕도가 실행하기 쉽다는 것을 알 수 있다'하여, 선유(先儒)의 의견이 각기 다른 것은 무슨 까닭인가? 박사(博士)를 처음 설치한 것은 어느 시대에 시작되었으며, 과시(科試)의 학과 설치를 청한 것은 어떤 사람에게서 비롯되었는가? 송 고종(宋高宗)이 《맹자》를 손수 써서 병풍으로 만들었으니 《맹자》를 매우 좋아했다 할 수 있겠으며, 염희헌(廉希憲)[7]이 '맹자'라 호칭받았으니, 《맹자》를 잘 배웠다고 할 수 있겠는가? 전당(錢唐)[8]이 죽음으로써 직간(直諫)하였으나 이에 앞서 문장을 절취(切取)하여 글을 지었고 사마광(司馬光)이 《맹자》를 의심하여 책을 엮고도 말로 비방까지 하였으니, 이를 낱낱이 지적하여 자세히 말할 수 있겠는가. (이 아래는 빠졌다)

(대답하되),

배우려 해도 의거할 데가 없다고 한 것은, 맹자의 영기(英氣)가 넘쳐 흘러서 그 실천 공부가 드러나지 않은 때문이고, 읽고 나서야 비로소 왕도를 알 수 있다는 것은 말씀이 평이(平易)하여 권모술수의 말과는 같지

---

7) 염희헌(廉希憲)—원(元)나라 사람으로 《맹자》를 열심히 읽어서 세조(世祖)로부터 염맹자라는 호칭까지 받았다 함(《元史》 126권).

8) 전당(錢唐)—명(明)나라의 학덕이 높고 강직했던 사람. 명 태조가 《맹자》의 글 속에 '임금이 신하를 견마(犬馬)나 국인(國人)으로 본다면 신하가 임금을 토개(土芥)나 원수로 볼 것'이라는 대목을 보고 문묘에서 맹자 위패에 활을 쏘아 출향(黜享)시키려 하므로 전당이 배를 열고 대신 받고 죽음으로 직간(直諫)한 일이 있었다(《明史》 139권).

않기 때문입니다.

처음으로 박사를 설치한 것은, 신이 생각하건대 한 문제(漢文帝) 때에
처음으로 전기박사(傳記博士)를 두어 《논어》와 병렬(竝列)되었으나 오
히려 유가류(儒家類)에 소속해 있었고, 양(梁)·수(隋) 무렵에 이르러
비로소 경류(經類)에 승격되었으니, 그 시대를 상고할 수 있습니다.

과시의 학과 설치를 청한 것은, 신이 살피건대 조기(趙歧)와 육선경
(陸善經)이 주해(註解)를 낸 것이 염한(炎漢) 때에 시작되었는데, 이후
부터 모든 경서(經書)의 뜻을 풀이하는 데 《맹자》를 인용하여 사리를 밝
혀야만 박문(博文)이라 칭하였으니, 학과로 세우자는 의논은 당연히 이
보다 뒤에 있었을 것입니다.

송 고종이 손수 써서 만든 병풍은, 신이 생각하건대 송 고종의 어병
(御屛) 글씨가 의(義)·이(利)와 왕(王)·패(覇)의 분별에는 합치되지
만, 《맹자》를 좋아하기만 하고 그 단서를 캐내지 못하였으니 훌륭하다고
할 수 없습니다.

염희헌이 맹자라 호칭받은 것은, 신이 생각하건대 염선보(廉善甫)가
비록 뛰어난 자질이 있었으나 원 세조(元世祖)의 맹자란 호칭은 한때의
칭찬에 불과하였으니 이도 서술할 것이 못됩니다.

전당(錢唐)이 죽음으로써 직간한 것은, 신이 생각하건대 맹자의 '초개
지설(草芥之說)'은, 대개 나를 어루만져 주는가, 나를 학대하는가(撫我虐
我)라는 글에서 기인9)하였으니, 역시 당시의 제후들을 경계하기 위하여
말한 것입니다.

그러나 그 사기(詞氣)가 너무 격하여 마침내 돈후하고 권면하는 뜻이
모자랐으니, 명 태조(明太祖)가 곧바로 맹자의 위패(位牌)에 활을 쏠 때
전당(錢唐)이 자기 배를 내밀고 화살을 대신 맞은 것에 대하여는 신이
감히 그 일에 말참견할 수 없습니다.

---

9) 무아학아(撫我虐我)란 말은 이미 《시경》에 있던 말에서 기인했다고 함. 《후한
　서(後漢書)》〈양송전(梁竦傳)〉에는 '무아축아(撫我畜我)'라고 했다.

사마온공(司馬溫公)이 《맹자》를 의심한 것은, 신이 생각하건대 사마광의 《의맹(疑孟)》 11편은 현행 7편의 글을 맹자의 저술이 아니라고 의심한 것입니다. 그러나 건안(建安)의 여윤문(余允文)이 다시 《존맹변(尊孟辨)》 7권을 지었는데, 거기에는 이태백(李太白)의 《상어(常語)》, 정후숙(鄭厚叔)의 《예포절충(藝圃折衷)》10), 왕충(王充)의 《논형(論衡)》11)에서 맹자를 비방한 말과 소동파(蘇東坡)의 논어설(論語說) 가운데 맹자와 달랐던 것들을 모두 자세하게 변박하였으니, 이것이 성인을 따르는 옳은 뜻입니다. 신은 이것으로써 그 귀결을 짓는 바입니다.

(또 묻기를),

한(漢)나라 이후로 《맹자》가 이미 《논어》・《중용》・《대학》과 경류(經類)에 병렬(竝列)되어, 어떤 이는 '겸경(兼經)'이라 하고 어떤 이는 '소경(小經)'이라 하여, 배우는 이들이 높이고 신봉할 줄 알았고, 정자(程子)와 주자(朱子)에 이르러서는 장(章)과 구(句)를 분석하여 그 뜻의 귀결을 밝혔으니, 이 길을 따라 수사(洙泗)로 거슬러 올라간다면 거의 한 자리에서 오르며 내리며 맴돌거나 막힌 물처럼 갈 길이 끊기는 걱정이 없을 것이다. 그런데 어찌해서인지 이 글이 밝혀질수록 사문(斯文)이 더욱 어두워져 양지(良知)의 학문은 고자(告子)에게 전수되고 노상(路上)에 들리는 말은 태반이 다 향원(鄕愿)12)이라 하니(이하는 빠졌다), 오늘날 맹자가 입언(立言)해 놓은 뜻을 알고 현재 행사하는 가운데서 안택(安宅)에 머물고 정로를 행하는 계제를 삼으려면 그 방법이 무엇인가?

(신은 대답하되), (윗구절은 삭제되었다).

아! 성인의 세대가 멀어지고 말씀이 인멸되어 그 향기와 목소리가 모

---

10) 예포절충(藝圃折衷) — 한(漢)의 정원(鄭原)이 저술한 책 이름.
11) 논형(論衡) — 한(漢)의 왕충(王充)이 저술한 책 30권. 사물의 경중을 논평한 내용.
12) 향원(鄕愿) — 지방 향인(鄕人)으로부터 덕망이 있다고 칭찬은 받으나 실제가 그렇지 못한 사람을 말했다.

두 없어졌으니 그 한 부분이라도 엿볼 수 있는 것은 오직 성인의 경전이 있을 뿐입니다.

대저 칠서대전(七書大全)만이 단독 유행되면서부터 이 세상에 태어난 사람들은 어려서부터 정신이 아득하도록 50책의 테두리에서 벗어나지 못한 채, 반 점 한 획도 하늘에서 만들어낸 것으로 여기고 한 글자 반 구절도 철칙으로 알아 자기의 천품과 밝은 지혜를 막아두고 감히 따로 생각하거나 의논하지 못하게 되었습니다. 그리하여 선유(先儒)들의 주(注)와 소(疏)가 이미 기벽(奇僻)한 글이 되고, 후세 선비들의 논변은 모두 사문난적(斯文亂賊)으로 몰렸습니다.

이런 것뿐만 아닙니다. 3년마다 치르는 대비과(大比科)에서 명경과(明經科)로 선발된 자는 대체 무엇하는 사람들입니까. 토서(土書)13)를 전습하는 것으로 출세의 계책을 삼고, 음화(淫話) 따위를 표기해서 기억력을 도우면서 이를 잘 깨쳐지는 방법인 '성령(醒令)'이라 칭하여 혼돈에서 깨어나지 못하고 시끄럽게 읽어대기만 하니, 신은 조정에서 이런 사람을 얻었다 해서 무슨 도움이 있으며, 이런 사람을 잃었다 해서 무슨 손실이 있을지 알지 못하겠습니다.

이단(異端)의 해독으로 말하면, 후대에 노장(老莊)과 불씨(佛氏)가 가장 심합니다. 그러나 우리나라에는 본래 도교(道敎)가 없고 불교만이 신라와 고려에서 흥성하여 그 끼쳐진 해독과 기세가 지금까지 없어지지 않았습니다. 크고 높은 집들이 명산마다 들어앉고 범패(梵貝)의 서적이 서가(書架)마다 가득 찼는데, 그 집은 그대로 두고 그 서적만을 불사르라는 명령은 들을 수 없으며, 여러 능(陵)을 수호하는 자는 절을 지키고, 후궁(後宮)들의 소원을 비는 절집들이 곳곳마다 즐비하고 날마다 새로워져 가기 때문에 신이 한밤중에 통분해하면서, 전하의 도를 잡으신 권병(權柄)이 행여 확고하지 못하신가고 의심하지 않을 수 없습니다.

---

13) 토서(土書) - 한문자 경전(經典)을 우리말로 읽는 일 또는 음독(音讀)하는 일. 다른《맹자책》에서는 '언문전습(諺文傳習)'이라고 했다.

아니면 재앙과 복의 문이 여럿이라 생각하여 의심난 것을 우선 그대로 두고 요행을 바라시어, 마치 한무제(漢武帝)가 방사(方士)들에게 빠져 참다운 도사(道士)를 만날 것을 바랐던 예와 같은 것이 아닙니까.《시경》에 '점잖은 군자여, 복을 구하는 데 어긋남이 없다'[14]고 하였으니, 전하께서는 성학(聖學)이 고명하여 전고에 뛰어나시니, 어찌 재앙과 복의 근원을 모르고 이처럼 현혹되시겠습니까.

지금 맹자의 글을 읽고 맹자의 도를 발휘하고자 하신다면, 성인의 경전(經傳)을 밝혀 정학(正學)을 보호하고 이단(異端)을 그치게 하려면 요망스러운 뜻을 끊어버리는 것보다 나은 것이 없습니다.

그러나 신이 일찍이 생각해 보니, 성인의 경전이 밝혀지지 못한 것은 경전을 전공하지 않은 연유요, 이단이 종식되지 않는 것은 학문이 밝아지지 못한 탓입니다.

대저 '장님이 귀가 밝고 귀머거리가 눈이 밝은 것'은 뜻을 하나로 하여 애써 노력하는 때문입니다. 그러므로 키[箕]나 갖옷[裘] 만드는 재주를 대대로 전습하고 수레바퀴[輪]나 수레틀[輿] 만드는 재주를 대대로 전해가는 것입니다.

이 때문에 한(漢)나라에서 전문직을 두어 책임지게 한 것인데, 더구나 이치에 분명하지 못하고 말뜻에 자세하지 못하면서도 백성들에게 금지시켜 본받지 말라고 한다면, 백성들의 뜻은 더욱 의심될 것입니다. 진실로 어리석은 지아비나 아낙네들로 하여금 석가(釋迦) · 관음보살(觀音菩薩)의 말이 패망(悖妄)한다는 것과 윤회(輪回) · 인과(因果)설이 허황된 말임을 알게 한다면, 비록 날마다 종아리를 때리면서 그 어버이를 버리거나 즐겨하는 일을 끊으라고 한다 해도 머리를 깎고 소나 돼지에게 절하라고 하여도 따르지 않을 것입니다.

그러니 지금 전하께서 마땅히 명을 내리시어 새로이 오경박사(五經博

---

14)《시경》〈대아편(大雅篇)〉에 '기제군자 구복불회(豈弟君子 求福不回)'라고 했다.

士)를 두고 고금의 경전에 대한 학설을 수집하여 이를 두루 이해하고 통달
케 하며 분별하게 하시며, 나머지 경전에도 각기 학과(學科)를 두어 전공
의 효과를 책임 지울 것이며, 따로 한 과(科)를 두어 배불(排佛)할 방법만
을 다스리게 하되, 논변(論辯)이 명확하고 의논이 절실한 자를 높은 등급
에 두며, 그 중에 정미하고 순수한 것을 뽑아 한 책을 만들어 팔방에 간포
(刊布)하여 각기 그 쌓인 의혹을 풀고 바른 길로 돌아가게 할 것이니, 이렇
게 하면 추맹씨(鄒孟氏)의 평생 고심이 후세에 와서 퍼지게 되어 대도(大
道)를 찬양하는 데 더할 나위가 없을 것입니다. (아래 대목은 삭제되었다)

〔부침〕《맹자(孟子)》에 대한 대책문(요약분)

(지금 책문은 산삭하고 다만 어비 한 구절만 싣는다)

> ── 전편의 《맹자》 책문 중 임금이 비점을 찍은 부분만 따
> 로 뽑은 것인데 지금 《맹자》를 읽는 서생들이 속뜻은
> 모르고 음독(音讀)으로만 암송하는 폐단을 논한 글

칠서대전(七書大全 ; 胡廣이 편찬한 永樂本을 말함)만이 세상에 유래
된 뒤로부터 이 세상에 태어난 사람들은 어린이로부터 늙은이에 이르기
까지 이 50권의 테두리를 벗어나지 못하여 반 점이나 한 획도 마치 하늘
이 만들어낸 것으로 여기고 한 글자나 한 구절을 철칙으로 알아 스스로
의 영명(靈明)한 지혜를 계발하지 못하고 막아두어, 감히 달리 생각하거
나 의논하지 못하게 됨으로써 선유(先儒)들의 주(注)와 소(疏)가 이미
기벽(奇僻)한 글로 되어버리고 후세 선비들의 논변이 모두 사문난적(斯
文亂賊)으로 몰렸습니다. 더욱 가소로운 것은 3년마다 치르는 과거인 대
비과(大比科)1)에서 명경과(明經科)에 선발된 자는 과연 어떠한 사람들
입니까. 한문을 음으로만 전습(傳習)하는 것2)으로 출세의 계책을 삼고,

---

1) 대비과(大比科)─3년마다 정기적으로 실시하는 과거시험인 식년과(式年科).
   이는 자(子)・묘(卯)・오(午)・유(酉)의 지(支)가 드는 해에 시행했다.

음화(淫話) 따위를 암호로 표기하여 기억력을 도우면서 이를 '성령(醒令)'이라 칭하여 혼돈(混沌)에서 깨어나지 못하고 시끄럽게 외워대기만하니, 신은 조정에서 이런 사람을 얻었다 해서 무슨 도움이 있으며, 이런 사람을 잃었다 해서 무슨 손실이 있는지 모르겠습니다.(원문은 생략)

孟子策

王若曰 孟子 孔子後一人 而孟子七篇 孟子之道所載也

臣對曰 臣嘗謂聖賢之統 上焉而止于武王 下焉而止于孟子 故其氣象 亦大槩相近 今若因孟子之書 而求武王之道 則亦庶乎其無悖矣 孟子之平生拳拳 卽百里興王之道 而其事 則不過曰五畝之宅 樹以桑 雞豚之畜無失時 謹庠序之敎 申孝弟之義 數句語而己 以今觀之 何其至平易至淺近 而當時諸侯 聽我藐藐 卒不能擺脫於堅甲利兵之功 斯所以武王之後 王道遂熄 而末受命三字 終爲千古志士之恨者也 昔孔子 謂韶爲盡美盡善 謂武爲未盡善 後學之於孔孟 固不能無韶武之分 而觝排異端 洞辨心性之原 誠乎神聖之亞也 不幸誹毁之論 始作於荀卿子非十二之說 而啄之嚼之者 代有紹述 今聖學蓁莽 異說縱橫 孟子之道 急於闡揚 而淸問適及 臣敢不披瀝而對揚哉(第二節刪)

或以爲歷聘不遇 退而著書 或以爲沒後 門人追記 其言二說 何者爲是歟 論語只說仁字 而孟子並言四德 春秋獨尊周室 而孟子勸行王道 所願學孔 而若相反者然何歟 善養浩氣 誠有發前未發之功 而只道性善 得無論氣不備之嫌歟 好說詩書 獨不引周易之辭 優入聖域 而猶未免戰國之習何歟 把定繩墨 而有千仞自在之象 剪出綵花

---

2) 우리나라 과거 준비생들이 경서를 익힐 때 음독(音讀)하여 외우고 훈독(訓讀)하여 뜻을 파악해야 하는데 그때 편법으로 음독으로 외우고 속뜻을 모르는 암기법을 사용해서 과거에 급제하는 악습이 있었음을 말한다. 맹자 책에서는 '토서(土書)'라고 했다.

而乏造化無跡之功何歟

　　自著追記之有二說者 臣以爲主自著之說者 曰莊周自稱莊子 晏
嬰自稱晏子 則篇中之自稱孟子 不足爲追記之證也 主追記之說者
曰滕文梁襄之薨 皆在後時 則不當預擧其證 公都樂正之倫 皆嘗
執贄 則不當尊稱爲子 二說皆近之 然趙歧 嘗於外書四篇 以其文
不弘深 不類孟子 刪而不注 則當時傳習之 皆以爲自著可知也 並
擧四德之異於論語者 臣以爲四德 本無二致 故孟子以事親從兄
爲四德之實

　　而孔子以孝弟爲仁之本 由是言之 則孟子以四德合而爲仁義 孔
子又以仁義合而爲仁 固未嘗有二也 勸行王政之異於春秋者 臣以
爲孔子之轍環天下 其爲尊王歟 抑爲行王歟 嘗答哀公之問 規模
節目 粲然一王之制 而一言未及於尊王 則夫子平日之志 槩可知
也 春秋之大書特書 誠以其文則史也 或以爲孟子之時 周衰益甚
故勸諸侯行王者 臣未之信也 旣說養氣 而只道性善者 臣以爲孟
子言性 主於天命 故固未嘗兼包氣質 而氣質之說 亦有窒礙 臣未
敢以孟子爲未備也 說詩書而不引周易者 臣以爲論語禮記及先秦
諸子 從未見援引易詞 如引詩書者 唯左傳國語 時有引述 斯不足
疑也 入聖域而猶近戰國者 臣以爲聖人 不必一套 堯舜湯武 氣象
懸殊 恐不可以詞氣之遒逸 議論之頓挫 便謂戰國之餘習也 壁立
千仞 以其氣象之峻截也 剪出綵花 以其光輝之有跡也 然此等議
論 苟非親炙之人 不當妄有評品也

　　或謂學之 則無可依據而用力 或謂讀而後 始知王道之易行 先儒
之論 各儒牴牾何歟 始置博士 昉於何代 請爲學科 出自何人 高宗
手書屛風 可謂之篤好 希憲號稱孟子 可謂之善學歟 錢唐以死直諫
而先有節文之撰修 溫公起疑成書 而又有言之詆譏 皆可歷指詳言歟
(此下缺)

學之無可依據者 以其英氣發越 不見踐履之工也 讀而始知王道
者 以其所言平易 不似權謀之說也 始置博士者 臣按漢文帝時 始
置傳記博士 與論語並列 而尚隸儒家 至梁隋之際 始進經類 時代
固可考也 請爲學科者 臣按趙岐陸善經注解之作 肇於炎漢 而自
是諸經通義 得引孟子以明事 謂之博文 則立科之論 當在是後也
高宗之手書屏風 臣以爲宋帝御屏之書 有契乎義利之辨 王霸之分
而說而不繹 不足多也 希憲之號稱孟子 臣以爲廉善甫 雖有魁偉
之姿 元世祖之號稱孟子 不過一時之獎詡 此不足述也 錢唐之以
死直諫 臣以爲孟子草芥之說 蓋本於撫我虐我之文 亦以爲儆戒時
君而發也 然詞氣太激 終欠於敦厚勸忠之義 則 高皇之直射祠版
錢唐之開腹受矢 臣不敢容喙於其間也 溫公之起疑成書 臣以爲司
馬光疑孟十一篇 蓋疑七篇之文 非孟子自著也 然建安余允文 又
作尊孟辯七卷 其中李泰伯常語 鄭厚叔折衷 王充論衡之刺孟語
及蘇東坡論語說中 與孟異者 皆辨之極詳 此爲遵聖之正義 臣以
是爲歸也

自漢以來 己與論語庸學 並列于經 或以爲兼經 或以爲小經(庸學
不入小經當更考) 學者知尊信矣 暨乎程朱 爲之句分章析 明其指歸
遵是路而溯洙泗者 庶乎無沿洄斷港之患 奈之何此書愈明 斯文愈晦
良知之學 傳法於告子 塗聽之說 太半是鄉愿(此下缺) 今欲使眞知立
言之旨 見諸行事之間 爲居安宅行正路之階梯 則其道何由
(上節刪) ○噫聖遠言湮 薰聲俱歇 而其或有一斑之可窺者 唯聖
經耳 自夫七書大全之單行獨擅 生斯世者 童習自粉 不出乎五十
冊圈套之中 一點半畫 認爲天造 隻字片句 看作鐵案 自鎖靈明
不敢思議 先儒注疏 已成奇僻 後儒辯駁 咸歸亂賊 不唯是也 三
年大比 其所薦拔於明經之科者 誠何人哉 土書傳習 作爲家計 淫
話標籤 號稱醒令 混沌未鑿 哇吹徒聒 臣未知朝廷之上 得此人何

所補 失此人何所減耶 至於異端之害 後來唯老佛爲首 然我國 本
無道敎 惟佛敎 盛於羅麗 遺毒餘烈 至今未泯 宏宮遼宇 盤據名
山 梵書貝文 充塞棟宇 廬居火書之令 已矣莫聞 而 諸陵守護之
寺 諸宮發願之堂 在在相望 出出愈新 此臣所以中夜憤痛 不能無
疑於 大聖人操道之柄 或不能堅確無移也 抑將以爲禍福多門 姑
存疑以僥僥 如漢武帝 羇縻方士 冀遇其眞之爲也 詩云 豈弟君子
求福不回 殿下 聖學高明 度越千古 豈不知禍福之原本 而眩惑若
是哉 今欲讀孟子之書 而闡孟子之道 則亦不外乎明 聖經以衛正
學 熄異端以絶邪志 然臣嘗思之 聖經之不明 由不專也 異端之不
熄 由不明也 蓋矇瞍精於耳 聲聵精於目 以其志一而力會也 故箕
裘代襲 輪輿世傳 斯漢氏所以責之以專門也

何況理有所不明 語有所不詳 而禁民勿效 民志愈惑 誠使愚夫
愚婦 皆知釋迦觀音之爲悖妄 輪回因果之爲幻誕 則雖日撻 而求
其棄親絶嗜 髡而拜牛豕 將不從也 今宜丕降 明命 創置五經博士
蒐羅古今經說 會通而辯明之 其餘經傳 各立學科 以責專治之效
另立一科 專治闢佛之法 辯說明覈 議論剴切者 置之高第 採其精
粹 裒成一帙 刊布八方 使各開其蔀惑 克反正軌 則鄒孟氏 平生
苦心 得以展布於後世 而其於闡揚大道 葸以加矣(下節刪)

(7) 중용의 뜻을 밝히는 대책문(中庸策)

> ─《중용》의 본뜻은 《논어(論語)》〈향당편〉의 예(禮)·악
> (樂)과 표리관계요, 공자의 중화의 덕과《중용》은 일맥
> 상통하고 특히 계신(戒愼)과 공구(恐懼)의 수양은《대학
> (大學)》의 수기(修己)와 통하고, 가장 중요한 점은 성
> (誠)으로서 천명대로 살라는 것임.

왕은 묻기를,

《중용》은 자사(子思)가 지은 글이다. 수많은 성인이 서로 이어온 심법 (心法)으로 전체와 대용(大用)이 갖춰져 있는데, 그 정밀하고 자세한 속 깊은 것들을 들을 수 있겠는가?

신은 대답하되,

신이 일찍이, 《중용》 한 책은 사실 《논어》의 제10장 〈향당편(鄕黨篇)〉과 서로 표리(表裏)가 된다고 여겨왔습니다. 왜냐하면 〈향당편〉은 성인인 공자의 예악의 문장(文章)이 밖에 드러난 것을 들어 말하였고, 《중용》은 성인의 도덕이 안에 충만한 것을 들어 말하였기 때문입니다.

따라서 성인의 마음 안에 쌓인 것을 알려고 하는 자가 이 글을 버리고 야 어떻게 하겠습니까. 대저 그 당시 문인(門人)들이 보았던 것은 성인의 위의(威儀)와 동작(動作) 사이에 불과하였지만, 공자의 손자인 자사(子思)는 자기 집안의 학문을 근본하였고 정통적 계보로 이었으니, 그 아는 바가 정수(精髓)하고 온오(蘊奧)로운 그윽함이 있었던 것입니다.

자공(子貢)의 '부자(夫子)의 문장은 볼 수 있으나 부자의 성(性)과 천도(天道)에 대한 말씀은 들을 수 없다'[1]고 한 말이 바로 이것입니다. 배우는 이들이 과연 〈향당편〉을 읽고서 그 표현된 문장을 터득하고 《중용》을 읽고서 그 함축된 도덕의 정신을 펼 수 있다면 공자를 배우는 데 무슨 어려움이 있겠습니까. (두 번째 구절은 삭제한다)

(또 묻기를),

'하늘이 명(命)한 것이 성(性)'이다 한 것이 책을 열면 첫머리에 나오는 뜻인데, 사람과 물상이 오상(五常)의 같고 다름이 큰 의문점이고 '계신(戒愼)과 공구(恐懼)'란 것이 학문의 큰 두뇌(頭腦)인데, 동(動) · 정(靜) · 관통(貫通)의 여부가 하나의 논쟁이 되어 있음은 무엇 때문인가?

성(性) · 도(道) · 교(敎)는 곧 세 가지 강령(綱領)인데, 두 번째 구절에

---

1) 이 대목은 《논어(論語)》에 '子貢曰, 夫子之文章은 可得而聞也이지만 夫子言 性與天道는 不可得而聞也니라'(〈公冶長篇〉)에서 온 말이다.

서 도(道)의 한 자만을 말하였고,[2] 희(喜)·노(怒)·애(哀)·락(樂)·
애(愛)·오(惡)·욕(欲)은 곧 일곱 가지 정(情)인데, 네 번째 구절에서
희·노·애·락 네 가지만을 거론한 것은 무엇 때문인가?

미발(未發)은 곧 성(性), 이발(已發)은 곧 정(情)으로 이를 통괄하는
것은 심(心)이고, 중(中)은 대본(大本), 화(和)는 달도(達道)로 이를 피
어나게 하는 것은 기(氣)인데, 경문(經文)에서 심(心)을 말하지 않고 기
(氣)를 거론치 않은 것은 무엇 때문인가.

신은 대답하되,

사람과 물상의 오상이 같고 다름에 대하여는 신이 생각하건대 하늘이
명한 성(性)은 만물도 다같이 받았으나 여기에서의 성은 인성(人性)만을
말한 것입니다. 인성인 뒤에야 오상을 갖출 수 있으므로 물성(物性)과
혼돈시켜서는 안될 것입니다.

계신(戒愼)은 '경계하여 삼가되 안 볼 것은 보지 말고(君子戒愼乎其所
不睹)'와 공구(恐懼)는 '두려워할손 아닌 것은 듣지 마라(恐懼乎其所不
聞)'의 보고, 듣는 동·정의 관통 여부에 대하여는 신이 생각하건대 사색
하고 헤아리는 사이에 신(神)의 눈으로 밝히는 바 아님이 없으며, 다급하
고 혼도할 때에도 더욱 이 마음을 잡아 경계해야 하므로 의당 동과 정이
하나로 일관되는 것입니다.

두 번째 구절에서 도(道) 자만을 말한 데 대하여는, 신이 생각하건대
이 도(道) 한 자는 위로 성(性) 자를 이어받고 아래로 교(敎)와 연결된
것으로서 바로 성기(成己)·성물(成物)의 주축이 되므로 의당 그 실마리
를 통괄하여 강령이 되는 것입니다.

네 번째 구절에서 네 가지 정(情)만을 거론한 데 대하여는, 신이 생각
하건대 칠정(七情)에 대한 설(說)이 《예기(禮記)》의 〈예운편(禮運篇)〉에

---

2) 이 대목은 《중용(中庸)》에 '道也者는 不可須臾離也이니 可離하면 非道也이
   다. 是故로 君子는 戒愼乎에 其所目睹하며 恐懼乎에 其所不聞이니라'라고
   한 구절을 말한다.

서 시작된 것으로 거론할 수 있는 정이 일곱 가지뿐이 아닙니다. 즉 부끄러워하는 것[愧]·뉘우치는 것[悔]·탐내는 것[忮]·한(恨)하는 것들에 대해 분명히 다르게 발현되고 있을 터인데도 어디에 귀속되는 바가 없습니다. 따라서 칠정이 꼭 사람의 정(情)을 통괄하는 것이 아니므로 여기의 네 가지만을 든 것은 굳이 의심할 나위가 없습니다.

경문(經文)에서 심(心)을 말하지 않고 기(氣)를 거론하지 않은 것은, 신이 생각하건대 하나의 인성(人性)에 대해 천품(天稟) 받은 것을 성(性)이라 이르고 운용(運用)하는 것을 심(心)이라 이르는데, 이 편은 천명(天命)을 근본으로 하였으므로 천품받은 것만을 들어 말한 것은 진실로 당연합니다. 또한 하나의 인성(人性)에 대해 의리(義理)로써 말하면 이발(理發)이라 이르고 형기(形氣)로써 말하면 기발(氣發)이라 이르는데 이 편은 천리를 근본하였으므로 중화(中和)를 들어 말한 것은 진실로 당연합니다.

(또 묻기를),

중(中)을 이루고 화(和)를 이루는 것은 공부(工夫)요, 천지가 제자리에 위치하고 만물이 잘 육성되는 것은 공효(功效)인데, 자기의 한 몸과 한 마음이 어떻게 천지 만물과 관계되기에 그 서로 연관되는 기미(幾微)의 묘(妙)가 이와 같단 말인가? 순임금은 집중(執中)3)만을 말하고 용(庸)을 말하지 않았으며, 공자는 중용(中庸)을 말하고 화(和)를 말하지 않았는데, 자사가 합하여 말한 것은 무엇 때문인가?

군자도 오히려 시중(時中)을 필요로 했으므로 가장 어려운 것이 시(時)자란 말인가? 소인도 스스로 중용을 한다고 여길 것이므로 굳이 반(反)자를 보충4)할 필요가 없었단 말인가?

---

3) 순(舜)의 집중(執中)은 《중용(中庸)》에 '子曰 舜은 其大知也與인저 舜이 好問而好察邇言하시되 隱惡而揚善하시며 執其兩端하시고 用其中於民하시니 其斯以爲舜乎이구나'(제6장)라고 했다.

4) 반(反)자 보충에 대하여-《중용》 제2장에 왕숙본(王肅本)은 '小人之反中庸'

중(中)의 뜻은 매 장마다 펴서 설론되었으나 용(庸)의 뜻은 용덕(庸德)·용언(庸言)이란 말 외에는 보이는 곳이 없으니 이는 무슨 까닭인가? 달도(達道)는 구절마다 거론되었으나 대본(大本)은 '천하지대본(天下之大本)'이라고 두 군데밖에 말하지 않았으니 이는 무슨 까닭인가?

(신은 대답하되),

자기의 몸과 마음이 온갖 조화와 서로 연관되는 것은 신이 생각하건대 성인이 중화(中和)의 공부를 다하여 천도(天道)와 서로 합치되면 하늘과 사람 사이에 서로 감응되어 바야흐로 천지가 제자리에 위치하고 만물이 잘 육성되는 공효가 이루어지게 되는데, '귀천 상하는 모두 그 자리에서 안존하고 만물은 모두 생장 육성된다'는 위(位)와 육(育)은 비록 조화의 주재하고 통제하는 정권의 힘이지만, 중화의 공부가 이것을 이룩하는 것이므로 비록 '성인의 극치'라 말하여도 옳을 것입니다.

자사의 이론이 순임금과 공자에 다름이 있는 것은, 신이 생각하건대, 집중(執中)에는 수지(守持)의 뜻이 있으니, 순임금에 대한 말에 이미 용(庸) 자가 언급된 것이며 '화하면서도 무리에 휩쓸리지 않는다'(和而不流)고 하는 《중용》 제10장의 말과 '중립하되 치우치지 않는다'(中立而不倚)라는 《중용》 제10장의 말은 공자의 말로 자사와 동일하지 않은 것이 아닙니다.

군자의 중용이란 것은, 신이 생각하건대 사물의 당연한 법칙은 때에 따라 각기 달라, 마치 저울에 물건을 올려 놓으면 물건의 무게에 따라 추가 다른 것과 같으므로 중용을 능동키 어려운 까닭도 때에 맞게 이를 적용해야 한다고 생각합니다.

소인(小人)이 중용과 반대되는 것은, 신이 생각하건대 왕숙(王肅)의 본(本)이 어디에 근거하여 반(反) 자를 누락하였는지 알 수 없으나 소인의 방자한 행실이 으레 의리에 의거하여 구실을 삼으므로 반자를 보충하

_____

의 反자가 빠졌다 하는 데서 하는 말.

지 않더라도 일찍이 통하지 못하지는 않습니다.

용(庸)자의 뜻이 자세히 보이지 않는 것은, 신이 생각하건대 용은 상(常)과 구(久)의 뜻입니다. 즉 '도(道)는 잠시라도 몸에서 떨어져서는 안 된다'는 말과 《중용》의 '백성이 능히 중용을 따를 자가 드문 지 오래다'(民鮮能久矣)라는 《중용》 제3장의 말과 '능히 한 달도 지키지 못한다'(不能期月守)라는 《중용》 제7장의 말은 모두 용자의 뜻들을 풀이한 것입니다.

대본(大本)을 두 군데서밖에 말하지 않았다는 것은, 신이 생각하건대 대본은 별다른 것이 아니고 다만 중(中)자의 미칭(美稱)이므로 중자를 중복해서 말한 것은 바로 대본(大本)에 대한 풀이입니다.

(또 묻기를),

중용은 스스로 가장 좋은 도리(道理)이므로 가릴 것이 없을 듯한데 '중용을 가린다'(擇乎中庸)라고 《중용》 제8장에 말하였고, 중(中)의 체(體)는 본래 일정한 방향이 없어서 의지할 데가 있는 것이 아닌데 '중용을 의지한다'(依乎中庸)라고 《중용》 제11장에 말하였으며, 지(智)와 우(愚)는 지(知)에 속하고 현(賢)과 불초(不肖)는 행(行)에 속하는데, 여기에서 모두 반대로 말한 것은 무슨 까닭인가?

'지·인·용은 능히 할 수 있으나 중용은 불가능하다'(智仁勇可能中庸不可能)고 《중용》 제9장에 말하고서 대순(大舜)의 지(智)는 중(中)을 사용하는 데 있고 안연(顔淵)의 인(仁)은 중(中)을 선택하는 데 있는 것으로 말한 것은 무엇 때문인가?

비(費)와 은(隱)은 이(理)이고, '소리개가 나는 것과 물고기가 뛰는 것'(鳶飛魚躍)이고 《중용》 제12장은 기(氣)인데 기를 들어 이를 비유한 것은 모순(矛盾)이 없겠는가? 귀신(鬼神)은 기(氣)이고 덕(德)이라 함은 이(理)인데, 귀신의 '덕이 됨'(爲德)이라고 한 두 글자는 너무 한 덩어리로 말한 것이 아니겠는가?

일관(一貫)[5]이 바로 충서(忠恕)인데 '충서가 도와의 거리가 멀지 않

다'(忠恕達道不遠)라고 《중용》 제13장에서 말한 것은 초학자를 위해 말
하였고 오륜(五倫)이 애당초 높거나 먼 것이 아닌데, '높은 곳에 오르려
면 낮은 곳에서부터 시작해야 한다'(辟登高必自卑)라고 《중용》 제15장에
서 부부(夫婦)와 형제(兄弟)를 들어 말한 것은 무슨 까닭인가?

증자(曾子)의 《대학(大學)》과 서로 안과 밖이 되는데 성신(誠身)과 성
의(誠意)가 같지 않고, 구경(九經) 한 장(章)은 《가어(家語)》에 실려 있
는데 문체(文體)의 번다함과 간략함이 같지 않으니, 이런 것들이 어찌 모
두 의심스럽지 않겠는가?

(대답하기를),

'중용을 가려야 한다'는 것은, 신이 생각하건대 이는 중용 안에서 가려
취하고 버린다는 말이 아닙니다. 신이 살피건대 '정성의 경지에 이른 자
는 힘쓰지 않고도 중(中)에 맞으나 정성되려 하는 자는 선(善)을 가려
굳게 행해야 한다'(誠者不勉而中 誠之者擇善而執)[6]라고 하였으니, 가린
다는 것은 배워 알고 힘써 행하는 유형이므로 안자(顔子)는 배우는 사람
이었기 때문에 공자가 선을 가린다[擇善]고 인허(認許)했던 것입니다.
만일 성인이라면 자연히 중용의 쓰임인 용(用)을 삼아 가릴 필요가 없으
니, 순 임금의 '그 중(中)을 사용한다'가 바로 그것입니다.

중(中)의 몸체인 체(體)는 의지할 데가 없다는 것은, 신이 생각하건대
중의 체, 용중체가 비록 일정한 방향이 없으나 매사에는 반드시 최상의
원리가 있는데 성인의 눈에는 줄기와 길이 환하게 드러나, 마치 장인(匠
人)이 먹줄과 자를 가지고 물건의 너비와 길이를 재어 그 물건의 중심을
정하고 이에 의하여 일을 하여감으로써 치우치거나 굽지 않은 것과 같은

---

5) 일관(一貫)－《논어》〈이인편(里仁篇)〉에 '子曰……五道는 一以貫之이니라'고
  하였다.

6) 성자(誠者)와 성지자(誠之者)－《중용》 제20장에는 '誠者는 天之道也요, 誠
  之者는 人之道也이니 誠者는 不勉而中하며 不思而得하여 從容中道하나니
  聖人也이요, 誠之者는 擇善而固執之者也니라'고 하였다.

것입니다.

지(知)·현(賢)·행(行)·명(明)이 서로 바뀐 것은, 신이 생각하건대 도(道)가 밝지 못한 까닭에 행해지지 못하는 것이므로 행해지지 못하는 책임은 자연 지자(知者)의 지나친 데에 귀결되고, 도가 행해지지 못한 까닭에 밝지 못하는 것이므로 밝지 못하는 책임은 자연 현자(賢者)의 지나친 데에 귀결되는 것이니, 이는 지(知)와 행(行)이 겸하여야 전진한다는 뜻입니다.

순임금의 지(知)나 안자의 인(仁)이 중용에 해당한 것은, 신이 생각하건대 지·인·용은 천하의 달덕(達德)이므로, 이미 여기에 능하다면 중용에도 능할 것입니다. 그러나 신은, 제9장의 세 구절은 본래 세 가지 덕[三德]에 대한 해석이 아니며 '작록도 사양할 수 있다'(爵祿可辭)라는 《중용》 제9장의 말 한 구절은 꼭 인(仁)이 아니라고 봅니다.

솔개와 물고기는 기(氣)로써 이(理)를 비유했다는 것은, 신이 생각하건대 군자의 도는 크게는 온갖 뚜렷한 형상이 되어 확산되고 작게는 은밀한 데 감춰지므로 우매한 부부(夫婦)로도, 알 수도 행할 수도 있는 것은 비(費)에 속하고, 성인으로서도, 알지도 능하지도 못하는 것은 은(隱)에 속합니다. 솔개와 물고기의 비유는 바로 은(隱)자를 영탄(詠歎)한 것으로, 그 높고 오묘하고 깊은 연원의 형상을 극도로 말한 것이요, 굳이 이기(理氣)로써 말할 것이 아닙니다.

귀신은 이(理)로써 기(氣)를 논했다는 것은, 신이 생각하건대 귀신은 형체가 없는 것이어서 그 본체가 조그마한 형체도 가지고 있지 않으므로 기(氣)에 소속시킬 수 없으며 '덕이 됨이다'[爲德]라고 한 두 글자도 의심할 것이 없을 듯합니다.

충(忠)과 서(恕)가 달라서 도와 거리가 멀지 않다는 것은, 신이 생각하건대 일관(一貫)이 바로 충서이므로 서(恕)를 힘써 인(仁)을 구하는 것은 배우는 자가 힘써야 할 바입니다. 이를 힘쓰는 데에 어찌 높고 멀어서 행하기 어려운 일이 있겠습니까?

선유(先儒)가 말한 일관설(一貫說)은 너무 광대하고 현묘(玄妙)하므로 신은 감히 열복(悅服)하지 않습니다.

　오륜이 애당초 높거나 먼 것이 아니라는 것은, 신이 생각하건대 부부와 형제는 낮고 가까운 것이요, 유미(幽微)하면서 드러나는 귀신은 높고 먼 것입니다. 그러므로 이 글 아래에 바로 이어 귀신을 말한 것입니다.

　성신(誠身)과 성의(誠意)가 《대학》과 같지 않은 것은, 신이 생각하건대 《대학》에서는 성(誠)을 공부할 태도를 두고 말한 것이요, 《중용》에서는 성을 자신에 되돌리는 것을 가려 말한 때문에 서로 동일하지 않은 것입니다.

　구경(九經) 장이 《가어(家語)》와 동일하지 않은 것은, 신이 생각하건대 《가어》는 왕숙(王肅)이 보충하여 만든 것입니다. 즉 애공문(哀公問) 한 장은 몇 구절에 불과한 것인데, 《가어》에서는 아래의 구절까지를 아울러 문답한 글로 만들었으니, 믿을 만한 글이 될 수 없습니다.

　(또 묻기를),

　'자성명(自誠明)'이라는 《중용》 제21장의 성(性)이 '천명(天命)'의 성과 같은가, 다른가? '자명성'(自明誠)이라는 《중용》 제21장의 교(敎)가 수도(修道)의 교와 한 가지인가, 두 가지인가? 천도(天道)와 인도(人道)를 어찌 뒤섞어서 말했으며, 무식(無息)과 불식(不息)이라고 한 《중용》 제26장의 말을 어찌 서로 바꿔서 말하였는가?

　박후(博厚)란 《중용》 제26장의 말과 고명(高明)이란 《중용》 제26장의 말은 하늘과 땅을 함께 말한 것인데, 그 끝에 천명(天命)만을 말하였고, 삼천(三千)과 삼백(三百)은 지극히 소소한 것을 말한 것인데, 그 첫머리에 먼저 '크다[大哉]'란 《중용》 제27장에 말한 것은 전에 들었고 '극고명'(極高明)·'도중용'(道中庸)이라 한 《중용》 제27장의 말은 책 이름인 《중용》이 이 조목에 끼었으니, 이 뜻을 모두 지적할 수 있겠는가?

　'조술'(祖述)·'헌장'(憲章)은 공자의 도통(道通)이요 '상률'(上律)의 《중용》 제30장의 말과 '하습'(下襲) 《중용》 제30장의 말은 공자의 덕행인데, 여기에서 공자를 전적으로 찬미한 것은 무슨 까닭인가?

'소덕'(小德)과 '대덕'(大德)은 무슨 명목이며, '지성'(至誠)·'지성'(至聖)은 어떤 분별이 있는가?

1부(部)의 《중용》에서 '중니'(仲尼)를 두 번 칭하였고, 《시경》을 인용하는 데 시운(詩云)과 시왈(詩曰)을 섞어서 사용한 것도 모두 무슨 뜻이 있어서인가?

1부의 《중용》은 혹은 6대절(大節)로, 혹은 4대절로 보았으니, 《독법(讀法)》과 《장구(章句)》에 있어 어느 것을 따라야 하며, 내부의 것부터 말하여 외부로 나오고, 외부의 것부터 말하여 내부로 들어갔으니, 머리 장(章)과 끝장 중에 어느 것이 더 긴밀한가?

불현(不顯)을 그윽하고 심오한 것으로 해석하였으니 굳이 《시경》의 뜻과 같지 않아도 되는 것이며, 소리와 냄새인 성취(聲臭)로써 사도(斯道)의 묘(妙)를 표현하였으니, 무극(無極)이 사실 여기에서 연유된 것인가? (이하 한 대목은 빠졌다)

(대답하되), (두 대목은 삭제되었다).

하늘과 땅을 아울러 말하였다가 천명(天命)만을 말한 것은, 신이 생각하건대 고명배천(高明配天)인 《중용》 제26장의 말의 천(天)은 저 푸르고 푸르러 형체 있는 하늘을 말하고 유천어목(維天於穆)의 《중용》 제26장의 말은 천은 영명(靈明)하여 주재(主宰)하는 하늘을 말한 것입니다. 그러므로 광대한 천지와 산천을 차례로 열거하여 그 공화(功化)를 저 주재하는 하늘에 돌렸으니, 이는 교사(郊社)의 예(禮)에서 후토(后土)[7]를 말하지 않은 것과 같은 것으로, 상고시대에 땅을 섬기는 예가 따로 있지 않은 때문입니다. (두 절 삭제)

《중용》이 조목에 섞여 들어간 것은, 신이 생각하건대 이 대목의 열 조목에서 이 한 구절은 마치 홍범구주(洪範九疇)의 황극(皇極)과 같습니

---

7) 교사(郊社)와 후토(后土)—옛날 임금이 동지에는 남쪽에 나가 하늘에 제사지내고, 하지에는 북쪽에 나가 땅에 제사지낸 일. 후토는 땅의 신.

다. 그러므로 위 네 조목은 '위의삼천'(威儀三千)과 '대기인이행'(待其人
而行)의 일이요, 이 한 구절은 《중용》 전편의 관건이 되니 조목으로 볼
수 없습니다. (7절 삭제)

　소리도 없고 냄새도 없어서 무극(無極)과 같다는 것은, 신이 생각하
건대 소리도 냄새도 없다는 것은, 저 하늘의 말도, 움직임도 없는 공화
(功化)를 표현한 것이요, 무극과 태극(太極)은 한 덩어리의 원기(元氣)
가 아무 물건도 없는 가운데서 형성된 것을 말한 것에 불과합니다. 신
의 천박한 학문으로는 참으로 맞추어 교감할 수 없습니다. (아래 한 대
목 삭제)

　(또 묻기를),

　어찌하여 세상의 격(格)이 점점 낮아지고 학술이 밝지 못하여, 색은행
괴(索隱行怪)하는 자도 있고, 같이 휩쓸려 더러운 짓을 하는 자도 있으
며, 자막(子莫)의 집중(執中)8)을 행하기도 하고 호광(胡廣)의 중용(中
庸)9)을 행하기도 하여, 선성(先聖)의 대본(大本)과 달도(達道)에 비하면
영(郢) 땅의 글을 연(燕)나라에서 제멋대로 잘못 풀이한 일10)과 같을 뿐

---

8)　자막(子莫)의 집중(執中)―노(魯)나라의 자막은 현자였는데, 양자(楊子)의
　　위아설(爲我說)과 묵자(墨子)의 겸애설(兼愛說)이 모두 중도를 잃었다 하여
　　이 두 설의 중간을 따서 '중용'이라 했으나 맹자는 이를 부인했다(《孟子》
　　〈盡心篇〉 상).
9)　호광(胡廣)의 중용―후한(後漢)의 호광은 모든 일에 밝아서 당시 '모르고
　　안되는 일은 백시(伯始 : 호광)에게 물어라. 천하의 중용은 호광에게 있다'
　　라고 하였으나 시해당한 질제(質帝)의 후왕을 세울 때 덕망 있는 사람으로
　　추천하지 못했다. 그것은 왕을 시해한 양기(梁冀)의 위세에 눌렸기 때문에
　　중용을 취하지 못했다(《後漢書》 권44).
10)　영(郢) 땅의 글을 연(燕)나라에서 제멋대로 잘못 풀이한 일―영 땅의 사람
　　이 연나라 상국에서 편지 쓸 때 어두우니 촛불을 들라 하는 것을 '거촉(擧
　　燭)'이라 잘못 쓴 것을 연나라에서는 '밝은 이를 등용하라'는 뜻으로 해석한
　　고사(《韓非子》 〈外儲說篇〉).

만이 아니고, 이단(異端)은 말할 필요도 없거니와, 학문에 종사하는 선비로서 자사(子思)의 말을 외면서도 자사의 가르침과는 위배되어, 천인성명(天人性命)의 근원에 대해서는 비록 하늘에서 쏟아지는 천화(天花)처럼 찬란하지만, 그 행동을 살펴보면 책 속의 의리와는 거의 서로 합치되는 것이 없다. 사물(事物)을 정하기 전에는 존양(存養) 공부가 어떤 것인지 모르고, 그윽한 곳에 혼자 있을 적에는 성찰(省察) 공부가 어떤 것인지 알지 못하며, 고요히 있을 때에는 혼매하여 마치 깰 수 없는 딱딱한 돌의 모양과 같고, 동(動)할 적에는 방종하여 마치 고삐 풀린 사나운 말의 형세와 같아서, 천리(天理)는 날로 없어지고 인욕(人欲)은 날로 불어나 대본이 서지 못하고 달도가 행해지지 못하는가 하면, 심지어는 기탄없는 소인이 되기까지 하니, 지금 옛 습관을 완전히 제거하고 참된 마음으로 책을 읽어서, 마침내 선(善)을 가려 굳게 행하고 덕(德)을 닦아 도가 응결되기에 이르게 함으로써, 전후 성인들이 후학을 위한 고심을 저버리지 않으려면 그 방법이 어디에 있겠는가?

(대답하되),

어찌해서인지 후세의 학자들이 지(知)만을 서두르고 행(行)은 힘쓰지 않으며, 그 형적(形迹)만을 찾고 그 마음은 구하려 하지 않습니다. 이른바 대월(對越)[11] 공부는 마음을 받들어 상제(上帝)를 위한 것이고, 이른바 성의(誠意) 공부는 군자를 만나면 불선(不善)을 감추는 것을 위함인데, 수레를 북쪽으로 향하면서 남쪽의 월(越)나라로 가려 하고 영(郢) 땅의 글을 연(燕)나라에서 풀이하듯 하는 것은 끝내 그 공부가 성취되지 못할 것입니다.

《중용》의 전체(全體)와 대용(大用)을 낱낱이 들 수는 없으나 그 중에서 가장 중요한 핵심되는 골자를 집어낸다면 바로 성(誠)자 하나뿐이며, 성자의 공부는 또 계신공구(戒愼恐懼) 네 글자에서 벗어나지 않으니 여

---

11) 대월(對越)—상제(上帝)를 가까이하듯이 정성들여 공부한다는 말.

기에 힘을 쏟으면 중용의 도가 이에 회복될 것입니다. 왜냐하면 백성들이 서로 도와 살면서 서로 해치려 들지 않는 것은 그 임금이 잘 다스리기 때문입니다. 이렇지 않으면 버젓이 서로 원수가 되어 죽이고 공공연히 훔치거나 약탈하여 천하의 혼란이 그칠 날이 없을 것입니다.

그러나 내부에 감춰진 나쁜 마음과 그윽한 곳에서의 음험한 일은 아무리 밝은 임금도 미처 살피지 못하고 훼방으로도 물리치지 못하는 바입니다. 이리하여 남모르게 자라고 은근히 싹터서 은밀히 퍼지고 굳건하게 결속되어서는 아무도 금지할 수 없으니 이는 무슨 까닭이겠습니까. 사람 마음이 어리석고 어두워서 능히 천지 사이에 모든 이치를 꿰뚫는 능력이 없다고 여기므로 마음껏 방자하여 기탄이 없고 겉으로 선한 체하면서 안으로 약하기 때문입니다.

배우는 이들로 하여금 진심으로 계신(戒愼)하고 실심(實心)으로 공구(恐懼)하여 천인성명(天人性命)의 근원을 추구하고 성현의 대월(對越) 공부를 따름으로써 부지런하고 두렵게 여겨 조금도 안일하거나 방자함이 없다면 홀로 앉아 고요할 때는 완명한 바위돌처럼 혼매함이 없고, 밖에 나가 활동할 때는 사나운 말처럼 조급함이 없어져, 인욕(人欲)의 사(私)를 넘고 천리의 공(公)을 보존하여 중용의 대본과 도가 거의 만회되고 이어질 것이니, 이 어찌 사문(斯文)의 큰 다행이 아니겠습니까.

그렇지만 계신·공구하는 마음은 텅빈 공중이나 아무것도 없는 곳에서 명(命)을 받아 피어나는 것이 아니라, 반드시 격물(格物)·궁리(窮理)를 먼저 하고 체험을 다음으로 하며, 물건의 이치를 살펴 그 근본을 연구하고 문학(問學)으로써 그 근원을 소급하여 곧바로 그 밑바닥까지 궁리하는 데에 여력(餘力)을 남기지 않는다면 선과 악의 구분이 눈과 마음에 환해지고 복됨과 재앙의 연유가 손바닥을 들여다보는 것 같아서 조심하지 않아도 저절로 계신해지고 두려워하지 않아도 저절로 공구해져서 자연히 천리가 유행하는 경지에 이르게 될 것이니, 어찌 참으로 아름답지 않겠습니까. 신은 삼가 대답합니다.

中庸策

王若曰 中庸 子思之書也 千聖相傳之心法 而全體大用備矣 其精微蘊奥 可得而聞歟

　臣對曰 臣竊嘗以爲中庸一書 與鄉黨篇實相表裏 何者 鄉黨 就聖人文章之著於外者而言之 中庸 就聖人道德之充乎內者而言之 欲知聖人之內蘊者 舍是書何以哉 蓋門人之所得而見者 不過威儀動作之間 若子思 則本之家庭之學 接乎宗嫡之統 其所得而知之者 乃其精髓蘊奥之秘 子貢 所謂夫子之文章 可得而見 夫子之言性與天道 不可得而聞者此也 苟使學者讀鄉黨之篇 而得其文章之表 讀中庸之書 而發其道德之蘊 何患乎學孔子也(第二節刪)

天命之性 開卷第一義 而人物之五常同異 爲大疑案 戒慎恐懼 爲學大頭腦 而動靜之通貫與否 作一爭端何歟 性也道也教也卽三綱而第二節 獨言道字 喜怒哀樂愛惡卽七情 而第四節 只擧四者何歟 未發則性 已發則情 統之者心 中者大本 和者達道 發之者氣 而經文 不言心不論氣何歟

　臣對曰 人物之五常同異者 臣以爲天命之性 物雖各得 此之言性 只是人性 人性而後 方具五常 不當以物性混之也 戒懼之通貫動靜者 臣以爲思想揣摩之間 固非神目之所燭 造次顚沛之時 尤當此心之提警 宜乎其通貫動靜也 第二節之獨言道字者 臣以爲道一字 上承乎性 下接乎教 卽成已成物之樞紐 則宜其抽繹而立綱也 第四節之只擧四情者 臣以爲七情之說 昉於禮運 而情之可擧者 不止於七 如愧悔恔恨 明有異發 而無所歸屬 則七情未必統括人情 而此之四情 不必疑也 經文之不言心不論氣者 臣以爲一個人性 以稟賦則謂之性 以運用則謂之心 此篇本之天命 則只以稟

賦而言之者 固宜也一個人性 以理義 則謂之理發 以形氣 則謂之
氣發 此篇本之天理 則只擧中和而言之者 固宜也

致中致和工夫也 位焉育焉功效也 自家之一身一心 何與於天地萬
物 而其幾微相關之妙 乃如是歟 舜言執中 而不言庸 孔稱中庸 而
不言和 子思合言何歟 君子猶有待於時中 最難者時字歟 小人亦自
以爲中庸 不必補反字歟 中之義 章章發揮 庸之義 庸德庸言之外
無所槩見何歟 達道則節節 必擧 大本則獨於天下之大本再言之何歟

自家身心之與萬化相關者 臣以爲聖人 極中和之工 與天道相合
則天人之際 交相感格 方成位育之功 位也育也 雖是造化宰制之
力 而中和之工 有以格之 則雖謂聖人之極致亦可也 子思之論 與
舜孔有異者 臣以爲執有持守之意 則舜之説 固己及庸字 而和而
不流 中立而不倚 則孔子之訓 與子思亦未嘗不同矣 君子之中庸
者 臣以爲事物當然之則 隨時各異 如衡載物 隨物輕重 各有安錘
之處 則中庸之所以難能 卽不過時中也 小人之反中庸者 臣以爲
王肅之本 未知何據 而小人之恣行 罔不依據乎一部義理 以爲口
實 則不補反字 固未嘗不通矣 庸字之義 不少槩見者 臣以爲庸者
常也久也 道不可須史離 民鮮能久矣 不能期月守 皆庸字之演義
也 大本之止於再言者 臣以爲大本也非別件 只是中字之美名 則
中字之重言複説 便是大本之解也

中庸自是恰好底道理 似無所擇 而謂之擇乎 中體本無一定之方向
非可倚著 而謂之依乎 智愚屬知 賢不肖屬行 而今皆相反者何故歟
知仁勇可能 中庸不可能 而大舜之知 在於用中 顏淵之仁 在於擇中
者何説歟 費隱是理 而鳶魚飛躍是氣 則以氣喩理 得無齟齬 鬼神是
氣 而德之爲言是理 則爲德二字 能不圇圇歟 一貫卽是忠恕 則達道
不遠 却從學者事言之 五倫初非高遠 則登高自卑 惟以夫婦兄弟言

之何歟 曾氏大學 與相表裡 而誠身誠意不同 其九經一章 載在家語
而文體繁簡不類 此皆不足疑歟

中庸之謂之擇乎者 臣以爲此非謂中庸之內 揀擇而去取也 臣按
誠者 不勉而中 誠之者 擇善而執 蓋擇者 學而知勉而行之類也
故顏子學焉者也 故孔子許之以擇善 若聖人 則自然以中庸爲用
不待乎擇 大舜之用其中是也 中體之不可依著者 臣以爲中體 雖
無一定 每事必有上等義理 在聖人眼中 條路分明 如匠人本具繩
尺 隨物廣長 卽定其物之中 依此而行 不至偏曲是也 智賢行明之
互換者 臣以爲不明故不行 則不行之責 自歸於智者之過 不行故
不明 則不明之責 自歸於賢者之過 此知行兼進之意也 舜顏知仁
在於中庸者 臣以爲知仁勇 天下之達德 旣能乎是 則中庸亦可能
也 然臣謂第九章三句 本非三德之解 蓋辭爵祿一句 不必爲仁也
鳶魚之以氣喻理者 臣以爲君子之道 大之則散爲萬殊 小之則斂藏
於密 夫婦之與知能行屬費 聖人之不知不能屬隱 鳶魚之喻 是隱
字之詠歟 而極言其高妙淵微之象 不必以理氣言也

鬼神之以理論氣者 臣以爲鬼神 是無形之品 其本體 不帶著一
些形質 則不可屬之於氣 爲德二字 恐無可疑者也 忠恕之違道不
遠者 臣以爲一貫卽忠恕 強恕以求仁 學者之所勉勉 此豈高遠難
行之事乎 先儒談一貫 太宏闊太玄妙 臣未敢悅服也 五倫之初非
高遠者 臣以爲夫婦兄弟卑邇者也 鬼神微顯 高遠者也 故此段之
下 卽以鬼神承之也 誠身之與大學不同者 臣以爲大學 從誠之下
手處說 此篇 從誠之反已處說 所以不同也 九經之與家語不同者
臣以爲家語者 王肅之所補足也 哀公問一章 不過數節 而家語 並
取下節 以作問答之語 不可爲信文也

自誠明之性 與天命之性 同歟異歟 自明誠之敎 與修道之敎 一歟

二歟 王道人道 何爲錯綜言之 無息不息 何爲互換說去 博厚高明
並言天地 而末獨言天命 三千三百 極於至小 而首先稱大哉何歟 尊
德性道問學 踐履在窮格之先 極高明道中庸 篇名入條目之列 皆可
指其旨歟 祖述憲章 夫子之道統也 上律下襲 夫子之德行也 至此而
專贊夫子 抑何以歟 小德大德 是甚名目 至誠至聖 有甚分別 一篇
之中 兩稱仲尼 引詩之際 錯言云曰 亦皆有意歟 或作六大節 或作
四大節 讀法與章句 當何適從 自裏說出外 自外說入裏 末章與首章
孰爲最密歟 不顯作幽深之解 則詩義不須苟同 聲臭形斯道之妙 則
無極實由此道歟(以下一段缺)

(二節刪) ○並言天地 而獨言天命者 臣以爲高明配天之天 是蒼
蒼有形之天 維天於穆之天 是靈明主宰之天 是故列序天地 山水
之廣大 而贊歎功化於主宰之天 猶郊社之不言后土 寔以上古無事
地之禮也

(二節刪) ○中庸之混入條目者 臣以爲此段十條 惟此一句 如九
疇之皇極 上四段 是發育萬物峻極于天之事也 下四段 是威儀三
千待人而行之事也 乃此一句爲一篇之關鍵 不當以條目言之也

(七節刪) ○無聲無臭之同於無極者 臣以爲無聲無臭 是形容上
天 不言不動之功化也 無極太極 不過以一團元氣 從無物中 凝成
之謂也 以臣溲學 誠無以勘合也(以下一段刪)

奈何世級漸降 學術不明 索隱行怪者有之 同流合汙者有之 爲子
莫之執中 爲胡廣之中庸 視先聖大本達道 不翅若郢書之燕說 異端
固不足道 而吾儒之從事斯學者 誦孔思之言 反孔思之訓 天人性命
之原 雖說得天花亂墜 夷考其所爲 與夫卷中義理 無幾相合事物未
來之時 不知存養爲何物 隱微幽獨之地 不知省察爲何事 靜而昏昧
有頑石不劈之狀 動而放縱 有悍馬不羈之勢 天理日消 人欲日滋 大
本不立 達道不行 甚至爲小人之無忌憚 今欲痛去舊習 實心看讀 終

底於擇善固執 修德凝道 用不負前聖後聖 爲人之苦心 則其道何由

奈之何後之學者 急其知而不勉其行 尋其迹而不求其心 其所謂對越之工 則奉其心而爲上帝 其所謂誠意之工 則見君子而掩不善 宜其北轅而求越 郢書而喩燕 卒無以成其功也 夫中庸之全體大用 不可枚擧 而就其中拈出其樞紐機括之會 則誠一字是己 而誠字之用工 又不外乎戒愼恐懼四字 用力乎此 則中庸之道 斯可復矣 何者 民之所以胥匡以生 不相殘害者 以其君牧者理之耳 不如是 顯相仇滅 公肆攘奪 天下之亂無日矣 然其心內之隱疚 幽處之暗慝 明君之所未及察 良牧之所未能燭 刑法之所未懲 毁謗之所不攻 潛滋暗萌 密布緊束者 人莫之禁過焉 此曷故焉 人心愚頑 以爲天地之間 並無燭理之能 所以放恣無憚 陽善而陰惡也 誠使學者 眞心戒愼 實心恐懼 窺天人性命之原 追聖賢對越之工 孜孜惴惴 罔或逸肆 則靜而無頑石之昏 動而無悍馬之躁 有以過人慾之私 存天理之公 而中庸之大本達道 庶可以迴旣倒而續旣絶矣 不亦爲斯文之大幸乎 雖然戒懼之心 亦未必懸空注白 聽命而發 必也先之以窮格 次之以體驗 覽物理而究其本 道問學而溯其原 直窮到底 無遺餘力 則淑慝之分 皦列心目 祥殃之招 瞭如指掌 莫之惴而戒愼 莫之譬而恐懼 自底乎天理流行之域 豈不誠休哉 臣謹對

(8) 수운 정책에 대한 책문(漕運策)

> ― 3면이 바다로 되어 있는 우리나라는 수운정책만 잘하면 물자교역이 원활하고 수조미(輸租米) 운반이 빠를텐데 관리가 중간에서 농간을 부리어 국가는 곤궁하고 백성은 굶주리고 있다.

묻는다. 국가의 경제는 곡식을 모으는 것보다 더 급한 것이 없고 곡식을 수송하는 데는 물로 운반하는 것보다 더 편리한 것이 없으니 수운(水運)은 국가의 중대한 정책이다.

옛적, 천자는 도읍 근처인 기내(畿內)의 곡식을 모으고, 제후는 봉토 안인 봉역(封域) 안의 곡식을 모았는데, 이때에는 수운, 즉 조운(漕運)하는 법이 쓸데없었는가? 중국의 하(河)·제(濟)·강(江)·회(淮)는 서로 거리가 멀지 않기 때문에 도랑을 파는 것이 조운(漕運)의 급무이다. 그러나 우리나라는 삼면(三面)이 바다이고 지세(地勢)가 편협하기 때문에 바다를 이용하는 것이 조운의 늘 써온 전칙이었다. 옛것을 참작하여 이제의 것을 알고 중국을 모방하여 나라를 다스리는 데 어떤 방법이 있는가? 나무를 쪼개고 깎아서 이것으로 물을 건너다녔으니, 태고시대에 벌써 조운이 있었던 것인가? 물에서는 배에 싣고 뭍에서는 수레에 실어, 있는 것과 없는 것을 서로 바꿔 힘써 옮겼으니 상고시대에도 조운이 있었던 것인가? 《상서(尙書)》에 '문수(汶水)에서 떠서 제수(濟水)에 이른다'라 하였고, 채침(蔡沈)의 전(傳)에 '이는 부세(賦稅)를 바치는 것'이라고 하였으니, 구주(九州)의 부세가 모두 왕도(王都)로 들어온 것인가?

《상서》〈우공편(禹貢篇)〉에 '잠수(潛水)에서 떠서 면수(沔水)를 넘는다'라 하였고, 역광조(酈光祖)의 주석에 포곡(襃谷)·사곡(斜谷) 운하(運河)의 일을 인용하였으니, 사독(四瀆)1)의 통운이 당요(唐堯) 때 벌써 있었던 것인가?

범주(汎舟)의 역사(役事)는 춘추시대 진(秦)나라와 진(晉)나라가 곡식을 교역(交易)한 일이고, 한대(漢代)의 곡식 운반은 황현(黃縣)·수현(睡縣)의 운하를 주로 의존하였다. 그 당시 조운에 대한 법을 지금 상세히 말할 수 있겠는가?

소하(蕭何)의 공은 실제로 조운에 있었으나 그 몸은 관중(關中)을 떠나지 않았고, 장량(張良)은 오로지 조운에 대한 문제를 주장하였으므로 수도(首都)를 끝내 관중에 정하였으니, 천하의 한구석에 위치하여 조운

---

1) 사독(四瀆)—강(江)·하(河)·회(淮)·제(濟)의 네 가지 물 흐름을 말함.

의 이(利)를 마음대로 할 수 있었던 것은 또 무엇 때문이었을까? 한(漢)나라 때 정당시(鄭當時)는 위수(渭水)의 운하를 옮기자고 하였고, 번계(番界)는 분수(汾水)에 운하를 뚫자고 하였으니, 그 이득과 손실을 상세히 말할 수 있겠는가? 한(漢)나라 때 경수창(耿壽昌)은 도읍의 곡식을 사들이자 하였고, 소망지(簫望之)는 하수(河水)의 운하를 다시 복구하자고 하였다. 이에 대한 시비(是非)를 분명히 가릴 수 있겠는가? 진무제(晉武帝)가 처음으로 남산(南山)을 뚫어 황하(黃河)를 텄고, 수양제(隋煬帝)가 처음으로 변수(汴水)의 운하를 뚫어 회해(淮海)를 통하게 하였다. 당시에 산맥을 끊고 전지(田地)와 가옥을 파괴한 것이 셀 수 없이 많았으나 그 공은 만세(萬世)토록 길이 도움받게 되었으니, 어떻게 학정(虐政)이라고만 단언할 수 있겠는가.

함가창(含嘉倉)과 무뇌창(武牢倉)은 어느 시대에 만든 것이고, 집진창(集津倉)과 삼문창(三門倉)1)은 어느 때에 지은 것일까? 곡식 두 섬의 운반에 1천 냥(兩)의 경비가 허비되었으므로 '쌀 한 말에 돈이 한 말'이라는 민요(民謠)가 나왔으며, 배를 끄는 쇠테와 밧줄이 사람을 죽이는 도구가 되었고 초[醋]를 들어붓는 것이 돌을 깨는 방법이 되었으니, 조운의 어려움이 이토록 심했단 말인가?

당대(唐代)의 유안(劉晏)은 한 해에 4만 전(錢)을 허비하여도 국가의 용도가 늘 풍족하였고, 배요경(裵耀卿)은 한 해에 4만 전을 남겼어도 천하가 크게 어지러워졌으니, 그 까닭을 지금 상세히 말할 수 있겠는가?

황치(艎舫) 크기는 1천 곡(斛)을 실을 수 있는 큰 배인데 작은 운하를 어떻게 통과할 수 있으며, 용타(龍舵)는 불과 10곡을 더 싣지 못하는 배인데 궁중의 내선(內膳)을 어떻게 이어댈 수 있었는가? 도로를 맡아보던 전운사(轉運使)와 양곡 수송을 맡아보던 발운사(發運使)는 그 직위가 낮은 것 같은데 어째서 반드시 대신(大臣)에게 맡겼을까? 광제(廣濟)

---

1) 함가창(含嘉倉)·무뇌창(武牢倉)·집진창(集津倉)·삼문창(三門倉)은 모두 당(唐)나라 하구(河口)에 있던 곡식 창고

운하와 혜민(惠民) 운하는 외방(外方)에 있는데도 어째서 태창(太倉)과 비중이 같게 되었는가?

송(宋)나라는 육로(陸路)로 나누어 운반함에 있어 끝내 바다를 이용하지 않고서 해마다 계속 운하를 파서 변하(汴河)에까지 도달하게 하였으니, 우리나라 해운의 방법이 어찌 중국(中國)의 비웃음을 받지 않을 수 있겠는가? 송(宋)나라의 오개(吳玠)는 기어이 육운(陸運)을 주장하였고, 소단(邵溥)은 수운(水運)을 회복하자고 하였으니, 그 득실(得失)을 밝히기 어렵다. 강운(綱運)3)에는 상을 너무 많이 내리는 폐단이 있었고 운반한 것이 모자랄 적에는 역부(役夫)와 조운사가 함께 손실을 면치 못하였으니, 그 폐단의 실마리는 막기가 어렵다. 이제 그에 대해 낱낱이 지적하여 진술(陳述)할 수 있을까? 주청(朱淸)과 장선(張瑄)의 해운법(海運法)은 원(元)의 지원(至元) 연간에 시행되었는데 많은 비용을 절감하였고, 회통(會通) 운하의 조운에 대한 제도는 명(明)의 영락(永樂) 연간에 이룩되었는데 이것으로 하여 국가의 재용이 넉넉하여졌으니, 그 규모에 대해 상세히 들어볼 수 있겠는가?

대체로 전국의 양곡을 실어들여 나라의 재정을 조절하는 것은 국가의 큰 사업의 하나이다. 양곡을 모으는 데는 기준이 있고 나누는 데도 원칙이 있어서, 백성들에게 나누어주며 국가 관리들로 하여금 고루 봉록을 받아 생활을 계속하게 하는 것이 이 조운의 사업에 의하여 이루어지는 것이다. 그리고 이로써 국가의 큰 귀빈들을 대접하며 이로써 군무자(軍務者)들의 식량을 공급하며, 이로써 시장의 곡물류 등을 풍부히 하며, 이로써 국가 창고의 축적을 보장하는 것이니 온갖 국가의 경비와 소용이 여기에 의거하지 않는 것이 없다. 그러므로 국가 사업에 복무하는 이로써 어찌 이 사업에 깊은 연구를 거듭하여 보다 더 편리한 대책을 강구하지 않을 수 있으랴? 우리나라가 한양에 도읍을 정한 뒤로는 바다가 가까워서 양서(兩西)4) 및 삼남지방(三南地方)5)의 양곡 수송은 직접 해로

---

3) 강운(綱運)-수송선(輸送船)의 편대.

를 이용하고, 경기도 및 강원도의 원주·춘천 등 지방의 양곡 수송은 한강을 통하여 조운 사업의 편의가 더 가깝다.

서남지방에는 공진(貢津 : 공주)·성당(聖堂 : 광양)의 포구들이 있으며, 호남지방에는 법성(法聖 : 영광)·군산(羣山 : 군산) 등의 포구가 있으며, 영남지방에는 마산·가메[駕山]6) 등의 포구가 있다. 이뿐만 아니라 충주에는 가흥창(可興倉), 원주에는 흥원창(興原倉), 춘천에는 소양창(昭陽倉) 등의 창고가 설치되어 있다. 그리고 수송 사업을 책임진 관원으로서는 해운판관·수운판관 등이 배치되어 있으며, 수송사업의 관리 및 그 기구를 취급하는 관원으로서는 수송선을 배치 동원시키는 차원(差員)들이 있으며, 수송선을 호송함에는 지방 백성의 관계자들이 힘을 다하여 협조하며, 썩은 양곡을 싣는 경우에는 그를 제재하기 위한 엄격한 법률이 규정되어 있다. 그러므로 수송사업이 지체될 리가 없고, 수송선이 전복될 염려도 없을 것이다.

그러나 근년에 이르러서는 질서가 해이하고 명령이 제대로 집행되지 못하여 국가 수송선에서 개인의 화물을 싣는 것을 예삿일로 알며, 얕은 물에서도 고의로 사고를 일으켜 온갖 농간을 꾸미며, 또는 양곡에 물을 치고 모래를 섞어 미처 국가에 바치기도 전에 부패하게 되면 이를 구실로 하여 모자라는 수량을 무고한 백성들에게 2중으로 빼앗아 내며, 심지어는 적재선(積載船)의 곡식 전부를 고가로 방매하였다가 가을에 이르러 다시 헐가로 구입하여 들이는 등 이러저러한 구실과 명목으로 미납된 수량이 기일을 경과하여도 도착하지 못하고 있다. 이리하여 국가 세입이 모두 다 하여도 12만 석에 지나지 않는데, 수송선의 전복사고 구실로 도착하지 못하는 것이 10분지 4, 5나 되며, 늦어진 구실로 도착하지 않는 것이 또 10분지 3, 4나 되고 있다. 때문에 정부에서는 국가 경비를 대어 내지 못하며 국민들에게 식량을 공급하지 못하여 갖은 곤란을 겪으면서

---

4) 양서(兩西)－황해도와 평안도.

5) 삼남(三南)－충청도·경상도·전라도.

6) 가산(駕山)－가메, 곧 부산을 말함.

도 아직 그 아무러한 대책을 강구하지 않고 있다. 혹은 말하기를, '서부 지방의 수송은 장산(長山)곶 방면에서 실패하고 남부 지방의 수송은 안흥(安興) 방면에서 실패하니, 만일 운하를 굴착하여 수송선을 통행케 하면 서부 지방의 양곡도 염려없이 서울에 도착케 될 것이며 남부의 수송선도 사고를 일으키지 않을 것이다'라고 한다.

그러나 이와 같은 문제에 대하여 어떤 이는 말만 내다가 말고, 어떤 이는 또 공사를 착수하다가 그만 중지하고 마니, 이는 비단 책임진 관원들의 수치가 될 뿐만 아니라 실로 전체 백성들이 다 같이 근심하는 바이다. 여러 선비들은 사리에 밝고 고금의 사실에 정통하니 반드시 좋은 대책들이 있을 것이다. 각기 그 의견들을 적어 주기 바란다.

漕運策

問國用 莫急於聚粟 輸粟莫便於水轉 漕運者 有國之大政也 古者天子 取粟於畿內 諸侯取粟於封內 漕運之法 無所用於此時歟 中國河濟江淮 相距不遠 故穿渠爲漕運之要務 我邦三面環海 地勢偏狹故汎海爲漕運之恆典 酌古以通今 倣華以爲國 其有何道歟 刳木剡木 以濟不通 則洪荒之世 已有漕運歟 水乘陸乘 懋遷有無 則浮水之時 亦有漕運歟 浮于汶達于濟 蔡傳以爲貢賦之路 則九州田賦 盡入於王都歟 浮于潛踰于沔 酈注乃引褒斜之事 則四瀆通渠 已在於堯時歟 汎舟之役 秦晉交糴 輓粟之運 黃睡是恃 當時漕運之法 今可詳言歟 蕭何之功 實在轉漕 而其身不離於關中 張良之說 專主輓漕 而帝都遂定於關中 居天下之一隅 而能擅漕運之利 抑何故歟 鄭當時請遷渭渠 番係請穿汾渠 其得失可詳言歟 耿壽昌請糴畿穀 蕭望之請復河漕 其是非可明決歟 晉武帝始鑿南山 以決黃河 隋煬帝始穿汴渠 以通淮海 當此之時 斬嶺截脈 破田壞廬者 不可勝數 而其功 則萬世永賴 豈可斷之以虐政歟 含嘉倉武牢倉 成於何代 集津倉三門倉 起於何時 兩斛千錢 糜費太多 斗錢斗米 民謠以起 舡繩

爲殺人之具 沃醯有解石之方 漕運之難 一至是歟 劉晏歲費四萬 而
國用常足 堯卿歲寬四萬 而天下大亂 其所以然之理 今可詳言歟 艎
舫之大 至受千斛 則何以行於小渠 龍馳之力 不過十斛 則何以繼於
內膳歟 轉運使發運使 其職似卑 何必以大臣往領歟 廣濟河惠民河
其地在外 何至與太倉相埒歟 六路分運 終不由海 連年修渠 期於達
汴 則我邦海運之法 豈不見笑於中國歟 吳玠必主陸運 邵溥請復水
運 其得失難明 綱運每患濫賞 綱欠未免均攤 其弊實難防 今可一一
指陳歟 清瑄海運之法 行於至元 而省費不少 會通河漕之制 成於永
樂 而國用以贍 其規模之詳 皆可得聞歟

　大抵聚萬邦之穀 以厚京師者 王者之大權也 會其有極 歸其有極
用敷錫厥庶民 使百官羣吏 咸受祿無飢者 漕運之法也 以之禮賓客
以之給師旅 以之厚市井 以之實倉廩 國之經用 莫不於是乎依靠 凡
爲天下國家者 其可不日夕講磨 以求其便宜乎 我國家 定鼎漢陽 直
臨海口 兩西三南之粟 海路無關 京畿原春之粟 江輪不遠 西南則有
貢津聖堂 湖南則有法聖羣山 嶺南則有馬山駕山 忠州有可興倉 原
州有興原倉 春川有昭陽倉 監運則有海運水運之判官 領運則有督發
領船之差員 護送則沿邑盡力 臭載則法律至嚴 宜其轉輸不滯 覆敗
無憂 而挽近以來 法綱解弛 命令不行 私物添載 視爲故常 淺水故
破 看作妙計 和水調呈 未納而先腐 拯米劣米 每徵於無辜 甚則全
船販賣 待秋而還買 隱結防納 過期而不載 度支歲入 都不過十二萬
石 而覆沒不達者 十之四五 遷延不至者 十之三四 遂使經用不繼
民食不給 遑遑然罔知所措 或曰西粟敗於長山 南粟敗於安興 穿渠
通路 使之行船 則西粟可達於畿輔 南粟不患於覆沒 或發言而未試
或始事而旋止 此固肉食之羞 而抑亦藿食者之所同憂也 諸生博通古
今 必有撟救之策 其各悉著于篇

(9) 무너지는 정책을 막으려면(弊策)

> — 과거제도는 인재를 공정하게 얻으려고 했는데 사정(私情)의 폐단을 불렀고, 사창법(社倉法)은 백성을 이롭게 하고자 설치했는데 공직자들이 도둑질하기 좋은 폐단을 불렀다. 헐어서 무너지지 않는 방책은 무엇일까?

묻는다. 물건이 오래되어 헐어서 무너지는 것을 폐(弊)라 한다. 헐어지는 것은 천지의 자연의 추세이므로 물건이 오래되어도 헐어지지 않는 것은 없다. 때문에 옷이 떨어지면 깁고 수레가 헐어지면 단단하게 고치고 기계가 헐어지면 수리하고 집이 헐어지면 보수한다. 그렇다면 국가의 정치가 허물어진 폐단도 깁고 보수할 수 있는가.

오제(五帝)의 덕(德)은 의당 말폐(末弊)가 없어야 될 터인데 오히려 신농(神農)의 세대(世代)에 와서 쇠(衰)하였다 했고, 삼왕(三王)의 다스림은 의당 유폐(流弊)가 없어야 될 터인데 매양 주(周)나라 말기(末期)의 문폐(文弊)를 말한다. 이른바 세대가 쇠했다는 것은 무슨 일을 두고 하는 말이고, 문폐라는 것은 무슨 일을 두고 하는 말인가. 하(夏)나라 사람은 충(忠)을 숭상하였는데 그 폐단이 어떠하였으며, 은(殷)나라 사람은 질박(質朴)을 숭상하였는데 어떤 폐단이 심했을까. 한(漢)나라는 진(秦)나라의 폐단을 계승하였는데 혁신한 것이 어떤 정치이고 그대로 인습한 것은 어떤 일인가. 당(唐)나라는 수(隋)나라의 폐단을 계승하였는데, 덕(德)과 인(仁)이 포악한 수나라를 대신할 정도가 되었는가. 동한(東漢)은 절의(節義)를 숭상하였으나 붕당(朋黨)이 폐단이었고, 진(晉)나라는 청허(淸虛)를 숭상하였으나 방탕(放蕩)이 폐단이었다. 그렇다면 절의가 결단성없이 머뭇거리는 것보다 못하고, 청허가 오탁(汚濁)보다 못한 것인가.

경학으로 덕행자를 뽑자는 현량과(賢良科)에서 책문(策問)으로 시험하는 것은 어진이를 발탁하려는 의도인데 그 폐단이 과거(科擧)의 폐가 되었고, 상평창(常平倉)에서 곡식을 사들이는 것은 저축했다가 흉년에 풀려는 의도인데 그 폐단이 사창(社倉)이 되었다. 과거제도(科擧制度)는 인재를 공정하게 천거하는 데 있으나 그 폐단이 사정(私情)을 따르게 되었고, 사창법(社倉法)은 오로지 백성을 이롭게 하려는 것이었으나 그 폐단이 사정없이 거둬 빼앗는 것이 되었다. 이렇게 전전(轉輾)되어가면서 생긴 폐단도 모두 자연적인 추세인가.

해와 달은 일식과 월식이 있고, 별은 혜성의 변괴가 있고, 산악(山嶽)은 무너질 때가 있고, 하천(河川)은 막히기도 한다. 천지도 이지러지는 폐단을 면하지 못하는데, 사람의 일이라고 어찌 폐단이 없을손가. 옛날의 제후는 폐읍(敝邑)이라 자칭(自稱)하였고, 근세(近世)의 열국(列國)은 폐방(敝邦)이라 자칭하였다. 겸손(謙遜)을 표현할 다른 말이 없지 않은데 반드시 하나의 폐(弊)와 다른 폐(敝)자를 쓰는 것은 또한 무슨 뜻일까. 당(唐)나라의 문장(文章)은 처음에는 사치스럽고 화려하였으나 한유(韓愈)와 유종원(柳宗元)의 문장이 만당(晚唐) 때에 일어났고, 송(宋)나라의 학술(學術)은 처음에는 허무(虛無)에 빠졌었으나 장재(張載)와 정자(程子 : 程顥·程頤)의 학술이 만송(晚宋) 때에 일어났다. 이런 경우에는 어찌하여 먼저의 폐단이 후일(後日)에 완전하게 되어 그 원리가 거꾸로 되었을까.

부역(賦役)을 면제하는 것과 부역을 부과하는 것 가운데 어느 것의 폐단이 심하고, 화친(和親)하는 것과 화친을 끊는 것 가운데 어느 것의 폐단이 클까. 무(武)를 없애고 문(文)만 숭상하면 그 폐단은 나약해지는 것이고, 유(儒)를 억누르고 군대만 다스리면 그 폐단은 포악해지는 것이다. 그러니 어떻게 해야 이런 폐단이 없어질까. 당(唐)나라의 번진(藩鎭)은 왕실(王室)을 보위(保衛)하기 위해서였는데 끝내 반란(反亂)의 폐단이 일어났고, 송(宋)나라의 토지 측량은 백성의 세금을 균등하게 하려는 것이었는데 끝내는 협잡하는 폐단이 생겼다. 언제나 한 법을 시행함에 따라 반드시 한 폐단이 생겨나니, 그러면 장차 법 없이 국가를 경영하여야 된단 말인가. 읍폐(邑弊)는 고을에 따라 같지 않고 민폐(民弊)는 지방에 따라 각기 다르다. 열읍(列邑) 가운데 어느 군(郡) 어느 현(縣)이 가장 폐읍(弊邑)이고, 팔도(八道) 가운데 어느 도(道) 어느 일[事]이 가장 폐정(弊政)인가를 낱낱이 조목조목 거론하지는 못하더라도, 각각 3~4조목씩 열거하여 그 폐단을 설명할 수 있지 않은가. 책문(策問)의 규칙에는 원폐(原弊)와 시폐(時弊)가 있고 설폐(說弊)와 구폐(救弊)가 있다. 이른바 설폐는 단지 제목의 뜻만을 기록할 뿐이고, 이른바 구폐는 모두 묵은 말만 욀 뿐이다. 이런 폐단을 구제하려면 어떤 방법이 있겠는가.

대체로 물건이 오래되면 헐어지는 것은 사물(事物)의 이치다. 성인(聖人)이 성인을 계승하여도 오히려 덜어내고 보태는 것이 있게 마련인데 하물며 후세(後世)의 법이야 말해 무엇하겠는가. 안으로 백사(百司)에는 쇠털처럼 많은 폐단이 생겨나고, 밖으로 각 지방에는 고슴도치 털처럼 많은 폐단이 생긴다. 수없이 많아서 막을 수 없는 것이 폐단의 근원(根源)이고 칡덩굴처럼 이리저리 얽히고 설켜서 다스리기 어려운 것이 폐단의 조목이다.

사(士)·농(農)·공(工)·상(商)이 각각 그에 따른 폐단이 있고, 군전(軍田)·전곡(田穀)의 행정에도 폐단이 없는 것이 없다. 이제 분발(奮發)하고 진작(振作)하여 면목을 일신시키려면 어떤 방법을 써야 하겠는가. 중화(中和)를 이루고 임금의 덕(德)을 힘쓰게 한다는 것은 모두가 상투적인 말이고 인재(人材)를 얻고 상벌(賞罰)을 분명히 한다는 것은 모두가 틀에 박힌 말이다. 여러 선비들은 각자 진실한 마음과 지극한 정성으로 각각 새로운 견해를 제시하여 기술하라.

弊 策

問物久而敗壞者 謂之弊 弊者 天地自然之勢 物未有久而不弊者
也 衣弊則補之 車弊則輂之 器弊則修之 屋弊則葺之 邦國之弊 亦
可以補而葺之歟 五帝之德 宜無末弊 而猶稱神農之世衰 三王之治

宜無流弊 而每云周末之文靡 所謂世衰者何事 所謂文靡者何故歟
夏人尚忠 其弊何若 殷人尚質 其弊孰甚 漢承秦弊 所革者何政 所
因者何事 唐承隋弊 德足以代虐 仁足以代暴歟 東漢尚節義 其弊也
爲朋黨 晉室尚清虛 其弊也爲放倒 然則節義不如媕阿 清虛不如污
濁歟 賢良之策 志在擧賢 其弊也爲科擧 常平之糴 意在蓄散 其弊
也爲社倉 科擧之制 務在公擧 而其弊也爲循私 社倉之法 專於利民
而其弊也爲虐欲 其轉輾生弊 亦皆自然之勢歟 日月有薄蝕 星辰有
彗孛 山嶽有崩頹 川渠有壅淤 天地且不免於靡弊 人事顧安得而無
弊歟 古者諸侯 自稱曰敝邑 近世列國 自稱曰敝邦 謙抑不患無辭
必以一敝字自稱 抑何義歟 唐之文章 厥初靡麗 而韓柳之文 起於晚
唐 宋之學術 厥初玄虛 而張程之學 起於晚宋 是何先敝而後完 其
勢倒錯歟 免役差役 其弊孰甚 講和絶和 其弊孰大 偃武修文 則其
弊也萎弱 抑儒治戎 則其弊也暴亂 將如何其無弊也 唐之藩鎭 以衛
王室 而終有叛亂之弊 宋之量地 欲均民賦 而終有僞冒之弊 每行一
法 必生一弊 其將無法而爲國歟 邑弊隨邑不同 民弊隨地各殊 列邑
之中 何郡何縣 最爲弊邑 八道之中 何道何事 最爲弊政 雖不能一
一條擧 其可以各列三四條件 以說其弊歟 策問之規 有原弊時弊 有
設弊救弊 而所謂設弊 只述題意 所謂救弊 皆誦陳談 欲救此弊 其
有何術歟

　大抵物久而弊 物之理也 以聖承聖 尚有損益 況於後世之法乎 内
而百司 其弊如牛毛 外而諸路 其弊如猬刺 百孔千瘡 莫過者弊源也
七藤八蔓 難理者弊條也 士農工商 各有其弊 軍田錢穀 無不受弊
今欲奮發興作 一新耳目 則其道何由 致中和勉君德 無非套語 得人
材明賞罰 都是例談 諸生 其各以實心至誠 各抽新見以著于篇

(10) 전함을 만들 정책(戰船策)

> ― 우리나라는 삼면이 바다요 더구나 밀물 썰물의 지리적
> 유리한 장점이 있는데 이를 이용하지 않아 외적의 침입
> 이 잦았고, 있는 전함도 아전들의 불찰과 훔쳐 파는 폐
> 단으로 극히 황폐해졌다. 빨리 전함을 만들자.

묻는다. 수전(水戰)에는 배를 사용한다. 전선(戰船)은 바다로 침입하는
적을 막고 변방을 튼튼히 하는 것으로, 뜻밖의 변에 대비함에 있어 빼놓
을 수 없는 것이다. 왼쪽에는 동정호(洞庭湖)가 있고 오른쪽에는 팽려
(彭蠡)가 있는데 남방 오랑캐인 삼묘(三苗)를 치는 전쟁에서 어찌 수전
(水戰)이 없었을까. 창시(蒼兕)에 맹세하고 백어(白魚)[1]에 제사하였으니,
맹진(孟津)의 회전(會戰)에서 이미 수군(水軍)을 사용한 것인가. 장안(長
岸)의 전쟁에서 노획한 배는 무슨 배이고, 서승(徐承) 장수의 군사가 간
곳은 어느 나라인가. 대익선(大翼船)과 소익선(小翼船)에 해당(該當)되
는 것은 무슨 수레이고, 돌모선(突冒船)이 대적(對敵)한 곳은 무슨 진
(陣)인가. 천황(天艎)이 나는 듯이 강 위를 다녔으니 그 제도는 어떠하였
으며, 구거(鉤距)[2]를 사용하여 배를 부렸으니 그것을 창조(創造)한 사람

---

1) 창시(蒼兕), 백어(白魚)―창시는 주즙(舟楫)을 관장하는 관원(官員)이라고도
   하고, 물에 사는 짐승이라고도 한다. 주(周)나라의 강태공(姜太公)이 제후의
   군사를 맹진(孟津)에 모아놓고, 왼손에는 황월(黃鉞), 오른손에는 백모(白旄)
   를 잡고서 창시를 부르며 맹세한 고사(故事)이다.《사기(史記)》〈제태공세가
   (齊太公世家)〉. 백어(白魚)는 무왕(武王)이 주(紂)를 치려고 황하(黃河)를
   건널 때 중간에 이르자 백어가 왕의 배로 뛰어들었다. 무왕은 흰 빛은 은
   (殷)나라의 정색(正色)이므로 은나라를 격파할 조짐이라 생각하고 이 백어에
   게 제사지냈다고 한다.《사기(史記)》〈주기(周紀)〉.
2) 구거(鉤距)―주전(舟戰)하는 기구. 노(魯)나라의 공수반(公輸般)이 초(楚)나
   라로 가서 만든 것인데, 배가 뒷걸음치면 갈고리로 얽어매고 앞으로 나가면

은 누구인가. 동월(東越)과 남월(南越)은 모두 누선(樓船)으로 승리를 거두었으나 조선(朝鮮) 정벌에는 누선이 불리(不利)하였고, 하뢰선(下瀨船)과 횡해선(橫海船)은 모두 연못에서 사용하는 배와는 다른데도 모든 배를 곤명지(昆明池)3)에서 연습받았으니, 그 이치를 자세히 말할 수 있겠는가.

적벽(赤壁)의 싸움에서 만일 동남풍이 없었다면 그 승패(勝敗)를 예측하기 어려웠고, 왕준(王濬) 장수의 전선(戰船)이 만약 얕은 물을 만났다면 뱃바닥이 땅에 닿아 움직이지 못할 것을 걱정했을 것이다. 그런데 후인(後人)들은 성패(成敗)만 가지고 영웅(英雄)을 논하니, 이는 잘못된 것이 아닌가. 채석강(采石江)에서 노끈을 싣고서 강의 너비를 재어 부교(浮橋)를 만든 사람4)은 누구이고, 금산(金山)에서 쇠줄을 만들어 큰 쇠갈고리를 꿴 것5)은 어떤 법인가. 배와 수레는 만드는 제도가 다른데도 송나라 반역자 양요(楊公)의 배는 수레바퀴로 물을 안고 돌게 하였고,

---

못가도록 막는 것이라고 한다. 구거는 낚싯바늘끝 갈고리. 본문의 거(拒)자는 오식인 듯.

3) 곤명지(昆明池)-섬서성(陝西省) 장안현(長安縣) 서남에 있는 주위 40리의 큰 연못. 한무제(漢武帝)가 곤오이(昆吳夷)를 치기 위하여 이 연못을 파고 여기서 주전(舟戰)을 교련하였다 한다. 《사기(史記)》〈무제기(武帝記)〉.

4) 채석강(采石江)에서…… 부교(浮橋)를 만든 사람-송(宋)나라 장안(長安) 사람 번약수(樊若水)가 송 태조(宋太祖)에게 귀의(歸依)하기 위해, 채석강에서 고기잡이를 하면서 달밤에는 노끈을 배에 싣고 강의 너비를 쟀다. 태조가 강남(江南)을 칠 때 부교(浮橋)를 놓고 도강(渡江)하게 되었는데 번약수가 미리 재어놓은 너비가 한 치도 틀리지 않았다고 한다. 《송사(宋史)》 권276.

5) 금산(金山)에서…… 꿴 것-송(宋)나라 고종(高宗) 때 금(金)나라의 올출(兀朮)이 쳐들어오자, 한세충(韓世忠)이 황천탕(黃天蕩)에서 적군과 대치하게 되었다. 한세충은 금산 아래 해함(海艦)을 진출시키고 미리 쇠를 녹여 긴 쇠줄을 만든 다음 거기다가 큰 쇠갈고리를 꿰어 놓았다. 이를 용감하고 건장한 군졸에게 주고 배를 두 길로 나누어 적선의 배후로 나가서 갈고리로 적선을 걸어 잡아당겨 쇠줄 하나로 적선 한 척씩을 침몰시켰다. 《송사(宋史)》 권364.

물과 육지는 편의가 같지 않은데도 오(吳)나라 사람의 배에는 반드시 성가퀴를 설치하였으니, 그 제도에 대해 자세히 말할 수 있는가.

몽동(艨艟)과 투함(鬪艦)은 그 모양과 제도가 다르고, 해골(海鶻)과 응선(鷹船)은 그 이름이 서로 비슷하나 전자의 것은 정말 아주 다르고 후자의 것은 과연 꼭 닮았을까. 철력(鐵力) 나무는 무엇을 하는 나무이고, 초별(草撇)은 어떤 모양인가. 광동선(廣東船)·복건선(福建船)·강절선(江浙船)·등래선(登萊船)은 빠르고 느린 차이가 배(倍)나 되고, 오공선(蜈蚣船)·조취선(鳥觜船)·원앙선(鴛鴦船)·화룡선(火龍船)은 우열(優劣)이 현격하게 다르다. 이것을 가지고 도적을 막는다면 어느 것이 낫고, 이것을 가지고 적병(賊兵)을 추격한다면 어느 것이 편하겠는가. 동교선(艟艞船)은 어느 지방에서 나고 망사선(網梭船)은 어느 곳에 사용하는가. 해진 옷으로 배에 물이 새는 것을 막는 것은 고대(古代)의 제도요, 석회(石灰)에 기름을 개어 끄는 배를 보수하는 것은 후세(後世)의 법이다. 성인(聖人)은 지혜가 많은데도 이처럼 엉성하고, 속사(俗士)는 마음이 거친데도 저렇게 정밀(精密)하니, 그 이치를 상세하게 말할 수 있겠는가.

대체로 내지(內地)에서 적(賊)을 막는 것보다는 바다 밖에서 적을 막는 것이 낫고, 평지에서 용병(用兵)할 적에는 군사를 사지(死地)에다 결속(結束)시키는 것이 낫다. 전선(戰船)은 나라를 지키는 데 있어 매우 이로운 기구이다. 조수(潮水)와 바람을 이용하여 마음대로 진퇴(進退)할 수 있고, 또 편리한 대로 포화(砲火)를 발사하여 공격할 수도 있다. 전선으로 돌격하면 가벼운 전차(戰車)나 날랜 기병(騎兵)도 따르지 못할 정도이고, 적을 포위하면 장사진(長蛇陣)이나 조익진(鳥翼陣)보다도 우세하다. 그런데 어찌하여 우리나라에는 전선의 제도에 대하여 아직도 황무지에서 헤어나지 못하고 있는가. 소정방(蘇定方)이 바다를 건너왔을 때에 백마강(白馬江)에는 한 척의 작은 배도 없었고, 원세조(元世祖)가 일본(日本)을 정벌할 적에는 1만 척이나 되는 배가 일기도(一岐島)에서 전부 격파당하였다. 삼면(三面)이 바다로 둘러 있는 나라로서 해구(海寇)

를 방비함에 있어 다른 나라보다 갑절 이상이 되어야 하는데도 소루하고 지리멸렬한 것이 예부터 이러했으니, 뜻 있는 사람이 어찌 안타까워하지 않을 수 있겠는가.

이순신(李舜臣)이 한산도(閑山島)에서 왜적을 쳐부술 적에는 어떤 진법(陣法)을 썼고, 신유(申瀏)[6]가 흑룡강(黑龍江)에서 청(淸)나라를 도와 전투할 때 그가 적을 무찌른 술책은 어떤 것이었는가. 거북선의 제도는 어떤 법을 본뜬 것이고, 골선(鶻船)을 만들자고 주청(奏請)한 사람은 누구인가. 전선(戰船)과 병선(兵船)은 어찌하여 명칭이 다르고, 방선(防船)과 협선(挾船)은 어찌하여 달리 부르는가. 거도선(艍舠船)이 가장 많은 곳은 어느 군영(軍營)이고, 맹선(猛船)은 그 등급이 몇 층인가. 부분적으로 수리하는 것과 새로 만드는 데 대한 기한이 도(道)마다 각각 다르고, 주진(主鎭)과 속진(屬鎭)의 제도는 서로 유지(維持)하게 하는 데 뜻이 있다. 이에 대해 낱낱이 상세하게 말할 수 있는가. 튼튼하여 무겁고 크게 만들면 왜선(倭船)을 제압하기는 이롭지만 운행하기가 지극히 어렵고, 가볍고 날래게 만들면 적선(賊船)을 추격하기는 이롭지만 부서지기 쉬운 우려가 있으니, 이 두 가지 중에서 어느 법이 나은가. 한 군데에만 매어 두면 중요한 부품을 녹슬지 않게 해야 되는 본의에 어긋나고, 돌아다니며 장사하도록 허가해주면 급할 적에 격문(檄文)을 띄워 불러들일 방법이 없다. 이 두 가지 가운데 어떤 의논이 좋은 것인가.

수군(水軍)이 산읍(山邑)에는 많이 있는데 연읍(沿邑)에는 혹 수군이 없는 경우가 있다. 당초에 이렇게 법을 만든 뜻을 지금 상세히 말할 수 있는가. 요즘에 와서 법이 오래됨에 따라 폐단이 생기게 되었다. 그리하여 배를 만듦에 있어 옛 제도대로 하지 않게 되어 감독하는 사람이 재료를 훔쳐 팔기도 하고, 오래된 배라도 반드시 전부 버릴 것이 아닌데도

---

6) 신유(申瀏)─조선 숙종(肅宗) 때의 무신(武臣). 무과(武科)에 급제하여 혜산진(惠山鎭) 첨절제사(僉節制使)를 지내고, 1658년에 나선정벌(羅禪征伐)에 참가, 조총군(鳥銃軍) 2백50명을 거느리고 흑룡강(黑龍江)에 원정하여 러시아 군대를 전멸시켰다.

이를 팔아 국가의 재용에 보태지 않는다. 또 새로 건조한 배도 진흙펄에 버려두기 때문에 대포(大砲)가 움직이지 않는 수도 있고, 아전에게 맡겨 두기 때문에 누로(樓艫)가 망가져도 보수하지 않으니, 만약 긴급한 상황이 발생하면 속수무책(束手無策)이 되고 말 것이다. 이제 평상시나 전시(戰時)에 믿고 의지할 수 있고, 경비(經費)도 너무 들지 않고, 나아가서는 도적을 쓸어 버리고, 물러서서는 군영(軍營)을 굳게 지키게 하려면, 어떤 방법을 써야 하겠는가. 여러 선비들은 반드시 마음속에 쌓아둔 경륜이 있을 터이니 각자 마음껏 기술하라.

戰船策

問水戰以船 戰船者 所以禦海寇而固邊圉 不虞之備 所不可闕者也 左洞庭而右彭蠡 則征苗之役 何無水戰 誓蒼兕而祭白魚 則孟津之會 已用舟師歟 長岸之戰 所獲者何船 徐承之師 所嚮者何國 大翼小翼 所當者何車 突冒車船 所敵者何陣 天艎飛江 其制度何若 鉤拒使船 其刱造何人 東越南越 皆以樓船聚勝 而樓船不利於朝鮮 下瀨橫海 皆與池澤不同 而諸船亦習於昆明 其理可詳言歟 赤壁之戰 若無巽風 其勝敗難卜 王濬之船 若遇淺水 其膠滯可憂 後人惟以成敗論英雄 得毋誤歟 采石載繩 以造浮梁者何人 金山造緶 以貫大鉤者何法 舟車異制 而楊么之舟 以輪激水 水陸異宜 而吳人之船 必設女牆 其制可詳言歟 艨艟鬬艦 其形制不同 海鶻鷹船 其名號相類 彼果迥殊 此果酷肖歟 鐵力爲何木 草撇爲何樣 廣東船福建船江浙船登萊船 利鈍倍差 蜈蚣船鳥觜船鴛鴦船火龍船 優劣懸殊 以之禦寇 何者爲勝 以之追賊 何者爲便歟 艟艒出於何地 網梭用於何處 衣袽補漏 先古之制也 油灰艌縫 後世之法也 聖人多智 而踈拙若此 俗士心麤 而精密如彼 其理可詳言歟

大抵禦賊於內地 不若拒之於外洋 用兵於平陸 不若束之於死地 戰船者 守國之利器也 乘潮乘風 其進退惟意 放火飛石 其衝擊從便

以之奔突 則輕車驍騎所不及也 以之圍繞 則長蛇鳥翼所不敵也 奈
之何吾東一區 戰船之制 尙不破荒 蘇定方 越海之日 一葉之船 不
留於白江 元世祖 征倭之役 萬艘之船 盡碎於岐島 三面環海之國
其所以備海寇者 宜倍他邦 而其疎虞蔑裂 自古如此 豈非志士之恨
歟 李舜臣禦賊於閑山島 其布陣用何法 申瀏助征於黑龍江 其破賊
用何術歟 龜船之制 所倣者何法 鶻船之作 奏請者何人 戰船兵船
何以異名 防船挾船 何以殊稱 艍舠最多者何營 猛船其級爲幾層 改
槊改造之限 道各不同 主鎭屬鎭之制 意在相維 其可一一詳言歟 朴
實重大 則利壓倭舸 而其運動極難 輕銳便捷 則利逐賊船 而其破碎
或易 二者之中 何法爲勝歟 繫在信地 則非戶樞不蠹之意 許使行商
則無羽檄招呼之方 二者之中 何議爲長歟 船卒多在於山邑 沿邑或
闕於舟師 其原初制法之意 今可詳言歟 挽近以來 法久弊生 造船皆
失古制 而監作者竊其材料 舊船未必全棄 而發賣者不補國用 閣之
泥沙 雖大砲而不動 委之吏校 闕樓艫而罔補 脫有警急 其將束手而
無策 今欲使緩急有賴 糜費不濫 進可以淸掃寇賊 退可以固守營壘
則其道何由 諸生 必有所蘊 其各悉著于篇

(11) 구황정책에 대한 책문(荒政策)

> — 흉년에 대비하는 근본대책은 조적법과 상평법을 잘 운
> 용하여 환곡(還穀) 정책을 잘해야 하는데 지방 아전들
> 이 농간을 부려서 국가의 창고가 바닥나니 이를 막아
> 야 한다.

묻는다. 《주례(周禮)》의 지관(地官)에 의하면 대사도(大司徒)가 흉년
에 백성을 구하는 황정(荒政)의 조목1)으로 모든 백성들을 취합시켰다.

---

1) 황정(荒政) 12조목—1. 취만민(聚萬民), 2. 박정(薄征), 3. 완형(緩刑), 4. 이력

성인(聖人)의 법은 의당 빠뜨린 점이 없을 것이니, 황정에 대해 강론(講論)하여 시행할 일이 과연 이 12조목뿐이겠는가.

산리(散利)의 정책은 전화(錢貨)에 해당될 것 같은데 선유(先儒)는 전적으로 종자(種子)와 식량이라 하였고, 박정(薄征)의 법령은 관시(關市)에 해당할 것 같은데 정현(鄭玄)의 주설(注說)에는 반대로 조세(租稅)라고 하였다. 그렇다면 관중(管仲)의 경중법(輕重法)2)과 맹자(孟子)의 조철법(助徹法)3)은 모두 증거로 인용할 만한 것이 못된단 말인가. 이미 완형(緩刑)이라 하였으면 무엇 때문에 제도(除盜)를 거론하였으며, 이미 생례(眚禮)라 하였으면 또 무엇 때문에 색귀(索鬼)를 거론하였는가. 경설(經說)과 주설(注說)이 아무래도 서로 어긋나 합치되기 어렵지 않은가. 거기(去幾)에 대한 해석에도 시비(是非)가 분분하고, 번악(蕃樂)에 대한 뜻도 그 글자 모양이 현격하게 다르니, 누구의 말이 옳고 누구의 말이 그른지 분석하여 논할 수 있겠는가. 슬퍼서 가슴을 두드리고 우는 것에도 예수(禮數)가 있는데 무엇 때문에 예를 간소화하는 것을 거론하였고, 시집가고 장가드는 것도 시기가 있는데 무엇 때문에 육례(六禮)를 갖추지 않고 지내는 혼인이 많음을 거론하였는가. 침벌(侵伐)은 뜻밖에 일어나는 경우가 허다한데 무엇 때문에 요역(徭役)의 완화를 거론하였고, 간구

(弛力), 5. 사금(舍禁), 6. 거기(去幾), 7. 생례(眚禮), 8. 쇄애(殺哀), 9. 번악(蕃樂), 10. 다혼(多婚), 11. 색귀신(索鬼神), 12. 제도적(除盜賊). 《주례(周禮)》〈지관대사도(地官大司徒)〉.

2) 경중법(輕重法)-물가조절을 말하는 것으로 물건이 흔하면 수매하여 물가를 비싸게 조절하고 물건이 귀하면 방출하여 물가를 싸게 조절하는 것을 말한다. 《관자(管子)》〈경중편(輕重篇)〉.

3) 조철법(助徹法)-조는 은(殷)나라 조세법(租稅法)으로, 6백30묘(畝)의 토지를 70묘씩 9등분하여 주위 8구(區)는 8가(家)가 각각 분배받아 경작하고, 중앙 1구는 공전(公田)으로 정하여 이를 8가가 조력(助力) 경작, 그 소출만을 조세로 바치는 것을 말한다. 철은 주(周)나라 조세법으로 한 농부마다 1백 묘씩 분배받아 경작하여 거기서 수확한 10분의 1을 조세로 바치는 것을 말한다.

696

(姦宄)도 이런 흉년에 쉽게 일어나는데 무엇 때문에 산택(山澤)의 출입
금지를 거론하였는가. 무릇 이른바 12조목들은 오늘날의 입장에서 본다
면 아마도 일일이 시행할 수 없을 것 같으니, 이에 대한 편리 여부를 열
거하여 말할 수 있겠는가.

임금에게 고(告)할 적에는 규옥(圭玉)을 사용한 것이 《주역(周易)》에
보이고, 흉년을 구휼할 적에도 진규(珍圭)를 사용한 것이 《주례(周禮)》
의 전서(典瑞)에 보이는데, 규서(圭瑞)라는 물건이 어째서 황정(荒政)에
해당이 되는가. 큰 흉년에는 백성들을 이주시키는 것이 본디 주공(周公)
의 법인데도 하남(河南)에서 하동(河東)으로 백성을 옮긴 일에 대해 맹
자(孟子)에게 기롱을 받았고, 9년 동안 먹을 식량을 저축하는 것이 원래
선왕(先王)의 제도인데도 요(堯)임금의 9년 홍수(洪水) 때에는 식생활의
어려움을 못 면하였으니, 여러 경서(經書)에서 말한 것이 어쩌면 그렇게
서로 모순(矛盾)이 되어 합치되지 않는가. 유무(有無)를 서로 변통시키
는 권분(勸分)의 법4)은 과연 어느 시대의 정책을 따른 것이고 '어찌 철
법(徹法)을 쓰지 않습니까'5)한 대답이 당년의 흉년을 구휼할 수 있었겠
는가.

성기(星紀)와 현효(玄枵)6)에 대해 점친 이가 어떤 사람이고, 제폐(祭

---

4) 유무(有無)를 변통시키는 권분법－춘추시대 노희공(魯僖公) 21년 여름에 크
   게 가물자 공(公)이 기우(祈雨)한 무당들을 불태워 죽이려고 하니, 장문중
   (臧文仲)이 "이는 가뭄에 대처하는 조처가 아닙니다. 벼농사를 힘쓰고 유무
   (有無)를 변통시키는 것이 바로 급무입니다." 하였다. 《좌전(左傳)》희공(僖
   公) 21년.
5) 철법(徹法)을 쓰지 않습니까－《논어》〈안연편(顏淵篇)〉에 '애공(哀公)이 유
   약(有若)에게 "흉년이 들어 국가의 비용이 부족한데 어떻게 했으면 좋겠는
   가?"하고 묻자, 유약은 "왜 철법을 쓰지 않습니까?"했다'라고 하였다.
6) 성기(星紀)와 현효(玄枵)－성기는 북두성(北斗星)과 견우성(牽牛星)의 별자
   리이고 현효는 허성(虛星)과 위성(危星)의 별자리이다. 노양공(魯襄公) 28년
   봄에 얼음이 얼지 않자, 재신(梓愼)이 "금년에 송(宋)나라와 정(鄭)나라에
   흉년이 들겠다. 세성(歲星)이 성기 분야에 있어야 할 터인데, 현효 분야를

肺)와 조기(雕幾)[7] 등을 금지시킨 것은 무슨 뜻인가. 들에는 청초(靑草)도 없다[8]고 말한 사람은 누구이고, 시장(市場)에는 적미(赤米)도 없다[9]는 말은 어느 책에서 나왔는가. 다같이 곡식이 익지 못하는 재난이라도 기장[粱], 벼[稻], 콩[菽]이 아직 익지 않았다는 근(饉)과 삼[麻], 수수[黍], 피[稷], 보리[麥]가 익지 않은 침(侵 : 祲)은 어째서 이름이 다르고 3보(三鬴)와 2보(二鬴)[10]는 어찌하여 등급이 다른가. 음(陰)이 자오방(子午方)에 있으면 어째서 가뭄이 들고, 산에서 식량과 물을 원조해 달라는 경계(庚癸)라고 외치면 어째서 군량(軍糧)을 주었는가.[11] 구혜(九惠)의 교화는 어느 나라에서 베풀었고,[12] 사덕(四德)의 실수를 간한 사람은

침범하였기 때문이다."라고 하였다. 《좌전(左傳)》 양공(襄公) 28년.

7) 제폐(祭肺)와 조기(雕幾)─제폐는 소·염소·돼지 등의 폐로 끼니 때마다 떠서 곡신에 바치는[除飯] 것을 말한다. 《예기(禮記)》 곡례(曲禮)에 '흉년이 들어 곡식이 익지 아니하면 임금이 수라를 들 적에 폐로 제반하지 않는다'라고 하였다. 조기는 수레에 그림을 새기거나 칠하는 것을 말한다. 《예기》 소의(少儀)에 '국가가 미폐(靡弊)하면 수레에 그림을 새기거나 칠하지 않는다'라고 하였다.

8) 야무청초(野無靑草)─청초는 채소 따위를 말한다. 《좌전(左傳)》 희공(僖公) 26년에 '제후(齊侯)가 "집안에는 식량이 바닥났고 들에는 청초도 없으니, 무엇을 믿고 두려워하지 않겠는가?"라고 했다' 하였다.

9) 시무적미(市無赤米)─적미는 붉고 질이 나쁜 쌀을 말한다. 《국어(國語)》〈오어(吳語)〉에 '지금 오(吳)나라 백성들이 지친 데다가 큰 흉년까지 겹쳐 시장에는 적미(赤米)도 없다'라고 하였다.

10) 3보(鬴)와 2보(鬴)─6두(斗) 4승(升)을 1부라고 한다. 《주례(周禮)》 지관(地官) 늠인(廩人)에 '대체로 백성들의 한 달 식량이 1인당 4부(鬴)씩이면 대풍년이고, 1인당 3부씩이면 평년이고, 1인당 2부씩이면 흉년이다'라고 하였다.

11) 경계(庚癸)─경계는 군량(軍糧)의 은어(隱語)이다. 경(庚)은 서방(西方)으로 곡식에 해당하고 계(癸)는 북방(北方)으로 물에 해당하기 때문에 파생한 말이다. 오(吳)나라 신숙의(申叔儀)가 공손 유산씨(公孫有山氏)에게 군량을 빌려달라고 하니 대답하기를 "기장은 없어도 거친 쌀은 있으니, 수산(首山)에 올라가 '경계'하고 외치면 주겠다."라고 하였다. 《좌전(左傳)》 애공(哀公) 13년.

12) 구혜(九惠)─구혜는 아홉 가지 은혜를 말한다. 《관자(管子)》 입국(入國)에 '입국(入國)하여 4방과 5방으로 순행하면서 교화를 베풀었는데, 첫째는 노로(老

어느 신하였는가.13) 이상의 것을 모두 하나하나 뚜렷이 지적할 수 있겠
는가.

급장유(汲長孺)가 창고 곡식을 꺼내주었던 일14)은 아무래도 마음대로
처리한 혐의가 있는 듯하고, 복평원(伏平原)이 거친 밥을 먹었던 일15)은
명예를 바라는 뜻이 없지 않은데, 선유(先儒)들이 나무라지 않은 것은 무
슨 까닭인가. 종친(宗親)과 도탑게 하는 정치는 더욱 강화하여야 할 터
인데 진(晉)나라 태원(太元) 연간에 공급(供給)을 절반으로 감축하였고,
토목공사(土木工事)는 더욱 정지시키거나 폐기시켜야 할 터인데 절서(浙
西)의 흥작(興作)은 도와주었다. 이러한 것들도 황정(荒政)에 도움이 있
는 것인가. 겨울잠 자는 칩연(蟄燕)을 잡아먹었던 일16)은 분명히 어느

老), 둘째는 자유(慈幼), 셋째는 휼고(恤孤), 넷째는 양질(養疾), 다섯째는 합
독(合獨), 여섯째는 문질(問疾), 일곱째는 통궁(通窮), 여덟째는 진곤(振困),
아홉째는 접절(接絶)이다'라고 하였다.

13) 사덕(四德)의 실수-진(秦)나라에 흉년이 들자 진(晉)나라에 사신을 보내어
곡식을 팔라고 요청하니, 진(晉)나라 임금이 주지 않았다. 그래서 경정(慶鄭)
이 간하기를 "남의 요청을 거절하면 친한 이가 없게 되고, 남의 재앙을 다행
스럽게 여기는 것은 인자하지 못한 짓이며, 탐하고 아끼는 것은 상서롭지 못
한 짓이고, 이웃 나라를 화나게 만드는 것은 의롭지 못한 짓입니다. 이상 네
가지 덕을 잃으면 무엇으로 나라를 지키시렵니까."라고 하였다. 《좌전(左
傳)》 희공(僖公) 14년.

14) 급장유(汲長孺)의 발창(發倉)-장유는 한(漢)나라 급암(汲黯)의 자(字)인데
급암이 왕명(王命)을 받들어 하내(河內) 지방의 화재(火災)당한 민가(民家)를
시찰하러 갔다가 도리어 수재(水災)와 한재(旱災)를 입은 가난한 백성이 1만
여 호(戶)나 되는 것을 보고, 자기 마음대로 하내의 창고 곡식을 꺼내어 가난
한 백성들을 구제하였다. 《한서(漢書)》 권50 〈급암전(汲黯傳)〉.

15) 복평원(伏平原)의 식추(食麤)-한(漢)나라 복담(伏湛)이 평원태수(平原太守)
로 있을 적에 난리가 일어나 온 천하가 소란스럽자, 복담이 처자(妻子)에게
"지금 모든 백성들이 굶주리고 있는데 어떻게 나 혼자만 배불리 먹을 수 있겠
소."하고서, 마침내 처자들과 함께 거친 밥을 먹었다는 고사. 《후한서(後漢
書)》 권26 〈복담전(伏湛傳)〉.

16) 칩연(蟄燕)-칩연은 겨울잠 자는 제비를 말한다. 진(晉)나라 극감(郄鑒)이 연

연대이고, 돼지 기르는 법인 환시(豢豕)를 하사한 것은 과연 무슨 법을 따른 것인가. 산죽(山竹) 열매도 아쉬운 대로 굶주림을 구제할 수 있고 오매(烏眛) 잎사귀도 흉년을 구제한다고 하였으며, 준치(蹲鴟 : 토란)로 구제한 것은 이미 한사(漢史)에 나타나 있고, 번저(蕃藷 : 감자)로 구제한 것도 송시(宋詩)에 일컬어졌다. 이상 네 가지 중에 어떤 것이 황정에 필요한 것이겠는가.

장정(壯丁)들을 모집하여 군인(軍人)에 충당시킨 것이 어째서 혜정(惠政)이 되고, 승려(僧侶)들을 시켜, 탑(塔)을 건립(建立)하도록 한 것도 시무(時務)를 알았다고 할 수 있겠는가. 동철(銅鐵)로는 배를 채울 수 없는 것인데도 화폐(貨幣)를 주조하여 사람들을 구휼한 것은 과연 무슨 술책인가. 비단으로 굶주림을 고칠 수 없는 것인데도 비단을 내려 진휼(賑恤)을 보조해 준 것은 아마도 좋은 계책이 아닌 듯하다. 이에 대한 이해(利害)를 분명하게 말할 수 있겠는가.

진(晉)나라 왕융(王戎)이 화담(華譚)을 도와준 곡식은 3백 곡(斛)에 불과하였고, 양(梁)나라 임방(任昉)이 의흥(義興) 사람들을 구활한 것도 3천 명에 불과하였다. 송나라 부정공(富鄭公 : 富弼)이 청주(靑州)를 다스릴 적에는 기민(飢民) 50여만 명을 구활하였고, 북송의 한위공(韓魏公 : 韓琦)이 익주(益州)를 다스릴 적에는 기민 2백여만 명을 구활하였다. 이는 지금 사람으로서는 도저히 따라갈 수 없는 것이고, 그 공능(功能)도 매우 월등한 것인데, 이렇게 되는 것은 무슨 까닭인가. 서중응(舒中應)은 군량(軍糧)을 방출하여 기민들을 구제하였고, 소자첨(蘇子瞻 : 軾)은 임금에게 바칠 공물(供物)을 감면하여 기민들을 구활하였다. 일에는 완급(緩急)이 있고 의(義)에도 경중(輕重)이 있는 것인데, 두 사람의 이같은 행적이 의에 어긋난 점은 없는가.

진휼(賑恤)할 자료로 배와 대추를 방출하자고 요청한 이는 어떤 사람

주자사(兗州刺史)로 있을 적에 서감(徐龕)과 석륵(石勒)이 좌우에서 침공하여 오고 밖의 구원도 끊기자, 굶주린 백성들이 들쥐나 겨울잠 자는 제비들을 잡아먹었다 함. 《진서(晉書)》 권6, 7 〈극감전(郗鑒傳)〉.

이고 국가의 세금을 포탈한 것에 대해 누에 치고 보리가 날 때까지 기다려 주자고 요청한 것은 어느 시대 일인가. 도홍경(陶弘景)의 휴량방(休粮方)에는 들풀들을 이것저것 열거하였고, 이시진(李時珍)의 벽곡방(辟穀方)에는 산 과실들을 모두 수록하였다. 《농서(農書)》보다 뒤에 나온 것으로서 이른바 《구황본초(救荒本草)》가 있는데, 여기에는 구황할 수 있는 풀이 수백여 종류에 이른다. 황정(荒政)에 대해 강구(講究)하는 사람은 역시 이런 종류까지도 널리 언급하여야 하지 않겠는가.

대저 구황(救荒)에 대한 정사(政事)는 군자(君子)가 마음을 다하려고 하는 것이다. 그러므로 선왕(先王) 때의 제도는, 흉년에는 역역(力役)을 일으키지 않고 치도(馳道)도 닦지 않는다. 흉년 들면 조정에서 풍년을 비는 제사에 희생물도 안 쓰고 큰 제례 때도 양과 돼지로 올리며(祈以幣 更祀以下牲), 임금이 수라를 들 때에는 풍악도 연주하지 아니하고 경(卿)들의 식사에는 기장[粱]을 먹지 않는다. 제사에는 현악(縣樂)을 올리지 아니하고 말에게는 곡식을 먹이지 않는다. 이렇게 조심조심 근면하고 성실한 자세로 한 백성이라도 병들어 죽을까 염려하면서 온갖 방법을 이용하여 온전히 구활하려고 기도하였다. 그러므로 주(周)나라에서는 조적법(糶糴法)[17]을 설치하여 저축을 도모하였고, 한(漢)나라에서는 상평법(常平法)을 시행하여 흉년에 곡식의 방출에 대비하였다. 사창(社倉)은 수(隋)나라에서 비롯되었고 의창(義倉)은 송(宋)나라에서 성행하였는데, 이 모두가 황정에 대한 예비 대책이었다.

더구나 우리 성조(聖朝)에서는 제도와 대책이 많아서 그 규모도 정연하여, 혜민서(惠民署)·활인서(活人署)·선혜청(宣惠廳)·균역청(均役廳)과 동북쪽의 교제창(交濟倉), 서남쪽의 상진곡(常賑穀) 등이 전후 서로 계승되고 안팎이 서로 관련되어, 창고 저축의 풍부함과 시행의 주밀함이 하(夏)·은(殷)·주(周) 삼대(三代)를 앞지를 만한 점도 있었다. 그런데

---

17) 조적법(糶糴法)—조(糶)는 풍년에 쌀값이 쌀 때 관(官)에서 곡식을 사들이는 것을 말하고, 적(糴)은 흉년에 쌀값이 비쌀 때 창고를 열어 싸게 파는 것을 말한다. 일종의 영농지원 대책이다.

근세(近世) 이래로는 폐단이 날로 생기고 모든 기강이 날로 문란해져서, 국가나 개인의 창고가 모두 텅 비었고 풍년에 저축하고 흉년에 풀어주는 것이 법도가 없다. 그래서 평년(平年)에도 백성들이 제대로 생활하지 못할 뿐더러 한번 흉년을 당하면 국가가 마침내 아무런 대책을 세울 수 없게 되었다. 오늘날의 일로 말하더라도 극심한 가뭄이 재해(災害)가 되어 팔도(八道)가 모두 곤궁하여, 임금은 잠과 식사를 제때 못하면서 걱정하고 조정에서는 구제하는 노고를 담당하고는 있지만, 창고가 벌써 텅 비었고 저축이 모두 바닥이 나고 있는 것이다.

교맥(蕎麥) 즉 메밀을 심도록 권장한 것은 주자(朱子)가 제시한 좋은 법을 시행한 것이지만 실효가 나타나지 않았고, 기장과 조의 대체수납방식은 선조(先朝)의 인후(仁厚)한 정책을 따른 것이지만 혜택이 흡족하지 못하였다. 유민(流民)을 금지시킨 것은 간혹 가난한 백성들의 소원에 어긋나기도 했고 공곡(公穀)을 연기하여 준 것은 그 이익이 간사한 아전들에게로만 돌아가며, 조세(租稅)를 면제하여 주었어도 청백리(淸白吏)와 탐관(貪官)은 두루 살필 수 없는 실정이다. 백성들에게 곡식을 내도록 권유하면 부유한 사람은 침해받는 괴로움이 있고, 먼 지방으로 가서 곡식을 옮겨오도록 하면 어리석은 백성은 주었다 빼앗았다 한다는 원망을 한다. 따라서 곡식을 반입하는 일은 이러한 시대에는 의논할 바가 아니고, 발당(發棠)[18]의 은혜를 베푼 옛사람에게 부끄러운 점이 있을 것이다. 이리저리 생각해 보아도 참으로 임금의 걱정을 풀어드리고 억조(億兆) 창생(蒼生)의 생명을 구제할 길이 없다. 제생(諸生)들은 학문이 천인(天人)의 이치를 관총했고 지식이 고금(古今)의 역사를 통달하여 반드시 평소에 이에 대해 강마(講磨)한 것이 있을 것이니, 제각기 마음껏 기술하라. 주사(主司)를 시켜 상주(上奏)하게 하겠다.

---

18) 발당(發棠)-당(棠)은 제(齊)의 읍명(邑名)인데 맹자가 당읍의 곡식을 방출하여 빈민을 구휼한 일. 《맹자(孟子)》진심(盡心) 하(下)에 "제나라에 흉년이 들자, 진진(陳臻)이 '국내 사람들이 모두 부자(夫子)가 앞으로도 다시 당읍의 곡식을 방출시켜 줄 것으로 여깁니다.'했다." 하였다.

荒政策

問周官大司徒 以荒政十二聚萬民 聖人之法 宜無闕漏 則荒政
之所宜講行 果無外於十二條歟 散利之政 似屬錢貨 而先儒專謂
之種食 薄征之令 似屬關市 而舊説郤謂之租税 管氏輕重之法 孟
子助徹之制 皆不足援以爲證歟 旣曰緩刑 則何以除盜 旣曰責禮
則又何索鬼 經説注説 得無鉏鋙而難合歟 去幾之解 聚訟紛然 蓄
樂之義 字形懸殊 誰得誰失 其可剖論歟 辟踊有數 何以殺哀 嫁
娶有時 何以多昏 侵伐多起於不虞 何以弛力 姦宄易興於此時 何
以舍禁 凡所謂十有二品 以今觀之 恐不可一一施行 其可歷言其
便否歟 告公用圭 著於義易 恤荒以珍 見於典瑞 圭瑞之物 何所
當於荒政歟 大荒移民 本亦周公之法 而二河之政 見譏於亞聖 九
年蓄穀 原是先王之制 而洪水之時 未免於艱食 諸經所言 何其矛
盾而不合歟 勸分之法 果遵何代之政 盍徹之對 能救當年之饑歟
星紀玄枵 占之者何人 祭肺雕幾 禁之者何義 野無青艸 語者爲誰
市無赤米 出於何書 曰饉曰侵 何以殊名 三鬴二鬴 何以別等 陰
在子午 則何以召旱 山呼庚癸 則何以予糧 九惠之教 行於何國
四德之失 諫者何臣 皆可一一歷指歟 沒長孺之發倉 恐有專輒之
嫌 伏平原之食廩 不無要譽之意 而先儒無所譏貶何歟 敦親之政
宜益有加 而太元之供給減半 土木之役 宜益停罷 而浙西之興作
有助 若此類 其亦有補於荒政歟 蟄燕之掘 的是何秊 螯豕之賜
果遵何法 山竹之實 猶能救飢 烏昧之艸 亦云濟荒 蹲鴟已著於漢
史 番藷見稱於宋詩 四者之中 孰爲荒政之所須歟 募丁充軍 何以
爲惠政 縱僧建塔 亦可謂識務歟 銅鐵不能充腹 鑄幣救人 果是何
術 絲繒不能瘳飢 賜帛補賑 恐非長策 可以明言其利害歟 王戎之
助華譚粟 不過三百斛 任昉之活義興人 不過三千口 而富鄭公之

知靑州 活飢民五十餘萬 韓魏公之撫益州 活飢民二百餘萬 古今
人不相及 而其功能之懸殊若是者何歟 舒中應散軍粮而濟飢 蘇
子瞻免御供以活民 事有緩急 義有輕重 而二子之行如是 其亦無
悖於義理歟 賑資之請發梨棗者何人 公逋之請待蠶麥者何時 陶
弘景之休粮方 雜擧野艸 李時珍之辟穀方 並收山果 而農書之後
出者 有所謂救荒本艸 多至數百餘種 講究荒政者 亦可以旁及此
類歟

　大抵救荒之政 君子之所欲盡心者也 先王之制 荒年則 力役不
興 馳道不修 祈以幣更 祀以下牲 君膳不擧 卿食無粱 祭不縣樂
馬不食穀 兢兢業業 勤勤懇懇 唯恐一民之損瘠 冀以萬方而全活
故周人設糶糴之法 以圖儲蓄 漢氏行常平之制 以資興發 社倉昉
於隋 義倉盛於宋 無非所以豫備於荒政也 況我聖朝 制作彬蔚 規
模森整 惠民活人之署 宣惠均役之廳 東北之交濟倉 西南之常賑
穀 前後相承 表裏交關 積廩之富 施措之密 有可以上軼三代 而
夫何輓近以來 弊竇日穿 衆綱日紊 公私之府庫俱虛 豐歉之蓄泄
無法 雖在平年 民不聊生 一遇荒歲 國遂無策 雖以今日之事言之
亢旱爲災 八路俱困 至尊貽宵旰之憂 廟堂任拯濟之勞 而其奈囷
窌已空 瓶罌悉罄 勸種蕎麥 雖行朱子之良法 而實效未著 代收黍
粟 雖遵 先朝之德政 而惠澤未洽 禁止流民 或違下戶之願 停退
公穀 徒歸奸胥之利 租稅雖除 而虛實每多相蒙 繇役雖寬 而廉貪
無以徧察 勸民出粟 則富人有侵割之苦 就遠移粟 則愚民有予奪
之怨 汎舟之役 非所議於此日 發棠之惠 將有愧於古人 左右思度
實無以紓 九重之憂 而濟億兆之命 諸生 學貫天人 識通古今 必
有講磨於平昔者 其各悉著于篇 主司將歸而告之

2. 건의문[議]

(1) 호적을 바로잡자는 건의서1)(戶策議)

> —— 호적을 정리하고 바로잡아야 백성이 평등하고 세금과
> 부역이 공평하고 나라 질서가 바로섭니다. 번거롭다 하
> 더라도 꼭 실행하여야 정치가 바로됩니다.

송(宋)나라 유학자(儒學者)의 말에,
'황종(黃鍾)2)이 모든 일의 근본이 된다.'
고 했는데 대개 황종이 바르지 않으면 음[音樂]·자[度]·말[量]·저울
[衡]이 따라서 틀리게 되므로 예악(禮樂)·형정(刑政)의 법도가 기준할
곳이 없게 됩니다.

신(臣)은 말하기를 호적(戶籍)이 모든 사무의 근본이 되니 대개 호적
의 법이 밝지 못하면 전지(田地)를 나누어 산업을 일으키는 일을 할 수
가 없으며, 과세를 공평히 하고 부역(賦役)을 고르게 하는 것을 할 수가
없으며, 군인을 정하는 것을 할 수가 없으며, 선거의 인원을 정하는 일을
할 수가 없으며, 백성을 제자리에 있게 하여 난리를 그치게 하는 일을 할
수가 없으며, 명분을 바르게 하는 일을 할 수가 없으며, 임금이 나라 안
에 인구의 번성함과 쇠잔함을 알지 못하게 될 것이므로 이것은 부모가
자녀들의 많고 적음을 알지 못하는 것과 같으니, 어찌 그들의 굶주림과

---

1) 의(議)는 문체의 일종이다. 건의서라고 번역한다.
2) 황종(黃鍾)—황종척(黃鍾尺)을 말하며, 율려(律呂)의 기본이 되는 음(音)을
   재는 척도.

배부름을 살펴서 그들의 고통과 즐거움을 고르게 할 수 있겠습니까.

호적이 엄연하지 못한 것은 빠진 호구가 있기 때문이며, 실제로 있지 아니한 호수(戶數)가 있기 때문이며, 빠진 인구가 있기 때문이며, 중첩된 호적이 있기 때문이며, 관직의 명칭과 역무(役務)의 명칭을 실제대로 하지 않기 때문입니다. 빠진 호구와 빠진 인구는 지금 한 가지 법을 정한다면 영구히 막을 수 있는데, 무릇 살인의 범죄자에 대해 고소하는 사람이 관청에 아뢰는 일이 있으면 마땅히 먼저 호적을 바치도록 하고, 그 호적이 없는 사람은 조사하지 않게 될 것이니, 사람이 살해되었는데 살인한 사람을 벌주는 일이 없게 된다면 백성들이 감히 호적에서 빠지지 못할 것입니다.

무릇 전지(田地)・전곡(錢穀)・묘지(墓地)・문구(門毆)[3]의 송사(訟事)는 반드시 고소한 사람에게 먼저 호적을 바치도록 하고 그 호적이 없는 사람은 심리(審理)하지 않게 할 것이니, 그 사람이 전지・전곡・묘지 등을 빼앗기고도 어찌할 도리가 없이 바쳐야 한다면 백성들이 감히 호적에 빠지지 못할 것이며, 다른 사람이 나를 구타하여 안면과 전신에 상처를 입혔는데도 금지규정이 없게 된다면 백성들이 감히 호적에 빠지지 못할 것입니다. 그런 까닭으로 빠진 호수와 빠진 인구는 이를 금지시키는 것이 지극히 쉬운 일이니, 반드시 법도를 엄중히 하여 소란을 피우면서 명령하는 데 애쓸 필요가 없는 것입니다.

실제로 있지 아니한 호수란 것은 수령(守令)의 칠사(七事)[4] 중에서 호구증(戶口增)의 세 글자만 붙여가지고 쓴다면 실제로 있지 아니한 호수는 저절로 없어질 것이며, 서울의 중앙부에서 여러 군현(郡縣)의 호적을 받으면서 감손(減損)하는 것으로써 허물을 삼지 않는다면 실제로 있지 아니한 호수는 저절로 없어질 것입니다.

---

3) 문구(門毆) — 구타・치상 등의 범죄.
4) 칠사(七事) — 수령을 고과(考課) 평점하는 7종목. 즉 농사・양잠이 잘 되었는가(農桑盛), 인구가 늘었는가(戶口增), 학교가 흥성했는가(學敎興), 군사가 잘 되었는가(軍政修), 부역이 고른가(賦役均), 송사가 간편해졌는가(詞訟簡), 범죄가 없어졌는가(奸猾息)를 평가하는 일.

윤탁(尹鐸)5)이 그 호수를 감하여 백성을 보호하는 정치를 삼았으니 윤탁에게 본받을 것이 없겠습니까.

호포(戶布)와 구전(口錢)6)의 법을 시행하면 실제로 있지 아니한 호수는 저절로 없어질 것이며 환향(還餉)의 법(本議에 나타나 있음)을 제정하면 실제로 있지 아니한 호수는 저절로 없어질 것입니다. 그런 까닭에 실제로 있지 아니한 호수는 금지시키기가 지극히 쉬우니 그 실제로 있지 아니하는 호수가 되는 근본을 다스려야만 실제로 있지 아니한 호수는 저절로 없어질 것입니다.

중첩된 호적이란 것은 별과(別科)가 있기 때문이니 3년만에 향시(鄕試)를 보이는 법을 정하고 일체 별시(別試)의 과거를 폐지한다면 중첩된 호적은 저절로 없어질 것이며 솔호(率戶) 솔정(率丁)7)의 법을 금지한다면 중첩된 호적은 저절로 없어질 것입니다.

관직의 명칭과 역무(役務)의 명칭을 실제대로 하지 아니한 것은 다만 관직이 있는 사람은 관직을 쓰고 과거의 명칭이 있는 사람은 과거의 명칭을 쓰고, 그 외에는 다만 제 몇째 호라고만 하고 명칭을 없게 함으로써 협잡하여 실제대로 하지 아니한 근본을 다스린다면 혼란스러움이 없을 것입니다.

그런 까닭으로 무릇 빠진 호와 빠진 인구를 금하고자 하면서 호수를 단속하고 장정을 단속하여 편박(鞭朴)을 무질서하게 쓰는 것은 계책의 졸렬인 것이고 실제로 있지 아니한 호수와 중첩된 호적을 금하면서 호적부를 상고하고 공문서를 검열함을 아주 번잡하게 하는 것도 계책의 졸렬함입니다.

억지로 하고 싶지 않은 고통을 입혀서 백성들에게 스스로 그 고통을 떠맡게 하니, 이런 도리는 있을 수 없는 것이며, 지극히 원하는 영화를

---

5) 윤탁(尹鐸)-중국, 춘추전국시대 조(趙)나라 조간자(趙簡子)의 신하로서 백성의 생활을 보호하려고 호구세목을 줄였다.

6) 구전(口錢)-호포(戶布)는 춘추로 내는 구실인 데 대해, 구전은 인두세(人頭稅)로 내는 돈.

7) 솔정(率丁)-군역(軍役)에 동원된 주정(主丁)을 도와 농사일을 대신 해주는 남정.

주고자 하면서 백성들에게 스스로 그 영화를 사양하게 하니 이런 도리는 잘못된 것입니다.

권한이 백성에게 있는 것은 내가 줄 수 없으며 권한이 나에게 있는 것도 내가 내 마음대로 하여서는 안됩니다. 나에게 있는 권한을 쥐고 백성들에게 분주케 하면서 명령을 듣도록 한다면 임금된 사람은 팔짱을 끼고 남쪽 하늘만 바라보며 아무 하는 일이 없게 될 것입니다. 대저 아무 할 일이 없게 된 후에야 바야흐로 좋은 통치가 되므로 백성들과 다투는 일은 가장 졸렬한 것입니다.

내가 곡산부(谷山府)에 있을 적에 이교(吏校) 중에서 세밀하고 근신(謹愼)한 사람 10명을 뽑아 가지고 각 방(坊)에 나누어 보내어 호구를 조사시키면서 약속하기를,

"살인의 옥사(獄事)가 일어나 관원이 촌에 나가면 마땅히 그 집의 칸수를 살피게 할 것이며, 송사(訟事)의 다툼이 일어나 백성이 관청에 들어오면 마땅히 그 근맥(根脈)을 물어야 될 것이다. 무릇 관리와 백성이 서로 접촉하게 되면 내가 마땅히 조사된 책을 손에 쥐고 세밀히 조사할 것이니 너희들은 이를 신중히 처리하라."

고 했다. 이미 복명(復命)하므로 이를 합하여 종횡표(縱橫表)를 만들고 명칭을 가좌표(家坐表)라고 했다.

가 좌 표

이동리(犂峒里)

호주명	계층	업종	거주(대)	군역	집(칸)	밭갈이	논갈이	동산	장정	노인	아이	여자	궁	남종	여종	소	말	배	솥
이세창	토호	농업	5		9	10	3		3	1		2		1	1	2			
김이득	평민	농업	3	2	3	5			2		2	2					1		
최동이	평민	상업	2	1	4			100	1	1	1	2						1	
안상문	토호	선비	7		7	8	5		3	1	2	2		1		1			
정일득	평민	공인	1	1	5	1			1	1		1							

호주명	계층	업종	거주(대)	군역	집(칸)	밭(갈이)	논(갈이)	동산	장정	노인	아이	여자	궁	남종	여종	소	말	배	솥
박기동	평민		1	1	2				1		1		홀아비						1
조정칠	평민	상업	4		8	9	7	100	3	1		2		1			1	1	
임여삼	노비	배우	2		3	2			2		1	2							
황세운	평민	공인	1	1	5	3			1			1							
윤세문	양반	선비	7		20	월	10섬	1,000	5	1	4	5		4	6	3	1	2	
윤세무	양반	무관	7		10	10	4섬	100	2		1	2		2	2	1			
윤 업	양반	선비	7		10	3	1섬	100	2	1	1	2		1	2	1	1		
이억동	평민		1	1	2				1			1	홀아비						
하소사	평민		3		2						1		과부						1
오이재	평민		2		2						1	1	독신						1
손희운	평민	농업	4	2	5	5	2		2	1		2				2			
고창득	중인	향도생도	6		9	7	2	100	2	1		2				1	1		
백노미	노비	공인	2	1	5	2			1			1							

(대곡리(大谷里)는 윤세문부터 백노미까지의 행을 포괄한다)

〈가좌표 해설〉

* 향(鄕)이란 것은 토관(土官)의 족(族)이요, 양(良)이란 것은 지위는 낮아도 천하지 않은 사람이요, 사(私)란 것은 사가(私家)의 노속(奴屬)이요, 반(班)이란 것은 문무(文武) 양반(兩班)이니 사환(士宦)의 족(族)이요, 중(中)이란 것은 향(鄕)의 아래이고 양(良)의 위이다.

* 전(田)이란 농부(農夫)요, 고(估)란 것은 장사[商販]하는 사람이요, 과(科)란 것은 과거한 선비요, 야(冶)란 것은 쇠를 다루는 공인(工人)이요, 창(倡)이란 것은 배우(俳優)이고, 목(木)이란 것은 나무를 다루는 공인(工人)이요, 무(武)란 것은 활쏘기를 연습하는 선비요, 교(校)란 것은 향교(鄕校)의 생도(生徒)이고, 세(世)란 것은 이 땅에 몇 세대(世代)를 산 것을 이름이다.(當이란 것은 그 자신 대에 와서 비로소 이 땅에 산 것이다)

* 역(役)이란 것은 군포(軍布)의 역(役)이니 한 집안 중에서 역에 해당하는 사람이 몇 사람인지 알고자 한 것이다.

* 택(宅)이란 것은 그 가택(家宅)의 간가(間架)이다. (여기 점을 친 곳은 기와집이다.)
* 전답(田畓)이란 것은 그 직업(産業)이다. (十이란 十斗落, 五란 五斗落이다)
* 전(錢)이란 것은 그 유동재산(遊動財産 : 動産)이다.
* 궁(窮)이란 것은 사궁(四窮)이니, 가난하고 또 궁(窮)한 자는 백성을 다스리는 사람이 마땅히 구휼(救恤)해야 될 것이다.
* 정(鼎)이란 것은 오직 가난해야만 등록하게 된다.
* 월(月)은 월수입 표시

　세상에서 수령(守令)이 된 사람은 매양 한번 호(戶)를 단속하면 반드시 가좌책자(家坐冊子)를 만들지마는 그러나 책의 권수가 너무 많아서 참고하고 검열하는 데 편리하지 못한 점이 있다. 내가 이 표를 만들 때 비록 몹시 바쁜 때라도 한번 책을 펴면 환하게 분별하기가 쉬우며 이를 시행한 지 3년이 되어도 한번도 틀린 적이 없었으니 이교(吏校) 등이 본다면 애초부터 근신하여 사기(詐欺)한 일이 없었음을 알 수 있겠다. 이로써 호적을 하여도, 그래도 거짓과 실상이 서로 속인 것이 있겠는가. 이것은 좋은 법이다.

戶籍議

　宋儒之言 曰黃鍾爲萬事之根本 蓋以黃鍾不正 則律度量衡 隨以乖亂 而禮樂政刑之具 皆無所準則也 臣則曰戶籍爲百務之根本 蓋以戶籍之法不明 則分田制産 不可爲也 平賦均庸 不可爲也 定軍實不可爲也 定選擧之額 不可爲也 域民以息亂 不可爲也 正名分 不可爲也 人主不知國中生齒之衰盛 是猶父母不識子女之多寡也 安得以察其飢飽 均其苦欣也哉 戶籍之不嚴者 以有漏戶也 以有虛戶也 以有漏口也 以有疊籍也 以職名役名不以實也 漏戶漏口者 今定一法 可以永息 凡有殺獄 苦主申官 須令先納戶籍 其無戶籍者 不許檢覈 夫殺之而無償命 則民不敢漏矣 凡有田民錢粟墓地門戧之頌

須令訴者 先納戶籍 其無戶籍者 不許聽理 夫人奪其田民錢粟墓地
之等 而束手奉獻 則民不敢漏矣 人毆我傷面 回肢體而無禁焉 則民
不敢漏矣 故漏戶漏口者 禁之至易 不必嚴法重繩 擾攘而勞爲令也
虛戶者 守令七事之中 去戶口增三字 而虛戶自息矣 京兆受諸郡縣
之籍 毋以減損爲咎 而虛戶自息矣 尹鐸損其戶數以爲保障 卽尹鐸
不足法乎 行戶布口錢之法 而虛戶自息矣 定還餉之法(見本議) 而虛
戶自息矣 故虛戶者 禁之至易 在治其所以爲虛戶之本 而虛戶自息
矣 疊籍者 以有別科也 定三年大比之法 罷一切別試之科 而疊籍自
息矣 行戶布口錢之法 而疊籍自息矣 禁率戶率丁之法 而疊籍自息
矣 至於職名役名之不以實者 唯有職者書職 有科名者書科名 其餘
只云第幾戶 而無所稱名 則詐不以實者自息矣 治其所以詐不以實之
本 而無所紛紜矣 故凡欲禁漏戶漏口 而括戶括丁 鞭朴狼藉者 計之
下也 禁虛戶疊籍 而考簿檢籍 關牒旁午者 計之下也 被之以至不欲
之苦 而令民自荷其苦 無是理也 投之以至可願之榮 而令民自巽其
榮 無是理也 權之在民者 吾不得而與也 權之在我者 吾不得而縱之
也 執在我之權 令民奔走而聽命焉 則爲人上者 得拱手南面而無所
爲矣 夫無所爲而後 方有所爲 與之爭者 其最下者也

　余在谷山府 選吏校詳愼者十人 分遣各坊括戶 約曰 殺獄起官
出村 當察其間架也 訟辨起甿入官 當詢其根脉也 凡有官民相接
吾當手執括戶之冊 密切查驗 汝其愼之 旣反命 總之爲縱橫表 名
之曰家坐表

表

白老味	高昌得	孫喜云	吳以才	河召史	李億同	尹鏶	尹世武	尹世文	大谷里	黃世云	林汝三	趙正七	朴起同	鄭一得	安尙文	崔東伊	金以得	李世昌	犁峒里
私	中	良	良	良	良	班	班	班	品	良	品	私	良	良	鄉	良	良	鄉	品
冶	校	田				科	武	科	業	木	倡	估		冶	科	估	田	田	業
二	六	四	二	三	一	七	七	七	世	一	二	四	一	當	七	二	三	五	世

白老味	高昌得	孫喜云	吳以才	河召史	李億同	尹鐮	尹世文	尹世武	大谷里	黃世云	林汝三	趙正七	朴起同	鄭一得	安尙文	崔東伊	金以得	李世昌	犁峒里
一		二			一				役	一				一	一	一	二		役
五	九	五	二	二	二	十	十	卄	宅	五	三	八	二	五	七	四	三	九	宅
二	七	五				三	十		田	三	三	九		一	八		五	十	田
二	二					石		若	畓			七			五			三	畓
百						百	百	千	錢			百			百				錢
一	二	二				二	二	五	丁	一	一	三		一	三	一	二	三	丁
							一	一	老			一			一				老弱
						一	一	四	弱										
一						一	二	五	女			二		一	二			一	女
			獨	寡	鰥				窮			鰥							窮
							二	四	奴						一			一	奴
							二	六	婢									一	婢
		一					一	三	牛								一	二	牛
		一					一	一	馬						一				馬
								二	舟										舟
			一	一					鼎						一				鼎

鄕者土官之族也 良者卑而不賤者也 私者私家之奴屬也 班者文武兩班 仕宦之族也 中者鄕之下而良之上也 ○田者農夫也 估者商販之人也 科者科擧之士也 冶者冶金之工也 倡者俳優也 木者治木之工也 武者習射之士也 校者鄕校之生徒也

世者謂居此土幾世也 (當者當 其身而始居 此土也) ○役者軍布之役也 欲知一家之中 應役者幾人也 ○宅者其家宅之間架也 (其打點者 瓦屋也) ○田畓者 其産業也 (十者 十斗落也 五者 五斗落) 錢者其游貨也 ○窮者四窮也 貧而且窮 牧民者 所宜恤也 ○鼎者惟貧乃籍之也 ○世之爲守令者 每一括户 必爲家坐冊子 然卷帙浩大 不便考檢 余爲此表 雖百忙之中 一開卷了然易別 行之三年

無一差錯 可見吏校等 本自致愼 無所欺詐也 以之爲籍 尚有虛實
相蒙者乎 斯良法也

(2) 신포의 징수법을 바로잡자는 건의서1)(身布議)

> ── 신포제도는 없애야 나라가 바로섭니다. 신포제도로 아전
> 들이 비리를 저지르고 그러면 백성이 곤궁해지고 따라
> 서 국고가 바닥나는 이치 때문입니다.

《시경(詩經)》에 이르기를,

'뽕나무에 앉은 저 뻐꾸기! 어린 새끼 일곱 마리, 그 모습이 한결같
네'2)라고 하였는데, 이는 새끼가 일곱 마리나 되더라도 먹이기를 균일하
게 하였기 때문입니다. 신은 언제나 이 시를 읽을 때마다 우리나라에서
부과하는 신포의 징수법이 공평하지 못하다는 것을 느꼈습니다.

사람이라면 누구를 막론하고 국가에 대한 의무가 동일한 것입니다. 누

---

1) 신포(身布)─군포(軍布)의 딴 이름. 곧 군대 적령자로서 군적(軍籍)에 등록
   되었으되 직접 몸으로서 현역에 복무하지 않을 때에는 그 대신으로 매인당
   베나 돈을 나라에 바치는 조세법.

   이 군포 징수법은 1537년부터 균역법이 실시되면서 베로는 한 필, 돈으로
   는 두 냥, 쌀로는 여섯 말 등으로 개정하여 매인당 액수는 감소되었으나 군
   적의 등록 인원수를 근거 없이 증가시켜 숙종(肅宗) 때의 전국 군액이 30만
   이던 것이 영조(英祖) 때에는 50만으로 늘었으며, 따라서 황구징포(黃口徵
   布)·백골징포(白骨徵布) 등의 현상이 나타났을 뿐만 아니라 그 가지수도 형
   형색색으로 늘어나서 조정의 군부에 바치는 경납(京納), 지방 병영에 바치는
   군포, 본읍 제번군(除番軍)의 군포, 사모(私募)한 사람의 군포, 서원(書院),
   보인(保人)의 군포, 사령 관노들의 봉족(奉足)으로서의 군포, 심지어는 죽보
   (竹保)·칠보(漆保)·지보(紙保)·삼색보(三色保)·사색보(四色保) 등 괴상
   한 명목들이 생겨 백성들을 괴롭게 했던 것이다.
2) 《시경》의 조풍장(曹風章)의 시구(鳲鳩) 항에 '鳲鳩在桑其子七兮 淑人君子其
   儀一兮'라고 했다.

구를 막론하고 국가에 대한 의무가 동일하다면 어찌하여 누구에게서는 신포를 받고, 누구에서는 신포를 받지 않을 수 있겠습니까. 신포의 부담을 일컬어 '양역(良役)'이라고 함은 그 부담이 천인3)으로서 부담하는 천역이 아니라 양민4)으로서 부담하는 양역이라는 것을 의미함이었는데 그러나 그 부담이 너무나 과중하고 고통스러웠기 때문에 백성들은 양민의 지위를 도리어 노예와 다름없이 천시하게 되었습니다.

비록 집집마다 돌아다니면서 양역은 천역이 아니라고 해설하여 준다 하더라도 백성들은 믿지 않을 것입니다. 만일에 이 아무개라는 자가 최 아무개라는 자를 보고

"너는 나의 친동생이다."

라고 한다면 최 아무개는 당장에 큰 변고로 여기고 노발대발할 것입니다. (이가의 친동생이 된다는 것은 즉 최가의 성을 이가로 간다는 것을 의미한다) 그러나 자기의 양민 출신을 속이기 위해서는 족보를 위조하여 자기 조상의 성까지 갈면서도 이것을 조금도 수치로 여기지 않을 정도가 되었으니, 이로써 민심을 가히 짐작할 만한 사실입니다.

구태여 나라에서 신포를 징수하려면 다만 관직에 복무하는 자나 진사의 지위를 가진 자나 평민으로서 관가에 등용된 자나 군대에 현재 복무하는 자들의 특수한 경우를 제외하고는 일정한 관직을 가지지 않는 한, 제아무리 양반 고관의 자손일지라도 그들에게는 신포를 징수해야 될 뿐만 아니라, 일정한 규정에 의거하여 나이 15세로부터 60세에 이르기까지

---

3) 천인(賤人)－조선시대에서 최하층에 속하는 계급. 조선시대 천인은 칠반 천인이라 하여 일곱 가지로 나누어졌다. 첫째 노예(관청・향교・서원 등에 소속된 公奴婢와 개인에게 소속된 私奴婢 등이 있었다), 둘째 천역인(賤役人：驛卒・牧夫・어부・뱃사공・소금 굽는 사람, 얼음 캐는 사람・당지기・묘지기 등이 여기에 속한다), 셋째 백정(白丁), 넷째 갖바치, 다섯째 창우(倡優), 여섯째 무당, 일곱째 승려(일부분을 제외함) 등이다.

4) 양민(良民)－국가의 기본산업인 농・어・상・공의 평민. 다섯 종류로 나눌 수 있으니, 첫째 농민, 둘째 상인, 셋째 공장(工匠), 넷째 어민(漁民), 다섯째 품팔이하는 삯꾼 등이다.

의 대상자들에게 한해서 균일하게 징수하여야 될 것입니다.

그리고 특히 신포를 징수할 때에는 그 신포의 수량이나 혹은 그 대가로서의 화폐 액수 및 그 경비의 본수(本數)와 민정(民丁)의 실액(實額) 등을 정확히 대조 계산하여 서로 알맞게 해야 될 것입니다. 이렇게만 한다면 관가에서는 민정의 실액을 조사하는 헛수고가 없을 것이며 민간에게서도 징수의 불공평에 대한 원성이 없어질 것입니다. 따라서 국가의 재정도 넉넉하게 될 것입니다.

신이 본 바에 의하면 해서(海西) 지방에서는 매개 동리마다 군포계(軍布契)를 조직하여 온 동리의 주민들이 귀천의 차별없이 각기 제 몫의 재물을 내어 저축하여 두고 이로써 자기 동리에 부과되는 신포를 공동으로 내고 있었습니다. 그러므로 그 군적(軍籍) 중에 기입된 이씨·최씨 등의 명단들은 문서상의 형식을 갖춘 데 지나지 않았습니다. 신이 그곳 병사를 보고 물은즉, 그는 대답하기를,

"빈 명단으로 신포를 물게 되는 사람들은 적발하여 엄단한다."
고 하였습니다. 그러나 무슨 이유로써 이를 엄단할 수 있겠습니까. 국가 부세의 양이 줄어질 것도 아니며 징수의 절차가 보다 힘드는 일도 없었으며, 백성들에게 불평불만이 있던 것도 아니었으니 이것을 금할 필요는 없을 것입니다.

신은 해서지방의 이러한 방법들이 참으로 좋은 방안이라고 찬성하고 싶습니다. 무릇 이미 국가가 공평하지 않은 법으로써 백성들에게 공포하였기 때문에 백성들은 이를 보완하기 위하여 자체로서 방법을 세워 서로 더불어 괴로움을 나누면서 살아가는 것이니 이러한 현상은 해서지방 백성들의 잘못이 아니라 실로 국가 입법이 본래 잘못된 것임을 수치로 생각해야 할 것입니다.

우리나라 제도가 양반 출신에게는 무조건 신포를 면제하여 주는 까닭에 백성들이 밤낮으로 생각하는 것은 오직 양반의 신분으로 되기 위한 일뿐입니다. 향안5)에 한번 등록만 되면 양반이 되며, 자기 족보를 위조하여 양반의 자손으로 가장하여도 양반이 되며, 고향을 버리고 먼 곳으로

이주하여 자기 출신을 속이면 양반이 될 수 있으며, 유생의 갓을 쓰고 과거 시험장에 출입하면 곧 양반이 될 수 있는 것입니다.

백성들의 욕망이 모두 다 이러한 방향으로만 기울어져서 세월이 오래되면 일국의 백성들이 모조리 다 양반이 되고 말 것입니다. 한번 양반만 되고 보면 손수 쟁기와 호미를 메고 밭갈이를 하지 않아도 살 수 있는 권한이 있으며, 소를 이끌고 말을 타고서 시장에 가서 장사하여 재물을 유통시키지 않을 것이며 몸소 도구를 들고 공업에 종사하지 않아도 살수 있는 권한을 가지게 되는 형편입니다.

그러므로 양반이 많아지면 노력자가 줄어들고 노력자가 줄어들면 토지가 황폐해지고 토지가 황폐해질수록 국가의 재정은 더욱 말라 버릴 것입니다. 국가의 재정이 고갈되고서야 어떻게 국가의 간부와 인재를 발동시킬 수 있겠습니까. 따라서 정치는 문란하여지고 백성들의 생활은 더욱 곤궁하게 될 것입니다. 이와 같은 위험한 현상의 그 원인 중 하나는 바로 신포의 징수법이 공평하지 못한 데에 있는 것입니다. 때문에 신은 신포의 징수법을 그만두지 않고는 태평한 정치를 바랄 수 없다고 단언합니다.

身布議

詩云鳲鳩在桑 其子七兮 其儀一兮 言子七而哺之如一也 臣每讀此詩 知身布之不可爲也 夫人孰無身 身皆有也 身皆有之 何身乎徵布 何身乎不徵乎 名之曰良役 欲使民以之爲良而不以爲賤也 而其役則實苦 苦則賤之 民之視良役 已奴婢矣 雖戶說而喩其良民不信也 有李某者 謂崔某者曰 汝吾弟也 崔必艴然 爲是良役也 僞造族譜 換父易祖 而莫之恤也 至此而民情可見已 苟爲徵布 凡有一命之職者勿徵也 爲進士者勿徵也 庶人在官者勿徵也 隸征戰之軍者勿徵也 其爲白徒者 自公卿大夫之子徵之 元勳貴戚之子若孫徵之 年十

---

5) 향안(鄕案)─지방 고을 선비들의 명단.

五歲以上 至于六十者徵之 其爲布幾尺也 或爲錢幾文也 量經費之
本數 計民丁之實額 以之相値焉可也 如是則官無括丁之勞 民無偏
苦之怨 而國用可紓矣 臣見海西之俗 每一村里 有所謂軍布契者 凡
一里之民無貴賤 咸出錢殖之 以之應本里之軍布 而軍籍之中 曰李
曰崔者 皆子虛也 臣見兵馬使 兵馬使謂臣曰 虛名應布者 宜摘發而
嚴禁之 臣曰禁之將奈何 以國賦之有縮歉 以徵斂之勞多歉 以民情
之苦之歉 三者無所當 禁之無爲也 臣謂海西此俗 誠良法也 夫國家
以不均之法 布之下民 而民自權立一法 與之均其苦以生 此立法之
恥也 夫惟兩班 而後方免軍布 故民之日夜經營 唯得爲兩班 錄鄕案
則爲兩班 造僞譜 則爲兩班 離鄕遠徙 則爲兩班 著儒巾出入科場
則爲兩班 潛滋暗長 歲增月衍 將一國盡化爲兩班而後已 爲兩班 則
不躬執耒耜以興地利 不牽牛乘馬 賈于市通貨財 不手執斤斧爐錘以
造器用也 兩班多則人力削 人力削則地利不闢 地理不闢則國貧 國
貧則無以勸士 士不勸則民益困 究其源 卽軍布之所爲也 臣故曰軍
布不罷 則太平之治不興矣

(3) 화폐제도 개선에 관한 의견서[1] (錢幣議)

> — 구리를 아끼느라고 동전을 소홀히 만드니 국민경제에
> 막대한 손실이 있은즉 교역에 불편하고 중국에 금과 은
> 이 유출되므로 구리 동전을 두껍고 값을 올려 만들어야
> 합니다.

우리나라에서 화폐를 사용한 지가 지금으로부터 백여 년이나 되었습니
다. 그동안 이것을 편리하다고 하는 자는 많았고 불편하다고 한 자는 열
에 한둘밖에는 되지 않았습니다. 옛날에는 화폐를 사용하지 않았으나 이

---

1) 전폐(錢幣)—화폐(貨幣), 동전(銅錢)의 개선책을 논한 글.

는 화폐 사용의 불편에 기인된 것이 아니요, 사실인즉 그 주조의 재료가 될 만한 구리가 없었기 때문이며 옛날이라고 구리쇠가 없었던 것은 아니고 주동(鑄銅)의 기술을 알지 못하였기 때문입니다. 주동의 기술은 재간 있는 통역관 한 사람만 중국에 파견하여 배워 오면 해결될 것입니다. 이는 기껏해야 수개월의 기간이면 넉넉히 될 일인데 이런 일조차 하지 않았으니 다른 것이야 일러 무엇하겠습니까.

화폐 사용에서 그 불편을 느끼게 한 점은 처음 화폐를 주조할 때에 너무나 구리쇠를 아껴서 화폐의 모양을 지나치게 작게 만들었기 때문입니다. 이전에 주조한 화폐들은 오히려 단단하고 쓸모가 있었는데 근년에 주조한 것은 느릅나무 잎사귀처럼 얇아서 보관하여 두면 동녹이 슬어 삭아서 오래 견디지 못하고 사용하면 곧 깨어지고 부스러져서 쓸 수 없게 되어 아안(鵝眼)[2]이나 연환(梴環)[3]처럼 소용없는 물건으로 되지 않는 것이 별반 없습니다. 이대로 둔다면 백 년을 못 가서 나라에 화폐가 없어져 버릴 것이며, 화폐가 없어져 버린 뒤에 다시 또 주조하려면 국가의 막대한 비용을 허비하지 않고는 안될 것입니다.

그러므로 이제부터 주조할 때는 이미 주조한 화폐 중에서 너무나 얇고 모양이 좋지 못한 것은 거두어들여 다시 주조하되 열 닢을 합쳐서 한 닢으로 만들고 그것을 사용하는 데도 그 한 닢을 열 닢과 동등한 가치로 쓰게 하며, 혹은 백 닢을 합쳐서 한 닢으로 만들고, 그를 사용할 때에도 역시 그 한 닢이 백 닢의 가치에 해당하게 할 것입니다. 이와 같이 하면 백성들의 화폐 사용에 아무런 손해와 혼란을 끼치지 않고 화폐 개신을 용이하게 할 수 있을 것입니다.

화폐 교환이 실시되면 국가와 백성에게 두 가지 이익이 있을 것입니다. 첫째는 화폐의 수명이 오래 보장될 것이며, 둘째는 백성들이 화폐를 보다 더 아껴 쓰게 될 것입니다. 왜냐하면 백성의 심정은 일반적으로 작

---

2) 아안(鵝眼)—중국 고대의 동전(구멍이 있는 주조화폐).
3) 연환(梴環)—중국의 주조 동전.

은 것은 소홀히 여기고 큰 것은 소중히 여기는 것이므로 한 닢의 돈이 얇고 작으면 헤프게 써버리기 쉽지마는 크고 단단하면 소중히 여겨 아껴 쓸 것이니 백성들이 돈을 아껴 쓴다는 것은 그들에게 유익하게 되는 것입니다.

또 이전에 주조한 단단하고 쓸모 있는 것들은 그대로 남겨 두어서 작은 시장 매매에 잔돈으로 사용하게 하고, 큰 장사나 원거리의 무역에는 새로 만든 큰 돈을 사용하게 하면 큰 돈과 작은 돈이 모두 편리하게 사용될 것입니다.

화폐교환은 다만 이뿐만 아닙니다. 우리나라의 귀중한 금과 은이 해마다 계속 중국으로 유출되고 있는데 이는 국가의 막대한 손해가 되는 것입니다. 그러므로 나라에서 금과 은으로써 화폐를 주조하고 각기 그에 해당되는 가치를 부여하여 사용하게 하면, 큰 상인이나 원거리의 무역가들은 반드시 서로 다투어 금전과 은전을 사용하게 될 것이니, 그것은 금전과 은전은 휴대하기가 간편하며 동시에 원거리의 유통거래에 크게 편리함이 있기 때문입니다.

또는 금·은이 화폐로 주조되어 글자 새김이 있는 한에는 아무리 통역관들이나 상인 같은 자들이 자기 개인 이익에만 급급하여 국가 법령을 두려워하지 않는다 하더라도 감히 금·은을 중국으로 유출시키지 못할 것이며 상인들이 함부로 중국에서 생산되는 고급비단을 수입하지 못할 것입니다.

또한 금·은은 광산에서 채굴되어 그 수량에 제한이 있는 것이고, 비단은 누에고치에서 뽑아내어 그 수량이 제한 없는 것인데, 금·은은 몇 백년이 지나도 상하지 않는 국가의 보화로써 1년 미만에 낡아 버리는 외국의 피륙과 교환한다는 것은 너무나 가석한 일이며, 나라의 불리함이 이보다 더 큰 것은 없을 것입니다. 하물며 국제관계에서 어떤 혼란이 생기거나 일조에 위급한 일을 당하게 되는 경우에는 만일 나라에 금·은이 없다면 장차 무엇으로써 외교용 뇌물로 대신할 수 있겠습니까.

그러므로 앞으로는 특수한 어용 예장품(禮裝品) 이외에는 일체 수입품 비단의 사용을 엄금해야 될 것입니다. 개인 집들의 예장품으로부터 갓끈[冠緌], 목도리천 등의 세세한 부분에 이르기까지 조그마한 것이라도 수입품 비단 사용을 일체 엄금하면 외국 피륙의 수입이 10분지 9는 감소될 것입니다. 피륙 수입이 감소된다면 금·은의 밀수출은 막지 않아도 저절로 없어질 것입니다.

錢幣議

我國錢貨之行也 今且百有餘年 大較便之者多 其云不便者一二也 昔之無錢 非不便也 無銅也 非無銅也 不知鑄銅之法也 鑄銅之法 令一象鞮北學於中國 斯數月之事也 而且不爲 他尚何説 錢之爲敝 以其貪利而小其樣也 舊所鑄 猶之牢實 而近歲所鑄 薄如楡葉 儲之則朽鑠而不耐久 行之則破缺而無所用 其不爲鵝眼梃環者幾希 不出百年 國且無錢矣 無錢且鑄之 費其不多乎 今宜聚新鑄 之薄惡者 改鑄爲大錢 令以十錢爲一錢 其用之也 令以一錢當十錢 或以百錢爲一錢 其用之也 令以一錢當百錢 則民無所失 而錢制可變也 此其爲益有二 耐久其一也 節用其一也 民情輕小而惜大 唯其一葉之薄小也 用之無節 令其大也 則用之不便 用之不便 民之利也 且留其舊鑄之錢 大商遠賈用大錢 小市細貨用舊錢 則大小無不便矣 豈唯是也 我國金銀之歲走中原 國之削也 宜鑄金銀之錢 用之各以其直 則大商遠賈 必爭取金銀之錢 爲其轉輸不勞也 且旣有刻而有文 雖象鞮之屬 重利輕生 必不敢潛懷而輸之燕矣 金銀之走燕 以貿綾緞也 金銀出於卝而有限 綾緞繹之繭而無窮 金銀閱百世而不鑠 綾緞度一年而卽敝 以有限之實 而抵無窮之縷 以不鑠之珍 而易易敝之物 國之不利 莫此若也 況鄰國有釁 緩急有警 非有金銀 將何所啗賂哉 宜自今唯御前儀仗旗幟及大喪所用之外 凡紗羅綾緞 一切嚴禁 私家雖婚喪所用 一切嚴禁 如冠緌護項之細 都不敢服著焉 則綾緞之歲貿者 必減十之九矣 綾緞之貿旣減 則金銀之歲走者 不期遏而自絶矣

(4) 공복(公服)의 간소화에 대한 의견서(公服議)

> ─ 의복이란 몸을 보호하고 겉모양을 내는 두 가지 목적인
> 데 우리나라 복장 제도는 필요 이상으로 번쇄하여, 10종
> 류의 의상에, 춥고 더운 데 따른 의상이 각각 8종류요,
> 품계에 따라 또 4종류로 갈리니 이는 번다한 복장이 됩
> 니다. 이러고야 어찌 일을 하겠습니까?

신(臣)은 생각건대 의복이라는 것은 사람에게 두 가지 의의가 있는
것입니다.

하나는 몸을 보호하기 위한 것이며, 또 하나는 겉모양을 내기 위한 것
입니다. 몸을 보호하기 위하여 천이나 털로써 추위와 바람을 막으며, 겉모
양을 내기 위하여 옷의 무늬와 꾸밈새로써 그 신분을 표시할 따름입니다.
이 두 가지 이외의 온갖 번잡한 차림들은 모두 불필요한 헛수고들입니다.

우리나라 의복에 있어서 그 제도가 번쇄하고 종류가 많기로는 고래로
이러한 실례들이 없었습니다. 그것은 대체로 우리나라 역대의 의복제도
를 그대로 답습하여 모두 다 갖추고 있는 데다가 겸하여 중국의 습속까
지 받아들여 온갖 복식들을 혼용하고 있기 때문입니다. 신이 우선 공복[1]
에만 한하여 그 가짓수를 들겠습니다.

조복(朝服)[2]의 차림에는 금관[3], 홍의홍상[4], 옥패[5], 후수[6], 대대[7], 조

---

1) 공복(公服)-관리의 제복, 관복.
2) 조복(朝服)-조정에서 입는 의복, 예복.
3) 금관(金冠)-조선시대 문무관리가 조복을 입을 때 쓰는 관. 정수리와 앞 이
   마 위의 양(梁)만 검은 빛으로 하고 그밖은 모두 금빛으로 한다. 특히 이 관
   을 쓸 때에는 금잠(동곳)을 꽂으며 남색 갓끈을 맨다.
4) 홍의홍상(紅衣紅裳)-홍상과 같이 밝은 바탕에 검은 가장자리를 꾸민 조복
   의 웃옷과 아랫마기. 더울 때는 모시나 사(紗)로 만든 것을, 추울 때는 능라
   (綾羅) 비단으로 만든 것을 입는다.

대8), 품정9), 폐슬10), 아홀11), 흑화12), 백삼13), 자초모14), 해치15) 등이 있습니다.

제복(祭服)의 차림에는 오금관(烏金冠), 흑의(黑衣), 청구(靑屨)가 있고, 나머지는 조복과 동일한데 다만 곡령(曲領)과 방심(方心)을 더할 뿐입니다.

길복(吉服)의 차림에는 오사모16), 흑단령17), 흉배18), 품정(品鞓), 흑화

---

5) 옥패(玉佩)-옥으로 만든 패물인데, 주머니에 넣어 찬다.

6) 후수(後綬)-조복을 입을 때 뒤에 늘어뜨리는 끈. 흉배(胸背)와 비슷한 것으로서 붉은 잡채(雜綵) 바탕에 운학(구름의 모양 가운데 학을 그린 것) 한 쌍을 수놓고 금·은으로 고리를 댄다.

7) 대대(大帶)-옷 위에 띠는 폭이 넓은 큰 띠. 능라 비단이나 검은 비단으로 만든다.

8) 조대(條帶)-띠의 한 가지. 색실로 엮어 꼬아서 만든다.

9) 품정(品鞓)·품대(品帶)-직품에 따라서 그 꾸밈새를 각각 다르게 하는 신발과 띠. 품대라고도 하는 것인데 1품관은 서각(犀角 : 물소뿔)으로 꾸미고, 정경(正卿 : 정2품의 판서, 판윤 등)은 금으로, 아경(亞卿 : 종2품의 참판·좌윤·우윤 등)은 학정금(鶴頂金 : 가장자리에 황금, 가운데 붉은 장식품을 붙인 것)으로, 3품 이하는 은으로, 7품 이하는 오각(烏角)으로 꾸민다.

10) 폐슬(蔽膝)-조복이나 제복을 입을 때 가슴에 늘어뜨리는 헝겊인데 붉은 능라 비단이나 사(紗)로 만든다.

11) 아홀(牙笏)-관복을 입을 때 양손에 받쳐들던 패. 1품에서 4품까지는 상아(象牙)로 만들고 5품 이하는 나무로 만든다. 홀, 수판.

12) 흑화(黑靴)-검은 갖신.

13) 백삼(白衫)-관복에 받침으로 껴입는 흰 빛깔의 홑옷. 흰 모시로 만들고 검은 비단으로 깃을 두른다.

14) 자초모(紫貂帽)-자줏빛 가는 털로 꾸민 예모의 한 가지. 당하관(堂下官·정3품), 통훈대부(通訓大夫) 이하는 서피(鼠皮)로 꾸민다.

15) 해치(獬豸)-본래 옥(獄)을 말았다고 하는 양(羊) 모양으로 생긴 신수(神獸)를 이름인데 해치 모양으로 만든 복식의 한 가지. 다만 대신(臺臣 : 司憲府에 속하는 大司憲 執義 등)들만 사용한다.

16) 오사모(烏紗帽)-검은 사(紗)로 만든 예모 뒤에 좌우로 가로 꽂은 잠자리 날개 같은 뿔이 있는데 당상관(통훈대부 이상)은 무늬 없는 뿔을 꽂는다.

(黑靴), 청창의19) 등이 있습니다.

시복(時服)의 차림에는 홍단령20)이 있고 나머지는 길복과 동일합니다.

융복(戎服)의 차림에는 호수21), 공작우22), 전우23), 방우(旁羽), 밀화영24) 등으로 수식한 자총립25)과 남사26), 철익(綴翼), 홍조대(紅條帶), 만선호항27), 궁창28), 시복(矢服), 패검29), 등편30), 수혜자31), 비구(臂韝),

---

17) 흑단령(黑團領)-검은 사(紗)로 깃을 둥글게 만든 관복의 한 가지.

18) 흉배(胸背)-관복의 가슴과 등에 붙이는 복식의 한 가지. 호수(虎鬚)와 비슷한 것으로서 문관은 운학 한 쌍을 수놓아 만드는데 이는 학흉배라고 하며, 무관은 사자와 범의 모양을 수놓아 만드는데 이는 호흉배라고 한다.

19) 청창의(青氅衣)-푸른빛으로 만든 웃옷의 한 가지. 더울 때는 모시로, 추울 때는 명주로 만든 것을 입는다.

20) 홍단령(紅團領)-붉은 천으로 깃을 둥글게 만든 관복의 한 가지. 더울 때는 모시로, 추울 때는 명주 또는 비단이나 혹은 무명으로 만든 것을 입는다. 다만 홍단령은 당상관이 입고 당하관은 녹단령을 입는다.

21) 호수(虎鬚)-자총립의 네 귀에 장식으로 꽂던 흰 털.

22) 공작우(孔雀羽)-자총립 장식의 한 가지. 공작의 꽁지깃으로 무늬를 맞추어 미선(尾扇)과 같이 결어서 융복을 입을 때에 호수와 함께 자총립의 양편에 꽂는다. 별감(別監), 겸내취(兼內吹), 거둥들이 능행(陵行) 때에 이것을 초립(草笠)에다 꽂기도 하였다.

23) 전우(巓羽)-방우(旁羽)와 같이 자총립의 꼭대기나 그 양옆에 꽂는 공작우의 이름이다.

24) 밀화영(蜜花纓)-자총립에 다는 갓끈. 밀화구슬만 꿰어서 달기도 하고 혹은 밀화구슬에 산호(珊瑚)로 만든 격자(格子)를 걸어서 꿰어 달기도 한다. 밀화는 곧 호박(琥珀)의 일종인데 밀과 비슷한 누른빛이 난다.

25) 자총립(紫驄笠)-자줏빛 말총으로 만든 무관이 쓰는 갓의 한 가지. 주립(朱笠)이라고도 한다. 호수·밀화영·공작우 등으로 수식한다.

26) 남사(藍紗)-남빛의 사(紗)로 만든 무관 공복의 한 가지. 천익(天翼)이라고도 한다.

27) 만선호항(滿縇護項)-비단으로 만든 휘양. 앞은 이마, 뒤는 목 아래까지 덮도록 만들어서 방한용으로 머리에 쓴다.

28) 궁창(弓韔)-활 넣는 집과 화살 넣는 통. 원주(原注)에 활 한 개, 대우전(大羽箭) 다섯 개, 체전(體箭) 열 개, 편전(片箭) 열 개, 통아(筒兒) 한 개, 황

각지32) 등이 있습니다.

군복(軍服)의 차림에는 전립자33), 은정자(銀頂子), 공작미(孔雀尾), 청작미34), 밀화영(密花纓)(대단히 큰 것을 사용한다), 협수전복35), 쾌자36), 요대37), 전대(纏帶), 세납의38) 등이 있고 나머지는 융복과 동일합니다.

갑주(甲胄)의 차림에는 금회39), 은갑40), 여의구(如意鉤), 장갑(掌甲) 등이 있고, 나머지는 시복(時服)과 동일하나 무양흑단령41)도 착용합니다.

연복(燕服)42)의 차림에는 칠립43), 호박영44), 흑총건45), 초피(貂皮), 호

수건(黃手巾) 하나씩 넣는다고 하였다.

29) 패검(佩劍) - 군인들이 차던 긴 칼. 금·은으로 수식한다.

30) 등편(藤鞭) - 등으로 만든 말채찍. 은으로 장식하여 검은 사(紗)로 만든 수건이 따른다.

31) 수혜자(水鞋子) - 무관이 신는 장화. 비올 때에는 기름에 절여서 만든 유혜자(油鞋子)를 신는다.

32) 각지(角指) - 활 쏠 때에 시위를 잡아당길 때 엄지손가락의 아랫마디에 끼는 골무. 뿔로 엇비스듬한 대통 모양으로 만든다.

33) 전립자(氈笠子) - 군인이 쓰던 벙거지. 전립(戰笠)이라고도 한다. 운두는 높고 둘레는 둥글며 편평하게 털로 만든 것인데 무늬 있는 비단으로 수식한다.

34) 청작미(靑雀尾) - 공작미와 같은 것으로서 푸른 새털로 만든다.

35) 협수전복(夾袖戰服) - 소매가 좁은 전투복. 짙은 녹색으로 만들되 더울 때엔 무늬 있는 사(紗)로, 추울 때에는 무늬 있는 두꺼운 비단으로 만든다.

36) 쾌자(裃子) - 군인이 입는 전복의 한 가지. 쾌자(快子)라고도 한다. 자줏빛으로 하되 등솔이 있고 소매는 없다.

37) 요대(腰帶) - 전대(纏帶)와 같이 군복을 입을 때에 띠는 띠. 요대는 우단(羽緞)으로 만들고 전대는 남색 비단으로 만든다.

38) 세납의(細納衣) - 군복의 한 가지. 비단으로 만든다.

39) 금회(金盔) - 쇠붙이로 만든 투구. 곧 전투모의 한 가지. 무늬 있는 비단으로 장식하며 잔털로 만든 휘양이 따른다.

40) 은갑(銀甲) - 쇠붙이로 장식한 갑옷. 곧 전투복의 한 가지. 무늬 있는 비단으로 만든다.

41) 무양흑단령(無樣黑團領) - 무늬 없는 천으로 만든 흑단령인데 천담복의 차림에서는 흉배를 붙이지 않는다.

항(護項), 복건46), 망건47), 창의48), 도포49), 홍조대(약간 좁게 만든다), 당혜50), 모선51) 등이 있습니다.

설복(褻服)의 차림에는 비교적 가볍고도 덥게 만든 저고리, 바지와 같은 종류들이 있습니다.

이상 열 가지 옷 종류에서 다시 기후 관계로 달리하는 것이 여덟 가지나 되며, 신분 관계로 동일하지 않은 것이 네 가지나 되는데 이것을 다 세밀히 나눈다면 수십 종에 달하는 것입니다. 조정의 벼슬아치로서 공무에 종사하는 이는 그 여러 가지 중에 한 가지 차림만 없더라도 자기 반열에 설 수 없기 때문에 이를 낱낱이 갖추려면 만 냥이나 되는 거액의 돈이 아니면 장만하여 입을 수 없습니다. 국가에서 봉록으로 주는 미두(米豆)가 한 달에 많아야 한 섬에 지나지 않는데 무슨 재간으로 이것들을 다 갖출 수 있겠습니까.

---

42) 연복(燕服)-평상시의 복장.

43) 칠립(漆笠)-옻칠한 갓. 원주에, 우리나라에서는 처마가 없는 것은 모(帽)라 하고 전이 있는 것은 입(笠)이라 한다고 하였다.

44) 호박영(琥珀纓)-호박으로 만든 잘고 긴 구슬을 꿰어서 갓에 다는 갓끈.

45) 흑총건(黑騘巾)-검은 말총으로 만들어 머리에 쓰는 건의 한 가지.

46) 복건(幅巾)-검은 헝겊으로 만들어 머리에 쓰는 건의 한 가지. 위는 둥글고 뾰쪽하며, 뒤에는 넓은 자락이 길게 늘어지고 양 옆에는 끈이 있어서 뒤로 둘러 매게 만들었다. 이는 주로 도포에 갖추어 쓴다.

47) 망건(網巾)-갓 속에 갖추어 머리에 두르는 건. 말총이나 곱소리 혹은 머리카락으로 떠서 만들며 여기에 금관자(金貫子)나 옥관자(玉貫子)를 붙인다.

48) 창의(敞衣)-관리들이나 선비들이 평복 위에 입던 웃옷의 한 가지. 넓은 소매가 달리는데 평복으로 입는 것은 흰색으로 만든다.

49) 도포(道袍)-관리들이나 선비들이 평복으로 또는 통상 예복으로 입는 웃옷의 한 가지. 넓은 소매가 달리고 뒷자락이 딴 폭으로 되는데 푸른빛으로 한 것은 청도포라고 한다.

50) 당혜(唐鞋)-가죽신의 한 가지. 당나라에서 전래됨.

51) 모선(毛扇)-관리들이 겨울에 얼굴을 가리기 위하여 쓰는 방한구. 무늬 있는 비단을 네모반듯하게 겹치고 그 양편에 댄 자루에는 털 있는 가죽으로 싼다.

항상 조회 때나 나라의 제향 때가 되면 벼슬한 자들은 집집마다 옷을 빌어 입기 위하여 하인을 내어놓아 다퉈가며 거리로 분주하게 돌아다녀도 오히려 얻지 못할까 두려워하니, 이것이 과연 무슨 법입니까.

신의 의견에는 이 여러 가지 의복 중에서 다만 두 가지 차림만을 남겨두고 나머지는 모두 폐지하는 것이 좋을 것 같습니다. 남겨야 할 두 가지는 곧 길복과 군복인데, 길례(吉禮)[2] 때에나 큰 손님을 맞을 때와 가례(嘉禮)[3]를 거행할 때엔 모두 길복을 입게 하고 군례(軍禮) 때에는 군복을 입게 하면 될 것입니다. 만일 흉사가 있을 때에는 천담복을 입으면 될 것이며, 전쟁이 일어났을 적에는 갑주를 사용하면 될 것입니다.

그리고 길복·군복 중에서도 지나치게 번잡한 것은 버리고 되도록 검소하게 할 것입니다. 이렇게만 한다면 의복 제조의 방법이 간단하여지고 그 비용이 적게 들 것이며, 따라서 나라는 부유하여지고 관리들은 가난을 면할 것입니다. 관리들이 가난을 면해야만 백성들을 긁어내지 않을 것입니다.

公服議

臣竊以爲衣服之於人 其用有二 一爲煖體 一爲掩體 煖體者爲之裘帛以禦風寒是也 掩體者 爲之文章以表貴賤是也 除此以往 皆無益之費也 國朝衣服之繁瑣 在古無聞 蓋盡取歷代之制而備有之 兼之華夷之俗而混有之也 臣請歷擧之

有朝服之具 金冠(金簪藍緌) 紅衣紅裳(暑用苧紗寒用綾羅) 玉佩(有靑紗囊) 後綬(用雜綵刺繡雲鶴一雙) 大帶(用綾羅黑繪飾) 條帶(組以采絲) 品鞓(一品犀正卿金亞卿鶴頂金三品以下銀七品以下烏角) 蔽膝(紅

---

2) 길례(吉禮)―조선시대 대사(大祀)·중사(中祀)·소사(小祀) 등의 나라 제사의 모든 예절.

3) 가례(嘉禮)―임금의 성혼(成婚)·즉위(卽位) 또는 왕세자(王世子) 및 왕세손(王世孫)의 성혼·책봉(冊封) 같은 때의 예식.

綾或紅紗) 牙笏 黑靴 白衫(白苧爲之黑繪爲緣 紫貂帽(堂下鼠皮) 獬豸
(唯臺臣有之) 是也

有祭服之具 烏金冠黑衣青屬 餘與朝服同 而有曲領方心(用素繪)
是也 有吉服之具 烏紗帽(堂上紋角堂下無文) 黑團領(暑用薄紗寒用複
紗。堂上有紋紗堂下無紋紗) 胸背(如後綬文臣雲鶴武臣綉獅虎) 品鞓 黑
靴 青敞衣(暑用苧布寒用紬帛) 是也

有時服之具 紅團領(暑用苧布寒用紬帛棉布。堂下綠團領) 餘與吉服
同是也

有戎服之具 紫鬃笠飾虎鬚孔雀羽鸛羽旁羽蜜花纓(或用錦佩珊瑚格
子) 藍紗綴翼(堂下官烏鬃笠鐵笠飾水晶纓青苧綴翼綠條帶) 紅條帶滿縮
護項(鼠皮貂綠) 弓韇矢箙(弓一大羽箭五體箭十片箭十筒兒一黃手巾一)
佩劍(金銀飾紫皮帶) 藤鞭(銀飾有烏紗手巾) 水鞋子(雨著油鞋子) 臂鞲
(用錦緞爲之) 角指(所以控弦) 是也

有軍服之具 氈笠子(用紋緞飾之) 銀頂子孔雀尾青雀尾蜜花纓(絶
大) 夾袖戰服(深綠色暑用紋紗寒用紋緞) 褂子(紫色) 腰帶(用羽緞爲之)
纏帶(用藍帛) 細衲衣(用紬帛) 餘與戎服同是也

有甲冑之具 金盔(貂皮護項紋緞飾之) 銀甲(紋緞爲之) 如意鉤掌甲
餘與戎服同是也

有淺淡服之具 無紋角帽澹青團領(苧布爲之) 烏鞓 餘與時服同 又
有所謂無樣黑團領(無紋去胸背) 者是也

有燕服之具 漆笠(我俗以帽之有簷者謂之笠) 琥珀纓(寒用貢緞堂下
玳瑁) 黑鬃巾貂皮護項幅巾(帽緞爲之) 網巾(金玉圈子) 敞衣道袍(或
青或白) 紅條帶(差狹者) 唐鞋毛扇(貂皮紋緞爲之) 是也

有褻服之具 取其輕煖之宜 若襦若袴者是也 凡此十服之中 以寒
暑而不同者八 以職品(堂下堂上)而不同者四 分而言之 蓋數十種也
朝紳在公者闕其一 不能供職事 苟欲一一而辦備之 非萬緡之錢不能
也 國家月給祿米豆多者不過一斛 將何術而爲此哉 每當朝會祭享之

時 求乞爭門 伻人織路 拊脣頓足 唯恐不得 此果何法哉 臣謂諸服
之中存其二 餘並汰之 吉服可存也 軍服可存也 吉禮也賓禮也嘉禮
也 並服吉服 軍禮也服軍服 有凶事則淺淡服 有兵事則甲冑可用也
而吉服軍服之中 亦須去文而務實 汰奢而縱儉 則制約而費省 國裕
而士不貪 士不貪而民不削矣

(5) 서인의 의복을 합리적으로 하자는 의견서(庶人服議)

> — 넓은 소매와 긴 자락은 비활동적이요, 물자의 낭비이니
> 반드시 고쳐서 간편한 서인복이 되게 해야 합니다.

신(臣)은 생각하기를 서인(庶人)의 의복은 더욱 마땅히 제재·억제하
여 귀천을 구별하고 쓸데없는 비용을 생감(省減)해야 할 대책이 좋을 것
입니다. 그러나 풍속과 습관이 이미 오래 되매 사람의 마음이 거슬리기
가 쉬우니 모름지기 충분히 조정해야만 그제야 원망이 없게 될 것입니다.

마땅히 기록하여 법식(法式)을 만들어 진사(進士)는 심의(深衣)1)로써
상복(上服)으로 삼고, 거인(擧人)2)은 창의(敞衣)로써 상복(上服)으로 삼
고, 그 외에는 협수장유(夾袖長襦 : 시속에서 小敞衣라 한다)로써 상복으
로 삼는다면 백성들이 편안히 여겨서 영(令)이 시행될 것입니다.

어떤 사람을 거인(擧人)이라고 합니까? 부현(部縣)에서 천거된 사
람이(위의 科弊疏에 나타났다) 거인이요, 중인(中人)3)으로 의(醫)·역
(譯)·역(曆)·율(律)·서(書)·화(畵)·산(算)·수(數)의 과(科)에 천거
된 사람이 거인입니다.

---

1) 심의(深衣)—높은 선비의 웃옷. 소매를 넓게 하고 윗도리와 아랫도리가 연결
　되었으며 아랫도리는 열두 폭으로 되었다.
2) 거인(擧人)—한(漢)나라 때에 지방관(地方官)에 의하여 조정(朝廷)에 추천된
　사람. 조선조에서는 부현(部縣)에서 천거된 사람.
3) 중인(中人)—양반(兩班)과 상인(常人)과의 중간 계급.

사족(士族)으로 문자(文字)를 조금 아는 사람은 반드시 거인(擧人)이 될 것이니 사족(士族)도 원망이 없을 것이며, 중인(中人)으로 능히 본 직업을 닦은 사람은 반드시 거인이 될 것이니 중인도 원망이 없을 것이며, 범민(凡民)도 또한 원망이 없을 것입니다.

다만 그 거인이 이미 천거되었을 적에 마땅히 호패(號牌)4)에 모년(某年) 모과(某科)의 천거란 것을 새겨 명백히 낙인(烙印)을 찍어 빙거(憑據)될 것이 있어야 하고 그 호패가 없이 명분(名分)을 범한 사람은 법사(法司)에서 형률에 의거하게 한다면 오래 지내는 사이 점점 풍속을 이루어 백성이 감히 함부로 범하지 못할 것입니다.

어떤 사람은 말하기를,

"사족(士族)5)으로 거인이 되지 못한 사람은 그들이 즐거이 장유(長襦)로써 상복으로 삼겠습니까."

라고 하지만 신(臣)은 말하기를,

"우리나라 부인의 의복은 정경부인(貞敬夫人)6)과 부엌종이 다름이 없으니 풍속이 이루어지면 백성이 이를 편안히 여길 것이므로 걱정할 것이 없습니다. 또 향관(鄕官) 토교(土校)7)의 공부(公府)에서 몸을 빼친 사람은 마땅히 창의(氅衣)로써 상복으로 삼고, 그들이 관부(官府)에 있을 적에는 괘자(掛子)를 입게 하여 군복(軍服)의 제도와 같게 할 것이며, 또 이서(吏胥)의 무리들은 모두 쾌자(掛子)로써 직무를 맡게 한다면 여러 사람의 마음이 반드시 편리하게 여길 것입니다."

라고 했습니다. 지금 포정(庖丁)과 개백정[狗屠] 같은 천인도 모두 도

---

4) 호패(號牌)—16세 이상 되는 남자가 차는 길쭉한 패. 앞면에 성(性)·이름·나이·난 해의 간지(干支)를 새기고 뒷면에는 해당 관아의 낙인(烙印)이 찍혔다.

5) 사족(士族)—양반(兩班). 사대부(士大夫).

6) 정경부인(貞敬夫人)—조선시대 정·종2품(正從二品) 문무관(文武官) 아내의 봉작(封爵).

7) 토교(土校)—각 지방 관청에 있는 군교(軍校).

포(道袍)를 입는데 도포 속에는 반드시 창의(敞衣)가 있고 창의 속에는 반드시 장유(長襦)가 있습니다.

대저 이 세 의복의 제도는 모두 소매가 넓고 자락이 기니[장유(長襦 : 소매가 좁다)] 포백(布帛)이 이 사람들의 넓은 소매와 긴 자락으로 한 것은 그것이 몸을 따스하게 하고 몸을 가리는 데 모두 마땅함이 없는 것입니다.

이 두 가지에 해당됨이 없는데도 해지게 하여 이를 버린다면 이것은 생산물(生産物)을 함부로 없애는 것이니 어찌 옳겠습니까. 넓은 소매와 긴 자락을 감하면 포백(布帛)의 값이 헐해지고 포백의 값이 헐해지면 추위에 떠는 사람과 옷이 없어 벌거벗은 사람이 좁은 소매와 짧은 자락의 옷을 얻어서 기뻐할 것입니다. 신(臣)은 그런 까닭으로 의복 제도는 불가불 정하지 않아서는 안된다고 생각합니다.

庶人服議

臣謂庶人之服 尤宜裁抑 以別貴賤 以省糜費 然俗習旣久 人情易拂 須十分調停 方得無怨 宜著爲式 進士以深衣爲上服 擧人以敞衣爲上服 其餘以夾袖長襦(俗名小敞衣) 爲上服 則民安而令行矣 何謂擧人 被薦於部縣者(見上科弊疏) 擧人也 中人之被薦於醫譯曆律書畫算數之科者擧人也 士族之稍知文字者 必爲擧人 士族無怨也 中人之能修本業者 必爲擧人 中人無怨也 凡民之俊秀者 亦得爲擧人 凡民亦無怨也 第其擧人之旣薦也 須有號牌刻某年某科之薦 明著烙印 俾有憑驗 其無牌而犯分者 法司得以照律 則久漸成俗 民不敢冒犯矣 或曰士族之不得爲擧人者 其肯以長襦爲上服乎 臣謂我國婦人之服 貞敬夫人 與竈下婢無以異也 俗成則民安之 斯不足憂也 又如鄕官士校之拔身公府者 自當以敞衣爲上服 其在官府也 令著褂子如軍服之制 又如吏胥之屬 皆令以褂子供職 則輿情必以爲便矣 今庖丁狗屠之賤 皆著道袍 道袍之裡 必有敞衣 敞衣之裡 必有長襦

夫是三衣之制 皆闊袖而長裾(長襦夾袖) 布帛之爲此輩之闊袖長裾也
者 其于煖體掩體 俱無當矣 於斯二者無當焉 而敝而棄之 是天物之
暴殄也 惡乎可哉 減闊袖長裾 則布帛賤 布帛賤 則凍者保者 得夾
袖短裾而樂矣 臣故曰服制不可不定也

(6) 인재 등용(人才登用)에 관한 의견서(通塞議)

> ― 인재를 등용하는 일은 권력자가 마음대로 하여서는 안
> 되고 전국에서 평민·서얼·지방출신·천민 등을 가리
> 지 말고 학식 있고 정견이 있으면 과감히 선발하여 등
> 용하여야 나라가 바로섭니다.

신(臣)은 생각하건대, 나라에 인재가 부족한 지도 실로 오래였습니다.
전국의 인재를 모조리 선발하여 등용한다 하더라도 오히려 그 부족을 느
낄 것인데 도리어 그 열에 아홉은 버리고 있으며, 전국의 인구를 모두 다
인재로 양성한다 하더라도 오히려 넉넉하지 않을 것인데 도리어 그 열에
아홉은 버리고 있습니다.

평민과 천민은 전부 버림을 받은 자들이며, 중인(中人 : 우리나라에서
는 의원·역관·법률사·역상원·서화가·산학원을 이름)도 그 버림을
받은 자들이며, 서관(西關)과 북관 지방의 백성들도 그 버림을 받은 자들
이며, 해서(海西) 송경 및 심도(沁都)1) 지방의 백성들도 그 버림을 받은
자들이며, 관동과 호남 지방의 백성들은 각각 그 절반씩 버림을 받은 자
들입니다.

뿐만 아니라 서얼 자손들이 그 버림을 받은 자들이며, 북인·남인들은
일부 등용된다고 하나 역시 버려진 것에 가까울 따름이며, 오직 그 버림
을 받지 않은 자라고는 소위 명문 벌족이라고 일컫는 수십 가문에 지나
지 않습니다. 그러나 이들 중에서도 또한 각종 사변으로 인하여 버림을

―――――――――――

1) 심도(沁都)—강화도를 말함.

받은 자들이 적지 않습니다.

무릇 일체 버림을 받은 자들은 모두 자포자기하여 학문·정치·경제·군사 등 방면에 유의하지 않고 다만 세정에 대한 불평만을 품고 술이나 마시기를 즐겨하여 방탕생활로 세월을 보내고 있습니다. 그러므로 나라의 인재들이 번성할 수 없습니다. 사람들은 흔히 이러한 현상들을 보고 '그들은 마땅히 버려져야 한다'고 하나 이것이 어찌 옳은 이론이겠습니까.

천지 자연의 운수와 명산 대천의 정기가 어찌 저 수십 가문만을 보호하여 주고 기타 전체 백성들에 대하여는 돌보지 않는다고 말할 수 있겠습니까. 만일 지역적 관계로써 인재를 버린다면 김일제(金日磾)2)는 휴도왕(休屠王)의 아들로 출생하였으니 이는 서융(西戎) 지방의 사람이었으며 설인귀(薛仁貴)3)는 삭방에서 출생하였으니 이는 북적(北狄) 지방의 사람이었으며 구준(丘濬)4)은 경주(瓊州)에서 출생하였으니 이는 남만(南蠻) 지방의 사람이었습니다. 어찌 그 태어난 과정으로써 인재를 버릴 수 있겠습니까.

또 만일 그의 어머니가 미천하다고 하여 버린다면 한위공(韓魏公)5)은 청주(青州) 관비의 자식이었으며 범문정(范文正)6)은 그 어머니가 재

---

2) 김일제(金日磾)─중국 한(漢)나라 무제(武帝) 때의 사람. 본래 흉노(匈奴) 휴도왕(休屠王)의 태자였으나 한무제의 신임을 받아 무훈을 세우므로 일국의 유명한 장수가 되었고, 뒤에 또 김씨의 사성(賜姓)을 받았다고 한다.

3) 설인귀(薛仁貴)─중국 당(唐)나라 태종(太宗) 때 사람. 처음 중국 북쪽의 용문(龍門)에서 출생하였으나 요동(遼東)·돌궐(突厥)·거란(契丹) 등지에 출정하여 무훈이 높았으므로 대장군의 칭호를 받았다.

4) 구준(丘濬)─중국 명(明)나라 효종(孝宗) 때의 사람. 남중국 경산(瓊山) 사람이었으나 효종의 총애를 받아 문연각(文淵閣) 대학사(大學士)의 관직에 있으면서 많은 저서를 남기었다.

5) 한위공(韓魏公)─중국 송나라 인종(仁宗) 때의 사람. 이름은 기(琦)이며 위국공(魏國公)이라는 봉호를 받았기 때문에 위공이라고도 이른다.

6) 범문정(范文正)─한위공과 함께 재상의 직위에까지 등용되었던 사람. 이름은 중엄(仲淹)이요, 문정은 그의 시호이다. 난 지 두 살에 아버지가 죽고 그 어머니의 둘째 남편 주씨(朱氏)의 성을 따라 주열(朱說)이라고 하던 적도

가한 일이 있었으며 소강절(邵康節)⁷⁾은 그 3형제의 성이 모두 같지 않았으니 어찌 어머니가 미천하다는 것으로써 나라의 큰 인재를 버릴 수 있겠습니까.

근래에 이르러서 서얼 출신에 대해서는 그들을 등용하자는 의견들이 일부 논의되고 있으나 그러나 이것이 실행된다 하더라도 서얼 출신의 자신들부터가 환영하지 않을 것입니다.

왜냐하면 예를 들어 삼망(三望)⁸⁾에 추천된 자가 서얼이었다면 응당 이들을 정언(正言)으로 등용하여야 될 것임에도 불구하고 일찍이 서얼로서 정언 벼슬에 오른 자가 없었으며, 어디까지나 서얼에 대해서는 그다지 중요하지 않은 어떤 직위와 품계에만 국한시키고 있기 때문입니다.

그러므로 이도 결국 버린 사람을 면하지 못하는 것입니다. 동서남북의 태어난 고장을 묻지 않고 귀족과 천인의 출신 관계를 가리지 않는 중국의 제도를 본받는 것이 합당할 것입니다. 언제나 현명한 사람은 적어서 걱정이고, 우둔한 사람은 많아서 걱정이며, 공정한 인재는 적고 편협한 직위는 많아서 걱정입니다.

또 좋은 의견이 결의되어도 실행되지 않으며 비록 실행된다 하더라도 그 결함은 의연히 퇴치되지 않고 있습니다. 여기에 실행함직한 한 가지 방안이 있습니다. 항상 10년만에 1차씩 특출한 재능이 있는 자들을 선발하기 위한 과거제도를 설치하여 서북지방 및 양도⁹⁾의 중인 및 서얼로부터 일반 백성의 천인 계층에 이르기까지 행실이 올바르고 학문과 정치수준에서 남보다 뛰어난 역량이 있는 자들을 선발하되 조정·관(舘)·각(閣)·대(臺)·성(省)의 여러 신하들이 제각기 들은 바를 추천하며 또 각

있었다.

7) 소강절(邵康節)─중국 송나라 희녕(熙寧) 때의 사람. 이름은 옹(雍), 자는 요부(堯夫)이다. 《관물편(觀物編)》·《선천도(先天圖)》·《황극경세편(皇極經世編)》 등의 저서가 있다.

8) 삼망(三望)─관직을 추천하거나 시호를 지어 올릴 때 3배수를 올리던 일.

9) 양도(兩都)─송도, 즉 개성과 심도, 즉 강화를 말함.

도의 감사들과 순찰사들이 서로 그 아는 바를 추천하여 대략 백 명 정도의 응시자를 서울에 모아놓고 경학·시·부·논·책 등의 과목으로 시험 보이며 또한 고금흥망에 관한 역사적 지식과 실천적인 경제 지식의 수준을 검토한 다음 10명 가량의 수재를 선발하여 벼슬을 줄 것입니다.

이리하여 이 시험에 합격된 자에게는 아래로 관·각·대·성으로부터 위로 정부 전부[10]에 이르기까지 조금도 까다롭게 굴지 말고 저 소위 명문 벌족이라는 자들과 동등하게 대우하여 주어야 할 것입니다.

뿐만 아니라 그 자손들까지도 길이 떳떳하게 살 수 있는 길을 열어 주어야 할 것입니다. 이렇게만 한다면 우리나라의 풍속을 크게 고치지 않더라도 될 것입니다. 지방적 장벽을 없애고 출신에 의한 차별대우를 철폐하는 방법은 이보다 더 나은 것이 없을 것입니다.

이렇게만 한다면 종전에 비분강개한 지사들로서 술이나 마시면서 자포자기하던 자들이 모두 다 자기 몸을 수양하며 행동을 독실히 하여 문학·정치·경제·군사의 각 방면에 관심을 가지게 될 것입니다. 이래야만 우수한 인재들이 장성되며 일국의 문화가 개변될 것입니다.

通塞議

臣伏惟人才之難得也久矣 盡一國之精英而拔擢之 猶懼不足 況棄其八九哉 盡一國之生靈而培養之 猶懼不興 況廢其八九哉 小民其棄者也 中人其棄者也(我國醫譯律曆書畫算數者爲中人) 西關北關其棄者也 海西松京沁都其棄者也 關東湖南之半其棄者也 庶孼其棄者也 北人南人 其不棄而猶棄者也 其不棄之者 唯閥閱數十家已矣 而其中因事見棄者亦多 凡一切見棄之族皆自廢 不肯留意於文學政事錢穀甲兵之間 唯悲歌慷慨飮酒而自放也 故人才亦遂不興 人見其不興也 曰彼固當棄也 嗟乎豈其天哉 何天地之聚會其精神 山川之亭毒其氣液也 必鍾之於數十家之産 而以其穢濁之氣 播于其餘哉 以

---

10) 전부(銓部)-인재 등용을 담당하던 부서.

其所生之地而棄之歟 金日磾生於休屠 西戎之人也 薛仁貴生於朔方
北狄之人也 丘濬生於瓊州 南蠻之人也 以其母家之賤而棄之歟(指
庶流) 韓魏公 靑州官婢之子也 范文正之母 厥有醜行 邵康節 兄弟
三人 姓各不同 若是者皆在可棄乎 庶流通淸之議 或行或格 然行之
而庶流不足喜也 使注擬於三望者 而必皆庶流 則是得爲庶流正言
而未嘗爲正言也 限某職焉 限某品焉 是皆棄人也 太上東西南北 無
所障礙 邐邐貴賤 無所揀擇 如中國之法可也 賢者苦少愚者苦多 公
正者苦少偏私者苦多 言之而莫之行也 行之而且有亂矣 抑有一法
可以行之者 每十年 一次設茂才異能之科 西北兩都 中人庶流 以至
凡民之賤 凡有經明行修文學政事之拔類超群者 令廟堂館閣臺省之
臣 各薦所聞 又令方伯居留之臣 各薦所知 大約薦百人 聚之京師
試其經學 試其詩賦 試其論策 詢之以往古興敗之迹 訪之以當世經
濟之務 取十人 賜之以科目 凡登是科者 下自臺省館閣 上至政府銓
部 無所拘礙 與所謂閥閱家等之 使其子子孫孫 永作淸明之族 則其
于國俗 無所改易 而振淹滯疏幽鬱 無出此右者也 如是則昔之悲歌
慷慨 飮酒而自放者 皆將修身飭行 留意於文學政事錢穀甲兵之間矣
於是乎人才蔚興 而一國之精采頓變矣

(7) 도량형을 바로잡기 위한 의견서(度量衡議)

> ― 잣대는 국가 행정과 경제 생활의 질서의 표준인데 지방
> 마다 다르고 경우마다 다 다르므로 백성은 괴롭고 도적
> 들은 설치니 하루 바삐 통일시켜야 합니다.

옛날에 순제(舜帝)가 사방을 순행할 적에 그 큰 일의 첫머리에 먼저
시행할 것은 '음률[律]·자[度]·되[量]·저울[衡]을 통일하는 일이라
고 했다'고 합니다. 후세의 임금과 신하들이 무엇을 말할 때마다 반드시
요(堯)·순(舜)을 말하면서도 요·순이 행한 일 중 시행하기가 지극히

쉬운 것도 자세히 보고 본받기를 즐겨하지 않았으니 하물며 그 어려운 것이야 어떠하였겠습니까.

세정(世情)에 어두운 선비 중에서 자[度]·되[量]·저울[衡]을 논하는 사람은 '검은 기장[秬黍]1)이 나지 않는다'고 말하지 않으면 곧 '해죽[嶰竹]2)을 얻기가 어렵다'고 말하면서 황종(黃鍾)이 그 바름을 얻지 못함으로써 자·되·저울을 바로잡을 수 없다고 하는데, 신(臣)은 이것은 모두 어둡고 절실하지 않은 말이라고 생각합니다.

대저 손으로 움켜서 그것을 취하고 손으로 쥐어서 준다면 그것을 사용하는 데 한계가 없고 지키는 데도 표준이 없으므로 이에 자·되·저울을 만들어 그것으로 하여금 한계가 있고 표준이 있게 한 것뿐인데, 어찌 이른바 현묘(玄妙)·충화(冲和)의 깊은 이치가 그 속에 있다고 볼 수 있겠습니까.

자·되·저울을 귀중하게 여기는 까닭은 어디 있는가 하면 모든 것을 동일하게 하는 데 있습니다. 한 치로써 두 치의 길이와 같게 하여 나라 안의 자를 모두 그렇게 한다면 이것이 자이며, 두 되로써 한 되의 적은 것과 같게 하여 나라 안의 되를 모두 그렇게 한다면 이것이 되이겠으며, 한 냥의 무게로써 두 냥, 세 냥의 무게와 같이 한다면 이것이 나라의 저울이 되겠으니, 어찌 반드시 궁성(宮聲)3)·상성(商聲)4)의 청음(清音), 탁음(濁音)이 율려(律呂)5)에 합한 후에야 비로소 길고 짧은 것을 자로써

---

1) 검은 기장[秬黍]─알이 검은 큰 기장이니 이것을 상서(祥瑞)로운 곡식이라 하여 중량(重量)의 표준단위(標準單位)로 삼았다 함.

2) 해죽(嶰竹)─해곡(嶰谷)의 대를 이름. 옛날 황제(黃帝)가 영륜(伶倫)을 시켜 해곡의 대를 베어 두 마디 사이를 잘라서 이를 불어 황종(黃鍾)의 궁(宮)을 삼았다 함.

3) 궁성(宮聲)─오음(五音), 즉 궁(宮)·상(商)·각(角)·치(徵)·우(羽)의 하나, 탁성(濁聲)임.

4) 상성(商聲)─오음(五音)의 하나, 청성(清聲)임.

5) 율려(律呂)─음악 12율 중의 양성(陽聲)인 육률(六律)과 음성(陰聲)인 육려(六呂).

재고, 많고 적은 것을 되로써 헤아리고, 가볍고 무거운 것을 저울로 달 수 있다고 하겠습니까.

지금 자를 만드는 데는 마땅히 바느질자[布帛尺]로써 표준을 삼고 되를 만드는 데는 마땅히 관청의 되[官斗]로써 표준을 삼고, 저울을 만드는 데는 마땅히 은칭(銀秤)으로써 표준을 삼아 공조(工曹)로 하여금 주조(鑄造)하고 법식(法式)으로 삼아 8도(道)에 이를 나누어주어 쓰게 하되, 서울에서는 다만 공조(工曹)에서만 이 기구를 만들게 하고, 여러 도에서는 다만 감영(監營)에서만 이 기구를 만들도록 하고는 값을 결정, 판매하여 이것을 민간에 널리 퍼지게 하고, 그것을 사사로 제조하는 사람이 있으면 부인(符印)을 위조(僞造)하고 전폐(錢幣)를 사주(私鑄)하는 사람과 같은 형률(刑律)에 처하고, 민간에서 옛날부터 사용하는 것도 한결같이 모두 모아서 불살라 없애 버리고, 무릇 이른바 주척(周尺)6)·목척(木尺)7)·시승(市升)8)·행승(行升)9)·도지두(賭地斗)10)·약칭(藥秤)11)·면화칭(棉花秤)12)·육칭(肉秤)13) 등 그 제도가 일정하지 않은 것은 대개 신식(新式)에 따라서 각기 절충해 쓰도록 할 것입니다.

무릇 문서(文書)와 예제(禮制)에 1척이라 말하는 것은 곧 만물이 모두

6) 주척(周尺)-자의 한 가지, 이 자의 한 자가 곡척(曲尺)의 여섯 치 육푼과 같음.
7) 목척(木尺)-목수(木手)들이 쓰는 자. 주척(周尺)의 한 자 구푼(九分) 구리(九厘)에 해당함.
8) 시승(市升)-옛날 시장에서 쓰던 되. 10작(勺)을 한 홉, 10홉을 한 되, 10되를 한 말, 네 말을 한 섬으로 하였음.
9) 행승(行升)-행상(行商)할 때에 쓰던 되, 곧 홉 되를 이름.
10) 도지두(賭地斗)-도조(賭租)를 되는 말. 도조는 남의 논밭을 빌어서 짓고 내는 세.
11) 약칭(藥秤)-약 저울이니, 한 푼중으로부터 스무 냥중까지 다는 저울.
12) 면화칭(棉花秤)-면화(棉花)를 다는 저울.
13) 육칭(肉秤)-고기 등속을 다는 저울.

이 1척인 것이며, 1냥이라 말하는 것은 곧 만물이 모두 이 1냥인 것이니 온성(穩城)14) 사람이 탐라(耽羅)에 부친 물건을 1두라고 말하였는데 탐라에서도 또한 그것이 곧 1두라면 물화(物貨)의 귀하고 천한 것이 쉽사리 밝혀질 것이며, 간사하고 거짓으로 속이는 습관이 다시 쓰여지지 않을 것입니다.

그런 후에 감사(監司)가 지방을 돌아다니며 살피는데 매양 한 고을에 이를 때마다 한 고을의 자・되・저울을 모아서 검사하며 그것이 함부로 만들어 그 질이 나쁜 것이 있으면 수령(守令)을 처벌하고 어사(御史)가 비밀히 다니면서 매양 시장과 마을에 이를 때마다 즉시 세밀히 살펴서 그 간사한 것을 적발한다면 1년이 지나지 않아서 제도가 시행되어 다시 문란하지 않을 것입니다.

그 일정한 수효를 이르는 명칭도 마땅히 정리 개정하여 한결같이 십백(十百)의 제도에 따르게 하여 세 가지 것(자・되・저울)을 각기 5수효15)로써 성수(成數)하도록 한다면 분별하기가 쉬워서 문란함이 없을 것이므로 백성들이 반드시 이를 편리하게 여길 것입니다.

자[度]는 10리(釐)가 1푼[分]이 되고, 10푼이 1촌(寸)이 되고, 10촌이 1척(尺)이 되고, 10척이 1장(丈)이 되어 본래부터 고칠 것이 없는데, 되[量]는 15두(斗)를 1곡(斛)으로 삼는 것은 우리나라의 풍속이요, 16냥(兩)을 1근[斤]으로 삼은 것은 옛날에 사상(四象)16)과 팔괘(八卦)17)를 배로 보탠 것으로써 수학(數學)의 근본으로 삼았던 것입니다. 그런 까닭으로 8을 2배[16]로 하여 1근[斤]를 삼고 8을 3배[24]로 하

---

14) 온성(穩城) ─ 함경북도의 한 군. 동・북・서는 두만강(豆滿江)을 끼고 만주(滿州)에 접하고, 남(南)은 경원군(慶源郡)과 종성군(鍾城郡)에 접하여 있음.

15) 5수효 ─ 본문의 오성수(五成數), 즉 5진법.

16) 사상(四象) ─ 음양(陰陽)의 네 가지 상징. 곧 태양(太陽)・소양(小陽)・태음(太陰)・소음(小陰).

17) 팔괘(八卦) ─ 《주역(周易)》에서 자연계(自然界) 및 인사계(人事界)의 모든 현상을 음양(陰陽)을 겹쳐서 여덟 가지의 상(象)으로 나타낸 괘. 곧 건(乾)・태(兌)・이(離)・진(震)・손(巽)・감(坎)・간(艮)・곤(坤).

여 1일(鎰)로 삼았으니, 모두 8수(數)로서 성수(成數)로 삼았던 것입니다. 그러나 지금은 이미 10수(數)를 쓰게 되는데 어찌 유독 저울[衡]에만 8수를 쓰겠습니까.

마땅히 기록하여 법식(法式)을 만들어 되[量]는 10작(勺)을 1홉[合]으로 삼고, 10홉을 1승(升)으로 삼고, 10승을 1두(斗)로 삼고, 10두를 1석(石)으로 삼을 것이며(석은 본디 저울의 명칭인데 또한 되의 명칭으로도 쓴다), 저울[衡]은 10푼[分]을 1돈[錢]으로 삼고 10돈을 1냥(兩)으로 삼고, 10냥을 1근으로 삼고, 10근을 1균(勻)으로 삼아서(균은 본래 30근의 명칭이다) 아무 해 아무 날로부터 모든 문서에 기록된 것을 모두 이 수(數)대로 따르게 한다면 10년이 지나지 않아서 문서에 혼잡된 고통이 없어질 것입니다.

신(臣)은 또 삼가 생각하옵건대 자[度]와 저울[衡]은 한 가지로만 하고 두 가지가 없게 한다면 이것을 사용하기가 불편할 것입니다. 자로써 정세(精細)한 공예(工藝)를 하는 데는 포백척(布帛尺)은 너무 눈이 드문 것이 걱정이니, 마땅히 별도로 반자[半尺]의 길이를 만들어서 한눈[星]의 사이에 또 한 눈을 넣게 하고, 저울로써 크고 무거운 것을 사용하는 데는 은칭(銀秤)은 그 너무 약한 것이 걱정이니, 마땅히 별도로 10근의 저울을 만들어 10눈의 사이에 다만 1눈만 넣어서 각기 행용(行用)하도록 한다면 온갖 장인(匠人)과 많은 상고(商賈)의 사용에 아무런 장애가 없을 것입니다.

度量衡議

昔者有虞氏之巡方也 其大事之首先行之者 曰同律度量衡也 後世君臣 言必稱堯舜 而堯舜之事 其行之至易者 尚且熟視而莫肯效 矧其難者哉 迂儒之論度量衡者 不云秬黍不生 卽說解竹難獲 謂黃鍾之不得其正 而度量衡無以正之 臣謂此皆眇茫不切之談也 夫掬而取之 握而予之 用之無節 守之無準 於是乎爲之度量衡 使其有節有準

已矣 烏覩所謂玄妙沖和之理 寓於其中哉 所貴乎度量衡者烏乎在
在乎同而已 使一寸而如二寸之長 國中之度皆然 則斯度也 使二升
而如一升之少 國中之量皆然 則斯量也 使一兩之重而如二兩三兩
國中之衡皆然 則斯衡也 何必使宮商淸濁之合乎律呂 而後始可以度
長短量多寡衡輕重哉 今製度宜以布帛尺爲準 量宜以官斗爲準 衡宜
以銀秤爲準 令工曹鑄造爲式 頒之八方 京都唯工曹 得造此器 諸路
唯監營 得造此器 折價發賣 布之民間 其有私造者 與與僞造符印私
鑄錢幣者同律 而民間之舊所用者 一並收聚而燒毀之 凡所謂周尺木
尺 市升行升睹地斗 藥秤棉花秤肉秤等 不一其制者 槪從新式 令各
折用 凡文書禮制 有稱一尺者 卽萬物皆此一尺 有稱一斗者 卽萬物
皆此一斗 有稱一兩者 卽萬物皆此一兩 穩城之人 寄物於屯羅者 止
稱一斗 便亦一斗 則物貨之貴賤易明 而奸僞欺詐之習 不復售矣 然
後監司巡審 每至一縣 聚一縣之度量衡而考校之 其有濫惡者 罪守
令 御史暗行 每至市場閭里之間 卽又詳察而發其奸 則不出一年 制
行而不復紊矣 若其成數之名 宜亦釐改 一從什佰之制 使三者各存
五成 則易辨而無亂 民必便之矣 度則十釐爲分 十分爲寸 十寸爲尺
十尺爲丈 本無可改 而量之十五斗作斛 衡之十六兩作斤 此亂之所
由生也 十五斗作斛 我俗也 十六兩作斤者 古者以四象八卦之加倍
爲數學之宗 故二八而爲斤 三八而爲鎰 皆以八數爲成也 今旣用十
數 何獨於衡而用八哉 宜著爲式 量則十勺爲合 十合爲升 十升爲斗
十斗爲石(石本衡名亦以名量) 衡則十分爲錢 十錢爲兩 十兩爲斤 十
斤爲勻(勻本三十斤之名) 令自某年某日 凡文書所記 皆從此數 則不
過十年 文書無混雜之艱矣 臣又伏念 唯度與衡 令一無二則用之不
便 度之爲精細之工者 布帛尺患其太疎 宜令別造半尺之長 每一星
之間 又著一星 衡之爲粗重之用者 銀秤患其太弱 宜令別造十斤之
秤 每十星之間 只著一星 使各行用 則百工諸賈之用 俱無所礙矣

(8) 수령의 업적 평가를 위한 건의서(考績議)

> — 수령의 치적 평가는 백성을 얼마나 이롭게 하였는가에
> 기준을 두되 나누어 살피면 1. 농사를 잘 권장했는가. 2.
> 경제적으로 재화를 풍족케 했는가. 3. 교육에 힘썼는가.
> 4. 송사를 공평히 했는가. 5. 병사 업무를 잘 다스렸는가.
> 6. 공업을 일으켰는가를 평가하여야 합니다.

신(臣)은 엎드려 생각하건대, 수령(守令)은 나라에서 백성을 나누어주어 다스리게 한 사람입니다. 그리하여 직책이 임금과 비슷하고 온갖 제도가 갖추어지지 않은 것이 없습니다. 그렇기 때문에 군목(君牧)이라 부르니 그 직책이 크게 중하지 않습니까. 백성들의 고락(苦樂)이 여기에 달려 있고, 국가의 성쇠가 여기에 달려 있으니, 마땅히 자세히 상고하고 세밀히 살피어 채찍질하고 장려하여 권선징악(勸善懲惡)하여야 합니다. 그런데도 고적(考績)하는 법이 너무도 소략하여 여덟 글자만으로는 잘하고 못함과 수행되고 폐기된 실상을 낱낱이 말할 수가 없습니다. 혹은 가법(家法)과 세덕(世德)의 융성함을 일컫고 혹은 문장과 풍류의 뛰어남을 일컬어 상고(上考)에 두기도 하는바, 이는 그 문벌을 상고하고 그 인품을 평판하는 것뿐이니, 백성을 다스리는 데 무슨 관계가 있습니까. 또 치적(治績)의 우열은 가장 층급(層級)이 많은데 어찌 이 세 가지 등급으로 개괄(槪括)할 수 있겠습니까.

신은 엎드려 생각하건대, 수령의 직책은 책임지지 않는 것이 없으므로 모두 들어 말하기는 어렵습니다. 그러나 큰 강령(綱領)은 여섯이 있고 여섯 강령 중에 조목이 또한 각각 넷이 있습니다. 무엇을 여섯 강령이라 하는가 하면, 첫째는 농사요, 둘째는 재화(財貨)요, 셋째는 교육이요, 넷째는 형무(刑務)요, 다섯째는 병무(兵務)요, 여섯째는 공업(工業)입니다. 무엇을 네 조목이라 하는가 하면, 농사의 조목으로는 첫째는 농사짓고 길쌈하는 것이요, 둘째는 목축(牧畜)이요, 셋째는 나무를 심는 것이요,

넷째는 제방을 막고 개간하는 것입니다. 재화의 조목으로는 첫째는 부세요, 둘째는 환상(還上)이요, 셋째는 곡식을 수매·방출하는 것이요, 넷째는 진휼(振恤)하는 것입니다. 교육의 조목으로는 첫째는 효제(孝悌)요, 둘째는 예의 바른 풍속이요, 셋째는 문학이요, 넷째는 혼인입니다. 형무의 조목으로는 첫째는 형벌이요, 둘째는 소송이요, 셋째는 싸우고 구타하는 것이요, 넷째는 무단(武斷)입니다. 병무의 조목으로는 첫째는 교련(敎鍊)이요, 둘째는 병기(兵器)요, 셋째는 성호(城壕)요, 넷째는 도적을 잡는 것입니다. 공업의 조목으로는 첫째는 채광(採鑛)이요, 둘째는 공장(工匠)에 대한 것이요, 셋째는 관사(館舍)의 관리요, 넷째는 도로 관리입니다.

신은 생각하건대, 지금으로부터 고적(考績)하는 글에 이 24개 항목의 일을 일일이 들어서 그 부지런하고 게으른 것과 잘하고 잘못한 것을 조목조목 논하여 이 글자 수에 제한을 두지 않고 한결같이 어사(御史)가 서계(書啓)하는 형식과 같이 하고, 또 나누어 9등급을 만들되 상지상(上之上)은 한 사람을 넘지 않게 하여 조관(朝官)으로 발탁하고, 하지하(下之下)는 세 사람 이하가 되지 않게 하여(작은 道는 두 사람으로 한다) 벌로 좌천시키는 것입니다. 그 나머지는 감사(監司)가 임의로 등급을 나누게 하되 수효를 제한하지 않게 하며, 또 매양 연말마다 한 번씩 고적하되, 부임한 날짜가 3백 일이 되지 않는 자는 논하지 말고 그 날짜가 차기를 기다려서 즉시 장계(狀啓)를 올리게 하는 것입니다.

이와 같이 하면 온갖 제도가 제대로 거행되어 백성을 편안케 하고 나라를 부유하게 하며 이용(利用)·후생(厚生)하는 효과가 반드시 1년이면 나타나게 될 것입니다. 왜냐하면, 감사가 장차 일일이 들어서 사람을 논하게 되면 24개 항목의 사실에 유의하여 자세히 살피지 않을 수 없으며, 수령은 감사가 장차 일일이 들어서 자기를 논한다는 것을 알게 되면 24개 항목의 사실에 힘을 다하여 제대로 거행되게 하지 않을 수 없기 때문입니다. 감사는 실제로써 요구하고 수령은 실제로써 응하게 되니, 이와 같이 하면 백성은 편안하지 않음이 없고 나라는 부유하지 않음이 없을 것입니다. 지금 고적하는 글에 쓰기를 '고요하고 청아한 정치에 온 경내가 편안하다'〔恬雅之治一境晏如〕라고 하면, 이런 사람은 전혀 일을 하지 않고 앉아서 녹봉만 타먹는다는 것을 알 수 있습니다. 조목별로 열거하는 제도를 쓰게 한다면 반드시 한 가지 실적도 적을 수가 없을 것입니다. 또 지금 쓰기를 '재상의 반열에서 지방관으로 나왔으니 탄압을 어찌 염려하겠는가'〔出自宰列彈壓何憂〕라고 하면, 이런 사람은 자잘한 사무를 직접 하지 않고 오만하여 스스로 높은 체하는 것을 알 수 있습니다. 조목별로 열거하는 제도를 쓰게 한다면 반드시 한 가지 실적도 적을 수가 없을 것입니다. 이런 자들은 도리어 하중(下中)에 두어야 하지 않겠습니까.

아, 교화(敎化)가 행해지지 않고 예의 바른 풍속이 이루어지지 않으며, 전야(田野)가 제대로 개간되지 않고 산과 못에서 생산되는 이익이 일어나지 않으며, 재목과 육축(六畜)이 번성하지 못하고 성곽과 관사가 퇴락하지 않음이 없으며 온갖 공장의 기술이 완둔(頑鈍)하지 않음이 없고 도적이 벌떼처럼 일어나며 곡식을 사고 파는 것이 어지러워 민생고가 날로 심해지는데 수령된 자가 베개를 높이 베고서 병을 요양하고 있다가, 고적할 때에 미쳐 좋은 제목을 얻고는 속으로 스스로 기뻐하고 있으니, 국가에 무슨 이익이 있겠습니까. 태평(太平)한 다스림은 청(淸)나라 선비 고염무(顧炎武)의 〈군현론(郡縣論)〉이 있으니, 이것을 채택하여 시행한다면 이에 성공할 수 있을 것입니다. 그렇지 않으면 모두 구차스러울 뿐입니다.

考績議

臣竊以守令者 國之所與分民而治之者也 而其職侔擬人主 百度無所不具 故曰君牧 其爲職不已重乎 生民之苦樂以之 國家之衰盛以之 正宜詳考密察 策勵勸懲 而顧考績之法 疏略已甚 八字之內無以條列其臧否修廢之實 而或稱家法世德之隆顯 或稱文華風流之跌宕 而置之上考 此考其門閥 評其人品耳 於治民奚與哉 且唯治績

之優劣 最多層級 豈可以三等而槪之乎 臣竊伏念 守令之職 無所不
責 難以悉擧 而其大綱有六 六綱之中 其目亦各有四 何謂六綱 一
曰農 二曰貨 三曰教 四曰刑 五曰兵 六曰工 何謂四目 農之目 一
曰耕織 二曰畜牧 三曰種植 四曰堤墾 貨之目 一曰賦稅 二曰還餉
三曰市糴 四曰振恤 教之目 一曰孝弟 二曰禮俗 三曰文學 四曰婚
取 刑之目 一曰刑罰 二曰詞訟 三曰鬥毆 四曰武斷 兵之目 一曰教
鍊 二曰兵器 三曰城濠 四曰盜賊 工之目 一曰卝採 二曰工匠 三曰
館廨 四曰道路 臣謂自今考績之狀 歷擧此二十四事 條論其勤慢美
惡 勿限字數 一如御史書啓之式 而又分爲九等 上上毋過一人 以之
陞擢 下下無減三人 (小道二人) 以之黜罰 其餘聽監司隨意分等 勿
令限數 又每歲終一考 其未滿三百日者勿論 待日滿卽行馳啓 如是
則百度修擧 而安民富國利用厚生之效 必朞年而可覩矣 何者 監司
將歷擧而論人也 則不能不留意觀察乎二十四事之實 守令知其將歷
擧而論己也 則不能不竭力修擧乎二十四事之實 監司以實求之 守令
以實應之 如是則民無有不安 國無有不富矣 今書之曰恬雅之治 一
境晏如 可見此人全不事事 坐享廩祿 令用條列之法 必無一績之可
書矣 今書之曰出自宰列 彈壓何憂 可見此人不親細務 傲兀自尊 令
用條列之法 必無一績之可書矣 顧不當置之下中乎 嗟乎教化不行
禮俗無聞 田野不闢 山澤之利不興 材木六畜不蕃 城郭館廨 無不頹
圮 百工技蓺 無不頑鈍 盜賊蜂起 市糴棼雜 生民之憔悴日甚 而爲
守令者 方且高枕養病 及其考績也 得美題目 竊竊然以自喜 於國家
何益哉 若夫太平之治 唯清儒顧炎武郡縣論 採而行之 斯可以成矣
不然皆苟然而已

3. 상소문[疏]

(1) 왕명에 따라 농사정책을 써서 올리는 상소문[1] (應旨論農政疏)

> ── 농사정책을 잘하려면 세 가지 방책이 있으니 1은 편농 (便農) 정책을 써서 농민들이 농사를 편리하게 하는 일과, 2는 후농(厚農)정책으로 농민들에게 이익을 도모하여 주는 일과, 3은 상농(上農)정책을 써서 농민들의 신분상 대우를 높여 주는 일입니다.

엎드려 신은 가만히 생각하기를, 농사가 다른 일보다 못한 것이 세 가지 있는데, 그 대우가 선비들만 못하고, 이익이 상업만 못하고, 편안하기가 공업만 못한 것이 그것입니다.

지금 사람들은 대체로 자기 신분이 미천한 것을 부끄러워하며 이익이 적은 일은 하기 싫어하며 너무나 힘드는 일은 즐겨하지 않습니다.

그런데 지금 농업이 다른 직업에 비하여 이상과 같은 세 가지의 못한 것이 있으니 이 세 가지 못한 것을 없애지 않고는 아무리 백성들에게 농사를 잘 지으라고 권유하며 나무라도 그 효과가 나지 않을 것입니다.

대체 농사짓는 방법은 아주 치밀하게 하지 않으면 안되는 것인데 지금 농민들은 토지를 너무나 거칠게 다루어 되는 대로 해치워 버리기 때문에 힘껏 노력을 들이고도 얻는 이익이 적으며, 얻는 이익이 적기 때문에 농민들은 더욱 자기 일에 성의를 다하려고 하지 않으며 그러므로 농사일이

---

1) 무오(戊午)-37세 곡산(谷山)에서 짓는다 했음.

더욱 거칠게 되는 것입니다. 이와 같이 서로 반복하여 농업이 발전하지 못하는 것입니다.

신이 본래 우둔하고 더욱이 농사짓는 방법에 대해서는 아는 것이 적으므로 구태여 쓸모 없는 소견을 늘어놓고 싶지는 않으나 그러나 이미 위로부터 널리 의견을 모으라는 분부가 있고 또 신이 현재 지방을 맡아 다스리면서 약간의 느낀 바가 있기에 이에 세 가지 조목으로 나누어 임금님 을람(乙覽)에 참고될까 하여 말씀드리려고 합니다.

1은 편농(便農)정책인데, 이는 농사에 들이는 노력을 보다 헐하게 하기 위한 것이요,

2는 후농(厚農)정책인데, 이는 농민들에게 이익을 주기 위한 것이요,

3은 상농(上農)정책인데, 이는 농민들의 신분상 대우를 개선하기 위한 것입니다.

왜 편농(便農)정책을 써야 하는가

농사일이 힘들다는 것은 농민들의 경지면적이 너무 넓은 반면에 노력이 모자라기 때문입니다. 흔히 농사짓는 묘리를 모르는 자들은 '인구는 많고 토지는 적다'고들 말하나 이는 토지가 적은 것이 아니라 농민들이 자기 노력에 비하여 경지면적을 지나치게 많이 차지한 까닭입니다. 옛날에 정자(程子)도 정전(井田)제도를 논하면서,

'세상 만물이 모두 다 서로 알맞게 마련되었는데 어찌 인구는 많고 토지는 적을 리가 있겠느냐.'

라고 하였습니다. 실로 경지면적은 적게 차지하고 노력을 더하여 이득을 높인다면 토지가 모자란다는 걱정은 없어질 것입니다. 예를 들어 논밭에 양묘(養苗)를 하는 데도 일정한 규칙과 기준이 있어야 될 것입니다. 가령 한 치 사이에 한 포기의 곡식을 가꾸는 것이 적당할 때, 세 치 사이마다 두 포기를 세운다면 그 사이의 한 치의 땅이 어찌 묵어 버리지 않겠습니까. 이와 반면에 한 치의 간격에 두세 포기씩이나 세운다면 이는 지력이 모자랄 것이니 어찌 포기가 제대로 자랄 수 있겠습니까.

그런데 현재 농민들의 농사짓는 형편을 보면 어떤 곳에는 포기와 포기 사이를 한 발씩이나 비워둔 데도 있고 또 어떤 곳에는 다섯 여섯 포기씩 한꺼번에 세워둔 데도 있습니다. 그러고도 농민들은 저 산전이나 돌밭들을 버리게 된 것은 아까워할 줄 알면서도 지금 가꾸고 있는 밭 가운데서 기름진 땅이 묵고 있는 것은 모르고 있으며, 저 수해나 가뭄들이 농사에 큰 지장을 주는 것은 알면서도 자기 손으로 심은 곡식들이 너무나 고르지 못해서 잘 자라지 못하고 있는 것은 모르고 있습니다.

신이 일찍이 중국으로부터 돌아온 사람의 말을 듣건대 중국에서는 논밭에 종자가 처음 날 적부터 일정한 간격이 있어서 푼·촌의 차이도 없고 자라난 포기의 줄이 가로나 세로로 정연하여 하나도 어긋난 데가 없다고 합니다. 이는 필시 어떤 편리한 농기계를 사용하여 지면을 고르게 하고 종자를 심을 때부터 엄격한 규격에 맞추어 그 간격을 지었을 것입니다.

지금 우리나라에는 농민들이 남의 콩밭 골을 빌어서 그곳에다 골을 치고 보리를 심는 예가 있는데, 이를 빌린 밭골[借谷]이라고 하는 것입니다. 대체로 곡식을 심은 밭을 또 남에게 빌려주어 그 골에다가 다시 다른 곡식을 심게 한다는 사실은 이것만 보아도 그 밭골이 넓으며 또 노력이 모자라는가를 짐작할 수 있는 일입니다.

그러므로 이제 마땅히 논밭을 다루는 방법을 연구하되 반드시 고랑과 둑의 넓이는 몇 자, 골 넓이는 몇 치씩 각각 그 곡식의 종류에 따라 알맞은 기준을 정할 것이며, 또 밭이랑의 표면을 고르게 만들기 위한 연적(碾跡)[2]을 사용하여 종자의 간격을 고르게 하도록 하면 농민들의 거름 주고 김매는 노력이 절약되면서도 수확은 배나 증가될 것입니다.

농사일이 힘들다는 것은 좋은 종자를 선택하지 않기 때문입니다. 가령 풀 열매 같은 낟알은 그것이 배 속에서부터 어떤 선천적인 질병을 타고 난 것과도 같아서 설사 논밭에 뿌린다고 하더라도 공연히 면적만 차지하

---

2) 연적(碾跡)―땅을 고르는 농구. 돌로 만들고 녹독(碌碡)이라고도 함.

고 또 그것을 가꾸기 위한 노력만 허비할 뿐이며, 가을에 가서는 아무런 수확이 없는 것입니다.

만일 이와 같은 종자가 열 개 중에 다섯이나 된다면 1만 이랑의 밭에서 5천 이랑의 면적을 묵히게 될 것입니다. 그러므로 우량종자를 선택하기 위해서는 갑년에 1백 개 곡식 중에서 가장 잘 여문 1개의 종자만 골라내고 을년에는 또 갑년 것에서 골라 심어 가꾼 우수한 곡식 중에서 다시 고르고, 병년에 또 역시 같은 방법을 되풀이할 것입니다. 이와 같이 계속한다면 몇 해가 안 가서 곡식의 품질이 높아져서 쌀알이 굵어지고 허리가 늘씬하여지며, 콩 한 알도 고치만큼이나 크게 될 수 있을 것입니다.

그럼에도 불구하고 농민들은 되는 대로 하여 버리는 습관이 아주 고질이 되어 우량종자 선택에 대한 이야기를 하면 일종의 웃음거리로 생각하고 귀담아 듣지도 않습니다. 그러나 이 우량종자 선택방법은 그다지 어려운 것도 아닌바 키로 까불러 그 쭉정이를 없애고, 바람에 불려서 그 허실을 날려 버리며, 체로 쳐서 그 자질구레한 부스러기를 버리고 또 물에 담가서 그 뜨는 것을 골라 버리면 될 것입니다.

이 정도의 노력쯤이야 저 1년 동안 매고 가꾸기에 갖은 진땀을 흘려가면서 애만 써도 가을에 가서는 아무런 수확을 얻지 못하는 헛수고에 비한다면 실로 아무것도 아닌 것입니다. 또 그 종자 곡식 중에서 쭉정이나 자질구레한 부스러기 낟알이나 물에 뜨는 것들을 논밭에 뿌린다고 해야 대부분이 나지도 않으며 난다고 해도 충실한 곡식으로 자라지 못하는 것이니 이런 것은 차라리 집에 남겨두면 된죽이나 묽은죽이라도 쑤어 먹을 수 있을 것입니다. 이것이 비록 하찮은 것 같으나 1만 이랑을 두고 보면 그 수량이 적지 않을 것입니다. 그런데 농민들의 습관이 너무나 고질화되어 고치지 못하고 있으니 진실로 안타까운 일입니다.

농사일이 힘들다는 것은 농기구가 편리하지 못하기 때문입니다. 신의 본 바에 의하면 농서에 소위 방파(方耙)3) 팔자파(八字耙)4)란 것이 있으

---

3) 방파(方耙)－갈아 놓은 논밭의 흙덩어리를 깨는 농기구. 네모판 쇠스랑.

며, 또는 초(耖)5) · 노(耮)6) 등이 있으니 이는 모두 소에 메워 논밭의 흙을 파 일구는 농기구들입니다. 그런데 지금 우리나라 습속에는 다만 논에서만 써레를 사용하는 예가 있기는 하나 그것마저 제작이 너무나 정밀하지 못합니다. 밭에서는 늙은이와 부인네가 발로 밟아서 흙덩어리를 깨는데 흙덩어리가 잘 깨지지도 않을 뿐만 아니라 도리어 그 밟은 자국들이 돌덩이처럼 굳어져 버리고 마는 것입니다. 또 앙마(秧馬)7)라고 하는 농기구는 다만 그 이름은 들었으나 제작 사용할 줄을 모르고 그저 농민들이 맨발로 물에 들어서서 일하기 때문에 팔다리가 아프고 전신이 진흙 투성이가 될 뿐만 아니라 게다가 거머리까지 달라붙어 귀찮게 구는 것입니다.

그러므로 농민들이 힘은 배나 들여도 성과는 적은 것입니다. 이 얼마나 안타까운 일이겠습니까. 또 가사협(賈思協)8)의 말에 의하면,

'누거(樓車)9)라는 농기구가 있는데 이는 세 발 보습이 달린 쟁기와 같은 것으로 그 위에 종자 담은 그릇을 장치하여 소에 메워 끌게 하고 뒤에는 사람이 손잡이를 쥐고 따라가면서 누거를 흔들어 주면 종자가 균일하게 뿌려져서 하루동안에 적어도 1경(頃) 이상은 파종할 수 있다.'

라고 하였습니다. 이 누거의 사용은 본래 한(漢)나라 조과(趙過)가 전한 방법인데 손으로 씨를 뿌리는 것보다는 그 능률이 몇 곱절이나 높고 또

---

4) 팔자파(八字耙)-갈아 놓은 논밭의 흙덩어리를 개는 농기구. 이는 인자파(人字耙)라고도 한다. 고무래 종류.

5) 초(耖)-써레. 갈아 놓은 논밭의 흙덩어리를 깨며, 바닥을 고르는 데 쓰는 농기구.

6) 노(耮)-고무래. 논밭의 흙을 고르는 데 쓰는 농기구. 이는 써레와는 달라서 밑바닥에 이빨이 없고 다만 굳은 나무를 대어 평평하게 만드는 기구.

7) 앙마(秧馬)-논에 모내기하는 농기구, 모심는 기구.

8) 가사협(賈思協)-위(魏)나라 태수. 스스로 농사짓고 《제민요형(濟民要衡)》을 지음.

9) 누거(樓車)-파종하는 데 쓰는 농기구, 씨뿌리는 기구.

씨가 고루 뿌려지기 때문에 농사에 유익함이 막대한 것입니다.

그러나 우리는 아직 모르고 있습니다. 또 여마(驢磨)와 수대(水碓)10) 같은 것도 중국에서는 널리 사용한 지가 이미 오래이며 그 제작 방법에 대해서는 환담(桓譚)이 자세히 설명한 바 있었는데 우리나라에서는 지금도 디딜방아를 사용하는 데가 있고 그리고 풍력으로 바퀴를 돌리는 풍애(風磑)와 윤격(輪激)11) 같은 것은 그 제작 방법을 아직 듣지도 못하였습니다.

또 누에치는 방법에 대해서는 농가에서 층박법(層箔法)12)을 사용하지 않고 다만 방바닥에 잠박 한 층만을 늘어놓고 있으며 게다가 풋보리를 말리거나 삶은 기장쌀을 깔아두어서 습기와 무더운 기운이 방안에 가득하며 심지어는 메주나 누룩 뜨는 냄새나 소변의 악취까지 코를 찌를 정도로 불결하고 더럽기 때문에 누에가 병들어 잘 자라지 못합니다. 또 실 뽑는 자새[繅車]는 그 제작이 너무나 졸렬하여 힘만 들고 성과는 적으며, 젖은 실을 습기 많은 구들에다가 말리면서 무거운 돌로 눌러 놓기 때문에 그것이 완전히 마르기도 전에 절반은 뜨고 썩어 버려서 옷감과 옷을 힘들여 만들었더라도 쉽사리 해져 버리고 마는 것입니다.

또 물레[紡車]는 그 구조가 턱없이 커서 손 놀리기만 더딜 뿐입니다. 지금 일부 농가에서는 명주를 짤 때에 사용하는 새로운 형의 베틀이 있는데, 이것은 처음 평안도 지방으로부터 보급된 것으로 그 구조가 아주 경편하고 정밀하여 명주뿐만 아니라 무명을 짜는 데도 사용할 수 있는 것입니다.

그런데도 이것이 아직 일반인에게는 보급되지 않고 있습니다. 앞으로는 농서(農書)에 근거하여 각종의 편리하고 정밀한 농기구들을 만들어 국내에 고루 펴주어서 전체 농민들이 이를 사용하도록 하여야 될 것입니다.

---

10) 여마(驢磨)와 수대(水碓)─노새가 돌리는 연자방아와 물로 돌리는 물레방아.
11) 풍애(風磑)와 윤격(輪激)─중국의 바람 힘으로 돌리는 맷돌과 돌리는 분쇄기.
12) 층박법(層箔法)─방안에 선반을 매어 잠박을 여러 층계로 얹는 방법.

농사일이 힘들다는 것은 관개수리를 발전시키지 않았기 때문입니다. 주자(朱子)의 말에,

'백성들의 기근을 구제하기 위해서는 어떤 특수한 방법을 강구할 것이 아니라 오직 수리관개 사업을 잘해야 된다.'

라고 하였으니 이 말이 실로 앞을 잘 내다보고 그 기근에 대한 근본을 다스리는 이론입니다. 저 중국에서 역대에 걸쳐 하천을 파서 돌리며 운하를 뚫고 헤쳐서 치수사업에 능란하던 방법은 실로 일조일석에 배울 바가 아니나, 그러나 물의 높낮이를 측정하고 하천 개통의 비용을 계산하되 관개수리의 이해를 타산하여 이익이 될 만한 것은 조금만 시험하여 연구를 거듭한다면 안될 리가 어디에 있겠습니까. 그런데 혹 사람들이 언제(堰堤) 공사를 시작하면 그 공사의 성과 여하를 구체적으로 검토하지도 않고 덮어놓고 안될 것으로 반대하는 경향들이 있는데 이는 옳지 않은 것입니다. 언제 공사에서 실패를 당하는 원인은 그 공사를 감당해내지 못하는 데 있는 것이 아니라, 곧 그 물흐름의 높낮이를 정확히 측정하지 못했거나 또는 바닷물의 들고나는 조수를 세밀히 관찰하지 못한 데에 있는 것입니다. 대체로 물흐름이라는 것은 얼핏 보기에는 하류의 수면이 상류의 수면보다 낮은 것 같아도 실상은 높은 것이 있습니다. 그 물의 상류의 위치가 높은 것은 하류에서 볼 때에는 비록 수면이 논밭의 지면보다 낮은 듯하나 이는 많은 노력을 들이지 않아도 될 것입니다.

그러나 그 수원이 본래부터 낮은 것은 하류에서 볼 때에는 비록 지면과 수면이 비슷한 것 같더라도 용미차(龍尾車)나 항승차(恒升車)13)의 시설로도 결국 헛수고가 되고 말 것입니다. 또 해안지대의 간석지에 드나드는 조수에 대해서는 그 조세(潮勢)의 차이가 풍세(風勢)와도 관계되기 때문에 평시에는 조수 물결이 잔잔하다가도 바람에 의하여 사나울 때도 있으며, 평상시에는 몹시 사납다가도 어떤 경우에는 바람 관계로 아주 물결이 잔잔하여질 때도 있는 것입니다. 그러나 해상 풍세의 변동도 일

---

13) 용미차(龍尾車)·항승차(恒升車)—물을 퍼 올리는 기구. 물수레.

정한 계절적인 기간이 있기 때문에 그 시기를 보아서 공사를 진행하면 될 것입니다.

만일 가을철이나 겨울철과 같이 물 기운이 응결될 때에는 조수 물결이 비록 사나워 보이더라도 방축을 허물어뜨리지는 못할 것이며 봄철이나 여름철같이 물 기운이 부풀고 거셀 때에는 가장 물살이 사나워서 방축을 허물어뜨리기 쉬운 것입니다. 그러므로 간척지의 언제(堰堤) 공사를 진행함에 있어서는 그 조세와 풍세를 참작하여 시기 적절하게 하여야만 피해를 입지 않을 것입니다.

또 간척지에서 새로 개간한 토지에 대해서는 첫해의 납세를 면제하여 주고 묵은 토지를 다시 개간하는 경우에는 3년치의 납세를 면제하여 주는 것이 국가의 법령인데 이것을 여일하게 실시하지 않고 지방관리들이 제 마음대로 변경시키고 있습니다.

앞으로는 한번 내려진 국가 법령에 대해서는 그를 엄격히 준수하도록 통제해야 되겠습니다. 특히 간척지에서 언제를 쌓아 토지를 개간한 자에 한하여는 5, 6년치의 조세를 면제하여 주는 규정을 실시하면 간척지의 개간이 더욱 활발해질 것입니다.

그리고 저수지의 제방을 축조하는 일에서도 그 지세의 높낮이와 몽리(蒙利) 구역의 범위를 정확히 계산하여야 될 것입니다. 만일 저수지의 위치가 높고 토지의 지면이 낮으면 물을 끌어대기가 쉬우며, 몽리 구역이 넓어질 수 있으나 저수지의 수면과 토지의 지면이 동일한 경우에는 물을 끌어오기가 곤란할 뿐만 아니라 몽리 구역도 많지 못할 것입니다. 신(臣)이 보건대 삼남 지방의 저수지들은 대체로 그 위치가 아주 높은 곳에 있으므로 물을 소통시키기가 쉽고 원거리에까지 물을 끌어갈 수 있으나 황해도 지방의 저수지들은 그 위치와 시설이 알맞게 된 데가 별로 없습니다.

즉 연안(延安)에 있는 남지(南池)는 이것이 비록 국내의 유명한 저수지로 치는 것이지만 신의 보는 바로는 토지의 지면이 저수지의 수면보다도 높을 뿐만 아니라 수원도 풍부하지 못하기 때문에 설사 바닥을 깊이 파낸다 하더라도 못물을 소통시켜 이용할 수가 없으며 또는 주위가 너무 넓고 헤벌어져 있어서 여간 물로는 저수지를 채우기가 어렵겠습니다.

지금 다시 굴착공사를 대규모적으로 진행한다 하더라도 연꽃이나 피고 오리들이나 놀기가 좋아서 풍경이 보다 더 아름다워 보일지는 모르나 그것이 수리관개 사업에는 큰 도움이 되지 못할 것입니다.

신이 현재 맡아보고 있는 곡산(谷山)에도 두 저수지가 있는데 하나는 외조이(外助伊)며, 또 하나는 수을곶(愁乙串)입니다. 이것들은 모두 그 주위가 천 자도 되지 못하며 못 안이 메워진 지도 오래여서 비가 개고 나면 즉시로 물이 줄어져 버리고 마는 것입니다. 지금 조정에서는 이것을 다시 굴착할 것을 논의하고 있는 것 같으나 이 두 저수지의 주변에는 어느 곳을 물론하고 될 만한 토지가 없으니 굴착 수리할 필요조차 느끼지 않는 것입니다. 설사 굴착한다 하더라도 많은 물이 괴지 않을 것이며, 만일 물이 괸다면 도리어 주변의 밭들이 피해를 입게 될 것입니다. 왜 그런가 하면 대체로 토질이 한 자가량의 깊이 밑에는 온통 모래와 자갈로 깔려져 있으므로 물을 대어 벼를 심기는 곤란하고 다만 밭으로써 조나 심는 것이 적당하기 때문입니다.

이제 구태여 공사를 일으킨다면 결국 백성들만 괴롭히게 될 것이니 이와 같은 경우에는 반드시 다른 변통이 있어야 될 것입니다. 이 문제에 대해서 신의 처지로는 이 이상 더 말씀드리기 곤란합니다. 또 시냇물을 끌어서 논에 대게 하는 방법이 있는데 이는 속칭 보막이[防洑]라고 하는 것입니다. 이것도 힘들기가 저 간척지의 바닷물을 막기 위한 둑막이보다도 어려운 것입니다.

이 시설에서 수차(水車)를 이용하는 방법은 대체로 강물을 높은 곳으로 끌어올리기 위한 장치인데 흔히 농사에 의거하여 만들기는 하나 그 제작법을 깊이 연구하지 않기 때문에 일반적으로 실패하고 마는 것입니다. 다만 지금 습속에는 그저 나무나 돌을 쌓아 강물을 가로막는 것으로써 끝나고 마는데 이러한 공사는 막대한 비용과 노력이 들면서도 큰 물이 나면 문득 허물어져 버리고 마는 것입니다. 지난 해에 호남지방 농민들은 나무 홈통의 가설법[木筧法]을 고안하여 적지 않은 관개의 이익을 얻었습니다. 그 방법은 나무 판자를 잇대어서 수많은 큰 홈통을 만들어 두고, 이것으로써 강물 상류의 위치가 높은 곳으로부터 물을 끌어오는 것인데, 매양 홈통과 홈통이 연결되는 사이에는 세 발 기둥으로 받쳐 홈통의 수평을 보장하는 것입니다. 이것은 날씨가 가물 때에는 설치하고 장마철에는 걷어 두는 것인데, 그 설치 작업이 비교적 간단하여 2, 3명의 하루 일이면 되는 것입니다.

이와 같은 방법으로서는 많은 강물을 끌어들여 넓은 들판에 댈 수는 없지만 농민들 각자가 노력하면 적어도 1백 묘(畝)가량의 토지는 지을 수 있을 것입니다.

또 큰 늪이나 호수 같은 데서는 부전(浮田)의 방법을 사용하면 땅 없는 농민들이 농사지을 수 있는 도움을 얻을 것입니다. 그 방법은 나무를 얽어매어 큰 떼배를 만들고 그 위에 흙과 거름을 적당히 쌓아 곡식을 심는 것인데, 이것을 물 위에 띄워 두면 언제나 물 위에 떠 있기 때문에 가뭄이나 큰 물의 피해는 입지 않을 겁니다. 그러나 이러한 방법을 처음으로 실시하면 보는 사람들은 비웃고 달아나 버릴 것입니다.

왜 후농(厚農)을 해야 하는가

농민들의 생활이 빈궁하게 되는 까닭은 환자법에서 농간이 많기 때문입니다. 환자법은 본래 사창(社倉)제도의 계승으로서 그 법 자체가 좋지 못한 것은 아니었지만 후세에 이르러 이를 취급하는 아전들이 사기·횡령·절취 등 갖은 탐오행위를 감행함으로써 그 법을 악용하고 있습니다. 특히 각처 아문(衙門)의 명색들이 번쇄하고 복잡하여 단서를 파악하기가 곤란하며, 또는 그 양곡대장의 기록이 번거로워 얼핏 보아서는 좀처럼 분간하기 어렵습니다. 세밀히 파고들어 조목조목 대조하면 그 갈피를 찾아낼 것 같으나 어쩌다가 한 조목만 섞갈려도 도리어 미망(迷妄)하게 되어서 양곡 계산을 정확히 마치기가 매우 곤란한 것입니다.

계산에 능숙한 관리들도 이러하거든 하물며 일반 농민들이야 어찌 숫자 계산에서 속지 않을 수 있겠습니까. 그러므로 혹 어떤 자는 일체 아문 명색의 기록은 없애 버리라고 주장하기도 하나 이도 또한 상호간에 의견이 분분하여 모순되는 것이 많기 때문에 시행되지 않고 있습니다.

신(臣)의 의견에는 각처 군·읍의 문서장부 중에서 그 아문 명색들은 모조리 없애 버리고 다만 감영의 문부에만 남겨두어 전체 도내 양곡의 총수량을 계산하되 그 총계난에다가 본도에 무슨 양곡의 총량이 몇 섬인데 그 중에서 상평곡(常平穀)이 몇 섬이요, 진휼곡(賑恤穀)이 몇 섬이다 라고 기록하여 이것으로써 서울로부터 내려오는 배정에 수응한다면 서로 모순되는 것이 없을 것이라고 생각됩니다.

다만 모곡(耗穀)[14]으로서 작전(作錢)[15]하는 법은 그 양곡이 종류가 다르며 가격이 해마다 동일하지 않기 때문에 탐관오리들의 농락을 막을 수 없으며, 일반 백성들의 의심을 사기 쉬운 방법입니다. 그러므로 앞으로는 이 모곡(耗穀) 처리에 대해서는 어느 군·읍, 어떤 양곡을 물론하고 그 모곡의 전체 수량을 기입하여 10분지의 1[16] 비율을 정확히 밝히고 작전할 때에는 어느 해나 할 것 없이 모곡의 총수량을 한꺼번에 작전함으로써 매년 받아들인 양곡과 내어 준 양곡의 분량을 대조하여 연말결산에서 차이가 없게 하여야 될 것입니다.

이리하여 10년마다 한 번씩 각처 군·읍의 호구 증감을 참작하여 양곡 배정의 분량을 적절히 조절하는 대책을 수립하면 백성들의 부담이 균일하여지고 국가 재용이 절약될 것입니다. 허노재(許魯齋)[17]의 말에,

'지방의 생산물은 한도가 있고, 백성들의 생산력도 한도가 있는데 기준

---

14) 모곡(耗穀)—본래 국가 조세를 징수할 때에 그 운반과정에서 결손되는 분량을 보충한다는 명목으로 농민들에게 본미 이외에 더 징수하던 양곡.

15) 작전(作錢)—조곡을 팔아서 돈을 장만하는 일, 쌀값을 환산해서 돈으로 내는 일.

16) 10분의 1—당시 법적인 감손 공제율이 10분의 1이었다. 즉 15두 1석에 1두 5승씩 농민들에게 더 받았던 것이니 이것은 가렴주구였다.

17) 허노재(許魯齋)—중국 원(元)나라 학자 허형(許衡). 경사수리(經史水利)에 밝았음. 저서에 《노재유서(魯齋遺書)》가 있음.

없이 거둬들이고 절도 없이 낭비해 버리면 언제나 재정의 부족을 초래
하게 된다.'
라고 하였습니다. 이제 환자법에서 모곡을 받는 것이 일정한 기준이 없
으며 또는 모곡을 빙자하여 탐관오리들의 낭비가 갈수록 늘어가니 이와
같이 한다면 비록 달마다 해마다 백성들의 부담을 증가시키더라도 어찌
국가 재정의 부족을 면할 수 있겠습니까.

요즘 황해도 지방의 각처 군·읍들에서는 환자법을 시행하면서 어떤
데서는 결환법(結還法)18)을 적용하며, 어떤 곳에서는 호환법(戶還法)19)
을 적용하여 대략 한 세대에 배정되는 분량이 많은 경우에는 수십 석씩
이나 되고 적은 경우에는 2, 3석밖에 돌아가지 않습니다. 결환법에 있어
서는 그 차이를 없앨 수 없으나 호환법에 있어서는 되도록 균일하게 배
정하여야 될 것입니다.

신의 의견에는 현재 도내의 전체 호구의 총수와 양곡의 총수량을 비교
계산하여 각각 일정한 분량으로 평균 배정하고 그 숫자에 근거하여 각
지방의 양곡들을 상호 이전시켜 줄 것이며, 일단 배정된 숫자는 다시 변
경하지 않으면 양곡 대장의 기록이 간결해질 것입니다.

그리고 그 모곡을 본미에 포함시켜 실지 수량상 잉여부분에 있는 경우
에는 이와 같은 특수한 사정을 고려하여 처음 배정할 때에 해당 분량을
가산하여 줌으로써 그를 충당시켜 준다면 비록 원장부의 고정된 숫자보
다는 그 배정 수량이 초과된다 하더라도 이는 모곡 사용을 절약하여 연
말 결산에서 여유가 있게 된 것이니 어찌 저 부족되는 현상들과 비교할
수 있겠습니까. 다만 국경선 경비지대와 같은 데서는 군량 비축 관계로
다른 지방에 비교하여 수량의 차이가 없을 수 없으니 이런 경우에는 백
성들에게 다른 부담을 감소시켜 주면 될 것입니다.

---

18) 결환법(結還法)-토지의 결수를 기준하여 환자양곡을 백성들에게 꿔 주는
   환자법.
19) 호환법(戶還法)-백성의 호구 수를 기준하여 환자양곡을 백성들에게 배정하
   는 환자법.

농민들의 생활이 빈궁하게 된 것은 부업으로 종축사업을 발전시키지 않기 때문입니다. 옛날 주(周)나라 관제에서도 임형(林衡)[20]과 택우(澤虞)[21]라는 관원을 배치하여 제때에 식수 조림의 사업을 보장하였으며, 진(秦)나라, 한(漢)나라 시대의 화식가(貨殖家)들도 축산에 힘써서 소나 양들이 산골에 가득하였던 것입니다. 그런데 현재 산골 지방에서는 화전하는 습속을 금지하지 않아서 깊은 산골이나 큰 산기슭들이 모두 나무 없이 발가숭이로 변하였으며, 따라서 건축용의 좋은 재목들이 생산될 수 없게 되었습니다.

뿐만 아니라 오동·가죽나무·옻·버들·느릅나무·뽕나무 등의 유용한 나무들을 재배하기는 고사하고 산야에 저절로 나는 것조차 닥치는 대로 베어 버렸기 때문에 공예 제작용의 목재들이 생산되지 못하며, 대추·밤·배·감나무 등 과수들의 재배도 시기적절하게 시행하지 않기 때문에 과일의 생산을 보장할 수 없게 되었습니다.

더구나 축산에 있어서는 양을 먹이는 방법을 장려하지 않았기 때문에 거의 절종될 정도가 되었으며 닭과 돼지 등도 번식되지 않아서 백성들이 육류를 먹을 수가 없게 되었습니다. 이러한 것들은 모두 농가의 부업으로서 그 생활을 윤택하게 해주는 것인데 현재 이와 같이 피폐하여졌으니 어찌 농민들의 생활이 빈궁하게 되지 않겠습니까.

역서에서 기록한 미신적인 의기(宜忌)[22] 제설은 한갓 인쇄하기 위한 노력과 지면만 낭비할 뿐이요, 백성의 생활에는 도움될 것이 없기 때문에 백성들이 잘 보지도 않는 것입니다. 민간에서 혼례나 장례의 날을 정할 적에도 여전히 택일 전문가에게 물어서 할 뿐이요, 역서에 의하여 시행하는 일은 없습니다. 흔히 사리에 밝고 식견이 있는 사람들은 역서의 이러한 내용들을 모두 삭제하여 버리라고 하였는데 이 의견이 실로 정당

---

20) 임형(林衡)-옛날 산림 보호를 맡았던 관리.
21) 택우(澤虞)-옛날 소택(沼澤)과 그 지대의 산림 보호를 맡았던 관리.
22) 의기(宜忌)-소위 음양오행설(陰陽五行說)에서 나온 도참설(圖讖說)에 의거하여 인간생활의 길흉과 화복을 예언하는 미신.

한 것입니다.

그러므로 앞으로는 역서 편찬에서 무릇 의기 제설에 관계되는 내용들은 모조리 없애 버리고, 그 대신에 농서(農書)에 의거하여 농사짓는 방법이나 나무 심고 가축 사양하는 방법들을 기입하는 것이 좋을 듯합니다. 예를 들면 '아무 날에는 무슨 곡식 무슨 나무를 심는 것이 적당하다'거나 또는 '아무 절후의 전후 며칠 동안에는 무슨 곡식, 무슨 나무를 심는 것이 적당하다'는 등으로 기입할 것이며 심지어는 가금의 병아리 까기와 가축의 새끼 배기의 적절한 시기까지를 그 의기 제설을 적듯이 하나하나 역서의 월별이나, 일별난에 기입하면 이것이 바로 한 개 농서의 역할을 하게 되어 집집마다 비치하고 사람마다 참고할 것입니다.

이리하여 농민들이 항상 그 내용을 보게 되면 호기심에 끌려서라도 시험하여 볼 것이며, 시험하여 성과를 얻게 되면 서로 권유하여 널리 보급될 것이니, 이렇게만 된다면 10년 미만에 반드시 전국의 범위로 전파될 것입니다. 그리고 산림 남벌을 금지하는 관원들의 관심을 높이며, 수령이 뽕나무를 심는 업적을 엄격히 평가하는 동시에 각 지방의 토질에 알맞는 특산물 재배를 장려하여 각종 농사일에 게을리하지 않는다면 농업이 날로 발전될 것이며, 농민들의 이익이 점차 늘어갈 것입니다.

농민들이 빈궁하게 되는 것은 나라의 도량형기(度量衡器)가 공평하지 않기 때문입니다. 도량형(度量衡)을 통일시키는 일은 국가 정치에서 중요한 과업으로 되는 것입니다. 그런데 현재 사용하고 있는 도량형기들을 보면 그것이 모두 사람들의 얼굴과 비슷하여 얼핏 보면 규격이 다 동일한 것 같으나 세밀히 측정하면 개개가 다 다른 형편입니다.

중앙과 지방이 다르고 이 고을과 저 고을이 다 다른 것은 그만두고라도 한 고을 안에서도 관청에서 쓰는 관두(官斗)가 있고, 시장에서 쓰는 시두(市斗)가 있고, 동리에서 쓰는 이두(里斗)가 있으며, 관두 중에서도 관청 내에서 쓰는 것과 창고에서 쓰는 것이 또 다르며, 시두 중에서도 이 시장과 저 시장이 서로 다르며, 이두 중에서도 동촌과 서촌이 각기 달라서 양곡의 일정한 가격이 있을 수 없고 간사한 무리들의 사기행위가 속출하니 이래서야 순직한 농민들이 어찌 정당히 팔고 살 수 있겠습니까.

그런데 《대전통편(大典通編)》을 보면 '공사간에 사용하는 말이나 되들의 규격이 국가에서 제정한 기준에 맞지 않거나 또는 관인을 찍은 표적이 분명하지 않은 것을 사용하는 경우에는 법에 의하여 처벌한다'고 하였습니다. 이와 같이 국법이 본래부터 엄격하지 않은 바가 아니언마는 그 법이 한갓 공문서(公文書)로만 남아 있을 뿐이요, 제대로 시행되지 않고 있습니다. 있고도 시행되지 않는 법은 차라리 없는 것만 못한 것입니다.

이제 마땅히 옛법을 다시 천명하고 두곡(斗斛)의 기준을 확정하여 전국내에 선포함으로써 관두(官斗)·사두(私斗) 할 것 없이 모두 규격이 일정한 것을 사용케 하여, 만일 규격에 맞지 않는 것을 사용하는 자에 한하여는 서울에서는 해당 관청에서 직접 처벌하고, 지방에서는 각 장관들이 법에 의하여 엄격히 단속하면 한 달이 안되어 국내의 도량형기가 균일하게 될 것입니다.

또 15두(斗)로써 1섬으로 치는 습속은 탐관오리들의 농간질에 유리한 조건으로 되는 것입니다. 더구나 옛날 제도에는 10되가 한 말, 열 말이 한 섬으로 계산되었으니 지금도 역시 옛날 규정을 따라서 일체 공사문부들의 기록을 정정하면 간사한 무리들의 농간과 사기행위들이 없어질 것이며, 문부의 숫자 계산이 명확하여질 것입니다. 뿐만 아니라 소나 말의 힘도 서른 말, 즉 두 섬의 무게는 너무나 무거워서 싣지 못하기 때문에 열 말 한 섬의 규정을 실시하면 농민들이 환자 곡식이나 조세 곡식을 운반할 때에 두 섬씩 싣기가 편리할 것입니다.

농민들의 생활이 빈궁하게 되는 것은 담배와 같은 기호품을 너무나 많이 심기 때문입니다. 어떤 이는 연초재배를 일체 금지하자고도 하지마는 의원 장개빈(張介賓)[23] 같은 이는 연초를 아주 특이한 약초로 평가하여

---

23) 장개빈(張介賓) ─ 명(明)나라 의학자. 숙지황(熟地黃)을 즐겨 써서 일명 장숙지(張熟地)라고 했다. 저서에 《신방팔진서(新方八陳書)》 등이 있음.

그 치담(治痰) 살균의 힘이 빈랑(檳榔)보다도 우수하다고 합니다. 만일 그와 같은 점이 있다면 모두 다 금지할 것까지는 없으나 그러나 좋은 밭과 기름진 토지들이 모조리 연초밭으로 되어 버려서는 안될 일입니다.

신이 일찍이 보건대 충청도 지방에서는 연초를 모두 산에다 심어 가꾸어서 옛날에 실시하던 등전법(磴田法)24)과 같이 하였으되 그 향미와 품질이 역시 우수하였습니다. 이제 엄격한 지시를 내려 전국내의 연초 재배는 일체 산전에다 심게 할 것이요, 평야의 기름진 토지에 연초를 심는 일들은 엄금해야 할 것입니다. 다만 삼등현(三登縣)25) 한 고을에만 연초의 평야 재배를 허락하여 진상품으로나 하게 할 것입니다. 이와 같이 한다면 백성들의 기호품이 없어지지 않으면서 양곡의 생산은 많아질 것입니다.

상농(上農)정책이란 어떤 것인가

농민들의 대우를 개선하려면 먼저 과거제도부터 고쳐야만 농민이 우대될 것입니다. 옛날부터 선비를 첫째로 일렀고 농민을 둘째로 일렀었는데, 선비란 것은 벼슬살이하는 것을 말하는 것입니다. 다시 말한다면 국가 기관에 취임하여 국사에 복무하는 이가 선비인 것이며, 또는 학문을 닦고, 나라의 정치 경제를 연구하여 장차 벼슬살이의 길에 나아가려는 자가 선비인 것입니다.

그런데 지금은 벼슬살이도 하지 않으며 농업에도 종사하지 않고 또는 학문도 연구하지 아니하여 일자무식이면서도 도리어 선비로 자처하며 터무니없는 빈 명칭을 표방하고 있는 자들이 적지 않습니다. 이들은 거만하기가 짝이 없어서 일반 백성들을 멸시하며, 농사짓는 일을 아주 천한 직업으로 인정하고 노동하기를 싫어하여 손끝 하나 까딱하지도 않고 가만히 앉아서 가난이 도리어 영광인 것처럼 굶주림을 억지로 견디고 있는 것입니다. 《대학(大學)》에,

---

24) 등전(磴田)—이랑을 계단식으로 만든 산전.
25) 삼등현(三登縣)—현의 이름, 즉 평안남도의 강동군.

'생산하는 자가 많고 소비하는 자가 적으면 항상 넉넉할 것이다.'
라고 하였는데 이제 온 나라 사람들이 모두 놀고 먹기만 좋아한다면 재
정이 어찌 모자라지 않겠습니까. 대체로 미리 선발하지 않고 과거를 보
이는 것은 종래의 제도가 아닙니다.

이제부터 인재선발의 기준을 높이어 한갓 선비로 칭명하여 놀고 먹으
려는 자를 없애기 위하여는 각 도와 여러 군·읍 등에서 각기 그 해당
지방의 문화 수준을 헤아린 다음, 과거 응시자의 인원수를 결정하여 줄
것입니다. 그리하여 매번 과년(科年)이 되면 여러 군·읍들에서 해당 정
원수에 의거, 적당한 대상자를 선발하여 4장관26)에게 추천하고 4장관이
또 그 중에서 선발하여 영시(營試)27)에 올려 보내고, 영시에서 합격된
자에게는 회시(會試)28)에 응시할 자격을 줄 것이며, 서울에서도 역시 각
방(坊)29)마다 추천자의 인원수를 제한하고 그 정원수에 의하여 대상자를
뽑아 부(部)30)에 추천하고 부에서는 뽑아 상(上)31)에 올려 보내고 상에
서는 급제된 자에게 회시에 응시할 자격을 부여할 것입니다.

이와 같은 규정을 세우면 한갓 갓끈을 늘어뜨리고 일하기 싫어하는 게
으름뱅이 선비들이 모두 과거를 단념하고 농업에 종사하게 될 것이며,
따라서 농민들의 위신이 높아질 뿐만 아니라 과거법에 포함되어 있던 허
다한 폐단들도 저절로 제거될 것입니다.

농민들의 대우를 개선하려면 말업(末業)32)을 견제하여야만 농민들이
우대될 것입니다. 선왕의 제도는 비려족당(比閭族黨)33)이 모두 토지를

---

26) 4장관(四長官)-주시(州試)를 보일 때 모인 네 사람의 시험관. 이를 4장관
　　도회라고 하였다.
27) 영시(營試)-감영에서 보이는 시험, 곧 초시.
28) 회시(會試)-서울에 모여서 보는 과거시험.
29) 방(坊)-옛 행정구역의 하나, 서울에는 49방.
30) 부(部)-방(坊) 위에 있는 행정구역. 서울은 5부로 나뉘어 있었다.
31) 상(上)-옛날 서울에 있던 4개의 고등교육기관을 말함.
32) 말업(末業)-농업을 본업이라 함에 대하여 상·공업을 두고 한 말.
33) 비려족당(比閭族黨)-중국 고대 행정구역의 명칭. 주(周)나라 제도에서 4세

분여받아 농업에 종사하였으므로 말업이 우세하지 못하였습니다. 양귀산(楊龜山)[34]은 말하기를,

　'그때에는 온 천하에서 토지를 분여받지 않은 사람이 없었으므로 놀고 먹는 게으름뱅이가 없었으며, 간흉한 건달들이 용납될 수 없었다.'

라고 지적하였습니다. 그러나 근세에 와서는 말업이 본업, 곧 공업·상업이 농업보다도 우세한 지가 오래되었습니다. 이에 대해서는 신(臣)이 구태여 하나하나 열거할 필요조차 없지만 다만 현재 신의 눈앞에 보이는 대표적인 사실만을 들어서 예증하려고 합니다.

　요즘 수안(遂安)[35]의 금점(金店)에 나타나는 사실들은 이것이 과연 무슨 법령에 의거한 것인지 모를 일입니다. 그 금점에서 금이 많이 산출되기로는 유사 이래로 처음인 것 같습니다. 매일같이 금덩어리를 캐내기를 돌더미 헐듯이 하여 재화와 보물짐을 실어 들이고 실어 내는 차마들이 꼬리를 연달아 이으며, 금점에 종사하는 역부들과 횡재를 탐내는 건달패들이 사방에서 몰려들어 웅성거리며, 따라서 그 주변에는 비단·포목·고기·소금·쌀 할 것 없이 온갖 일용 생활필수품들의 시장이 벌여져서 큰 도시와 다름없는 상황을 이루고 있습니다.

　이것만 보아도 그 금점에서 금이 얼마나 많이 나는가를 넉넉히 짐작할 수 있는 일입니다. 그런데 그들에게, 국가에 세금을 얼마나 바치느냐고 물은즉

　"한 달에 돈 수백 냥만 드리면 된다."

라고 합니다.

　그러나 이와 같은 사실들을 탁지부(度支部)[36]에서 간섭하지 않으며

　　대를 비, 25세대를 려, 백 세대를 족, 5백 세대를 당이라고 하였다. 《논어》에는 인(隣)은 5, 이(里)는 25, 향(鄕)은 12,500, 당(黨)은 500세대라고 했다(〈雍也篇〉).

34) 양귀산(楊龜山)－중국 송나라 학자 양시(楊時).
35) 수안(遂安)－현재 황해도 수안군.
36) 탁지부(度支部)－고대 국가의 재정을 맡아보던 부처.

군부에서도 모르고 있어서 단 한 푼의 금도 국고에 들어가지 않고 있으니 이것이 과연 무슨 법령에 의거한 것인지요. 아무리 국가에서 금화를 사용하지 않는다고 하지만 앞날의 어떤 불의의 경우를 생각해서라도 반드시 많은 금·은을 국가에서 보유하여 두어야 될 것입니다.

만일 탁지부에서 이 금점을 접수하고 관리할 책임자를 파견하고 산출되는 금은 모조리 국고에 납입한다면 안될 것이 무엇이겠습니까. 어떤 이는 말하기를 금점을 국가에서 관리하면 금점의 역부들이 모두 흩어져가 버리기 때문에 금을 캐내는 사업은 개인경영에만 맡기는 것이 제일 좋다고 합니다. 그러나 저 도굴단의 간교한 농간질이 한결같이 계속되는 한, 하루에 천만 냥의 금을 얻는다 하더라도 그것은 결국 밀상인들의 손을 통하여 외국으로 밀수출되고 마는 것입니다. 이것이 국가에 무슨 이익이 되겠습니까.

그렇기 때문에 국가에서 금을 채굴하지 않으려면 차라리 자원을 그대로 지하에 매장하여 두는 것이 좋을 듯합니다. 지하에 매장되어 있는 금·은은 오히려 국가의 소유로 남아 있기 때문입니다. 이왕 국가에서 금점을 관리하지 않을 바에는 즉시로 개인 경영을 금지하여 그들로 하여금 각기 농업에 종사하도록 하여야 될 것입니다.

지금 그 산간지대에서는 농사지을 일꾼들이 없어서 하루 품에 돈 백푼을 준다 하여도 사람을 구하지 못하는 사실이 이 금점 때문이며, 풍년이 들어도 곡가가 떨어지지 않고 고기·소금 등 백물의 물가가 폭등하는 현상도 이 금점 때문이며, 산간 촌락에 무뢰한들이 들끓어 도적이 심하고 부호 자식들이 자기 재산을 탕진하면서 풍기를 문란시키는 것도 이 금점 때문입니다.

근래에 홀동(笏洞) 금점은 전일보다 조건이 좋지 못하여졌다고 하나, 그러나 그 형편이 때를 따라 달라지며 광맥을 찾으려는 사람들이 유랑민처럼 밀려다녀서 농민들에게 피해를 끼치고 있으며, 농민들은 이들을 절제하는 국가의 적절한 대책이 있기를 희망하고 있습니다. 이에 대하여 신이 보고 들은 대로 말씀드리지 않을 수 없는 것입니다.

농민들의 대우를 개선하려면 시급히 양역법(良役法)을 개정하여야만 농민들이 우대될 것입니다. 백성들이 양역을 노비(奴婢)나 다름없이 여기게 되었습니다. 왜 그런가 하면 백성들이 한 번 역명(役名)을 얻게 되면 그와 혼인하기도 싫어하며, 어느 좌석에서도 남과 같은 반열에 앉지 못하게 되기 때문입니다. 동시에 백성들이 농부의 명칭을 면하지 못하면 곧 양역의 부담을 벗어날 수 없으므로 1년 농사에서 곡식 열 섬 정도를 추수하는 자들도 쟁기나 써레를 집어던져 버리고 소위 선비에 탁명하여 놀고 먹기만 궁리하며, 심지어는 토지를 팔아서라도 품꾼을 사서 농사를 지을지언정 자기 손으로 일하기를 싫어합니다.

뿐만 아니라 자기 선대의 족보를 위조하며, 또는 과거의 직첩을 날조하는 나쁜 습관이 생겨나서 자기 조상의 성까지 갈면서도 아무런 수치로 여기지 않을 정도가 되었으니 도덕이 부패하고 질서가 문란해진 예가 이보다 심한 것이 더는 없을 것입니다.

대체로 양역에 응하는 자가 네 가지 있으니 첫째는 귀신이요, 둘째는 걸인이요, 셋째는 도망간 자요, 넷째는 이름도 성도 없는 자들입니다. 약간이라도 자기 터전을 지니고 한 곳에 자리잡고 사는 이라면 언제 양역을 부담하여 본 적이 있겠습니까. 만일 있다면 열에 한둘이 되지 못할 것이니, 이는 대개 그 조상 전래부터 출신이 미천하여 사회적으로 노비와 다름없는 대우를 받으며 게다가 상전에 바칠 재물조차 넉넉하지 못하여 이리도 저리도 못하고 수없이 그 부담을 지고 있는 자들입니다.

신(臣)이 곡산(谷山)에 취임하여 실지로 겪은 바를 보더라도 노비와 다름없이 전락되어 다른 지방으로 도피해 갔던 자들이 관가에 발각되어 다시 자기 본적지로 불려오는 경우에 있어서 만일 그가 양민으로 재등록되면 곧 대경실색하여 앙천통곡할 정도로 스스로 슬퍼하며 양민으로서 천인의 대우를 받는 것처럼 여기고 있습니다.

대체로 이와 같은 인식이 아주 고질로 되어 버렸기 때문에 소진(蘇秦)과 장의(張儀) 같은 구변으로도 설복시키지 못할 것이며, 공수(龔遂)나 황패(黃覇)와 같은 명관으로도 순종시키기 어려울 것입니다. 또 양역의 부담으로 되는 무명과 베를 관리들이 징수할 때에도 그 승수(升數)[37] 판정함이 너무나 까다로운 것입니다. 이에 대하여 군부에서는 해마다 책임을 추궁하기 때문에 지난 해에는 본부의 농민들이 포보포(砲保布)[38] 한 필에 7, 8냥을 주고 사들여서 관청에 바쳤던 것입니다.

이는 산협 지대에는 본래부터 목화밭이 없었으며, 가는 베를 마련하려면 멀리 평안도 지방으로부터 사들여야 되는 것인데 그 중간에서 거래하는 간상배들의 폭리가 너무도 심하며 또는 탐관오리들에게 바치는 뇌물의 몫까지 값으로 첨가되기 때문에 이와 같이 비싸게 되었던 것입니다. 이는 물론 심한 경우지만 이와는 달리 목화를 직접 생산하는 지방이라 하더라도 넉 냥 돈이 아니고는 베 한 필을 물 수 없는 형편이며 더욱이 그 명목으로는 한 필이라는 것이 실상은 두 필이나 되는 것입니다. 뿐만 아니라 같은 양역 중에서도 금어포(禁御布)[39]에 속하는 것은 그 승수에 대한 요구도 까다롭지 않으며, 베의 품종에 대해서도 일정하지 않지만 포보포만은 유다르게 승수에 대한 요구가 엄격한 데다가 또 반드시 순포(純布)에 한해서만 받는 까닭으로 농민들의 부담에 대한 차별이 크게 다르고 따라서 그들의 이해관계가 공평하지 못한 것입니다.

또 정부에서 사용하는 자의 기준을 지방 장관들이 잘 모르고 있기 때문에 탐관오리들이 이와 같은 조건을 이용하여 백성에게 받을 때에는 기준 척보다 긴 자를 사용하여 남는 것은 자기 차지로 하는 것입니다. 그러므로 정부에서 놋쇠자를 만들어 이를 국내에 반포하여 중앙이나 지방 할 것 없이 반드시 그 놋쇠자의 기준에 따르게 하면 될 것입니다.

그러니 이상 몇 가지와 같은 세세한 부분은 집행절차에서 나타나는 결함에 불과한 것이요, 그 기본 문제가 되는 양역법의 제도를 고치지 않고는 농민들의 생활을 향상시킬 수는 없습니다. 어떤 사람은 호포법(戶布

---

37) 승수(升數)—베의 굵기와 가늘기, 곧 베의 품질.
38) 포보포(砲保布)—조세의 일종으로서 포수나 포병으로 동원되는 대신 바치는 베.
39) 금위포(禁衛布)—금위영(禁衛營)에 복무하는 대신 바치는 베.

法)이나 구전법(口錢法)을 실시하자고 하는데 이 방법도 갑자기 실시하다가는 백성들의 소송이 일어날 염려가 있는 것입니다. 지난 해에 평안도 지방에서 나타났던 사실들이 바로 이를 말하여 주는 것입니다. 옛날 장횡거(張橫渠)[40]가 정전법을 실시하여야 된다고 주장한 데 대하여 주자(朱子)는,

'정전법(井田法)을 실시하려면 적당한 기회를 이용하여야 성공할 수 있을 것이니 평시에는 갑자기 실시하기가 곤란하다.'

라고 하였습니다. 지금 우리나라에서 호포법을 갑자기 실시하기 어렵다는 것은 바로 저 정전법의 실시에 대한 것과 같은 것입니다. 그러나 이도 실시하려면 점차적인 방법으로 개변시켜 나간다면 백성들의 동요가 없이 성공할 수도 있을 것입니다. 지금 황해도 지방에는 군포계(軍布契)[41]와 역근전(役根田)[42]의 제도가 있어서 군적 명단에 기입된 성명들은 한갓 형식에 지나지 않는 것이요, 양역의 담당은 서로 전 동네가 공동으로 부담하는 대책을 취하고 있습니다. 이것이 국가적 입장에서도 손해될 것이 없으므로 관가에서 금지할 필요가 없는 것입니다.

신의 의견으로는 앞으로 양역의 징수 절차에 대해서도 일체 해당 읍리에 맡겨두어 읍·리 자체에서 공동으로 부담하게 할 것이요, 조정에서는 직접 간섭하지 말았으면 좋을 듯합니다. 또 소위 포보·금보의 명목도 해당 읍·리에서 그들의 각이(各異)한 조건에 비추어 편리한대로 하도록 맡겨두며, 도안(都案)을 고치고 사정(査正)을 실시하던 방법들은 일체 없애 버리고 다만 양역의 총수에 의거하여 그 수량만 보장받으면 될 것입니다.

그리고 해당 읍·리들에서도 일반 통례에 의거하여 자기 읍·리에 배정받은 총 수량 중에서 도감(都監)에는 1년에 몇 필, 금영(禁營)에는 1년에 몇 필씩으로 나누어 바치도록 하면 될 것입니다. 동시에 군적 대상

---

40) 장횡거(張橫渠)-중국 송(宋)나라 학자 장재(張載).
41) 군포계(軍布契)-군포세를 내기 위해 자치적으로 조직한 계.
42) 역근전(役根田)-군포계의 재산으로 장만한 토지.

자 등록에 관한 일은 경사(京司)나 병영(兵營)에서는 일체 간섭하지 말 것입니다. 이렇게만 한다면 10년 안에 반드시 이포(里布)로 전환될 것이니, 이포로 전환된 뒤에는 호포법을 실시하기가 아주 쉬울 것입니다.

또한 국가재정에도 아무런 손해를 끼치지 않으면서 백성들의 커다란 고통이 제거될 수 있는 것입니다. 어떤 사람은 말하기를,

'포보는 포수를 선발하기 위한 것이며 금보는 번군(番軍)[43]을 선발하기 위한 것이므로 그 명목은 그대로 두었다가 보에 의하여 군대를 선발하는 것이 적당하다.'

라고 합니다. 그러나 포수와 번군을 어찌 보에만 의거하여 선발할 수 있겠습니까. 가령 국가에 전란이 일어났다고 할 때에 어찌 포보만이 소속되고 금보만이 금위군에 소속될 수 있겠습니까. 이는 모두 빈 명목의 형식을 갖춘 데 지나지 않을 것이요, 그 내용은 실로 신포를 가지각색으로 징수하기 위한 수단에 불과한 것입니다. 그러므로 유일한 목적으로 되는 신포만을 징수하였으면 그만이지 실시에 맞지 않는 번잡한 빈 명목을 내세울 필요가 어디 있겠습니까.

진실로 신이 제기한 방법과 같이 한다면 비록 읍·리들에서 군적의 대상자 등록은 종전의 방법대로 한다 하더라도 도망채(逃亡債)[44], 노제채(老除債)[45], 부표채(付標債), 개안채(改案債), 경인정(京人情), 영인정(營人情)[46] 등의 수많은 불필요한 부담들이 모조리 없어져 버릴 것입니다. 이것만 하여도 백성들에게 이익됨이 얼마나 큰 것이겠습니까. 이리하

---

43) 번군(番軍)—서울 금위영(禁衛營)에 번을 서서 서울과 왕궁을 보위하는 군인. 수도경비군.
44) 도망채(逃亡債)—타지방으로 도망가고 없는 자에게 부과되어 물 사람이 없는 조세인데 이를 그 이웃이 대신 물어야 했다.
45) 노제채(老除債)—군적 대상자 연령이 지났는데도 불구하고 부과된 조세의 부채. 당시의 대상자 연령은 15세부터 60세까지였다. 이것도 가족이 물어야 한다.
46) 경인정(京人情)·영인정(營人情)—인정은 관리들에게 뇌물로 바치기 위하여 농민들에게 받아가는 재물. 이 모두가 가렴주구의 방법들이다.

여 양역의 제도가 고쳐지면 백성들이 농부의 명칭을 수치로 여기지 않을 것이며, 동시에 농민들에게 대한 대우가 개선될 것입니다.

농민들의 대우를 개선하려면 군주가 친경(親耕)⁴⁾ 행사를 실행하여야만 농민들이 우대될 것입니다. 이 행사는 옛날부터 역대의 어진 군주들이 모두 실행하였던 것입니다. 군주의 하룻동안의 행사가 진행됨으로써 전국내 방방곡곡이 모두 고무 충동될 것입니다. 위에서 모범을 보이면 아래서 전체 백성들이 서로 다투어 본받게 되는 것인데 근래에는 어찌하여 이와 같은 행사를 전연 실행하지 않는 것입니까. 혹자는,

'친경을 시행하게 되면 친잠(親蠶)⁵⁾도 따라서 시행하여야 된다.'

라고 합니다. 그러나 이는 곧 그렇게만 생각할 것은 아닙니다. 시대의 고금이 다른 것과 마찬가지로 예절의 행사도 실정에 알맞도록 참작할 바가 있는 법입니다. 다만 국가의 성대한 행사만은 해마다 시행하기 어렵다 하더라도 각 도들에서는 그 도의 감사들이 자기 소속 관원들을 거느리고 옛날 대부(大夫)들이 행하던 절차와 같이 할 것이며 또 각 고을의 관장들도 서로 따라서 농사짓는 모범을 보이면 백성들을 고무 충동하는 효과가 무엇보다도 빠른 것입니다. 이와 같이 된다면 백성들이 농업을 천한 직업으로 여기지 않을 것이며, 농민에 대한 대우가 저절로 개선될 것입니다.

應旨論農政疏(戊午在谷山)

伏以臣竊以農有不如者三 尊不如士 利不如商 安佚不如百工 今夫人情 莫不羞卑 莫不辟害 莫不憚勞 而農有不如者三 惟是三不如者不去 則雖日撻而求其勤 民亦卒莫之勸也 大抵農理至精 爲之以麤 爲之以麤 故勞多而利寡 勞多而利寡 故業者日卑 業者日卑 故

---

4) 친경(親耕)—임금이 직접 지정된 논밭에 나서서 농사짓던 일.
5) 친잠(親蠶)—왕후가 시녀들을 데리고 누에치는 일을 친히 돌보던 행사. 왕궁 안에 친잠실이 설치되어 있었다.

爲之益贏 徇環相因 農政疏矣 臣本谫劣 尤昧稼穡 顧何敢强所不知
以欺 天聽 而十行絲綸 勤咨博訪 當先朝勸耕之年 勵上古田畯之職
臣方守土 怵惕感激 謹將三條臆說 仰塵乙覽 一曰 便農 將以佚之
也 二曰 厚農 將以利之也 三曰 上農 將以尊之也 妄陳瞽說 無任
悸恐之至

何謂便農 農所以勞 區闊而力詘也 不察農利者 每云人多地少 臣
則曰區闊而力詘 故民病地少也 昔程子論井田 曰天地生物常相稱
豈有人多地少之理 大抵占區不闊 而用力得盡 則自無地少之患矣
土之養苗 恰有界限 假令繞根一寸 能養一苗 而立苗間以三寸 則居
中一寸 不其陳乎 或一寸之土 立苗二三 則土力不給 苗其碩乎 今
觀畎畝之間 或尋丈空谿 或五六叢疊 人知蒿萊磽确之爲陳 而不知
膏腴之壤 見棄於方藝之田也 人知水旱霜電之爲災 而不知苞茂之質
被困於連根之苗也 臣嘗聞自燕回者言 田苗初生 相距皆均 分寸不
違 經緯交錯 是必有制器碾土 按跡落種 使疏密得中也(謂碌碡) 今
貧民無田者 借人種豆之田 耕其溝而種之麥 名曰借谷 夫旣借谷而
種穀 則其區闊而力詘可知 今宜講正田制 畦闊幾尺 溝闊幾寸 隨穀
異制 令其得中 而又用碾跡之器 使立苗得均 則糞壤鋤耰之勞皆減
而得穀倍多矣 農所以勞 不擇種也 種之窳者 如胎元之有病 徒占田
地 秋竟無實 十粒而窳者居五 則萬頃而陳者五千頃也 假令甲年 選
百而取一 乙年之種選於甲 丙年之種選於乙 則不出數年 稻米必皆
長腰 而一豆之碩幾於繭矣 農家習於贏率 聞擇種之說 無不哅然笑
之 然簸而去其碎 揚而去其空 篩而去其小 浸而去其浮 亦不過須臾
之勞耳 比諸鋤之耰之 身汗手胼 而秋竟無實者 顧何如哉 且碎者空
者小者浮者 播之田 則爲土爲草 落之家則爲饘爲粥 況萬頃之田 不
陳其半者乎 然習俗已痼 猝無以矯之也 農所以勞 器不利也 臣嘗觀
農書 有所謂方耙 八字耙 曰耖 曰耮 皆所以駕牛破塊也 今俗惟水

田用駕牛之耙 而制亦甚朴 旱田令翁婦脚踏以破塊 塊未嘗破而踏跡
堅如石矣 又如秧馬 今人但聞其名 赤脚入水 腰酸肩痛 泥污蛭咬
苦楚而功不贍 甚可愍也 賈思協云 耬車狀如三足犁 置斗藏種 以牛
駕之一人執耬 且行且搖 種乃隨下 一日可種一頃 此乃趙過之遺法
其省勞益功如此 而我俗至今茫昧 又如驢磨 水碓 中國使用已久 桓
譚已詳言之 我俗尚用借身踐股之制 而如風磴輪激之類尚未聞名 又
如蠶家 不用層箔 每屋一間 只養一間 而蒸麥炊黍 房地熏熱 罨豉
爛麴之氣 席溲盆溺之臭 穢惡廎疸 蠶用是殲 繰車抽絲 勞多功遲
濕絲安灶 以石壓住 旣腐而爛 方入杼柚 以之爲衣 敝已久矣 又如
紡車 大而手鈍 今織綃家 另有紡車 流自西關 制較便捷 蠶絲綿絲
用皆無礙 而鄉村尚無此車 今宜按書 製諸農器 頒制八方 令次第試
用也 農所以勞 水利不興也 朱子曰 賑饑無奇策 不如講求水利 此
誠慮遠達本之論也 中國濬河通漕 習於治水 固非一朝之所能學 然
審高下之勢 量疏鑿之費 計灌漑之利 利則興之 害則停之 疑則少嘗
之 顧安所不可乎 人有防堰 群嘲衆罵 堰之多敗 不在水石之難繼
而在乎引水之不審高下 捍潮之不辨衡掠也 水有似卑而實高者 其源
高者 下流視田雖卑 不過畚鍤之勞耳 其源卑者 下流視田雖平 龍尾
恒升之倫 終亦無功 且如潮勢 隨風異力 平時衝激者 或因風掠過
平時掠過者 或因風衝激 而海上風勢 槩有定候 旣知風候 可揣潮勢
如秋冬堅凝之時 潮雖衝激 不致圮壞 如春夏瀜解之時 最忌衝激 堰
之當潮處 必審勢察候而等之 則庶不遭害 且海澤之初年免稅 陳田
之三年免稅 律令不一 官以低昂 今若明著約束 有能防堰作田者 許
令五六年免稅 則海澤之利興矣 至於築隄之役 亦宜審勢量利 隄高
田卑 則勢順而利博 隄與田平 則勢闕而利鮮 臣嘗觀三南諸隄 槩在
高處 疏鑿旣易 灌漑甚遠 而海西之隄 少見可意 卽延安南池 國中
名隄 而以臣愚見 田高隄下 且無源泉 淤泥雖鑿 湍決無處 延衮徒
廣 渟滀難深 今若大行疏鑿 芙蕖菱芡之照映 鴻鴈鳧鷖之游泳 雖足

以助其風景 於所謂千頃穮秅 未見其有補也 臣今待罪谷山 谷山亦
有二隄 一曰外助伊 一曰愁乙串 圍皆不滿千尺 淤塞已久 霖收卽洄
今有朝令 議行疏鑿 而第惟兩隄之下 俱無一區水田 鑿之將何用哉
鑿之固不得水 誠若得水 則旱田被其害矣 蓋田底一尺許以往 皆細
石也 是故不能渟水 宜粟而不宜稻 今若疏隄 秪以勞民 若是者合有
通變 而法外之言 臣不敢煩陳也 引溪澗 以漑田 俗稱防狱 防狱之
難 甚於海堰水車之法 蓋不過欺水就下 而實令上行也 然按書制器
未盡其法 故行之多敗 今俗惟纍積木石 橫截湍流 故糜費千萬 遇潦
輒崩 往歲湖南人 有行木筧之法 多獲灌漑之利 其法斲板聯傳 多作
大筧 就上流高處 承水以來 每兩筧交承處 用三叉木 插水中以擎之
旱則設之 潦則卷之 亦不過數人一日之役耳 以之防大川灌大野 雖
難責效 人各自力 足以康濟百畝也 又如陂池大澤 令行浮田之法 則
無田者亦足爲農 其法縛木爲筏 上載糞土 種以粳稻 浮之水面 隨水
上下 旱澇不能爲災 然令之刱行 必孰視竊笑而走矣

何謂厚農 農所以削 還上多幻也 還上 本社倉遺法 法非不良 奸
僞之滋 不善用也 唯是衙門名色 繁瑣眩亂 莫捉端倪 穀簿之幻形變
態 如流沙浮雲 細心窮理 董知脈絡 一經反動 旋又迷茫 官吏若此
愚氓何論 有言一切削去者 掣肘多端 議竟不行 臣意則列邑文簿 削
去衙門名色 惟監營文簿 通計道內穀總 而書其尾 曰本道某穀幾石
內 常平穀幾石 賑恤穀幾石 以應京司區劃 顧安所掣礙哉 第惟錄耗
作錢之法 穀各不齊 歲各不同 則卒無以塞吏奸 而解民惑也 耗則毋
論某衙某穀 幷錄全耗 以明什一之數 作錢則毋論某歲 凡耗穀沒數
作錢 使放粮收粮之數 歲歲無差 每十年 觀列邑户口增損 稍行裒益
之政 則民役均 而國用有節矣 許魯齋 曰地力之生物有大數 人力之
生物有大限 取之無度 用之無節 則常不足 今還上之取耗無度 耗穀
之費用無節 雖使歲增而月加 烏能免不足哉 今論海西諸邑 或以結

還 或以戸還 而大約一夫所受 多者數十石 少者不過數石 結還尙可
參差 戸還宜令均一 臣謂通計道內戸口 令與穀簿相準 平均分排 使
各移轉 而勿復增減 則穀簿簡矣 其有以耗爲本 將以羨餘者 宜於分
留之制 量加幾石之分 以充其代 則此雖恒定 彼雖越加 用之有節
歲計有餘 豈彼之足比哉 又如關防巨鎭 不得不多峙軍粮者 亦宜少
有差等 而量減民戸之他役也農 所以削 種畜之政疏也 周官林衡澤
虞 課種有時 秦漢貨殖家 牛羊彌山谷 今火田漫無禁制 名山大麓
無不童赭 棺槨宮室之材竭 又如椅桐梓漆 楡柳桑柘之屬 偶有自生
樵斧先及 百工器用 罔不艱匱 棗栗梨柿 蒔培失宜 嘉實日稀 羊羖
殆乎絶種 雞豚不能充庖 凡此皆所以羽翼農家 厚其貲賄者 而其匱
乏若此 農安得不削乎 曆書之宜忌諸說 徒勞剖劂 無人省覽 凡遇婚
葬 就師擇日之勞 猶自如也 顧何嘗按曆而定日哉 解學士縉 嘗有一
切刊汰之議 斯爲達論 宜於曆書 凡係宜忌等說 一並汰去 取農書
按其種畜諸方 如云某月某日 種某穀某木 某節前後幾日 蒔某穀某
木 以至乳雞騙畜 一一按方 逐日編入 如今宜忌諸說 則是便以一部
農書 家喩而戸說也 民旣常目 不能不試 試而有效 不能不力 隣里
觀感轉相傚 則不出十年 必成大同之俗矣 然後諸山伐松之禁 守令
種桑之績 嚴考勤慢 諸有土宜 咸試不怠 則農本日厚 而其利日博矣
農所以削 斗斛不平也 大抵同律度量衡 王政之大者也 今萬斗千斛
有如人面 望之相似 就之皆異 京外之不均 隣邑之不同 姑捨是 一
邑之內 有官斗 有市斗 有里斗 官斗之中 官廳司倉不同 市斗之中
此虛彼虛不同 里斗之中 東村西村不同 穀無定價 欺詐多端 農安得
不削乎 謹案大典通編 公私用斗斛 造制不如法 印跡不明者 以違令
律論 法未嘗不嚴也 徒說不行 不如無法 今宜申明舊法 講正斗斛之
制 頒式八方 毋論公斗私斗 皆令一毫無差 有或差者 京而署官 外
而守令 照律嚴繩 則不暮月 而國中之斗斛平矣 且如十五斗之爲一
斛 此奸僞之所由起也 古制十升爲斗 十斗爲斛 今亦一遵古法 公私

文簿 並行釐正 則奸僞去 而簿領明矣 且牛馬之力 不能任三十斗
苟十斗一斛 則受粮納粮之時 適輸二斛 民必便之矣 農所以削 烟茶
盛也 或議一切嚴禁 然近醫如張介賓者 盛推烟爲良藥 謂其有治痰
禦瘴 溫中殺疰之功 勝於檳榔 審如是也 不可禁也 然良田沃壤 沒
爲烟畦 斯亦弊俗 臣嘗觀湖西諸邑 烟皆山種 如古磴田之制 味品亦
佳 今宜嚴立約條 八道烟農 皆令山種 平野種烟者並嚴禁 唯三登一
縣 許其野種 以供進上 則人民嗜好不絶 而農利益厚矣

何謂上農 定科擧之制 而農自尊矣 古稱士農 士者仕也 凡仕於朝
隷於公者 皆士也 學先生之道 將以出仕者士也 今也非仕非農 生不
讀一字書 而以士自命 世擁虛名 傲睨生靈 視未耟爲穢物 羞力役而
不躬一指不動 坐受凍餒 大學曰 生之者衆 食之者寡 則財恒足矣
今通國皆游食 財安得不匱乎 大抵不擧而科 非古制也 今宜令諸道
各邑 酌量文藝多寡 議定擧額 每當科年 列邑選充本額 上之四長官
四長官選之 許赴營試 中營試者 許赴會試 京都亦令各坊 各定擧額
坊選而上之部 部選而上之庠 中選者許赴會試 則垂綏惰游之士 皆
將轉而緣畝 不唯農家之自尊 而科擧之許多奸弊 亦不期祛而自祛矣
○今欲上農 抑末而農自尊矣 先王之制 比閭族黨 受田力農 故末業
未盛 楊龜山曰 當時天下 無不受田之人 故游惰姦宄不軌之民 無所
容於其間 今末業之踰本久矣 臣不必一一煩瀆 臣唯以目下所見 擧
其一隅也 遂安金店 此果遵何法哉 産金之豐 古所未聞 日採金如瓦
礫 貨賄之來 輦輸輻湊 人民之衆 袂帷汗雨 錦綺布帛魚鹽稻米 百
用之物 列廛居貨 宛如都邑 産金之豐 推此可知 問稅幾何 月納錢
數百兩 度支不管 軍門不知 一粒之金 不入公府 此果遵何法哉 國
幣不用黃金 然不虞之備 不宜不念 自度之主管 派差官員 採金入官
何所不可 或云官採 則店民皆散 而得金不如彼也 噫使椎埋掘冢 藏
命匿奸之徒 日獲金千萬 潛商而貨于燕 於國何補 令金不採 藏富於

山 猶之爲吾有也 旣不官採 宜卽禁止 使各歸農 今山郡農家 日給
備百錢 無以雇人 以金店也 豊年穀價不賤 魚鹽百物刁騰 以金店也
山村盜賊竊發 富民子弟蕩業 以金店也 近聞笏洞之店少衰 然衰盛
月異 遷徙如夷狄 農民莫不咨嗟 望有節制 臣不敢不陳也 〇今欲上
農 變良役之法 而農自尊矣 民視良役爲奴婢 一得役名 婚姻不通
坐不序齒 而不免農夫之名 則亦不免良役 故歲收粟十斛者 舍其耒
耜 投托儒名 寧捐田買人以應之 不自役也 僞族譜 僞職牒 紛然並
作 換父易祖 恬不知愧 傷倫敗俗 莫此爲甚 大抵應良役者有四 一
曰鬼 二曰丐 三曰逃 四曰烏有 宮居粒食 安土而重遷者 何嘗應良
役哉 僅十之一二耳 若是者 蓋其祖上傳來 推刷如奴婢 而嘗賕不贍
未及蛻幻者也 臣於莅任之後 見有推刷 如奴婢越侵他坊者 令括本
里 良丁被括者 駭愕失守 仰天大叫 知之爲壓良爲賤 大抵習俗已痼
儀秦不能說 夔黃不能馴也 且棉布升數 軍門歲加責飭 年前本府之
民 砲保布一疋 至費七八兩 誠以峽中本無棉田 細織皆貿西關 奸民
欲貨而都貿 猾吏索賂而退擇 故費蓋至此 此固甚矣 卽産棉之邑 非
四兩錢 無以納布 名雖一疋 其實二疋 且如禁御升數稍遜 許令參半
砲保升數旣嚴 而又令純布 苦樂懸殊 民役不均 且京司所用之尺 守
令不審長短 監吏竊其衍餘 宜造鍮尺 令京外相準 然此皆節目間事
良役不變 則民卒莫保 有言戶布者 有言口錢者 今猝行之 民將胥動
往歲關西事可驗 昔張橫渠 謂井田可行 朱子曰 若欲行之 須有機會
平世則誠爲難行 今戶布之難行 無異井田 然處之有術 行之以漸 則
民不駭 而事可擧矣 今海西 有軍布之契 有役根之田 簽丁只是借名
納布便同里斂 旣非虛伍 官亦不禁 臣謂自今良役 一任該邑 勿隷京
營 所謂砲保禁保等名色 只令本邑 便宜沿革 改都案改査正之法 一
切革罷 只照良役元摠 令該邑 按例考數 都監歲納幾疋 禁營歲納幾
疋 而簽丁充伍之事 京司兵營 並勿句管 則不出十年 身布俱成里布
旣成里布 則以之爲戶布 一轉移也 在國用一毫無損 而民生之疾苦

去矣 或云砲保 將以選砲手 禁保將以選番軍 宜存名目 以保陞戶
噫砲手番軍 何嘗陞保而爲戶哉 假令國有緩急 砲保從砲手 禁保從
禁衛乎 斯皆設爲名目 其實將以徵布也 布旣徵矣 名將何用 審如臣
言 雖自該邑依舊簽丁 如逃亡債老除債 付標債改案 京人情 營人情
等 許多浮費 皆將淘汰矣 其爲民惠 不已太乎 良役旣罷 則民不恥
農夫之名 而農自尊矣 今欲上農 上行親耕之禮 而農自尊矣 歷代聖
王 莫不行之 一日禮行 四方風動 上有好者 下必有甚 今何曠久而
不擧乎 或云旣行親耕 則亦行親蠶 此恐不然 時有古今 禮貴參酌
顧何必並擧哉 國家縟儀 有難歲行 宜令諸道監司 率其屬以行大夫
之推 而諸在字牧者 莫不皆然 則觀感之效 速於置郵 民不侮農 而
農自尊矣

(2) 경기어사 복명한 뒤 일을 논하는 상소문(京圻御使復命後論 事疏)

— 경기도 암행어사 때 염찰하여 보니 군수 강명길(康命 吉)과 현감 김양직(金養直)은 범한 죄가 컸으니 반드시 치죄하여야 함.

엎드려 생각하건대, 신(臣)은 세상 물정에 어두운 일개 서생으로 정사 (政事)를 경력(經歷)하지 못하여 민간의 괴로움을 알지 못하는데, 외람 되게 어사의 명을 받고서 직지(直旨)의 책임을 저버렸고 또 기일이 촉박 하므로 인하여 두루 살피지 못하여, 선악사실을 논한 것이 솔략(率略)하 고 갖추지 못하였으니, 신은 부끄럽고 황공해서 성간(聖簡)에 부응하지 못한 것으로 근심하였습니다.

전번에 대신(大臣)이 전 삭녕군수(朔寧郡守) 강명길(康命吉)과 전 연 천현감(連川縣監) 김양직(金養直)은 조율(照律)하여 죄를 물어 처분하는 감죄(勘罪)를 해서는 안 된다고 진달한 바 있습니다. 신은 이에 진실로 지극히 의아스러움을 금치 못하겠습니다. 대체로 명길은 태의(太醫)이고, 양직은 원침(園寢)을 옮길 때의 지사(地師)입니다. 진실로 그가 범한 것이, 신이 논한 것처럼 부정한 재물을 탐하고 가혹하게 남징(濫徵)한 데 이르지 않았다면 그 공을 생각하여 죄를 용서하는 것이 불가할 바 없으나, 지금 이 두 사람의 죄는 진실로 수령이 생긴 이래로 아직 듣지 못한 바입니다. 그 백성을 중히 여기고 법을 지키는 도리에 있어서 본률(本律)로 의죄(議罪)하고 차율(次律)로 다스려 중형을 가볍게 하고, 멀리 유배해야 할 것을 가까운 데로 하는 것은 오히려 좋습니다. 그러나 전부 용서하여 조금도 손상됨이 없게 한다면, 형정의 대체에 해로움이 없겠습니까. 그들이 진실로 옳다면 전하께서 무엇 때문에 신을 보내셨습니까. 이들이 총애하고 비호함을 빙자하여 이와 같이 방자하니, 바야흐로 탄로되기 전에는 오히려 조금이라도 의외심을 가졌으나 이미 탄로되어 의혹의 장계(狀啓)에 올랐는데도 끝내 아무 일이 없으면, 장차 날개를 펴고 꼬리를 치며 양양하게 다시는 자중함이 없을 것입니다.

그 후진이 흠모하여 본받는 자가 전하여 이를 미담으로 삼고 보통 일로 알 것이니, 이는 작은 일이 아닙니다. 또 신이 듣건대 명길은 본래 의술(醫術)이 정심(精深)하지 못한데, 오직 성지(聖旨)를 아종(阿從)하여 수의(首醫)에 올랐으니, 세상에 남몰래 의논하면서 감히 말하지 못하는 자가 매우 많습니다.

또 원침(園寢)을 좋은 곳에 잡은 것은 전하의 효성으로 옛사람들의 말에 감동되어 그렇게 하신 것이니, 양직(養直)이 무슨 공이 있습니까. 그는 늙은 서생으로 하루아침에 부인(符印)을 차고 수령이 된 것만으로도 만족한데, 장오(臟汚)의 법을 범하였는데도 그대로 놓아주고 죄를 묻지 않으시니, 신의 어리석은 소견으로는 헤아릴 수 없습니다. 대저 용법(用法)은 마땅히 임금의 가까운 신하로부터 시작해야 합니다. 신은 생각하건대, 이 두 사람을 속히 의금부로 하여금 조율하여 감죄해서 민생을 소중히 여기고 국법을 높이시면 못내 다행하겠습니다.

京圻御史復命後論事疏

伏以 迂疎一書生 未經政事之職 不識民間之苦 猥受衣繡之命 孤
負直指之責 且緣期日促近 周察未遍 所論臧否 率略未備 臣方愧忸
惶懼 以不副聖簡爲憂 乃者大臣 以朔寧前郡守 康命吉 漣川前縣監
金養直 不宜照律勘罪 有所陳達 臣於是實不勝訝惑之至 夫命吉太
醫也 養直遷園時地師也 苟使其所犯 不至贓汙虐濫 如臣所論 則念
其功而宥其過 無所不可 今此兩人之罪 誠有守令以來所未聞也 其
在重民守法之道 議之以本律 施之以次律 由重而爲輕 當遠而使近
猶之可也 全然宥釋 使其一毫無損者 得不有妨於刑政之大體乎 苟
是也 殿下何爲而遣臣哉 此輩憑恃寵庇 放恣如此 方其未發露也 猶
有一分疑畏 及旣發露 登諸繡啓 而畢竟得安然無事 則將展翮掉尾
洋洋乎無復顧藉 而其後進之慕效者 傳爲美談 知爲故常 此非細故
也 且臣伏聞 命吉醫術本不精深 唯聖旨是順 得至首醫 世之竊議而
不敢言者甚多 且如圍寢卜吉 是殿下孝思攸格 曠感於前人之成説而
爲之者也 養直何功之有 渠以老措大 一朝佩符印做守令足矣 犯贓
汙之律 而全釋不問 非臣愚見所能揆測 大抵用法 宜自近習始 臣謂
兩人者 亟令王府 照律勘罪 以重民生 以尊國法 不勝幸甚

(3) 비방을 변명하고 동부승지를 사직하는 상소문(辨謗辭同副承
旨疏) 정사년

> ── 비방과 모함을 받는 것도 신(臣)의 부덕한 탓이므로 성
> 상의 하해 같은 은덕을 입으면서 혹여 누가 될까 하여
> 비방에 대하여 변명하며 동부승지 벼슬을 사직하려 하
> 오니 윤허하여 주시기 바랍니다.(윤허되지 않았다)

엎드려 생각하건대, 신(臣)이 국가의 두터운 은혜를 받은 것이 하늘과

같아 끝이 없으니, 신이 어찌 능히 다 기술하겠습니까. 전하께서는 엄사
(嚴師)와 같이 가르쳐 그 기질을 변화시키시고, 자부(慈父)와 같이 기르
시어 그 성명(性命)을 보전하게 하셨습니다. 혹은 전하께서 묵묵히 운용
하시는데 신이 오히려 모르기도 하고, 전하께서는 벌써 잊으셨는데 신은
홀로 가슴에 맺혀 있기도 합니다. 곰곰이 생각하니, 골수에 새겨져 말을
하려고 하면 감격에 겨워 소리를 낼 수 없고, 글을 쓰려고 하면 감격에
억눌려 글을 만들 수가 없습니다.

신이 돌아보건대, 어떤 사람이 은혜를 이와 같이 받았겠습니까. 신은
본래 초야의 외롭고 한미한 사람으로, 부형의 음덕과 사우의 도움이 없
었는데 다만 우리 전하께서 만들어 주시고 화육해 주시는 공을 힘입어
어린 나이에서 장년(壯年)에 이르렀고, 천한 사람으로 귀하게 되어, 6년
동안 반궁(泮宮)에서 시험했고, 3년 동안 내각(內閣)에서 고과(考課)하
여, 외람되이 학사에 뽑혔고 대부의 품계에 올랐습니다. 무릇 그 식견이
조금 진보되고 작록이 미친 것은, 모두 우리 전하의 지극한 가르침으로
도야시킨 것이고, 지극한 뜻으로 다스려 주신 때문입니다. 신이 비록 목
석인들 차마 이 은혜를 저버릴 수 있겠습니까.

삼가 생각하건대, 우리 전하께서는 공(孔)·맹(孟)·정(程)·주(朱)의
학문을 몸소 닦으셨고, 요(堯)·순(舜)·우(禹)·탕(湯)의 지위를 얻으셨
습니다. 그리하여 천성(千聖)을 계승하여 집대성하시고 백가(百家)를 축
출해서 크게 통일하시어, 온갖 만물을 안연(顏淵)의 거문고와 증점(曾點)
의 비파처럼 화순한 사이에 있게 하시니, 이것이 성인의 세상입니다.

신은 이미 다행하게도 성인의 세상에 태어났고 또한 다행스럽게도 성
인의 문하에 노닐었으니, 비록 궁장(宮墻) 안으로 한 걸음 들어가 종묘와
백관의 융성함을 엿보지는 못했으나 교화를 입어 몸에 밴 것은 또한 깊
습니다. 마땅히 그 행실을 법에 맞게 하여 보이는 데서나 보이지 않는 데
서나 삼가서 훌륭한 명망을 얻음으로써 은택을 내려 주신 임금님의 지극
한 공을 저버리지 않아야 할 것입니다. 그런데 신이 불초함으로 인해서
10여년 동안 얻은 비방의 내용은, 음흉하고 간사하고 괴이하고 불경(不

經)스럽다는 것이어서 반목과 갈등 속에 빠져 늘 논란의 대상이 되었습니다. 그리하여 전하께서 곡진히 이루어 주시려는 뜻을 저버리고 전하의 불설지회(不屑之誨)¹⁾를 수고롭게 하였으니, 그 실정이 어떠한가는 논하지 않더라도, 그 죄는 이미 벌을 피할 수 없습니다. 염구(冉求)는 공자가 총애하는 제자입니다. 그런데도 한번 잘못이 있자 공자가,

"우리 무리가 아니니, 제자들아 북을 울려 성토하라."

고 하였으니, 대개 성인의 문에는 도술 취향(趣向)의 즈음에 가장 엄하여, 사사로운 애정으로 용서할 수 없었기 때문입니다.

지금 신의 죄는 비단 염구가 제자 노릇 못한 정도가 아닌데, 우리 전하께서 이미 한 번 용서해 주셨고, 또 한 번 교회(敎誨)하시어 차마 끝내 버리지 않으시고 또 거듭 거두어 주셨으며, 오랑캐가 된 것을 아시고는 화하(華夏)가 되게 할 것을 생각하시고, 금수가 된 것을 아시고는 사람이 되게 할 것을 생각하셨으며, 죽게 된 것을 아시고는 살게 하실 것을 생각하시어 돌봐주고 구원해 주시느려고 거듭 성력(誠力)을 소비하여, 비호하고 용인하여 회개하기를 바라시니, 우리 부모가 아니면 누가 이와 같이 하겠습니까. 신은 마땅히 간을 쪼개어 피를 내고 죽어 지하에 가서, 이 은혜를 온 세상에 밝히고, 이 마음을 만대에 드러내야 하는데도, 불결함을 뒤집어쓰고 구차스럽게 생명을 탐하여, 두려워서 몸둘 곳을 모르고 조마조마한 마음으로 살고 있으니, 그러고도 다시 무슨 말씀을 드리겠습니까. 신은 이른바, 서양 사설(邪說)에 대하여 일찍이 그 책을 보았습니다. 그러나 책을 본 것이 어찌 바로 죄가 되겠습니까. 말을 박절하게 할 수 없어 책을 보았다고 했지, 진실로 책만 보고 말았다면 어찌 바로 죄가 되겠습니까. 대개 일찍이 마음속으로 좋아하여 사모했고, 또 일찍이 이를 거론하여 남에게 자랑하였습니다. 그 본원(本源) 심술(心術)에 있어서, 일찍이 기름이 스며들고 물이 젖어들며 뿌리가 점거하고 가지가

---

1) 불설지회(不屑之誨)—가르치는 것을 탐탁하게 여기지 않고 가르치지 않는 것이 도리어 그 사람을 위하여 좋은 교훈이 되는 것을 말한다.《맹자(孟子)》〈고자(告子)〉하(下).

얽히듯 하여, 스스로 깨닫지 못했습니다. 대저 이미 한 번 이와 같이 되면, 이것은 맹문(孟門)의 묵자(墨子)요, 정문(程門)의 선파(禪派)입니다. 대질(大質)이 휴손되고 본령(本領)이 그릇되었으니, 그 침혹(沈惑)의 깊고 얕음과 개과천선의 빠르고 늦은 것은 논할 것이 없습니다. 비록 그렇더라도 증자(曾子)가 말하기를,

‘나는 정도만 얻고 죽으면 그만이다.’

라고 하였는데, 신 또한 정도를 얻고서 죽고자 하오니, 한 마디 말로써 스스로를 밝히지 않을 수 있겠습니까.

신이 이 책을 본 것은 대개 약관 초기였는데, 이때에 원래 일종의 풍조가 있어, 능히 천문(天文)의 역상가(曆象家)와 농정(農政)의 수리기(水利器)와 측량의 추험법(推驗法)을 말하는 자가 있으면, 세속에서 서로 전하면서 이를 가리켜 해박하다 하였는데, 신은 그때 어렸으므로 그윽히 혼자서 이것을 사모하였습니다. 그러나 성력(性力)이 조솔(躁率)하여 무릇 어렵고 깊고 교묘하고 세밀한 것에 속하는 글은, 본래 세심하게 연구하지 못했습니다. 그러므로 그 조박(糟粕)과 영향을 끝내 얻은 것이 없고, 도리어 사생설(死生說)에 얽히고, 극벌의 경계[克伐之誡]에 귀를 기울이고, 이기(離奇)하고 변박(辯搏)한 글에 현혹되어, 유문(儒門)의 별파(別派)로 인식하고, 문원(文垣)의 기이한 감상(鑑賞)으로 보아, 남들과 담론할 때는 기휘한 바가 없었고, 남들이 배격하는 것을 보면 과루(寡陋)해서인가 의심하였으니, 그 본의를 따져보면 대체로 이문(異聞)을 넓히고자 해서였습니다.

그러나 신은 그 동안 뜻하고 종사한 것이 영달에만 있어서, 태학(太學)에 들어온 후로 오로지 뜻을 전일하게 한 것은 곧 과거시험의 공령학(功令學)으로, 월과(月課)와 순시(旬試)에 응시하기를 새매가 먹이를 잡으려듯이 정신을 쏟았으니, 이것은 진실로 이러한 기미(氣味)가 아닙니다. 더군다나 벼슬길에 나아간 후로 어찌 방외(方外)에 마음을 쓸 수 있겠습니까. 해가 오래고 깊어갈수록 마침내 다시는 마음 속에 왕래하지 않아서 막연히 지나간 먼지와 그림자처럼 느꼈는데, 어찌 그 명목(名目)을 한

번 세워 청탁(淸濁)을 분별하지 못하고서 고지식하게 지금껏 벗어나지 못하였겠습니까. 허명만 사모하다가 실화(實禍)를 받는다는 것은 신을 두고 이른 것입니다. 그 책 속에 윤상(倫常)을 상하고 천리(天理)에 거슬리는 말은 진실로 이루 다 헤아릴 수 없이 많고 또한 감히 전하의 귀를 더럽힐 수 없으나, 제사(祭祀)를 폐하는 말에 이르러서는 신이 옛날 그 책에서 또한 본 적이 없습니다. 갈백(葛伯)이 다시 태어났으니, 시달(豺獺)[2]도 놀랄 것입니다. 진실로 조금이라도 사람의 도리가 미처 없어지지 않은 것이 있다면, 어찌 마음이 무너지고 뼈가 떨려서 난맹(亂萌)을 배척하여 끊어 버리지 않고, 홍수가 언덕을 넘고 열화(烈火)가 벌판을 태우듯 성하게 하겠습니까.

　신해(辛亥)의 변(變)[3]이 불행히 근래에 나왔으니, 신은 이 일이 있은 이래로, 분개하고 상통(傷痛)하여 마음 속에 맹세해서 미워하기를 원수같이 하고 성토하기를 흉역(凶逆)같이 하였는데, 양심이 이미 회복되자 이치가 자명해졌으므로, 전일에 일찍이 흠모한 것을 돌이켜 생각하니, 하나도 허황하고 괴이하고 망령되지 않은 것이 없었습니다. 거기에 이른바, 사생의 말은 불씨(佛氏)가 만든 공포령(恐怖令)이고, 이른바 극벌의 경

2) 갈백(葛伯)과 시달(豺獺) - 매우 놀랄 일이라는 뜻. 갈백은 하(夏)나라 때의 제후로 성품이 포학하여 농부에게 점심 먹이는 자를 죽였고, 제사를 지내지 않았는데, 결국 탕(湯)에게 멸망당하였다. 시달은 승냥이와 수달을 말하는데, 그들은 비록 미물이지만 보본(報本)을 할 줄 아는 동물로서 고기를 잡아놓고 조상에게 제사를 지낸다고 한다. 즉 갈백처럼 제사도 지낼 줄 모르는 자들이 생겨났으니, 수달 같은 짐승까지도 놀랄 일이라는 뜻이다. 《서경(書經)》중훼지고(仲虺之誥), 《맹자(孟子)》〈등문공(藤文公) 하(下).

3) 신해(辛亥)의 변(變) - 조선 정조(正祖) 15년(1791), 천주교도에 대한 박해사건을 말한다. 당시 정다산의 외사촌형인 윤지충(尹持忠)과 권상연(權尙然) 두 사람이 윤지충의 모상(母喪)을 당하여 신주를 불사르고 천주교식 제례(祭禮)를 지냈다가, 사회 도덕을 문란케 하고 무부무군(無父無君)의 사상을 신봉했다는 죄명으로 처형당했고, 조정에서는 천주교도들에게 일대 박해를 가하였던 것이다.

계[克伐之誡]는 도가(道家)의 욕화(慾火)를 없애라는 것이고, 그 이기하고 변박하다는 글은 패가(稗家) 소품(小品)의 지류(支流)에 불과한 것이니, 이밖에 하늘을 거역하고 귀신을 경멸하는 죄는 용서받을 수 없습니다. 그러므로 중국 문인(文人)에 전겸익(錢謙益)·담원춘(譚元春)·고염무(顧炎武)·장정옥(張廷玉) 같은 무리는 일찍이 그 허위를 밝히고 그 두뇌(頭腦)를 벽파(劈破)하였는데도 어리석게 알지 못하여 잘못 미혹됨을 받았으니, 이는 모두 어린 나이로 고루 과문한 소치였습니다. 몸을 어루만지며 부끄러워하고 분하게 여기며 탄식한들 무슨 소용이 있겠습니까. 이 마음은 명백하여 천지신명에게 질정할 수 있습니다.

신이 어찌 감히 털끝만큼이라도 속이고 숨기겠습니까. 신이 마땅히 위벌(威罰)을 당해야 할 일은 실지로 8~9년 전에 있었는데, 다행히 전하의 비호하심을 입어서 유사(有司)의 형장(刑章)에서 피할 수 있었습니다. 죄가 있었지만 처벌받지 않아 무거운 짐을 등에 진 것 같았던바, 이어 재작년 7월에 특별히 성지(聖旨)를 받고 금정(金井) 찰방으로 보직되었지만, 오히려 늦은 것입니다. 어찌 그리도 경(輕)하게 하셨습니까. 신이 손으로 은언(恩言)을 받들고, 눈물을 흘리면서 성문(城門)을 나서자, 걸음마다 생각하니 글자마다 자비롭고 비호해 주신 것이었습니다. 이 사람이 이 세상에서 무엇으로 보답하겠습니까. 신이 비방을 들은 것은 바야흐로 구덩이에 임박했는데도 성지는 오히려 문장을 논하셨고, 신이 지은 죄는 시공복(緦功服)을 책하기가 어려운데도 성지는 필획(筆劃)에 미치셨으니, 무엇 때문에 신을 애석히 여기시어 은념(恩念)이 여기에 이르셨습니까.

신의 형이 잘못 남의 비방을 받은 것은 곧 대책(對策)으로 인한 것인데, 앞서 이미 10행(行)의 윤음(綸音)으로 밝게 판결하시었고, 또 신을 책(責)하시는 교서에 특별히 '너의 형은 죄가 없다'라고 하셨습니다. 이것은 전하의 한 말씀으로 신의 형제를 살리신 것입니다. 신의 형은 손을 마주잡고 울부짖으면서 보답할 바를 알지 못했습니다. 신이 호우(湖郵)에 이르러서는 매양 주야로 청명(淸明)하게 하고 반드시 심신(心身)을 점검

하여, 개혁한 지 오래되었으나 오히려 찌꺼기가 정화(淨化)되지 않았는가 두려워하고, 뉘우쳐 깨우침이 비록 진실하게 되었으나 오히려 잡초(雜草)가 성숙하였는가 두려워하여, 힘써 좋은 마음을 길러 우리 전하의 훈도(薰陶)하고 생성(生成)시키는 지극한 인덕(仁德)에 부응(副應)하기를 바랐습니다.

더구나 신이 부임한 지방은 곧 사설(邪說)이 그르친 지방으로서, 어리석은 백성이 현혹(眩惑)되어 진실로 돌이킬 줄 모르는 무리가 많았습니다. 그러므로 신이 관찰사(觀察使)에게 나아가 의논하여, 수색해서 체포할 방법을 강구하여 그 숨은 자를 적발하고 화복(禍福)의 의리를 일깨워 주어, 그들이 의심하고 겁내는 것을 효유(曉諭)하고, 척사(斥邪)하는 계(禊)를 만들어서 그들에게 제사를 권하고, 사교를 믿는 여자를 잡아다가 그들에게 혼인을 하도록 하고, 다시 일향(一鄕)의 착한 선비를 구해서 실로 더불어 질의하고 논란하여 성현의 글을 강론하게 하였습니다. 이윽고 생각하건대, 신이 한 일이 자못 진보가 있었으니, 스스로 다행스럽고 기쁘게 여깁니다. 이것이 누구의 은혜이겠습니까.

신은 스스로 생각하니, 평생의 큰 은혜가 금정(金井)의 한 걸음보다 나은 것이 없다고 여겼는데, 일찍이 해가 바뀌기 전에 이미 용서를 받아 살아서 한강을 넘어와 편안히 성 안에서 살게 되었으니, 살아서 여원이 없고 죽어도 여한이 없습니다. 신은 생각하기를, 신이 죽어서 다시는 천일(天日)을 뵙지 못하려니 여겼는데, 뜻밖에도 지난 겨울에 갑자기 부르심을 입어, 관을 쓰고 띠를 맨 채 거듭 수문(脩門)으로 들어가, 은밀하고 가까운 곳에 거처하면서 교정(校訂)하는 일에 참여하게 되니, 금빛 찬란한 등촉(燈燭)은 황홀하기가 꿈꾸는 것 같았고, 수라간[內廚]의 진수(珍羞)는 그 빛이 찬란했습니다. 마침내 더러운 몸으로 청결하고 엄숙한 자리에 나아가 대하니, 용안(龍顔)의 위엄은 활짝 개고 옥음(玉音)이 온순(溫淳)하시므로 멀리 떨어졌던 나머지 슬픈 생각이 하나하나 감동되어, 눈물이 비오듯하여 말할 바를 몰랐습니다.

병조(兵曹)에 특별히 제수하심과 은대(銀臺), 즉 승정원에 다시 들어

가게 된 것은, 이것이 비록 우리 전하의 지극한 은혜에서 나온 것이기는
하나, 신에게는 진실로 좋은 소식이 아닌 듯싶습니다. 전하께서 곡진히
보호하시는 염려가 어찌하여 이처럼 과하십니까. 분의(分義)로 헤아려보
면, 의당 감히 양양하게 나아가 숙배(肅拜)하지 못할 것이거니와, 신이
스스로 생각하건대 어찌 감히 남이 하는 바를 하겠습니까. 제수할 때마
다 바로 받는 것은 스스로 평인과 같게 하는 것인데, 그 실정을 상고해보
면 곧 스스로 평인과 같을 수가 없습니다. 사람들은 혹 신에게 이르기를,
　'남에게 말을 듣지 않았으니, 무릇 제수의 명이 있으면 마땅히 머뭇거
　릴 것이 없다.'
라고 하나, 신(臣)은 삼가 생각하건대, 어찌 남의 말이 없겠습니까. 다만
전하께서 덮어주셨을 뿐입니다. 있는 것을 분명히 알면서 그것이 탄로되
지 않는 것을 다행으로 여기는 것은 신은 진실로 부끄럽게 생각합니다.
마땅히 즉시 소를 올려 스스로 인책해야 할 것이었으나, 교서(校書)와 관
시(管試)로 인해 미처 주선하지 못하였는데 바로 체직되니, 다만 스스로
부끄럽고 두려웠을 뿐입니다. 그런데 뜻밖에 오늘 다시 동부승지에 제수
하는 교지를 받고 보니, 구구한 천신의 정성을 비로소 모두 밝히게 되었
습니다. 신은 생각하건대 천도(天道)는 가득찬 것을 싫어하고, 인정은 궁
굴(窮屈)하는 것을 애석하게 여깁니다. 지금 신이 오래도록 침색(沈塞)
하면 사람들이 장차 말하기를,
　'아무개는 진실로 일찍이 사교에 빠지지 않았는데, 벼슬길이 이토록 막
　히니 또한 가엾다.'
라고 할 것이니, 이것은 신에게 복이요, 경사이며, 사는 길입니다. 그러나
지금 신이 전처럼 양양하게 날개를 펴고 다닌다면, 남들이 반드시 말하
기를,
　'아무개는 예전에 사교에 빠졌는데도 저와 같이 좋은 벼슬을 하니 가
　증스럽다.'
할 것이니, 이것은 신에게 화(禍)요, 재앙[殃]이며, 죽는 길입니다. 지금
신이 한번 조정에 얼굴을 들고 다니면 공경·대부가 서로 신을 지목하여

말하기를,

'저기 오는 자가 누구인가. 저자가 진실로 일찍이 사교에 빠졌던가.'

라며, 용의(容儀)를 대할 때마다 생각이 문득 떠오를 것이니, 신은 장차 무슨 면목으로 나타날 수 있겠습니까. 이것은 차라리 산 속에 종적을 감추어 세상 사람들로 하여금 날로 잊게 하여 알지 못하도록 하는 것만 못합니다. 그러므로 고관·미작(美爵)은 신이 바라는 바가 아니며, 많은 재물과 후한 녹도 신이 부러워하는 바가 아니고, 오직 이 한 가닥 목숨이 끊어지기 전에 천하에 일찍이 없었던 이 추악한 명목을 씻는 것이 바로 신의 지극한 소원입니다. 대개 이 사학(邪學)은 곧 몇 천만리 밖, 풍속이 다른 이역(異域)의 법입니다. 그러므로 그 모발(毛髮) 하나라도 죄역(罪逆)이 되지 않는 것이 없고, 해괴하고 두려운 것이 금수가 사람 속에 있는 것같이 분명하여 하루도 구차하게 함께 거처할 수 없으니, 단연코 관적(官籍)에 올라 벼슬하는 집안과 풍속을 따라 교유하는 사람으로서는 거스름없이 병행될 것이 아닙니다. 그러므로 비천하고 한미(寒微)한 사람은 혹 행하더라도 무사하지만, 사대부에 속한 종족으로서 드러나게 칭송할 만한 이는 그 화가 바로 이르니, 어찌 순일(旬日)의 명(命)인들 지탱하겠습니까. 그러나 그 행사에 나타난 것이 비록 법에 저촉되고 강기를 범하는 데는 이르지 않았다 하더라도 그 근본적인 심술(心術)의 병은 끝내 석연하게 열릴 수 없으니, 비록 구차하게 유사(有司)의 일시적인 형벌을 면할 수는 있다 하더라도 진실로 사문(斯門)의 권리를 주장하는 자가 있으면, 장차 그를 배척하여 이단 난적이라 할 것이므로 끝내는 천하 만세의 주벌(誅罰)을 피할 수 없을 것입니다.

육구연(陸九淵)4)과 진헌장(陳獻章)5)은 일찍이 손가락을 불사르고 이

---

4) 육구연(陸九淵)─송(宋)나라 이학자. 자는 자정(子靜), 호는 상산(象山). 주자(朱子)와 이학의 쌍벽을 이룸.《상산집(象山集)》등의 저서가 있음.《송사(宋史)》권434.

5) 진헌장(陳獻章)─명(明)나라 학자. 자는 공보(公甫), 호는 백사(白沙). 문인들이 백사선생 또는 활맹자(活孟子)라고 함.《백사집(白沙集)》등의 저서가 있

마를 지지지는 않았으나, 선학(禪學)의 지목을 어찌 피할 수 있었겠습니까. 신의 경우는, 당초에 물든 것은 아이의 장난과 같았는데 지식이 차츰 자라자 문득 적수(敵讎)로 여겨, 분명히 알게 되어서는 더욱 엄하게 배척하였고 깨우침이 늦어짐에 따라 더욱더 심하게 미워하였으니, 칠규(七竅)의 심장을 쪼개어도 진실로 나머지 가리운 것이 없고, 구곡간장을 더듬어보아도 진실로 남은 찌꺼기가 없는데, 위로는 군부(君父)에게 의심을 받고 아래로는 당세에 견책을 당하였으니, 입신을 한 번 잘못함으로써 만사가 와해되었습니다. 산들 무엇하며 죽은들 장차 어디로 돌아가겠습니까. 또 신이 군부에게 은혜를 받은 것이 또한 이미 큽니다. 스스로 그물과 덫에 걸려 부르짖어 슬피 울면 손을 끌어 구원하여 자리에 눕히고, 마치 질병을 앓는 사람처럼 오래되어 점점 깨어나면 또 하나의 변괴가 생겨 돌로 죽순을 누르는 것처럼 되니, 이것은 자못 신의 운명이 기구하고 분복이 박한 탓으로, 비록 명(命)을 조성하시는 우리 전하의 위권으로도 또한 어찌할 수 없는 것입니다. 지금 전하께서 신을 불쌍히 여기시어 버리지 않으시고 다시 이에 거두어 쓰시고는, 하나의 사건이 있을 때마다 문득 한 번 일이 지난 뒤에 나무라시면 꿈에도 생각이 미치기 전에 명예를 더럽히는 오멸(汚衊)이 먼저 이르러 지쳐서 기운이 빠진 채 앉아서 조롱을 받게 될 것입니다. 이전에 이미 증험이 있으니, 뒤엔들 어찌 혹시라도 다르겠습니까. 진실로 이와 같으려면, 신은 차라리 한결같이 고폐(錮廢)되어서 때로 굴하고 때로 퍼져서 부질없이 은혜만 너무 욕되게 하여 죄를 더욱 무겁게 지도록 하지 마소서.

신은 그윽이 생각하건대, 성현이 나오면 재해와 이단도 반드시 함께 일어나서 그로 하여금 환란과 재액을 구제하여 그 공덕을 크게 세우도록 하는 것이니, 요(堯)임금 때의 수재와 탕(湯)임금 때의 한발과 맹자(孟子) 때의 양자(楊子)·묵자(墨子)와 주자(朱子) 때의 소식(蘇軾)·육구연(陸九淵)이 모두 그 증험입니다. 지금 우리 전하께서 도학의 본원을

음. 《명사(明史)》 권283.

천명하시고 교화의 근본을 숭상하시어, 정로(正路)를 열어보이시면 구궤(九軌)에 임해서 육비(六轡)를 어거하고, 퇴풍(頹風)을 크게 변화시키시면 맹단(盟壇)에 올라 소의 귀[牛耳]를 잡는 것이니, 저들의 사설(邪說)이 일어남은, 장차 전하께서 깨끗이 물리치시는 공을 드러나게 하려는 것입니다. 태양이 중천에 떴으니, 도깨비와 무지개는 진실로 국가의 걱정이 될 수 없습니다. 그러나 신의 한 몸에 있어서는 이보다 더 큰 일이 없으니, 신이 어찌 입술을 태우고 발을 구르며 때에 미쳐 박멸해서, 그들로 하여금 이 세상에 종자를 남기지 못하게 하기를 기도하지 않겠습니까. 그러나 주자가 노덕장(路德章)에게 경계하기를,

　'빨리 하늘을 원망하지 말며 남을 탓하지 말고, 그 속에서 소마(消磨)
　시켜 만절(晩節)을 구원하라.'

고 하였으니, 신이 비록 불민하나 이 말을 실천하겠습니다.

　지금의 계교는 오직 경전(經傳)에 잠심(潛心)하여 만년의 보답을 도모하고, 영도(榮途)에서 종적을 멀리하여 자정(自靖)하는 의리를 본받을 뿐이고 뻔뻔스런 얼굴로 머리를 쳐들고 대성(臺省)에 출입하는 것은 거듭 청조(淸朝)의 염치를 손상시키고, 더욱 일세의 공의(公議)를 불러일으키는 것이니, 신은 감히 나올 수 없습니다. 이에 감히 경패(庚牌)를 따라 대궐에 나와 정성을 다하여 글로 아뢰어서 우러러 엄청(嚴聽)을 욕되게 하오니 엎드려 바라건대, 전하께서는 신의 정성을 헤아리시고 신의 가련한 충정을 살피시어 신의 직명을 바꾸시고, 곧 척출하시어 신으로 하여금 그 잘못을 속죄하고 그 성분(性分)을 이루어서 천지의 생성(生成)하는 혜택을 마치게 하시는 것이 더없이 큰 소원입니다. 신은 하늘을 바라보고 성상을 우러러보건대, 격절하고 간곡한 기원을 감당할 수 없습니다.

　비답(批答)하기를,
　'소(疏)를 자세히 살펴보니, 착한 마음의 싹이 마치 봄바람에 만물이 자라는 것 같다. 종이에 가득히 열거한 말은 듣는 이를 감동시킬 만하

다. 너는 사양치 말고 직책을 수행하라.'

辨謗辭同副承旨疏 丁巳

伏以 臣受國厚恩 與天無極 臣豈能盡述哉 教誨若嚴師 而變化其
氣質 鞠育若慈父 而保全其性命 或 殿下之所默運 而臣尙不知 或
殿下之所已忘 而臣獨如結 靜言思之 刻骨鏤髓 欲言則於邑而不能
聲 欲書則掩抑而不能文 臣顧何人 受恩如此 臣本草野孤寒 非有父
兄之蔭 師友之力 而獨賴我 殿下作成化育之功 幼而至壯 賤而至貴
六年於泮宮之試 三年於内閣之課 玷學士之選 躡大夫之資 凡其文
識之有寸進 爵祿之有沾及 無一不出於我 殿下至敎之所陶鎔 至意
之所彌綸 臣雖木石 忍負是恩 洪惟我 殿下 躬泝泗洛閩之學 得堯
舜禹湯之位 承千聖而集大成 黜百家而大一統 囿群物於淵琴點瑟之
間 斯其爲聖人之世也 臣旣幸而生於聖人之世 其亦幸而游於聖人之
門 雖不能入宮墻一步 窺宗廟百官之盛 若其薰炙涵沐 亦旣深矣 宜
其規行榘步 天飛淵躍 庶得令聞令名 以不負雲雨造化之天 而只緣
臣不肖無狀 十餘年來所得梁楚 乃在於淫邪怪誕不經之說 汨沒乎膠
漆之盆 宛轉乎刀俎之上負 殿下曲遂之意 勞 殿下不屑之誨 卽毋論
其情實之如何 而其罪已不勝誅殛矣 冉求孔子之寵徒也 然一有罪過
孔子曰 非吾徒也 小子鳴鼓而攻之 蓋以聖人之門 最嚴於道術趣向
之際 而不能以私愛恕之也 今臣罪過 非特冉具 而乃我 殿下 旣一
赦之 又一誨之 不忍終棄 又重收之 知其夷矣 思所以夏之 知其獸
矣 思所以人之 知其死矣 思所以生之 眷顧拯救 積費聲力 庇覆容
忍 以冀改悔 非我父母 孰將如是 臣宜刳肝出血 卽地溘然 以之明
此恩於一世 暴此心於萬世 而蒙冒不潔 泄忍偸生 跼高蹐厚 尚復何
言 臣於所謂西洋邪說 嘗觀其書矣 然觀書 豈遽罪哉 辭不迫切 謂
之觀書 苟唯觀書而止 則豈遽罪哉 蓋嘗心欣然悅慕矣 蓋嘗擧而夸
諸人矣 其於本源心術之地 蓋嘗如膏漬水染 根據枝縈 而不自覺矣

夫旣一番如是 此卽孟門之墨自也 程門之禪派也 大質虧矣 本領誤
矣 其沈惑之淺深 遷改之遲速 有不足論 雖然曾子曰 吾得正而斃焉
斯已矣 臣亦欲得正而斃矣 可不一言以自暴乎 臣之得見是書 蓋在
弱冠之初 而此時原有一種風氣 有能説天文曆象之家 農政水利之器
測量推驗之法者 流俗相傳 指爲該洽 臣方幼眇 竊獨慕此 然其性力
躁率 凡屬艱深巧密之文 本不能細心究索 故其糟粕影響 卒無所得
而乃反繳繞於死生之説 傾嚮於克伐之誠 惶惑於離奇辯博之文 認作
儒門別泒 看作文垣奇賞 與人譚論 無所忌諱 見人詆排 疑其寡陋
原其本意 蓋欲以博異聞也 然臣自來志業 只在榮達 自登上庠 所專
精壹意者 卽功令之學 而其赴月課旬試 有如鶩發 此固非這般氣味
況自釋禍以後 尤何能游心方外哉 歲久年深 遂不復往來心頭 而漠
然若前塵影事 奈其標榜一立 涇渭無別 斷斷至今 掉脱不得 慕虛名
而受實禍 臣之謂矣 其書中傷倫悖理之説 固不可更僕數之 亦不敢
汙穢天聽 而至於廢祭之説 臣之舊所是書 亦所未見 蕚伯復生 豺獺
亦驚 苟有一分人理之未及澌滅者 豈不崩心顫骨 斥絶亂萌 而洪流
襄陵 烈火燎原 辛亥之變 不幸近出 臣自茲以來 憤恚傷痛 誓心盟
志 疾之如私仇 討之如兇逆 而良心旣復 見理自明 前日之所嘗欣慕
者 反而思之 無一非荒虛怪妄 其所謂死生之説 佛氏之設怖令也 其
所謂克伐之誠 道家之伏慾火也 其離奇辯博之文 卽不過稗家小品之
支流餘裔也 外此則逆天慢神 罪不容誅 故中國文人 如錢謙益譚元
春顧炎武張廷玉之徒 早己燭其虛僞 劈其頭腦 而蒙然不知 枉受迷
惑 莫非幼年孤陋寡聞之致 撫躬慚忿 何嗟及矣 此心明白 可質神明
臣豈敢一毫欺隱哉 臣之宜被威罰 實在於八九年前 而幸荷 殿下之
庇廕 得逭有司之刑章 有罪未勘 如任在背 乃於再昨年七月 特蒙聖
旨 出補湖郵 尚云晚矣 何其輕也

臣手捧恩言 揮涕出城 步步思念 字字慈覆 此生此世 云何報答
臣之得謗 方迫坑塹 而聖旨却論文章 臣之負罪 難責綜功 而聖旨至

及筆畫 何惜於 臣而恩念至此 至於臣兄之橫被人言 寔緣對策 而前
旣以十行絲綸 昭釋洞劈 又於責臣之敎 特云無罪渠兄 是殿下一言
而活臣之兄弟也 臣與臣兄握手號泣 不知所以圖報也 臣到湖郵 每
蚤夜淸明 必點檢身心 改革雖已久矣 而猶懼渣滓之未淨 悔悟雖已
眞矣 而猶懼稊稗之已熟 務養善端 冀副我 殿下陶鑄生成之至仁大
德 而况其所莅地方 卽邪說註誤之鄕 愚氓之迷不知反者 寔繁其徒
故臣就議按道之臣 講搜捕之方 而發其隱匿 諭禍福之義 而曉其疑
怯 設斥邪之禊 而勸其祭祀 執守邪之女 而成其婚嫁 復求一鄕之善
士 而相與質疑送難 以講聖賢之書 旣以思之 臣之所爲 殆亦有進
自幸自欣 伊誰之賜 臣自謂生平大恩 無踰於金井一行 而曾未改歲
已蒙恩宥 生踰江漢 穩處城闉 穀無餘願 死無餘恨 臣意塡溝壑 不
復見天日 不意前冬 忽蒙恩召 戴帽束帶 重入脩門 得處密邇之地
俾與考校之役 金華燈燭 恍如夢寐 內廚珍錯 爛其輝光 遂得以滓穢
之身 進對於淸嚴之席 威顔開霽 玉音溫諄 逖違之餘 哀情條感 有
淚如雨 不知所云 至於騎曹之特除 銀壼之復入 此雖出於我 殿下至
恩洪造 在臣身實恐非好消息也 以殿下曲保之念 何爲而有此也 揆
以分義 宜不敢揚揚出肅 而臣顧自念 亦安敢爲人所爲乎 有除輒膺
自同平人 而夷考其情 乃所以不自同平人也 人或謂臣不罹人言 凡
有除命 宜莫逡巡 臣竊思之 豈無人言 特 殿下庇覆之耳 明知其有
而幸其不露 臣實恥之 宜卽陳疏 以自控引 而校書管試 未及周旋
旋已遞職 只自愧懼 不意今日又奉除旨 區區賤忱 始可悉暴 臣伏念
天道忌盈 人情惜屈 今臣沈塞積久 則人將曰 某也實未嘗爲邪 而枳
廢至此 亦可愍也 此在臣福也慶也生之塗也 今臣騰簫依舊 則人必
曰 某也舊嘗爲邪 而敭歷如彼 亦可惡也 此在臣禍也殃也死之術也
今臣一擧顔於朝行之間 而公卿大夫 相與指點曰 彼來者爲誰 彼固
嘗溺於邪者耶 容儀一接 心想蠢起 臣將何而之可顯乎 斯其不若匿
影遁跡於山巖之間 使世之人 日相忘而不知也 故高官美爵 非臣所

望 豐貲厚祿 非臣所羨 唯此一縷未絶之前 得洗此天下所無之惡名
醜目 是臣之至願至懇也 蓋此邪學 卽幾千萬里外異域殊俗之法也
故其一毛一髮 無非罪逆 而駭怪驚怖 截然若鳥獸之在人群 不能一
日而苟焉相處 斷非通籍從宦之家 循俗交游之人 所能並行而弗悖者
也 故卑微之流 或行之無事 而若係衿紳之族 表表可稱者 其禍立至
豈能支旬日之命哉 然其見於行事者 雖不至觸憲干紀 若其本源心術
之病 終不能釋然開豁 則雖得苟免於有司一時之刑 誠有主斯文之權
者 將斥之爲異端亂賊 而不可終逭於天下萬世之誅也 陸九淵陳獻章
固未嘗燒指焚頂 而禪學之目 其可辭乎 若臣者 當初染跡 有同兒戲
而知識稍長 便爲敵讎 知之旣明 斥之愈嚴 悟之旣晚 嫉之愈甚 剔
心七竅 實無餘瞖 搜腸九曲 實無遺瀋 而上而受疑於君父 下而遭謫
於當世 立身一敗 萬事瓦裂 生亦何爲 死將安歸 且臣受恩君父 亦
己甚矣 自投罟擭 號呼悲泣 則援手拯拔 置之衽席 如經疾疫 久漸
蘇醒 則又一變怪 如石壓筍 此殆臣命途崎險 福分凉薄 而雖以我
殿下造命之權 亦無如之何也 今 殿下 憐臣而不棄 復此甄收 而每
一事端 輒一追咎 則夢想不及 汚蠛先至 纍然漸頓 坐受唆哄 前旣
有驗 後豈或殊 審如是也 臣寧一直錮廢 無使時詘時信 徒令恩數太
瀆 而罪負益重也 臣竊伏念 聖賢有作 則災害異端 必與並起 使之
救患拯厄 用茂厥功德 堯之水湯之旱 孟子之楊墨 朱子之蘇陸 皆其
驗也 今我 殿下 闡道學之原 崇教化之本 開示正路 則臨九軌而御
六轡 丕變頹風 則登盟壇而執牛耳 彼其邪說之有作 殆將以彰 殿下
闢廓之功耳 太陽中天 魑魅蟲蜮 固無足爲國家之憂 而其於臣之一
身 事無大於是者 臣安得不焦脣頓足 以冀其及時撲滅 無俾易種于
斯世乎 雖然朱子之戒 路德章亟勉 其不怨天不尤人 而向裏消磨救
得晚節 臣雖不敏請事 斯語爲今之計 唯有潛心經 傳以圖桑楡之報
遠跡榮途 以效自靖之義 而至若抗顔擡頭 出入臺省 重傷清朝之廉
恥 益招一世之公議 臣不敢出也 茲敢隨牌詣闕 瀝血陳章 仰瀆崇嚴

之聽伏乞 聖慈 諒臣情地 察臣哀懇 亟遞臣職名 仍賜斥黜 俾得贖
其罪愆 遂其性分 以卒天地生成之澤 不勝大願 臣無任瞻天望聖 激
切祈懇之至 六月日

答曰 省疏具悉 善端之萌 藹然如春噓物苗 滿紙自列 言足感聽
爾其勿辭察職

(4) 형조참의를 사직하는 상소문(辭刑曹參議疏) 기미년(1799) 6월 22일 민명혁(閔命爀)이 소를 낸 다음날이다

> ─ 벼슬에 오른 지 11년 동안 하루도 편한 날이 없었으니
> 이는 첫째도 신의 불찰이요 둘째도 신의 잘못인데 더
> 구나 형님 이름이 공소 문서에 올랐으니 더 이상 벼슬
> 에 있을 수가 없습니다.

엎드려 생각하건대, 신(臣)이 의당 벼슬을 그만두어야 했던 때가 오랩
니다. 수없이 남에게 배척을 받아 더욱 위태롭게 되어, 벼슬에 오른 지
11년 동안에 일찍이 하루도 조정에서 편할 날이 없었으니, 첫째도 스스
로 취한 것이고 둘째도 스스로 취한 것이니, 어찌 감히 자기를 용서하고
남을 탓하여 거듭 스스로 그물과 함정 속에 빠져들겠습니까. 다만 신이
남몰래 아파하고 속으로 병든 것이 있으니, 이처럼 재예(滓穢)가 많은 신
인데도 전하께서 더럽다 여기지 않으시고, 이처럼 운명이 비색한 신인데
도 전하께서 버릴 것으로 여기지 않으시고, 털어 주시고 비호해 주시어
혹 도야하여 성취되기를 바라셨으나, 신의 명도가 기구하고 분복이 박해
서 토끼가 그물에 걸린 듯, 새가 그물에 걸린 듯하여 한갓 성념(聖念)만
수고로웠을 뿐 끝내 큰 은혜를 저버리고 매양 기괴망측한 일로 해마다
지루하고 번잡하게, 배척이니 변명이니 하여 어지럽게 호소하니, 비록 천
지 같은 인덕과 부모 같은 사랑으로도 어찌 손을 저어 물리쳐서 구원하
는 수고로움을 덜지 않을 수 있겠습니까. 신은 이 때문에 밤중에도 잠 못

이루고 엎치락뒤치락하다가 자신도 모르게 눈물이 뺨을 적십니다.

신이 며칠 전에 헌납(獻納) 민명혁(閔命爀)의 소를 보았는데, 전 대사간(大司諫) 신헌조(申獻朝)의 계어(啓語) 가운데서 신의 형 이름을 끌어들여 언급한 것을 말하면서 신에게 태연히 무사한 듯 양양하게 공무를 집행한다고 나무랐으니 아, 신의 바른 행실은 그만두고라도 신의 형이 진실로 무슨 죄입니까. 그 죄는 오직 신처럼 불초(不肖)한 자를 아우로 둔 것뿐입니다. 아직도 우리 전하께서 신을 책망하신 전교를 기억하고 있습니다. 그 전교에 이르기를,

'죄 없는 너의 형이 어찌하여 공소문서에 올랐느냐.'

고 하셨으니, 그때의 열 줄 윤음(綸音)은 더할 나위 없이 밝고 확실하였습니다. 신은 오직 공경하여 외고, 감축하며 이를 안고서 지하로 갈 따름인데, 지금 어찌 다시 필설을 놀려 부질없이 쓸데없는 짓을 하겠습니까. 아, 신의 형이 급제한 지 10년 동안 엄체(淹滯)되어 이룬 것이 없는데, 지금 벌써 백발이 성성합니다. 성명 3자를 조정이 아직도 잘 모르는 처지인데, 어찌 증오가 맺혀 이토록 단단하단 말입니까. 그 뜻은 신을 입조(立朝)하지 못하게 하려는 데 불과합니다. 신은 어려서 배우지 못하고 자라서는 더욱 부박해져서 이설(異說)에 점점 젖어 들어가 거의 양성(良性)을 잃었는바, 신의 정사년(정조 21년, 1797) 소(疏) 중에 이미 간절한 마음을 모두 말씀드렸습니다. 신의 사의(私義)는 본래 지난 허물을 부당하게 숨기고서 무턱대고 영도(榮途)에 나아가려고 하지 않으니, 지금 만약 신을 내쫓아 폐기하시어 신으로 하여금 조정에 발을 들여놓지 못하게 하시면, 명분이 바르고 말이 순하여 일은 간소하면서 공효가 신속할 것입니다. 돌이켜보건대, 어찌 반드시 이리저리 굴곡하여 별도로 층절(層節)을 만들어서 이처럼 수고롭고 또 오활하게 할 필요가 있겠습니까.

아, 아우를 배척하면 형이 막히고 형을 배척하면 아우가 막혀서 일거양득으로 이해가 이미 똑같은데, 어찌 그 속에 나아가 옥석(玉石)을 구별해서 말이 이치에 맞게 하지 않는단 말입니까. 곧 그 말이 이치에 맞고 안 맞는 것은 물론하고라도, 상참(常參)의 경연(經筵)에서 하는 말을 신

이 만약 들었다면 신이 황송해하고 움츠러져서, 마땅히 자정(自靖)하여 진실로 명혁의 말과 같이 할 것을 생각하련마는, 경연에 나아갔던 제신들이 한 사람도 신을 위해 일러준 이가 없는 데야 어찌하겠습니까. 비록 백 천만 인으로 하여금 난만하게 무함을 얽어서 경각에 장살(戕殺)하게 한다 하더라도, 연신(筵臣)을 하나하나 세어보건대, 누가 신의 집에 통보하여 신으로 하여금 죽게 된 원인을 알고 죽게 하려는 자가 있겠습니까. 어린아이가 여기에 있는데 그의 골육 친척이 그를 함정에 빠뜨려도 이웃 사람이 즐겨 말을 하지 않으면, 어린아이는 막연히 아무것도 모른 채 희학질하며 스스로 즐거워할 것입니다. 이렇게 되면 인인(仁人) 군자(君子)로서 그 일을 아는 자는 이치상 마땅히 측은히 여기고 불쌍하게 여겨야 할 것인데, 차마 또 따라서 죄를 주겠습니까. 상참한 수일 후에 과연 어렴풋이 분명치 않은 말이 점점 신의 귀에 들렸으나 문적(文跡)이 없어서 인의(引義)하기 어려웠는데, 다행히 병이 마침 발생하여 마침내 다시 공석에 나가지 못하였으니, 양양했다는 말은 자못 지나친 것입니다. 신은 구차스럽게 염치를 무릅쓰고 애써 영예와 후록(厚祿)을 취하려는 자가 아니고, 또한 높고 멀리 피하여 관직에서 급히 벗어나려는 자도 아닙니다. 대개 일생의 허물을 스스로 당세에 밝혀 일세의 공의를 들어서 세상이 과연 용납하면 구차하게 떠나지 않을 것이고, 세상이 용납하지 않으면 구차하게 나아가지 않으려고 합니다. 지금 세상 물정을 보면 용납하지 않을 뿐만 아니라, 한 가문을 아울러 연루하려고 하니, 지금 떠나지 않으면 신은 한갓 세상에 버림받은 사람이 될 뿐만 아니라 장차 집안의 패제(悖弟)가 될 것이니, 신이 어찌 차마 이런 일을 하겠습니까.

신은 지금 나아가도 있을 곳이 없고 물러가도 돌아갈 곳이 없습니다. 다만 신이 생장한 고향은 강호(江湖)와 어조(魚鳥)가 또한 성정(性情)을 도야할 만하니, 천민들과 종적을 같이하여 전원에서 여생을 보내며 성택(聖澤)을 노래하게 되면 신에게는 남의 표적 안에 들 염려가 없고, 세상에는 눈의 가시를 뽑은 기쁨이 있을 것이니, 또한 좋지 않겠습니까. 눈앞의 관직은 다시 논할 것도 없습니다. 삼가 바라건대 성상께서는 빨리 명하시어 신의 직명을 깎아버리시고 이어 선부(選部)로 하여금 사적(仕籍)에 있는 신의 이름을 아울러 삭제하게 하시며, 또 형조(刑曹)로 하여금 신이 홍은(洪恩)을 저버리고 신명(身命)을 욕되게 한 죄를 다스리게 하시어, 공의가 펴지게 되고 사의(私義)가 편안케 되도록 하여주소서. 살아서 성대를 만나 높은 은혜를 보답하지 못하고, 아직 늙은 나이에 영원히 수문(脩門)을 하직하려 하니, 종이를 대하매 눈물이 쏟아져서 말할 바를 모르겠습니다. 신은 감당할 길이 없습니다. (대개 이르기를 '인언(人言)이 망극하여 마음이 슬프고 괴로우니 척출하는 은혜를 입어서 생성(生成)의 혜택을 마치게 하여 주기 바랍니다.')

비답(批答)하기를,

'소를 자세히 살폈으니, 그대는 사양치 말고 빨리 직책을 수행하라.'

하고, 이어 전교하기를,

'인언(人言)은 너무도 신실하지 못하다 하겠다. 한 번의 소(疏)로도 족하다. 패초(牌招)하여 형조참의로 부임하도록 엄중히 신칙하노라.'

하였다. 7월 26일에 이르러 형조(刑曹)의 좌부좌단자(坐不坐單子)로 인하여, 전교하기를 '현병(縣病 : 병으로 인하여 직무를 수행할 수 없을 때 그 뜻을 기록하는 것)한 참의(參議)를 바꾸라'고 하였다.

辭刑曹參議疏 己未六月廿二日 閔命爀疏出之翼日

伏以 臣不宜彈冠結綬之日久矣 積受齮齕 轉成魋觠 立朝十有一年 蓋未嘗一日安於周行之間 一則自取 二則自取 尚何敢怨己而尤人 重自陷於罟擭陷穽之中哉 第臣之隱痛而內疚者有之 滓穢若臣而殿下 不以爲可鄙 阨窮若臣而 殿下不以爲可棄 拂拭之庇覆之 冀其或陶鎔成就 而奈臣命途崎險 福分涼薄 如兔離罦 如鳥投羅 徒勞聖念 竟負洪造 每以奇怪罔狀之事 年復年來 支離煩漩 曰斥曰辨 紛紜呼籲 雖以天地之仁 父母之慈 安得不麾而斥之 以省其拯拔之勞乎 此臣所以中夜轉輾 不覺涕淚之被而也 臣於日昨 得見獻納閔命

爀之疏 以爲前諫長申獻朝啓語中 攙及臣兄之名 而罪臣以恬若無故
揚揚行公 噫臣之處義姑舍 是臣兄誠何罪哉 其罪唯不肖 無狀如臣
者 以爲弟耳 尙記我 殿下責臣之敎 若曰無罪渠兄 何登公車 其時
十行恩綸 昭晳無餘 臣唯莊誦感祝 抱歸泉下而已 今何用更勞筆舌
徒爲屑越之歸哉 嗟乎 臣兄釋褐十年 蹭蹬無所成 今已髮蒼蒼矣 其
姓名三字 朝廷尙或不聞 何憎惡之與結 而若是其斷斷哉 其意不過
乎欲臣之不立朝也 臣則幼而失學 長益浮靡 浸淫異說 幾失良性 臣
之丁巳疏中 已悉陳哀曲矣 臣之私義 本不欲曲諱舊怨 冒進榮途 今
若斥黜 臣枳塞臣 使不得接跡於朝行 則名正而言順 事簡而功捷 顧
何必逶迤屈曲 別作層節 若是其勞且迂哉 噫弟斥則兄枳 兄斥則弟
枳 一擧兩獲 利害旣均 何不就其中而區別玉石 使言之中理哉 卽無
論其言之中理與否 常參筵話 臣若得聞 則臣之悚惶蹙伏 宜思自靖
誠如命爀之言 奈登筵諸臣 無一人爲臣傳道何哉 雖使百千萬人 爛
漫搆誣 頃刻戕殺 歷數筵臣 孰有肯通報臣家 使得知所以死而死者
乎 有孺子於此 其骨肉親戚 方陷坑井 而鄰人莫肯爲言 孺子漠然不
知 方且嬉戲自娛 則仁人君子之知其事者 理宜惻然悲憐 其忍又從
而罪之哉 常參後數日 果有依俙不明之言 稍及臣耳 而旣無文跡 難
於引義 幸而實病適發 遂不敢更赴公坐 則揚揚之說 殆亦過矣 臣非
欲苟且冒沒 力取榮祿者也 亦非欲高翔遠引 屣脫軒裳者也 蓋欲以
一生尤悔 自暴於當世 以聽一世之公議 世果容之則不苟去也 世不
容之 則不苟進也 今觀世趣 不惟不容 並其閫門 而將欲延累 及今
不去 則臣非徒爲世之棄人 亦將爲家之悖弟 臣何忍爲是哉 臣今進
無所據 退無所歸 第臣生長之鄕 江湖魚鳥 亦足以陶寫性情 混跡氓
隷 沒齒田園 息補餘生 歌詠聖澤 則在臣而無游縠之憂 在世而有拔
釘之喜 不亦善乎 目下官職 更無可論 伏乞 聖明 亟命鐫臣職名 仍
令選部 凡臣名之在仕籍者 並行刊削 又令司敗 治臣辜負恩造 汚辱
身名之罪 使公議得伸 而私義得靖焉 生逢聖代 莫報隆恩 年華未暮

永謝脩門 臨紙涕零 不知所云 臣無任云云 (大槪云 人言罔極 哀情悲
苦 冀蒙斥黜之恩 以卒生成之澤)

　答曰 省疏具悉 爾其勿辭 從速察職 仍傳曰 人言可謂太不諒 一
疏足矣 刑曹參議牌招 嚴飭赴坐 (至七月廿六日 以刑曹坐不坐單子 傳
曰 懸病參議許遞)

(5) 정언을 사양하면서 겸하여 과거의 폐단을 진술하는 상소문 (辭正言兼陳科弊疏)

> ―신은 임금을 탓하는 간관(諫官)의 재목이 못되니 정언
> (正言)의 직책을 면직시켜 주시고 아울러 과거의 폐단
> 을 바로잡아 주시되 주현(州縣)에 문사(文士)가 많고
> 적음을 살핀 다음 공평하게 천거토록 하여 주시기 바랍
> 니다.

엎드려 생각하건대, 신(臣)은 다행히 붓을 잡는 직책에서 풀려나 창칼
로 공격하는 장소를 멀리 피하여 한가히 집에 있으면서 오로지 독서에
전념했습니다. 오직 시원한 바람이 들에 불어오면 책을 끼고 경연(經筵)
에 올라 태양과 같으신 성상의 모습을 보고 의지하여 인재 도야의 지극
한 혜택을 입었으면 하였습니다. 그런데 이제 엎드려 교지를 받으니 신
을 사간원(司諫院) 정언(正言)으로 제수하셨습니다. 신은 명령을 받으매
떨리고 두려워 몸둘 바를 모르겠습니다.

신이 엎드려 생각하건대, 간관(諫官)의 직책은 장차 임금의 잘못을 바
로잡고 결점을 보충하여 임금을 허물이 없는 곳으로 인도하려는 것이니,
그 풍도와 언론이 충분히 임금을 감동시킬 수 있은 다음에야 바야흐로
이 직책에 욕되지 않을 것입니다. 신은 본래 용렬하고 나이가 약관이 넘
자 곧 반궁(泮宮)에서 놀아 전하의 가르침을 받고 전하의 책려를 입었으
며, 인하여 과거에 급제하고는 또 각과(閣課)에 참례하니, 신은 바야흐로

두려워하고 조심하여 오직 가르침을 게을리하지 않는 성인(聖人)의 뜻을 저버릴까 두려워했습니다. 이러고서야 신이 어찌 정색하고 얼굴을 들어 잘못을 바로잡고 결점을 보충하여 우리 임금을 허물이 없는 곳으로 인도할 수 있겠습니까.

신이 이미 간관이란 명칭을 지니고 있으니, 전하의 딴 일은 모두 좋으시나 신 같은 사람에게 간관의 직책을 맡기신 일은 마땅히 간해야 할 일입니다. 더구나 신은 한림원(翰林院)에서 이미 사람들의 마음에 맞지 못하여 끝내 사직하고 말았습니다. 간관의 직책은 한림에 비하면 그 책임의 중함이 더욱 어떠합니까. 깃털 하나를 들지 못하면서 천균(千鈞)의 무거운 짐을 들겠다고 나서는 자가 있겠습니까. 하물며 신은 출륙(出六)한 뒤에 아직 낭서(郎署)도 거치지 않았는데 곧바로 간관에 제수되니 이는 더욱 중망(重望)에 해당하는바, 신이 어떻게 이것을 감당하겠습니까. 엎드려 바라건대, 빨리 신의 직함을 갈도록 명하시어 신으로 하여금 각 과에 전심하게 하소서.

신이 이제 비록 상소하여 체직되기를 바라나 간관으로서 어찌 하룻동안의 책임이 없겠습니까. 신이 엎드려 생각하건대, 과거의 폐단이 날로 불어나고 달로 성행하는데 부정한 구멍을 막지 않아서 요행으로 절취하는 길이 하도 많아서 임시방편으로 땜질하여 한 가지 폐단을 제거하면 다시 딴 폐단이 생기니 이제 치료할 수 없는 지경에 이르렀습니다.

신이 일찍이 폐단의 근원을 묵묵히 연구해 보니, 이는 오직 본령(本領)이 잘못되었기 때문이었습니다. 무엇을 본령이라 합니까. 이는 오직 우리나라에만 과거는 있되 천거하는 제도가 없기 때문입니다. 과거란 사람의 기능을 분별하여 등급을 매기는 것이며, 천거란 사람의 재능을 천거하여 발탁하도록 하는 것입니다. 지금 우리의 법은 사람이 스스로 응시할 뿐 누가 천거함이 있습니까. 그러므로 과거만 있고 천거하는 제도가 없다고 말한 것입니다. 오직 과거만 있고 천거하는 제도가 없기 때문에 초시(初試)에 입장하는 자가 마침내 일정한 명수가 없습니다. 입장하는 자가 일정한 명수가 없기 때문에 어(魚)자인지 노(魯)자인지도 분별하지 못하는 자들과 머슴과 노예의 무리들이 모두 머리에 유건(儒巾)을 쓰고 뒤섞여 시험장에 들어갑니다. 입장하는 자가 일정한 명수가 없기 때문에 책을 끼고 일산을 잡고서 미리 요행을 꾸미는 폐단을 자세히 살필 수 없는 것입니다. 이 때문에 신은 과거의 폐단을 바로잡으려면 모름지기 천거하는 법을 행해야 한다고 주장합니다. 천거는 어떻게 하는 것입니까. 먼저 여러 주현(州縣)의 문사(文士)의 많고 적음을 살핀 다음에야 천거하는 인명 수를 정할 수 있습니다. 어떻게 살필 것입니까. 모름지기 한 번의 초시를 실시한 다음에야 살필 수 있습니다.

이제 감시(監試)가 앞에 박두해 있습니다. 마땅히 경외(京外)의 시관(試官)들로 하여금 모름지기 방(榜)을 연 뒤에 합격자와 낙방자의 여러 시험지를 가져다가 그들의 거주지를 살핀다면 각 주현의 문사에 대한 실제 숫자를 알 수 있을 것입니다. 비록 시험지를 바친 자 전부가 모두 문사는 아니라 하더라도 그 지방 문풍의 성쇠는 대략 알 수 있을 것입니다. 문사의 실제 숫자를 안 다음에야 천거하는 명수를 정할 수 있으니, 현(縣 : 州·府·郡·縣을 이제 통틀어 현이라 한다)에는 해당 현의 정원을 정하고, 주(州 : 으뜸 고을 4개를 이제 州라 한다)에는 해당 주의 정원을 정하고 도(道)에는 해당 도의 정원(도의 정원은 바로 현재 초시의 정원이다)을 정하여 서울로 올려서 양소(兩所)에 나누어 예속해서 회시(會試)한다면 과장(科場)을 깨끗이 할 수 있을 것입니다. 가령 영남(嶺南)의 초시 정원이 2백 명인데 한 도(道)의 시권(詩卷)이 4천 개이며, 4천 개 가운데 안동(安東)에 거주하는 자가 4백 명이라면 이제 천거하는 인원을 정하되, 안동에서 4분의 3을 도태한 다음 1백 명을 천거하여 주시(州試 : 주는 바로 네 으뜸 고을이며, 회시이다)에 응하게 하는 것입니다. 가령 한 주에 소속된 여러 현의 거자(擧子)가 2백50명이면(본래 4분의 3을 도태하며 또 으뜸 고을이 넷이기 때문에 2백50명이 되는 것이다) 주에서는 1백25명(2백50명의 절반)을 시험하여 뽑아서 관찰사에게 올리면 관찰사의 시험에 입장하는 자가 5백 명에 불과할 것입니다. 이에 5백 명 가운데에서 2백 명을 시험하여 뽑아서 서울에 올린다면 향시(鄕試)의 정

원은 가감이 없이 과장이 크게 깨끗해질 것입니다. 서울의 경우에는 5부
(部)·49방(坊 : 明禮坊·好賢坊 같은 따위이다)을, 여러 현에 해당시키
고 사학(四學)을 네 주에 해당시키며 양소(兩所)를 찰사(察司)에 해당시
킨다면 그 법이 한가지입니다. 다만 천주(薦主)를 여러 현에서는 수령이
주관하고 5부에서는 모름지기 별도로 적당한 대책을 강구하여, 혹은 관
각(館閣)·대성(臺省)의 신하로 주관하게 하든지 혹은 별도로 시험하여
뽑든지 하여 시행하는 여하에 달려 있을 뿐입니다.

　이와 같이 하면 과장을 어지럽히는 폐단을 다시는 걱정할 것이 없을
것입니다. 이에 대한 세세한 규모와 절목은 용렬하고 천박한 신(臣)이 다
구비할 수 있는 것이 아니니, 엎드려 바라건대 성상께서는 신의 이 의견
을 묘당(廟堂)에 내리시어, 만일 시행할 수 있는 것이라면 기어이 시행하
소서. 이렇게 하시면 신은 기쁨과 영광이 못내 지극할 것입니다.

辭正言兼陳科弊疏

　伏以 臣幸解珥筆之職 避遠鋒鏑之場 優游家居 專意讀書 唯俟新
涼入郊 挾冊登筵 以瞻依日月之耿光 以薰沐陶甄之至澤 乃今伏奉
有旨 以臣爲司諫院正言者 臣承命震惕 不知所以措躬也 臣竊以諫
官之職 將以匡違補闕 納吾君於無過之地者也 其風裁言議 有足以
感動人主 而後方可以不辱是識 臣本湔劣 年踰弱冠 卽游泮宮 受殿
下之敎誨 荷殿下之策勵 因而釋褐 又與閣課 臣方跋踏懼懼 唯恐負
聖人誨不倦之至意 尙何能正色抗顏 以之匡違補闕 而納吾君於無過
之地乎 臣旣以諫爲名 卽殿下他事盡善 而以如臣者 處之諫官之職
是可諫矣 況臣於翰苑 旣以不叶物情 而終至辭免 諫官之職 比之翰
苑 其責任之重 尤當如何 不能一羽之擧 而有攘臂於千鈞者哉 況臣
出六之後 尙未及歷試郞署 直拜諫官 尤屬峻望 臣何以堪此哉 伏乞
聖明 亟命遞臣職名 俾得以專心閣課焉 臣今乞遞 然其可無一日之
責乎 臣竊以科擧之弊 日滋月盛 奸竇莫防 倖竇多門 架漏牽補 袪

一弊而生一弊 今至不可救藥矣 臣嘗默究弊源 曰唯本領有誤 何謂
本領 曰唯我國有科而無擧耳 夫科者 分其技藝 次其等第之謂也 擧
者薦其才能 資其拔擢之謂也 今我之法 人自赴試 有誰薦之耶 故曰
有科而無擧也 夫唯有科而無擧也 故初試入場者遂無定額 入場者無
定額也 故魚魯不辨之類 儓奴廝養之徒 咸得以頭著儒巾 混入場裡
矣 入場者無定額也 故挾册持傘 宿構僥倖之弊 無以密察矣 故臣曰
欲救科弊 須行擧法 擧之奈何 先察諸州縣文士多寡 然後定其擧額
矣 察之奈何 須失一番初試 然後可以察之矣 今監試在前 宜命京外
試官 須於坼榜之後 取入格與落榜諸卷 攷其居住 則可得各州縣文
士實數 雖其納卷者 未必皆文士 而其文風衰盛 槩可見矣 文士得其
實數 而後乃定擧額 縣定縣額(州府郡縣 今始通謂之縣) 州定州額(四長
官 今謂之州) 道定道額(道額 即今初試之額數) 上之京師 分隷兩所 而
會試之 則科場可清也 假令 嶺南初試原額 爲二百而一道試卷 爲四
千 四千之中 居安東者四百 則今定擧額 安東薦一百 汰其四分之三
次赴州試(即四長官都會) 假令 本州所隷 諸縣擧子 爲二百五十人(本
汰四分之三 又長官爲四 故擧子爲二百五十人) 則州試取一百二十五人(取
其半) 上之察司 察司之試入場者 不過爲五百人矣 乃於五百之中 試
取二百 上之京師 則鄉試原額 無所增損 而科場頓清矣 京則令五部
四十九坊當諸縣(如明禮坊 好賢坊之類) 以四學當四州 以兩所當察司
則其法無二也 但其薦主 諸縣則守令主之 而五部則 須別講便宜之
策 或令館閣臺省之臣主之 或別有試取 在講行之如何耳 如是則科
場淆亂之弊 不復爲憂 而若其規模節目之詳 非臣庸淺所能畢具 伏
願聖明 下臣此議於廟堂 如其可行 斷而行之 臣無任欣幸榮悅之至

(6) 지평을 사양하면서 겸하여 과거의 폐단을 진술하는 상소문
(辭持平兼陳科弊疏)

> ―신은 문사(文士)의 일은 할 수 있으나 사헌부(司憲府)의
> 직책은 인품이 모자라서 적격이 아니니 면직시켜 주시
> 고, 과거제도에서 문란한 제도와 잡다한 제과(諸科)는
> 통합 시행함이 옳을 줄 압니다. 특히 미천한 가문 출신
> 도 권면하여 주시기 바랍니다.

엎드려 생각하건대, 신(臣)은 대각(臺閣)의 직책에 맞지 않는다는 내용을 지난번에 이미 여러 번 말씀드렸습니다. 신의 충정은 오직 각과(閣課)에 전념하여 장려해 주고 도야해 주시려는 전하의 지극하신 뜻을 저버리지 않았으면 할 뿐이었습니다. 보잘것없는 문장으로 엮은 신의 시부(詩賦)가 문득 성상의 표창을 입어 마필(馬匹)과 문피(文皮) 등 영광스런 하사품을 많이 내리시니, 이는 서생의 지극한 영광으로서 동료들이 지극히 부러워하고 온 집안이 감축(感祝)하는 바입니다. 신은 바야흐로 두렵고 황송하여 어떻게 보답해야 할지를 몰라 하고 있는데 사헌의 백부(柏府)의 새로운 제수가 이때에 급히 미치니, 신이 어떤 사람이기에 감히 이 직책에 해당합니까. 장차 뜻을 가다듬고 정신을 내어 직책에 부응하자니 인망이 얕고 말이 중하지 못하여 탄핵하여 억누를 수 없을 것이며, 장차 입을 다물고 묵묵히 있자 해도 성조(聖朝)의 아름다운 벼슬을 헛되이 띠고만 있을 수 없습니다. 신은 이리저리 생각해 보니, 오직 피하고 사양하여 어진 자가 등용되는 길을 방해하지 않는 것밖에 없습니다. 더구나 신은 수일 전부터 감기가 병이 되어 온몸이 아프므로 방안에 누워 기동할 날을 기약할 수 없습니다. 이에 질통(疾痛)의 호소를 외쳐 체직시키는 은혜를 내려주시기 우러러 바랍니다. 엎드려 원하건대, 성자(聖慈)께서는 빨리 신의 직책을 체해(遞解)하도록 허락하시어 공사간에 모

두 편케 해주시면 못내 다행하겠습니다.

신이 지난번에 과거의 폐단을 구제할 수 없다 하여 과거에 응시하는 인원을 정할 것을 청했습니다. 진실로 말이 오활하고 망령되어 시행할 수 없음을 알고 있습니다. 다만 그 의논한 바가 소략하고 미비해서, 감시(試監)만을 논하였고 미처 문·무의 대과(大科)를 논하지 못했습니다. 신의 어리석은 정성을 옛사람들이 먼저 절등(浙燈)을 간한 뜻1)에 붙일 따름입니다.

신이 엎드려 생각하건대, 나라의 큰 정사는 사람을 등용하는 일보다 앞설 것이 없습니다. 우리나라의 인재 등용은 오직 3년마다 실시하는 대비(大比)뿐인데 그 실상을 자세히 상고해보면 여기서 뽑은 사람은 대부분 폐기되어 이름이 계적(桂籍)에 오르고도 기껏해야 낭관(郎官)에 지나지 않으며, 저 묘당(廟堂)에서 관복을 입고 국정을 담당하는 관직으로 말하면 오직 별시(別試)와 반제(泮製)2)에 급제하여 올라온 자라야 차지합니다. 이는 마치 아침·저녁의 식사는 폐하고 오직 차(茶)와 과일만을 먹는 것과 같으니, 명실이 서로 맞지 않기가 무엇이 이보다 더 심하겠습니까.

대저 명경과(明經科)는 중국에서 시행한 결과 폐단이 있었으므로 당(唐)나라 신하인 양관(楊綰)이 이미 정파(停罷)할 것을 청했습니다. 그 후 때로 회복되기도 하고 폐지되기도 하여 시대마다 제도가 달랐습니다

---

1) 절등(浙燈)을 간한 뜻―절등은 중국 절강(浙江)에서 만든 등잔. 송신종(宋神宗)이 희령(熙寧) 4년 정월 상원(上元)에 관등(觀燈) 행사를 위하여 절강 지방에 명을 내려 등잔 4천여 개를 사게 하였는데, 강제로 값을 내려 싸게 구입하고 사매(私買)를 금지하였다. 이에 소식(蘇軾)이 간매절등장(諫買浙燈狀)이라는 글을 올려 직간하였다. 《동파속집(東坡續集)》 권13 동파주의(東坡奏議).

2) 별시(別試)와 반제(泮製)―별시는 나라에 경사가 있을 때, 또는 천간(天干)으로 병(丙)자가 든 해에 보이는 문과와 무과. 병(丙)자가 든 해에 보이는 것을 병별시(丙別試)라고 한다. 반제는 성균관 유생(儒生)들이 출근하여 식당에서 밥먹은 수를 세어 아침·저녁 두 끼를 1도(到)로 계산해서 50도가 되면 과거를 보게 하던 제도이다. 도기(到記)라고도 했다.

만 '본래 촌학구(村學究)를 수재로 만들려고 했다가 이제 도리어 수재를 촌학구로 만들고 말았다'라고 한 말에서 이미 밝은 징험을 볼 수 있습니다. 근세의 유자(儒者)인 고염무(顧炎武)의 말에도 '시부(試賦)는 비록 실제가 없는 것 같으나 고금을 널리 종합한 자가 아니면 잘 지을 수 없으며, 명령은 비록 실제에 가까운 것 같으나 도리어 지리멸렬하다'라고 하였으니, 이 또한 깊이 살피고 세밀히 징험한 말입니다. 지금 사람들은 명경과를 폐지하자고 논의할 때마다 곧 이르기를 '평생동안 쌓은 공력을 하루 아침에 버리게 할 수 없다'고 하는데, 이 말은 참으로 그러합니다. 그러나 국가의 큰 정사에 관계되는 일이니 세세한 것을 돌볼 수가 없습니다. 또 그렇지 않을 수도 있습니다. 이제 만일 미리 명령을 발표하여 지금으로부터 삼식년(三式年)까지만 명경과에 응시를 허락하고 삼식년 후에는 명경과를 폐지하고 다시 보이지 않는다고 거듭 밝히고 약속하여 각기 알게 한다면, 공력을 쌓은 자가 이미 억울함을 풀 수 있고 새로 배우는 자가 다시 나오지 않을 것입니다. 7년된 병을 3년 묵은 쑥으로 고치니 이치가 마땅히 이와 같습니다. 어찌 목전의 조그마한 구애 때문에 나쁜 것을 그대로 인습하고 구차히 하여 변통하지 않을 수 있겠습니까.

명경과를 폐지하고 나면 한결같이 중국 법을 따라 대과(大科)와 소과(小科)를 합하여 하나로 만들어 식년시마다 2백50명을 뽑아 50명을 급제로 삼고 나머지 2백명은 진사(進士)로 삼는다면 법이 분명하고 일이 간편하기가 이보다 나은 것이 없습니다. 시험하여 뽑은 규정으로 말하면, 먼저 본현(本縣)에서 각기 경서(經書) 하나를 시험하되 자원(自願)에 따르지 말고 정원을 헤아려 《시경(詩經)》·《서경(書經)》·《주역(周易)》·《춘추(春秋)》를 나누어 가르쳐 각각 한 과(科)로 만들고, 삼례(三禮:《禮記》·《儀禮》·《周禮》)를 각각 한 과로 만들고, 사서(四書)를 나누어 두 과로 만들어서, 가령 응시자가 27명이라면 한 과에 3명씩 기록하여 각기 익히게 하고, 회시(會試)하는 날에 먼저 본경(本經)으로 시험하되 한결같이 명경과의 법을 따르고 되도록 엄밀하게 하며 다음날에는 시부로 시험하고 또 그 다음날에는 표전(表箋)으로 시험하고 또 다음날에는 논책(論策)으로 시험하여 우열을 가려서 등급을 매긴다면 사과(詞科)와 경과(經科)가 합하여 하나가 되어 문(文)과 질(質)이 모두 편폐(偏廢)되지 않을 것입니다.

무과(武科)의 규정에 대해서도 마땅히 변통하여야 합니다. 매양 경과(慶科)를 당하면 백 명, 천 명이 다투어 나와서 종신토록 조용(調用)되지 못하여 패(牌)를 안고 원통하다고 하니, 마땅히 법을 만들어 매양 식년마다 2백50명을 뽑아 50명은 급제로 삼고 나머지 2백 명은 진무(進武)로 삼되, 진무가 된 자도 진사와 같이 유가(遊街)하고 소분(掃墳)[3]하며, 부역을 면제하고 당상관(堂上官)으로 오르는 것을 지금의 무과와 같이 한다면, 또한 미천한 가문의 출신들을 권면할 수 있을 것입니다. 급제가 된 자는 즉시 삼천(三薦)[4]으로 나누어 문과의 삼관(三館)과 같이 하며, 이미 나눈 뒤에는 즉시 아울러 직책을 주기를 문신(文臣)의 경우와 같이 하고, 출륙(出六)한 뒤에 처리하기를 문신의 경우와 같이 한다면 인원은 많고 벼슬자리는 적은 것으로 의심할 것이 없을 것입니다. 이와 같이 할 경우 한 번 과거에 급제하면 선달(先達)이란 칭호로 늙어 죽기에 이르는 경우가 다시는 없을 것이니, 그 격려하고 홍기시키는 방법에 반드시 큰 도움이 있을 것입니다. 무엇에 구애되는 바가 있어 시행하지 않으십니까.

신은 또 생각하건대, 경과(慶科)는 옛 제도가 아닙니다. 중국의 제도를 하나하나 상고해 보아도 끝내 경과란 이름이 없습니다. 대저 나라에 경사스런 일이 있으면 백성이 마땅히 스스로 기뻐할 것이니, 어찌 반드시

---

3) 유가(遊街)하고, 소분(掃墳)─유가는 과거 급제자가 광대를 앞세우고 풍악을 울리면서 거리를 돌며 좌주(座主)·선배·친척 등을 찾아보는 것인데, 방방(放榜) 후 3일 동안 하였다. 소분은 과거 급제자에게 휴가를 얻어 조상의 묘에 가서 묘를 깨끗이 닦아 청소하고는 성묘하고 경사를 아뢰는 것인데, 벼슬이 승진되었을 때에도 소분을 하였다.

4) 삼천(三薦)─삼천은 무과 급제자에게 부장(部將)·선전관(宣傳官)·수문장(守門將)의 무관직을 천거하는 것. 삼관(三館)은 승문원(承文院)·성균관(成均館)·교서관(校書館)으로 문과 급제자들을 이들 세 기관에 나누어 예속시켰다.

과거를 보인 다음에야 경사를 함께 함이 되겠습니까. 또 경과에 큰 것은 바로 대증광시(大增廣試)입니다. 비록 대증광시라 하더라도 과거에 급제하여 득의(得意)한 자는 3백 명에 지나지 않고 그 낙제하여 실의한 자는 천 명, 만 명으로 헤아리게 되니, 가령 3백 명이 기뻐서 춤을 추고 천 명, 만 명이 실의하여 눈물을 뿌린다면 경사를 함께 하는 의의가 어디에 있습니까. 또 병별시(丙別試)·알성과(謁聖科)·절일제(節日製)·황감제(黃柑製)5) 등 소소한 과거를 각각 일체 폐지하고 오직 3년에 한 번씩 대비(大比)하여 사람을 뽑되 점차 그 정원을 증가한다면 선비들은 다투어 달리는 길이 없어지고 조정에는 요행히 등용되는 문이 폐쇄될 것이니, 그 어진 자를 입신시키고 인재를 등용하는 도에 엄중하고 간결·정제하여 족히 백세(百世)에 법을 드리울 것입니다. 이는 비단 신 한 사람만의 말이 아니고 통달한 학자와 유식한 자들이 속으로 의논함도 이와 같은 지가 오랩니다. 엎드려 바라건대 성명(聖明)께서는 신의 이 의논을 묘당에 내리시어 만일 시행할 만한 것이라면 강구하여 행하도록 하소서. 규모와 조목의 자세한 내용은 서서히 의논해도 늦지 않을 것입니다. 신은 용렬하고 고루한 자로서 망령되이 조정의 큰 일을 논하니, 신은 지극한 두려움을 견딜 수 없습니다.

辭持平兼陳科弊疏

伏以 臣不稱臺閣之狀 前旣屢言之矣 區區寸忱 唯願專意閣課 以

---

5) 알성과(謁聖科) ……황감제(黃柑製)─알성과는 임금이 성균관에 거둥하여 문묘(文廟)를 배알하고 유생들에게 보이는 과거이며, 절일제(節日製)는 정월 7일의 인일(人日), 3월 삼짇날의 상사일(上巳日), 칠석절(七夕節), 9월 9일의 중양절(重陽節) 등 명절일(名節日)에 실시하는 과시(科試)인데, 의정부(議政府)와 육조(六曹), 그밖의 각 관아(官衙)의 당상관(堂上官)이 성균관에 모여 거재생(居齋生)과 지방 유생에게 제술과(製述科)를 보였다. 황감제는 해마다 제주도(濟州道)에서 진상(進上)하는 밀감을 성균관과 사학(四學)의 유생에게 하사(下賜)하고 거행하는 과거.

不負獎勵作成之至意而已 蕪詞拙賦 輒蒙哀襃 天駟文皮 寵賚便蕃
此書生之極榮 同列艷美 闔門感祝 臣方夙夜兢惶 不知所以圖報 而
柏府新除 遽及此際 臣是何人 敢當此職 將礪志奮精 以圖稱塞 則
望淺言輕 不足以彈壓 將含默守口 以冀苟容 則清朝美爵 不可以虛
糜 臣左右思量 唯有引避巽辭 無妨賢路己矣 況臣自數日以來 感寒
成疾 百體疼痛 委頓牀第 起動無日 茲陳疾痛之呼 仰冀矜恤之恩
伏乞 聖慈 亟許遞解臣職名 以便公私 不勝幸甚 臣於向者 以科弊
莫救 請定舉額 固知言實迂妄 不足施行 第其所論 率略未備 只論
監試 未論文武大科 臣之愚誠 竊附古人先言 漸燈之義耳 臣竊伏念
有國大政 莫先用人 國朝用人 唯三年大比是己 而夷考其實 此之所
取 縶從廢棄 名登桂籍 而極功名 不過郎署 若夫端委廟堂 持衡秉
政 則唯別試泮製而進者 方得爲此 此猶廢朝夕之餐 而唯茶蕗是啜
耳 名實之不相副 孰有甚於此哉 大抵明經之科 中國行之有弊 唐臣
楊綰 已請停罷 其後時復時廢 代異其制 而本欲使學究爲秀才 今反
令秀才爲學究云者 可見己試之明驗 近儒顧炎武之言 亦以爲試賦
雖若無實 非博綜古今者 不能成工 明經雖若近實 轉而鹵莽滅裂 蓋
亦深察密驗之言也 今人每議罷明經 輒云平生積力者 不可使一朝而
棄功 此言誠然 然關係國家大政 不可輒顧細節 且有不然者 今若前
期發令 自今以往 唯三式年 許試明經 三式年後 遂罷不復 申明約
束 俾各曉悉 則積力者 旣足以解其寃 而新學者 不復作矣 七年之
病 三年之艾 理宜若是 豈可以目前之掣肘 而因仍苟且 莫之變通也
乎 明經旣罷 則一依中國之法 使大科小科 合而爲一 每式年 取二
百五十人 五十人爲及第 二百人爲進士 則法明而事簡 無出此右也
若其試取之規 則先於本縣 各試一經 無從自願 量額分授 詩書易春
秋各爲一科 三禮各爲一科 四書分爲二科 假令舉子 爲二十七人 則
一科錄三人 使各肄習 會試之日 先試本經 一依明經之法 務從嚴密
次日試詩賦 次日試表箋 次日試論策 第其優劣 則詞科經科 合而爲

一 而文質俱不偏廢矣 至於武科之規 亦宜變通 每當慶科 千百雜進
終身不調 抱牌稱冤 宜著爲式 每式年 取二百五十人 五十人爲及第
二百人爲進武 其爲進武者 亦得以游街掃境如進士 免役升堂如今之
武科 則亦足以勸華蔀之賤 其爲及第者 卽分三薦 如文科之三館 旣
分之後 卽並付職 一如文臣之爲 而出六之後 其區處 亦如文臣而止
則又不足以員多竄窄爲疑也 如是則一獲登科 並受國祿 而先達之稱
不復老至死矣 其於激勸興起之方 必有大補 何所拘而莫之行哉 臣
又伏念 慶科非古也 歷考中國之制 究無慶科之名 大抵國有慶禮 臣
民自當歡忭 何必設科 而後爲同慶哉 且唯慶科之大者 卽大增廣是
己 卽雖大增廣 其得意者 不滿三百 其失志者 以千萬計 使三百蹈
舞 而千萬揮涕 烏在其同慶哉 又如丙別謁聖節製柑製等小小科 各
一切罷之 唯三年一大比 取人稍增其額 則士無奔競之路 朝杜僥倖
之門 其于立賢用人之道 嚴重而簡整 有足以垂範百世 此非獨 臣一
人之言 通儒達識之竊議如是 厥唯久矣 伏願聖明 下臣此議于廟堂
如其可行 講而行之 其規模節目之詳 徐議未晩 臣以庸陋 妄論朝廷
大事 臣無任怵惕恐懼之至

4. 주청문 : 차자(箚子)

(1) 호남지방의 소작농민들이 조세를 바치는 폐습을 엄금해 주기 바라는 주청문(擬嚴禁湖南諸邑佃夫輸租之俗箚子)

> ── 호남의 소작제도는 크게 잘못되어 농민들이 고통을 받다 못해 이농하는 사례가 많은데 그 대부분의 화근은 토호들의 토지 겸병 독점과 아전들이 중간에서 부세를 가로채는 폐단에 있으니 바로잡아 주기 바란다는 차자(箚子)이다.

신(臣)이 그윽히 듣사옵건대 호남지방의 풍속에 조세와 종자 곡식들을 모두 소작민들이 부담하고 있다는데, 신은 엎드려 생각건대 천지생물의 이치는 지극히 공명정대하고 자비스러워 누구를 막론하고 그 혜택을 고루 입게 하여야 될 것인바 어찌하여 백 사람의 힘을 다해서 한 사람만 살찌게 할 수 있겠습니까.

신이 그 전토(田土)의 근원을 구명하여 말씀드리려고 합니다. 그 전토 주인의 하나는 국가요, 또 하나는 농사 짓는 사람입니다. 옛날 《시경(詩經)》에,

‘온 천하에 임금의 땅이 아님이 없다.’

라고 하였으니, 이는 바로 국가가 그 주인임을 말한 것이며, 또 《시경》에,

‘공전(公田)1)에 비 내린 다음에 사전(私田)에 비 내린다.’

---

1) 공전(公田)─중국 고대 사회에서 실시되던 정전(井田)제도에 의하여 정(井) 자 형으로 나누어진 토지 구획의 명칭. 그 주위의 여덟 구역은 각각 백 묘인

라고 하였으니 이는 농민이 그 주인임을 말한 것입니다. 이밖에 그 누가 감히 토지의 주인이 될 수 있겠습니까. 그러나 지금은 부호 지주들이 제 마음대로 토지를 겸병하여 국가 조세 이외에 사사로 그 토지에서 조세를 받아가니 이는 토지의 주인이 셋이 되는 것입니다.

옛날 중국 은(殷)·주(周)시대의 제도에 농민들이 국가에 대하여 토지 수확의 10분의 1밖에 내지 않았지만 그래도 위에서는 오히려 백성들을 대단히 불쌍히 여겨 혹시나 백성들의 생활에 곤란이나 없을까 하고 염려하였습니다. 이와 같은 정신들이 《시경》에 나타나 있고 《예전(禮典)》에도 기록되어 있습니다.

만일 은·주시대의 군주들이 오늘의 현실을 본다면 반드시 눈물을 흘리면서 통탄하지 않을 리 없을 것이며, 또 그 시대의 백성들이 오늘의 현실을 본다면 서로 눈흘겨 쳐다보면서 이 나라의 정치를 싫어하여 반드시 연장을 걷어 지고 달아나 버리고 말 것입니다. 이는 후세의 농민생활이 고대의 농민생활보다 한층 더 곤궁하게 되었다는 것을 의미합니다.

부호나 지주[私門]들이나 농민들에게서 받는 지조(地租)는 비록 쌀 한 톨, 콩 한 낟알이라도 의리에 부당한 일입니다. 더욱이 우리나라의 국가 조세율은 옛날의 학속(貉俗)[2]을 인습하였기 때문에 대략 20분의 1이어서 은·주시대보다도 훨씬 더 헐했습니다. 그럼에도 불구하고 어찌해서 도리어 부호 지주들은 소작 농민들에게서 10분의 5나 되는 지조를 빼앗아 갈 수 있다는 말입니까.

데 여덟 가구의 농민들이 자기 몫으로 경작하므로 이를 사전(私田)이라 하였고, 그 가운데에 남은 백 묘는 여덟 가구의 농민들이 함께 경작하여 그 수확을 국가 조세로 바치던 것으로 이를 공전이라고 하였다.

2) 학속(貉俗)-맹자는, "고대 부족 국가의 하나인 학, 즉 맥의 습속지역에서는 토지가 각박하여 생산물이 적고 또는 국가 형태가 그다지 발전하지 않아서 성곽·궁실·종묘 등의 큰 시설도 없고 외국과의 교통도 발달되지 않아서 폐백·예물들에 들 일도 없으며, 국가 관리들이 많지 않아서 많은 비용이 필요없기 때문에 농민들에게 조세를 20분의 1 정도씩만 받아도 된다."(二十取一 《맹자》 大貉小貉章)고 하였다.

백성의 생활이 곤궁하고 국가가 가난하며 따라서 상·하가 다 빈곤하게 된 것은 모두 이 때문입니다. 또 그 국가 조세율에 있어서도 그와 같이 헐한 듯하였지만 각 지방에 따라 온갖 새로운 규정들이 생겨나서 고마(雇馬)·공죽(貢竹) 등과 같은 잡공들만 하여도 그 수를 헤아리기 어려울 정도로 늘어났습니다.

이런 것들을 거둬들이기 위해서는 갖은 수단을 써서 소작인들을 독촉하는데도, 수령들은 그것을 예삿일로 간주하며, 어사(御使)들은 그 사실을 알면서도 적발 규탄하여 나랏일을 바로잡으려고 하지 않고 있습니다. 따라서 이름으로는 국가 조세가 비록 20분의 1이라고 하였으나, 그 실지 내용에 있어서는 10분의 5에 해당하는 것입니다. 부호 지주들이 10분의 5를 빼앗고 국가에서 또 10분의 5를 거두어 간다면 농민들은 무엇을 먹고 살 수 있겠습니까. 이는 우리나라 농민들이 중국의 농민들보다도 훨씬 더 곤궁하게 되었다는 것을 의미합니다.

경기도 지방에서는 부호 지주들이 소작 농민에게 비록 그 소출의 절반씩을 지조로 받지마는 국가에 바치는 조세와 종자 곡식 같은 것은 모두 지주들이 부담하고 있으므로 그 소출에 대한 소작농민들의 차지하는 분량이 지주보다는 조금 많은 셈이 되는 바, 이것은 오히려 나은 편입니다.

그러나 호남 지방의 습속은 지주가 처음부터 그 소출의 절반을 차지하여 베개를 높이 베고 호화스럽게 살고 있는데, 소작농민들은 이미 그 절반을 빼앗긴 외에 또 그 남은 절반 중에서 지주를 대신하여 종자 곡식을 남겨야 하며, 국가 조세까지도 부담하여야 되는 것으로 되어 있습니다.

왼쪽으로 떼어내고 오른쪽에서 깎아내면 그 남는 것이 얼마나 되겠습니까. 이는 호남 지방의 농민 생활이 국내의 다른 지방의 농민들보다도 더 곤궁하게 되었다는 것을 의미합니다. 만일 이러한 습속이 좋은 것이라면 왜 경기 지방에도 이 법을 실시하여 전국적으로 통일시키지 않는 것입니까.

그러나 만약 이런 것을 전국적으로 통일시킨다면 그때에는 전국 농민들이 곧 서로 부르짖고 함께 일어나서 난동을 일으킬 수 있는 위험이 생길 것입니다. 전국 농민들이 서로 울부짖으면서 폭동을 일으킬 수 있는 이러한 악법에 대하여 호남 지방의 백성들만이 죽은 듯이 견디면서 그 폐습에서 벗어나지 못하고 있으니, 이 얼마나 가엾은 일이겠습니까.

이제 만일 호남 지방의 특수한 풍속을 철폐하여 다른 지방과 동일하게 하려고 한다면 필연코 어떤 자가 전하 앞에 나서서,

"전례대로 할 것이요, 구태여 고칠 필요는 없사옵니다."

라고 주장할는지 모르겠습니다. 만일 그런 자가 있다면, 그는 너무나 떳떳치 못한 자라고 신은 생각합니다. 풍속이란 것은 본래 좋은 것이었다면 말할 것이 없지만, 실상 좋은 것이 아니어서 백성들이 큰 고통으로 여기는 것이라면 어찌 전례라고 해서 그대로 순종하라고만 할 수 있겠습니까? 마땅히 그것을 독사나 호랑이와도 같이 없애 치워야 하며 제때에 고쳐 버려야 될 것입니다. 어찌 수수방관만 하고 있을 수 있겠습니까?

군주는 오직 하늘을 대신하여 만물을 다스려야 하는 것인데, 만일 사물이 질서를 잃고 혼란상태에 빠졌음에도 이를 바로잡아 정리하지 못한다면 이는 군주의 직분을 다하지 못하는 것이 됩니다. 아무리 전래의 습관이라고 하더라도 어찌 따라만 가고 고치지 말아야 된단 말입니까.

지금 호남지방 백성들의 사정을 고찰하면 대략 백 호 중에서 남에게 토지를 주어서 그 소작료를 받아먹는 자는 5호에 지나지 못하고, 자기 토지를 자신이 스스로 경작하는 자는 25호쯤 되며, 남의 토지를 경작하여 지주에게 소작료를 바치는 자는 70호나 됩니다.

이제 만일 국가 조세와 종자 곡식을 소작인이 부담하는 그 전례를 고쳐서 경기지방의 실례와 같이 한다면 이 70호는 모두 춤추며 환영할 것이요, 그 25호는 비록 자기와는 직접적 이해관계가 없다고 하더라도 사람의 도의로 대체로 부자를 미워하고 가난한 자를 동정하는 법이기 때문에 역시 좋아할 것이며, 오직 그 고치는 것을 싫어할 자는 실로 5호밖에 되지 않을 것입니다.

이 5호가 싫어할 것을 두려워하여 95호가 춤추며 좋아할 정사를 하지 않는다면 누가 국가 정권의 권위를 믿겠습니까.

《주역(周易)》에,

'밭갈이를 하지 않고 수확을 하며, 토지를 개간하지 않고 밭을 얻는다.'

라는 말이 있는데, 공자는 이 말에 대하여,

"밭갈이를 하지 않고 수확한다면 부자가 되지 못할 것이다."

라고 말하였습니다. 지금의 지주들이야말로 농사를 짓지 않고 수확하는 사람들인데 비록 수확은 한다 하더라도 부자는 될 수 없는 것이 떳떳한 도리일 것입니다. 그런데 어찌하여 저와 같이 부호 노릇을 할 수 있도록 방임하여 둘 수 있겠습니까.

신의 본 바에 의하면, 호남지방의 습속에 농민들이 벼를 베어서는 그 자리에서 타작하지 않고 자기 집으로 운반하여 하루 이틀, 혹은 한 열흘 동안씩 쌓아 두었다가 탈곡하는 습속이 있습니다. 이에 대하여 부호 지주들은 말하기를,

"농민들이 지주도 모르게 빼앗아 감추는 분량이 많으니 국가 조세를 그들이 부담해야 된다."

라고 주장합니다. 그러나 이도 또한 부호 지주들의 간교로운 말에 지나지 않는 것입니다. 신이 젊었을 때에 농촌에 있으면서 경기지방의 습속도 보았는데, 소작 농민들이 수확물 중에서 조금씩 감추고 따로 돌려 지주들의 눈을 속이는 것은 다소 습관이 되어 있는 실정입니다. 어찌 호남지방 농민들만이 그런 것이겠습니까. 사실은 타작 마당에서 떨어진 이삭이나 흩어진 낟알쯤은 과부나 얻어갈 몫이 될 것이지, 저 팔짱 끼고 앉아서 남의 노력만 바라는 부호들이 다툴 바는 아닙니다.

신이 일찍이 송나라 소순(蘇洵)[3]의 《형론(衡論)》을 읽었는데

"부민(富民)들이 역시 그 절반씩을 국가에 조세로 바치나 이것은 주(周)나라 시대의 농민들이 모두 그 전력을 다하여 공납하던 것만 못하다."

---

3) 소순(蘇洵)—중국 송나라 사람. 그 두 아들 소식(蘇軾) 및 소철(蘇轍)과 함께 문학가로서 알려졌다. 겸하여 사회제도 및 정치적 논술도 썼다. 《형론(衡論)》, 《권서(勸書)》 등의 저서가 있다.

라고 한 말이 있습니다. 이것을 보면 중국의 습속에도 역시 지주들이 국가의 조세를 부담하였던 것입니다.

아! 농민들이 1년 동안 짓는 농사가 불과, 6, 7두의 종자를 심어 가꾸는 것인데, 거기에서 지주들에게 소작료로 빼앗기고 봄철에 꾸어 먹은 환자 곡식을 갚고 나면 그 해가 다 가기도 전에 벌써 식량이 모자라서 기아에 헤매게 되는 것입니다. 이런 농민이 무슨 재간으로 국가에 납부할 조세까지 낼 수 있겠습니까. 어쩌다가 면포(棉布)라도 짜서 그것으로 그를 보상할 따름입니다. 그도 또한 질병에 걸리거나 사망자가 나거나 하여 국가 조세의 기일을 어기는 경우에는 불가불 가마솥을 팔고 송아지까지 팔아서 이를 보상하는 형편입니다. 이 얼마나 비참한 사정입니까. 백성의 부모가 된 이로서 이를 어찌 그대로 방임하여 둘 수 있겠습니까.

《시경》에 이르기를,

'저 넉넉한 사람들은 오히려 낫거니와 가련하도다! 이 외로운 자들이여!'

라고 하였는데 남에게 토지를 주어 소작료를 받는 자가 곧 이 넉넉한 자들입니다. 강한 자를 억누르고 약한 자를 보호하는 것은 어진 사람이 하는 정치입니다. 전하께서는 무엇을 염려하여 이를 실행하지 못하겠습니까. 신은 바라건대, 전하께서 조정에 분부하여 시급히 도신(道臣)4)들로 하여금 엄격한 규정을 제정하여 이로부터는 국가 조세와 종자 곡식을 일체 지주가 부담하도록 하며, 만일 은밀히 농민들에게 그것을 부담시키는 자가 있거나 또는 토지 소유권을 가졌다고 제 마음대로 농민들을 농락하는 자들이 있는 경우에는 그들을 염탐하여 적발하고 중한 형벌로써 처벌케 하는 것이 좋겠습니다.

이렇게 한다면 남부 지방의 농민들이 비로소 어느 정도 어깨를 펴고 소생의 숨을 쉬게 될 것입니다. 전하께서는 무엇을 염려하여 이런 좋은 일을 하지 않으려 하십니까. 이만 올립니다.

---

4) 도신(道臣)―각 도의 관찰사, 도지사.

擬 嚴禁湖南諸邑佃夫輸租之俗箚子

臣竊觀湖南之俗 租與種子 皆佃夫出之 臣以爲此俗當禁也 臣伏唯天地生物之理 至公大慈 一視同仁 豈欲使百夫殫力 以肥一夫哉 臣請遡其本而言之 臣嘗謂田有二主 其一王者也 其二佃夫也 詩云 普天之下 莫非王土 王者其主也 詩云 雨我公田 遂及我私 佃夫其主也 二者之外 又誰敢主者哉 今也富彊之民 兼並唯意 王稅之外 私輸其租 於是田有三主矣 在昔殷周之制 民不過什一 然而上之視民 猶哀矜惻怛 若將不保 見於詩著於禮典 若使殷周之君 來視此法 未有不涕泣傷恫 而其民視之 未有不盰盰作愿 載未邦而走者 此後世農夫之 困於前古者也 私門輸租 雖一粒半菽 猶爲無義 況我東立制 因循貉俗 縣官之稅 大約二十取一 仁於三代之法遠矣 何乃私門之租 什取其五哉 民困國貧 上下匱竭 皆此故也 其制唯正之供 雖若是凉 而州縣事例 在在不同 若所謂雇馬貢竹之類 名號猥雜 不可勝數 徵斂無藝 皆督佃夫 守令視爲故常 御史莫之擧劾 名雖貉法 其實亦什五也 私輸其五 官斂其五 佃夫何食哉 此我東農夫之困於中國者也 京畿諸路 私門之租 雖取其半 王稅穀種 皆田主出之 計其實食 佃夫蓋多 此猶可矣 今此湖南之俗 田主旣領其半 無不高枕而臥 佃夫旣失其半 又就留半之中 除其穀種 除其稅米 左割右削 餘者幾何 此湖南農夫之困於諸路者也 苟其俗宜 然何不令京畿諸路 通行此法 以成大同之俗也 苟如是者 臣恐萬口嗷嗷 相率而爲亂也 在諸路 則萬口嗷嗷 相率爲亂 而湖南之民 安然蒙冒 不敢爲掉脫之計 不亦悲乎 今欲嚴禁此俗 令同諸路也 則必有起 殿下之前者 曰順俗而治 不必更張 臣謂爲此言者 必庸夫也 俗苟善矣 可勝言哉 如其不善 爲生民切骨之痛者 如之何其順之 禁之革之 當如毒蛇虎狼 顧可袖乎而觀之乎 王者代天理物 物亂而莫之理 則其職闕矣 顧可有順而無違哉 今計湖南之民 大約百戶 則授人田 而收其租者 不

過五户 其自耕其田者 二十有五 其耕人田 而輪之租者七十 今若改
其舊俗 令同諸路 則是七十者 皆踊躍扑舞矣 其二十有五 雖甘苦不
于 然人道惡盈 大抵忌富而恤貧 亦在樂中 其悵然不樂者 不過五人
耳 畏五人之悵然 不敢爲九十五人踊躍扑舞之政 孰謂王者操化權哉
易曰 不耕穫 不菑畬 孔子曰 不耕穫未富也 今之田主 卽所謂不耕
穫者也 穫而未富 乃其本分 顧使之富强如彼哉

臣見湖南之俗 刈而不打 收入佃夫之家 或越日踰旬 而後始乃打
落 故富民之言 曰 佃夫竊食者多 其輪王税固當此 又奸言也 臣少
也鄙賤 嘗監刈於京畿之田矣 田夫之鼠竊狗偸 其實瑣小 奚獨湖南
爲然 稱穧不斂 寡婦之利 彼拱手而收田租者 乃敢爭此利於農夫乎
臣嘗讀宋蘇洵之衡論 曰 富民輪租 亦以其半 不若周之民 以其全力
而供之 由此觀之 中國之法 亦田主輪租也 嗟乎 佃夫一年之農 不
過種六七斗耳 輪其私租 償其還穀 歲未卒而饑已久矣 從何處辦此
王税哉 織棉布以應之而已 其或疾病死亡 未及公期 則賣鍋粥犢 景
色悽慘 爲民父母 如之何其任之 詩云 哿矣富人 哀此煢獨 夫授人
田而租之者 大抵是富人也 抑强扶弱 仁人之政 殿下何胡而不爲哉
臣願 殿下 俯詢廟堂 亟令道臣 嚴立科條 自今租與種子 皆令田主
出之 其有暗地私受 操縱田土之權者 別加廉察 置之重辟 則南土之
民 庶幾息肩而望蘇矣 殿下何憚而不爲也 取進止

(2) 옥당에서의 고과조례를 주청하는 글(玉堂進考科條例箚子)

― 수령(守令)이 잘해야 백성이 편한 것인데 그 잘하고 못
하는 치적을 잘 고과(考課)해야 하는데 대개 아홉 가지
로 평가할 것이니 ① 율기(律己 : 자신을 다스림) ② 자목
(字牧 : 백성사랑) ③ 시적(市糴 : 경제, 환곡) ④ 호적 ⑤
전정(田政) ⑥ 문교 ⑦ 무비(武備) ⑧ 형옥(刑獄) ⑨ 공선
(工繕)의 공이 있는가 없는가를 판정해야 한다는 주장.

신(臣)은 엎드려 생각하건대, 국가의 안위(安危)는 인심(人心)의 향배(向背)에 달려 있고, 인심의 향배는 생민(生民)의 휴척(休戚)에 달려 있고, 생민의 휴척은 수령(守令)의 장부(臧否)에 달려 있고, 수령의 장부는 감사의 포폄(褒貶)에 달렸으니, 감사가 포폄하는 법은 곧 천명과 인심이 향배하는 기틀이요 국가 안위의 갈림길이니, 그 관계된 것이 이와 같이 중요한데, 그 법이 소루하고 핵실치 못한 것이 지금 같은 때가 없으니, 신은 그윽히 걱정스럽습니다. 신이 그윽히 헤아려보건대, 당우(唐虞)의 법은 3년만에 공적(功績)을 상고하고 세 번 상고하여 출척(黜陟)하였으니, 그 법이 소완(疏緩)한 것 같으나, 그 세 번 상고하여 내치는 데 미쳐서는, 곤(鯀) 같은 자는 우산(羽山)에서 죽이고 용서하지 않았고 보면, 임금의 단죄(斷罪)가 혁연함이 부월(斧鉞)보다 엄하였은즉, 후세에서 능히 미칠 바가 아닙니다. 주관(周官) 총재(冢宰)의 직책은 연말(年末)이 되면 백관(百官)의 조회를 받아 왕의 폐치(廢置)를 조서하고, 3년 안에 크게 군리(群吏)의 치적을 헤아려 상벌(賞罰)하니, 그 법이 엄밀한 것이 또 이와 같습니다.

한법(漢法)은, 자사(刺史)가 여섯 조항[六條]으로 2천석(石)을 살피고 연말에 일을 아뢰어 전최(殿最)를 들어서 상벌을 상주(上奏)하여 시행하였으니, 그 법이 일찍이 엄밀하지 않은 것은 아니나, 원제(元帝) 때에 이르러 경방(京房)이 또 고공과리법(考功課吏法)을 아뢰어서 천하의 이목(耳目)을 새롭게 하려 하였으니, 반드시 그 구법이 소루함이 없지 않으므로 경방의 말이 이와 같았습니다. 진(晉) 무제(武帝) 때에 두예(杜預)가 말하기를,

"경방의 유법(遺法)이 세밀하여 통하기 어려우니, 바라건대 당요(唐堯)의 구법을 되풀이하여, 세밀한 것은 버리고 간략한 것을 취하소서."

라고 하였으니, 이는 두예가 당요의 법이 후세의 법보다 엄밀함을 알지 못하고 잘못 간이하다고 이른 것입니다. 신이 전대(前代)의 제도를 두루 상고하니, 대개 고과하는 법이 모두 9등(等)으로 나누어졌으나 연말에 한 번 고과할 뿐입니다. 후위(後魏) 문제(文帝)의 말에,

"상·하 2등은 3품이 될 수 있으나, 중등은 다만 1품으로 해야 할 것이다."

라고 하였습니다. 이렇게 하는 까닭은, 상·하는 곧 출척하는 과목이므로 조그만 선악도 정표·폄척해야 하고, 중등은 본래의 임무를 지켜 대통(大通)할 뿐이기 때문이니, 그 뜻도 또한 좋습니다. 국조(國朝)의 고과법은 오직 3등으로 나누었는데 그 소략함이 이와 같은데도 1년에 두 번 고과하니 또 어찌 그리 잦습니까. 당·우의 사람들은 그 현(賢)·능(能)·재(才)·지(智)가 지금 사람 같지 않았으나 3년 후에야 그 공적에 대하여 책임을 물었는데, 지금 사람으로서 반년 내에 과공(課功)하는 것은 불가하지 않겠습니까. 또 그 제목의 글은 여덟 글자만 사용하였으니, 이는 대개 노승경(盧承慶)의 고과법을 본딴 것인데, 거기에,

"감운 손량은 힘으로 미칠 바가 아니다[監運損粮 非力所及]."

라고 하였으니, 이 또한 사언(四言) 이구(二句)에 지나지 않습니다. 그러나 주(周)나라 때는 총재(冢宰)가 그 회계(會計)를 받았는데, 회계에 사용하는 문자는 반드시 여덟 글자밖에 사용할 수 없었고, 한(漢)나라 때는 군(郡)·국(國)이 모두 계부(計簿)를 올렸는데, 계부에 사용한 문자는 반드시 여덟 글자만 사용할 수는 없었을 것입니다. 지금 어사(御史)의 서계(書啓)에 수령의 장부를 논하면서, 혹은 사륙문체(四六文體)를 모방하여 많은 것은 수백 자에 이르곤 하여 자수에 구애받지 않는데, 감사의 고과에는 어찌하여 유독 그러하지 않습니까. 또 신이 그윽이 보건대, 사조(辭朝)하는 수령은 반드시 칠사(七事)를 강(講)하는데, 이른바 칠사란 농상을 성하게 할 것[農桑盛], 호구를 증가시킬 것[戶口增] 등의 과목입니다. 대체로 농상이란 것은 백성이 스스로 힘쓰는 것으로 권면하지 않아도 부지런히 할 것이니, 수령이 자수(自修)할 과목이 아니고, 호구는 백성이 살기 좋은 곳으로 향하는 것이 마치 물이 낮은 곳으로 내려가는 것과 같은 것이니, 수령이 강제로 증가시킬 수는 없는 것입니다. 신이 일찍이 《국어(國語)》를 읽었는데, 거기에

"윤탁(尹鐸)이 그 호구의 세목을 줄여서 회보(懷保)하는 정치를 했다."

라고 하였으니, 호구 세목을 늘리는 것을 급선무로 삼았다는 말은 아직 못들었습니다. 아, 수령의 직책이 어찌 다만 칠사뿐이겠습니까. 수령이란 옛날의 제후(諸侯)입니다. 노인을 봉양하고 어린이를 사랑하며, 곤궁한 이를 구휼하고 외로운 이를 어루만지며, 재앙을 구제하고 없는 자를 진휼하며, 효제(孝悌)를 돈독히 하고 인목(婣睦)을 높이는 것은 모두 사도(司徒)의 직책이니, 가는 곳마다 그 책임 아닌 것이 없고, 관약(管籥)을 삼가고 두곡(斗斛)을 고르게 하고 권량(權量)을 삼가며, 조적(糶糴)의 이(利)를 통하게 하고, 관시(關市)에 세금받는 것을 살피는 것은 어디서나 수령의 직책 아닌 것이 없으며, 농기(農器)와 직기(織機)를 만들고 수리(水利)를 일으켜 민생을 윤택하게 하고, 산림(山林)과 천택(川澤)의 정사를 닦아 가목(嘉木)과 미재(美材)를 삼고, 금수(禽獸)와 육축(六畜)을 길러 본업을 돕고 국용(國用)을 넉넉하게 하는 것은 어디서나 수령의 직책 아닌 것이 없으니, 신이 지금 종[僕]을 바꿔가며 세더라도 그 종류를 다 셀 수 없습니다.

수령의 직책이 어찌 다만 칠사뿐이겠습니까. 요컨대 수령의 백무(百務)가 모두 율기(律己) 2자(字)에 근본하였습니다. 신은 청하건대, 수령의 직책을 논하겠습니다. 그 대강이 아홉 가지가 있으니, 하나는 율기요, 둘째는 자목(字牧)이요, 셋째는 시적(市糴)이요, 넷째는 호적(戶籍)이요, 다섯째는 전정(田政)이요, 여섯째는 문교(文敎)요, 일곱째는 무비(武備)요, 여덟째는 형옥(刑獄)이요, 아홉째는 공선(工繕)인데, 여러 가지 자잘한 일은 각각 그 유목(類目)으로 매어놓고, 구강(九綱)의 아래에 매번 감사가 고과하여 그 아홉 가지 일이 모두 장(臧)인 자는 상지상(上之上)이고, 모두 부(否)인 자는 하지하(下之下)이며, 우연히 부 하나가 있는 자는 상의 중이 되고, 우연히 장이 하나인 자는 하의 중이 되게 하여 차례대로 안배하고, 매번 장부의 많고 적은 것으로 그 고하(高下)를 매긴다면, 명실(名實)이 서로 부합하여 사람들이 진려(振勵)할 것을 생각할 것입니다. 비록 그러하나 만일 감사로 하여금 마음대로 등급을 정하도록 하면, 그 혐의를 삼가고 안면(顔面)을 보아서, 상지상의 포양과 하지하의 폄삭을 반드시 모두 조례대로 따르려 하지 않을 것이니, 지금 마땅히 일도(一道)의 군현(郡縣) 수를 가지고 고하의 수를 맞추어 정하여 9등급으로 나누고, 그 상하를 적게 하고 중등을 많게 하여, 임의로 증감할 수 없게 한 뒤에야 법이 곧 행하여질 것입니다. 어떤 이는 말하기를,

"일도(一道)가 모두 선(善)해도 오히려 장차 고의로 굴억(屈抑)시켜 하지하로 만들고, 지치(至治)의 소문은 없어도 오히려 장차 억지로 높여서 상지상을 만들겠는가."

라고 하였으니, 신은 생각하건대 물건이란 똑같지 않은 것이 그 이치인데, 일도가 모두 선할 리가 있겠습니까. 비록 대악(大惡)은 아닐지라도 일도의 최하인 자는 있으며, 비록 지선은 아닐지라도 일도의 최상인 자는 있는 것입니다. 마주(馬周)의 말이 훌륭합니다. 그의 말에,

"근년의 등제(登第)는 중상(中上)에 불과하니, 어찌 황조(皇朝)의 선비처럼 마침내 상고(上考)나 하고(下考)인 자가 없을 수 있겠는가?"

라고 하였으니, 그 뜻은 대개 현재 있는 속에서 제일 나은 자를 뽑아서 상제(上第)로 삼고자 했던 것입니다. 또 비록 하지하등이라도 그 나열한 폄목(貶目)이 모두 연약하고 거칠고 어두워서 잘못된 것이고, 탐학(貪虐)하고 모범(冒犯: 법에 저촉되는 행동)한 죄가 없으면, 관직을 해임할 뿐이고 마땅히 후재(後災)는 없을 것이니, 어찌 마땅히 고굴(故屈)로 혐의하겠습니까. 그 계목(啓目)의 격식은, 제1조는 사언(四言) 이구(二句)를 쓰고, 그 나머지 8조는 사륙문(四六文)·팔고문(八股文)[1]을 써서 상략(詳略)을 알맞게 하고, 연말마다 한 번 고과(考課)하여 상지상인 자는 관질(官秩)을 높이고 혹 표리(表裏)를 하사하며, 하지하인 자는 잡아다 문초하여 죄를 정해서 혹은 장형(杖刑)을 내리고 혹은 유배시키며, 상의 중·하와 하의 중·상은 상벌(賞罰)에 차등을 두고, 오직 중등인 자는 상도 없고 벌도 없으며, 구고(九考)한 후에 그 치적이 가장 좋은 자는 특

---

1) 팔고문(八股文) — 문체(文體)의 이름. 명(明)·청(淸) 양대(兩代)에서 관리 등용 시험의 논문으로 채택된 문체로서 결구(結句)는 대구법에 의해서 여덟으로 나누어진다.

별히 발탁하여 등용하면, 행한 지 수십 년에 반드시 볼만한 효험이 있을 것입니다. 그 자세한 조례와 절목은 별도로 한 권의 책을 만들어 올리오니, 바라건대 명철하신 성상께서는 신의 이 의제(議題)를 묘당(廟堂)에 내려 더 손질하고 다듬어서 강론하여 행하시면, 생민의 복이요 국가의 다행이겠습니다. 옛날 소공(召公)은 성왕(成王)을 경계하기를,

"소민(小民)을 화합하게 하는 것으로써, 하늘에 영명(永命)을 비는 근본으로 삼으소서."

라고 하였으니, 이것은 성인의 말씀입니다. 지금 탐풍(貪風)이 크게 일어 생민이 거꾸로 매달리듯 괴로운데도, 도정(道政)을 안찰하는 신하가 오로지 가리고 덮어주기만 하여, 높은 벼슬아치와 세족(世族)은 대개 최(最)라고 쓰고, 오직 힘없고 보잘것없는 음직(蔭職)과 무관(武官)은 혹은 중고(中考)라고 써서 가까스로 문책을 면하게 하니, 수령이 방자하여 기탄없이 제 마음대로 하는 것은 오로지 여기에 연유된 것입니다.

전하께서 깊이 구중궁궐에 계시므로 총명이 미치지 못하는 곳이 있으시니, 진실로 명실(名實)을 자세히 살펴서 다스림을 이루고자 하시면, 고과하는 법을 자세히 힘쓰는 것이 제일 좋은 방법입니다. 엎드려 생각하건대 성상께서는 다시 더 깊이 생각하시어 고루하고 보잘것없는 말이라도 버리지 않으신다면 더없는 대원(大願)이겠습니다. 처분하여 주소서.

첩황(貼黃)

신은 또 생각하건대, 임금은 편안하고 신하는 수고로운 것은 천지의 떳떳한 법이니, 몸을 공손히 하시어 남쪽만 향하는 것은 수령의 덕이 아닙니다. 후세에 이 뜻이 밝지 못하여 어리석고 무능한 사람이 힘써 대체(大體)를 유지하고 옛 풍속을 그대로 따르면서 요란하지 않고 다스린다[不擾而治]고 하여, 모든 법도가 해이하고 뭇병폐가 서로 일어남으로써 백성이 그 해독을 받아 피와 기름이 점점 고갈되어가는데도 안찰하는 신하는,

"간략함으로 다스려, 가만히 앉아서 인심을 진정시키는 데 여유가

있었다."

라고 쓰고, 또,

"풍속을 순히 하여 다스리고, 성대한 칭찬을 구하지 않는다."

라고 하며, 심할 경우에는

"산수(山水)가 좋은 지방에서 소요(消遙)하며 한묵(翰墨)을 즐긴다."

라고 썼으니, 이는 모두 전혀 일은 하지 않고 가만히 앉아서 녹만 받아먹는 자의 제목입니다. 한(漢) 선제(宣帝)가 명실(名實)을 자세히 살핀다는 정치는, 바로 이런 무리들을 제거하여 공(功)과 능(能)을 고과하고자 하는 정치였으니, 삼가 생각하건대 성상께서는 유의하소서.

고과(考課) 조례(條例)

과목(科目)

기본 : 율기(律己)—청렴 결백함[廉白]. 부지런하고 힘써 행함[勤勵]. 간소하고 엄정함[簡嚴]. 행동을 조심하고 단속함[檢束]. 음주를 삼감[絶飮]. 기생을 멀리함[遠嬖]. 손님을 물리침[屛客].

갑 : 자목(字牧)—노인을 우대하는 일[優老]. 고아를 구휼하는 일[恤孤]. 흉년에 진휼하는 일[賑荒]. 재액을 구제하는 일[救災]. 시집 보내고 장가보내는 일[嫁娶]. 의약(醫藥). 능한 자를 임용하는 일[任能]. 재주 있는 자를 부리는 일[使才]. 간악한 짓을 못하게 하는 일[戢奸]. 권호를 없애는 일[鋤豪].

을 : 시적(市糴)—곡식을 방출하는 일[放糧]. 곡식을 거두어들이는 일[收糧]. 곡식을 사들이는 일[買穀]. 전세(田稅)를 돈으로 환가(換價)하여 내게 하는 일[作錢]. 곡식을 창고에 보관하는 일[留庫]. 시장의 물가를 고르게 하는 일[平市]. 어업(漁業)과 제염업(製鹽業)에 대한 수세(收稅). 자모전(子母錢)에 관한 일.

병 : 호적(戶籍)—호적에 관한 사무[籍政]. 세금을 매겨서 거두는 일

[賦斂]. 양역(良役)에 관한 일. 상납(上納)에 관한 일. 관아(官衙)에서 민간으로부터 말을 징발하는 일[雇馬]. 계방(契房)2)에 관한 일. 홀아비와 과부를 돌보는 일[矜鰥寡]. 떠도는 거지를 안주시키는 일[安流丐].

정 : 전정(田政)—묵은 밭을 조사하는 일[查陳]. 흉년에 조세를 감면해 주는 일[俵災]. 장부에 누락된 전지를 찾아내는 일[覈漏]. 제방을 수리하는 일. 제방을 쌓는 일. 농사를 장려하는 일. 화전(火田)을 금하는 일. 나무를 심는 일. 가축을 기르는 일. 세금[田稅]를 거두는 일[收稅].

무 : 문교(文敎)—효제(孝悌)에 관한 일. 높은 이를 높이는 일[尊尊]. 어진이를 어질게 대접하는 일[賢賢]. 부부(夫婦)에 대한 일. 문학(文學)에 대한 일. 서적(書籍)에 대한 일. 예속(禮俗)에 대한 일. 학교에 대한 일. 제사(祭祀)에 대한 일. 천거(薦擧)에 대한 일.

기 : 무비(武備)—군기(軍器)에 관한 일. 교련(敎鍊)에 관한 일. 첨정(簽丁)에 관한 일. 징포(徵布)에 관한 일. 도적을 막는 일. 호랑이를 잡는 일. 봉화(烽火)에 관한 일. 소금을 비축하는 일. 동(銅)·철(鐵)·기목(奇木)을 비축하는 일.

경 : 형옥(刑獄)—형벌에 관한 일. 옥사(獄事)를 다스리는 일. 송사(訟事)를 들어 심리하는 일. 태형(笞刑)을 가하는 일. 죄수를 구휼하는 일. 폭도(暴徒)를 금하는 일. 사악(邪惡)한 짓을 못하게 하는 일. 술과 쇠고기를 금지시키는 일.

신 : 공선(工繕)—관사(官舍)를 영선(營繕)하는 일. 도로(道路)에 관한 일. 교량(橋梁)에 관한 일. 성첩(城堞)에 관한 일. 선박(船舶)에 관한 일. 광물(鑛物)을 캐내는 일[卝採]. 무기를 만드는 일. 도량형(度量衡)에 관한 일. 공장(工匠)에 관한 일.

---

2) 계방(契房)—공역(公役)의 면제나 또는 다른 도움을 얻으려고 하리(下吏)에게 돈이나 곡식을 주는 일을 말한다.

포폄(褒貶) 제목식(題目式)

용안현감(龍安縣監) 이모(李某)

율기(律己) : 나이가 많은데도 더욱 부지런하고, 고을이 빈한(貧寒)한 데도 더욱 청렴(淸廉)하다. 장(臧)(잘함)

갑을(甲乙) : 지붕을 이는 데 많이 도와주니, 촌(村)에는 화재(火災)를 잊었다. 장

두곡(斗斛)을 정밀하게 고쳤고 창고 뜰에는 흘린 쌀이 없다. 장

병정(丙丁) : 누호(漏戶 : 호적에 누락된 집)를 부촌(富村)에서 찾아내어 연역(烟役)3)에 원망이 없다. 장

은결(隱結)4)을 신기전(新起田 : 새로 일군 전지)에서 찾아내어 화세(火稅)를 감해주었다. 장

무기(戊己) : 과업(課業)을 부지런히 권면하여 선비들에게 괄목(刮目)할 만한 효과가 있다. 장

첨정과 보충에 막힘이 없어 군에는 징골(徵骨 : 죽은 사람에게 거두는 군포)한다는 탄식이 없다. 장

경신(庚辛) : 검보(檢報 : 검사하고 보고하는 일)가 정상(情詳)하여 재주는 이미 숨을 것을 살피는 데 나타났다. 장

해역(廨役 : 관청의 역사)이 많았는데도 칭송은 이미 손재(損財)보다 더했다. 장 그러므로 상지상(上之上)이다.

순창군수(淳昌郡守) 김모(金某)

율기 : 옹용(雍容)하게 실행하고, 부지런히 힘써 다스렸다. 장

갑을 : 초호(抄戶)를 정밀히 하여 손척(損瘠)했다는 탄식이 없다. 장

---

3) 연역(烟役) - 민가(民家) 매호(每戶)마다에 부과하는 잡역(雜役)을 말한다.
4) 은결(隱結) - 조세(租稅)의 부과 대상에서 제외시키기 위해 부정으로 양안(量案)에 올리지 않은 땅을 말한다.

납세(納稅)를 재촉하는 일이 너무 완만(緩慢)하여, 관망(觀望)하는 간민(奸民)을 살피지 못하였다. 부(잘 못함)

병정 : 계방(契房)을 모두 파(破)하여 비록 은혜는 부역을 고르게 하는 데는 간절했다. 장

묵은 전지[陳田]를 자세히 조사하지 못하여, 재주가 누전(漏田 : 장부에 빠진 전지)을 살피는 데 부족했다. 부

무기 : 향속(鄕俗)이 노망(魯莽)한데 진작시켰다는 성예(聲譽)는 부족했다. 부

군물(軍物)이 신선하니 보수한 공을 증험할 수 있다. 장

경신 : 군무(軍務)가 아니면 곤장을 때리지 않았으니 남형(濫刑)은 면했다. 장

겨울철에 다리가 없었으니 어찌 혜정(惠政)을 힘쓰지 않았는가. 부

우인(右人)은 장이 다섯이고 부가 넷이니, 중지중(中之中)이다.

남원부사(南原府使) 최모(崔某)

율기 : 상정(觴政 : 술상 차리는 일)이 너무 지나치고 방폐(房嬖)의 간사가 많았다. 부

갑을 : 기민(飢民) 먹이는 진휼 죽(粥)에 물을 너무 타서 백성들이 부황(浮黃)을 면치 못했다. 부

상인(商人)의 소금이 배에 나가므로 명목 없는 징백세(徵白稅)를 내게 하였다. 부

병정 : 간리(奸吏)를 살피지 않아 두 번 고마조(雇馬租)를 거뒀다. 부

백성의 곡묘(穀苗)가 모두 말랐으나 양어(養魚)하는 연못으로 물을 모두 빼앗아갔다. 부

무기 : 석채(釋菜)5)의 예를 대행하게 하니, 많은 선비가 실망했다. 부

---

5) 석채(釋菜)—음력 2월과 8월의 상정일(上丁日)에 서울은 성균관, 지방은 향교(鄕校)에서 공자를 위시한 선성(先聖)·선사(先師)에게 지내는 제사를 말한다.

벌죽령(伐竹令)이 실상이 없어서 화살 한 개도 만들지 않았다. 부

경신 : 소를 징수하여 속죄(贖罪)하여 주고 보고하지 않았으니 제 뱃속만 채웠을 뿐이다. 부

치첩(雉堞 : 성가퀴)을 돌보았다면서 저절로 무너지도록 버려두었으니, 백성에게서 거둔 것은 무엇에 썼는가. 부

우인은 구사(九事)가 모두 부이니 하지하(下之下)이다.

고공표(考功表)	상상	상중	상하	중상	중중	중하	하상	하중	하하
경기(京畿) 36관(官)	1읍(邑)	2읍	3읍	6읍	12읍	6읍	3읍	2읍	1읍
충청(忠淸) 54관	1읍	3읍	4읍	9읍	20읍	9읍	4읍	3읍	1읍
전라(全羅) 53관	1읍	3읍	4읍	9읍	19읍	9읍	4읍	3읍	1읍
경상(慶尙) 71관	1읍	4읍	6읍	12읍	25읍	12읍	6읍	4읍	1읍
강원(江原) 26관	1읍	2읍	2읍	4읍	8읍	4읍	2읍	2읍	1읍
황해(黃海) 23관	1읍	1읍	2읍	4읍	7읍	4읍	2읍	1읍	1읍
평안(平安) 42관	1읍	2읍	3읍	7읍	16읍	7읍	3읍	2읍	1읍
함경(咸鏡) 24관	1읍	1읍	2읍	4읍	8읍	4읍	2읍	1읍	1읍

대체로 하의중인 자는 파출(罷黜)하고, 연이고(連二考)에 하의상인 자도 파출한다.

玉堂進考課條例箚子

伏以臣竊伏念 國家安危 係乎人心之向背 人心向背 係乎生民之休戚 生民休戚 係乎守令之臧否 守令臧否 係乎監司之褒貶 則監司考課之法 乃天命人心向背之機 而國家安危之攸判也 其所關係 若是其重 而其法之疎漏不覈 莫今時若 臣竊憂之 臣竊計唐虞之法 三載考績 三考黜陟 其法似若疎緩 然及其三考而黜之也 若鯀者 殛之羽山而不赦 則乾斷赫然 嚴於斧鉞 非後世之所能及也 周官冢宰之

職 歲終則受百官之會 詔王廢置 三歲則大計羣吏之治 而誅賞之 其
法之嚴且密 又如是也 漢法 刺史以六條察二千石 歲終奏事以舉殿
最 奏行賞罰 其法未嘗不嚴 然至元帝之時 京房又奏考功課吏法 欲
以新天下之耳目 必其舊法 不無疎漏之失 故房之言如是也 晉武帝
時 杜預以爲京房遺法 細密難通 請申唐堯之舊典 去密就簡 是杜預
不知唐堯之典 嚴於後世 而謬謂之簡易也 臣歷考前代之制 凡考課
之法 皆分九等 歲終一考而己 唯後魏文帝之言 曰上下二等 可爲三
品 中等但爲一品 所以然者 上下是黜陟之科 故旌絲髮之美惡 中等
守本事大通而己 其意亦善 國朝考課之法 唯分三等 其率略如此 而
一年再考 又何其數數也 唐虞之人 其賢能才知 非如今時之人 然且
三載 而後責其績庸 以今之人 而課功於半年之內 無乃不可乎 且其
題目之文 止用八字 此蓋取法於盧承慶之考 曰監運損粮 非力所及
亦不過四言二句也 然周之時 冢宰受其會計 會計之文 必不得止用
八字也 漢之時 郡國皆上計簿 計簿之文 必不得止用八字也 今御史
書啓 論守令臧否 或倣四六之體 多者至數百言 不拘字數 監司考課
何獨不然 且臣竊伏見 守令辭朝者 必講七事 所謂七事者 農桑盛戶
口增等科目也 夫農桑者 民所自力 不勉而勤 非守令自修之目 戶口
者 民之趨樂土也 如水之趨下 非守令所能强之使增也 臣嘗讀國語
曰尹鐸損其戶數 以爲懷保之政 未聞以增戶口爲急也 嗟乎守令之職
奚但七事已哉 守令者 古之諸侯也 養老慈幼 恤窮撫獨 救災賑乏
敦孝弟崇嫺睦 一應司徒之職 無往而非其責也 謹管籥平斗斛 愼權
量通糴糶之利 察關市之征 無往而非守令之職也 作爲農器織機 興
水利以厚民 修山林川澤之政 植嘉木美材 養禽獸六畜 以輔本業 以
裕國用 無往而非守令之職也 臣今更僕而數之 無以竭其類也 守令
之職 豈但七事已哉 要之守令百務 皆本於律己二字 臣請論守令之
職 其大綱有九 一曰律己 二曰字牧 三曰市糴 四曰戶籍 五曰田政
六曰文敎 七曰武備 八曰刑獄 九曰工繕 而其庶事之叢脞者 各以其

類係之 九綱之下 每監司考課 其九事皆臧者 第上上 其九事皆否者
第下下 偶有一否者爲上中 偶有一臧者爲下中 以次挨排 每以臧否
多少 第其高下 則名實相符 人思振厲矣 雖然若使監司隨意等第 則
懼其嫌疑 顧其顏私 上上之褒 下下之貶 必不肯具遵條例 今宜執一
道郡縣之數 搉定高下之數 分爲九等 寡其上下 多其中等 毋得任意
增減 然後法乃行矣 或曰一道皆善 猶將故屈爲下下 至治無聞 猶將
強尊爲上上乎 臣以爲物之不齊 物之理也 一道皆善 有是理乎 雖非
大惡 一道之最下者有之矣 雖非至善 一道之最上者有之矣 善乎馬
周之言 曰比年等第 不過中上 豈容皇朝之士 遂無上下之考者 其意
蓋欲於見在之內 拔其尤者 以爲上第也 且雖下下之等 其所列貶目
皆疲軟疎暗之失 而無貪虐冒犯之罪 則解官而已 宜無後災 豈宜以
故屈爲嫌哉 若其啓目之式 第一條 用四言二句 其餘八條 爲四六八
股 俾詳署得中 每歲終一考 上上者 增秩或賜表裡 下下者 拿問正
罪 或杖或配 上之中下及下之中上 賞罰有差 唯中等者 無賞無罰
九考之後 其治理居最者 別加擢用 則行之數十年 必成效可觀 其條
例節目之詳 別爲一冊 仰塵乙覽 伏乞聖明 下臣此議於廟堂 益加修
潤 講而行之 生民之福 國家之幸也 昔召公 陳戒于成王 以誠小民
爲祈天永命之本 此聖人之言也 今貪風大作 生民倒懸 而按道之臣
專掩匿覆 蓋大吏世族 槩書爲最 唯就殘蔭冷武 或書中考 苟免咎責
守令之肆無忌憚 恣行胸臆 職此之由也 殿下深居九重 聰明有所不
及 苟欲綜名覆實 以達治理 莫如考課之法 務盡詳密 伏惟聖度 更
加三思 無棄芻蕘之言 不勝大願 取進止

貼 黃

臣又思之 君逸臣勞 天地之常經 恭己正南 非守令之德也 後世此
義不明 儱侗無能之人 務持大體 因循故常 名之曰不擾而治 百度解
弛 衆蠹交穿 民受其毒 膏血漸竭 而按察之臣 方且書之曰簡約爲治

坐鎮有裕 曰順俗而治 不求赫譽 甚則曰山水之鄉 消搖翰墨 此皆全
不事事 尸祿曠位者之題目也 漢宣帝 綜明覈實之政 正欲鋤拔此類
以課功能 伏惟 聖明留意焉

考課條例
科目　基本曰律己　廉白 勤勵 簡嚴 檢束 絶飲 遠嬖 屏客
　　　甲曰字牧　　優老 恤孤 賑荒 救災 嫁聚 醫藥 任能使才, 戢
　　　　　　　　奸 鋤豪
　　　乙曰市糴　　放糧 收糧 買穀 作錢 留庫 平市 魚監稅 子母錢
　　　丙曰戶籍　　籍政 賦斂 良役 上納 雇馬 契房 矜鰥寡 安流丐
　　　丁曰田政　　查陳 俵災 覈漏 修堤 防堰 勸農 禁火田 種樹
　　　　　　　　畜牧 收稅
　　　戊曰文敎　　孝第 尊尊 賢賢 夫妻文學 書籍 禮法 學校
　　　　　　　　祭祀 薦擧
　　　己曰武備　　軍器 敎鍊 簽丁 微布 戢竊 捉虎 烽火 備塩
　　　　　　　　蓄銅鐵奇木
　　　庚曰刑獄　　刑罰 治獄 聽訟 笞杖 恤囚 禁暴 止邪 牛酒禁
　　　辛曰工繕　　館廨 道路 橋梁 城堞 舟楫 卝採 爐冶 度量衡
　　　　　　　　工匠

褒貶題目式
龍安縣監李某
　　　律己段　　年衰益勤 邑薄彌廉　　　臧
　　　甲乙段　　茸屋多助 村忘失火之災 臧
　　　　　　　　改斛旣精 倉無落庭之米 臧
　　　丙丁段　　括漏戶於富村 烟役無怨 臧
　　　　　　　　覈隱結於新起 火稅有蠲 臧

戊己段　勸課旣勤　士有刮目之效　臧
　　　　簽補不滯　軍無徵骨之歎　臧
庚辛段　檢報精詳　才已驗於察隱　臧
　　　　廳役浩大　頌已勝於損財　臧

淳昌郡守金某
律己段　雍容做去　勤勵爲治　　臧
甲乙段　抄戶旣精　雖無損瘠之歎　臧
　　　　催科太緩　不察觀望之奸　否
丙丁段　契房都破　惠雖切於均徭　臧
　　　　查陳未詳　才或短於覈漏　否
戊己段　鄕俗魯莽　雖欠作興之譽　否
　　　　軍物新鮮　可驗修補之功　臧
庚辛段　非軍務則不棍　雖免濫刑　臧
　　　　在凍節而無橋　盍勉惠政　否
右人段　五臧四否　第中中

南原府使崔某
律己段　觴政太濫　房嬖多奸　　否
甲乙段　賑粥和水　民不免於浮黃　否
　　　　商鹽出船　稅無名於徵白　否
丙丁段　吏奸莫察　再收雇馬之租　否
　　　　民苗盡枯　全奪養魚之沼　否
戊己段　釋菜之禮代行　多士失望　否
　　　　伐竹之令無實　一矢不修　否
庚辛段　徵牛贖而不報　私橐徒盈　否
　　　　睚雉堞而自頹　民斂何用　否
右人段　九事皆否　第下下

考 功 表	上上	上中	上下	中上	中中	中下	下上	下中	下下
京畿 三十六官	一邑	二邑	三邑	六邑	十二邑	六邑	三邑	二邑	一邑
忠清 五十四官	一邑	三邑	四邑	九邑	二十邑	九邑	四邑	三邑	一邑
全羅 五十三官	一邑	三邑	四邑	九邑	十九邑	九邑	四邑	三邑	一邑
慶尚 七十一官	一邑	四邑	六邑	十二邑	二五邑	十二邑	六邑	四邑	一邑
江原 二十六官	一邑	二邑	二邑	四邑	八邑	四邑	二邑	二邑	一邑
黃海 二十三官	一邑	一邑	二邑	四邑	七邑	四邑	二邑	一邑	一邑
平安 四十二官	一邑	二邑	三邑	七邑	十六邑	七邑	三邑	二邑	一邑
咸鏡 二十四官	一邑	一邑	二邑	四邑	八邑	四邑	二邑	一邑	一邑

5. 근본을 따져서 추론하는 글 : 원(原)

(1) 윤리 도덕을 가르치는 근본을 논함(原敎)

> —— 효(孝)로써 충(忠)에 이르고 효제(孝悌)로써 인(仁)이
> 되고 의(義)의 실상은 형을 순종함이니 하늘이 명한 것
> 을 성(性)이라 이르며 성에 따른 것을 도(道)라 이르고
> 도를 닦는 것을 교(敎)라 이른다.

부모를 사랑하고 봉양하는 것을 효도라 이르고, 형제들이 우애스런 것을 제(悌)라 이르고, 그 자녀를 훈도하는 것을 자애(慈愛)라 이르니, 이것을 오교(五敎)[1]라고 말한다.

아버지 섬기는 데서 나아가 높은 이를 높임으로써 임금을 섬기는 도리가 성립되고, 아버지 섬기는 데서 나아가 어진 이를 어질게 여김으로써 스승을 섬기는 도리가 성립하게 되니, 이것이 이른바 나를 낳아 기른 이는 셋(임금·스승·아버지)이지마는 섬기는 도리는 한 가지인 것이다.

형 섬기는 것을 취하여 여러 사람을 부리게 되는데, 부부란 것은 서로 함께 이 덕을 닦아서 그 집안을 다스리는 것이요, 붕우(朋友)란 것은 서로 함께 이 도리를 익혀서 그 집 밖을 돕게 되는 것이다. 그러나 다만 자애란 것은 힘쓰지 않아도 이를 할 수 있게 되니, 그런 까닭으로 성인께서 교육을 마련할 적에 오직 효도와 우애만 가르친 것이다.

맹자는,

---

1) 오교(五敎)-부의(父義)·모자(母慈)·형우(兄友)·제공(弟恭)·자효(子孝) 등 이른바 오상(五常)을 가리킴.

"인(仁)의 실상은 어버이를 섬김인 것이요, 의(義)의 실상은 형을 순종함인 것이요, 예(禮)의 실상은 이 두 가지〔事親, 從兄〕를 절문(節文)[2]함인 이것이요, 악(樂)의 실상은 이 두 가지를 즐겨함이 곧 이 것이요, 지(智)의 실상은 이 두 가지를 알아서 떠나지 않음이 곧 이 것이다."(사친종형(事親從兄)장)

라고 했으니 이로 말미암아 말한다면 《대학(大學)》의 명덕(明德)을 밝힘은 이 두 가지를 밝히는 것이요, 《중용(中庸)》의 성(誠)으로 말미암아 밝아짐은 이 두 가지를 성실하게 하는 것이요, 충(忠)이란 말은 이 두 가지를 다하여 자기에게 성실히 함이요, 서(恕)란 말은 이 두 가지를 미루어 물(物)에 미치게 함이요, 사물의 이치를 연구하여 지식을 넓힘〔格物致知〕은 이 두 가지를 먼저 연구하고 뒤에 할 바를 아는 것이요, 사물의 이치를 연구하여 사람의 본성(本性)을 다함은 이 두 가지를 연구하여 나의 성분(成分)을 다함이다. 이 두 가지가 마음에 성실함을 정심(正心)이라 이르고, 이 두 가지를 밝혀서 성명(性命)[3]에 순종함을 사천(事天)이라 이른다. 하늘이 명한 것을 성(性)이라 이르고, 성(性)에 따른 것을 도(道)라 이르고, 도(道)를 닦는 것을 교(敎)라 이르니 교(敎)란 것은 오교(五敎)이다.

原 敎

愛養父母謂之孝 友於兄弟謂之弟 敎育其子謂之慈 此之謂五敎也
資於事父 以尊尊而君道立焉 資於事父 以賢賢而師道立焉 玆所謂
生三而事一也 資於事兄 以長長 資於養子 以使衆 夫婦者 所與共
修此德 而治其内者也 朋友者 所與共講此道 而助其外者也 然唯慈
者 不勉而能之 故聖人之立敎也 唯孝弟是訓 孟子曰 仁之實 事親

---

2) 절문(節文)—사리에 맞고 질서 있게 꾸민 문장.
3) 성명(性命)—천부(天賦)의 성질(性質). 《논어》에서는 '性者人所受之天理 天道者 天理自然之本體(公冶長 朱子註)'라 했다.

是也　義之實　從兄是也　禮之實　節文斯二者是也　樂之實　樂斯二者
是也　智之實　知斯二者不去是也　由是言之　大學之明明德　明此二者
也　中庸之自誠明　誠此二者也　忠之爲言　盡此二者　而實於己也　恕
之爲言　推此二者　而及於物也　格物致知　格此二者　而知所以先後也
窮理盡性　窮此二者　而盡吾之性分也　二者誠乎心　謂之正心　二者誠
乎身　謂之修身　昭明二者　以順性命　謂之事天　天命之謂性　率性之
謂道　修道之謂敎　敎也者　五敎也

(2) 정치의 근본과 본질을 논함(原政)

> ― 정(政)은 정(正)이다. 백성을 빈부(貧富)없이 고르게
> 하는 것이 정치이다. 선악을 가려주고 길흉(吉凶)이
> 없게 하는 일이 임금과 관료들이 하는 일이다.

정(政)이란 바르게[正] 하는 것이다.

모두 같은 우리 백성인데 누구는 토지의 이익을 겸병(兼幷)하여 부후(富厚)하게 할 것이며, 누구는 어찌하여 땅의 윤택을 막아서 빈박(貧薄)하게 할 것인가. 땅과 백성을 헤아려 고르게 나누어서 바르게 함을 정치라 이른다.

모두 같은 우리 백성인데 어찌해서 누구로 하여금 땅의 풍성함을 쌓아서 그 곡식이 남아서 버리게 하고, 누구는 그들로 하여금 땅의 박색(薄嗇)함을 만들어서 그 양식이 모자란 것을 걱정하게 할 것인가. 그들을 위하여 배와 수레를 만들고 저울과 표준을 신중히 하고 그 물화(物貨)를 운반하여 그 있고 없는 것을 유통시켜 바르게 함을 정치라 이른다.

모두 같은 우리 백성인데 어째서 강한 사람으로 하여금 그 욕심냄을 마음대로 하여 강대하게 할 것이며, 어째서 약한 사람으로 하여금 그 침탈을 입어서 멸망하게 할 것인가. 그들을 위하여 군사를 크게 일으켜 죄를 세상에 발표하여 토벌하고 망하는 것을 살리게 하고 끊어지는 것을

잇게 하여 바르게 함을 정치라 이른다.

모두 같은 우리 백성인데 그들로 하여금 기만(欺慢)하고 몽매하게 하면서 어떻게 그 사체(四體)를 편안하게 할 것이며, 그들로 하여금 공근(恭勤)하고 충선(忠善)하라면서 왜 복이 미치지 않게 할 것인가. 형벌을 만들어 징계하고 상을 만들어 장려하며 죄와 공을 구별하여 바르게 함을 정치라 이른다.

모두 같은 우리 백성인데 어찌하여 그들로 하여금 어리석으면서도 높은 지위에 처하여 그 악(惡)을 널리 퍼뜨리게 하는 것이며, 어찌하여 그들로 하여금 어질면서도 낮은 지위에 있게 하여 그 덕을 가리게 할 것인가. 그들을 위하여 붕당(朋黨)을 제거하고 공도(公道)를 넓히며 어진 이를 천거하고 불초한 자를 물리쳐서 바르게 함을 정치라 이른다.

밭도랑을 파고 수리(水利)를 일으켜 그 수재(水災)와 한재(旱災)를 없애고 소나무·잣나무·유자나무〔椅〕·오동나무·가래나무·칠나무·느릅나무·버드나무·배나무·대추나무·감나무·밤나무 등속을 심어서 궁실(宮室)을 일으키고 관곽(棺槨)을 만들고 오곡(五穀)을 돕게 하며, 소·양·노새·말·닭·돼지·개를 길러 농민을 건장하게 하고 늙은이를 기르게 하고 우인(虞人)[1]은 제때에 산림(山林)에 들어가서 사나운 짐승과 맛좋은 새·짐승을 사냥하여 해독을 제거하고 가죽과 살코기를 널리 사용하게 하며, 공인(工人)은 제때에 산림(山林)에 들어가서 금·은·동·철·단사(丹砂)·보옥(寶玉)을 캐어 화폐의 근원을 만들어 모든 용도에 공급하게 하며, 의사는 병의 원리를 연구하고 약의 성질을 분별하여 역려(疫癘)[2]와 요사(夭死)를 막게 하니 이것을 임금의 정치라 이른다.

임금의 정치가 퇴폐하매 백성이 곤궁하게 되고, 백성이 곤궁하매 나라가 가난하게 되고, 나라가 가난하매 부세(賦稅)의 징수가 가혹하게 되고, 세금의 징수가 혼란하매 인심이 떠나게 되고, 인심이 떠나매 천명(天命)

---

1) 우인(虞人) - 중국에서 산림 소택(沼澤)을 맡았던 벼슬.
2) 역려(疫癘) - 역병(疫病), 열병(熱病), 전염병 등.

이 가버리게 되니, 그런 까닭으로 시급하게 할 바는 정치에 있다.

原 政

政也者 正也 均吾民也 何使之幷地之利而富厚 何使之阻地之 澤
而貧薄 爲之計地與民 而均分焉以正之 謂之政 均吾民也 何使之積
土之所豊 而棄其餘 何使之闕土之所嗇 而憂其匱 爲之作舟車 謹權
量 遷其貨 得通其有無以正之 謂之政 均吾民也 何使之强 而恣其
吞以大 何使之弱 而被其削以滅 爲之張皇徒旅 聲罪致討 存亡繼絶
以正之 謂之政 均吾民也 何使之欺凌頑惡 而安其四體 何使之恭勤
忠善 而福不加及 爲之刑以懲 爲之賞以奬 別罪功以正之 謂之政
均吾民也 何使之愚而處高位 以播其惡 何使之賢而詘於下 以翳其
德 爲之祛朋黨恢公道 進賢退不肖以正之 謂之政 濬畎澮興水利 以
平其澇旱 樹之松柏椅桐梓漆楡柳梨棗梯栗之屬 以興宮室 以供棺槨
以助五穀 畜之牛羊驢馬雞豚狗彘 以壯兵農 以養耆老 虞以時入山
林 畋獵猛獸美禽 以遠害毒以布皮味 工以時入山林 采金銀銅鐵丹
砂寶玉 以長貨源 以給諸用 醫師講究病理 辨別藥性 以禦疫癘夭札
此之謂王政 王政廢而百姓困 百姓困而國貧 國貧而賦斂煩 賦斂煩
而人心離 人心離而天命去 故所急在政也

(3) 인격의 근본인 덕을 밝힘(原德)

> ──자기와 남이 친근해야 효제가 성립되고 밝은 덕을 밝
> 힘[明明德]은 나라를 다스릴 수 있다는 근본이 된다.
> 성(性)과 행(行)으로 덕이 되는 것이니 성만으로는 덕
> 이 될 수 없다.

명(命)과 도(道)로 인하여 성(性)이란 명칭이 있게 되고 자기와 남으
로 인하여 행(行)이라는 명칭이 생겼으며 그 성(性)과 행(行)으로 인

하여 덕(德)이란 명칭이 있게 되니, 한갓 성만으론 덕이 될 수 없는 것이다.

자기와 남과는 반드시 친근으로써 친하게 되니 친한 이를 친하는 것은 효도와 우애[孝悌]이다. 요(堯)의 큰 덕은 효도와 우애의 행실이니 효도하고 우애한 까닭으로 큰 덕이 능히 밝아져서 구족(九族)[1]이 친하게 된다. 한 집안의 환심을 얻어서 그 조상을 섬기게 되니 한 집안의 환심을 얻는 사람은 효도와 우애에 근본되어 그 구족(九族)이 친하게 된다. 이를 밝은 덕[明德]이라 이르게 된다.

그런 까닭으로,

"기장과 피좁쌀이 향기로운 것이 아니라 밝은 덕[明德]만이 오직 향기롭다."(서경 군진(君陳)편)

라고 했으니 신(神)의 흠향이 한 집안의 환심에 있음을 말한다. 인(仁)·의(義)·예(禮)·지(智)는 사덕(四德)의 실상으로서 효도와 우애를 유자(有子)[2]는 들었으니 이것은 효도와 우애 외에 덕의 명칭이 성립될 수 없는 것이다. 공자의 문하를 네 부분으로 나누어서 사과(四科)[3]라 했으니 덕행(德行)에는 안연(顔淵)·민자건(閔子騫)·염백우(冉佰牛)·중궁(仲弓)인데 이 네 사람은 모두 효도로써 이름이 널리 알려졌다. 공자가 증자(曾子)[4]에게 이르기를,

"선왕(先王)이 지극한 덕과 요긴한 도(道)가 있어 백성에게 친했다."

---

1) 구족(九族) ─ 고조(高祖)로부터 증조·조부·부친·자기·아들·손자·증손·현손(玄孫)까지의 직계친(直系親)을 중심으로 하여 방계친(傍系親)으로 고조의 사대손(四代孫) 되는 형제·종형제(從兄弟)·재종형제(再從兄弟)·삼종형제(三從兄弟)를 포함하는 동종(同宗) 친족. 일설에는 부족(父族) 넷, 모족(母族) 셋, 처족(妻族) 둘을 말하기도 함.

2) 유자(有子) ─ 공자의 제자. 이름은 약(若)이다. 《논어》에 "有子善事父母爲孝善事兄長爲弟(〈學而篇〉)"라고 했다.

3) 사과(四科) ─ 공자(孔子)가 제자(弟子)에게 가르친 네 가지의 학과(學科). 곧 덕행(德行), 언어(言語), 정사(政事), 문학(文學)을 말함.

4) 증자(曾子) ─ 공자의 제자 증삼(曾參)을 이름. 자는 자여(子輿).

라고 했으니 그가 말한 지극한 덕이란 것은 효도이다.

《대학(大學)》의 도(道)는 명덕(明德)을 밝히는 데 있으니 그런 까닭으로,

"옛날의 명덕(明德)을 천하에 밝히고자 하는 사람은 그 나라를 먼저 다스린다."

라고 했다. 그 이른바,

"천하를 다스림이 그 나라를 다스림에 있다."

라는 것을 본다면 효도와 우애와 자애(慈愛)뿐이다. 그런 까닭으로

"사람마다 그 어버이를 친하고 그 어른을 어른으로 섬기면 천하가 다 스려진다."

라고 했으니, 그러므로 한갓 성(性)만으로는 덕이 될 수 없는 것이다.

原　德

因命與道 有性之名 因己與人 有行之名 因性與行 有德之名 徒性不能爲德也 己之與人 必由親親 親親者 孝弟也 堯之峻德 孝弟之行也 孝弟也 故峻德克明 而九族以親也 得一家之歡心 以事其祖先 得一家之歡心者 本之孝弟 而親其九族也 是之謂明德 故曰黍稷非馨 明德唯馨 言神之歆格 在一家之歡心也 仁義禮智 謂之四德 然有子曰 孝弟也者 其爲仁之本 仁爲四德之統 然孟子又以四德之實 歸之孝弟 則是孝弟之外 德之名無所立也 孔門四科 德行 顏淵閔子騫冉伯牛仲弓 而此四子者 皆以孝聞 孔子謂曾子曰 先王有至德 要道 以親百姓 其云至德者 孝也 大學之道 在明明德 故曰古之欲明明德於天下者 先治其國 及觀其所謂平天下 在治其國者 孝弟慈而已 故曰人人親其親長其長 而天下平 故曰徒性不能爲德

(4) 죄를 용서하는 근본과 그 효과에 대해 논함(原赦)

> —형벌을 만든 뜻은 그를 고통스럽게 하여 허물을 고치도
> 록 하려는 데 있는 것인데 최근 대사(大赦)니 은전(恩
> 典)이니 하여 죄인이 기회만 엿보고 있으니 형벌이 문란
> 해졌다.

　오한(吳漢)1)은 임종할 때,

　"조심하여 용서함이 없이 하소서[愼無赦]."

라는 세 글자로 광무제(光武帝)에게 아뢰었는데 뒷세상에서 모두 오한의
말로써 적당하다고 하나 내가 이를 살펴보건대 이 말은 불인(不仁)한 데
다가 부지(不知)까지 겸한 것이다.

　형벌을 만든 뜻은 그 사람을 미워하여 고통스럽게 하고자 함인가. 고
통스럽게 하여 그로 하여금 허물을 고치고 착하게 하려는 데 있는 것이
다. 진실로 종신토록 사죄(赦罪)하지 않는다면 그 사람이 한번 형벌에
빠지게 되면 문득 스스로 자기의 몸을 해치고 스스로 자기의 몸을 버리
게 될 것이니, 겉에 나타난 이름은 비록 죽지 않았지마는 속에 있는 실상
은 죽은 것과 같다. 하물며 그 사람의 죄상이 반드시 모두 진실하여 의심
이 없는 것도 아니며, 혹은 참소와 무고로 인하여 죄를 얻는 사람도 있을
것이며, 혹은 격노(激怒)하여 오히려 법을 어겨 형벌에 빠진 사람도 있을
것이니, 진실로 모두 낱낱이 사죄함이 없다면 그 사람이 어찌 원통함을
품지 않겠는가. 내가 듣건대 성인이 형벌에 있어 다만,

　"신중히 하고 조심히 하여 형벌을 심의(審議)하라."

는 말만 하고,

　"조심하여 용서함이 없이 하라."

---

1) 오한(吳漢)―후한(後漢) 광무제(光武帝) 때 사람. 광무제를 보좌하여 벼슬이
　대사마(大司馬)까지 이르렀음.

는 말은 듣지 못하였다.

다만 용서에 의논할 것이 있으니, 매양 나라에 경사가 있으면 반드시 각종 범죄자를 대사(大赦)하게 되는데 혹은 중한 죄를 짓고 갓 귀양갔는데도 즉시 놓아 돌려보내게 되고 혹은 경한 죄를 짓고 오랫동안 판결이 지체되었는데도 좋은 시기를 만나지 못하게 되니 법의 균평(均平)하지 못함이 이와 같은 것이 없다.

지금 마땅히 형률(刑律) 조문을 고쳐 정하여 도형(徒刑)[2] 1년에서 도형 9년까지 등급을 나누어 기한을 정하여 기한이 되면 놓아 돌아오게 하되 1기(朞)로써 1년을 삼고 날짜를 계산하여 기(朞)로 삼고(동지 후 몇 날과 입춘 후 몇 날), 기한이 차지 않은 사람은 절대로 놓아 돌려보내지 말고 경사로 인하여 사죄(赦罪)를 반포하는 법을 영구히 폐지한다면 백성들이 법을 두려워하여 감히 범죄하지 못할 것이며, 큰 죄의 형벌이 9년에 그친다면 은전(恩典)을 바라는 사람이 없어져 착하게 되는 사람이 있을 것이다.

原　赦 (本入鯤鈍錄 中升之爲原赦 故文體不類)

吳漢臨終 以愼無赦三者 告于光武 後世皆以漢言爲得 以余觀之 此大不仁兼之不智也 刑罰之義 在疾惡其人 欲其痛楚之懲 將苦之痛之 使之改過遷善也 苟終身不赦其人 一陷刑辟 便當自暴自棄 名雖不死 實與死等耳 況其人罪狀 未必皆眞實無疑 或有因讒誣而得罪者 或有激怒蹈機而陷刑者 苟皆一一而無赦 則其人豈不含冤乎 吾聞聖人之於刑也 其唯曰欽哉欽哉 唯刑之恤哉 未聞曰愼無赦矣 唯赦有可議者 每國有慶幸 必大赦諸犯 或重罪新配 而卽蒙放還 或輕罪久滯 而未逢昌期 法之不均莫此若也 今宜改定律文 自徒一年 至徒九年 分等定限 至期赦還而以一朞爲一年 計日爲朞(冬至後幾日

---

2) 도형(徒刑)－오형(五刑)의 하나. 지금의 징역(懲役).

立春後幾日也) 未滿限者 切勿放還 因慶頒赦之法 永行革罷 則民畏
法不敢犯 旣陷不徵幸大罪止於九年 則望恩不絶 而遷善者有之矣

(5) 인간의 칠정 중에 원망함이 있으니, 이의 처리를 논함(原怨)

> ─ 아버지가 사랑하지 않는데 아들이 이를 원망하는 것이
> 옳은가. 옳지 못하다. 그러나 아들이 효도를 다 했는데
> 도 아버지가 미혹해서 이를 받지 못한다면 이를 원망하
> 는 것이 옳다. 그래서 공자도 "《시경》에는 가히 원망하
> 는 점이 있다."고 하였다.

아버지가 사랑하지 않는다면 아들이 이를 원망하는 것이 옳은가. 옳지
못하다. 그러나 아들이 그 효도를 다했는데도 아버지가 사랑하지 않기를
고수(瞽瞍)1)가 우순(虞舜)2)에게 대한 것과 같이 한다면 이를 원망하는
것이 옳다. 임금이 사랑하지 않는다면 신하가 이를 원망하지 않는 것이
옳은가. 옳지 못하다. 그러나 신하가 그 충성을 다했는데도 임금이 사랑
하지 않기를 회왕(懷王)3)이 굴평(屈平)4)을 대한 것과 같이 한다면 이를
원망하는 것이 옳다.

부모가 아들을 미워하면 아들이 힘써 그 부모를 원망하지 않는 법인데
아들이 원망한다고 해서야 옳겠는가. 이것은 만장(萬章)·공손추(公孫
丑)가 일찍이 의심한 바인데 추부자(鄒夫子)께서 이미 변파(辯破)한 것

---

1) 고수(瞽瞍)─순(舜)임금의 아버지 이름. 아주 미혹한 사람. 순을 몹시 미워했다.
2) 우순(虞舜)─순(舜)임금을 이름. 순임금은 특히 대효(大孝)로서 세상 사람의
   효의 모범이 되고 있다.
3) 회왕(懷王)─중국 전국시대 초(楚)나라 임금.
4) 굴평(屈平)─중국 전국시대 초(楚)나라의 충신(忠臣)인 굴원(屈原)을 말함.
   이름이 평(平). 회왕에게 벼슬하여 삼려대부(三閭大夫)가 되었는데 참소를
   받아 미움을 받자 〈이소(離騷)〉를 지어 충간(忠諫)하였으나 끝내 용납되지
   않았으므로 멱라수(汨羅水)에 빠져 죽었음.

이다. 고수(瞽瞍)가 날마다 순(舜)을 죽일 것을 일로 삼고 있는데 순이
또한 조금도 걱정 없는 모양으로 이를 근심하지 않으면서,

"나는 힘을 다해 농사를 지어 자식의 직분을 공손히 할 뿐인데 부모님
께서 나를 사랑하지 않는 것은 나에게 무슨 상관이 있으랴."

고 한다면 순은 차디차고 단단한 심장으로 부모를 길가는 사람과 같이
보는 사람이다.

그런 까닭으로 하늘을 향하여 슬피 울면서 원망하고 사모했으니 천리
(天理)인 것이다. 유왕(幽王)[5]이 포사(褒姒)[6]를 사랑하고 의구(宜臼)[7]
를 폐하매 의구가 또한 조금도 걱정 없는 모양으로 이를 근심하지 않으
면서,

"나는 과실이 없는데 부모께서 나를 사랑하지 않는 것은 무슨 상관이
있으랴."

고 한다면 의구는 차디차고 단단한 심장으로 부모를 길가는 사람과 같이
보는 사람이다.

그런 까닭으로 눈물을 흘리고 울면서 말하며 월(越)나라 사람이 활을
당기듯이 하지 않았으니 천리(天理)인 것이다.

회왕(懷王)이 간사한 신하에게 미혹되어 굴평(屈平)을 내쫓았는데 굴
평이 또한 조금도 걱정 없는 모양으로 이를 근심하지 않으면서,

"나는 할 말을 다하여 숨기지 않고 신하의 직분을 공손히 다했을 뿐인
데 임금이 깨닫지 않는 것은 나에게 무슨 상관이 있으랴."

고 한다면 굴평은 차디차고 단단한 심장으로 그 임금을 길가는 사람같이
보고 그 나라가 망하는 것을 바둑을 두다가 우연히 지는 것과 같이 보는
사람이다.

그런 까닭으로 상심하고 슬퍼하며 방황하고 뒤돌아보아 〈이소(離騷)〉[8],

---

5) 유왕(幽王)－주(周)나라 왕. 애첩 포사에 빠져서 결국 나라를 망쳤음.
6) 포사(褒姒)－주(周)나라 유왕(幽王)의 총희(寵姬). 포인(褒人)이 바친 여자.
   '포사의 웃음'으로 유명.
7) 의구(宜臼)－주(周)나라 유왕(幽王)의 태자(太子).

〈구가(九歌)〉9), 〈원유(遠遊)〉10)의 부(賦)를 지으면서 그칠 줄을 알지 못했으니 천리(天理)인 것이다.

그러므로 공자는,

"시(詩)는 가히 원망하는 것이 있다."

라고 했는데 당연히 원망해야 될 것인데도 원망하지 않으니 성인(聖人)께서 또한 이를 근심한 까닭으로 시도(詩道)를 살펴서 시(詩)의 원망할 만한 점을 좋아한 것이다. 사마천(司馬遷)11)은,

"소아(小雅)12)는 원망하고 비방하면서도 문란하지 않다."

라 하고, 맹자는,

"어버이의 과실이 큰데도 원망하지 않는다면 이는 더욱 소원(疎遠)해 지는 것이다."

라고 했으니 원망이란 것은 성인(聖人)이 긍정(肯定)하는 바이며 충신과 효자가 스스로 그 충정(衷情)을 통하는 것이다. 원망의 설(說)을 아는 사람에게야 비로소 충효(忠孝)의 정(情)을 말할 수 있는 것이다.

만약 재물을 좋아하고 오직 제 처자만을 사랑하여 규방(閨房) 안에서 몰래 비방하는 사람과 재주도 없고 덕도 없어 청명(淸明)한 세상에서 버림을 받고는 새가 지저귀듯 그 윗사람 비방하기를 좋아하는 사람은 패란(悖亂)한 행동이니 어찌 논할 수 있으랴.

原 怨

父不慈子 怨之可乎 曰未可也 子盡其孝 而父不慈 如瞽瞍之於虞

---

8) 이소(離騷)—초(楚)나라 때 굴원이 지은 부(賦)의 이름. 참소를 당하여 임금을 만날 기회를 잃어 괴로운 심정을 읊은 글.

9) 구가(九歌)—굴원이 지은 《초사(楚辭)》 11편.

10) 원유(遠遊)—굴원이 지은 《초사(楚辭)》.

11) 사마천(司馬遷)—전한(前漢)시대의 사학가(史學家). 자는 자장(子長), 《사기(史記)》의 찬자.

12) 소아(小雅)—《시경(詩經)》의 편명.

舜 怨之可也 君不恤臣 怨之可乎 曰未可也 臣盡其忠 而君不恤如
懷王之於屈平 怨之可也 父母惡之 勞而不怨 而子謂怨可乎 曰此萬
章公孫丑之所嘗惑 而鄒夫之所已辨者也 瞽瞍日以殺舜爲事 舜且
悆然而莫之愁曰 我竭力耕田 恭爲子職而已矣 父母之不我愛 於我
何哉 則舜冷心硬腸 視父母如路人者也 故號泣于旻天 怨之慕之 天
理也 幽王 嬖褒姒 廢宜臼 宜臼方且悆然而莫之愁曰 我無過失也
父母之不我愛 於我何哉 則宜臼冷心硬腸 視父母如路人者也 故垂
涕泣而道之 不似越人之關弓然者 天理也 懷王 惑於嬖佞 放逐屈平
平且悆然而莫之 愁曰 我盡言不諱 恭爲臣職而已矣 君之不悟 於我
何哉 則平冷心硬腸 視其君如路人 視其國之亡 如奕棋之偶輸者也
故憂傷惻怛 彷徨眷顧 爲離騷九歌遠游之賦 而莫之知止者 天理也
故孔子曰 詩可以怨 當怨而不得怨 聖人方且憂之 故察乎詩道 而樂
詩之可以怨也 司馬遷曰 小雅怨誹而不亂 孟子曰 親之過大而不怨
是愈疏也 怨者 聖人之所矜許 而忠臣孝子之所以自 達其衷者也 知
怨之說者 始可與言詩也 知怨之義者 始可與語 忠孝之情也 若夫好
貨財私妻子 竊訕於閨房之內者 與夫無才無德 遭棄捐於淸明之世
而啁啁然好謗其上者 悖亂之行也 何數焉

(6) 백성을 다스리는 통치자에 대한 이론(原牧)

> ─통치자는 백성을 위하여 존재한다. 황제도 방백들이 우
> 두머리로 추천했으니 백성이 세운 것이다.

통치자는 백성을 위하여 있는가, 백성이 통치자를 위하여 생존하는 것
인가? 백성이 미곡과 포사(布絲)를 바쳐서 통치자를 섬기며 백성이 거
마와 종복을 내어서 통치자를 맞고 보내며, 백성의 고혈을 짜내어 통치
자를 살찌게 하니 백성이 통치자를 위하여 생존하는 것이 아닌가. 아니
다. 통치자가 백성을 위하여 있는 것이다.

태초에는 백성뿐이었으니 어찌 통치자가 있었겠는가. 백성은 자유스럽게 무리를 지어 살았다. 어떤 한 사람이 이웃과 다투게 되었는데 결말을 짓지 못했다. 그들 중의 한 노인이 있어서 공정한 말을 잘하므로 그에게 가서 바른 판결을 받았다. 온 마을 사람들은 다 함께 그에게 복종하고 그를 추대하여 존경하며 이정(里正 : 마을의 어른)이라 일컬었다.

또 몇 마을의 백성이 그 마을과 마을끼리 다투어 해결을 짓지 못했다. 그들 중에 한 노인이 있는데 준수하고 견식이 많으므로 그에게 가서 바른 판결을 받았다. 그 몇 마을은 모두 그에게 복종하고 존경하며 그를 추대하여 당정(黨正 : 한 구역의 어른)이라 불렀다.

또 몇 구역의 백성이 다투어 해결을 짓지 못해서 그들 중의 한 노인이 현명하고 덕이 있으므로 그에게 가서 바른 판결을 받고, 몇 고을이 그에게 복종하고, 그를 주장(州長 : 고을의 장)이라고 불렀다.

이와 같이 몇 고을의 장이 한 사람의 장을 추대하여 국군(國君)이라 불렀고 몇 나라의 군주가 한 사람의 장을 추천하여 장으로 삼고 그를 방백(方佰)이라 불렀다.

또 몇 방백들이 한 사람을 추천하여 우두머리로 삼고 황제라고 불렀다.

황제의 근원은 마을의 어른에서 시작한 것이다. 그렇기 때문에 통치자는 백성을 위하여 있게 되었다.

이 시대에 있어서는 그 마을의 어른은 백성의 희망에 따라 법을 제정하여 구역의 어른에게 올렸고, 그 구역의 어른은 백성의 희망에 따라 법을 제정하여 고을 어른에게 올렸고, 그 고을의 장은 나라의 임금에게 올렸으며, 그 나라 임금은 황제에게 올렸다. 그러므로 법은 모두 백성에게 편리했다.

후세에 와서 어떤 한 사람이 스스로 황제가 되어 자기의 아들 및 아우 그리고 추종자들을 봉하여 제후를 삼았다. 제후들은 자기와 친한 사람을 뽑아 고을의 장으로 삼고, 그 고을의 장은 자기의 친근한 사람을 추천하여 구역의 어른과 마을의 어른으로 삼았다.

이리하여 황제는 자신의 욕망에 따라 법을 제정하여 제후에게 주며, 제후가 자신의 욕망에 따라 법을 제정하여 그것을 고을의 장에게 주고, 고을 어른은 구역 어른에게 주고, 구역의 어른은 마을의 어른에게 주었다. 그런 고로 이러한 법은 모두 임금을 존중하고 백성을 낮추며 아랫사람은 윗사람을 따라 마치 백성이 통치자를 위해 생존하는 것처럼 되었다.

지금의 수령은 옛날의 제후와 같이 한다. 그들의 궁실, 거마의 공급과 의복과 음식의 봉양과 좌우에서 시중드는 관속 및 남녀노비, 사령들을 거느린 생활은 나라 임금에 못하지 않다. 그들의 권능은 족히 사람을 즐겁게 할 수 있으며, 그 형벌의 위력은 족히 사람을 겁나게 할 수 있다.

이에 이르러 그들은 오만하고 자존하고 방종 안일하여 통치자가 해야 할 것을 잊어버렸다. 어떤 한 백성이 다투다가 그것을 공정하게 판결해 줄 것을 바라면 발로 차버리듯이 말하기를,

"어찌 이와 같이 시끄러우냐?"

하며, 또 한 백성이 굶어 죽게 되면 말하기를

"제 스스로 잘못해서 죽었다."

하고 미곡과 포사를 바치지 아니하면 그들은 회초리와 곤장으로 백성을 때리고 차서 피가 흐르는 것을 본 후에야 그친다.

그들은 날마다 문서 장부에다 고쳐 쓰고 덧붙여 써서 돈과 피륙을 징수해 간다. 그것으로 밭과 집을 장만하고 또 권세 있는 재상과 귀족에게 뇌물을 바쳐 자신의 자리를 길이 보장한다. 그런고로 백성이 통치자를 위하여 생존하고 있다고 말하나 이것이 어찌 이치에 합당하겠는가. 통치자는 백성을 위하여 있는 것이다.

原 牧

牧爲民有乎 民爲牧生乎 牧出粟米麻絲 以事其牧 民出輿馬騶從 以送迎其牧 民竭其膏血津髓 以肥其牧 民爲牧生乎 曰否 否牧爲民 有也 邃古之初民而已 豈有牧哉 民于于然聚居 有一夫與鄰鬨莫之 決 有叟焉 善爲公言 就而正之 四鄰咸服 推而共尊之 名曰里正 於

是數里之民 以其里閱 莫之決 有叟焉 俊而多識 就而正之 數里咸
服 推而共尊之 名曰黨正 數黨之民 以其黨閱 莫之決 有叟焉 賢而
有德 就而正之 數黨咸服 名之曰州長 於是數州之長 推一人以爲長
名之曰國君 數國之君 推一人以爲長 名之曰方伯 四方之伯 推一人
而爲宗 名之曰皇王 皇王之本起於里正 牧爲民有也 當是時 里正
從民望而制之法 上之黨正 從民望而制之法 上之州長 州上之國君
國君上之皇王 故其法 皆便民 後世一人自立 爲皇帝 封其子若弟
及其侍御僕從之人 以爲諸侯 諸侯簡其私人 以爲州長 州長薦其私
人 以爲黨正 里正 於是 皇帝循己欲而制之法 以授諸侯 諸侯循己
欲而制之法 以授州長 州授之黨正 黨正授之里正 故其法皆尊主而
卑民 刻下而附上 壹似乎民爲牧生也 今之守令古之諸侯也 其宮室
輿馬之奉 衣服飲食之供 左右便嬖侍御僕從之人 擬於國君 其權能
足以慶人 其刑威 足以怵人 於是傲然自尊 夷然自樂 忘其爲牧也
有一夫閱而就正 則己蹴然曰 何爲是紛紛也 有一夫餓而死 曰汝自
死耳 有不出粟米麻絲以事之 則撻之棓之 見其流血而後止焉 日取
筭緡 曆記夾注塗乙 課其錢布 以營田宅 賂遺權貴宰相 以徼後利
故曰民爲牧生 豈理也哉 牧爲民有也

(7) 고대 가무에 대한 이론(原舞)

> ─ 춤이란 선대의 조상들이 성취한 업적의 상징으로 시작
> 되어 각각 생활하고 규범화하여온 몸짓의 상징이니 임금
> 앞에서는 팔일(八佾)로 추고 제후 앞에서는 육일(六佾)
> 로 춤추었다.

춤은 왜 만들어진 것인가. '춤이란 이루어진 것을 상징한 것이다'《樂
記》의 글). 이루어진 것을 상징한다는 말은 무엇인가. 조(祖)·고(考)의
공이 이루어지고 덕이 이루어진 것을 상징함을 말하는 것이다. 그러므로

그의 공로와 덕화가 훌륭하면 춤추는 열(列)이 길고, 공로와 하는 것의 덕화가 작으면 춤추는 열도 짧다《악기》에 있다). 그러므로 비록 천자(天子)의 악(樂)이라도 꼭 다 여덟 줄[八佾]인 것은 아니다.

《예기(禮記)》에,

"여덟 줄로 서서 대하(大夏)1)를 춤추고, 붉은 방패와 옥도끼로 대무(大武)2)를 춘다."

라고 하였는데, 대무란 여섯으로 이루어진 악이다.

춤은 어떻게 추는가. 대무가 시작될 무렵 사천자(嗣天子)가 면복(冕服)을 갖춰 입고 붉은 방패와 옥도끼를 들고 춤추는 자리에 나와 오래 서있게 되는데 그것은 무왕(武王)을 상징한 것이고, 한 사람은 손발을 내저으며 땅을 구르고 거센 기상을 취함으로써 태공(太公)을 상징하고, 네 사람은 과모(戈矛)를 든 채 춤추는 자를 끼고 방울을 흔들면서 네 번 찌르게 함으로써 동덕(同德)의 신하를 상징한다(이상은 《악기》에 나타나 있다).

그리고 제후(諸侯)를 상징한 자 몇 사람, 방패와 창(槍)을 거꾸로 치켜 든 장수를 상징한 자 몇 사람, 예복에다 홀(笏)을 꽂은 호분(虎賁)3)을 상징하는 몇 사람, 음식을 권하고 술잔을 올리면서 삼로오경(三老五更)4)을 상징하는 자 몇 사람, 그리고 기자(箕子)를 상징하는 자 한 사람, 상용(商容)5)을 상징하는 자 한 사람, 황제(黃帝)·요(堯)·순(舜)과 하(夏)

---

1) 대하(大夏)─하(夏)나라 우왕(禹王)의 악(樂).
2) 대무(大武)─주(周)나라 무왕(武王)의 악. 공자는 "소(韶 : 舞樂)는 진미진선(盡美盡善)하고 대무(大武)는 진미미진선(盡美未盡善)"이라고 했다.
3) 호분(虎賁)─용감하고 날쌘 군대를 말한다.
4) 삼로오경(三老五更)─주대(周代)에 늙은 다음 벼슬에서 물러난 신하를 임금이 부형(父兄)의 예(禮)로 대접하던 일로서 삼덕(三德)인 정직(正直)·강극(剛克)·유극(柔克)과 오사(五事)인 모(貌)·시(視)·청(聽)·언(言)·사(思)를 겸비한 늙은이란 뜻이다.
5) 상용(商容)─은(殷)나라의 주왕(紂王) 때 대부(大夫)로서 주왕에게 극간하다가 귀양갔으며, 무왕(武王)이 주왕을 정벌하고는 그의 정문을 세워 표창하였다.

또는 은(殷)의 후계자임을 상징하는 자 몇 사람이 각기 자기에게 해당하는 기기(器機)를 들고서 자기가 취해야 할 태도를 나타내고, 이어 옛날 시작했던 일을 그대로 본떠서 시작을 하며 그 결과를 그대로 본떠서 끝맺음을 함으로써 그의 공업을 나타내고 또 그의 덕화를 숭모하게 되는데, 그것이 이른바 모든 신하들을 거느리고 황시(皇尸)6)를 기쁘게 한다는 것이다(제통에 있는 글이다).

소(韶)도 마찬가지다. 순(舜)이 역산(歷山)7)에서 밭 갈고, 하빈(河濱)8)에서 질그릇 굽고, 뇌택(雷澤)9)에서 고기잡이하다가, 얼마 뒤에는 요임금의 두 딸이 규예(嬀汭)10)로 시집오고, 요임금의 아홉 아들이 견묘(甽畝)에서 따랐으며, 또 얼마 뒤에는 사문(四門)에서 제후들을 영접하고 백규(百揆)에 임명되고, 큰 산골에 들어가 도량을 시험하였으며, 또 얼마 뒤에는 사인(四人)11)을 내쫓아 멀리하고 22명을 나오게 하여 기용하였으며, 사악(四岳)을 순행하고 육종(六宗)12)에 제사하였을 뿐만 아니라 완악했던 아버지와 어리석었던 새어머니까지도 모두 화협(和協)하기에 이르렀고, 천지 신기(神祇)도 모두 다 소격(昭假)하였으므로 소(韶)의 구성(九成)이라는 것이 대체로 모두 그러한 것들을 상징한 것이다. 그러므로 부자(夫子)도 소는 진미진선(盡美盡善)하다고 하였다.

---

6) 황시(皇尸)―임금을 표상한 신주 인형. 즉 군시(君尸)의 존칭이다.

7) 역산(歷山)―지금의 중국 산동성(山東省) 만남시(滿南市) 교외에 있는 순(舜)이 농사지었다고 하는 산 이름. 순경산(舜耕山), 천불산(千佛山)이라고도 한다.

8) 하빈(河濱)―중국 황하(黃河)의 유역을 말한다.

9) 뇌택(雷澤)―지금의 산동성(山東省) 동남쪽에 있는 연못.

10) 규예(嬀汭)―지금의 중국 산서성(山西省) 남쪽에 있는 규수(嬀水)의 구비진 곳. 역산(歷山)에서 발원하여 서쪽으로 황하(黃河)에 들어간다.

11) 사인(四人)―우순(虞舜)이 물리쳤다는 공공(共工)·환도(驩兜)·삼묘(三苗), 그리고 곤(鯤)을 말한다.

12) 육종(六宗)―존중히 여겨 제사하는 여섯 곳. 즉 사시(四時)·한서(寒暑)·일(日)·월(月)·성(星)·수한(水旱)을 가리킨다.

그 후세로 내려와서는 구공무(九功舞)13)・칠덕무(七德舞)14)에서 오히
려 이루어진 공을 상징하는 법을 써왔기에 위징(魏徵)이 고개를 숙여 칠
덕무를 보지 않았던 것인데, 아마 칠덕무 속에는 건성(建成)15)・원길(元
吉)16)의 일을 상징한 것이 있었던 것이다.

만약 술에 취하여 비틀거리면서 좌로 앉았다가 우로 뛰었다가 아무 상
징한 것도 없이 춤만 추는 것이라면 공 부자가 왜 진선이라고 했을 것이
며, 위징이 왜 또 고개를 숙였을 것인가.

중국의 연상(連廂)17) 가곡이나 우리나라 타령(打令) 놀음이 모두 춤
의 기원을 이루고 있는 것이지만 세상 사람들은 그것을 살피려 하지 않
고 있다.

아! 종묘(宗廟)의 제사도 악(樂)이 아니면 안 되는 것이거니와, 승가
(升歌 : 堂에 올라가 하는 노래)의 시(詩)도 더러 있기는 하지만(夢金尺
시와 같은 것) 춤추는 제도는 말끔히 없어지고 말았으니 광전(曠典)18)이
아니고 무엇이겠는가.

우리 태조(太祖)만 하더라도 남(南)으로 황산(荒山) 대첩(大捷)이 있
었고 서(西)로 위화도(威化島) 선서(宣誓)가 있어서 화란을 물리쳐 없애
고 백성들을 편히 살게 만들었으니 그 성공을 상징할 악(樂)이 없어서는
안된다. 혹자는,

---

13) 구공무(九功舞)-당(唐)나라의 정관(貞觀) 때 악무(樂舞)의 명칭. 본명은 공
　성경선악(功成慶善樂)인데 태종(太宗)이 경선궁(慶善宮)에서 태어났으므로
　연회를 베풀고 시(詩)를 지은 데서 연유되었다.
14) 칠덕무(七德舞)-역시 당(唐) 태종(太宗) 때 만들어진 악무(樂舞). 본명은
　진왕파진악(秦王破陣樂)인데 태종이 진왕(秦王)으로 있을 때 유무주(劉武
　周)를 정벌한 공을 기리기 위하여 만든 악곡(樂曲)이다.
15) 건성(建成)-당 고조(唐高祖)의 태자(太子)이며 태종(太宗)의 형인 이건성
　(李建成)을 말함.
16) 원길(元吉)-역시 당 고조의 아들이며 태종의 형인 이원길(李元吉).
17) 연상(連廂)-중국 금대(金代)의 가곡(歌曲) 이름.
18) 광전(曠典)-오래 시행되지 않은 묵고 빈 법전.

"천자(天子)가 아니고는 악을 만들 수 없다."

라고 하지만 그것은 부당한 말이다.

"제후(諸侯)는 육일(六佾)[19]이다."

라고 하였으니 그것은 춤이 있다는 말이며, 이미 춤이 있다면 그것은 반드시 공성(功成)을 상징하는 것일 것이다. 공성을 상징하는 악이 있으므로 해서 왕업(王業)이 얼마나 어렵다는 것을 알게 되고 따라서 효경(孝敬)의 마음도 유연하게 일어날 것이다. 춤을 어찌 미소한 것으로 여길 수 있겠는가.

原 舞

舞何爲而作也 舞者象成者也(樂記文) 象成也者 何也 象祖考之功成德成也 故其功德盛者 其舞行綴遠 其功德小者 其舞行綴短(見樂記) 故雖天子之樂 未必皆八佾 記曰 八佾以舞大夏 朱干玉戚 以舞大武(祭統文)大武者 六成之樂也(見樂記) 舞之奈何 武之方綴也 嗣天子冕服 執朱干玉戚 就舞位 久立以象武王(見祭統) 其一人 發揚蹈厲 以象太公 其四人 執戈矛 夾振駉伐 以象同德之臣 其二人 分之爲左右 以象周公召公(已上見樂記) 象諸侯者 幾人 倒載干戈 以象將帥之士者 幾人禪冕揾笏 以象虎賁之士者 幾人饋醬酳爵 以象三老五更者 幾人 象箕子者一人 象商容者一人 象黃帝堯舜夏殷之後者幾人(並據樂記以推之) 各執其器 各象其容 象其始而始之 象其終而終之 以顯其功 以崇其德 茲所謂率其群臣 以樂皇尸者也(祭統文)唯韶亦然 舜耕于歷山 陶于河濱 漁于雷澤 旣而二女 降于嬀汭 九男從于畎畝 旣而賓于四門 納于百揆 納于大麓 旣而黜四人而遠之進二十有二人而用之 巡于四岳 禋于六宗 頑父囂母 罔不諧協 天地

神祇 罔不昭假 韶之九成 蓋所以象此者也 故夫子於韶曰 盡美盡善
降及後世 九功七德之舞 猶用象成之法 故魏徵俛首不視 七德 意者
七德之中 有象建成元吉之事者也 苟使欺欺佽佽 左蹲右蹈 無所象
而爲之 則夫子何以謂盡善 魏徵又何必俛首哉 中國連廂之詞 吾邦
打令之戱 皆舞家之濫觴 而世莫之或察也 嗟乎 宗廟之祭 非樂不享
升歌之詩 猶或有之(如夢金尺詩) 下舞則闕如也 非曠典乎 我 太祖南
有荒山之捷 西有威化之誓 攘除禍亂 安撫百姓 象成之樂 所不可無
也 或曰 非天子不作樂 非也 諸侯六佾 斯其舞矣 旣有舞矣 必象成
者也 有象成之樂 而後知王業之艱難 而孝敬之心 必油然而生矣 舞
可少之哉

6. 견해를 논술하는 글[論]

(1) 토지소유에 대한 견해(田論)①

> — 토지는 만백성이 똑같이 고르게 나누어 가져야 하는데
> 한두 사람만 겸병하고 살찌게 해서는 안된다.

어떤 사람이 토지 10경(頃)과 아들 열을 두었는데, 그 중의 한 아들은 3경을 나누어 받고, 두 아들은 2경씩을 받고, 세 아들은 1경씩을 나눠 받았으나 남은 네 아들은 받지 못했다. 그리하여 그들은 울부짖으며 떠돌아다니다가 굶어서 길가에 쓰러져 죽었다면, 그 사람은 사람으로서 부모 노릇을 잘 한 것이라고 할 수 있겠는가.

하늘이 백성을 내고는 먼저 토지를 두어 거기서 살고 먹도록 하였으며, 또 그들을 위하여 임금을 세우고 관리를 정하여 백성의 부모로서 그들의 재산을 고르게 하여 다같이 잘 살도록 하였는데, 임금과 관리가 된 자들은 팔짱을 끼고 가만히 앉아서 독점하는 것을 보기만 하고 그것을 금하도록 하지 못하며, 강한 자는 더욱 많이 차지하고 약한 자는 빼앗기고 땅에 쓰러져 죽게 한다면, 그 임금과 관리가 된 자들이 통치자 노릇을 잘 했다고 할 것인가.

그러므로 그들에게 재산을 능히 고르게 해서 다 같이 잘 살게 하는 자는 임금과 관리라고 할 수 있지마는, 그 재산을 고르게 조정하지 못하여 잘 살도록 못하는 자는 임금과 관리의 책임을 저버리는 자이다. 지금 우리나라 안에 전답은 대략 80만 결(結)[1]이며(영종 기축년(1767년) 현재 논은 34만 3천 결이고, 밭은 45만 7천8백 결이었는데 누결과 화전이 이

중에 들지 않았다-원주) 인구는 대략 8백만 명이다(영종 계유년(1753) 현재 인구는 730만 명 조금 미만인데 그때 빠진 인구와 그후 출생한 인구가 합계 70만에 불과할 것이다-원주).

인구 열을 1호라고 쳐서 본다면, 즉 매 1호마다 밭 1결을 분배받은 후 그 재산을 고르게 나누어 갖게 해보자. 그런데 지금 문·무 고관들과 여염 부자들로서 1호에 조 수천 석을 거두고 있는 자가 심히 많으니, 그들 개인이 차지한 땅을 계산하면 백 결을 밑돌지 않는다. 이것은 990명의 생명을 빼앗아 1호를 살찌게 하는 것이다. 국내의 부자로서 영남의 최씨와 호남의 왕씨2)같이 조 만 석을 추수하는 자가 있으니, 그 전답을 계산하면 4백 결이나 된다.

그러면 이것은 3천990명의 생명을 빼앗아 1호를 살찌게 하는 것이다. 조정에 앉아 있는 자들은 시급히 부자에게서는 덜어내고 가난한 자에게는 보태줌으로써 재산을 고르게 만드는 데 힘써야 할 것이다. 이렇게 하지 않으면 그들은 임금과 관리의 도리에 올바로 의거하여 자기 임금을 섬기지 못하는 결과가 될 것이다.

田論　一

有人焉 其田十頃 其子十人 其一人得三頃 二人得二頃 三人得一頃 其四人不得焉 嚘號宛傳 莩於塗以死 則其人 將善爲人父母者乎 天生斯民 先爲之置田地 令生而就哺焉 旣又爲之 立君立牧令 爲民父母 得均制其産 而並活之 而爲君牧者 拱手孰視其諸子之相攻奪 幷呑 而莫之禁也 使强壯者 益獲 而弱者受擠批 顚于地以死 則其

---

1) 결(結)-토지 면적의 단위인데, 1등 결이 3천25평, 2등 결이 3천558평, 3등 결이 4천321평, 4등 결이 5천499평, 5등 결이 7천562평, 6등 결이 1만 2천 120평인데, 이것도 시대에 따라서 그 단위가 달랐다.

2) 최씨(崔氏)-경주 개무덤에 살던 최부자. 왕씨(王氏)-전라도 구례(求禮)에 살던 왕처중(王處中).

爲君牧者 將善爲人君牧者乎 故能均制其産 而並活之者 君牧者也
不能均制其産而並活之者 負君牧者也 今國中田地 大約爲八十萬結
(英宗己丑 八道時起 水田三十四萬三千結零 旱田四十五萬七千八百結零 奸
吏漏結 及山火田 不在此中) 人民大約 爲八百萬口 (英宗癸酉 京外人口
七百三十萬弱計 當時漏口及其間生息 宜不過七十萬) 試以十口爲一戶 則
每一戶得田一結 然後其産爲均也 今文武貴臣 及閭巷富人 一戶粟
數千石者甚衆 計其田 不下百結 則是殘九百九十人之命 以肥一戶
者也 國中富人 如嶺南崔氏 湖南王氏 粟萬石者有之 計其田不下四
百結 則是殘三千九百九十人之命 以肥一戶者也 而朝廷之上 不孳
孳焉 汲汲焉 唯損富益貧 以均制其産之爲務者 不以君牧之道 事其
君者也

토지론〔田論〕②

> ── 역대로 정전법(井田法)·균전법(均田法)·한전법(限田
> 法)을 써보았지만 모두 다 불합리한 점이 많았다.

장차 정전법(井田法)을 실시할 것인가. 아니다. 정전법을 실시할 수는
없다. 정전이라는 것은 밭이었으나 수리관개가 이미 발달되어서 각종 벼
들이 잘 되는데 어찌 논을 폐지할 수 있는가. 정전은 본디 평지의 밭이
었으나 산림을 베어 내기에 많은 힘을 들여서 산협과 계곡까지도 이미
다 개척하였으니· 어찌 나머지 전답을 버릴 수 있는가.

장차 균전법(均田法)을 실시할 것인가. 아니다. 균전법을 실시할 수는
없다. 균전이란 전지와 호구를 계산해서 땅을 고르게 나누는 것인데 호
구가 늘고 주는 것이 다달이 다르고 해마다 차이가 나니 금년에는 갑의
비율로 나누고 명년에는 을의 비율로 나누는데 얼마간의 차이는 있어서
아무리 잘 가린다 해도 살피지 못하는 것이 있는 것이다. 또 비옥하고 메
마른 차이는 면적으로써 가릴 수 없는 일이니, 어찌 균전법을 실시하겠

는가.

장차 한전법(限田法)을 실시할 것인가. 아니다. 한전법은 실시할 수 없다. 한전법이란 것은 각각 개인이 소유할 토지를 일정한 면적으로 제한하여 그 한도 이상으로 살 수도 없고 그 한도 이하로 팔 수도 없는 것이다. 그러나 가령 내가 남의 명의를 빙자하여 그 법에 규정한 한도 이상으로 사들인들 누가 알 것인가. 또 남이 내 이름을 빙자해서 그 법에 규정한 한도 이하로 팔아 버린들 누가 알 것인가. 그러므로 한전법은 실시할 수 없다.

그런데 사람들은 누구나 정전법을 다시 실시할 수 없다는 것은 알면서도 다만 균전법과 한전법에 대하여는 사리에 밝고 실무에 관하여 잘 아는 사람까지도 그것을 옳다고 하니, 나는 그윽히 의혹을 느낀다. 또 대저 온 천하 사람들이 다 농사를 하게 되는 것이 본디 내가 바라는 바이지만, 그 온 천하 사람들이 모두 농사를 짓지 않고 있는 것도 이미 들어온 바이다.

그러므로 농사를 짓는 사람만이 농토를 얻고, 농사를 짓지 않는 사람은 농토를 얻을 수 없어야 하는 것이 참으로 옳은 일이다. 그런데 농사를 안하는 자도 또한 이를 얻게 되며, 공업도 상업도 아니하는 자들까지 땅을 얻게 되니, 대저 공업도 상업도 아니하는 자들까지 땅을 얻게 된다면 이는 천하 백성에게 놀고 먹는 것을 가르쳐 주는 것이다. 천하 백성에게 놀고 먹는 것을 가르쳐 주는 것은 그 법이 본래 잘 되지 못한 것을 의미하는 것이다.

田論 二

將爲井田乎 曰否 井田不可行也 井田者 旱田也 水利旣興 秔稌旣甘矣 棄水田哉 井田者 平田也 劚柞旣力 山谿旣闢矣 棄餘田哉 將爲均田乎 白否 均田不可行也 均田者 計田與口 而均分之者也 户口增損 月異而歲殊 今年以甲率分 明年以乙率分 毫忽之差 巧歷

莫察 饒瘠之別 頃畝莫限矣 均乎哉 將爲限田乎 曰否 限田不可行也 限田者 買田至幾畝而不得加 鬻田至幾畝而不得減者也 藉我以人之名而加之焉 孰知之乎 藉人以吾之名而減之焉 孰知之乎 故限田不可行也 雖然 人皆知井田之不可復 而獨均田限田 明理識務者亦肯言之 吾竊惑焉 且夫盡天下而爲之農 固吾所欲也 其有不盡天下而爲之農者 亦聽之而已 使農者得田 不爲農者 不得之 則斯可矣 均田限田者 將使農者得田 使不爲農者 亦得之 使不爲工商者 亦得之 夫使不爲工商者 亦得之 是率天下而敎之游也 率天下而敎之游 其法固不能盡善也

토지론〔田論〕③

— 농사짓는 사람만 농토를 소유하며 그 인력과 능력에 따라 땅을 소유하여 농사짓는 방법인 여전법(閭田法)을 실시하는 것이 가장 합리적인 토지 소유법이다.

이제 농사짓는 사람만이 농토를 얻고 농사짓지 않는 사람은 땅을 얻지 못하게 하려면, 여전법(閭田法)을 실시해야만 내 뜻을 능히 이룰 수가 있다.

그러면 여전법이란 어떠한 것인가.

산과 골짜기와 내와 언덕의 자연적 지형에 따라 일정한 구획을 갈라 경계를 만들고, 그 경계 안에 포함된 곳을 '여(閭)'라고 하려는 것이다.(周나라 제도에는 25가가 1려였는데 이제 그 명칭을 빌어서 약 30가로 하되 다소 나고 드는 것이 있더라도 그 수를 꼭 일정하게 할 것은 아니다-원주). 그리고 여(閭) 셋으로 1리(里)를 삼고(風俗通에는 50가를 1리라고 하였으나 이제 그 명칭만을 빌었고 반드시 50가로 정한 것은 아니다-원주). 이(里) 다섯으로 1방(坊)을 삼고(방은 읍·리의 명칭이며 한나라 때 9자방이 있었는데 지금 우리나라 풍속에도 또한 방의 명칭을 쓴다-원주) 방 다섯으로 1읍(邑)을 삼는다(주나라 제도에서 4정이 1읍이었는데 지금 우리나라에서는 군·현을 다스리는 곳을 읍이라고 한다-원주).

여(閭)에는 여장을 두고 1려의 농토를 여내의 사람들로 하여금 함께 다스리고 같이 농사짓게 하되 내 땅 네 땅의 구별이 없고, 오직 여장의 명령에 따르게 하는 것이다. 그들이 언제나 하루 일을 하면 여장은 그들의 노력을 장부에 매일 기록하여 두었다가 추수할 때에 곡식의 수확을 전부 여장의 집(여의 중심에 여장의 집을 두되 여를 다스리는 관청이 된다-원주)으로 운반해 놓고, 그 곡물을 나누되 먼저 나라에 바치는 세금을 떼어놓고, 그 다음은 여장의 녹(봉급)을 주고, 그 나머지를 가지고 일역부(日役簿)에 기준하여 분배한다.

가령 세금과 여장의 녹을 제한 곡물 전부가 천곡(1곡은 10두-원주)이요, 장부에 기입된 노역이 2만 일(日)이라면 한 노동일에 대한 분배 곡물이 5승(升)일 것이다.

이 계산에 의할진대 1려의 한 농부가 그 부부와 자녀들이 일한 노동일이 합계 8백 일로 장부에 기록되어 있다면, 그들에게 분배될 곡물은 40곡일 것이며, 또 여내 한 농부의 기입된 노동일이 10일이라면 그 분배될 곡물은 5두뿐일 것이다. 노동의 분량이 많으면 곡물의 분배량도 그만큼 많을 것이나, 노력을 적게 하고야 어찌 많은 배당을 바랄 수 있겠는가.

이렇게 하면 사람들은 모두 그 힘을 다 하지 않음이 없을 것이며, 땅은 모두 그 이용을 다하지 않음이 없을 것이다. 토지의 이용이 잘 되면 백성의 산업이 풍부하여질 것이며, 백성의 산업이 풍부하여지면, 풍속이 순후하고 부모에게 효도하고 형제간에 우애로운 기풍이 수립될 것이다. 이것은 토지제도로써 최상의 방책(方策)을 얻은 것이다.

田論 三

今欲使農者 得田 不爲農者 不得之 則行閭田之法 而吾志可遂也

何謂閭田 因山谿川原之勢 而畫之爲界 界之所函 名之曰閭(周制二
十五家爲一閭 今借其名 約於三十家 有出入 亦不必一定其率) 閭三爲里(風
俗通五十家 爲一里 今借其名 不必五十家) 里五爲坊(坊邑里之名 漢有九子
坊 今國俗亦有之) 坊五爲邑(周制四井爲邑 今以郡縣治所爲邑) 閭置閭長
凡一閭之田 令一閭之人 咸治厥事 無此疆爾界 唯閭長之命是聽 每
役一日 閭長注於冊簿 秋旣成 凡五穀之物 悉輸之閭長之堂(閭中之
都堂也) 分其粮 先輸之公家之稅 次輸之閭長之祿 以其餘 配之於日
役之簿 假令得穀爲千斛(以十斗 爲一斛) 而注役爲二萬日 則每一日
分粮五升 有一夫焉 其夫婦子娘注役 共八百日 則其分粮爲四十斛
有一夫焉 其注役十日 則其分粮四斗已矣 用力多者 得粮高 用力寡
者 得粮廉 其有不盡力 以睹其高者乎 人莫不盡其力 而地無不盡其
利 地利興則民産富 民産富則風俗惇而孝悌立 此制田之上術也

토지론 [田論] ④

> ── 여전법을 쓰는데 인구와 토지와의 균형 방법은 자연적
> 추세에 맡기면 저절로 물이 흘러 수평을 맞추듯 될 것
> 이다.

여기에 한 여(閭)가 있는데 30가로서 모두 1려가 구성되었다. 여장은
여내의 농민들에 대하여 아무개는 갑 땅을 갈고, 아무개는 을 땅을 매라
고 하여 사람마다 직분에 따라 농사의 분담을 이미 시켰다. 그런데 어떤
한 농부가 농구를 짊어지고 처자를 데리고 그 여에 가서 자기도 그 여에
한몫 끼워줄 것을 청원한다면 어찌할 것인가. 이런 경우에도 그 여는 그
농부를 받아들여야 한다.

그렇다면 1려의 전답은 더 넓어지지 않는데, 1려의 인구는 점차 늘어
가게 되니 어찌 외부에서 오는 사람을 받아들이겠는가. 아니다. 백성이
이익을 좇아가는 것은 마치 물이 아래로 흘러가는 것과 같다. 그들이 땅

은 넓고 인력은 모자라는 줄을 알든지, 혹은 전답의 면적은 적되 수확량
은 많다는 것을 알든지, 또 혹은 추수 무렵에 매인 배당량이 많다는 것을
잘 알아본 연후에야 비로소 농구를 짊어지고 와서 그 여의 일원이 되기
를 원하는 것이다.

그것은 그렇다고 하고, 그러나 여기에 한 마을이 있는데 20가로 1려를
구성하였다. 여장은 여내의 농민들에게 말하기를,

"갑은 저 땅에 새밭을 일구고, 을은 이 땅에 거름을 주라."

고 하여 성원 전체에 농사의 분담이 이미 끝났다. 그런데 어떤 한 농부가
농구를 짊어지고 처자를 데리고 그 여를 떠나 살기 좋은 곳으로 가겠다
고 하면 장차 어찌할 것인가. 이도 또한 허용할 따름이다. 왜냐하면, 백
성이 손해를 피해서 가는 것은 마치 불이 젖은 곳을 피하면서 타는 것과
같기 때문이다. 그들이 땅은 좁고 인력은 남는 것을 알았거나, 혹은 인력
은 곱절로 들고 수확은 적게 나는 것을 알았거나, 혹은 추수 무렵에 매
인 배당량이 부족한 것을 잘 안 연후에야 농구를 짊어지고 처자를 데리
고 떠나서 다른 곳으로 가는 것이다.

그러므로 위에서 법령을 내리지 않아도 백성의 주거와 촌락의 상태가
균평하여지며, 위에서 법령을 내리지 않아도 백성의 전답이 균등하여지
며, 위에서 법령을 내리지 않아도 백성의 빈부가 균등하여질 것이다. 마
음대로 오며 가며 고르게 되어갈 것이다. 그러나 혹자는 말하기를,

"백성이 전답으로써 삶의 고장을 삼는 것은 양이 우리를 가지는 것과
같은데, 이제 만일 그들을 마음대로 오게 하고 무리로 가게 한다면, 이
는 마치 새나 짐승이 서로 쫓아다니는 것과 같다. 백성이 마음대로 떼
를 지어서 몰려 다니게 되는 것은 어지러움의 근원이 된다."

라고 한다. 그러나 이 여전제를 실행하면 8, 9년만에는 백성의 분포가 대
강 균평하여질 것이며, 10여 년이 되어야만 백성의 분포 상태가 크게 균
형이 잡혀질 것이다.

백성의 분포가 크게 균형 잡힌 연후에 호적을 만들어 그들의 가옥을
등록하고 문권을 만들어 그들의 이동을 관리하여 한 사람이 오더라도 받

는 데 한이 있으며, 한 사람이 가더라도 허용함에 절도가 있게 한다. 그
래서 땅은 넓고 사람이 적은 데서 오는 것을 받아들이며, 사람은 적고 수
확이 많은 데는 또한 오는 것을 받아들이지마는, 이와 반대로 땅은 좁고
사람이 많거나, 사람은 많고 곡식 생산이 적은 데는 떠나가는 것을 허용
한다. 만일 이러한 조건들도 없이 이동하는 자는 한갓 뜬 손[客]으로서
갈 데가 없을 것이니, 뜬 손으로서 갈 데가 없게 되면 가지도 않고 오지
도 않게 될 것이다.

田論 四

有閭焉 三十家共一閭 閭長曰某甲耕彼 某乙芸彼 職事旣分 有負
耒耟 挈妻子而至者曰 願受一廛 將奈何 曰受之而已矣 曰一閭之田
不加廣 一閭之民 無定額 奈何 曰民之趨利也 由水之趨下也 知地
廣而人力詘也 知田小而出穀多也 知秋之分粮之高也 然後負耒耟
挈妻子 而至願受一廛也 曰然 有閭焉 二十家共一閭 閭長曰 某甲
畉彼 某乙糞彼 職事旣分 有負耒耟挈妻子而去者 曰適彼樂土 將
奈何 亦聽之而已矣 民之辟害也 若火之違濕也 知地狹而人力羸也
知力倍而得穀少也 知秋之分粮之廉也 然後負耒耟挈妻子而去 適
彼樂土也 故上不出令 而民之宅里均 上不出令 而民之田地均 上不
出令 而民之富貧均 熙熙然來 穰穰然往 不出入九年 國中之田均矣
曰民之以田爲域也 猶羊之有苙也 今使之熙熙然來 穰穰然往 若鳥
獸之相逐也 使民若鳥獸之相逐者 亂之本也 曰然 行之八九年 民粗
均矣 行之十餘年 民大均矣 民大均然後 爲之籍 以隷其屋宅 爲之
卷 以管其遷徙 一民之來 而受之有限 一民之往 而聽之有節 地廣
而人少者 受人少而得穀多者 受地狹而人衆者 聽人衆而得穀寡者
聽不如是而徙者 客無所之 客無所之 則莫往而莫來矣

토지론[田論] ⑤

> ─ 공인(工人)·상인(商人)은 쌀을 교역하여 먹고 살 수가
> 있지만 선비는 어찌할 것인가. 할 일 없는 선비도 농토
> 로 돌아가면 좋은 두뇌로 농업도 발전할 것이다.

농사짓는 자만이 땅을 얻고 농사짓지 않는 자는 땅을 얻지 못하며, 농
사짓는 자만이 곡물을 얻고 농사짓지 않는 자는 곡물을 갖지 못한다. 공
인(工人)은 그 제품으로써 곡물을 바꿔 먹고 상인은 그 번 돈으로써 곡
물을 바꿔 먹어도 아무런 근심이 없다.

그러나 소위 선비란 자는 열 손가락이 유약하여 힘든 일을 할 수가 없
으니 밭갈이를 하겠는가. 김매기를 하겠는가. 새밭을 일구겠는가. 거름
을 주겠는가. 자기의 이름을 일역부에 기입할 수 없으니 가을에 가서 아
무런 배당도 받을 수가 없다. 그러면 장차 어찌할까. 아! 참으로 내가
여전의 법을 고안한 것은 바로 이를 위함이로다. 도대체 선비란 것은 어
떤 사람인가. 선비는 어째서 손발을 싸매고 가만히 앉아서 남의 토지를
삼키고 남의 노력을 먹는가. 저 선비들이 놀고 먹기 때문에 토지의 이용
을 모두 다 높이지 못하는 것이다.

놀고서는 곡물을 얻을 수 없다는 것을 알게 되면 그들은 또한 농사로 돌
아갈 것이다. 선비가 농사로 돌아가면 토지는 더욱 개척될 것이며, 선비가
농사로 돌아가면 유랑하는 어지러운 백성이 없어질 것이다. 그러나 반드시
농사로 돌아가지 못할 자가 있는데 이들은 어찌할까. 그것은 그들이 바꿔
서 공인이나 상인이 될 자도 있을 것이며, 낮에는 밭에 나가 일하고 밤에
는 돌아와서 옛사람의 글을 읽는 자도 있을 것이며, 혹은 부유한 사람의
자제에게 글을 가르쳐 주고 그 보수로 생활하는 자도 있을 것이며, 혹은
물리를 연구하고 토질을 분별하고 수리를 일으키고 도구를 제조하여 노력
을 덜며 혹은 나무를 심고 곡물을 재배하고 가축을 기르는 방법을 가르쳐

서 농사를 도와주는 자도 있을 것이다. 이런 종류의 직업에 종사하는 사람들은 그 공로가 어찌 팔을 걷고 농사하는 사람과 비교할 것이랴.

이와 같이 연구하고 가르치는 일에 대해서는 그의 노력의 하루를 보통의 10일로 계산하여 이에 해당한 양의 곡물을 분배하는 것이 옳을 것이다. 그러면 선비에게도 어찌 곡물의 분배가 없을 것인가.

田論 五

農者 得田 不爲農者 不得之 農者得穀 不爲農者不得之 工以其器易 商以其貨易 無傷也 若士則十指柔弱 不任力作 耕乎芸乎稼乎糞乎 名不得注于冊 則秋無分矣 將奈何 曰噫嘻 吾所爲閭田之法者 正爲是也 夫士也 何人 士何爲游手游足 呑人之士 食人力哉 夫其有士之游也 故地利不盡闢也 知游之不可 以得穀也 則亦將轉而緣南畝矣 士轉而緣南畝 而地利闢 士轉而緣南畝 而風俗厚 士轉而緣南畝 而亂民息矣 曰有必不得轉 而緣南畝者 將奈何 曰有轉而爲工商者矣 有朝出耕夜歸讀古人書者矣 有教授富民子弟 以求活者矣 有講究實理 辨土宜 興水利制器 以省力 教之樹藝畜牧 以佐農者矣 若是者 其功豈扼腕力作者 所能比哉 一日之役 注十日 十日之役注百日 以分其糧焉 可也 士何爲無分哉

토지론 [田論] ⑥

> ― 여전법에 있어서 조세(租稅)와 관리들의 녹봉에 대한 이론은 수확량의 10분의 1을 조세로 하고, 그렇게 되면 관리의 봉급재원이 넉넉해서 공무원이 도둑질할 생각이 없어질 것이다.

전답의 수확량에서 그 10분의 1을 조세로 받는 것이 타당한 법률이다.

그런데 만일 세금을 낮게 하여 10분의 1이 못된다면 이는 사회가 발달되지 못한 맥(貊)의 제도이며, 만일 세금을 무겁게 하여 10분의 1 이상으로 받는다면 이는 걸(桀 : 夏나라 임금)과 같은 포악한 법령일 것이다. 그러나 지금은 백 말[斗]을 수확하는 전답에 국세는 5두에 불과하니 이는 20분의 1이며, 개인 지주의 세(소작료)는 50두나 되니 이는 10분의 5이다. 그러므로 국가는 큰 맥(貊)이 되는 셈이며 개인 지주는 큰 걸(桀)이 되는 것이다.

그래서 나라는 재정 빈곤에 빠져서 지탱하기 어렵고 농민들은 식량을 자급할 수 없게 된다. 이는 대체 무슨 법을 따른 것인가. 토지를 겸병(兼幷)하는 제도를 없애고 10분지 1의 세법을 실시하면 국가와 백성은 다같이 부유해질 것이다. 그러나 10분지 1의 세법을 실행하는 것은 그리 쉬운 일이 아니다. 농사의 풍작과 흉작을 보아 세납을 올리고 내리게 하면 좋을까. 이는 옛날 정전법(井田法)에서는 가능하나 여기에 주장하는 여전법에서는 할 수 없는 것이다. 그러면 어찌할 것인가. 토지가 비옥하고 각박한가를 잘 헤아리고 수확이 많고 적은가를 잘 계산한 연후에 수년 동안의 풍작과 흉작의 중간점을 표준하여 납세의 총량을 확정하고 수시 가감하지 못하게 할 것이며, 다만 큰 흉년에는 형편에 따라 세액을 삭감 혹은 면제하였다가 대풍년에 이르러 그 소정 수량에 따라 보상하도록 하면 국가에는 고정된 세입이 있고, 또한 백성에게는 고정된 소득이 있어서, 문란한 모든 사태가 정돈될 것이다. 흉년에 백성이 국세의 감면을 바라마지 아니하는 것은 그 국세가 아주 감면되기 때문이다.

만일 흉년에 감면된 세액을 풍년에 보상하여야 한다고 알게 되면 그들은 감면의 혜택을 그처럼 바라지 아니할 것이며, 감면을 구태여 바라지 않으면 감면 사무를 기화로 하여 생기는 간사스런 무리들의 농간과 허위가 없어질 것이다. 그리고 다만 산이 무너지고 내가 터져서 영원히 다시 개간·복구될 수 없는 전답은 또한 영원히 세납을 면제해 줄 일이다.

그러나 물을 돌려 대고 묵은 땅을 다시 일구며 나무를 찍어내고 돌을 빼내어 전답을 새로 만든 것이 있다면 이것은 또한 수십 년에 한번씩 토지 대장에 등록시켜야 한다. 그러면 이것으로써 저 산이 무너지고 내가 터져서 영원히 면세된 토지 세액을 그만큼 보상할 수 있다.

조세가 이미 10분의 1이 되었고 따라서 국가 세입이 이미 곱절이나 증가되었으면 우선 관리의 봉급을 후하게 하지 않아서는 안될 것이다. 이미 토지의 겸병제도가 근절되었는데 관리 봉급을 박하게 한다면 나라에 정사를 맡을 일꾼들이 장차 나서지 아니할 것이다. 그들로 하여금 위로는 족히 부모를 봉양할 수 있게 하고 아래로는 족히 처자를 먹여 살릴 수 있게 하며 또 족히 자기 친족들을 돌봐줄 수 있게 하고 손님들을 접대할 수 있게 하며, 심부름꾼을 거느릴 수 있고 주택을 잘 짓고 의복과 거마를 아름답게 할 수 있게 해준 연후에야 비로소 조정에 나와서 벼슬하려는 자들이 있을 것이다.

田論 六

田以什一而稅 法也 薄稅而不什一 貊之道也 重稅而不什一 桀之道也 今田得穀百斗者 公家之稅 不過五斗 是二十而取一也 私家之稅 五十斗 則是什五也 公家之爲大貊 私家之爲大桀 而國貧不支 民匱不給 此遵何法哉 罷兼幷之家 而行什一之稅 則國與民俱富矣 然什一之稅 不可易言也 將視歲之豊儉 而上下其稅乎 唯井田爲然 閭田不可爲也 相土之肥瘠 量穀之多寡 較數歲之中 以爲常令 一定其總 不得加減 唯大無之年 權貸其稅 遇大有之年 照數賠補 則國有定入 民有定供 而諸亂俱整矣 凶年 民望蠲無厭者 爲其永蠲也 知豊年之有補還 則不望蠲無厭矣 不望蠲無厭 則奸僞不興矣 唯山崩川決 永世而不墾者 永蠲之而已矣 然有灌水開荒 斫木拔石 而爲田者 亦將數十年一籍之 則彼山崩川決而永蠲者 亦有以賠補也 公稅旣什一矣 國用旣倍增矣 祿不可不厚也 今旣無兼幷之田 又從而薄其祿 則國無君子者矣 令仰足以事父母 俯足以育妻子 又足以周族黨 養賓客 字僕隷 崇第宅 美衣馬而後 有願立於朝者矣

토지론[田論] ⑦

― 여전법과 군사 조직 및 집단 교육에 대한 이론은 더욱
쉬울 것이다. 여전법이 이미 조직화된 농촌 구조이므로
군사동원이나 집단적 교육 운영이 합리적으로 될 것이다.

옛날에는 군사 조직의 근거를 농촌에 두었다. 이제 여전제도를 실행하
면 군사 조직을 실시하기가 더욱 좋을 것이다. 우리나라 제도에 군사의
쓰임이 두 가지가 있으니 하나는 대오를 편성하여 국방상 변란에 대비하
는 것이며, 다른 하나는 피륙을 거두어서 서울의 군대를 양성하는 것이
다. 이 두 가지는 폐지할 수 없다.

그러나 대오 편성에 참가한 병졸들은 평소 통솔이 없어서 장교와 병졸
이 서로 익지 못하고, 서로 쓰이지 못하니 이것을 어찌 군대라고 할 수
있겠는가. 만일 여전법을 쓴다면 여(閭)에 여장을 두어 초관(哨官)[3]이 되
게 하고, 이(里)에는 이장을 두어 파총(把摠)[4]이 되게 하고, 방(坊)에는
방장을 두어 천총(千摠)[5]이 되게 하고(이장은 큰 여의 여장을 겸임케 하
고 방장은 이장들 중에서 현명한 자를 선택하여 겸임케 하면 봉급이 2중
으로 지출되지 않게 된다―원주), 읍에는 현령(縣令)을 두어 관하를 통제
케 하면 이는 전제(田制) 가운데 병제(兵制)가 스스로 들어 있는 것이다.

사람들이 스스로 농사를 지으며 제 일을 제각기 하므로 조직이 서지
않고 명령이 시행되지 아니하지마는 이제 각 농가의 식구들이 여장에게
직접 매어 있으므로 항상 분주하여 그의 절도와 통제를 받지 않을 수 없
다. 이것을 바탕으로 하여 군대를 조직하면 그 대오의 행동이 자연 규율

---

3) 초관(哨官)―조선 시대 병제에서 한 초(哨 : 약 백 명)를 거느리던 각 군영(軍
   營)의 위관(尉官).
4) 파총(把摠)―조선조 때 각 군영의 종4품 벼슬.
5) 천총(千摠)―조선조 때 각 영문(營門)의 장관(將官)인 정3품 벼슬.

대로 된다. 왜냐하면, 이는 교련과 연습이 평소부터 진행되어 왔기 때문이다.

여(閭)의 백성 총수를 셋으로 나누어서 그 하나는 호정(戶丁)6)을 내어 대오에 편입시키고, 그 둘은 호포(戶布)7)를 내어 군대의 비용을 도와주되 역정(役丁)8)이 많고 적음으로써 호포의 수량을 적당히 가감하면 소위 괄정충군(括丁充軍)9)의 폐해도 또한 빨리 제거될 것이다.

근년에 이정승(李政丞) 병모(秉模)가 평안도 관찰사로서 호포법을 중화부(中和府) 한 부에 우선 시험하여 보려고 하였으나 그 고을 백성들이 서로 모여서 울부짖기 때문에 실행되지 못하고 말았다. 이것을 보더라도 국가가 한 법령을 시행하려면 반드시 서울에 가까운 지방에서부터 시작해서 경험을 얻는 것이 귀중하다. 만일 낮고 먼 지방에서 먼저 시행하면 백성은 의심하고 믿지 아니하는 나머지 서로 모여서 붙들고 울부짖지 아니할 자가 없을 것이니, 이러고야 법령이 어찌 시행될 수 있겠는가? 그러므로 여전법을 실시한 다음에는 효제의 도리로써 교양하며 학교 교육으로써 조직하여 백성으로 하여금 그 어버이를 친애하게 하고 그 어른을 존경하게 하여야 한다. 이와 같이 하면 호포법 같은 것은 저절로 실행될 것이다.

田論 七

古者 寓兵於農 今行閭田之法 則其於制兵也 尤善矣 國制兵有二用 一以編伍 以待疆場之變 一以收布 以養京城之兵 二者不可廢也 編伍之卒 常無統領將卒 不相習不相爲用 奚其爲兵哉 今閭置閭長

---

6) 호정(戶丁)-민호(民戶)의 장정.

7) 호포(戶布)-봄 가을에 집집에서 조세로 받던 피륙.

8) 역정(役丁)-병역에 복무되는 장정.

9) 괄정충군(括丁充軍)-조선 시대에 군인수가 부족되면 정부에서 민간 장정을 강제로 수색하여 군대를 보충하거나 혹은 군포(軍布)를 징수하기 위하여 남성 전부를 군인 명부에 기입하는 것.

令爲哨官 里置里長 令爲把摠 坊置坊長 令爲千摠(里長以大閭之長兼
之 坊長擇里長之賢者兼之 祿不疊受) 邑置縣令 令得節制 則制田而兵
在其中矣 人自爲田 各私其私 故紀綱不立 命令不行 今十口之命
懸於閭長 終歲奔走 聽其節制 以之爲兵 而進退如律 何者敎習有素
也 大較一閭之民 三分其率其一 出戶丁以應編伍 其二 出戶布以應
軍需 而以役丁多寡 加減其布 則括丁充軍之弊 亦頓然遂除矣 近歲
李相國秉模 觀察關西 試戶布之法於中和一府 府民相聚號哭 事遂
已 夫國之行法 自貴近 始也 令自卑遠 未有不相聚號哭者也 行乎
哉 行閭田之法 而申之以孝弟之義 律之以庠序之敎 使民親其親長
其長 則戶布自行矣

(2) 음악론(樂論) ①

> ─ 음악의 본질과 인간에게 주는 힘, 즉 선한 마음과 순화
> 된 감정을 갖게 하고, 천지가 조화되고 군신이 화합하는
> 본질과 기능을 논함. 음악이 쇠망한 뒤 백대의 선한 정
> 치가 없어지고 사해에 어진 풍속이 없어졌다.

옛날 유우씨(有虞氏)1)가 기(夔)2)에게 말하기를,
"너에게 전악(典樂)을 맡기니 악을 주자(冑子)3)들에게 가르치라."
고 한 것은 무슨 까닭인가.

아! 그것은 사람이 저절로 선(善)하게 되는 것이 아니라 반드시 악을
가르침으로써 선하게 될 수 있기 때문이다.

왜 그런가. 7정(情)이 항상 심중에서 뒤섞여 작용하므로 그 심중에는
화평함이 얻어지기 어려운 때문이다. 그리하여 혹은 부러워하는 마음이

---

1) 유우(有虞)─중국 고대 우(虞)나라 임금인 순(舜).
2) 기(夔)─순임금의 신하. 전악(典樂)을 맡았음.
3) 주자(冑子)─임금과 공경(公卿)들의 대를 잇는 맏아들.

868

가득 차면 음탕한 데로 빠질 수 있으며, 혹은 분한 마음이 격동하면 지나친 화를 낼 수 있으며, 혹은 근심하는 것과 혹은 두려워하는 것과 혹은 눈을 부릅뜨고 보는 것과 혹은 눈을 흘겨보는 것 등이 모두 다 그 심중에 화평을 얻지 못한 표현인 것이다. 마음이 불화하면 자연히 몸이 따라서 궤도를 잃어버리고 행동과 사물 처리가 모두 다 그 절차를 잃어버리게 된다.

그런 까닭에 성인들이 거문고[琴]와 비파[瑟]와 북[鼓]과 경(磬)과 관(管) 같은 악기들을 만들어내어 그 소리로 하여금 아침 저녁으로 사람들의 귀에 익도록 하며 사람들의 마음에 젖도록 함으로써 그 혈맥을 항상 순조롭게 하고 평화스럽고 흥겨운 기분을 항상 가질 수 있게 하였다.

옛날 순(舜)이 천하를 다스릴 때에 소악(韶樂)4)을 편성하니 백관들이 화합하고 손님들이 사양하는 덕을 가지게 되었다고 한다. 악의 효과가 이처럼 현저하므로 사람들에게 악을 가르침이 어찌 마땅하지 않겠는가.

그런 고로 천자(天子)는 궁현(宮縣)5)으로, 제후(諸侯)는 헌현(軒縣)으로 주악을 한 후에 음식을 먹었으며 걸음을 느리게 걸을 때는 사하(肆夏)6)로써 연주하고 빨리 걸을 때는 채제(采齊)로 주악을 하였으며, 대부는 판현(判縣)으로 주악을 하였고 선비들도 특별한 사고가 없는 경우에는 거문고와 비파 뜯기를 폐지하지 않았다.

이와 같이 성인의 도는 악이 아니면 행하지 않으며 제왕의 정치는 악이 아니면 성립되지 않으며 천지 만물의 정서들은 악이 아니면 조화될 수 없다. 악의 덕을 입는 것이 이처럼 넓고 깊건만 3대 이후부터 내려오면서 오직 악이 전하여지지 않았으니 어찌 슬픈 일이 아닌가.

백대(百代)에 선(善)한 정치가 없고, 사해(四海)에 어진 풍속이 없는

---

4) 소악(韶樂)―순임금의 음악. 지미(至美)하고 지선(至善)한 악.
5) 궁현(宮縣)·헌현(軒縣)·판현(判縣)―모두 중국 옛날의 주악하는 제도를 말하는 것. 궁현(宮縣)은 궁(宮)의 4면에 악기를 달고 주악하는 것이며, 제후의 헌현은 3면에, 대부의 판현은 2면에 악기를 달고 주악하였다.
6) 사하(肆夏)·채제(采齊)―모두 고대 악곡 이름인데 지금의 행진곡과 비슷하다.

것은 모두 악이 없어졌기 때문이다. 그러므로 천하를 다스리는 사람들은 당연히 이에 유의하여야 할 것이다.

樂論 一

昔有虞氏之命夔也 曰命汝典樂 敎胄子 典樂 典樂而已 其敎人奈何 嗟乎 人不能自然而善 必敎而後善 何則 七情交於中 而不得其和也 或歆歆然有所㥷而淫焉 或怫怫然有所激而懥焉 或戚戚焉 或慄慄焉 或眈眈焉 或盼盼焉 而其心無時而得和矣 心不和 則百體從而乖 而動作周旋 皆失其度 故聖人爲之 琴瑟鍾鼓磬管之音 使朝夕灌乎耳 而漑乎心 得以動盪其血脈 而鼓發其和平愷悌之志 故韶之旣成庶尹允諧 虞賓德讓 其效有如是者矣 敎人之必以樂不其宜乎 故天子宮縣 諸侯軒縣奏而後食焉 步以肆夏 趨以采齊 大夫判縣 士無 故不徹琴瑟 聖人之道 非樂不行 帝王之治 非樂不成 天地萬物之情 非樂不諧 樂之爲德 若是其廣博崇深 而三代之後 獨樂全亡 不亦悲哉 百世無善治 四海無善俗 皆以樂之亡耳 爲天下者 宜致意焉

음악론(樂論) ②

— 음악이 없어진 뒤에 형벌과 전쟁과 거짓이 늘었음을 논함. 여기서 논하는 음악이란 예악(禮樂)을 말한다.

음악이 없어진 후에 형벌이 무겁게 되고, 음악이 없어진 후에 전쟁이 자주 일어나게 되고, 음악이 없어진 후에 거짓이 성하게 되었다.

어떻게 그것이 그렇게 된 이유를 아는가. 일곱 가지 감정[七情] 중에서도 그것이 나오기는 쉬워도 참고 막기가 어려운 것이 분노(忿怒)이다. 답답한 사람은 마음이 침착하지 못하고, 성낸 사람은 마음이 풀리지 않는 법인데 바로 그때에는 다만 사람에게 형벌을 써서 한때의 기분을 통쾌하게 하면 비록 통하여 도리가 순조로울 수 있겠으나 거문고와 피리,

종과 경의 소리를 듣고 그 마음이 침착하고 풀린 것만 같지 못하다. 그렇지 않고 군사를 일으켜 나라를 쳐서 그 수치를 씻고 원망을 갚을 뜻을 마음대로 한다면 또한 한의 기분을 통쾌하게 할 수는 있다. 그러나 함영(咸英)7)과 소호(韶護)8)로 날마다 앞에서 연주하게 한다면 죽이고 싸울 만한 뜻이 어디서 일어날 것인가.

이것이 그 음악이 없어진 후에 형벌이 가중하게 되고 음악이 없어진 후에 전쟁이 일어나게 된 연유이다. 윗사람이 형벌로써 제어하고 전쟁으로써 위압한다면 아랫사람이 이에 응하는 것은 다만 근심하고 고통하고 탄식하는 소리와 간사하고 아첨하고 속이는 꾀만 있을 뿐이니, 이것이 그 음악이 없어진 후에 거짓이 성한 연유이다.

지금 세속의 음악은 모두 음란하고 슬프고 바르지 아니한 소리지만, 그러나 바야흐로 음악을 앞에서 연주할 때는 윗사람은 그 아래 부하들을 용서해 주고, 주인은 그 하인들을 용서해 주니 세속의 음악도 오히려 그러한데 하물며 옛날 성인의 음악이랴! 그런 까닭에,

"예악(禮樂)은 잠깐 동안이라도 몸에서 떠나게 할 수가 없다."

고 한다. 어찌 그렇지 않은데 성인이 이것을 말했겠는가? 음악을 만들지 않으면 교화(敎化)도 마침내 베풀어질 수가 없으며 풍속도 마침내 변화시킬 수가 없어서 천지의 화기로움을 마침내 이루게 할 수가 없다.

樂論 二

樂亡而刑罰重 樂亡而兵革頻 樂亡而怨懟興 樂亡而欺詐盛 何以知其然也 七情之中 其易發而難制者 怒也 怫鬱者未平 恚恨者未釋 方其時也 唯刑罰人以快一時之氣 雖其融然理順 不如聽絲竹金石之

---

7) 함영(咸英)—함지(咸池)와 오영(五英)을 이름. 함지는 황제(黃帝)의 음악 이름이요, 오영은 제곡(帝嚳)의 음악 이름이다.
8) 소호(韶護)—소(韶)는 순(舜)임금의 음악 이름이요, 호(護)는 대호(大護)이니 탕왕(湯王)의 음악 이름이다.

聲 而其心粗得以平且釋矣 不然 興兵伐國 得逞其雪羞報怨之志 亦
得以快一時之氣 使咸英韶濩 日奏于前 則殺伐戰鬥之志 何自而興
乎 此其所以樂亡而刑罰重 樂亡而兵革頻者也 上之人 御之以刑罰
威之以兵革 則下之所以應之者 唯有幽愁困苦嗟歎之聲 奸偽諂媚蒙
蔽之計而已 此其所以樂亡而怨懟興 樂亡而欺詐盛也 今世俗之樂
皆淫哇噍殺不正之聲 然方樂之奏于前也 官長 恕其掾屬 家翁 恕其
僮僕 俗樂尚然 況古聖人之樂乎 故曰 禮樂不可斯須去身 夫豈不然
而聖人言之樂不作 教化終不可行也 風俗終不可變也 而天地之和
終不可得而致之也

(3) 기예론(技藝論) ①

> ── 하늘은 사람에게 지혜와 기술을 주어 생활을 꾸미며 나
> 라를 발전시킬 수 있게 하였다. 하늘이 준 재주를 발전
> 시키려면 연마가 필요하다.

하늘이 새와 짐승에게 발톱과 뿔과 단단한 발굽과 날카로운 이와 독
(毒)들을 준 것은 그들로 하여금 그 욕망하는 바를 획득하게 하며, 그 환
난과 근심되는 바를 막아낼 수 있게 한 것이다. 그러나 사람에게 있어서
는 부드럽고 연약한 모양이 자기의 생활을 꾸려갈 수 없게 한 것 같다.
만약 그렇다고 가정한다면 하늘이 어찌 천한 동물에게는 후하게 하고 귀
한 사람에게는 박하게 한 것일까.

아니다. 그것은 사람이 지혜와 재주가 있기 때문에 기술을 배워서 생
활을 꾸려나가며 국가를 발전시키게 한 것이다. 그러나 지혜와 재주는
그 발전에 한계가 있고 그 연구에 차례가 있어서 비록 성인의 예지로서
도 그 한 사람이 천만 사람의 논의와 지혜를 당할 수는 없으며 일조일석
에 그의 완전한 것을 얻을 수는 없는 것이다.

그러므로 사람의 집합체가 크면 클수록 또 세대가 내려오면 올수록 기

술의 정교한 면도 더욱 발전되는 것이다. 이것은 사실 그렇지 않을 수 없기 때문에 산골 사람들은 고을 사람들의 기교만 못하고, 큰 고을 사람들도 서울 사람들의 새로 발전된 기교만 못한 것이다. 그럼에도 불구하고 저 궁한 벽촌에 사는 사람들이 오래간만에 한번 서울에 왔다가 변변치 않은 기술 방법을 우연히 알게 되면 자기 혼자만이 아는 것처럼 기뻐한다. 집에 돌아가 시험해 보고 으스대며 하는 말이,

"세상에 이보다 더 우수한 방법은 없다."

고 뽐낸다. 그러면서 아들과 손자들에게 타일러 말하되,

"서울에 있는 기술은 보잘것없으며 내가 다 아는 바이니 이로부터 서울에 가서 다시 배울 것은 없다."

고 한다. 이런 자들은 그 기술에서 항상 졸렬하며 아무런 발전을 가져오지 못하게 된다. 우리나라의 백공 기술은 대개 옛날 중국에 가서 배운 것이다. 그러나 수백 년 이래로 다시 중국에 가서 배울 계획을 하지 않는다. 중국의 신식 기술은 날마다 발전되어 수백 년 이전의 중국이 아닌데 우리는 막연히 불문에 붙이고 오직 옛것에만 머물러 있으려고 하니 어찌 이렇게 나태한가.

技藝論　一

　天之於禽獸也　矛之爪　予之角　予之硬蹄利齒　予之毒　使各得　以獲其所欲　而禦其所患　於人也　則倮然柔脆　若不可以濟其生者　豈天厚於所賤之而薄於所貴之哉　以其有知慮巧思　使之習爲技藝　以自給也　而智慮之所推運有限　巧思之所穿鑿有漸　故雖聖人　不能當千萬人之所共議　雖聖人　不能一朝而盡其美　故人彌聚則其技藝彌精　世彌降則其技藝彌工　此勢之所不得不然者也　故村里之人　不如縣邑之有工作　縣邑之人　不如名城大都之有技巧　名城大都之人　不如京師之有新式妙制　彼處窮村僻里之外者　舊至京師　偶得其草瓶未備之法　欣然歸而試之　竊竊然以自滿曰　天下未有賢於此法者　戒其子若孫曰

京師之所謂技藝者 吾盡得之 自此京師無所復學矣 若是者 其所爲
未有不鹵莽陋惡者也 我邦之有百工技藝 皆舊所學中國之法 數百年
來 截然不復有往學中國之計 而中國之新式妙制 日增月衍 非復數
百年以前之中國 我且漠然不相問 唯舊之是安 何其懶也

기예론(技藝論) ②

> ──기술이 발달하면 적은 면적에서 많은 농사 수확을 얻을
> 수 있고, 적은 인원으로 많은 것을 만들어낼 수 있다.
> 땅이 좁은 우리나라에서는 기술로 발전할 궁리를 해야
> 한다.

농업(農業)의 기술이 정밀하면 그 지면의 차지함이 적어도 곡물 수확
량은 많은 것이며 그 노력을 사용함이 적어도 소출은 충실할 것이다. 대
체로 농사의 기술은 갈고 씨뿌리고, 김매고 거두어 들이고, 찧고 까불고,
밥짓는 데까지 모든 일들에 있어 다 편리를 돕고 노력을 적게 하자는 것
이다.

방직(紡織)의 기술이 정밀하면 물자의 소비는 적어도 얻은 양은 많을
것이며 노력하는 시간이 빠르고도 포백은 아름다울 것이다. 대체로 방직
의 기술은 길쌈하고 직조하고 염색하고 풀먹이고 바느질하는 데까지 모
든 일들에 있어 그 편리를 돕고 노력을 적게 하자는 것이다.

병기(兵器)의 기술이 정밀하면 대체로 공격과 방어, 운송과 진지 구축
하는 데까지 모든 일들에 있어 그 용감스러움을 더욱 도와주며 그 안전
한 것을 더욱 더 확고히 할 것이다.

의원(醫員)의 기술이 정밀하면 대체로 맥을 짚고 병을 진찰하고 약의
성질을 분간하고 기후를 살피는 모든 것들에 있어 지난 시기의 의원들의
몽매와 오류까지를 적발하며 시정하여 줄 수 있을 것이다.

백공(百工)의 기술이 정밀하면 대체로 주택과 도구로부터 성곽·선
박·차량의 제조에 이르기까지 모두 견고하고 편리하게 할 수 있을 것이

다. 진실로 우수한 기술 방법을 습득하여 장려하며 주력한다면 나라는 부유해질 것이고 군대는 강대해질 것이며 생활은 향상되고 건강은 증진될 것이다. 그런데 빤히 보면서도 기술을 발전시키려고 하지 않는다. 어떤 사람들은,

"우리나라가 산천이 험악하니 차(車)를 쓸 수 없다."

고 하며 어떤 사람들은,

"우리 조선은 양(羊)을 기를 수 없다."

고 하고 어떤 사람들은,

"우리나라는 풍토가 다르기 때문에 말을 기를 수 없다."

고 한다. 만약 이들의 말과 같으면 우리는 장차 무엇을 할 것인가.

글씨를 배우는 데 있어서 미불(米芾)1)과 동기창(董其昌)2)의 필법을 배우는 사람이 있으면 그들은 말하기를,

"왕희지(王羲之)3)의 순수한 필법만 못하다."

고 하며 의학을 배우는 데 있어 설기(薛己)4)와 장기(張機)5)의 방법을 배우는 사람이 있으면 그들은 말하기를,

"주단계(朱丹溪)6)와 유하간(劉河間)7)의 고전만 같지 못하다."

고 하면서 은연히 옛사람을 들고 온 세상을 호령하려고 하니 저 왕희

---

1) 미불(米芾)—중국 송(宋)나라 때 사람. 서화에 우수하여 스스로 일가를 이루었다.

2) 동기창(董其昌)—중국 명(明)나라 때 서화가. 미불의 서체를 모방하여 일가를 이루었다.

3) 왕희지(王羲之)—중국 진(晉)나라 때 사람. 왕우군(王右軍)이라고도 부르며 초서(草書)와 예서(隷書)는 고금에 제일이라고 하였다.

4) 설기(薛己)—중국 명나라 때 사람. 의학으로 유명하였다.

5) 장기(張機)—중국 후한(後漢) 때 의사. 그의 저서로 《상한론(傷寒論)》 10권과 《금궤옥함요략》 3권이 있으며 그때 사람들이 이 사람을 의학의 아성(亞聖)이라고 불렀다.

6) 주단계(朱丹溪)—중국 원(元)나라 때 사람. 의학으로 유명하였다.

7) 유하간(劉河間)—금(金)나라의 의학가. 그의 저서로 《소문현기》 《상한직경방》 등이 있다.

지·주단계·유하간의 무리가 과연 계림의 안동부〔鷄林之安東府〕8) 사람들인가?

技藝論 二

農之技精 則其占地少而得穀多 其用力輕而穀美實 凡所以菑之
耕之 播之芸之 鉒之剶之 以至穦舂 溲炊之功 皆有以助其利 而省
其勞者矣 織之技精 則其費物少 而得絲多 其用力疾 而布帛緻美凡
所以漚之浴之 紡之纑之 織之練之 以至染采 緙纈之功 皆有以助
其利而省 其勞者矣 兵之技精 則凡所以擊刺 防禦轉輸 修築之功
皆有以益 其猛而護其危者矣 醫之技精 則凡所以 切脈審崇 辨藥性
察時氣者 皆有以發 前人之蒙 而駁前人之謬者矣 百工之技精 則凡
所以 製造宮室 器用 以至城郭 舟船車輿之制 而皆有以 堅固便利
矣 苟盡得其法 而力行之 則國可富也 兵可强也 民可裕而壽也 方
且熟視 而莫之圖焉 有說車者 曰我邦山川險惡 有說牧羊者 曰朝鮮
無羊 有說馬不宜粥者 曰風土各異 若是者 吾且柰何哉 學書而有
爲米董者 曰不如義之之純也 學醫而有 爲薜張者 曰不如 丹溪河間
之古也 隱然倚之 爲聲勢而欲號令一世 彼義之丹溪河間之屬 果鷄
林之安東府人耶 俗所云義之 卽鄕刻木板筆陳圖也 故反不如米董眞蹟

기예론(技藝論) ③

> ─지금의 청나라와 같이 기술이 앞선 곳에 가서 빨리 습득
> 전수해다가 기술로써 산업을 일으켜야 한다.

옛날에 소식(蘇軾)9)은 경서(經書)를 고려(高麗)에 주지 말고 아울러

---

8) 계림(鷄林)─지광경주인다안동(地廣慶州人多安東)이라는 우리 속담을 인용하
   여 중국 사람들이 과연 그처럼 훌륭한 사람들인가라고 풍자한 말.

그 구입하는 것도 금하기를 청하면서

"오랑캐가 글을 읽으면 그 지식이 진보될 것이다."

라고 했으니 어찌 그 마음이 좁고 은혜가 적을까. 비록 그렇더라도 이 이론이 그때 중국에서 시행되었던 것이다. 경서도 또한 서로 보이지 않고자 하는데 하물며 그들로 하여금 기예와 여러 가지 기능을 배우게 하여 그 나라를 강하게 하겠는가.

옛날에 국외에서 자제를 보내어 중국에 들어가서 배우게 한 사람이 심히 많았으며 근세에는 유구국(琉球國)10) 사람이 중국의 태학(太學)에 10년 동안이나 있으면서 오로지 그 문물과 기능만을 배웠으며(《芝峰集》에 있는 말이다—원주), 일본 사람도 중국 강소성(江蘇省)과 절강성(浙江省)에 왕래하면서 다만 온갖 공예의 섬세하고 교묘한 것만을 옮겨오도록 힘쓰게 했다. 그런 까닭으로 유구와 일본은 바다 가운데 멀리 떨어진 지역에 있으면서도 그 기능은 중국과 대등하게 되어 백성은 부유하고 군대는 강하여 이웃나라에서 감히 침략하지 못하게 되었으니 그들이 이미 그렇게 된 효과가 이와 같은 것이었다.

마침 지금은 중국이 문호가 열리고 왕래가 넓은데, 이 시기를 놓치고 도모하지 않는다면 만약 어느 시기에 소식과 같은 사람이 위에 의견을 아뢰어 중국과 외국의 한계를 엄하게 하여 금지하는 명령을 내릴 경우 비록 금전을 가지고 가서 그 찌꺼기를 얻고자 하더라도 어찌 능히 그 뜻을 이루겠는가.

대저 효도와 우애는 천성에 근원하고 성현의 글에 밝혀졌으니 진실로 넓히어 이를 충실하게 하고 닦아서 이를 밝힌다면 예의가 밝아서 좋은 풍속을 이루게 될 것이니 이는 진실로 밖의 것을 기다릴 필요가 없을 것이며 또한 뒤에 나오는 것에 도움을 입을 필요도 없을 것이다. 만약 백성

---

9) 소식(蘇軾)—북송(北宋)의 문장가(文章家). 호는 동파(東坡), 당송(唐宋) 팔대가(八代家)의 한 사람. 그러나 여기서는 옹졸한 사람으로 인용했다.

10) 유구국(琉球國)—일본(日本) 구주(九州)의 남방. 지금의 오키나와 군도(沖繩群島).

의 사용하는 기구를 편리하게 하고 백성의 재물을 풍부하게 하여 생활을 윤택하게 하는 데 사용되는 것과 온갖 기술자의 기예와 재능은 그 뒤에 나오는 제도를 가서 배우지 않는다면 능히 무식과 고루함을 깨치지 못하고 이익과 혜택을 일으킬 수 없는 것이니 이것이 나라를 경륜하는 사람이 마땅히 연구해야 할 일이다.

技藝論 三

昔蘇軾 請勿以經籍賜高麗 並禁其購求 謂夷狄讀書 長其智慮也 何其狹隘而少恩哉 雖然 此論則以時得 行於中國也 經籍且不欲相示 況使之學 技藝諸能 以彊其國哉 古者 外夷遣 子弟入學者 甚多 近世琉球人 處太學十年 專學其文物技能(芝峰集) 日本往來江淅 唯務移百工纖巧 故琉球日本 在海中絶域 而其技能 與中國抗 民裕而兵强 鄰國莫敢侵擾 其已然之效如是也 適今規模 疏豁不狹陋 捨此不圖 若一朝有如蘇軾者 建言嚴華夷之界 申禁過之令 則雖欲執贄奉幣 冀得其咳唾之餘 尚安能遂其志哉 夫孝弟根於天性 明於聖賢之書 苟擴而充之 修而明之 斯禮義成俗 此固無待乎外 亦無籍乎後出者 若夫利用厚生之所須 百工技藝之能 不往求其後出之制 則未有能破蒙陋 而興利澤者也 此謀國者 所宜講也

(4) 오학론(五學論) ①

성리학의 원리와 효능을 논함 [性理之學]

> ― 성리학이란 도(道)를 알고 자기를 인식하는 학문이다. 따라서 성현들은 성(性)이 천(天)에 근본하고, 이(理)는 천에서부터 나온다는 것을 알고 효제충신으로 나라 다스리는 근본을 삼았는데 지금의 우리나라 학자들은 그것을 모르고 다만 갑론을박을 일삼으니 한심하다.

성리학(性理學)은 도(道)를 알고 자기를 인식하여 실천하는 데 힘쓰자는 것이다. 그렇기 때문에 《주역대전(周易大傳)》[1]에는,

"이치를 궁구하고 본성을 다하면 천명(天命)에 이른다."

라고 하였으며 《중용(中庸)》[2]에서는,

"자기의 본성(本性)을 능히 다 알면 다른 사람의 성도 능히 다 알며 만물의 성도 능히 다 안다."

고 하였으며 《맹자(孟子)》[3]에서는,

"그 마음을 다 아는 자는 그 본성을 알며, 본성을 알면 그 천도(天道)를 안다."

라고 하였다. 성리학이란 원래 그 근본이 있는 것이다. 그러므로 옛날 학자들은 성이 천에 근본한 것을 알았으며, 이(理)는 천에서부터 나온다는 것을 알았으며, 인륜이 곧 달도(達道)라는 것을 알았기 때문에 효제충신(孝悌忠信)으로써 하늘을 섬기는 근본을 삼았으며, 예악형정(禮樂刑政)으로써 정치하는 도구를 삼았으며, 성의정심(誠意正心)으로써 천(天)과 인(人)의 추축(樞軸)을 삼았으니, 그것을 이름한 것이 인(仁)이며, 그것을 행하는 것이 서(恕)며, 그것을 베푸는 것이 경(敬)이며, 그것을 스스로 잡고 불편부당(不偏不黨)하며 과불급(過不及)함이 없는 것을 중화지용(中和之庸)이라고 한다.

이와 같을 뿐이고 많은 말이 필요없다. 아무리 많은 말을 하여도 이는 이미 한 말을 되풀이하는 것밖에 되지 못하고 다른 말은 아닐 것이다.

그런데 지금 성리학을 한다는 자들은 이(理)니 기(氣)니 성(性)이니

---

1) 주역대전(周易大傳) -《주역》 설괘(說卦)에 '이치를 궁구하고 성을 다하면 천명에 이른다(窮理盡性 以至於命)'라고 했다.

2) 중용(中庸) -《중용》 22장에 "천하의 지성은 능히 그 성을 다하게 되고 물성을 다하면 가히 천지를 화육한다(天下至誠 爲能盡其性 …… 能盡物之物性則可以贊天地之化育……)."라고 했다.

3) 맹자(孟子) -《맹자》〈진심편(盡心篇)〉상에 "그 마음을 극진히 한 자는 그 성을 알게 된다(盡其心者 知其性也)."라고 했다.

정(情)이니 체(體)니, 용(用)이니 본연기질(本然氣質)이니 이발기발(理發氣發)이니 이발미발(已發未發)이니 단지겸지(單指兼指)니 이동기이(理同氣異)니 기동이이(氣同理異)니 심선무악(心善無惡)이니 심선유악(心善有惡)이니 하여 세 줄기, 다섯 아귀로 천 가지, 만 잎사귀로 터럭을 나누며 실오리를 쪼개면서 서로 꾸짖고 서로 나무라며 눈을 감고 생각하며 기를 쓰고 핏대를 올려 천하에 오묘한 것은 자기가 다 안다고 하며 동쪽으로 받고 서쪽으로 부딪치며 꼬리를 잡고 머리를 벗겨서 문마다 한 기치를 세우고 집마다 한 집터를 쌓아서 당대에는 그 송사를 결말짓지 못하고 자손들까지 그 원수를 풀지 못한다.

자기편으로 들어오는 자를 주인으로 삼고 나가는 자는 종[奴]으로 여기며, 자기와 같은 자는 받들고 다른 자는 공격해서 오직 자기의 주장만이 가장 정당하다고 하니 이러한 것은 학문과는 거리가 먼 행동이다.

예(禮)라고 하는 것은 효제충신의 행동을 절문(節文)한 것임을 알지 못하고 '명물도수(名物度數)[4]는 도의 끝 일이다'라고 하며 '변두(籩豆)[5]의 일은 유사만이 하는 것이라'고 한다. 악(樂)이라는 것은 효제충신의 행동을 더욱 고무하는 것임을 알지 못하고 '노래하고 춤추는 것은 학문과는 딴 일이라'고 하며 '음악은 다만 종고[6]를 말할 뿐이다'라고 한다. 형정(刑政)이라는 것은 효제충신을 도와주는 것임을 알지 못하고 '형명공리(刑名功利)[7]의 학은 성문(聖門)[8]에서는 취하지 않는 바이다'라고 한다.

위의(威儀)라는 것은 효제충신의 행동을 유지하도록 하는 것이다. 그러므로 제사를 행할 때와 손님을 맞을 때와 혹은 조정에서와 군대에서

---

4) 명물(名物)－고대 중국의 《주례(周禮)》의 지관(地官)에 나오는 말. 산림을 기르고 관작 등급을 나누는 직무와 산물.
5) 변두(籩豆)－제사(祭祀) 용기. 제기(祭器). 변은 대나무 제기, 두는 목기.
6) 종고(鐘鼓)－악기를 말하는 것(쇠북과 북).
7) 형명공리(刑名功利)－형명(刑名)은 법률을 말하는 것이며, 공리(功利)는 이익을 가리킨 것.
8) 성문(聖門)－성인(聖人)의 문하(門下). 즉 공자와 맹자의 문인.

880

혹은 평상시와 부모 상을 당하였을 때 각각 모든 형식들이 서로 다른 것을 알지 못하고 다만 '꿇어앉을 궤[詭]' 한 글자로 어떻게 총괄할 수 있겠는가.

옛날에는 도를 배우는 사람을 선비라고 하였는데 선비라는 것은 국가를 위해 일하는 사람을 가리킨 것이다. 그러므로 선비는 위로는 공경(公卿)이 되고 아래로는 대부(大夫)가 되어 국왕을 섬기고 백성에게 혜택을 주어야 하는 것이다.

그리고 백이숙제(伯夷叔齊)9)와 우중이일(虞仲夷逸)10)과 같은 경우를 제외하고는 세상을 떠나 숨어 버리지 아니한다. 그런 까닭에 숨은 것을 찾고 괴이한 것을 행하려 함을 성인은 항상 경계한 바 있었다. 그러나 지금 성리학을 한다는 자들은 으레 은일(隱逸)로써 자처한다.

비록 그가 대개 재상직으로 국가와 운명을 같이하여야 할 처지임에도 불구하고 국가를 위해 일하지 않으며 비록 조정에서 삼징칠벽(三徵七辟)11)으로 초빙하는 예절이 극진하다 하더라도 국가를 위해 나서려고 하지 않는다. 서울에서 성장한 사람들은 성리학을 배우면 문득 산으로 들어가서 산림(山林)12)이라고 자칭한다.

이런 사람들이 벼슬을 한다면 오직 경연(經筵)13)에서 강관 노릇을 하거나 춘방(春坊)14)에서 세자를 보좌하는 직무15)를 맡아서 글귀 해석이나 하여 주는 것으로서 만족해한다. 이런 사람들에게 만일 국가로부터 재정·군사·재판·외교 그 어느 것의 하나라도 책임을 지우면 그들은 문

---

9) 백이숙제(伯夷叔齊)-중국 고대 은(殷)나라 때 사람. 주(周)나라를 반대하고 수양산에 들어가 굶어 죽었다. 여기서는 '백이숙제는 옛일을 원망 안했다(伯夷叔齊 不念舊惡)'를 지목한 말.
10) 우중이일(虞仲夷逸)-중국 고대 주(周)나라 때 은거한 사람.
11) 삼징칠벽(三徵七辟)-여러 번 국사에 초빙당하는 것과 사양하는 것.
12) 산림(山林)-벼슬을 하지 않고 산촌에 숨어 있는 선비.
13) 경연(經筵)-임금 앞에서 경서를 강론하는 곳.
14) 춘방(春坊)-조선시대 세자(世子) 시강원(侍講院)의 딴 이름.
15) 보도지직(補導之職)-세자를 가르치는 시강(侍講)의 직책.

득 떠들고 일어나서,

"유현(儒賢)을 그렇게 경솔히 대접할 수 있는가."

라며 야단스럽게 시비한다.

만약 이러한 논법으로 미루어 본다면 옛날 주공(周公)16)은 태재(太宰)17)를 하지 않았을 것이며 공자(孔子)는 사구(司寇)18)를 하지 않았을 것이며 자로(子路)19)는 절옥(折獄)20)을 할 수 없었을 것이며, 공서화(公西華)21)는 빈객(賓客)22) 벼슬을 할 수 없었을 것이다.

성인이 이런 사람들을 가르쳐서 장차 무엇을 맡길 것이며 국왕이 이런 사람들을 데려와서 장차 무엇에 쓰겠는가. 그러나 이런 사람들이 자기를 글로 표시할 때는 으레,

"나는 주자(朱子)를 배우며 존중한다."

라고 한다.

아! 주자가 어찌 이렇게 하였겠는가. 주자는 육경(六經 : 六書)을 연구하여 참과 거짓을 분별하였으며 사서(四書)를 주석하여 심오한 것까지 보여주었다. 또 그는 들어가서 관각(舘閣)에 벼슬할 때는 바른 말과 격렬한 논쟁으로 사생을 돌아보지 않고 제왕의 과오를 정면으로 공격하였으며 권신들의 꺼림을 무릅쓰면서도 천하의 대세를 논술하였다. 어찌 그것뿐이었을까.

그는 군사에 대해서는 원수를 갚고 수치를 씻어 대의를 천추에 바로잡으라고 하였으며 지방관이 되어서는 백성들에게 부역을 공평히 하며 기

---

16) 주공(周公)－중국 고대 주(周)나라 무왕(武王)의 아우, 성왕(成王)의 숙부.

17) 태재(太宰)－중국 고대 주나라 정승.

18) 사구(司寇)－중국 고대 노(魯)나라의 사법관리.

19) 자로(子路)－공자의 제자. 성은 중(仲), 이름은 유(由). '好勇不好學이면 其蔽也亂이라'했다《論語》〈陽貨篇〉).

20) 절옥(折獄)－재판하는 관리.

21) 공서화(公西華)－공자의 제자. 이름은 공서적(公西赤). 공자는 "束帶立於朝可使與賓客言"《論語》〈公冶長篇〉)이라고 했다.

22) 빈객(賓客)－외국 손님을 접대하는 벼슬. 사절(使節) 또는 국빈(國賓).

근과 질병이 없게 하라고 하였다. 이와 같이 주자에게 있어서는 큰 강령과 세밀한 조목을 족히 나라의 정치에 실시할 수 있었으며 부르면 오고 버리면 그만 물러가되 항상 국가를 사랑하여 잊어버리지 않았다.

주자가 어디 지금 학자들처럼 그렇게 하였던가. 아! 지금 세속의 학에 빠진 자들은 은근히 주자를 끄집어당겨서 자기를 변명하려고는 하지만 이는 모두 주자를 속이는 것밖에 안된다. 주자가 어찌 그렇게 하였던가. 이런 사람들이 그 체면을 차리고 행동을 가다듬는 것은 비록 방종하고 음탕한 자들보다는 낫다고 할 수 있으나 빈 속에 고심(高心)만 가지고 있으니 요·순·주공·공자의 도로 함께 돌아갈 수 없는 것이 지금의 성리학이다.

五學論　一

性理之學 所以知道認己 以自勉其所以踐形之義也 易大傳曰 窮理盡性 以至於命 中庸曰 能盡己之性 能盡人之性 能盡物之性 孟子曰 盡其心者 知其性 知其性則知天矣 性理之學 有所本也 然古之爲學者 知性之本乎天 知理之出乎天 知人倫之爲達道 以孝弟忠信 爲事天之本 以禮樂刑政 爲治人之具 以誠意正心 爲天人之樞紐 其名曰仁 其所以行之曰恕 其所以施之曰敬 其所以自秉曰 中和之庸 如斯而已 無多言也 雖多言 是重言複言 無異言也 今之爲性理之學者 曰理 曰氣 曰性 曰情 曰體 曰用 曰本然氣質 理發氣發 已發未發 單指兼指 理同氣異 氣同理異 心善無惡 心善有惡 三幹五椏 千條萬棄 毫分縷析 交嗔互嚷 冥心默硏 盛氣赤頸 自以爲極天下之高妙 而東振西觸 捉尾脫頭 門立一幟 家築一壘 畢世而 不能決其訟 傳世而 不能解其怨 入者主之 出者奴之 同者戴之 殊者伐之 竊自以爲所據者極正 豈不疎哉 禮者 所以節文乎 孝弟忠信之行者也 則勿知焉曰 名物度數 於道末也 曰籩豆之事 則有司存樂者 所以悅樂乎孝弟忠信之行者也 則勿知焉 曰詠歌舞蹈 於今外也 曰

樂云樂云 鍾鼓云乎 刑政者 所以輔成乎 孝弟忠信之行者也 則勿知
焉曰 刑名功利之學 聖門之所棄也 威儀者 所以維持乎 孝弟忠信之
行者也 祭祀賓客 朝廷軍旅 燕居喪紀 其容各殊 布在容經 不可相
用 則勿知焉 槩之以一字之體 曰跪三百三千 其終 以一跪字槩之乎
古者學道之人 名之曰士 士也者 仕也 上焉者 仕於公 下焉者 仕於
大夫 以之事君 以之澤民 以之爲 天下國家者 謂之士 其遭人倫之
變 如伯夷叔齊 虞仲夷逸之等 隱之餘無隱也 故素隱行怪 聖人戒之
今爲性理之學者 自命曰隱 雖弈世卿相 義共休戚 則勿仕焉 雖三徵
七辟 禮無虧欠 則勿仕焉 生長輦轂之下者 爲此學則入山 故名之曰
山林 其爲官也 唯經筵講說 及春坊輔導之職 是注是擬 若責之以錢
穀 甲兵 訟獄 擯相之事 則羣起而病之 以爲待儒賢不然 推是義也
將周公不得爲太宰 孔子不得爲司寇 子路不得折獄 公西華 不得與
賓客言 聖人敎斯人 將安授之 國君致斯人 將安用之 乃其所 自倚
以文之 則曰我尊尚朱子 嗚呼 朱子何嘗然哉 硏磨六經 辨別眞僞
表章四書 開示蘊奧 入而爲館閣 則危言激論 不顧死生 以攻人主之
隱過 犯權臣之忌諱 談天下之大勢 滔滔乎軍旅之機 而復雪恥 要
以伸大義於千秋 出而爲州郡 則仁規慈範 察隱察微 以之平賦徭 以
之振凶扎 其宏綱目 有足以措諸邦國 而其出處之正也 召之則來 捨
之則藏 拳拳乎君父之愛 而莫之敢忘 朱子何嘗然哉 沈淪乎今俗之
學 而援朱子 以自衛者 皆誣朱子也 朱子何嘗然哉 雖其修飾邊幅
制行辛苦 有勝乎樂 放縱邪淫者 而空腹高心 傲然自是 終不可以
攜手同歸 於堯舜周孔之門者 今之性理之學也

오학론(五學論) ②

훈고학의 성격과 이념을 논함[訓詁之學]

— 훈고학은 경전(經傳)의 문자와 문구를 정확히 해석하여 담고 있는 도(道)의 참뜻을 옳게 이해하자는 것인데 지금의 학자들은 제멋대로 해석해서 공연한 논란만 일으킨다. 모름지기 박학(博學)·심문(審問)·신사(愼思)·명변(明辯)·독행(篤行)에 힘쓸 일이다.

훈고학은 옛날 경전(經傳) 가운데의 문자와 문구의 정의들을 정확히 해석함으로써 그것이 담고 있는 도(道)의 기본 내용을 옳게 이해하며 그를 실천하자는 것이다.

진(秦)나라 시황(始皇)이 경전을 불태운 이후로 그 진리를 직접 가르치고 계승하는 전통이 중단되지 않을 수 없었다. 그후 한무제(漢武帝) 때에 와서 오경(五經)을 비로소 관학(官學)에서 가르치게 되었다. 그리하여 유학의 문호가 일어서고 학파가 나뉘어서 위(魏)·진(晉) 시대까지 저명한 선비들이 속출하게 되었다. 특히 공영달(孔穎達)[1]·가공언(賈公彦)[2] 같은 사람들이 경전의 주석을 많이 하였으므로 당시 사람들이 그들을 모두 스승으로 섬겨 성황을 이루었다.

그러나 그 사람들이 만든 주석들이 반드시 정의에 맞았다 하더라도 문자의 뜻이나 밝히고 문구의 구절이나 적당하게 하였을 뿐이었고 성인들의 도의 기본 진리에 대하여는 그 심오한 것을 탐구하고 소급하지는 못하였던 것이다.

주자가 이러한 것을 근심하여 한(漢)·위(魏) 선비들이 주석한 것과는

---

1) 공영달(孔穎達)—중국 당(唐)나라 학자. 《오경정의(五經正義)》를 편찬하였다.
2) 가공언(賈公彦)—중국 당나라 때 태학박사(太學博士). 《주례의소(周禮義疏)》 등 기술이 많음.

다른 각도에서 그 정의를 탐구하여 집전본의(集傳本義)와 집주장구(集注章句) 등을 만들었으나 도를 중흥시킨 그 거대한 공로는 또한 한(漢)나라 선비들에게 비교할 바가 아니었다.

지금 배우는 사람들은 한나라 선비들의 주해를 참고로 하여 자구를 해석하고 주자의 집전을 기본으로 하여 그 정의를 찾은 다음, 그 옳고 그른 것과 맞고 안맞는 것은 반드시 경전의 원문에 표준한다면 육경과 사서의 기본 정의와 진리가 바로 서로 발견되어 처음에는 의심나는 것 같지만 마침내 정확해지고 처음에는 방황하는 것 같으나 마침내 서로 이해하게 될 것이다.

그런 후에 자신이 직접 실천하고, 실천에서 얻은 경험을 밑으로는 몸을 닦고 집을 바르게 하는 것으로부터 국가를 다스리는 것과 위로는 천덕(天德)에 달하고 천명(天命)에 돌아가는 것까지 한다면, 이것이 옳은 학문이라고 할 수 있다.

그러나 지금 소위 훈고학이라는 것은 말로는 한나라와 송나라를 절충하였다고 하나 실상인즉 한나라의 훈고학을 주로 하였을 뿐이며 궁자(宮子)와 실자(室子)의 같고 다른 것과 충자(蟲子)와 어자(魚子)의 같고 다른 것을 고증함으로써 글자나 통하고 구절이나 떼는 것뿐이다.

그 반면에 그들은 성명(性命)의 원리와 효제의 교양과 예악 형정의 조문에 대해서는 실로 암매하여 알지 못하고 있다. 물론 송나라 선비들이 주석한 것도 반드시 다 옳은 것은 아니지만 그러나 몸소 그것을 실천하려고 한 것만은 틀림없다.

그런데 지금 학자들은 어떠한가. 그들은 다만 그 문자와 구절의 다르고 같은 연혁이나 고찰할 뿐이며, 그 내용에 있어서 옳고 그른 것과 바르고 바르지 않은 것을 분간하고 잘라내서 실천하는 방법을 강구하지 않으니 이것은 무슨 까닭인가.

옛날에는 학문을 하는 데 다음과 같은 다섯 가지, 즉 박학(博學)·심문(審問)·신사(愼思)·명변(明辯)·독행(篤行)[3] 등을 다같이 하였다. 그러나 지금 학문을 하는 사람들은 첫째로 박학 한 가지에만 힘쓸 뿐이고 심문 이하는 돌아보지 않는다.

대저 한나라 선비들의 학설이라면 그 요령도 묻지 않고 그 결과도 보지 않으며 가깝게는 마음을 반성하여 성품을 닦는 것을 관심하지 않고 멀리는 세상에 도움을 주고 백성들에게 유익하게 하는 것은 유의도 하지 않으면서 오직 많이 알고 힘써 기억하는 것과 큰 소리로 호기스럽게 변론하는 것 등으로써 호언하고 자기 도취하여 온 세상에 피해를 주고 있다.

그 그릇된 정의와 부정확한 해설이 능히 많은 사람들에게 해독을 줄 것인데도 듣는 사람들은 모두 다 용납하여 도리어 천하의 이치가 무궁한 것이라고 하니 이것은 성인(聖人)들의 바른 말과 정당한 교훈을 모호하게 하고 나타나지 못하게 하는 것이다.

이 어찌 슬픈 일이 아닌가. 이와 같은 자들은 그 견문을 풍부히 하는 것은 좋은 일이지만, 그러나 요·순·주공·공자의 도로 함께 돌아갈 수 없는 것어∴지금의 훈고학이다.

五學論 二

詁訓之學 所以發明 經傳之字義 以達乎道 教之旨者也 秦燔之厄 師承遂絶 武帝以來 五經始有 官學門戶旣立 枝派以分 下逮魏晉 名儒林立 至孔穎達賈公彦 爲之疏釋 而天下靡然 宗之可謂盛矣 然 其詁訓之 所傳受者 未必皆本旨 雖其得本旨者 不過字義 明而句絶 正而已 于先王先聖道教之源 未嘗窺其奧而溯之也 朱子爲是之憂之 於是就漢魏詁訓之外 別求正義 以爲集傳 本義集注 章句之等 以中 興斯道 其豊功盛烈 又非漢儒之比 今之學者 考漢注以 求其詁訓 執朱傳 以求其義理 而其是非得失 又必決之於經傳 則六經四書 其 原義本旨 有可以相 因相發者 始於疑似 而終於眞的 始於彷徨 而

---

3) 박학(博學)─박학(博學)은 넓게 배우며, 심문(審問)은 살펴 물으며, 신사(愼思)는 삼가고 생각하며, 명변(明辯)은 밝게 분별하며, 독행(篤行)은 독실하게 행한다이다.

終於直達 夫然後 體而行之 行而驗之 下之可以 修身齊家 爲天下
國家 上之可以達天德而反天命 斯之謂學也 今之所謂 詁訓之學 名
之曰折衷漢宋 而其實宗漢而已 詁宮室 訓蟲魚 以之通其字 絶其句
而已 于性命之理 孝弟之敎 禮樂刑政之文 固昧昧也 宋未必盡是
而其必欲體行 於心與身則是矣 今也 唯詁訓章句 其異同沿革 是考
是察 曾不欲辨是非別邪正 以求其體行之術 斯又何法也 古之爲學
者五曰 博學之 審問之 愼思之 明辨之 篤行之 今之爲學者一 曰博
學之而已 自審問而下 非所意也 凡漢儒之說 不問其要領 不察其歸
趣 唯專心志以信之 邁之 不慮乎 治心而繕性 遠之不求乎 輔世而
長民 唯自眩其博聞强記宏詞豪辨 以眇 一世之陋而已 其有謬義 邪
說 足以爲萬世之害者 則函受並容 以爲天下之 義理無窮 斯則先聖
先王 其格言至訓 悉爲是湮晦而不章 磨滅而不立矣 豈不悲哉 若是
者 儒雅博洽 可愛可重 非不逌然善也 卒之 不可以攜手同歸 於堯
舜周孔之門 斯所謂詁訓之學也

오학론(五學論) ③
문장학의 본질, 기능과 선악을 논함[文章之學]

> ── 참 문장이란 가슴 속에 중화의 덕을 쌓고 그 교양이 발로
> 되어 문장으로 표현되는 것이니 밖으로부터 구할 수 없는
> 것이다. 그 교양이란 애민·우국의 충정이며 치군(致
> 君)·분속(憤俗)의 측달이 없으면 시·문은 쓸 수 없다.

지금의 문장학이란 것은 우리 도(道)에 대한 큰 해독이다. 대체 문장
이란 것은 무엇인가. 문장은 어찌 허공에 걸려 있든지 땅에 펼쳐져 바라
보며 바람을 좇아 붙들 수 있을 것인가.

옛날 사람은 마음으로 중화(中和)4)의 덕을 닦고 몸으로 충신한 행동
을 실천하며 시서(詩書)와 예악(禮樂)으로 그 기본을 북돋우고 《춘추(春

秋)》와 《주역(周易)》으로 그 사변들을 분석하여 천지의 진리에 능통하고 만물의 실정을 두루 알아서 그 지식이 자기의 내부에 쌓여 있는 것이 마치 땅이 온갖 물체를 싣고 바다가 온갖 물건을 포괄하며 구름이 울결하고 우레가 서리듯하여 마침내 닫아두려야 닫아둘 수가 없게 되는데, 그러한 연후에 외계의 사물이 감촉을 주며 흔들고 격동하여 자기 내부로부터 외부에 발표되는 것이 큰 물결치듯 호탕하며 번갯빛처럼 휘황찬란하여 가까이는 사람을 감동할 수 있게 하며 멀리는 천지를 움직이고 귀신을 느끼게 할 수 있다면 이것이 참으로 문장이다.

문장은 외부에서 구할 수 없다.

그런 까닭에 천지간에 있는 문장 가운데 그 정미하면서도 교묘한 것은 《주역(周易)》이며, 부드러우면서도 격절(激切)한 것은 《시경(詩經)》이며, 전아(典雅)하고 치밀한 것은 《서경(書經)》이며, 상세하나 문란하지 않은 것은 《예기(禮記)》, 조문이 분명하여 섞을 수 없는 것은 《주례(周禮)》이며, 크고 기이하고 호흡을 마음대로 하여 어떠한 힘으로써도 능히 그것을 굴복시킬 수 없는 것은 《춘추좌전(春秋左傳)》이며, 명철하고 통달하여 티끌이 없는 것은 《논어(論語)》이며, 성(性)과 도의 본체를 참으로 알아서 조리있게 분석된 것은 《맹자(孟子)》이며 심각하고 오묘한 것은 《노자(老子)》이다.

그후부터 내려오면서 문장은 순수한 것이 적다.

사마천(司馬遷)5)은 기이한 것을 좋아하고 협기(俠氣)를 숭상해서 스스로 예의로부터 벗어났으며, 양웅(揚雄)6)은 도를 알지 못하였고, 유향(劉向)7)은 참위(讖緯)에 빠졌고, 사마상여(司馬相如)8)는 배우(俳優)와

---

4) 중화(中和)─《중용(中庸)》에 있는 말. 기쁘고 성나고 슬프고 즐거운 것이 내부에서 발표되지 않는 것을 중(中)이라 하고 외부에 발표되어 절도에 맞게 하는 것을 화(和)라고 했다.
5) 사마천(司馬遷)─중국 한(漢)나라 때 《사기(史記)》를 지은 사람.
6) 양웅(揚雄)─중국 한나라 때 문학가.
7) 유향(劉向)─중국 한나라 때 문학가. 음양 술수(術數)를 좋아하였다.

같은 자기 재간을 자랑만 하였다. 그후로 내려오면서 문장은 더욱 깨뜨려지고 부서지고 흩어지고 묽어져서 논평할 만한 것이 없다.

한유(韓愈)와 유종원(柳宗元)이 비록 문장을 중흥시킨 조상이라고 말하나 사실인즉 그런 것이 아니다. 그들이 소위 중흥시킨 문장은 먼저 그 가슴 깊이 지식의 축적과 진리의 파악에 의하여 발현된 것이 아니라 외부로부터 억지로 형식만 추구하여 모두 대가로 자처하였으니 이것이 어찌 옛날 소위 문장과 같은 것일까.

한유·유종원·구양수·소식9)이 지은 소위 서(序)·기(記) 등 많은 작품들은 모두 화려한 겉치레만 하고 진실한 내용이 없으며 기이하되 바르지 못하므로 모두 어린 사람들이 그 글을 읽으면 좋다는 기쁜 느낌을 가질 수 있지만, 그것으로써는, 안으로는 몸을 닦고 어버이를 섬길 수 없으며 나아가서는 임금을 바로잡고 백성을 다스리지 못할 것이다.

종신토록 읽고 외우기에 전력을 다하더라도 결국은 아무 쓸모가 없고 천하와 국가를 위해서 아무런 도움을 주지 못하게 되니 이는 우리 도에 대한 좀벌레와 같은 것이다.

이것은 그 해독이 양주(楊朱)10)·묵적(墨翟)11)·노자·불교보다 심한 것이 있으니 그것은 무엇인가? 양주·묵적·노자·불교는 비록 그 주장이 각각 다르다 하더라도 요컨대 모두 자기를 이기고 욕심을 억제하며 선한 일을 행하고 악한 일을 버리고자 하는 것이다.

그러나 한유·유종원·구양수·소식 같은 사람들은 그들이 자칭하는 바와 마찬가지로 오직 문장뿐이다. 그들이 말하는 그러한 소위 문장으로

---

8) 사마상여(司馬相如)—중국 한나라 때 문학가. 특히 부(賦)를 잘 지었다.
9) 한유(韓愈)·유종원(柳宗元)·구양수(歐陽修)·소식(蘇軾)—당(唐)나라 및 송(宋)나라 문학가, 시인으로 이름이 높았다.
10) 양주(楊朱)—기원전 5세기 중국의 사상가. 그의 학설은 《열자(列子)》에 전해지고 있는데 극단의 이기주의자로 알려지고 있다.
11) 묵적(墨翟)—기원전 5세기 중국의 사상가. 그는 겸애(兼愛)의 학설을 주장하였다.

써 어찌 인간 생활의 직분을 다할 수 있겠는가.

이것은 온 천하 사람들로 하여금 가무와 향락에만 도취하도록 하는 것
이다. 이것이 어찌 성인이 취할 바이랴.

지금에 와서 소위 문장학이란 것은 또 저 네 사람 한유·유종원·구양
수·소식의 문장도 오히려 싱겁고 맛이 없다고 하여 나관중(羅貫中)은
시조요, 시내암(施耐庵)은 원조요, 김성탄(金聖歎)은 하늘이며, 곽청라
(郭靑螺)6)는 땅의 신처럼 받들고 있다.

그리고 우동(尤侗)·전겸익(錢謙益)·원매(袁枚)·모신(毛甡) 등의 문
장은 유학인 듯 불교인 듯하여 간사하고, 음란하고, 속이고 괴이하여 일
체 사람들의 이목을 현혹시키고 있건만 이를 쳐다보고 본받는다.

또 그들이 지은 바 시와 사(詞)는 차고 시고 명랑치 않고, 목멘 소리
를 하며 어긋나고 비틀고 험삽하여 한결같이 읽는 사람의 혼을 녹이고
창자를 끊게 하고야 만다. 그들은 드디어 이것으로써 스스로 기뻐하고
스스로 높이어 장차 늙는 줄을 모르고 일생을 여기에서 도취하고 있으니
우리 도(道)에 대한 해독이 다만 한·유·구·소의 유가 아니다.

그들이 입으로는 비록 육경을 말하고 손으로는 비록 천고(千古)를 주
무른다 하더라도 요·순의 도(道)로 함께 돌아갈 수 없는 것은 지금의
문장학이다.

五學論　三

文章之學 吾道之鉅害也 夫所謂文章者 何物 文章豈掛乎 空布乎
地 可望風走而 捉之者乎 古之人 中和祗庸 以養其內德 孝弟忠信
以篤其外行 詩書禮樂 以培其基本 春秋易象 以達其事變 通天地之
正理 周萬物之衆情 其知識之 積於中也 地負而海涵 雲鬱而雷蟠
有不可以終閟者 然後有與之相遭者 或相入焉 或相觸焉 撓之焉 激

---

6) 나관중(羅貫中)·시내암(施耐庵)·김성탄(金聖歎)·곽청라(郭靑螺)—모두 명
　나라 및 청나라 때 문학가들로 이름 있는 산문 작가들이다.

之焉 則其宣之而 發於外者 渤潏汪濊 粲爛煜霅 邇之可以感人 遠
之可以動 天地而格鬼神 斯之謂文章 文章不可 以外求也 故文章之
在宇宙之間 其精微巧妙者易 溫柔激切者詩 典雅縝密者書 詳細而
不可亂者禮 條鬯而不可糅者周禮 瓌奇吐欲而不可 屈者春秋左氏之
傳 睿聖無 瑕者論語 眞知性道之體 而劈析枝 經者孟子 刻覈深窈
者老子 下此以往 醇者或寡矣 太史遷 好奇尙俠 而自外乎禮義 揚
雄不知道 劉向溺於讖諱 司馬相如 俳優以自衒 下此以往 破碎綺靡
無譏焉 韓愈柳宗元 雖稱中興之祖 而本之則亡 如之何其興之也 文
章 不自內發 廼皆外襲以自雄 斯豈古 所謂文章者哉 韓柳歐蘇 其
所謂序記諸文 率皆華而無實 奇而不正 幼而讀之非 不欣然善矣 內
之不可 以修身而事親 外之不可 以致君而牧民 終身誦慕 而落魄牢
騷 卒之不可 以爲天下國家 此其爲 吾道之蟊螫也 將有甚乎 楊墨
老佛 何也 楊墨老佛 雖其所秉有差 要之皆欲以 克己斷慾 爲善去
惡 彼韓柳歐蘇 其所自命者 文章已矣 文章 豈足以安 身立命哉 使
天下之人 詠歌蹈舞 浸淫悅樂 釀薰膚奏 與之俱化 而邈然忘其性命
之本民 國之務者 文章之學也 豈聖人之所取哉 今之所謂文章之學
又以彼四子者 爲淳正而無味也 祖羅 羅貫中 挑施 施耐菴 郊麟 金聖
歎 禰螺 郭靑螺 而尤侗錢謙益袁枚手蚨之等 似儒似佛 邪淫譎怪 一
切以求 眩人之目者 是宗是師 其爲詩若詞 又妻酸幽咽 乖拗犖确
壹是可以 鎖魂斷膓 則止遂以 是自怡自尊 而不知老之將至 其爲吾
道之害 又豈但韓柳歐蘇之流而已 口譚六經 手撦千古 而終不可以
攜手 同歸於 堯舜之門者 文章之學也

오학론(五學論) ④

과거제도의 폐단을 논함[科擧之學]

> ─지금의 과거제도는 온 천하를 몰아서 광대와 연극 놀음
> 을 하는 것 같은 웃음판이 되고 있다. 전국의 인재를 뽑
> 아서 국가의 동량을 삼겠다는 과거시험장은 일부 세도가
> 자제들을 과거에 급제시키려는 난장판이 되고 있으니 첨
> 간(簽竿)의 횡포(주 16 참조)가 그 하나의 실례이다.

온 세상을 거느리고 온 천하를 몰아서 광대와 연극 놀음을 하게 하는
것은 과거(科擧)의 학(學)이다. 과거의 학을 하는 사람들은 입으로는 요
(堯)·순(舜)·주공(周公)·공자(孔子)의 서적을 읽으며, 말로는 노자(老
子)·불교·회교(回敎)·황제교(黃帝敎)를 배척하며 시(詩)·예(禮)와
역사를 논평할 때는 천연하게 선비의 관을 갖춘 훌륭한 선비이다.

그러나 그 실상을 따지고 보면 문자나 도둑질하고 문구나 훔치며 붉은
것이나 뽑고 푸른 것이나 빼내어 잠깐 남의 이목이나 현혹시키고 있다.

원래가 요·순은 그의 사모하는 바도 아니며, 노자·불교는 묻지도 않
으며, 국가와 백성에게 이익을 줄 것은 뜻하지도 않는다.

항우(項羽)와 패공(沛公)의 사적으로 글 제(題)를 내며, 경박하고 뒤틀
어진 소리를 능사로 하며, 빈말을 토하고 거짓말을 늘어놓으며, 속임수를
부리고 허황한 내용을 짜내서 자기가 가장 박식한 듯이 과장하며, 그날
(과거보는 날) 하룻동안의 행운을 도박식으로 얻으려고 한다.

어떤 사람이 성리학을 하면 그들은 화를 내며 '괴이하다'고 하며, 어떤
사람이 훈고학을 하면 그들은 '괴벽하다'고 꾸짖는다. 또한 그들은 문장
학을 하는 사람을 흘겨보지만 그들 자신도 또한 그와 똑같은 문장학을
하고 있다. 자기를 편드는 자는 그를 추켜세우고 자기를 헐뜯는 자는 그
를 멸시하며, 과문이 공교한 자는 그를 신선과 같이 높이고 과문에 서투
른 자는 그를 노예와 같이 천대한다. 그리하여 요행으로 과거에 합격되

면 그의 아비는 효성있는 아들이라고 자랑하며, 국왕은 어진 신하라 칭찬하고 그를 사랑하며, 친구들은 그를 존대한다.

이와 반대로 과거에 떨어진 자는 비록 그 행동이 증(曾)·미(尾)13)와 같고 지혜가 저(樗)·서(犀)14)와 같다 하더라도 모두 곤궁에 빠져 비관과 여한을 품고 일생을 마친다.

아! 이것이 무슨 제도인가. 세상 사람들이 많다고 하지만 그 중에 학문을 이루고 정치를 지도할 자는 천백 명에 한 사람 정도이다. 이처럼 인재가 귀중하건만 지금은 온 천하의 총명하고 재간있는 인재를 모두 몰아 과거라는 절구통에 넣어 찧고 두드려서 오히려 덜 부서질까 두려워하니 이 어찌 슬픈 일이 아닌가.

한번 과거의 학에 빠지기만 하면 예악도 소용없는 물건이며 형정도 잡된 일이라고 하여 배우지 않는다. 이런 자들이 만약 지방 관리로 나가면 실무에 전연 어두워서 문서처리를 아전들의 지시대로만 따라하며, 만약 내직에 들어가 재정과 재판에 관한 직무를 맡게 된다면 허수아비처럼 앉아서 전례를 묻기에만 분주하다. 만약 군문에 나가서 전투 임무를 맡게 된다면 그는 '군사학은 배우지 않았다'고 자처하면서 다른 사람을 앞에 세운다. 이런 자들은 도대체 무슨 소용이 있겠는가.

일본(日本)은 해외의 작은 나라이지만 우리와 같은 과거의 법이 없기 때문에 문학이 구이(九夷)15) 중에 뛰어나고 무력이 중국을 대항할 만하며, 그 국가의 규모와 질서가 정연하여 문란하지 않으니 어찌 이것이 현저한 효과가 아니겠는가.

지금의 과거의 학은 더욱 쇠퇴하여져서 소위 권력있는 귀족 양반 자제들은 공부는 하지 않고 다만 시골의 빈한한 선비들만 과문을 애써 공부

---

13) 증(曾)·미(尾)─증자(曾子)와 미생(尾生). 증자는 공자의 제자이며, 미생은 신의가 있기로 유명했다.
14) 저(樗)·서(犀)─춘추전국시대 진(秦)나라의 저리자(樗里子)와 진(晋)나라의 서조(犀照). 저리자는 지혜가 많았고, 서조는 세상 사물을 명백히 분석하였다.
15) 구이(九夷)─옛날 동방 여러 종족. 오랑캐라는 뜻.

해 가지고 응시한다. 권세가의 자제들은 과시하는 날에 시정(市井) 노예
들을 대리시험 시켜서 접은 건(巾)과 짧은 저고리를 입히고 그들로 하여
금 눈을 부릅뜨고 주먹을 뽐내면서 시험장에 먼저 들어가기를 다투게 한
다. 그리하여 첨간(簽竿)16)을 서로 찌르며 방망이로 서로 치기까지 한다.
그러나 급기야 합격된 자의 방을 보면 아직 입에 젖내 나는 세도집 자손
으로 시해(豕亥)17)도 분간하지 못하는 자들이 차지하고 말았으니, 이것
은 과거의 학이 더구나 문란하여졌다는 것을 실증하는 것이다.

　만약 국왕이 이것을 알고 문란하여진 것을 계기로 하여 과거제도를 변
경시킨다면 백성들에게 행복을 줄 것이며 그렇게 하지 않는다면 과거의
학을 배우는 자들은 끝내 요순의 도로 돌아갈 수 없는 것이다.

五學論　四

　主斯世而帥天下 以倡優演戲之技者 科擧之學也 讀堯舜周孔之書
斥老佛回黃之敎 其譚詩禮 其論史傳 天然一冠儒服 儒者也 夷考其
實 剽字竊句 抽朱擢綠 以眩一時之目 而堯舜非所慕也 老佛非所惡
也 治心檢身之法 非所問也 匡君澤民之術 非所意也 項羽沛公之事
以爲題澆 佻悖庡之辭 以爲能吐虛吹 假構幻織誕 以自衒其贍博之
聞 以賭一日之捿而已 有爲性理之學 嗔之曰詭 有爲詁訓之學 叱之
曰僻 睥睨文章之學 而自視未嘗非文章 入者霸之 出者夷之 工者仙
之 拙者隷之 有或徼幸以成名者 父撫之曰孝子 君慶之曰良臣 宗族
愛之 朋舊尊之 其落拓而 不得志者 雖行如曾尾 智如樗犀 率龍鍾
蕉悴 齎哀恨以死 嗚呼 此何法也 衆黎之生 于于然蠢蠢然 其可以
積文史 導政事者 千百一人而已 今也括 天下聰慧之才 壹皆投之

---

16) 첨간(簽竿)-과거 시험장에서 장대에 걸어 놓은 답안지 넣는 바구니. 이때
　　세도가의 자제들이 폭력배를 사들여 가지고 자기 답안지만 넣게 하고 남의
　　답안지를 못 넣게 몽둥이질을 했다고 한다.
17) 시해(豕亥)-돼지 시(豕)와 돼지 해(亥)의 글자를 분간하지 못하는 것. 사
　　물을 아무것도 분간할 줄 모른다는 의미다.

於科擧之臼 而春之撞之 唯恐其不破碎靡爛 豈不悲哉 一陷乎科擧
之學 卽禮樂爲外物 刑政爲雜事 授之以牧民之職 則蒙蒙然 唯吏指
是承 入而爲 財賦獄訟之官 則戶居素食 而唯故例是問 出而操 甲
兵捍禦之權 則曰軍旅未之學也 推武人以居前例 天下將安用矣 日
本者海外之小聚耳 以其無 科擧之法也 故文學超乎九夷 武力抗乎
中國 規模綱紀之所 以維持控馭者 森整不亂 有條有理 豈非其顯效
哉 今科擧之學 亦已衰矣 巨室名閥之子 不肯業此 唯田間寒餓者爲
之 而戰藝之日 嘯呼市井奴隷 摺巾短襦 怒目豪拳 以爭其先登 但
見籤竿 相戳梧槌互擊 而及其唱名也 乳臭之兒 不辨豕亥者 出而據
之 斯其學 不能不衰斁也 若天眷顧 因其衰而遂變之 則生民之福
不然 不可與學此事者 攜手同歸 於堯舜之門也

오학론(五學論) ⑤

술수학의 폐단을 논함[術數之學]

> ── 술수학이란 학문이 아니고 사람들을 현혹시키는 점이요,
> 마술이다. 《도선비기(道詵秘記)》나, 《정감록(鄭鑑錄)》을
> 외면서 인간의 운명을 점치고, 《주역(周易)》을 악용하여
> 천문을 멋대로 해석하니 요술쟁이와 다를 바가 없다.

술수학은 학문이 아니고 사람들을 현혹시키는 것이다. 그 자들은 밤중
에 일어나서 하늘을 쳐다보며 말하기를,

"저 형혹성(熒惑星)[1]이 심성(心星)을 지키고 있으니 간신들이 국왕의
세력을 끼고 국가를 모해하려고 하는 징후이며, 천랑성(天狼星)이 자
미성(紫微星)을 범하고 있으니 명년에는 반드시 전쟁이 있을 징후이
며, 세성(歲星)이 기성(箕星) 절반에 가서 있으니 우리나라에 크게 이
로울 징조다."

---

1) 형혹성(熒惑星)─화성(火星)의 별칭.

라고 한다. 그러다가 그는 갑자기 탄식하는 소리로 《도선비기(道詵秘記)》[2]와 《정감록(鄭鑑錄)》을 외면서 말하기를,

"아무 년에는 전쟁이 반드시 일어날 것이며, 아무 년에는 옥사(獄事)가 반드시 일어나서 피가 냇물을 이루며 인종이 끊어질 것이니 친척들에게 권하여 토지와 가옥을 팔고 조상 분묘를 버리고 깊은 산 호랑이 굴 속에 들어가서 그 난(難)을 대피하라."

고 한다. 또 근심스레 변색하여 물으면 말하기를,

"예전 우리 노선생(老先生)께서는 귀신과 통하여 귀신을 부릴 수가 있었다. 그러므로 편지를 보내면, 1식경이면 이미 8백 리까지 닿을 수 있었기 때문에 먼데 있는 사람이 편지를 보고 자제들을 데리고 즉시 산골까지 들어가 난을 피했다. 또 노선생께서는 소매 속에 나뭇잎을 넣었다가 유사시에 그것을 뿌리면 병사와 병마가 되어 떠들썩하였다."

고 한다. 그러다가 그는 또 갑자기 보자기를 풀고 묘지 그림 세 폭을 보이면서 말하기를,

"하나는 옥황상제가 조회받는 형국이고, 하나는 신선이 학을 타는 형국이며, 하나는 목마른 말이 냇물로 달려가는 형국이다. 다른 사람은 모두 모르고 자기 혼자만이 그 혈(穴)[3]과 좌향(坐向)을 알고 있는데 이곳에 장사지내기만 하면 자손이 좋은 운수를 받을 것이다."

라고 한다. 그러다가 날이 밝으매 그는 의관을 정제하고 꿇어앉아 태극도(太極圖)[4] 하도낙서(河圖洛書)[5]와 구궁(九宮)의 술법을 토론하며 이

---

2) 도선비기(道詵秘記)—신라 말기의 도선이란 중이 만들었다는 풍수설에 대한 책이며 《정감록》도 역시 도선의 술수에 대한 책과 같은 것. 이것들은 그 내용이 전부 거짓말일 뿐 아니라 그 책 자체가 전부 후인들의 위작이라고 한다.

3) 혈(穴)—풍수가들이 묘지에 쓰는 말. 명당의 뒷줄기.

4) 태극도(太極圖)—태극이란 《주역》에 양의(兩儀 : 陰陽)를 낳는다고 하였는데 11세기 중국 송(宋)나라 때 주돈이(周敦頤)란 사람이 《태극도설》을 지으면서 무극(無極)과 태극을 말하였다.

5) 하도낙서(河圖洛書)—하도는 중국 고대의 전설적 군주인 복희씨(伏羲氏) 때 하수(河水)에서 용마가 그림을 지고 나왔다는 것이며, 낙서는 중국 고대 우(禹)임

기(理氣)의 선과 악 같은 다른 것의 학설을 변론하는 모양은 엄연히 성리학을 하는 선생이었다.

아! 헛이름을 도적질하고 높은 인망을 걸머지면서 많은 우매한 사람들을 모두 자기에게로 모여오도록 하는 자들은 다 이런 선생과 같은 자들이다. 만약 진실하고 허식을 하지 않는 선비가 있어 선왕의 도를 밝히며 효제와 충신을 근본으로 삼고 예악과 형정을 연구하려고 하면 술수학하는 자들은,

"저 자는 내일 일도 알지 못하고 불 붙는 섶 위에 앉아서 시예(詩禮)
만 이야기하려고 하니 어찌 우리들의 좌석에 같이 참례할 수 있겠는가."

라며 비웃는다. 성인들은 저서로써 천하 후세 사람들에게 보이면서 그 심오한 내용은 각자가 스스로 이해하도록 하였다. 그러므로 공자가 《주역(周易)》〈계사전(繫辭傳)〉을 저작하고 주자가 〈참동계(參同契)〉를 주해한 것은 바로 후인이 그 뜻을 알지 못할까봐 한 것이다. 그러나 저 어리석고 못생긴 자들은 저것(술수학을 가리킨 것)만 숭상하고 이것(옳은 학문을 가리킨 것)은 낮게 취급하여 날마다 어둡고 그릇된 곳으로 흘러 들어가고 있으니 누가 이것을 금할 수가 있겠는가.

천문 오행의 기록은 여러 시대를 내려오면서 억지로 이치에 맞게 하려고 하였으나 하나도 맞는 것이 없다. 별의 운행은 모두 다 자기 궤도에 의한 것인데 무슨 의혹이 있을 것인가.

중국 북경 시가에서 요술을 파는 사람들이 한두 푼의 은전을 받으면 그 재간을 보인다는데 북경을 왕래하는 통역들이 해마다 구경하고 와서 사람들에게 자세히 말하여 주고 있다. 그런데 이에 무슨 의혹이 있을 것인가. 서건학(徐乾學)은 자기 부친을 장사지내는데 풍수지리설을 배척한 바 있었다. 풍수설이 허황한 것은 확실한 사실인데 또한 무슨 의혹이 있을 것인가.

이렇게 미루어 본다면 점(占)치는 것, 상(相)보는 것, 점성술(占星術)

금이 홍수를 다스릴 때 거북의 등에 아홉 가지의 문채를 지고 나왔다는 전설.

같은 것들이 모두 사람들을 현혹시키는 것이고 학문은 아니다.

옛날 요(堯)와 같은 성인도 능히 미래를 예견할 수 없었기 때문에 곤(鯀)에게 정치를 맡겼다가 실패하였고, 순(舜) 같은 성인도 미래를 예견할 수 없었기 때문에 남방에 순시하러 가다가 창오산(蒼梧山)에서 죽었으며, 주공(周公)도 능히 미래를 예견할 수 없었기 때문에 관숙(管叔)으로 하여금 은(殷)나라를 감시하도록 하였고, 공자도 미래를 예견할 수 없었기 때문에 광(匡) 땅에서 살해당할 뻔하였다. 그런데 지금 사람들은 미래를 예견하지 못하는 것을 크게 근심하고 어떻게든지 미래를 예견한다는 사람을 만나서 같이 가려고 하니 이것이 미혹이 아니고 무엇이겠는가. 저 술수하는 자들은 마술(魔術)을 일삼고 괴이한 것만 좋아하여 은근히 앞일을 예견하는 성인으로 자처하지만 도리어 그것이 인간의 수치스러운 일인 줄은 알지 못하고 있다. 어떻게 이런 자들과 함께 요순의 도로 돌아갈 수 있겠는가.

이상에서 열거한 다섯 가지의 학(學)이 지금 이와 같이 성행하고 있으므로 주공과 공자의 도는 점점 희미하여진다. 장차 누가 이것을 바로잡을 것인가.

五學論　五

術數之學 非學也惑也 中夜起 瞻天步中庭 以語人曰 彼熒惑守心主 奸臣挾主勢 以謀國 曰彼天狼犯紫微 明年必有兵 曰彼歲星在箕分 此吾邦域之所賴也 忽歎歔誦 道詵秘記 鄭鑒讖說曰 某年兵必起 曰某年獄必興 將血流成川 人種以絶 勸其婚友 鬻田宅棄墳墓 入深山虎豹之窟 以俟其難 忽愀然變色 有間而言曰 昔我老先生 能通神役鬼 書發食頃 已抵八百里 開緘 攜弟子入山谷 袖木葉以散之 使兵馬喧闐 忽解裝展圖三幅曰 此玉皇朝眞之形 此仙人騎鶴之形 此渴馬奔川之形 他人不知 吾獨知其穴與嚮 苟能用之 子孫其逢吉 厥明盥正衣冠 危坐談太極圖 河圖洛書 九宮之數 辨理氣善惡 同異之

訟 儼然一性理先生也 嗚呼竊虛 名負重望 爲衆愚所歸嚮者 悉此先
生 有眞正不僞之士 講明先生之道 本孝弟愼微隱 而究禮樂 刑政之
文者 則哂之曰 彼且不知 明日之事 坐積薪厝火之上 談詩說禮 烏
足以與於斯矣 聖人以糟粕 示天下 留其秘以自用 故孔子作易翼 朱
子注參同契 後人不知其義也 彼蒙瞶不慧者 尊此卑彼 日趨流乎 幽
陰邪辟之鄕 將誰與禁之 天文五行之志 歷世傳會 無一驗者 星行咸
有定度 不可相亂 又何惑焉 燕市賣幻之人 受銀一二銖 呈其技象鞊
歲 語人甚悉 又何惑焉 徐乾學葬考 斥風水之說 不可以易 又何惑
焉 推是以往 若卜筮看相星 耀斗數之等 凡以術數衍者 皆惑也 非
學也 堯不能前知 任鯀以敗事 舜不能前知 南巡守 崩於蒼梧之野
周公不能前知 使管叔監殷 孔子不能前知 畏於匡幾不能免 今也病
不能前知 必得一前知者 以爲歸 豈不惑歟 彼事魔好怪 隱然自據乎
前知之聖 而莫之知恥也 又惡能攜手同歸 於堯舜之門哉 五學昌而
周公仲尼之道 榛榛然以莽 將誰能一之

(5) 백성의 권리를 밝힘 : 탕론(湯論)

> — 백성이 임금을 쳐서 쫓은 것은 옳은 일인가. 임금이 잘
> 못하면 쫓는 것이 옳다. 왜냐하면 중국에서 황제를 세운
> 사람은 결국은 백성이기 때문이다. 그러므로 탕(湯)이
> 걸(桀)을 친 것은 잘한 일이다.

탕(湯)1)이 걸(桀)을 쳐서 쫓은 것이 옳은 일이었던가.

신하로서 임금을 친 것이었으니 과연 옳은 일이었던가. 이런 일은 그
전부터 이미 있어 온 일이었으며 탕이 처음으로 한 것은 아니었다.

신농씨(神農氏)2) 시대의 말경에 임금이 덕을 지키지 못하여 나라가

---

1) 탕(湯)—기원전 18세기. 중국 하(夏)왕조의 제후였다가 하(夏)의 폭군 걸(桀)
   을 쳐서 이기고 은(殷)이란 왕조를 창건하였다.

어지러우니 제후들이 난립하여 서로 싸우고 죽이고 하였다. 그래서 황제(皇帝)[3] 헌원(軒轅)은 병기 사용하는 방법을 연습하여 방자한 자들을 쳐서 제압하니 제후들이 모두 황제를 따르므로 황제는 염제(炎帝)와 더불어 판천(阪泉)의 들에서 세 번 싸워 이기고 신농씨를 대신하여 임금의 기원을 이루었다(본기[4]에 의함―원주).

이는 신하로서 임금을 친 것이니 탕의 이전에 황제가 이미 행하였으므로, 만약 신하가 임금을 친 사실로써 죄악이라고 한다면 황제가 가장 우두머리 죄인이 될 것이다. 그렇다면 탕을 탓할 이유가 어디 있겠는가.

대체 천자는 어째서 있게 되었는가. 하늘에서 비처럼 내려와서 천자가 되었는가. 아니면 땅에서 샘물처럼 솟아나서 천자가 되었는가.

5가(家)가 1린(隣)이 되는데 5가의 추대를 받은 자는 인장(隣長)이 될 것이며, 5린이 1리(里)가 되는데 5린의 추대를 받은 자는 이장(里長)이 될 것이며, 5비(鄙)가 1현이 되는데 5비의 추대를 받은 자는 현장(縣長)이 될 것이며, 여러 현장들의 공동 추대를 받은 자는 제후가 될 것이며, 제후들의 공동 추대를 받은 자는 천자가 될 것이므로 천자란 것은 군중의 추대에 의하여 되는 것이다.

무릇 군중의 추천으로 윗사람이 될진대 또한 군중이 추천치 아니하면 윗사람이 될 수 없는 것이다. 그러므로 그가 한 번 추천되어 어른이 되었더라도 그의 행동을 5가가 찬동하지 않으면 5가가 회의하여 인장을 개선하며, 5린이 찬동하지 않으면 25가가 회의하여 이장을 개선하며, 구후(九侯) 팔백(八伯)[5]이 찬동하지 않으면 구후 팔백이 회의하여 천자를 개선한다. 구후 팔백이 천자를 개선하는 것은 5가가 인장을 개선하는 것이나

---

2) 신농씨(神農氏)―중국 상고시대의 전설적 군주.
3) 황제(皇帝)―중국 상고시대의 전설적 군주.
4) 여기의 본기란 사마천의 《사기(史記)》에 있다는 말.
5) 구후팔백(九侯八伯)―후(侯)는 제왕의 밑에 예속된 소국의 군주이며, 백(伯)은 제왕의 밑에서 몇 지역으로 나누어 군소 제후들을 감독하는 자리. 9후 8백은 여러 제후와 백들을 통칭한 것이며 꼭 9와 8에 제한한 수는 아니다.

25가가 이장을 개선하는 것과 마찬가지니 누가 이것을, 신하가 임금을 정벌하는 것이라고 말하겠는가.

또한 천자의 덕이 없어서 교체를 당하게 될 때 군중은 그로 하여금 천자가 되지 못하게 할 뿐이며, 제후의 지위로 내려오는 것은 허락할 수 있다. 예컨대 당요(唐堯)의 아들 단주(丹朱)가 당후(唐侯)였으며, 우순(虞舜)의 아들 상균(商均)이 우후(虞侯)였으며, 하우(夏禹)의 후손 기자(杞子)가 하후(夏侯)였으며, 은탕(殷湯)의 후손 송공(宋公)이 은후(殷侯)였던 것이다.

천자의 지위에서 쫓겨나 제후의 반열에도 서지 못하게 된 것은 진(秦)나라가 주(周)나라에 대한 실례로부터 시작되었다. 그래서 진(秦)나라 계통이 끊어지고 제후로 되지 못하였으며, 그 다음 한(漢)나라의 계통이 끊어지고 제후로 되지 못하였다.

사람들은 후대 왕조가 전대 왕조의 계통을 절멸하고 제후로도 허용하지 않은 것을 보고 문득 말하기를,

"천자를 친 자는 모두 어질지 않다."

고 하니 이것이 어찌 사실 정상을 이해하는 평론이겠는가. 64명으로 조직된 한 무용대가 춤을 추는데 그들은 자기 대열 중에서 재능 있는 한 사람을 선택하여 새털 깃대를 잡고 첫머리에 서서 춤을 지휘하게 된다.

그가 만일 절차에 맞게 춤을 지휘하면 무대의 군중은 그를 존경하여 우리 무사(舞師)라고 부를 것이며, 그가 만일 절차에 맞게 지위하지 못하면 무대의 군중은 그를 무사 지위로부터 붙잡아 내리어 군중의 대열에 도로 세우고, 다시 다른 재능 있는 자를 자기들 중에서 선택하여 무사의 지위에 올려세워 우리 무사라고 부른다.

붙잡아 내리는 것도 군중이요 올려 세우는 것도 군중이니, 군중이 그를 올려 세워서 전자를 대신케 한 이상 그 대신한 자를 무례하다고 죄책한다면 그것이 어찌 타당하겠는가.

한나라 이후부터는 이장을 세우게 되었다. 그래서 아랫사람으로서 감히 윗사람에게 공손하지 아니하면 그것을 '반역'이라고 칭한다. 어째서

'반역'이라고 하는가. 옛날에는 정치가 아래에서 위로의 순서로 되었으나 지금은 그와 정반대로 정치가 위에서 아래로 하기 때문에 아래에서 위로가 '반역'으로 되어 있다. 그러므로 왕망(王莽)6)·조조(曹操)7)·사마의(司馬懿)8)·유유(劉裕)9)·소연(蕭衍)10) 등은 위에서 아래로의 그 시대의 윤리에 의하여 역적으로 규정되었고, 무왕(武王)11)·탕왕(湯王)·황제(黃帝) 등은 왕으로 인정되었던 것이다. 세상 사람들은 이러한 변천들을 이해하지 못하고 제멋대로 탕과 무왕을 요·순보다 낮게 여기려 하니 이것이 어찌 옛날과 지금의 역사적 변천을 통달한 사람이랴!

장자(莊子)12)는,

"쓰르라미[蟪蛄]는 봄과 가을이 있음을 알지 못한다."

라고 하였다.

湯 論

湯放桀可乎 臣伐君而可乎 曰古之道也 非湯刱爲之也 神農氏世衰 諸侯相虐 軒轅習用干戈 以征不享 諸侯咸歸 以與炎帝 戰于阪

---

6) 왕망(王莽)—1세기 초에 중국 서한(西漢) 왕조의 왕위를 빼앗고 15년간 신(新)이란 왕조를 세웠다가 멸망했다.

7) 조조(曹操)—3세기 초에 동한(東漢)의 권신으로 한왕조를 대신하여 위(魏)라는 왕조의 기초를 다졌다.

8) 사마의(司馬懿)—3세기 상반기경에 위(魏)의 권신으로 진(晉)왕조의 기초를 수립하였다.

9) 유유(劉裕)—5세기 초의 남조(南朝) 송무제(宋武帝). 동진(東晉) 임금을 죽이고 송왕조를 수립하였다.

10) 소연(蕭衍)—6세기 초의 남조 양무제(梁武帝). 제(齊)왕을 죽이고 양왕조를 수립하였다.

11) 무왕(武王)—본래 은(殷)왕조의 제후의 하나로서 기원전 1143년에 은왕조의 주(紂)라는 폭군을 치고 주(周)나라를 수립하였다.

12) 장자(莊子)—중국 전국시대 초(楚)나라 사람. 그의 저서가 《장자》이고 일명 남화경(南華經)이라고도 함. 여기서 한 말은 쓰르라미가 여름에만 살기 때문에 봄과 가을을 모른다는 것이다.

泉之野 三戰而得志 以代神農(見本紀) 則是臣伐君而 黃帝爲之 將
臣伐君而罪之 黃帝爲首惡 而湯奚問焉 夫天子何爲而有也 將天雨
天子 而立之乎 抑涌出地 爲天子乎 五家爲鄰 推長於五者 爲鄰長
五鄰爲里 推長於五者 爲里長 五鄙爲縣 推長於五者 爲縣長 諸縣
長之所 共推者 爲諸侯 諸侯之所共推者 爲天子 天子者衆 推之而
成者也 夫衆推之而成 亦衆不推之而不成 故五家不協 五家議之 改
鄰長 五鄰不協 二十五家議之 改里長 九侯八伯不協 九侯八伯議之
改天子 九侯八伯之 改天子 猶五家之改鄰長 二十五家之 改里長
誰肯曰臣伐君哉 又其改之也 使不得爲天子 而已降而 復于諸侯 則
許之 故唐侯曰 朱虞侯曰商均 夏侯曰杞子 殷侯曰宋公 其絶之而不
侯之 自秦于周始也 於是秦絶不侯 漢絶不侯 人見其絶 而不侯也
謂凡伐天子者不仁 豈情也哉 舞於庭者 六十四人選於中 令執羽葆
立于首 以導舞者 其執羽葆者 能在右之中節 則衆尊而呼之曰 我舞
師 其執羽葆者 不能左右之中節 則衆執而下之 復于列再選之得能
者 而升之尊而呼之 曰我舞師 其執而下之者 衆也 而升而尊之者
亦衆也 夫升而尊之 而罪其升以代人 豈理也哉 自漢以降 天子立諸
侯 諸侯立縣長 縣長立里長 里長立鄰長 有敢不恭 其名曰逆 其謂
之逆者 何 古者下而上 下而上者順也 今也上而下 下而上者逆也
故莽操懿裕衍之等 逆也 武王湯黃帝之等 王之明帝之聖者也 不知
其然 輒欲貶湯武 以卑於堯舜 豈所謂達 古今之變者哉 莊子曰 蟪
蛄不知春秋

(6) 지방 관청의 아전들에 대한 평론 : 향리론(鄕吏論) ①

> ―나라의 대부가 세습하듯 수령의 행정을 보좌하는 아전인
> 향리도 세습하는 폐풍이 있고, 수령은 그 임기가 길어야
> 3, 4년이지만 아전들은 오래도록 지방을 관장하여 온갖
> 비리가 생겨서 백성의 생사길흉의 실권을 쥐고 있다.

옛날 서사(胥史)1)의 직무를 맡았고 옛날 대부(大夫)2)의 권력을 잡고 있던 자는 바로 지금의 향리인 것이다. 옛날 대국이라고 하면 지방이 사방 백 리고 그 다음이 70리, 그 다음이 50리였다. 그런데 지금 우리나라 군·현의 대소는 옛날 소위 국군(國君)이라고 하는 것과 서로 같다. 그렇다면 지금 우리나라 군수·현령은 옛날 국군(國君)과 같으며, 수령은 작은 나라의 임금과 같은 것이다.

그 밑에서 수령의 행정을 보좌하는 아류들이 옛날의 대부와 같은 것이다. 그렇기 때문에 향리가 잡고 있는 권력도 옛날 대부의 권력과 다를 것이 없다. 그런데 옛날의 대부는 그 벼슬을 세습하였고, 지금의 향리는 그 직위를 세습하고 있다. 대부와 같이 벼슬을 세습한 자들은 국가의 권력을 잡고 백성들의 생사를 마음대로 하였으니 실상의 권력은 군주의 이상이었다.

예를 들면, 노(魯)나라의 삼환(三桓)3)과 진(晉)나라의 육경(六卿)4)과 정(鄭)나라의 칠목(七穆)5)이 바로 그것인바 이것들은 그 나라를 멸망시키기 전에는 그 횡포한 행동을 그치려고 하지 않았던 것이다. 그런데 지금 직위를 세습하고 있는 향리들이 바로 그렇게 하고 있다.

그러나 옛날 국군은 그 왕위가 세습제였고 그 밑에 대부된 자들이 또한 그 나라 귀족 대대로의 신하인 까닭에 국군의 권력도 물론 중하였거

---

1) 서사(胥史)-옛날 봉건시기에 문서를 맡은 낮은 벼슬.
2) 대부(大夫)-옛날 봉건국가의 벼슬. 천자(天子)와 제후(諸侯)가 다 대부의 벼슬을 두었는데, 여기서 대부는 제후의 대부이다.
3) 삼환(三桓)-중국 춘추시기 노(魯)나라의 대부 맹손(孟孫)·숙손(叔孫)·계손(季孫)을 가리킨 것.
4) 육경(六卿)-중국 춘추시기 진(晉)나라의 6족. 즉 범씨(范氏)·중항씨(中行氏)·지씨(知氏)·조씨(趙氏)·위씨(魏氏)·한씨(韓氏)를 말하는 것인데, 이 6족이 진나라의 세습 귀족으로 되어 있었다.
5) 칠목(七穆)-중국 춘추시기 정(鄭)나라 대부들. 즉 자전(子展)·자서(子西)·자산(子産)·백유(伯有)·자태숙(子太叔)·자석(子石)·백석(伯石)을 말한 것인데, 모두 목공(穆公)의 후손이므로 7목이라고 하였다.

니와 대부된 자 자신들의 국군과 오랜 은의로써 맺어지고 있기 때문에 그 포악한 행동이 지금의 향리에 비해서는 오히려 덜 심한 바가 있었다.

그러나 지금 수령들은 한 고을에 오래 있는 자가 겨우 3, 4년이요, 그렇지 못한 자들은 1년을 넘지 않는다. 이렇게 군수·현령이 주막집 나그네처럼 되고 보니 향리들이 그 수령과 은의로써 맺어질 수가 없다.

그런 까닭에 한 고을 실권은 항상 향리가 가지게 되며, 수령의 행정을 이러저러하게 기만하고 방해하는 것을 그들은 예사로 하고 있다. 그러므로 지금 향리의 해독은 옛날 대부에 비할 바가 아니다. 흡사 과객으로서 주인을 제어하며 우매한 자가 영리한 자를 제어하려고 하는 셈이니 그 실권이 어찌 수령에게 있을 수 있겠는가. 바로 이것이 향리가 항상 그 실권을 잡을 수 있는 조건으로 되는 것이다.

권력이 있는 곳에 생살화복이 달려 있다. 향리들이 실권을 가지고 있는 만큼 백성들에게 횡포한 행동을 어찌 그칠 수 있겠는가. 국사를 옳게 도모하는 자는 이것을 살피지 않을 수 없는 것이다.

鄕吏論　一

都古胥史之職 操古大夫之權者 鄕吏是已 古者大國 方百里 其次七十里 其次五十里 今我郡縣大小 與古之 所謂國者相等 然則 守令 其邦君也 其亞於守令 而佐守令出治者 大夫已矣 鄕吏操者 非古大夫之權乎 古者大夫世卿 今鄕吏世其職 彼世其卿者 執國命 制民之死生 卒之權在人主之上 若魯之三桓 晉之六卿 鄭之七穆者 不至墟其國 不肯悛其惡 卽今之世其職者 亦不如是不已矣 雖然 古者邦君 亦世其爵 而爲大夫者 皆公族世臣 故邦君亦權重 而大夫有恩義於其上 其惡猶未甚焉 今守令久者 四三年 不然者 朞年而已 其在位也 若逆旅之過客 然而鄕吏於此 無恩義相係屬 故其權恒 在於鄕吏 而其傾陷 欺負也輕 由是言之 其害毒所及 又不特古之 大夫而止耳 以過客馭主人 以不知 馭知者 其有能移 其權者乎 此鄕

吏之所 以恒操其權也 權之所在 生殺禍福係焉 其所以播 其惡於民
者 容有旣乎謀國者 不可以不察

향리론(鄕吏論) ②

> ― 조정에서 감사를 지방에 순찰보낼 때 군수와 현령들이
> 탐욕·불법했는지를 묻고 그 중에 혹 교활한 아전이 있
> 다 하더라도 그것은 쥐와 같은 것이니 족히 물을 것이
> 없다 하였으니 군수·현령은 어려서부터 문장과 역사를
> 공부한 사람이고 향리들은 대대로 탐욕에 익숙하여 교활
> 한 자들이니 군수 현령이 어찌 슬프지 않겠는가.

한 집안이 어지러우면 가장이 그 죄를 당하는 법이며, 일여(一閭)가
어지러우면 여장이 그 죄를 당하는 법이며, 일현(一縣)이 어지러우면 현
령(縣令)1)이 그 죄를 당하는 법이다. 그렇기 때문에 조정에서 감사(監
司)2)를 지방 순시하러 보낼 때 지시하기를,

"군수와 현령들이 탐욕 불법한 자가 있으면 처단할 것이요, 그 중에
혹 교활하고 탐욕하는 아전이 있다 하더라도 그것은 쥐와 같은 것이니
족히 물을 것이 없느니라. 우선 그 대체만을 바로잡으라."

고 한다. 세상 사람들은 이것을 가리켜 매우 요령 있는 말이라고 한다.
아! 슬프고 원통하다! 군수·현령들이여! 지금 군수나 현령이 된 자들
은 어려서부터 문장과 역사를 공부하여 요행히 벼슬에 오른 후에도 수십
년이란 긴 세월의 노력을 허비하면서 겨우 군수나 현령을 하나 얻게 된
다. 이렇게 얻은 것이기 때문에 고을에 처음 도임하면 오직 자기의 맡은
직무를 잘못할까 몹시 조심하고 두려워한다.

그리하여 백성들이 자기를 찬양하도록 하고자 하며, 감사가 자기를 표

---

1) 현령(縣令)―조선 시대 도의 행정·사법·군사 책임을 맡은 관리. 목사, 관찰사.
2) 감사(監司)―암행어사를 가리킨 것.

창하도록 하며, 국법을 위반하지 않으려고 하며, 공무를 제 기일 내에 완수하려고 한다. 그러나 이렇게 하기를 수개월이 못 되어서 향리들은 수령을 유혹하되,

"백성들은 미련하오니 그 욕심을 충족시킬 수는 없으며, 감사는 멀리 있사오니 기만할 수 있습니다. 백성들에게 곡식을 거두고 펴는 데 있어서 소인들 생각대로만 한다면 그 나머지 이익은 10배나 될 것이며, 공사 처리에도 아무런 지장이 없을 것입니다."

라고 한다. 이로부터 수령들은 향리와 같이 장사꾼을 도와서 이익을 나누며, 도적을 도와서 장물을 나누며, 백성들을 어육(魚肉)으로 만들어3) 그 권력에 복종시킨다.

아! 이러한 옥사를 순(舜)의 고요(皐陶)4)로 하여금 살피게 한다면 누가 그 주범인가를 능히 알 것이다. 예를 들어, 만약 노(魯)나라 남자라도5) 창기(娼妓)의 집에서 수개월만 생활하면 필경 음탕한 데로 유혹되지 않을 자가 드물 것이다.

이런 경우에 어떻게 노나라 남자만 나쁘다고 하겠는가. 가장은 항상 그 집에 살고 있으니 집안이 어지러운 것은 가장의 죄요, 여장은 항상 그 마을에 살고 있으니 마을이 어지러우면 여장의 죄이지만 군수와 현령은 손님과 같은데, 주인인 향리가 그 고을을 어지럽게 하고 손님인 군수·현령만이 그 죄를 전부 당하게 되면 그것은 억울하지 않은가. 그런 까닭에 가장 나쁜 자는 향리이므로 큰 형벌에 처하여야 하며 그를 조장한 자는 군수·현령이므로 그 다음 형벌에 처하여야 한다. 소위 그 '먼저 대체를 바로잡으면 된다'는 말은 잘못된 것이다.

---

3) 어육(魚肉)으로 만든다―백성을 마음대로 주무르고 살육하는 것.
4) 고요(皐陶)―우순(虞舜) 때 사람. 당시 옥사(獄事)를 맡은 관리.
5) 노(魯)나라 남자라도―노나라는 공자의 교화로 해서 '교양이 높다는 것을 의미한 것.

鄉吏論 二

一家亂 家長任其罪法也 一閭亂 閭長任其罪法也 一縣亂 縣令任其罪法也 故朝廷 遣監司行部曰 郡守縣令 有貪婪不法者鋤之 遣御史按廉曰 郡守縣令 有貪婪不法者 擊之 其或有姦胥猾吏 是狐鼠也 不足問 先正其大綱已矣 世以是爲知要之言 嗟乎寃哉 守令也 是守令者 自幼績文史 幸而登仕籍 積勞苦數十年 幸而得郡縣 其始至也 其誰不兢兢然栗栗然 惟弗克負 荷是懼哉 欲民之譽己焉 欲監司之褒己焉 欲法之無違焉 欲公事之及期焉 旣數月 吏誘之曰 民頑其愗 不可充也 曰監司遠其欺蔽有術也 曰粟斂散如吾計 其贏者什倍 曰公事推轉無害 於是 與之賈析其利 與之盜分其賊 與之魚肉 民移其威 嗟呼使臯陶 按是獄誰其爲首惡也 如以魯男子 投之於娼院 雖矜持數月 究竟不爲淫 所誘者鮮矣 胡獨誅魯男子乎 家長恒居其家 家之亂 長之罪也 閭長恒居其閭 閭之亂 長之罪也 郡守縣令客也 主人亂其家 而客受其罪 不寃乎 故凡首惡者吏也 服上刑 從之者守令也 服次刑 其云先正 其大綱者迂言也

향리론(鄉吏論) ③

> ─ 향리에게는 원래 일정한 녹봉이 없을 뿐만 아니라 5, 6
> 년동안 책임을 맡지 못하다가 한 번 맡았다 하면 굶주린
> 범이나 매처럼 달려들어 전후 가릴 사이 없이 재물을 걸
> 어 모은다.

범은 악한 짐승이건만 배가 바야흐로 부를 때에는 사슴과 돼지가 지나가도 돌아보지를 않으며, 매는 사나운 새이지만 매대 위에 앉혀놓고 날마다 고기를 먹여서 배가 부르게 되면 꿩을 만나도 빨리 날려고 하지 않는다. 오직 주린 범과 굶은 매만이 새와 짐승을 잡는 데 더욱 용감한 것

은 자연스러운 일이다.

그런데 서울 관리들은 일정한 녹봉이 있고 또한 그 직위가 해마다 변동되지 않는 까닭에 그 탐욕하는 것도 한도가 있으며, 잘못하면 실직될까 두려워하여 그 악행도 조심성 있게 된다. 그러나 향리라는 것은 그렇지 않다. 원래 일정한 녹봉이 없을 뿐만 아니라 5, 6년동안 책임을 맡지 못하다가 어떻게 한 번 그 권력을 잡게 되면 주린 범이 돼지를 만나고, 굶은 매가 꿩을 본 것 같아서 전후를 돌아볼 사이 없이 혹독하게 한다. 그들은 비록 매년 직위에 있으면서도 내년에 어떻게 될까 알 수 없다고 하여 재물을 탐하는 것이 더욱 절도가 있을 수 없다.

2천 호의 고을에 향리 12명만 두면 해마다 그들을 배부르게 할 수 있을 것이며, 이와 같은 비례로 천 호가 증가될 때마다 향리 두 사람씩만 더 두면 아무리 큰 고을이라 하더라도 30명 이상을 넘지 않을 것이며 그러면서도 넉넉히 문서를 처리할 수 있을 것이다. 그런데 무슨 까닭에 아전들을 관청이 터지도록 둠으로써 만족해하는가. 향리의 인원수를 미리 정하고 만약 그 중에서 죄를 범하는 자가 있으면 정원에서 제적시킨다.

향리들은 그 정원을 귀중히 할 것이며 제적을 두려워할 것이다. 만약 자기 잘못으로 정원수에 제적되기만 하면 부모 처자는 굶주리게 될 것이니 그렇게 되면 범죄를 조심하지 않을 수 있으랴. 범죄를 두려워하면 법을 존중히 할 것이며, 법을 존중히 한 후에야 백성을 마음대로 약탈함이 적어질 것이다. 그러므로 향리의 인원수를 정하는 일은 무엇보다 국가의 급한 책무이다.

鄕吏論 三

虎惡獸也 方其飽也 鹿豕過之而不顧 蒼鷹鷙鳥也 方其坐架也 日食之以肉 厭嗉盈 雖遇雉不鴟也 唯餓虎飢鷹 其搏益猛 其勢則然也 京司之吏 有常饒 又不以歲更 故其貪得有限 又恐失其職 故其行惡有節 鄕吏則不然 旣無常饒 又或至五六年不調 及其得之也 如餓虎

得豕 飢鷹遇雉 其奮迅酷烈 而復有顧瞻者乎 雖歲得之 其心恒以爲
來年不可知 而其貪有節乎 千戶之邑 置吏十人 無歲而不飽也 二千
戶之邑 置吏十二 無歲而不飽也 等而上之 每增千戶增吏二人 雖大
邑 吏不過三十 亦足以治 文簿備使令 又何必蚩蚩然滿 其庭而爲悦
哉 額有限 有罪而除額 卽吏以額爲寳 兢兢然猶恐失之 不幸而失其
額 其父母妻子凍餒 吏有不兢兢 然唯恐失之乎 夫然後畏得罪 畏得
罪然 後重犯法 重犯法然後 其侵虐 少衰定吏額 國家之切務也

(7) 탐관오리를 논함 : 간리론(奸吏論)

> —— 아전이 간악하게 된 데에는 여러 가지 이유가 있었으나
> 그 가장 큰 것은 재물을 탐하고, 벼슬을 얻자고 하는 것
> 인데 이는 백성을 살리기 위하여 시급히 바로잡아야 하
> 는데도 그 상관들이 결탁되어 시정하려 하지 않는다.

아전이 반드시 처음부터 간악한 것이 아니다. 그로 하여금 간악하게
만드는 것은 지금의 제도인 것이다.

그들이 간악하게 되는 이유는 물론 다 열거할 수가 없지마는 대체로
보면 직위에 비하여 재간이 지나치게 있으면 간악하게 되며, 낮은 지위
에서 높은 벼슬을 욕망하면 간악하게 되고, 노력은 적게 들이려 하고 성
과만을 크게 얻으려고 하면 간악하게 되며, 자기는 그 직위에 오래 있었
으나 자기를 통제하는 자가 자주 교체되면 간악하게 되며, 자기를 통제
하고 지도하는 자가 정직하지 못하면 간악하게 되고, 자기의 당파 세력
이 밑에서 드센 반면에 자기의 상부는 외롭고 혼약하면 간악하게 되며,
자기를 질투하는 자가 자기보다 약해서 자기를 두려워해 반발하지 못하
면 간악하게 되고, 자기가 범한 과오를 모두 다 같이 범하였기 때문에
서로 은폐하면서 폭로하지 못하게 되면 간악하게 되며, 형벌이 가볍고
염치가 없어지면 간악하게 된다.

또 혹은 간악하다가 실패하기도 하며, 혹은 간악하다가 이롭게도 하며, 혹은 간악하지도 않았는데 간악한 것으로 인정받는다면 간악하게 된다.

간악하게 되는 원인들이 대체로 이렇게 나타나는 것이다. 그러므로 이런 원인들을 따지는 것은 누구를 위한 것인가. 그것은 백성을 정치하기 위한 것이다.

바로 그와 같이 그 직업이 백성을 정치하는 것이라면 무릇 그 관리들의 재능을 시험하는 것, 그 관리들의 기능을 선발하는 것, 그 관리들의 업적을 평가하는 것, 그 관리들의 등급을 승진시키는 것 등을 마땅히 백성을 정치하는 데 그 기본을 두어야 하며, 그 관리라 백성을 어떻게 위하였는가. 또는 어떻게 백성을 위하여 일할 수 있는가에 의하여 그 표준을 두어야 할 것이다.

그러나 지금은 그렇지 않고 그 관리를 시험하는 것은 시(詩)·부(賦)로만 하며, 그 관리를 선발하는 것은 씨족(氏族 : 문벌)으로만 하며, 그 관리를 평가하는 것은 그 경력의 화려한 것에만 의하며 그 관리를 승진시키는 것은 당론(黨論 : 이 시기의 4색 당쟁을 가리킨 것)에 얼마나 철저한가에 의하여 결정한다.

그리고 정말 백성을 위하여 일하는 것은 천한 일이라고 하여 아전들에게 맡겨두고 처리하도록 한다. 그러다가 때때로 그들은 와서 위엄을 피우고 혹독한 형벌까지 서슴치 않으면서,

"간악한 관리는 마땅히 징계하여야 한다."

고 야단스럽게 떠든다. 이것은 흡사 나그네가 와서 주인을 욕하는 셈이다.

아전들은 하도 어이가 없어 하늘을 쳐다보며 크게 웃으니 갓끈이 다 끊어질 지경이었다. 아전들은 그런 자를 보고,

"백성에 대해서 네가 무슨 관심이 있는가."

라고 말한다. 이렇게 된다면 관리들의 간악한 행동을 징계할 수가 없는 것이다.

옛날 조광한(趙廣漢)[1]은 하간(河間) 군리(郡吏)이며, 윤옹귀(尹翁歸)[2]

는 하동(河東) 옥리(獄吏)이며, 장창(張敞)³⁾은 졸사(卒史)이며, 왕존(王尊)⁴⁾은 서좌(書佐)의 지위에 있었으나, 그들을 정부 요직에 등용하니 그들의 혁혁한 공로와 재능은 백성들로 하여금 복종하게 하였으며, 국가는 잘 다스릴 수 있게 되었다.

이와 같은 성과는 어떻게 그럴 수 있는가.

그것은 그들이 이미 백성들을 다스리는 데 대한 경험과 지식을 가지고 있으므로 정치를 바르게 하였기 때문이다. 만약 흉년에 도적이 봉기하여 그들의 종고 소리가 서울을 진동하면 아무리 부(賦)에 유능한 사마상여(司馬相如)를 보내서 근절시키려고 하더라도 근절시킬 수 있겠는가.

만약 큰 옥사가 일어나서 감옥에 그득한 죄수들이 여러 해 동안 판결을 받지 못한다면 아무리 송(頌)을 잘 짓는 왕자연(王子淵)⁵⁾을 보내서 판결을 지으려고 하여도 지을 수 있겠는가.

그러므로 관리들로 하여금 간악하지 않게 하려면 정부에서 오직 인재를 취하는 데 시(詩)·부(賦)로써만 선발의 기준을 삼지 말고 행정과 실무에 유능하며 경험이 풍부한 자들을 높은 관직에 등용하여야 한다. 그리하여 매군·매현 가운데 가장 피폐하고 다스리기 어려운 곳은 그들과 같은 경험 있고 실무에 익숙한 자를 보내서 다스리도록 하며, 그들이 만약 훌륭한 성격을 나타내면 그 성적에 의하여 공경 재상으로 임명하는 것도 주저하지 말아야 한다.

이렇게 해야만 관리들의 간악함이 근절될 수 있을 것이다. 그러나 같

---

1) 조광한(趙廣漢)―기원전 1세기 중국 한(漢)나라 사람. 정직한 관리로 전해지고 있다.

2) 윤옹귀(尹翁歸)―기원전 1세기 중국 한나라 사람. 청렴·겸손한 관리로 전해지고 있다.

3) 장창(張敞)―기원전 1세기 중국 한나라 사람. 경조윤(京兆尹)이란 벼슬을 하였는데 그때는 도읍 시내에 도적이 없어졌다고 한다.

4) 왕존(王尊)―중국 한나라 때 강직한 사람.

5) 왕자연(王子淵)―기원전 1세기 중국 한나라 사람. 저작으로 〈성주득현신송(聖主得賢臣頌)〉이 있다.

은 지방에 여러 대를 살았고, 같은 직무에 오랫동안 있었던 자들은 그 세력이 이미 뿌리 깊이 박혔고, 그 안면이 너무 익숙해졌기 때문에 그가 실무에는 비록 능한 자라도 그 간악한 방법이 여러 가지로 교활하다는 것을 잊어서는 안된다.

그런데 아전들의 직무는 대체로 그 중요하고 권력 있는 것이 한 고을에 불과 열 집뿐이다. 그 중에 가장 중요한 것은 파차(派差 : 분배)를 맡은 자와 곡식 장부를 맡은 자와 토지를 맡은 자와 군정(軍政)을 맡은 자들인데 아무리 큰 고을이라 하더라도 10명이면 넉넉하다. 이 사무를 맡게 되는 열 사람들은 매번 수백 리 밖에서 데려와 그 임무를 행하도록 하며, 지금 영리법(營吏法)과 같이 한 직무에 오래 두지 말고 오랜 자가 2년 혹은 1년 전후로 하여 그들을 교체시키면 그들이 아무리 간악하게 하려 해도 할 수가 없을 것이다.

대체로 관리들이 간악하게 되는 것은 한 직무에 너무 오래 두는 데로부터 일어나게 된다. 만약 그들을 한 장소 한 직무에 오래 두지 않는다면 간악한 행동을 하던 자도 그 이상 더는 할 수가 없을 것이다.

그들이 다른 군·현으로 불시에 이동된다면 창고에서 사복 채운 것을 어떻게 엄폐하며 군대 생활에서 한 부정한 행동을 어떻게 엄폐할 수가 있겠는가. 이와 같이 엄폐와 은닉을 제 마음대로 할 수가 없다면 그들의 간악한 행동은 점점 없어질 것이다.

간악한 것을 없애는 방법은 이상과 같이 쉽게 할 수 있음에도 불구하고, 지금 관리를 통솔하는 자들은 조금도 시정하기 위하여 노력을 하지 않으면서

"나 역시 어떻게 할 수가 있겠는가."

라고 한다.

그러므로 지금 관리가 반드시 간악한 것이 아니라 그들로 하여금 간악하게 만드는 것은 바로 제도인 것이다.

奸吏論

吏未必奸 其使之奸者法也 奸所由興 未易悉數 凡職小而才有餘
則奸 地卑而知崇則奸 勞微而有速效則奸 我獨能久 而其監制我者
數遷則奸 其監制我者 亦未必出於正則奸 黨與茂於下 而上孤昏則
奸 嫉我者弱於我 而畏之不發則奸 我所忌者均所犯 而相持不發則
奸 刑罰褻而 廉恥無所立則奸 或奸而敗 或奸而不敗 或未必奸 而
敗以奸則奸 奸之易興如是也 今所以馭乎吏者 無一不協 於其所由
興 而其使之不然之 術則亡有焉 吏奈何不奸哉 夫國之所以建 公卿
大夫士之官 而制公卿大夫士之祿 以待夫公卿大夫士之人 何爲也
爲治民也其職 旣治民也 則凡試其才 選其藝考其績 進其秩 宜亦壹
以 是治民也 今也不然 試之以詩賦 選之以氏族 考之以其踐歷之清
華 進之以 其黨論之峻急 至於治民 則曰是鄙事也 委之吏 使之治
之 唯時一來 爲嚴威虐刑 曰奸吏宜懲 是客來而困主人也 吏且仰天
大笑 冠纓索絕 而語之曰 民於爾何與哉 而其奸可懲乎 昔趙廣漢
河間之郡吏也 尹翁歸 河東之獄吏也 張敞卒史也 王尊書佐也 皆升
之朝廷 爲天子大臣 其功能燁然 所至百姓慴伏 郡國大治 若是者何
也 彼以其所習者 而措之固其順也 凶年盜賊起 桴鼓轟三輔 使善爲
賦者 司馬相如 往而戢之 戢之乎 有大獄訟起 係纍盈犴狴 彌年不
能決 使善爲頌者 王子淵 往而折之 折之乎 故欲吏無奸 唯朝廷取
人 勿專用詩賦 而習吏事者 得翱翔顯路 每郡國彫敝 有巨猾難治者
令往而臨之 苟有成績 授之公卿 而不疑焉 則吏奸其戢矣 雖然彼世
居而久任 根蟠而節錯者 雖能者憂焉 有術焉 凡吏職其要 而有權者
不過邑十寰耳 掌派差者 掌穀簿者 掌田者 掌軍政者 雖大邑 亦不過
十人 此十人 每於數百里之外 取之 如今營吏之法 而亦無得久據 其
任久者二周 餘皆一周而罷 則吏無所 施其奸矣 凡奸起於久 旣不能
久 奸不老矣 彼皆客游諸郡縣 遷徙無常 倉廩有奸 其能庇之乎 軍伍

有奸 其能匿之乎 不庇不匿 於是乎奸破矣 破奸之術 若是其易行也
方且因循 而莫之矯 吾且柰何哉 故曰 吏未必奸 而其使之奸者 法也

(8) 관찰사(觀察使)는 도둑 중에 대도(大盜)라는 이론 : 감사론 (監司論)

> — 감사(監司), 즉 관찰사는 천하에 큰 도둑놈이다. 칼 들고 돈 뺏고 사람 죽이는 강도나 마패 차고 제멋대로 사람 족치는 어사 따위는 비교도 안되는 큰 도적이 있으니 그 이름 감사로서 이유를 밝힌다.

밤에 담구멍을 뚫고 자물쇠 고리를 열고 주머니를 찾고 상자를 열어 의복·이불·제기(祭器)·술그릇을 훔치고, 혹은 가마솥을 떼어서 도망하는 사람이 도적인가. 아니다. 이는 다만 굶주린 사람이 배가 고파서 저지르는 것이다.

칼을 품안에 품고 몽둥이를 소매에 넣고 길에서 기다리고 있다가 사람을 막아서 그 소·말과 돈을 빼앗고는 그 사람을 찌르고, 그 일을 아는 사람을 죽여 없애는 사람이 도적인가. 아니다. 이는 다만 어리석은 사람이 본성(本性)을 잃고 하는 소행이다.

수놓은 언치를 깐 준마를 타고 하인 수십 명을 데리고 횃불을 벌여 세우고, 창과 칼을 들고서 부잣집을 골라 바로 마루에 올라가서 주인을 묶어 놓고 화폐가 들어있는 창고를 몽땅 털고는 그 창고를 불사르고 서약을 다짐하여 감히 말하지 못하게 한 사람이 도적인가. 아니다. 이는 다만 교육받지 못한 오만한 자의 소행일 뿐이다.

그렇다면 무엇이 도적인가. 부신(符信) 주머니를 차고 인수(印綬)를 휘늘어뜨리면서 한 성(城)을 독차지하고, 한 보(堡)를 마음대로 하고, 채찍과 형구(刑具)를 벌여 놓고 날마다 춥고 배고파 지칠대로 지친 백성을 매질하면서, 그 피를 빨고 그 기름을 핥는 사람이 도적인가. 아니다. 이는 다만 가까울 뿐이고 역시 작은 도적일 따름이다.

큰 도적이 이곳에 있는데, 큰 깃발을 세우고 큰 일산을 끼고 큰 북을 치고 큰 나팔을 불면서 쌍말의 교자(較子)를 타고 옥로(玉鷺)[1]의 모자를 쓰고 그 종자(從者)는 부(府)[2] 2명, 사(史)[3] 2명, 서(胥)[4]는 부·사(府史)의 수효와 같은 데다가 2명을 더하고 도(徒)[5]가 수십 명, 하인·심부름꾼과 졸복의 무리가 수십 명, 수백 명이 되고, 여러 현(縣)과 역(驛)에 안부를 묻고 영접하는 아전과 하인이 수십 명, 수백 명이 되고 말을 탄 것이 백 필이고, 짐 실은 것이 백 필이고, 아름다운 의복을 입고 예쁘게 화장한 부인이 수십 명이고, 비장(裨將)[6]으로서 화살통 진 자가 2명이고, 맨 뒤에 가는 사람이 3명이고, 역관으로 따라가는 사람이 1명이고, 향정(鄕亭)[7]의 관원과 말타고 따라가는 향정관(鄕亭官) 3명이고, 부신(符信) 주머니를 차고 인수(印綬)를 휘늘어뜨리고 숨을 죽이면서 말을 타고 따라가는 사람이 5명이고, 족가(足枷)와 몽둥이를, 혹은 붉은 것을, 혹은 흰 것을 싣고 백성을 제지하는 자가 4명이고, 횃불을 짊어지고 손에는 붉고 푸른 사롱(紗籠)을 잡아 쓰임을 기다리고 있는 사람이 수 백 명이고 손에는 채찍을 쥐고서 백성들이 호소하지 못하게 하는 사람이 8명이고, 길가에서 보고 탄식하고 부러워하는 사람이 수천 명이 되고, 이르는 곳에 화포[火礮]를 쏘아 여러 사람을 놀라게 하여 연회하는 도구인 큰 소를 올리는 사람이 넘어지게 하고, 그들이 한 번 음식을 만들 적에 혹시 그 간이 짜거나 따뜻함이 틀리게 한 사람을 곤장을 치게 하니, 곤장을 치는 사람이 무릇 10여 명이나 된다.

---

1) 옥로(玉鷺)―해오라기 모양처럼 옥으로 만든 갓머리에 다는 장신구.
2) 부(府)―장관 밑에서 물건의 보관을 맡은 벼슬아치.
3) 사(史)―장관 밑에서 문서(文書) 작성의 일을 맡은 벼슬아치.
4) 서(胥)―서리(胥吏), 곧 아전(衙前).
5) 도(徒)―하인(下人).
6) 비장(裨將)―감사(監司)·유수(留守)·병사(兵使)·수사(水使)·견외사신(遣外使臣)들에게 따라다니는 관원(官員)의 하나. 원문의 비장(稗將)은 오식인 듯.
7) 향정(鄕亭)―역참(驛站)을 이름.

죄를 일일이 들어 책망하기를,

"길에 돌이 있어서 내 말을 넘어뜨렸다."

"시끄러운 것을 막지 않았다."

"영접하는 부인이 적었다."

"병풍 휘장 대자리와 돗자리가 볼품없었다."

"횃불이 밝지 않고 구들이 따뜻하지 않았다."

하면서 이와 같이 한다.

좌석이 이미 정해지자 서리(胥吏)와 사(史)를 불러서 여러 군현(郡縣)에 공문을 보내어 바칠 곡식을 돈으로 환산하여 바치도록 명하고 나서 1곡(斛)의 값이 1백50냥이 되면 노하여 꾸짖어 2백 냥까지 값을 올리게 하고, 그래서 곡식을 짊어지고 오는 백성이 있으면 그 곡(斛)을 엎어버리고 1곡 값으로 2백 냥을 물도록 하며, 명년 봄이 되어서는 2백 냥을 나누어 이를 삼분(三分)하여 백성에게 주면서 이르기를,

"이것이 1곡(斛)의 곡식 값이다."

라고 한다.

바닷가에 부상(富商)·대고(大賈)가 많이 있어 곡식 값이 폭등하면 그 광[窖]을 몽땅 비워서 이것으로 돈을 만들고, 산 고을에는 곡식이 많아서 썩으면 창고에 재고, 노적(露積)도 하게 된다. 이에 곡식이 다리가 생겨서 하룻동안에 백 리를 달아나게 되니 다시 7일 동안을 지나면 7백 리를 가서 바닷가에까지 가게 된다.

바닷가에 사는, 주리고 지친 백성들은 고달픔을 견디지 못하여 아내를 팔고 자식을 팔며 피를 흘리고 거품을 토하며 서로 의지할 데가 없이 죽게 되는데, 조금 후에 그 남은 돈을 계산해 보니 수천 수만 냥에 이르게 된다(이는 인부들의 운반 품삯이다—역자 주).

묘지(墓地)에 대해 송사하는 사람은 이를 유배시키고, 영장(令長)8)이

---

8) 영장(令長)—한(漢)나라 때 큰 현(縣)에는 장(長)을 두었으며, 우리나라에서는 군수(郡守:守令)와 현감(縣監:長)을 이름.

918

가혹한 정치를 한다고 호소하면 이를 유배시키고 그 벌금(罰金)은 40냥에서 1백 냥까지 이르며, 병든 소를 도살한 사람은 이를 유배시키고 그 벌금은 30냥에서 1백 냥까지 이르게 되는데, 그 남은 돈을 계산해 보니 수백 수만 냥에 달한다.

토호(土豪)[9]와 간리(姦吏)들이 위조문서에 도장을 찍어 법률 조문을 마음대로 해석하여 법을 남용하는 사람이 있으면,

"이것은 못의 고기이니 살필 것이 못된다."

라고 하면서 감싸 숨겨주며, 효도하지 않고 우애하지 않으며, 그 아내를 박대하며 음란하여 인륜을 문란하게 한 사람이 있으면,

"이것은 말을 전한 사람이 잘못 전한 것이다."

라고 하면서 충고를 듣지 않고 모르는 사람처럼 하여 이를 지나쳐 버리며, 부신(符信) 주머니를 차고 인수(印綬)를 휘늘어지게 맨 사람이 곡식을 판매하고, 부세(賦稅)를 도적질하기를 자기가 한 짓과 같이 한다며 용서해서 이를 보존해 주고, 등급을 정함에 제일로 매겨 임금을 속이게 되니, 이와 같은 것이 어찌 큰 도적이 아니겠는가. 큰 도적인 것이다.

이 도적은 야경(夜警) 도는 사람도 감히 심문하지 못하고 의금부(義禁府)에서도 감히 체포하지 못하며, 어사(御史)도 감히 공격하지 못하고, 재상(宰相)도 감히 말하지 못하여, 멋대로 행하면서 모질고 사나워도 감히 힐문하지 못하고, 전장(田庄)을 설치하여 천맥(阡陌)을 연하고 종신토록 안락하게 지내는 데도 감히 헐뜯고 나무라지도 못하니, 이와 같은 사람이 어찌 큰 도적이 아니겠는가. 큰 도적인 것이다. 그래서 군자(君子)는 이렇게 말한다.

"큰 도적을 제거하지 않으면 백성이 다 죽게 될 것이다."

監司論

莫夜 鑿隃孔 解街鐻 探囊胠篋 以竊衣被敦匜 或擿其錡 釜而逃

---

9) 토호(土豪)—지방에 있으면서 세력을 떨치던 부자며 세력자.

者 盜乎哉非也 是唯餓夫之 急食者也 懷刃袖椎 要於路以禦人 攘
其牛馬錢幣 剚其人以滅口者 盜乎哉非也 是唯愚夫之 喪性者也 騎
駿馬綉韉 騶從數十人 羅炬燭 列槍劍 選富人家 直上堂縛主人 傾
帑藏焚其廩庾 申誓戒令 毋敢言者 盜乎哉非也 是唯黠者之失敎者
也 然則 奚盜 將佩符囊韠印綬 專一城擅一堡 陳簠禁柳鏁 日撻罷
癃寒丐 唖其血吮其膏者 爲盜乎曰非也 是唯近之 亦小盜耳 有大盜
於此 樹大旗擁大蓋 擊大鼓吹大角 乘雙馬之驕 戴玉鷺之帽 其從者
府二人 史二人 胥如府史之 數而加其二焉 徒數十人 輿皁隷儓 若
卒僕之屬 數十百人 諸縣郵探候 延接之吏 若徒數十百人 馬驕者百
匹 其載者百匹 婦人姣服 靚粧者數十人 稗將負鞬矢前驅者二人 其
殿者三人 驛官從者一人 鄕亭之官 騎而從者三人 佩符囊韠 印綬屛
氣脅息 騎而從者四五人 載桁楊梏杖 或朱或白 以招人者四人 負炬
燭 手執絳翠紗籠 以待用者數百人 手執箠 禁民毋得 號訴者八人
道傍觀咨嗟歎 羨者數千百人 所至發火礮 以驚衆進 供具如 太牢者
什之 厥有一飮一食 或失其醬違 其溫者杖 杖者凡十餘人 數之 曰
道有石蹶余馬 曰罵者不禁 曰嬪人迎者少 曰屛帳簟席朴 曰炬不明
炕不溫 如斯而已矣 坐旣定 召胥與史 文移諸郡縣 命市納賈粟 一
斛直錢百五十 怒罵之 增至二百 民有負粟至者 則覆其斛 責二百
厥明年春 析二百而三之 以子民而告之曰 此一斛粟也 海濱多富商
大賈 粟米刁踊 則傾其窖而錢之 山縣粟米紅腐 則爲廩爲積 於是粟
生 脛日走百里 更七日則七百里 而海焉海之 罷癃寒丐 不任毒痛
賣妻粥子 流血吐沫 相顚連以死 旣而計其贏錢 至數千萬 訟墓地者
流之 訴令長有 虐政者流之 其罰四十百 屠病牛者流之 其罰三十百
計其贏錢 至數百萬 有土豪姦吏 刻章僞書 舞文弄法者 曰是淵魚不
足察 則掩匿之 有不孝不弟 薄其妻 淫瀆亂倫者 曰是傳之者過也
褻然爲不知也者而過之 厥有佩符 囊韠印綬者 販穀糶竊賦稅 如己
所爲 則恕而存之 課居最以欺人主 若是者庸詎 非大盜也與哉 大盜

也 己是盜也 干挪不敢問 執金吾不敢捕 御史不敢擊 宰相不敢言勸
討 横行暴戾 而莫之敢誰何 置田墅連阡陌 終身逸樂 而莫之敢訾議
若是者庸詎 非大盜也與哉 大盜也己 君子曰大盜不去 民盡劉

(9) 환자법을 고쳐야 하는 이론 : 환상론(還上論)

> ── 환자법은 춘궁기에 국가가 농량미를 꿔주고 가을에 돌
> 려받는 권농정책으로 시작되었으나 차츰 아전과 토호들
> 의 농간으로 고리채가 되고 농민을 빈농으로 전락시키는
> 악습을 낳고 있으니 더 이상 환자법은 시행할 수가 없게
> 되었다.

이 세상에 환상법[1]보다 더 나쁜 법은 없다. 환상법(즉 환자법)은 어버
이와 자식간에서도 시행할 수 없다.

여기에서 '가령'으로 말하여 보자. 시골 농촌의 어떤 집 늙은이가 자기
아들 열 사람에게 재산을 나누어 준 다음 그 열 아들의 집들을 돌아다니
며 그들의 사는 모양을 보고 말하기를,

"너희들은 재산을 지니기에 서투르고 또 며느리들도 살림살이에 어두
우니 이대로 헤프게 먹어 버린다면 명년에는 너희들이 반드시 식량이
떨어져서 굶어 죽을 것이다. 금년에 지은 너희들의 양식을 집에 두지
말고 아비 집 곳간에 두어라. 그러면 명년 봄에 너희들에게 반드시 그
대로 돌려주리라."

고 했다. 이 명령을 들은 그의 아들들은 자기네 안방으로 들어가서 아내
에게 말하고 함께 이맛살을 찌푸리며 눈썹을 올렸다 내렸다 하고 쑥덕거

---

1) 환상법(還上法)─조선시대 정부가 봄에 양곡 종곡으로써 농민들에게 곡식을
대여하고 가을에 이식을 붙여서 회수하는 법이다. 이는 국가의 고리대(高利
貸)의 착취 수단으로서, 상하 관료배들의 좋은 협잡 대상으로 되고 말았기
때문에 저자는 이 제도의 폐해를 비판하였다. 흔히 환자법이라 한다.

리며 그 명령을 몹시 귀찮게 여길 것이다. 환자는 어버이와 자식간에도 이러할 것인데 하물며 관가와 백성간에야 더 말할 나위가 있으랴. 그 이듬해 봄 어느 날에 그 늙은 아비가 일찍이 열 아들의 집으로 돌아다니며,

"오늘은 내가 너희들의 양식을 돌려줄 터이니 너희들은 모두 와서 받아가라! 그러나 내 집 곳간에 보관해 둔 동안에 새들이 벽 틈으로 날아 들어와서 쪼아먹고 쥐들이 바닥을 뚫고 들어와서 까먹고 가져가고 해서 10분의 2~3이나 축났으니 너희들은 그리 알라."

고 한다. 그러면 그 아들들은 자기네 안방으로 들어가서 아내에게 말하고 함께 이맛살을 찌푸리며 눈썹을 올렸다 내렸다 하고 쑥덕거리며 그 아버지의 뜻을 나무랄 것이다.

환자는 어버이와 자식간에도 이러할 것인데 하물며 관가와 백성간에야 더 말할 나위가 있으랴! 그 아들들은 할 수 없이 그 아비의 명령대로 그 날 낮에 자루와 빈 섬들을 준비해 가지고 마소를 이끌고 아비 집 곳간 앞에 가서 양식을 도로 받는다.

그 늙은 아비는 또 곳간 문고리를 잡고 서서 말하기를,

"살림살이에 어두우니 지금 전부 내주면 너희들은 헤프게 먹어 버리고 다음 달에는 반드시 굶게 될 것이니 그래서는 안될 것이다. 오늘은 우선 몇 말씩만 가져가고 그 다음은 새 곡식이 나온 후에 마저 담아 가라."

고 한다. 그러면 그 아들들은 자기네 집에 돌아가서 아내에게 말하고 함께 이맛살을 찌푸리며 눈썹을 올렸다 내렸다 하고 쑥덕거리며 그 아비의 처사를 몹시 귀찮고 번거롭게 생각할 것이다. 환자는 어버이와 자식간에도 이러할 것인데 하물며 관가와 백성간에야 더 말할 나위가 있으랴!

저녁 무렵에야 겨우 몇 말씩 받아 가지고 돌아온 아들은 관솔에 불을 켜고 아내를 시켜 다시 되질하여 보게 한다. 그 아내는 우선 쌀 한 줌을 쥐어 가지고 불 앞에 서서 혹 불어보고 말하기를,

"이것이 우리집 쌀인가. 어째서 이렇게 거칠고 붉고 또 싸래기가 많은 고. 이건 우리집에서 가져다 맡겨두었던 쌀이 아니고 아마 다른 댁의

쌀과 바뀐 모양이구먼. 혹은 곳간지기가 시아버지와 짜고서 농간질을 한 것이 아닌가. 시아버님은 우리가 헤프게 먹고 굶겠다고 걱정하더니 이제 보니 이 따위 심사로구먼!"

이라고 한다. 그리고 되질을 다 해 보고는,

"서말 쌀이란 것이 우리 말로는 말 닷되도 못되네."

하고 부부끼리 이맛살을 찌푸리며 눈썹을 올렸다 내렸다 하고 쑥덕거리며 아비의 탐욕을 나무랄 것이다. 환자는 어버이와 자식간에도 이러한데 하물며 관가와 백성간에야 더 말할 나위가 있으랴!

이상과 같은 방법으로 양식을 맡겼다 받았다 하기를 10여 년 동안이나 계속했다. 그래서 열 아들의 집들은 모두 가난에 빠져 버렸으나 늙은 아비의 곳간에는 곡식이 차고 넘쳐서 작은 곳집, 큰 곳집을 새로 지었다. 그리고 하루는 그 아비가 여러 아들을 불러 놓고 하는 말이,

"지금 내 창고에는 쌀이 묵어서 썩을 지경이니 너희들은 갖다 먹고 오는 가을에 갚되 열 말에 한 말씩만 더 붙여서 내라. 이건 이자가 아니고 새와 쥐가 축낸 것을 보충하는 것이다. 나는 지금 부자가 되어 내 창고를 돌보는 사람만도 수십 명이나 되니 어찌 그냥 수고를 시킬 수 있느냐. 그 자들의 수고비는 너희들이 좀 부담해야 할 터이니 너희들은 유념하라."

고 하였다. 이 말을 들은 아들들은 아비 앞에 꿇어앉아 눈물을 흘리면서,

"그것은 받기를 원치 아니합니다. 만일 꼭 그리 하라고 하시면 저희들은 아버지 슬하에 끝내 있을 수 없습니다."

라고 한다. 그 아비는 와락 성을 내며 꾸짖기를,

"아비가 쌀을 꾸어 주는데 자식이 받지 않는다는 것은 큰 죄악이다!"

하고 매로 그들의 등허리를 치며 묵고 썩은 쌀을 억지로 꾸어 가게 한다. 그 해 가을에 흉년이 들자 열 아들은 모두 곤궁해져서 꾸어 먹은 쌀을 갚을 길이 전연 없게 되었다. 이에 늙은 애비는 자기 집 종놈과 하인들을 시켜 아들의 집으로 가서 냄비와 가마솥을 떼고 송아지를 빼앗았으나 그래도 쌀값이 안되므로 며느리네 친정 형제와 사촌 형제들의 집에까지 가

서 송아지를 몰고 냄비와 가마솥을 떼어 가지고 왔다. 그래서 곡성이 하늘에 사무치며 하늘이 무심하다고 저주하였다.

환자는 어버이와 자식간에도 이러할 것인데 하물며 관가와 백성들간에서야 더 말할 나위가 있으랴!

그 다음 해 봄에는 큰 기근이 들어서 곡식 한 섬 값이 일곱 냥[2]까지 되었다. 늙은 아비는 매 섬에 일곱 냥씩을 받고 팔아서 그 돈의 7분의 6은 자기 광속에 저축하고 7분의 1을 아들들에게 꿔주면서,

"가을이 되면 곡가가 내릴 것이니 90푼에 한 섬씩 계산하여 곡식으로 갚아라."

고 한다. 그리하여 여러 아들들은 모두 가슴을 치고 피를 토하며 하늘을 원망하고 슬픈 심정을 하소연하였다. 환자는 어버이와 자식간에도 이러할 것인데 하물며 관가와 백성간에야 더 말할 나위가 있으랴! 그렇기 때문에 환자법보다 더 나쁜 법은 이 세상에 없다. 이런 법은 어버이와 자식간에도 실행할 수 없는 것이다.

還上論

法莫不良於還上 還上之法 雖父子不能也 田舍翁 析其子十人産 朝而巡乎 十子之家 而告之曰 汝疏乎財 新婦闊于用 明年汝其餒 汝輸之糧 藏之汝翁之窖 明年春 予其還汝 厥子入 其室告其妻 未有不折眉蹙頞 竊竊然苦其令者 矧縣官之 於民哉越明年春 翁朝而巡乎 十子之家 而告之曰 今日予其還汝糧 汝其來受雖然 雀由隙入 鼠穴 而輸之其欠者 什二三 汝其知之厥 子入其室告 其妻未有 不折眉蹙頞竊竊然什訕其志者 矧縣官之 於民哉曰罵中 厥子帶橐囊牽 馬牛 就翁窖受之 翁又據 其窖而告之曰 汝疏于財 新婦闊于用 今授之 來月汝其餒 今日受若干斗 後十日受若干斗 又十日受若干斗

至于新穀而后盡焉 厥子歸而告其妻 未有不折眉蹙頞 竊竊然苦其煩
者 矧縣官之於民哉於是 斲松爲火而炤之 令其妻槩量之 妻掬一匊
就于火 吹其飛而視之曰 是昔從吾家輪者耶 何其糒且赤 又多碎也
是與叔家輪者換者乎 或管窖者 與翁謀而奸之乎 囊所謂憂我餒者
如是乎 旣而量而槩之曰 是所謂三斗米者乎 於吾斗十五升猶弱矣
未有不折眉蹙頞 竊竊然訕其貪者 矧縣官之於民哉 若是者十餘年
十子之家 皆削弱而翁之窖溢 爲之倉 爲之高廩 於是 進其諸子而告
之曰 予今積粟米且腐矣 汝其受之 秋而償 唯什一是加 以防雀鼠之
欠也 予今富管予庫者 數十人 顧安能徒勞苦哉 有羨餘可以濟矣 汝
其念之 子跪垂涕泣而辭之曰 誠如是終 不得保全膝下 翁勃然怒曰
父子粟子 不願大惡也 鞭其背而予之粟 是年秋衰惡 十子皆窘 有不
能輸其償者 翁悉發其蒼頭就十子家 取其鍋釜 奪其犢 猶不當 又就
其妻之昆弟 從父昆弟之家 奪其犢 取其鍋釜 於是哭聲震天 謂天不
聰 矧縣官之於民哉 厥明年春大饑 粟至石七百 翁糶其粟七百 私其
六 以其一予之子曰 有秋粟且石九十 汝其償之 未有不叩心嘔血 號
旻天而 愬其衷者 矧縣官之於民哉 故故曰 法莫不良於還上 還上之
法 雖父子不能也

(10) 충신이란 어떤 사람인가 : 충신론(忠臣論)

> ― 충신이란 정문이나 세웠다고 되는 것이 아니고, 나라를
> 위하여 공로를 세우고 헌신했는가를 헤아려 기록에 올려
> 야 한다.

암행어사(暗行御史)가 남방에 가서 사건을 조사하고 있었는데, 소장을
품에 안고 뜰에서 부르짖는 사람이 있었다.

"우리 조부는 충신이었습니다. 임진년의 난리에 의병을 일으켜 행군
하여 금산군(錦山郡)에 이르러 힘껏 싸우다가 굴복하지 않고 죽었습

니다."

뒤따라온 사람이 말했다.

"우리 조부도 충신이었습니다. 병자년의 난리에 이순찰(李巡察)을 따라 나라에 충성을 바쳐 행군하여, 공주(公州)에 이르러 적군을 만나서 전사했습니다."

또 뒤따라온 사람이 말했다.

"우리 조부도 충신이었습니다. 정유 왜구재란 때 군량과 소금을 감독 운반하는 관원이 되어 가산 20만 냥을 기부하고 가동(家僮) 3백 명을 징발했으므로, 그 당시 체찰사(體察使)가 누차 그 공로를 일컬었으나 그가 극력 사양함으로써 공신의 명부에 기록되지 않았습니다."

"우리 조부도 충신이었습니다. 정축년에 남한산성에서 항복했을 때에 곧 세상을 버리고 산 속에 들어가서 종신토록 다시 한강을 건너지 않았습니다."

사자(使者)가 감탄하여 그 인물평을 몇 십 문구로 쓰고 그후 5년만에 또 사자가 이르러 그 인물평을 더욱 높게 쓰고, 그후 10년만에 순찰사(巡察使)가 지나가면서 그 인물평을 더욱 높게 쓰고, 그후 10년만에 또 사자가 이르매 전 사람들의 아들과 손자들이 또 소장을 올렸다. 어사는 감동하여 마침내 위에 알려서 정표(旌表)하라는 교지(敎旨)를 얻게 되어 정문을 세우고 방목을 붉게 칠했던 것이다.

군자(君子)가 이를 논평해 말한다.

"이것은 법도에 맞는 일이 아니다. 의병을 일으킨 사람은 대개 스스로 그 부모와 처자를 보호하고 또 스스로 그 군대의 정역(征役)을 면하기 위한 경우가 많았으니 국가가 그들로부터 얻은 힘은 얼마 되지 않았다. 따라서 그들 중에 공이 있는 사람은 특별히 구별하면 될 것이며, 힘껏 싸우다가 죽은 사람은 가엾게 여겨 구원하면 될 것이나 만약 몸이 굼뜨고 힘이 약하여 적에게 사로잡혀서 죽은 사람은 또 무엇을 취하겠는가.

개인의 양곡과 개인의 소금을 운반한 것도 모두 관청 장부에 기록되어 원수부(元帥府)에 올라가 있으며, 그 당시 공을 헤아리는 신하가 사소한 것을 저울질하고 부석돌[碔]1)과 옥(玉)을 살펴서 이미 위에 아뢰어 기록하여 빠진 것이 없었는데, 지금 몇백 년 후에 와서 길거리에서 들은 것을 주워 모으고 골목길의 말에서 결정하여 국가의 장려상을 가벼이 시행하게 되니 법도에 맞는 일이 아니다."

비풍(匪風)2)·하천(下泉)3)의 귀신과 산에서 굶고 끓는 물에 들어가는 절개와, 당시에 자기 몸을 깨끗하게 가지는 선비도 많아서 집을 나란히 하고 발자취를 연할 정도인데, 또한 어찌 집마다 정표하고 집마다 문설주를 세울 수가 있겠는가. 충신은 많을 수가 없는 것이다.

忠臣論

直指使者 按事于南方 有抱狀而號于庭曰 吾祖忠臣也 壬辰之難 起義兵 行軍至錦山郡 力戰不屈而死 有繼來者曰 吾祖忠臣也 壬辰 之難起義兵 行軍至錦山郡 力戰不屈而死 有繼來者曰 吾祖忠臣也 丙子之難 從李巡察 勤王行軍 至公州 遇賊被害而死 有繼來曰 吾 祖忠臣也 丁酉倭寇之再來也 爲糧鹽督運官 捐家貲二十萬 調家僮 三百人 當時體察之臣 亟稱之 以其力 辭而不見錄 有繼來者曰 吾 祖忠臣也 丁丑下城之日 卽棄世入山 終身不復渡洌水 使者歎詫咨 嗟 題批累十言 後五年又使者至 其題批益隆 後十年 巡察使過之 其題批益隆 後十年又使者 至前人之子若孫也 感念焉 遂以聞得旌 褒之 旨于以綽 其楔丹其榜 君子曰 非彝也 義兵之興 多以自庇 其 父母妻子 而又自免其征役 在國家 得力者寡 然其有功者 旌別焉可

1) 무(碔)—옥 비슷한 돌.
2) 비풍(匪風)—《시경(詩經)》 회풍(檜風)의 편명(篇名). 현인(賢人)이 나랏일을 근심하여 지은 것임.
3) 하천(下泉)—《시경(詩經)》 조풍(曹風)의 편명(篇名). 현인(賢人)이 나랏일을 근심하여 지은 것임.

矣 其力戰而死者 愍恤焉可矣 若夫身鈍力弱 爲賊所得而死者 又奚
取焉 私糧私鹽之運 咸有公薄 上于帥府 當時計功之臣 程銖兩察
玉 旣奏旣錄 無所遺逸 今於數百年之後 掇拾於塗道之聽 取決於委
巷之言 以輕施國家之獎賞 非彝也 若夫匪風下泉之鬼 餓山蹈湯之
節 當時自好之士 殆比屋聯武 又惡能家旌而戶楔 忠臣不可多也

(11) 속된 선비란 어떤 사람인가 : 속유론(俗儒論)

> ― 속된 선비란 시대의 실정을 모르고, 다만 옛사람의
> 시·문과 글귀나 외우고 앉았을 뿐이고, 백성을 편안케
> 하고 국가의 재용(財用)을 넉넉하게 할 줄 모르는 자를
> 말한다.

한(漢)나라 선제(宣帝)가 그 태자를 책망하여 이르기를,

"속된 선비는 그 시대의 사정에 통하지 못하니 어찌 일을 맡기겠는가."

라고 했는데, 이 말을 그르다 할 수는 없다.

공자(孔子)가 제(齊)나라 관중(管仲)을 평하여 그가 어진 사람임을 인
정하면서,

"관중이 없었다면 내가 머리를 풀고 오른쪽 옷섶을 왼쪽 옷섶 위에 여
미는 야만의 풍속을 했을 것이다."

라고 했으며, 정(鄭)나라 자산(子産)과 제나라 안평중(晏平仲)에게도 또
한 일찍이 칭찬은 있어도 헐뜯는 말은 없었고, 그가 제자들과 도(道)를
논할 적에도 조세와 군대와 이웃나라에 사신으로 가는 일을 많이 논했으
며 그가 사구(司寇)1)가 되어서는 노(魯)나라의 소정묘(少正卯)를 빨리
목베었으며, 협곡(夾谷)의 회합에서는 군대의 위력을 성대히 베풀었으며,
제나라 진항(陳恒)에 대해서는 목욕하고서 목베기를 청했다.

---

1) 사구(司寇)―주대(周代) 육경(六卿)의 하나. 옥송(獄訟)·형벌(刑罰) 등의 일
   을 맡은 벼슬.

참된 선비의 학문은 본래 나라를 다스리고 백성을 편안히 하며, 오랑 캐를 물리치고 재용(財用)을 넉넉하게 하여, 능히 문(文)과 무(武)를 갖 추어 필요하지 않음이 없는데 어찌 옛사람의 글만을 따서 글을 짓고 벌 레나 물고기 등류를 주석하며, 소매가 넓은 옷을 입고 절하고 읍하는 일 만 연습할 뿐이겠는가.

옛날에는 아들을 낳으면 작은 활과 화살로써 사방을 쏘게 하고, 조금 자라면 상(象)²⁾을 춤추고 작(勺)³⁾을 춤추게 하여 무덕(武德)을 익히게 하고, 이미 성장하면 활쏘기와 말타기를 배우게 하니 그 사람을 가르치 는 뜻을 볼 수가 있겠다.

그러므로 군사를 일으켜 적의 머리를 바치는 일을 학궁(學宮)에서 이 를 행했으니, 학궁은 다만 그들에게 옛사람이 저술한 책만을 읽게 하는 것만은 아닌 것이다.

맹자(孟子)가 제(齊)나라·양(梁)나라 임금이 오로지 싸움만 숭상하는 것을 근심하여, 말한 것은 모두 인(仁)과 의(義)로 표준했으니 대개 그들 의 지나친 일을 바로잡고자 한 것뿐인데, 후세의 선비는 성현(聖賢)의 본 뜻은 알지 못하고 무릇 인의(仁義)와 이기(理氣) 외에는 한 마디 말이라 도 입밖에 낸다면 이를 가리켜 잡학(雜學)이라 하여, 한(韓)의 신불해(申 不害)와 한비(韓非)라 말하지 않으면 문득 제나라 손무(孫武)와 위(衛) 나라 오기(吳起)라 말하게 된다.

이로 인하여 명성이 높아지려 힘쓰고, 도통(道統)을 엿보려 하는 사람 은 차라리 썩고 묵은 의론과 고루한 학설을 말하여 스스로 어리석게 될 지언정 이 한계에 한 걸음이라도 넘어서려고 하지 않으니 이에 유자(儒 者)의 도(道)는 다 망하고 그 시대의 군주들은 날로 유자를 천대하게 된 것이다.

선제(宣帝)의 말은 더할 나위없이 좋은 것은 아니다. 그 근본을 따져

---

2) 상(象)-음악의 이름. 춤으로는 무무(武舞).
3) 작(勺)-음악의 이름. 춤으로는 문무(文舞).

본다면 그릇된 것이 유자에게 있는데, 논평하는 사람은 이치의 그르고 옳은 것은 헤아리지 않고 다만 선제만 공격하기를 그치지 않으니 선제가 할 말이 없겠는가.

俗儒論

漢宣帝責太子曰 俗儒不達時宜 何足秀任 此言不可非也 孔子於 管仲 許其仁曰 微管仲 吾其被髮左袵矣 於子産平仲之徒 亦嘗有譽 而無毁 其與弟子論道 多田賦軍旋 及使於鄰國之事 其爲司寇 亟誅 少正卯 其於夾谷之會 盛陳兵威 其於陳恆 沐浴而請討 眞儒之學 本欲治國安民 攘夷狄裕財用 能文能武 無所不當 豈尋章摘句 注蟲 釋魚 衣逢披習 拜揖而已哉 古者生子 弧矢射四方 稍長舞象舞勺 以習武德 旣壯學射御 其敎人之義 可見矣 故興師獻馘 乃於學宮行 之 學宮者 非徒令讀書傳而已 孟子憂齊梁之君 專尙戰鬪 所言皆仁 義 蓋欲以矯其過耳 後儒不達 聖賢之旨 凡仁義理氣之外 一言發口 則指之爲雜學 不云申韓 便道孫吳 由是 務名高窺道統者 寧爲腐論 陋說 以自愚 不欲踰此閾一步 於是 儒之道盡亡 而時君世主 日以 賤儒者矣 宣帝之言 未盡善 然究其本 曲在儒者 論者不揆曲直 唯 攻擊宣帝之不已 宣帝獨無言哉

(12) 서자 차별 안될 말 : 서얼론(庶孼論)

> ― 서자를 차별하는 것은 천륜을 모르는 처사이다. 서자·
> 서녀는 왜 호부(呼父)·호형(呼兄)을 못하며, 왜 과거에
> 나가지 못하는가. 중국에는 그런 법이 없는데 어디서 배
> 운 법인가.

옛날 우리 영종(英宗)대왕1)께서 서자를 천대하는 것을 가엾게 생각하고 선부(選部)2)에 명령하여 서자로서 학문과 재능이 있는 자로 성대중

(成大中)3) 등 10인을 선발하여 대간(臺諫)4) 관직을 주게 하였다. 그렇게 한 후 영종은 각 재상들을 친히 불러놓고 말하기를,

"하늘은 지존이지마는 하늘이라고 부르며, 임금은 지존이지마는 임금이라고 부르는데, 서자는 제 부모를 부모라고 부르지 못하니 어찌 그럴 수 있는가?"

라고 했다. 옳은 말이기 때문에 신하들은 어색하여 잠시 시비를 논하지 못하였다. 그러나 조금 후 그 자리에서 물러나와 어떤 자가 말하기를,

"하늘은 부친에 비하고 땅은 모친에 비하는 것은 백성들이 다 같은 바이며, 감히 필부(匹夫)로서 천자를 자칭하는 자가 있다면 육사(六師)5)를 동원하여 쳐야 한다."

하니 이에 모든 사람들은 다 같이 그 말을 요령있는 말이라고 동의하였다. 그러나 사물을 옳게 판단하는 사람은 이 말에 대하여 반대하여 영종대왕의 말이 옳다고 주장한다.

아버지를 아버지라 부르고 어머니를 어머니라고 부르는 것은 어떤 아이들이나 동일한 것이다. 그런데 서자로서 감히 장자(물론 순서는 장자임에도 불구하고)라고 할 것 같으면 구족(九族)6)이 들고 일어나 온갖 시비를 하니 이것은 같은 부모로서 금하는 것이 공평치 못한 게 아니겠는가.

또한 부모라고 하는 천륜은 금할 수 없는 까닭에 그들 서얼도 호적에 그 계통을 기입할 때에 부모라고 쓰며, 봉미(封彌)7)에 그 계통을 기입할

---

1) 영종대왕(英宗大王)−조선시대의 21대왕인 영조(英祖). 영조는 자신도 서출로서 서자 차별을 못마땅하게 여겼다(규사(葵史) 참조).
2) 선부(選部)−이조(吏曹)를 달리 부르는 말.
3) 성대중(成大中 : 1732~1812)−조선시대의 문신. 호는 청성(靑城). 당시 조엄(趙曮)이 일본 통신사로 가는 데 서기관으로 갔다 왔다.
4) 대간(臺諫)−조선조 봉건시대의 사간원(司諫院)과 사헌부(司憲府).
5) 육사(六師)−옛날의 천자(天子)의 군대.
6) 구족(九族)−부족(父族) 4, 모족(母族) 3, 처족(妻族) 2, 또는 직계 9대, 방계 형제 등.

때에 부모라고 쓰며, 방목(榜目)8)에 그 계통을 기입할 때도 부모라고 쓰며, 선부에서 그 계통을 기입할 때도 부모라고 써야 하는데 오직 집안에서 말로 호칭할 때에만 부모라고 부르는 것을 어찌 금하는가.

대체 서자를 왜 천대하는가. 옛날 한위공(韓魏公)9)은 그 모친이 청주(青州) 비첩(婢妾)이며, 범문정공(范文正公)10)은 그 모친이 개가하는 데 따라가서 계부(繼父)의 성을 임시 가성(假姓)으로 하였다가 그가 한림(翰林) 벼슬에 오른 후, 국가에 청하여 본성을 회복하였다.

만약 송나라에서 이 두 사람을 천대하였더라면 이 두 사람들의 노력에 의하여 서적(西賊)의 침해로부터 국가를 태산과 같이 수호하여 서적들로 하여금 심담(心膽)을 서늘하게 할 수 있었을 것인가? 어찌 그뿐인가? 소강절(邵康節)11) 선생은 그 형제 3인이 성(姓)을 달리하였다. 만약 당시 송나라 선비들이 이것으로써 소강절을 경시하였다면 그의 저서 《황극경세(皇極經世)》의 글이 어떻게 학문에 공헌할 수 있었겠는가?

그러므로 서자에게 대간 벼슬도 오히려 낮은 것이며, 그들에게 재상도 반드시 주어야 할 것이다.

---

7) 봉미(封彌)—옛날 과거(科擧) 시험지에 응시자 답안지의 성명을 봉하는 것. 이렇게 함으로써 소위 공정을 기한다는 방법이다.

8) 방목(榜目)—옛날 과거시험에 급제한 자의 성명을 기록한 방목. 사마방목(司馬榜目).

9) 한위공(韓魏公)—11세기 중엽 중국 송(宋)나라 사람. 그의 이름은 기(琦)이며, 그때 서하(西夏)가 반란을 일으켰는데 그는 초토사가 되어 싸움에서 공훈을 세우고 송나라 재상이 되었다.

10) 범문정공(范文正公)—11세기 중엽 중국 송나라 사람. 이름은 중엄(仲奄). 한기와 같이 군대를 이끌고 서하 침공을 방어하였는데, 중엄이 지휘하면 서하 사람들이 감히 침범을 하지 못하였다고 한다.

11) 소강절(邵康節)—11세기 중국 송나라 사람. 이름은 옹(雍)이며, 《주역(周易)》을 깊이 연구하였다. 그의 저서로 《황극경세서(皇極經世書)》와 《격양집(擊壤集)》이 있다.

庶孼論

昔我 英宗大王 愍庶孼之枳塞 命選部 選其有文藝者 成大中等十
人 援之臺諫之職 旣而進宰輔之臣 而論之曰 天至尊也 未嘗不呼天
也 君至尊也 未嘗不稱君也 庶孼之不得父母 其父母者 何以哉 謂
嫡母 羣臣語塞 莫敢覆難 旣而有退 而語于朝堂之 上者曰 乾稱父
坤稱母 蒸民之所同也 有敢匹夫 而稱天子者 六師移之 於是 衆口
和附 謂之名言 君子曰非禮也 是亦 聖考之言 爲正也 父稱父 母稱
母 人子之所同也 有敢庶子 而稱宗子者 九族議之 不旣相準乎 奚
並父母 而禁之乎 且父母不可禁也 書其系 以爲薛則父之 書其系
以爲封彌則父之 書其系 刊之爲榜目 則父之 書其系 藏于選部則父
之 奚獨於閨門之內 語言之間 而禁之 使勿父也 且庶孼何枳哉 韓
魏公 其母靑州之婢妾也 范文正公 從母嫁 冒繼父之姓 及入翰林而
后 始上表復姓 使宋而尙枳 是兩人者 有能垂紳正笏 措國勢於泰山
之安 而使西賊 心膽寒者乎 邵康節先生 昆弟三人 皆公叔木之 所
大功而 狄儀之所齊衰也 使宋之儒 而輕康節以是也 皇極經世之書
何以得與於斯文哉 臺諫其小者也 必相而后可者也

(13) 인체의 맥을 논한다 : 맥론(脈論) ①

> ― 손의 맥을 짚어보고 오장 육부의 증상을 알아낸다는 것
> 은 거짓이다. 다만 손과 발과 뇌의 큰 경락을 진맥하여
> 혈기의 왕성·쇠약·허약·충실을 알 뿐이다.

맥(脈)은 혈기(血氣)의 쇠약하고 왕성함과 병증(病症)의 허약하고 충
실함을 살피는 것인데, 그 왼손 촌맥(寸脈)1)은 심장(心臟)을 진찰하고

―――――――――――――――

1) 촌맥(寸脈)―진맥 때 손바닥 끝부분의 맥. 즉 집게손가락과 가운뎃손가락과

오른손 촌맥은 폐장(肺臟)을 진찰하며, 왼손 관맥(關脈)2)은 간담(肝膽)을 진찰하고, 오른손 관맥은 비위(脾胃)를 진찰하며, 왼손 척맥(尺脈)3)은 신장(腎臟)·방광(膀胱)·대장(大腸)을 진찰하고 오른손 척맥은 신장·명문(命門)4)·삼초(三焦)5)·소장(小腸)을 진찰한다는 것은 거짓이다.

맥이 한 번 움직였다가 한 번 정지(靜止)하는 것은 원기와 혈액 때문이다. 원기로써만은 위(衛)가 될 수 없으며, 혈액으로써만은 영(營)6)이 될 수 없으니, 혈액은 원기에게 제어되고 원기는 혈액에게 함양(涵養)되어 영위(榮衛)의 명칭이 성립된다. 그러나 원기가 있으면 움직임이 없을 수 없으며, 혈액이 있으면 정지(靜止)함이 없을 수가 없는데, 그것이 움직일 적엔 두루 돌아다니면서 널리 퍼지고 그것이 정지할 적엔 적셔서 자양(滋養)하게 되니, 이것은 사람의 몸에 맥이 있는 까닭이다.

맥이 얕아서 드러난 것이 마침 손목에 있는 까닭으로 손목을 진맥(診脈)하게 되는데, 하늘이 사람을 낳을 적에 어찌 반드시 오장(五臟) 육부(六腑)로 하여금 그 모습을 손목 위에 밝게 벌여 놓아 사람에게 이를 진맥하게 했겠는가.

맥은 경(經)을 서술한 사람부터 벌써 그 자기가 지은 경을 믿지 않았으며, 그후에 조금 의술(醫術)의 이치를 통한 사람도 반드시 맥경(脈經)

약손가락을 손바닥으로 뻗은 요골(橈骨)의 동맥에 대었을 때 집게손가락에서 느껴지는 맥.

2) 관맥(關脈)-진맥 때 손바닥 맥. 즉 집게손가락과 가운뎃손가락과 약손가락을 손목의 장면 요골(掌面橈骨)의 동맥 위에 댈 때 뛰는 맥박.

3) 척맥(尺脈)-흔히 진맥하는 손목의 맥. 즉 손목과 손의 사이에 있는 요골동맥(橈骨動脈).

4) 명문(命門)-①사타구니 ②두 고환 사이 ③눈.

5) 삼초(三焦)-한방 의학에서 말하는 육부(六腑)의 하나. 음식의 흡수와 소화 및 배설을 맡는다고 하는데, 상초(上焦)·중초(中焦)·하초(下焦)의 총칭. 즉 상은 식도부분, 중은 장의 위치, 하초는 배설기관의 위치.

6) 위(衛)·영(營)-한방에서 위(衛)는 기운이요, 영(營)은 혈액이다.

을 믿지 않았었다. 그러나 그 마음에 오히려 그것이 현묘(玄妙)하고 미오(微奧)한 이치가 있다고 의심하여 자기도 깨닫지 못하였고, 다시 자기가 맥경을 높여 받들지 않는다면 세상 사람들이 자기가 맥경의 뜻을 통달하지 못한다고 말할까 두려워서 이에 겉으로 다른 사람이 알지 못하는 것을 자기가 홀로 아는 바가 있는 것처럼 하여 겉으로 맥경을 높여 영구히 전할 책으로 삼아 그 설(說)을 부연하고 그 뜻을 해석하며, 그 해석하지 못할 부분에 이르러서는 문득 말하기를

"마음 속에 스스로 깨닫는 묘리는 말로써 전할 수 없다."

고 한다. 어리석은 사람은 밝지 못하여 이를 받아들여 믿고 지혜있는 사람도 다시 그 술(術)을 쓰게 되니, 이것은 다만 맥경만이 그런 것이 아니라 모든 술의 거짓인 것은 모두 그렇게 된다.

그런 까닭으로 맥을 잘 살피는 사람은 손을 진맥하고 발을 진맥하고 뇌(腦)의 큰 경락(經絡)을 진맥하여 그 맥의 쇠약하고 왕성한 것을 분별하고, 그 허약하고 충실한 것만 살필 뿐이니, 어찌 이른바 오장(五臟)·육부(六腑)의 설이 있을 수 있겠는가.

脈論 一

脈可以察 血氣之衰旺 病情之虛實 其云左寸候心 右寸候肺 左關候肝膽 右關候脾胃 左尺候 腎膀胱大腸 右尺候腎命門 三焦小腸者妄也 脈之一動而一靜 以氣血也 徒氣不能爲衛 徒血不能爲營 血爲氣之所御 氣爲血之所涵 而營衛之名立焉 然有氣 不能無動 有血不能無靜 方其動也 爲周流施布 方其靜也 爲涵濡滋養 此人身之所以有脈也 脈之淺露者 適在手腕 故切手腕耳 天之生人 豈必令五臟六腑 昭布其影 於手腕之上 而使人切之哉 脈自著經之人 已不信其自作之經 而其後 凡稍通醫理者 必不信脈經 然其心猶疑 其有玄妙微奧之理 而己之罔覺也 復恐己 不尊奉脈經 則世人與 後世之人謂之不達 脈經之旨於是 陽爲人所不知 而己有所獨得者 外尊脈經

爲不刊之典 演其說而釋其旨 至其不可解者 輒云必得之妙 不可以
言傳 愚者曚然奉信 智者復用 其術此非 唯脈經爲然 凡術之虛僞者
皆然也 故善於脈者 切手焉切足焉 切腦之大絡焉 辨其衰旺 察其虛
實而已 安有所謂 五臟六腑之說哉

맥론(脈論) ②

> ─ 진맥으로 알 수 있는 것은 힘[力]·신(神)·절도(節度)
> 의 세가지가 있는가 없는가를 살피는 것인데 그것은 맥
> 의 부침(浮沈)·지삭(遲數), 크고 작음[洪微], 미끄럽고
> 껄그러움[滑澁] 등으로 맥가(脈家)는 알게 된다.

그 소위 촌(寸)·관(關)·척(尺)이란 것은 나는 이것을 판별할 수가
없다고 여긴다. 의원의 손가락이 살찌고 넓은 것도 있고 야위고 뾰족한
것도 있으며, 그 차지한 바도 많고 적어서 가지런하지 않은 것도 있는가
하면 그 촌·관·척의 한계를 나눈 것도 크고 작아서 가지런하지 않은
것도 있을 것이니, 손가락이 큰 사람으로 하여금 팔목이 짧은 사람의 맥
을 진찰하게 하고, 손가락이 작은 사람으로 하여금 팔목이 긴 사람의 맥
을 진찰하게 한다면 그 이른바 촌이란 것이 내가 어찌 그것이 관이 아닌
줄을 알겠으며, 그 이른바 관이란 것이 내가 어찌 그것이 척이 아닌 줄
알겠으며, 그 이른바 심장을 진찰한다는 것이 내가 어찌 그것이 간장을
진찰함이 아닌 줄 알겠으며, 그 이른바 비위를 진찰한다는 것이 내가 어
찌 그것이 신장과 방광을 진찰함이 아닌 줄을 알겠는가.

이에 배우지 못한 무리들이 일찍이 맥의 부동(浮動)하고 가라앉은 것
과 미끄럽고 껄끄러운 것도 능히 분별하지 못하면서 손바닥을 치며 병의
증세를 논하면서

"아무 장부(臟腑)가 상처를 입었으니 마땅히 아무 장부를 억눌러야 될
것이며, 어느 기운이 모자라니 마땅히 어느 경락(經絡)을 도와야 될

것이다."

라고 하며, 또 일종 괴이하고 망령된 무리들은 말하기를,

"맥을 진찰하면 그 사람의 성정이 좋고 나쁜 것과 신명(身命)의 귀하
고 천한 것을 분변할 수가 있다."

라고 하며, 심하게는 수명도 점치고 운수도 점쳐서 두수(斗數)·성요(星
曜)의 술과 같이 하는 것도 있는데, 사람들이 또한 몽매하게 받들어 믿으
면서 숨은 이치가 있다고 말하니 어찌 그리도 우매하여 속이기 쉬운가.

그런 까닭으로 맥을 진찰하는 것을 배우는 사람은 다만 그것이 힘이
있는가 힘이 없는가, 신(神)이 있는가 신이 없는가, 절도(節道)가 있는가
절도가 없는가를 살피고 그칠 것이지 어찌 오장육부를 능히 판별하겠
는가.

대저 능히 움직여 능히 손가락을 마음대로 하는 것을 힘[力]이라 이
르고, 능히 화합하여 생활하는 기관이 있는 것을 신이라 이르고, 능히 왕
래하고 움직이고 정지(靜止)하면서 질서가 있어 문란하지 않은 것을 절
도라 이르는데, 이 세 가지를 알고 나서 맥이 부동하고 가라앉음과 더디
고 자주함과 크고 작음과, 미끄럽고 껄끄러움과, 팽팽하고 허한 것과, 긴
장하고 완만함과, 맺히고 엎드려 있는 징후에만 자세히 주의한다면 맥가
(脈家)의 할만한 일은 마친 셈이니 또 무엇을 구하겠는가.

脈論 二

夫所謂寸關尺者 吾斯之不可辨也 醫之指有 肥而闊者 有瘦而尖
者 其所占有 多少之不齊也 病人之腕 有長者 有短者 其所分寸關
尺之界限 有大小之不齊也 今指大者而 切腕短者之脈 今指小者而
切腕長者之脈 其所謂寸者 吾惡知其非關 其所謂關者 吾惡知其非
尺哉 其所謂候心者 吾惡知其非候肝 其所謂候脾胃者 吾惡知其非
候 腎膀胱哉 乃無學之徒 曾浮沉滑濇之不能辨 而抵掌論證曰 某藏
受傷 當抑某藏 何氣不足 當補何經 又有一種 怪妄之徒 乃云切脈

可以辨 其性情好惡 身命貴賤 甚至有卜年卜運 如斗數星曜之術者
人且昧然奉信 謂有隱理 何其愚陋易欺哉 故學切脈者 唯察其有力
無力 有神無神 有度無度而止矣 何五臟六腑之能別哉 夫能動能勝
指之謂力 能和能有生活之機之謂神 能往來作止 有法不亂之謂度
知此三者 而細心乎 浮沉遲數 洪微滑澁弦芤 緊緩結伏之候 則脈
家之 能事畢矣 而又何求哉

맥론(脈論) ③

> ── 진맥으로 오장육부를 안다는 것은 한강 물을 떠보고 어
> 느 지류(支流)의 물이라고 하는 것과 같은 이치이니 나
> 는 믿기 어렵다.

맥이 오장(五臟)에서 명령을 받아 지체(支體)에 통하는 것은 물이 여
러 산에서 발원하여 하류에 도착하는 것과 같다.

대저 한강의 근원은 한 가닥은 속리산(俗離山)에서 나오고, 한 가닥은
오대산(五臺山)에서 나오고, 한 가닥은 인제군(麟蹄郡)에서 나오고, 한
가닥은 금강산(金剛山)에서 나와 용진(龍津)에 이르러 합쳐지는데, 땅을
맡은 사람이 말하기를

"양화도(楊花渡)는 속리산(俗離山)에 속하고, 용산포(龍山浦)는 오대
산(五臺山)에 속하고, 두모포(豆毛浦)는 인제군과 금강산에 속한다."
하여 이에 양화도에서 물이 용솟음치면,

"이것은 속리산에서 산이 무너져 사태가 난 이변이 있습니다."
라고 하며, 용산포에서 물이 혼탁하게 되면,

"이것은 오대산에서 물이 범람한 재앙이 있습니다."
라고 하며, 두모포에서 물결이 잔잔하게 되면,

"이것은 인제군과 금강산에서 비 내리고 볕나는 것이 꼭 알맞게 되었
습니다."

라고 한다면, 그 기후를 점치는 법이 과연 정세(精細)치 못하여 어긋나고 틀린 점이 없다고 하겠는가.

맥이 오장과 육부를 진찰할 수 없는 것은 그 이치가 꼭 이것과 같은데도 사람들은 오히려 그윽하고 어두운 속에 마음을 붙여 그것이 이치 밖에 있는가 의심하게 되니 또한 미혹하지 않는가. 촌·관·척이 한 길이 아니라면 그만이겠지만 그것이 한 길이면서 그 경계를 나눈 것이라면 그 이른바 오장 육부가 각기 부위가 있다고 한 것을 나는 믿을 수가 없겠다.

脈論 三

脈之受命 於五臟而達 于支體也 猶水之發 源於諸山 而達于下流也 夫洌水之源 一出於俗離 一出於五臺 一出於麟蹄 一出於金剛(麟蹄郡名也 餘皆山名) 至龍津而合 有司地者曰 楊花渡屬俗離 龍山浦屬五臺 豆毛浦屬 麟蹄金剛 於是乎 楊花渡有洶湧 則曰是俗離 有崩汰之異 龍山浦有混濁 則曰是 五臺有汎濫之災 豆毛浦有漣漪之美 則曰是麟蹄金剛 雨暘勻適 其占候之法 果可謂精密 而無差舛乎 脈之不可以候 五臟六腑也 其理正同 而人猶託心 於杳冥之中 疑其有理外之理 不亦惑乎 使寸關尺 而非一路也 則已如其一路 而分其界 則其所謂 五臟六腑之 各有部位者 吾莫之肯信矣

(14) 요동론(遼東論)

— 요동은 본래 우리의 영토였는데 고려조 이후 압록강 이남으로 밀려나서 남의 땅이 되니 군사적으로나 국가 경제로는 다행스럽다 하겠으나 나라가 부요하고 군사가 강성하다면 본래의 땅이었던 요동[西]·여진 땅[東]·흑룡강[北], 그리고 몽고까지 합쳐서 경계함이 옳을 것이다.

고구려 시대에는 강토를 널리 개척하여 그 북부는 실위(室韋 : 지금의 滿洲로서 또한 북쪽 부분에 들어 있다)에 경계가 서로 닿았고, 그 남부는 개모(蓋牟 : 지금의 山海關 동쪽이 모두 그 땅이다)에 이르렀었다.

고려(高麗) 이후 북부와 남부는 모두 거란(契丹)1)에게 점거되어 금(金)나라 · 원(元)나라 이후로는 다시 우리 소유가 되지 않고 압록강(鴨綠江) 지역의 전부가 마침내 자연적인 경계선을 이루었다.

우리 세종(世宗)과 세조(世祖)의 시기에 이르러 마천령(摩天嶺)2)으로부터 북쪽으로 지방을 천 리나 개척하여 육진(六鎭)3)을 바둑돌처럼 설치하여 밖으로 창해(滄海)까지 이르렀으나, 요동(遼東)은 마침내 수복하지 못했으니 논(論)하는 사람은 이를 유감으로 여기었다.

나는 요동을 수복하지 못한 것은 나라의 다행한 일이라 생각한다. 요동은 중국과 오랑캐가 왕래하는 요충(要衝)이다. 여진(女眞)4)이 요동을 지나가지 않으면 중국에 이르지 못할 것이고, 선비(鮮卑)5)와 거란(契丹)

---

1) 거란(契丹)―4세기 이래 몽고의 시라무렌강 유역에 유목하고 있었던 부족. 10세기 초에 추장 야율아보기(耶律阿保機)가 모든 부족을 통일하고 요(遼)나라를 세웠다.

2) 마천령(摩天嶺)―함경남도의 단천(端川)과 함경북도 성진(城津) 사이의 도계(道界)에 있는 영.

3) 육진(六鎭)―조선조 세종(世宗) 때 김종서(金宗瑞)를 시켜 지금의 함경북도 북변을 개척하여 설치한 여섯 진(鎭). 곧 경원(慶源) · 경흥(慶興) · 부령(富寧) · 온성(穩城) · 종성(鐘城) · 회령(會寧).

4) 여진(女眞)―동만주(東滿洲)와 연해주 방면에 살던 퉁구스계 부족. 한대(漢代)에는 읍루(挹婁), 후위(後魏) 때에는 물길(勿吉), 수(隋) · 당(唐) 때에는 말갈(靺鞨)이라 하였고, 송대(宋代)에 와서 여진(女眞)으로 나타나 그 중 완안부(完顏部)의 추장 아골타(阿骨打)가 1115년에 금(金)나라를 세웠으며, 그 후 명대(明代)에 이르러 건주여진(建州女眞)에서 청(淸)의 태조가 나와 전 중국을 통일하였음.

5) 선비(鮮卑)―몽고족과 퉁구스족과의 잡종(雜種). 흥안령(興安嶺)의 동쪽에 웅거하여 후한(後漢) 때부터 몽고지방의 패권(覇權)을 잡았으며, 차츰 중국 본토로 들어와서 삼국시대에는 모용씨(慕容氏) · 우문씨(宇文氏) · 척발씨(拓跋

이 요동을 차지하지 못하면 그 적을 제어하지 못할 것이며, 몽고(蒙古)가 요동을 지나오지 않으면 여진(女眞)과 통하지 못할 것이니, 진실로 성실하고 온순하며 무력을 숭상하지 않는 나라로서 요동을 차지하고 있다면 그 해로움을 이루 말할 수 있겠는가.

서로 화친(和親)한다면 사신의 접대하는 비용과 병정의 징발하는 일에 온 나라의 힘을 다해도 능히 지탱할 수 없을 것이요, 사이가 좋지 않게 된다면, 사면에서 적군의 침입을 당하게 되어 전쟁이 그칠 때가 없을 것이므로 온 나라가 힘을 다해도 능히 지탱할 수 없을 것이다.

세종과 세조 두 임금의 시기에는 명(明)나라가 이미 북경(北京)에 도읍을 정하여 요동과 심양(瀋陽)6)의 사람이 기내(畿內)의 백성이 되었으니, 이를 보아도 진실로 차지할 수가 없을 것이며, 설령 요동과 심양이 아직 여러 오랑캐에게 소속되었더라도 세종과 세조께서는 이를 빼앗지 않았을 것이다. 무엇 때문일까.

황무 척박하여 이익이 없는 땅을 차지해서 천하에 적국을 더 얻는 것은 영명한 임금은 하지 않는 법이다.

한(漢)나라와 당(唐)나라의 시대에 오히려 주(周)나라와 진(秦)나라의 옛일을 살펴서 관중(關中)에 도읍을 정한 후에 그제야 위력으로써 천하를 제어했으니, 그런 까닭으로 중국의 지모(智謀)가 있는 사람이 논한 것은 다만 동경(東京), 즉 낙양(洛陽)과 서경(西京), 즉 관중(關中)의 낮고 못한 것뿐이었다.

명(明)나라 성조(成祖) 문황제(文皇帝)는 뛰어난 계략이 세상을 뒤덮었으나 몽고와 여진이 강성해서 먼 데서는 제어할 수가 없음을 알았으므로 마침내 대명부(大名府), 즉 북경(北京)으로써 한계를 삼았는데, 훗날의 중국에 임금된 사람은 이를 변경하지 못했던 것이다.

대명부(大名府)가 중국의 수도가 되었으니 요동은 다시 말할 수 있겠

氏) 등이 나타나 16국 중의 여러 나라를 세우고, 그 중 특히 척발씨는 북조(北朝) 최초 왕조인 북위(北魏)를 세웠다.

6) 심양(瀋陽)−중국 만주지방(남만주)의 요동성(遼東省) 도시.

는가.

또한 우리나라의 지세는 북쪽으로는 두 강(압록강과 두만강)으로써 경계를 삼고 삼면은 바다로 둘러싸여 있어서 경계의 조건은 온전히 자연적으로 이루어졌으므로 요동은 도리어 쓸데없는 땅이 되었으니, 어찌 이를 유감으로 여기겠는가.

비록 그러하나 진실로 나라가 부요(富饒)하고 군사가 강성하여 하루아침에 천하에 대항할 뜻이 있어 중원(中原)을 한 걸음이라도 엿보려고 하는 사람은 요동을 먼저 차지하지 않으면 될 수가 없다. 그렇지 않고서 서쪽으로는 요동을 차지하고 동쪽으로는 여진을 평정하고 북쪽으로는 국경을 넓혀, 위쪽으로 흑룡강(黑龍江)의 근원까지 가게 하여, 오른쪽으로 몽고와 대항하게 된다면, 이것도 큰 나라가 될 것이니 또한 통쾌한 일이 될 것이다.

遼東論

高句麗之時 疆土遠拓 其北部接于室韋 今滿洲亦入北部 其南部 至于蓋牟 今山海關以東皆其地 自高麗以來 北部南部 悉爲契丹所據 金元以降 不復爲我有 而鴨綠一帶 遂成天限 至我 世宗世祖之時 摩天以北 拓地千里 六鎭幕置 外薄滄海 而遼東 終不能復 論者恨之 臣謂遼東之不復 國之幸也 遼東者 華夷往來之衝也 女眞不踰遼東 不達中國 鮮卑契丹 不得遼東 不能控制其敵 蒙古不過遼東 不通女眞 苟以愿順 不武之邦 而擁有遼東 其害可勝言哉 和附則使 价供億之費 兵丁調助之 役竭一國之力 而不能支也 失和則四面受敵 而兵革無已時 竭一國之力 而不能支也 二祖之時 大明已都北京 遼藩人爲儀自關之 固不可得 設令遼藩 尙屬諸胡 二祖不取矣 何者 得荒鹵無益之地 而增敵於天下者 英主不爲也 漢唐之世 尙按周秦之故都於關中 而後方得 以威制天下 故中國智謀之士 所論唯東西 二京之優劣而已 大明成祖文皇帝 英略蓋世 知蒙古女眞之强 不可以

遙制也 遂以大名爲歸 而後之主中國者 莫得以易之也 大名爲中國
之都 則遼東 豈可復言哉 且我邦地勢 北以二河爲界 豆滿及 鴨綠
三面環以海水 疆場之制 渾然天成 得遼東 反爲贅也 何爲恨之哉
雖然苟使國富而兵强 一朝 有抗衡天下之志 而欲窺 中原一步者 非
先得遼東 不可爲也 不然西得遼東 東平女眞 北拓境上 窮黑龍之源
而右與蒙古抗 斯足爲大國 亦一快也

7. 변증하는 글 : 변(辨)

(1) 토지의 질서를 바로잡자는 변증 : 전결변(田結辨)

> ─지금 결부법(結負法)을 쓰고, 경묘법(頃畝法)을 쓰지 않
> 는 것은 탐오와, 기만을 자행하려는 늙은 신하의 주장
> 때문인데 하루 빨리 토지 면적을 측량하여 6등 차등법을
> 실시해야 부정이 없어질 것이다.

전지의 면적 계산을 결부법(結負法)[1]으로 하고 경묘법(頃畝法)[2]으로
하지 않는 것은 오직 우리나라만이 그러하고 다른 나라에는 없는 바이며,
우리나라에서도 오직 근세에 와서 실시된 것이고 중세까지도 없었던 것

---

1) 결부법(結負法)─옛날 우리나라의 양전법에서 토지 면적 계산의 단위를 가리
킨 것인데 1백부(負)를 1결(結)이라 하고 10속(束)을 1부라고 하였다. 그런
데 당시 제정된 양척법에 의하면 대체로 1등전 1결은 22만 7,529평방척(平方
尺 : 周尺)으로서 오늘 평수로 환산하면 대략 27만 5,888평으로 추산되며, 6
등전 1결은 51만 2,025평방척으로서 오늘의 평수로 계산하면 대략 110만
3,550평 정도라고 추산할 수 있다(1등으로부터 6등까지 각각 차이를 나타내
고 있음). 그러나 조선시대에 사용된 결부법에 의한 양전은 토지 면적에 의한
절대적 수량이 아니고 토지 수확고에 의한 상대적 수량이기 때문에 그 실지
면적 계산에서 정확성을 기할 수가 없었으며 따라서 관리들의 농민에 대한
중간 농간과 약탈도 이를 구실로 하여 더욱 심하였다.
2) 경묘법(頃畝法)─옛날 중국 양전법에서 사용한 토지 면적의 단위를 말한 것
인데 1백묘(畝)를 1경(頃)이라고 하였고 1백보(步)를 1묘라고 하였다. 그러
나 시대에 따라서는 240보를 1묘라고 하였다. 그리고 1보는 사방 6척(尺)을
가리킨 것이다. 이러한 양전법은 실제 토지 면적에 의하여 시행되었다.

이다. 그러나 지금 어떤 사람이 결부법을 폐지하고자 제의하면 늙은 대신들은 곧 낯빛이 변하면서 반대하기를,

"전결이란 이름은 옛날 《관자(管子)》[3] 때부터 있었고 신라에서 이미 행하였으며, 고려 시기에 와서도 고치지 않았던 우리나라의 옛법이다. 중국은 경묘법을 사용하지만 우리나라는 결부법을 사용하는 것은 각각 그 나라 풍속이 다르기 때문이다. 예를 들면 중국은 수레를 사용하지만 우리나라에서는 지게를 사용하며, 중국은 의자에 앉으나 우리나라에서는 자리에 앉으며, 중국은 친영(親迎)[4]을 하지만 우리나라에서는 숙부(宿婦)[5]를 하는 것과 같은 것이다. 이것은 각각 자기 나라의 풍속의 습관을 변할 수 없는 까닭이며, 그렇기 때문에 성인의 정치는 그 풍속과 습관을 변할 수 없는 까닭이며, 그렇기 때문에 성인의 정치는 그 풍속과 습관을 따라 서서히 변하게 하는 데 있다. 그러므로 예로부터 내려오는 풍속과 제도를 지금 갑자기 고치려고 하는 것은 도리어 백성들에게 동요와 혼란을 주는 것밖에 없을 것이며, 이것은 사리를 아는 경험있는 사람이 취할 방법이 아니다."

라고 한다.

그 반열에 앉았던 모든 사람들은 그 말을 듣고 매우 요령있는 말이라고 탄복을 한다. 그러나 철산초부(鐵山樵夫)[6]는 이에 대하여 비웃으면서 말하기를,

"그런 것이 아니다. 옛날 《관자(管子)》는 '호적(戶籍) 전결(田結)이라' 고 했으나 그 전결은 전적을 가리킨 것이고 지금의 소위 전결법은 아니며, 또 최치원(崔致遠)의 숭복사(崇福寺) 비문에 이르기를 '구롱(九

---

3) 관자(管子)—중국 전국시대 제(齊)나라 관중(管仲)이 지은 책. 그러나 이 책에는 관중의 저작이 아닌 후인의 위작도 많다.

4) 친영(親迎)—신랑집에서 신부를 데리고 가서 결혼식을 하는 혼례.

5) 숙부(宿婦)—신랑이 신부집에 가서 결혼식을 하고 유숙하는 혼례. 남귀여제(男歸女第).

6) 철산초부(鐵山樵夫)—저자 자신을 말함. 즉 정다산의 필명.

壟 : 밭두둑)을 더 보내니 5백 결이 남는다.'"

하고 스스로 주해하기를 130주(肘)가 백궁(百弓)이 되는데 1결이라고 하였다. 이로 보면 1결의 토지 면적은 일정한 한도가 있었고 또 토질의 비옥한 것과 척박한 것에 따라 차등을 두지 않았으니 이러한 1결은 바로 1경과 같은 것이며 지금의 소위 1결은 아닌 것이다. 《고려사》의 〈식화지〉에 또 이르기를,

"한 해 묵힌 밭 2결은 보통 밭 1결에 준하고, 두 해 묵힌 밭 3결은 평전 1결에 준한다."

라고 하였다. 이로 보면 토지 1결의 면적은 일정한 한도가 있었고 그 토지의 비옥한 것과 척박한 것에 따라 차등을 두지 않았으니, 이러한 1결은 바로 1경과 같은 것이고 지금의 소위 1결은 아닌 것이다.

동월(董越)[7]의 《조선부(朝鮮賦)》에 이르기를,

"토지 부세는 결로써 묘를 대신한다."

라고 하였다.

이로 보면 토지 1결의 면적은 일정한 한도가 있었고 그 토지의 비옥한 것과 척박한 것에 따라 차등을 두지 않았으니, 이러한 1결은 바로 1경과 같은 것이고 지금의 소위 1결은 아닌 것이다. 토지를 상·중·하 3등급으로 구분하는 법은 이미 고려 말엽부터 시작되었다. 그러나 농지를 5등급으로 구분하는 것은 세종(世宗) 때 와서 비로소 논의되었고 세종 말년에 와서 또한 6등급으로 구분할 것이 논의되었던 것이다.

그리하여 세종은 진양대군(晉陽大君)[8]으로 하여금 상정도제조(詳定都提調)를 임명하고 이 사업을 추진하도록 하였으니 이것이 전결을 차등두는 사업의 시초로 되었던 것이다.[9] 그러나 이때도 계속 논의만 되었고

---

7) 동월(董越)―15세기 말 중국 명(明)나라 사람. 1488년(성종 19년)에 그가 우리나라에 사신으로 왔다가 가서 《조선부》를 지었다.

8) 진양대군(晉陽大君)―조선조 7대 임금 세조를 말함.

9) 1443년(세종 25년)―12월에 1결 6등법을 실시하기 위한 준비사업으로 전제상정소(田制詳定所)라는 기관을 설치하고 그 기관을 책임진 벼슬로서 상정도

사실상 실행되지 않았다는 것을 동월의 《조선부》에서 짐작할 수 있다.

동월이 조선에 사신으로 왔다가 《조선부》를 지은 연대는 바로 명(明)나라 효종(孝宗) 원년(元年)이었고 이 해는 곧 우리나라 성종(成宗) 19년에 해당하는 만큼 이 시기까지도 토지 면적은 1결의 한도가 정해 있었고, 5등 6등의 차는 실행되지 않았기 때문에 동월이 바로 그때 사실을 보고 그대로 기록하였다고 볼 수 있다.

다만 이 시기까지 토지 3등을 구분하는데 그 척수(尺數)를 다르게 한 것은 혹 고려의 옛법을 따른 것 같다.

그러다가 효종(孝宗) 4년 계사(癸巳)에 와서 비로소 준수책(遵守冊)과 준수척(遵守尺)이 반포되고 토지 1결을 3등급으로 나누어서 1등은 1결, 2등은 85, 3등은 70, 4등·5등·6등은 각각 15씩 차등을 두어 법을 정하니 전결 차등법의 실시는 이때부터 시작된 것이다.

그러므로 토지를 6등급으로 구분하여 1결을 만든 것은 지금껏 170년이 되었을 따름인데 불과 170년 동안의 사실을 흡사 천지가 생긴 시초부터 있었던 옛법으로 알고 있으니 어찌 이처럼 잘못 이해하는가.

법이란 것은 30년에 한 번씩 개정된다고 하였는데 이 법은 170년 동안을 그대로 시행하면서 다시 고치려고 하지 않는 것은 무슨 까닭인가.

6등 차등법은 비록 이주(離朱)[10]가 법을 검찰하고 예수(隷首)[11]가 계산을 하더라도 마침내 그 탐오와 기만을 방지할 수 없다. 그러므로 그냥 덮어 두어서 조금도 변경하지 못하는 이유가 바로 이 때문이다.

지금 전국의 토지제도의 문란한 형편을 비유하면 떨어진 장막과 해어진 자리를 당에 펴서 썩은 것과 같다. 그러므로 한 모퉁이를 들면 전부가 헐어지고 찢어져서 어떻게 할 수 없는 까닭에 조금도 다치지 못하게 하

제조를 두었던 것.

10) 이주(離朱)-옛날 시력이 밝기로 유명한 중국 사람. 백보 밖에서 능히 털을 분간하였다고 전한다.

11) 예수(隷首)-중국 고대의 유명했던 신하. 중국에서 처음으로 산수법(算數法)을 만들었다고 한다.

는 것이다.

　만약 정치하는 사람들이 백성 생활을 곤궁하지 않게 하고 국가 재정을
부족함이 없게 하려면 먼저 토지 면적을 측량해야 하며 토지를 정확히
측량하기 위해서는 먼저 결부법을 폐지하고 경묘법을 실시하여야 한다.
경위선(經緯線)을 치고 방전(方田)을 만든 연후에야 토지 경계(經界)가
바로 될 것이다. 그러므로 늙은 대신들의 말은 따를 수 없는 것이다.

田結辨

　算田以結負 不以頃畝者 唯吾東有之天下之所無也 唯近世行之中
古之所無也 今有人議罷結負之法 乃元老宿德之臣 正色以難之曰
田結之名 遠自管子 行于新羅 至于高麗 未之有改 吾東之古法也
中國以頃畝 吾東以結負 如中國利車 吾東利擔 中國坐椅 吾東席地
中國親迎 吾東宿婦 各安其俗 不可變也 聖人爲治 亦因其俗而順之
變古之俗 紛更之爲 是撓民而使之亂 非老成人之遠猷也 於是 在列
者咸歎詫咨嗟 以爲有德之言 鐵山樵夫聞其言 而哂之曰 殆不然矣
管子稱戶籍田結 則田結者田籍 非今之所謂田結也 崔致遠崇福寺碑
云 益丘壟餘二百結 自注云 三十肘爲百弓 而一肘本是二尺 則五百
畝減六十尺 以爲一結也 地有定度 不以肥瘠立差例 則一結 仍如一
頃 非今之所謂一結也 高麗食貨志云 一結之田 方一百四步三分 是
爲一頃地有定度 不以肥瘠立差例 則一結 仍是一頃 非今之所謂一
結也 高麗食貨志云 一易田二結 準平田一結 再易田三結 準平田一
結 地有定度 不以肥瘠立差例 則一結仍是一頃 非今之所謂一結也
董越朝鮮賦云 田賦以結代畝 自注云 牛耕四日者 爲一結 地有定度
不以肥瘠立差例 則一結仍是一頃 非今之所謂一結也 田分三等之法
始於高麗之末 厥有我 世宗大王 下諭而世宗朝議分爲五等 至其末
年 議分爲六等 我 世祖大王 以晉陽大君 爲詳定都提調 此田結差
等之原始也 然當時議之而已 實未嘗施行 故董越以弘治戊申 奉使

來作賦 我 成宗大王晚年也 成宗之末 猶然 地有定度 故越之賦如
此 則五等六等之差 議之而未行 唯三等異尺 或遵高麗之舊而已 至
我 孝宗大王四年癸巳 頒遵守冊 頒遵守尺 乃分爲六等 定一等一結
二等八五 三等七十 四五六等 各差十五之法 自玆以來 按而行之
然則 田分六等 差爲一結 於今爲一百七十年而已 行之不過一百七
十年者 認之爲開闢之初 其法本然 豈不疎哉 法曰卅年一改量 而一
冒此法 卽一百七十年 不復能改量者 何也 六等差例之法 雖離朱察
繩 隷首握算 卒無以禁其奸僞 故因而掩覆之 不敢小搖之也 擧一國
之田 如破帳敝席之鋪于地以朽 擧一隅 將毁裂而莫之爲 故不敢小
搖之也 欲民生無困 欲國用無匱 則先量田 欲量田則先破結負爲頃
畝 打經緯線 爲方田然後 乃可云經界 元老宿德之言 不可從也

(2) 퇴계와 율곡의 이·기론을 밝히는 변증 : 이발기발변(理發氣 發辨) ①

> ── 이퇴계의 이기론과 이율곡의 이기론은 '주밀하고 자세한
> 점'과 '넓고 간략한' 차이가 있을 뿐 다같이 옳은 이론인
> 데 사람들이 제멋대로 해석하고 논쟁을 벌이고 있다.

이퇴계는 말하기를,
"사단(四端)1)은 이(理)가 피어났는데 기(氣)가 이에 따른 것이고, 칠
정(七情)2)은 기(氣)가 피어났는데 이(理)가 이를 타고 있는 것"

---

1) 사단(四端)─인(仁)·의(義)·예(禮)·지(智)의 단서가 되는 네 가지 성정.
   곧 인(仁)의 발로라고 볼 수 있는 측은지심(惻隱之心), 의(義)의 발로라고 볼
   수 있는 수오지심(羞惡之心), 예(禮)의 발로라고 볼 수 있는 사양지심(辭讓
   之心), 지(智)의 발로라고 볼 수 있는 시비지심(是非之心)을 이름. 이기론에
   서 이퇴계는 '四端理發而氣隨之, 七情氣發而理無之'라고 했다.
2) 칠정(七情)─사람이 가지고 있는 일곱 가지의 감정(感情). 곧 희(喜)·노

이라고 했다.

후세의 학자들은 각기 제가 들은 말만을 옳다고 우겨서 서로 시비를 걸어 다투어 연(燕)나라와 월(越)나라3)처럼 점점 멀어져서 한 군데로 귀일(歸一)되지 못하게 되었는데, 내가 일찍이 두 분의 글을 가져다가 읽고 그 견해가 달라진 까닭을 찾아보니 두 분이 말한, 이(理)라 하고 기(氣)라 하는 것이 그 글자는 비록 같지만 그 가리킨 뜻이 한 골로 기울어진 것도 있고 또한 종합적으로 논한 것도 있었다. 즉 퇴계도 스스로 한 이기(理氣)를 논하였고, 율곡도 스스로 한 이기를 논했는데, 율곡이 퇴계의 논한 이기를 취하여 이를 혼란하게 한 것은 아니다.

대개 퇴계는 오로지 인심(人心) 위에서 여덟 글자를 취하여 타개하려 했으니,4) 그가 말한 이(理)란 것은 이것이 본연(本然)의 성(性)이요, 도심(道心)이며, 천리(天理)의 공(公)인 것이다. 그가 말한 기(氣)란 것은 이것이 기질(氣質)의 성(性)이요, 인심(人心)이며, 인욕(人欲)의 사(私)인 것이다. 그런 까닭으로 사단 칠정이 피어난 것은 공(公)과 사(私)의 분별이 있다고 해서, 사단을 이의 피어남이라 하고, 칠정을 기의 피어남이라고 했다.

율곡은 태극(太極) 이래의 이와 기를 종합하여 공정하게 논한 것이니 무릇 천하의 물체가 피어나기 전에는 비록 먼저 이(理)가 있더라도 바야흐로 그것이 피어날 적에는 기(氣)가 반드시 먼저 피어나게 되는 것이다. 비록 사단 칠정이라도 또한 오직 공례(公例)로써 이를 보인 것이니, 그런 까닭으로 '사단과 칠정은 모두 기의 일어남이다'라고 했다.

(怒)・애(哀)・낙(樂)・애(愛)・오(惡)・욕(欲)(《禮記》) 또는 희(喜)・노(怒)・우(憂)・애(哀)・애(愛)・오(惡)・욕(欲)(佛). 이율곡은 '四端七情皆氣發而理秉之'라고 했음.

3) 연(燕)・월(越)―연(燕)나라는 북방에 있고, 월(越)나라는 남방에 있으므로 서로의 거리가 먼 것을 이른 것임.

4) 인심유위(人心惟危)―인심(人心)인 인욕(仁欲)은 위태하다는 말. 도심유미(道心惟微)―도심(道心)인 천리(天理)는 미약(微弱)하다는 말을 의미한다.

그가 말한 이란 것은 이것은 형이상(形而上)이므로 이것은 물(物)의 본칙(本則)이요, 그가 말한 기란 것은 형이하(形而下)이므로 이것은 물(物)의 형질(形質)이니, 고의로 작게 나누어 심(心)·성(性)·정(情)으로써 말한 것은 아니다.

퇴계의 말은 보다 주밀하고 보다 자세하며 율곡의 말은 보다 넓고 보다 간략하다. 그러나 그 주장하는 바의 의도는 각각 다른 것을 가리키고 있으니, 즉 두 분이 어찌 일찍이 한 가지라도 옳지 못한 것이 있었겠는가.

일찍이 하나도 옳지 않은 것이 하나도 없는데 억지로 그 하나를 그르다고 우기고, 자기 혼자만 옳다고 하니, 이론이 분분하여 정설을 통일시킬 수가 없었다. 이 옳음을 구하는 데는 요체가 있으니, 오로지 한 곳만 논한 것과 총합하여 논한 것이 있음을 알아야 한다.

理發氣發辨 一

退溪曰 四端 理發而氣隨之 七情 氣發而理乘之 栗谷曰 四端七情 皆氣發而理乘之 後之學者 各尊所聞 聚訟紛然 燕越以邈 莫可歸一 余嘗取二子之書 而讀之 密求其見解之所由 分乃二子之 曰理曰氣 其字雖同 而其所指有專有總 卽退溪 自論一理氣 栗谷自論一理氣 非栗谷取退溪之理氣 而汨亂之爾 蓋退溪 專就人心上八字打開 其云理者 是本然之性 是道心 是天理之公 其云氣者 是氣質之性 是人心 是人欲之私 故謂四端七情之發 有公私之分 而四爲理發 七爲氣發也 栗谷 總執太極以來理氣 而公論之 謂凡天下之物 未發之前 雖先有理 方其發也 氣必先之 雖四端七情 亦唯以公例例之 故曰四七皆氣發也 其云理者 是形而上 是物之本則 其云氣者 是形而下 是物之形質 非故切切以心性情言之也 退溪之也 較密較細 栗谷之言 較闊較簡 然其所主意而指謂之者 各異 卽二子何嘗有一非耶 未嘗有一非 而強欲非其一以獨是 所以紛紛而莫之有定也 求之

有要 日專日總

이발기발의 본질을 바로잡는 변증 : 이발기발변(理發氣發辨) ②

> ── 사단(四端)인 이(理)도 내 마음에서 나오고, 칠정(七情)인 기(氣)도 내 마음에서 나오니 그 마음에 이와 기의 두 구멍이 있어 각기 나와서 피어난 것은 아니다. 퇴계의 제자들은 스승의 뜻을 살피기 바란다.

사단(四端)은 대체로 이(理)의 피어남이다[본연(本然)의 성(性)에서 피어남을 이름이다]. 비록 그러나 당나라 명황(明皇)은 마외역(馬嵬驛)5)에서 양귀비(楊貴妃)를 끌어내면서 측은한 마음(이것은 선유(先儒)의 말이다)을 가졌으며 한(漢)나라 고조(高祖)는 백등(白登)6)에서 돌아와 부끄러운 마음을 일으켰으며 조조(曹操)7)는 황제의 칭호를 사양하지 않았으며, 순경(荀卿)8)은 십이자(十二子)를 비난했으니 이와 같은 부류는 그것이 천리(天理)의 공(公)에서 피어났다고 말하나 합당치 않은 것이다.

칠정은 대체로 이것은 기의 피어남이다[기질(氣質)의 성(性)에서 피어

---

5) 마외역(馬嵬驛)─중국 협서성(陜西省)에 있는 지명(地名)인데, 당(唐)나라 명황(明皇)이 이곳에서 양귀비(楊貴妃)를 끌어내어 목매어 죽였다.

6) 백등(白登)─중국 산서성(山西省) 대동현(大同縣)에 있는 산 이름인데 이곳에서 한(漢)나라 고조(高祖)가 흉노(匈奴)에게 7일 동안이나 포위되었다가 풀려났다.

7) 조조(曹操)─후한(後漢)의 권신(權臣)이며 한(漢)나라의 승상(丞相). 위왕(魏王)에 봉작(封爵)되었는데, 하후돈(夏候惇)이 그에게 황제(皇帝)가 되기를 권고했으나 그는 주(周)나라 문왕(文王)에게 자기를 비하면서 사양하였다.

8) 순경(荀卿)─전국시대(戰國時代) 조(趙)나라의 유학자, 이름은 황(況). 그 당시 12학자의 학설을 비판, 배척하고 공자(孔子)의 학문을 높였다. 저술은 《순자(荀子)》 12권이 있다.

남을 이른 것이다]. 비록 그러나 자로(子路)⁹⁾는 자기 과실을 듣는 것을 기뻐했으며, 문왕(文王)은 한 번 노하여 천하의 백성을 편안하게 했으며, 관저(關雎)¹⁰⁾의 구절은 슬프며, 《중용(中庸)》에는 두려움이 있으며, 《맹자(孟子)》에는 어린아이를 안고 있는 그 어버이의 사랑과 우왕(禹王)이 맛있는 술을 싫어한 것을 말했으며, 《대학(大學)》에는 그 뜻을 정성되게 하고자 하고 그 마음을 바르게 하고자 하였으니 이와 같은 부류는 그것이 형기(形氣)의 사(私)에서 피어났다고 하나 합당치 않은 것이다.

사단도 내 마음에서 나오고, 칠정도 내 마음에서 나오니 그 마음에 이와 기의 두 구멍이 있어 각기 나와서 피어나게 한 것은 아니다.

군자(君子)가 고요하게 안존하여 마음을 가다듬고 움직여서 사물을 살피는데, 무릇 한 생각이 피어나면 곧 자기가 두려워하고 세차게 반성하여 이 생각이 천리(天理)의 공(公)에서 피어났는가. 인욕(人欲)의 사(私)에서 피어났는가. 이것이 도심(道心)인가. 이것이 인심(人心)인가 하면서 가만히 연구하여 근본을 캐어 미루어보고 이것이 과연 천리(天理)의 공(公)이라면 이를 더 가꾸고 기르고 넓히되 완전하게 할 것이며, 혹시 인욕(人欲)의 사(私)에서 나왔다면 이를 말리고, 꺾고 인욕을 이겨 천리를 회복할 것이니 군자의 입술이 타고, 혀가 닳도록 애쓸 것이므로 이 발기발(理發氣發)의 변(辯)을 논하는 것은 바로 진리를 바르게 함이다. 진실로 그 피어난 까닭을 알고 있을진대 이 변설을 구태여 논해서 무엇하리요.

퇴계(退溪)가 한평생동안 마음을 다스리고 성품을 수양하는 공부에 힘을 썼던 까닭으로 이발기발(理發氣發)을 나누어 말하면서도 다만 그것이 밝지 못할까 두려워했으니, 학자들은 이 뜻을 살펴 이를 깊이 몸에 익혀둔다면 그런 사람은 퇴계의 충성스런 제자가 될 것이다.

---

9) 자로(子路)－공자(孔子)의 제자인 중유(仲由)의 자(字).

10) 관저장(關雎章)－《시경(詩經)》의 편명(篇名). 《시경》 머리장이다.

理發氣發辨 二

四端大體是理發 謂發益於本然之性 雖然 明皇於馬嵬 引貴妃而發惻隱之心 此先儒之言 漢高祖自白登還 而發羞愧之心 曹操讓帝號而不爲 荀卿非十二子 若此類 謂其發於天理之公 不可得也 七情大體 是氣發 謂發於氣質之性 雖然 子路喜聞過 文王一怒而安天下之民 關雎之哀 中庸之恐懼 孩提之愛其親 禹之惡旨酒 大學之欲誠其意 欲正其心 若此類 謂其發於形氣之私 不可得也 四端由吾心 七情由吾心 非其心有理氣二實 而各出之使去也 君子之靜存而動察也 凡有一念之發 卽已惕然猛省曰 是念發於天理之公乎 發於人欲之私乎 是道心乎 是人心乎 密切究推 是果天理之公 則培之養之 擴而充之 而或出於人欲之私 則過之折之 克而復之 君子之焦脣敝舌 而慥慥乎 理發氣發之辨者 正爲是也 苟知其所由發而已 則辨之何爲哉 退溪一生 用力於治心養性之功 故分言其理發氣發 而唯恐其不明 學者察此意而深體之 則斯退溪之忠徒也

(3) 왕양명의 '치양지'론을 변증함 : 치양지변(致良知辨)

── 치(致)는 《대학》의 '치지(致知)'의 말이고 양지(良知)는 맹자의 '배우지 않고도 안다'고 한 말인데 명나라 왕양명(王陽明)이 그 종지(宗旨)로 삼은 것은 그가 워낙 선하기 때문에 아는대로 행하였으나 치(致)와 양지(良知)는 이율배반의 개념이라는 변증.

왕양명(王陽明)[1]이,

─────────────

1) 왕양명(王陽明)—명(明)나라의 유학자 왕수인(王守仁)의 호(號). 지행합일론(知行合一論)과 치양지설(致良知說)을 주장하여 주자학파(朱子學派)와 다투

"치양지(致良知)란 세 글자로써 법문(法門)의 종지(宗旨)로 삼으니 곧 《대학(大學)》의 '치지(致知)'로써 치(致)2)라 하고, 맹자(孟子)가 말한 배우지 않고도 아는 것을 양지(良知)라 하므로 양지(良知)라 한다."
라고 한 것을 중언부언하면서 그칠 줄을 몰랐다. 그리고 자기 한평생의 득력(得力)이 다만 이 세 글자뿐이라고 하였는데, 그 말한 것을 살펴보건대,

"깊이 믿어 의심하지 않고 기꺼이 마음에 만족하게 여기면서 백세(百世) 후에 성인(聖人)을 기다려 물어 보더라도 미혹(迷惑)되지 않는다."
라고 하였으니, 아아 이것이 왕양명이 현자(賢者)가 된 까닭이며, 양명의 학문이 이단(異端)이 된 까닭이기도 하다.

무릇 한 구절의 말을 전하여 종지로 삼는 학문은 모두 이단이다. 자기를 위하는[爲己] 것은 군자(君子)의 학문이라 성인이 일찍이 이를 말했는데, 양씨(楊氏)3)는 위기(爲己)란 두 글자를 전하여 종지로 삼았으므로, 그 폐단이 한가닥의 털을 뽑아서 온 세상이 이익된다 해도 하지 않음으로써 이단이 되었으며 '덕성을 높이는[尊德性]' 것은 군자의 학문이라고 성인이 일찍이 이를 말했는데, 육씨(陸氏)4)는 존덕성(尊德性)이란 세 글자를 전하여 종지로 삼았으므로 그 폐단은 정신을 써서 '별안간에 깨달음[頓悟]'이라 함으로써 이단이 되고 말았다.

양지(良知)의 학문이라 하여 어찌 이것과 다르겠는가. 다만, 유감스럽게도 양명의 높은 학문과 통달한 견식으로써 일찍이 치(致)와 양(良)이 서로 연속될 수 없음을 알지 못하고 천고에 없는 학설을 처음 지어서 천

었던 명말(明末)의 대학자.

2) 치(致)는 《대학》의 8조목의 격물(格物)·치지(致知)·정심(正心)·성의(誠意)·수신(修身)·제가(齊家)·치국(治國)·평천하(平天下)에서 이끌어 온 말.
3) 양씨(楊氏)—전국시대(戰國時代)의 사상가인 양주(楊朱). 자는 자거(子居), 이기(利己) 개인주의(個人主義)의 제창자.
4) 육씨(陸氏)—송(宋)나라의 유학자 육구연(陸九淵). 자는 자정(子靜), 호가 상산(象山), '심즉리설(心卽理說)'을 주창함. 《상산집(象山集)》 등 저술이 있음.

하 만세의 사람들에게 보이면서 의심하지 않았으니 어찌 이치에 어두움이 이 지경에 이르렀을까.

맹자는 말하기를,

"사람이 생각하지 않고서 알게 되는 것은 그것이 양지(良知)이다."

라고 했으며, 정자(程子)는 말하기를

"양지(良知)는 하늘에서 나오고 사람에게 매이지 않았다."

라고 했으니, 곧 양(良)이란 것은 자연이란 뜻이다. 그런 까닭으로 거름을 주지 않아도 비옥한 토지를 양전(良田)이라 하고, 말이 걸음을 익히지 않아도 잘 달리는 말을 양마(良馬)라고 하니, 양(良)이란 것은 본래부터 선(善)한 것을 말하고 있다.

대저 이른바 치(致)란 것은 무엇을 이름인가. 저 사람이 스스로 오지 않는데도 내가 설법(說法)하여 그를 오게 하는 것을 치라 하고, 내가 스스로 얻지 못하고 저 사람에게 구하여 서로 돕게 하여 그를 이르게 한 것을 치라 하는데, 양지(良知)란 것은 이미 자연히 아는[良知] 것이니 어찌 이를 이루게[致] 할 것인가. 나는 그런 까닭으로 '자연적[良]으로 되면 이루게[致] 되지 않을 것이고 이루게[致] 되면 자연적[良]으로 되었는데도 다시 이루게[致] 된다는 것은 천하에 이런 일은 없다'라고 한다.

어린아이가 그 어버이를 사랑하는 것이 어찌 정신을 차리고 마음을 써서 이를 이루게[致] 한 것인가. 이것은 몽매한 선비도 즐거이 말하지 않는 바인데도 왕양명이 이를 말하게 되니 어찌 이치에 어두움이 이 지경에 이르렀을까.

비록 그러나 양명은 참으로 이(理)에 힘을 얻은 사람이다. 양명의 성품이 착한 일을 즐겨하고 용맹을 좋아하며 무릇 착한 마음이 속에서 싹트면 곧 마음을 단단히 차려 과감히 실행하여 돌아보지 않으면서 '이것이 양지(良知)이다'라고 하니 이를 배운 사람들은 무릇 마음에 일어남이 있으면 자세히 살피거나 천천히 연구하지 않고 바로 이를 실행하면서 '이것이 양지(良知)다'라고 한다.

양명은 자질이 본래 착한 까닭으로 이로써 착한 일을 한 적이 많았으나, 다른 사람은 자질이 밝지 못한 까닭으로 이로써 악한 것을 한 것이 많았으니 이것이 양명이 능히 스스로 현자(賢者)에 귀탁(歸託)할 수 있었으나 그 무리들은 군도(群盜)가 된 까닭이다. 그런 까닭으로 사람이 자득(自得)하고 자락(自樂)함에 있어서 반드시 큰 환란(患亂)이 발생하는 것이니 아, 두려운 일이다.

致良知辨

王陽明 以致良知三字 爲法門宗旨 遂以大學之致知 爲致 孟子所云 不學而知之 良知 重言復言而不知 止謂自家一生得力只此三字 察其語深信不疑 欣然自得 百世以俟聖人 而不惑 嗚呼 此陽明之所以賢者 而陽明之學之所以爲異端也 凡立一句語 爲宗旨者 其學皆異端也 爲己 君子之學也 聖人嘗言之矣楊氏立爲己二字 爲宗旨 則其敝爲拔一毛不爲而成異端矣 尊德性君子之學也 聖人嘗言之矣 陸氏立尊德性三字爲宗旨 則其敝爲弄精神頓悟 而成異端矣 良知之學 何以異是 獨恨夫以陽明之高文達識 曾不知致與良之不得相屬而創千古所無之說 以示天下萬世之人而不疑 何蔽之至是也 孟子曰 人之所不慮而知者 其良知也 程子曰 良知出於天 不繫於人 卽良者自然之意也 故不糞而肥 謂之良田 不駷而馳謂之良馬 良也者 本善之謂也 夫所謂致者 何謂也 彼不自來而我爲之設法 以來之曰致也 吾不可自得 而求彼以相助 使之至曰致也 良知者 旣已良知 何爲致之 余故曰 良則不致 致則非良 旣良而復致之 天下無此事也 孩提之愛其親 豈用意設心而致之乎 此蒙士之所不肯言 而陽明言之 何蔽之至是也 雖然陽明 則其眞得力於此者也 陽明之性 樂善好勇 凡有善萌於中 卽銳意果行 而莫之回顧曰 此良知也 於是 學此者 凡有發於心 不細察徐究 而直行之曰此良知也 陽明資質本善 故以之爲善者多 他人資質不淸 故以之爲惡者衆 此陽明之能自託於賢者而其徒之爲羣盜也 故人於其自得而自樂也 正所以生大患也 吁可

畏也

(4) 계림옥적을 변증함 : 계림옥적변(鷄林玉笛辨)

> ── 경주(慶州)의 옥적(玉笛)은 신기한 것이 아니다. 기후에
> 따라 소리가 달라지는 것을 누가 거짓 소문내어 성스럽
> 고 기이한 옥피리로 만들었다.

경주에 옥적 한 개가 있었으니 신라(新羅)의 예전 물건이다. 다른 사람은 이것을 불어도 능히 소리를 내지 못하는데, 다만 경주의 공인(工人)만이 이것을 소리낼 수가 있었다. 그러나 한 공인이 이를 소리낼 수 있었고 다른 공인들은 능히 소리낼 수가 없었으며, 그 사람이 죽은 후에야 소리낼 수 있는 사람이 나오게 되었다고 한다.

우리 조정에서 일찍이 이 옥적을 징수하여 잘 불 수 있는 사람에게 주었는데 그것을 도중에서 부니 그 소리가 아주 크고도 맑았으나 조령(鳥嶺)의 북쪽에 이르자 옥적은 갑자기 소리가 나지 않았다.

이미 서울에 이르자 많은 상을 걸고 이를 소리내게 하여도 소리는 끝내 나지 않았는데 이를 가지고 돌아가 조령 남쪽에 이르러 불게 했더니, 그 소리가 그 전대로 났다고 한다. 그리하여 이것이 이른바 신령스럽고 기이하여 대답을 구할 수 없는 기이한 것이라고 한다.

나는 이것을 거짓이라고 본다. 왜냐하면 그 옥적을 보건대 그 생김새가 퉁퉁하고 구멍이 좁으니 소리내기가 어렵다는 것은 이상할 것이 없다. 소리내기가 어려운 까닭으로 다른 사람이 갑자기 이를 만나면 능히 소리를 내지 못하지마는, 경주의 사람들은 아이 때부터 익혀서 늙도록 불어왔으므로 그 기예(技藝)를 마음대로 부릴 수 있게 되었다. 바야흐로 한 사람이 기예를 마음대로 부리게 될 적엔 여러 사람은 구차히 익히지 않다가 그 사람이 끊어질 적에 이르러서야 이를 계승하게 된 것이니, 그 사람이 반드시 죽은 후에야 옥적을 잘 부는 자가 나오게 된다는 것은

거짓이다. 게다가 조령 북쪽에 이르러서는 벙어리가 된다는 것은 더욱 거짓이다. 귤나무[橘]가 회수(淮水)를 건너면 탱자나무[枳]가 되고, 구욕새[鸜鵒]가 면수(沔水)를 넘어오지 않는다는 것은 동물과 식물의 성질이 있어 땅 기운의 차고 더운 곳에 따라서 달라지는 것이다.

그런데 옥적은 감정이 없는 돌덩이인데 어찌 이와 같은 일이 있겠는가.

아마 교활한 자[黠奴]가 옥적을 돌려보내지 않고 자기 몸도 억류되지 않기 위해 거짓으로 신기한 것이라고 말을 만든 것인데 사람들은 또한 말을 믿기만 하고 이치를 다시 생각하여 보지 않은 것이다.

대저 사람은 허망한 것을 좋아하며 거짓을 즐겨서 스스로 바보 노릇하지 않는 사람이 없으므로 그들을 위해 이를 변증하는 바이다.

鷄林玉笛辨

慶州有玉笛一 新羅舊物也 他人吹之 不能聲 唯慶之工 得聲之然且有一工能之 則他工不能聲 其人死而後 有代而聲之者出焉 國朝嘗徵此笛 與能聲此笛者 在途吹弄 其聲嘹亮 至鳥嶺之北 笛忽啞旣至京 縣之重賞而聲之 聲竟不出 令帶之還 至鳥嶺之南而吹之 其聲依然 玆所謂靈奇而不可詰者也 余曰 此詐也 見其笛 肉肥而管窄無異乎出聲之艱也 出聲艱故 他人猝然遇之 不能聲 慶之人童習老專 而得擅藝也 方一人之擅藝也 諸人不苟習也 至其乏而承之 其必死而後出者妄也 若夫至北而啞 尤其詐也 橘渡淮爲枳 鸜鵒不踰沔者 彼其有動植之性 隨地氣之冷煖 而有所變異也 若笛頑石也 惡有是哉 黠奴恐笛之不還而己之被留也 爲之詐以神其說 而人且靡然聽信 不復究其理也 大抵人莫不樂誕以自愚 故爲之辯

8. 서문의 글[序]

(1) 《악서고존》의 서문(樂書孤存序)

> ── 예악(禮樂)이란 예는 밖의 모양을 절도 있게 하고, 악은
> 마음을 화평하게 하는 것이니 절도는 행실을 규제하고,
> 화평은 덕을 쌓게 한다. 지금 사람들이 이를 모르니, 내
> 가 그 유래를 밝혀 12권의 《악서고존》이란 책을 저술하
> 고 서문을 쓴다.

예(禮)는 밖의 모양을 절도(節度)있게 하고 음악은 마음을 화평하게 하
며 절도는 곧 행실을 규제하고 화평은 더욱 덕을 쌓게 하니 두 가지는 한
쪽만을 버릴 수는 없는 것이다. 또한 덕은 속마음이고 근본이니 안에 있
는 것이 중화(中和), 정상(正常)하여 효우(孝友), 목인(睦婣)1)이 밖에서
이루어진다면 음악이 사람을 가르치는 데 있어서 먼저 할 일인 것이다.

진(秦)나라를 만나서 문헌이 없어지매 음악서가 없어졌다. 다만 주(周)
나라의 가성곡절(歌聲曲折) 7편과 가요시성곡절(歌謠詩聲曲折) 75편이
한사(漢史)에 기재되었으나 조금 후에 또한 없어졌다.

이에 여불위(呂不韋)2)와 유안(劉安)3)이 취율정성(吹律定聲)4)의 설

---

1) 목인(睦婣)─목(睦)은 구족(九族)과 화목하는 것이며, 인(婣 : 姻)은 외척(外
 戚)과 화목하는 것.
2) 여불위(呂不韋)─진(秦)나라 양적(陽翟) 사람. 승상(丞相)이 되었으며 빈객(賓
 客)을 불러 모아 《여씨춘추(呂氏春秋)》를 편찬하였다.

(說)을 먼저 말하며 확실히 6률(律)5)로써 5성(聲)6)을 삼고 3분으로 가감(加減)하여 아내를 얻어 자식을 낳고 괘(卦)에 배치하고 월(月)에 배치하며 궁성(宮聲)을 돌려 반(半)을 변하여 여러 그릇된 뜻이 부산하게 일어나서 이에 예운(禮運)을 비로소 저술하고 월령(月令)을 받들어 추대하여 사마천(司馬遷)·반고(班固)7)로부터 내려와서 경방(京房)8)·전낙지(錢樂之)9)·만보상(萬寶常)10)·소지파(蘇祗婆)11)·왕박(王朴)12) 등이 모두 말을 시끄럽게 하여 온갖 방법으로 속였으니, 이에 세상에서 음악을 배우는 사람은 모두 산대[算]를 잡고 대쪽[抵]을 쥐고는 아주 세밀한 부분을 쪼개고 나누면서 스스로 천지(天地)의 미묘(微妙)한 이치를 다 했다 하면서도 필경은 이로써 거문고 하나 타지 못하고 피리 하나도 불지 못하게 되니 장차 어디에 소용되겠는가.

유학자는 본래 옛날 사람의 훈계를 독실히 숭상했는데 음악에 이르러서는 진(秦)나라, 한(漢)나라로부터 내려오면서 반드시 한 자루의 비로써

---

3) 유안(劉安)－한(漢)나라의 종실(宗室). 회남왕(淮南王)으로 왕위를 물려받고 빈객을 불러모아 《회남자(淮南子)》란 책을 저술하였다.

4) 취율정성(吹律定聲)－육률(六律)을 불어 오성(五聲)을 정한다는 말.

5) 육률(六律)－12률(律) 중의 양성(陽性)에 속하는 여섯 가지 음(音).

6) 오성(五聲)－5음(音)을 이름. 음률(音律)의 기본이 되는 궁성(宮聲)·상성(商聲)·각성(角聲)·치성(徵聲)·우성(羽聲)의 다섯 음계(音階).

7) 반고(班固)－후한(後漢)시대의 사학자(史學者). 저술은 《한서(漢書)》와 《백호통의(白虎通義)》 등이 있다.

8) 경방(京房)－전한(前漢) 때 사람. 《주역(周易)》의 점술(占術)에 정통(精通)하여 재변(災變)을 잘 알았다.

9) 전낙지(錢樂之)－남조(南朝)의 송(宋)나라 사람. 태사령(太史令)이 되어 '혼천의(渾天儀)'를 만들었다.

10) 만보상(萬寶常)－수(隋)나라 때의 사람. 음률(音律)을 잘 알아서 조칙(詔勅)을 받들어 여러 가지 악기(樂器)를 만들었다.

11) 소지파(蘇祗婆)－후주(後周) 무제(武帝) 때 사람. 비파를 잘했다. 원래는 서역인(西域人).

12) 왕박(王朴)－5대(五代) 후주(後周) 때의 사람. 음양(陰陽) 율력(律曆)의 법을 통하여 율력(律曆)을 만들었다.

이를 깨끗이 쓸어서 버렸으므로 능히 그 덮개를 열고 그 차양(遮陽)을 헤치고 옛날 법의 방불한 것을 찾아내니 그 적은 찌꺼기가 약간 있는 듯하나 즉 한 자의 안개가 하늘을 가리운 정도이다.

정약용(丁若鏞)은 연마를 쌓고 연구를 깊이 하여 그 거짓을 깨닫고는 이를 버리고 많은 사곡(邪曲)을 낱낱이 들어서 그 간위(姦僞)를 밝혔는데 다만 《시경(詩經)》·《서경(書經)》·《맹자(孟子)》와 《의례(儀禮)》·《주어(周語 ; 國語)》 등에 있는 미미한 몇 글귀를 채집하여 표장(表章)하고 추연(推衍)하니 합계 12권이었다. 이를 명칭하여 《악서고존(樂書孤存)》이라 했으니, 고존(孤存)이란 것은 많으면서 없는 것보다는 차라리 외롭게 있는 것이 남음이 있음을 말함이다.

다만 율려(律呂)·차등(差等)의 수(數)는 처음에는 미혹하여 깨닫지 못했으므로 정한 바가 잘 되지 못했는데, 돌아가신 중씨(仲氏) 손암선생(巽庵先生)이 편지로써 말하기를

"3분으로 가감(加減)하는 법은 비록 휘둘러 버리지 않을 수 없지만 그 전문(傳聞)한 것은 반드시 까닭이 있을 것이다. 대저 하늘을 셋으로 하고 땅은 둘로 분간하는 것은 선성(先聖)의 미묘(微妙)한 말이다. 황종(黃鐘)의 18에서 등분하여 1분을 감(減)하면 대려(大呂)[13] 54를 낳게 되고, 태주(太簇)[14]의 78에서 3등분하여 일부(1분)를 감(減)하면 협종(夾鐘)[15] 52를 낳게 된다. 6률(律)이 모두 그렇게 되니 어떠한가." 라고 했다.

나 정약용이 가만히 이 뜻을 연구해 보건대 진실로 실제의 이치에 합하게 된다. 하늘이 그윽히 그 마음을 열어준 것이 아니면 이에 미칠 수 없을 것이다. 마침내 그 뜻을 따라서 3기(紀)[16], 6평(平)[17]의 수(數)를

---

13) 대려(大呂) – 12률(律)의 하나, 음률(陰律).
14) 태주(太簇) – 12률(律)의 하나, 양률(陽律).
15) 협종(夾鐘) – 12률(律)의 하나, 음률(陰律).
16) 삼기(三紀) – 음률(音律)을 고르는 데 있어서 3으로 기률(紀律)을 삼는 것.
17) 육평(六平) – 음률(音律)을 6으로 고르는[平] 것을 말한다.

정하니, 이에 옛날의 경전(經典)에 나타난 종박(鐘鎛)[18]을 뜰에 매단 위치와 〈고공기(考工記)〉[19]의 여러 글이 질서정연히 묘하게 합하여 다시 조금도 틀린 점이 없으며, 옛날 법의 본래 그대로의 상태가 거의 의심이 없게 되었다. 이것은 오직 손암이 깨달은 것이니 모두 약용이 이를 했다고 할 수는 없다.

아아! 율려(律呂)의 수는 그 허위(虛僞)가 이와 같은데도 2천년과 3만 리의 거리에서 거죽을 쓰고 벗을 줄을 알지 못했으니 사람의 지혜를 어찌 믿겠는가. 이 글을 자세히 알게 되면 천지(天地) 사이에 아직도 홍몽(鴻濛)[20]한 경계가 많은 것을 알겠으므로 거듭 감개하는 바이다.

무인년(戊寅年, 1818) 여름에 열수(洌水) 정약용(丁若鏞)은 서문을 쓴다.

樂書孤存序

禮以節外 樂用和衷 節乃制行 和則養德 二者不可偏廢 抑德内也 本也 存乎内者 中和祇庸 斯孝友睦姻 成於外 則樂之於以教人 所先務也 遭秦滅籍 樂書以亡 唯周歌聲曲折七篇 周歌謠詩聲曲折七十五篇 載於漢史 尋亦亡軼 乃呂不韋劉安 倡吹律定聲之説 堅以六律 爲五聲 而三分損益 取妻生子 配卦配月 旋宮變半 諸謬義芬然 以興 於是祖禮運 戴月令 而史遷班固而下 京房錢樂之萬寶常蘇祇婆王朴之等 咸勝口説 欺詐萬方於是 世之學樂者 皆握算操觚 劈毫剖芒 自以爲極天地微妙 而究竟不可以茲彈一絲 吹一竹 將安所用之 儒者雅宜敦尚古訓至於樂 凡秦漢而降 必一簨以澄掃之 斯能發其蒙 披其蔀 得古法之髣髴 若微存其小滓 卽尺霧障天矣 鏪積研磨

---

18) 종박(鐘鎛)－큰 종과 작은 종.

19) 고공기(考工記)－《주례(周禮)》의 편명(篇名). 백공(百工)의 일에 관해서 쓴 것.

20) 홍몽(鴻濛)－하늘과 땅이 아직 갈리지 아니한 혼돈상태의 모양.

窮鑽鑿覺其詐而舍之 歷擧羣枉 昭其姦僞 乃唯詩書孟子及儀禮周禮
周語等 所存寂寥數句 是采是揺 表章而推衍之 總十有二卷 名之曰
樂書弧存 弧存也者 謂與其衆而亡 寧弧而存耳 第於律呂差等之數
始迷不悟 所定未善 先仲氏 巽菴先生 以書喩之曰 三分損益之法
雖不可不麾而去之 然其所傳聞 必有以也 夫唯參天而兩地者 先聖
之微言也 黃鍾八十一 三分損一 生大呂五十四 太簇七十八 三分損
一 生夾鍾五十二 六律皆然 何如哉 鏞 靜究斯義 允協實理 非天黙
牖厥衷 無以及斯 遂遵其義 以定三紀 六平之數 於是 古經所著 鐘
鎛庭縣之位 與考工記諸文 秩然妙合無復纖微違舛 古法本然 庶乎
其無疑 是唯巽菴所悟 勿並以爲 鏞爲之也 嗚呼 律呂之數 其虛僞
若比 而二千年三萬里 蒙冒而不知脫 人慧豈足悖與 孰精玆書 知天
地間 尙多鴻濛界也 重爲之感慨焉 戊寅夏 洌水丁鏞序

(2)《아언각비》의 서문(雅言覺非序)

> ─ 잘못 배워 틀리는 것을 바로잡아 주려고 《아언각비》란
> 책을 만드는 데 배움이란 깨달음이요, 각비란 잘못 안다
> 는 뜻이요, 아언이란 바로잡는다는 말이다.

배움이란 무엇인가. 배움이란 것은 깨닫는 것이다. 깨달음이란 무엇인
가. 깨달음이라는 것은 그 그릇된 것을 깨닫는 것[覺非]이다. 그 그릇된
것은 어떻게 깨달을 것인가. 평소 사용하는 말에서부터 그릇됨을 깨달아
야 한다.

말을 하되 쥐를 불러 옥돌이라 하다가 문득 그것을 깨달았다면
"그건 쥐였구나. 내가 망령되었다."
라고 할 것이며, 말을 하되 사슴을 가리켜 말이라고 하다가 문득 그것을
깨달았다면,
"그건 사슴이었구나. 내가 잘못이었다."

라고 할 것이다. 이미 깨달았다면 그 그릇됨을 수치로 여기고, 뉘우치며 고쳐야 한다. 이것이 배움을 이룬다는 것이다. 자기를 수양하려는 자는 그 잘못이 평소의 일 중 대수롭지 않은 것이라 할지라도 그것을 하지 말며, 학문을 배워 다스리는 자도 역시 그 잘못이 대수롭지 않은 것이라 할지라도 그것을 하지는 말아야 한다. 이렇게 하면 그 배움이 전진할 것이다.

시골 벽지에서 사는 자들이 글을 배웠다는 것은 모두 전하는 말로써 들어 아는 것이다. 그러므로 틀리고 잘못된 것이 적지 않다. 그래서 이 글을 쓰는 것이다. 그러나 하나만을 들어 셋을 판단하게 하고 한 가지를 들어서 열 가지를 알 수 있게 간단히 적었다. 배우는 이의 흠을 들어 말하려면 한이 없는 것이다. 그러므로 대체로 말해서 그 잘못이나 바로잡아 주는 것으로 그친다.

가경(嘉慶) 기묘(1819) 겨울에 철마산 초부는 쓴다.

雅言覺非序

學者何 學也者 覺也 覺者何 覺也者 覺其非也 覺其非奈何 于雅言覺之爾 言之而喚鼠爲璞 俄而覺之 曰是鼠耳 吾妄耳 言之而指鹿爲馬 俄而覺之 曰是鹿耳 吾妄耳 旣覺而愧焉 悔焉改焉 之爲學 學修己者 曰勿以惡小而爲之 學治文者 亦勿以惡小而爲之 斯其學有進已 處邈遠者 學文皆傳聞耳 多訛舛 故有是言也 然擧一而反三聞一而知十 學者之責 索言之不能窮 故槩言之 非其非止是也

嘉慶己卯冬 鐵馬山樵書

(3) 《흠흠신서》의 서문(欽欽新書序)

—사람을 낳고 죽임은 하늘에 매였는데 목민관이 그 사이에서 사람의 생사를 주관하면서 함부로 하니 걱정이 되어 '신중히 한다[欽欽]'는 뜻으로 형벌을 다스리는 근본이 되게 하고자 《흠흠신서》를 썼다.

하늘이 사람을 낳고 또 사람을 죽이니 사람의 목숨은 하늘에 매였는데 목민관(牧民官)이 또 그 사이에서 그 선량한 사람을 편안하게 하여 살려주고, 죄 있는 사람은 잡아서 죽이게 되니 이것은 하늘의 권한을 나타내는 것이다.

사람이 하늘의 권한을 대신 잡았는데도 조심하고 두려워할 줄을 알지 못하고 아주 치밀하게 해결하지 않고서 이에 함부로 다스리고 혼란하게 하여 혹은 살 것인데도 죽게 하고, 또한 죽을 것인데도 살게 하면서 오히려 마음은 편하게 있으며 그 혹은 금전을 탐내고 부인에게 아첨하여 울부짖고 몹시 슬퍼하는 소리를 듣고는 이를 불쌍히 여길 줄을 알지 못하니 이것이 큰 재앙이다.

사람의 목숨에 관한 옥사는 군현(郡縣)에서 항시 일어나고 목신(牧臣)이 항시 이를 만나는데, 이것의 조사가 항시 소루(疏漏)하고 판결이 항시 틀리게 된다.

옛날에 우리 정조대왕(正祖大王)의 시대에 있어서 번신(藩臣)과 목신(牧臣)이 항상 이 일로 말미암아 폄척(貶斥)을 당했으므로 조금 경계하여 신중하게 처리하더니, 근년(近年)에는 그 전대로 다스리지 않아서 옥사(獄事)가 원통한 것이 많게 되었다.

내가 이미 목민(牧民)의 설(說)을 편술하면서 사람의 목숨에 관한 것에 이르러서는 '이것은 마땅히 전문(專門)의 다스림이 있어야 되겠다'하여 마침내 별도로 편찬하여 이 글을 만들었다. 경훈(經訓)으로써 위에 기재하여 정밀한 뜻을 밝히고 사적(史跡)으로써 다음에 기재하여 옛날에 있던 사실을 나타내었으니, 이른바〈경사요의(經史要義)〉3권이요, 그 다음은 비판, 상박(詳駁)의 예를 기재하여 시대의 격식을 살폈으니 이른바〈비상지준(批詳之雋)〉5권이요, 그 다음은 청(淸)나라 사람의 판시의 예를 기재하여 차등(差等)을 구별했으니, 이른바〈의율차례(擬律差例)〉4권이요, 그 다음은 선조(先朝) 때에 쓰이던 군현(郡縣)의 공안(公案)을 기재하면서 그 문사(文詞)가 비속(鄙俗)한 것은 그 뜻을 인하여 이를 윤색(潤色)했으며 형조(刑曹)의 의논과 임금의 판결은 이를 조심스럽게 기록하되 간혹 내 의견을 붙여서 이를 발명했으니, 이른바 〈상형추의(詳刑追議)〉 15권이다.

전에 서쪽 고을1)에 있을 적에 임금의 명령을 받들어 옥사(獄事)를 다스리고 들어와서 형조(刑曹)에 봉직하매 또 이 일을 맡았는데, 영락(零落)한 이후로는 때때로 옥사의 사정을 듣고는 또한 희롱삼아 의의(擬議)를 하게 되어 그 무졸(蕪拙)한 사(詞)를 맨 끝에 기재했으니, 이른바 〈전발무사(剪跋蕪詞)〉 3권이다.

모두 30권인데 이를 이름하여 《흠흠신서(欽欽新書)》라 했다. 비록 이것저것을 모아 서로 붙여서 능히 모든 것을 모아 하나로 만들지는 못했으나 그 일에 당한 사람은 오히려 참고가 있을 것이다.

옛날에 자산(子産)2)이 형서(刑書)를 주조(鑄造)하매 군자(君子)가 이를 비난했으며 이회(李悝)3)가 법경(法經)을 저작하매 후인이 이를 경멸했는데 그러나 인명(人命)의 조목이 순서에 있지 않았으며 후대에 수(隋)나라 당(唐)나라에 미쳐서는 절도(竊盜)와 투송(鬪訟)이 혼합하여 구분되지 않았으므로 세상에서 아는 것은 다만 패공(沛公)의 약속한,

"사람을 죽인 사람은 죽게 된다."

라고 한 것뿐이다.

명(明)나라가 세상을 통치하게 되매 율례(律例)가 아주 밝아지고 인명(人命)에 대한 여러 조목이 환하게 나타나서 모고(謀故)4), 투희(鬪戲)5), 과오(過誤)의 구분이 눈썹처럼 나열되고 손바닥을 보인 듯하여 이에 혼미(昏迷)함이 없을 것인데도 생각건대 사대부들은 어릴 때부터 백발이

---

1) 서쪽 고을-원문의 서읍(西邑). 즉 황해도 곡산(谷山). 정다산은 정조 21년 (1797)에 곡산부사로 있은 적이 있다.
2) 자산(子産)-춘추시대(春秋時代) 진(晉)나라의 대부(大夫) 공손교(公孫僑)의 자(字).
3) 이회(李悝)-전국시대(戰國時代) 위(魏)나라 사람. 평조법(平糴法)을 쓰고 형명학(刑名學)을 창시해서 국익에 이바지한 사람.
4) 모고(謀故)-고의(故意)로 계획한 일. 모사.
5) 투희(鬪戲)-구타나 또는 격한 놀음.

성성할 때까지 다만 시부(詩賦)·잡예(雜藝)만 익히느라 정신이 없으므로, 하루아침에 목민관(牧民官)이 되매 어리둥절하여 조치할 바를 알지 못하고 차라리 이를 간사한 서리(胥吏)에게 맡기면서 감히 알려고 하지 않으니 저 서리들이 재물을 존중하고 의리를 천하게 여기는데 어찌 능히 모두 바르게 맞추겠는가? 차라리 사무를 보는 여가에 이 글을 밝게 열어서 인증(引證)하고 참고하여 《세원록(洗寃錄)》8)과 《대명률(大明律)》의 보조서(補助書)로 삼는다면 같은 것을 미루어 같은 것을 보조하여 거의 또한 살펴서 재판하는 데 도움이 있어 하늘의 권한을 잘못 집행하지는 않을 것이다.

옛날에 구양문충공(歐陽文忠公)9)이 이릉(夷陵)의 공서(公署)에 있을 때 일이 없어서 여러 해 묵은 공안(公案)을 꺼내어 이리저리 사건을 찾아내어 한평생의 참고 자료로 삼았는데 하물며 몸이 그 지위에 있으면서 어찌 그 직책을 근심하지 않겠는가?

이를 흠흠(欽欽)이라 이른 것은 무슨 이유인가 하면 신중히 하는〔欽欽〕 것이 진실로 형벌을 다스리는 근본이기 때문이다.

도광(道光)10) 2년 임오(壬午, 1822) 봄에 열수(洌水) 정약용은 서문을 쓴다.

欽欽新書序

惟天生人而又死之 人命繫乎天 廼司牧 又以其間 安其善良 而生之 執有辜者 而死之 是顯見天權耳 人代操天權 罔知兢畏 不剖豪析芒 廼漫廼昏 或生而致死之 亦死而致生之 尚恬焉安焉 厥或贖貨媚婦人 聽號叫慘痛之聲 而莫之知恤 斯深孽哉 人命之獄 郡縣所恒

---

8) 세원록(洗寃錄)─송(宋)나라 송자(宋磁)가 지은 책 이름. 옛날 죄인 검험(檢驗)에 대한 기록. 세원(洗寃)이란 억울한 죄를 씻어서 풀어준다는 뜻.
9) 구양문충공(歐陽文忠公)─송(宋)나라의 명신(名臣) 구양수(歐陽修)의 시호(諡號).
10) 도광(道光)─청(淸)나라 선종(宣宗)의 연호. 도광 2년은 1822년이다.

起 牧臣恒値之 逈審覈恒疏 決擬恒舛 昔在我 健陵之世 藩臣牧臣
恒以是遭貶 稍亦警戒 以底愼 比年仍復不理 獄用多寃 余旣輯牧民
之説 至於人命 則曰 是宜有專門之治 遂別纂爲是書 晃之以經訓
用昭精義 次之以史跡 用著故常 所謂經史之要三卷 次之以批判詳
駁之詞 用察時式 所謂批詳之雋五卷 次之以淸人擬斷之例 用別差
等 所謂擬律之差四卷 次之以 先朝郡縣之公案 其詞理鄙俚者 因其
意而潤色之曹議 御判 錄之唯謹 而間附己意 以發明之 所謂祥刑之
議 十有五卷 前在西邑 承命理獄 入佐秋官 又掌茲事 流落以來 時
聞獄情 亦戲爲擬議 其蕪拙之詞 係于末 所謂剪跋之詞三卷 通共三
十卷 名之曰 欽欽新書 雖蒼莘相附 不能渾成 而當事者 猶有考焉
昔子産鑄刑書 君子譏之 李悝作法經 後人易之 然且人命之目 不在
列 下逮隋唐 與竊盜鬪訟 混合不分 世之所知者 唯沛公之約 曰殺
人者 死而已 至大明御世 律例大明 而人命諸條 粲然章顯 謀故鬪
戲過誤之分 眉列掌示 斯無昏惑 顧士大夫 童習白紛 唯在詩賦雜藝
一朝司牧 茫然不知所以措手 寧任之奸胥 而弗敢知焉 彼崇貨賤義
惡能咸中 無寧聽事之暇 明啓此書 以引以翼 爲洗寃錄大明律之藩
閼 則推類充類 庶亦有裨乎審擬 而天權不誤秉矣 昔歐陽文忠 在夷
陵 公署無事 取陳年公案 上下紬繹 爲一生之所資助 況身都厥位
不虞其職事哉 謂之欽欽者 何也欽欽 固理刑之本也

道光二年 壬午春 洌水 丁鏞序

(4) 《목민심서》의 서문(牧民心書序)

> ─ 목민(牧民)이란 풀을 먹여 짐승을 기르듯 백성을 기르는
> 벼슬이 목민관(牧民官)의 목(牧)이요, 그것은 하늘이 준
> 직분이다. 그러나 지금의 목민관은 오히려 백성을 뜯어
> 먹고 잇속을 채우니 내가 그들을 위하여 마음속에 간직
> 하라고 심서를 쓴 것이다.

옛날에 순(舜)임금은 요(堯)임금을 계승하여 12목(牧)¹)에게 자문하고 그들로 하여금 백성을 다스리게 했으며, 문왕(文王)은 관직을 설치할 적에 사목(司牧)을 세워 백성을 다스리는 사람을 삼았으며, 맹자(孟子)는 평륙(平陸)에 가서 풀먹는 짐승을 기르는 것으로써 백성을 다스리는 것을 비유했으니, 백성을 기르는 것을 목(牧)이라 한 것은 성현의 때부터 전해 내려온 뜻이다.

성현의 가르침에는 본래 두 길이 있는데, 사도(司徒)²)는 만민을 가르쳐서 그들에게 각기 몸을 닦게 하고, 《대학(大學)》에서는 공경대부(公卿大夫)를 가르쳐서 그들에게 각기 몸을 닦고 백성을 다스리게 했으니, 백성을 다스리는 것은 목민이다. 그렇다면 군자의 학문은 몸을 닦는 것[修身]이 그 반이 되고, 그 반은 백성을 다스리는 것[牧民]이다.

성인이 난 시대가 멀어지고 그 말도 사라져 없어져서 그 도(道)가 점점 어두워졌다. 지금의 목민관은 다만 이익을 취하는 데만 서두르고 백성을 다스릴 줄은 알지 못하고 있다.

이에 백성들은 파리하고 곤궁하며 게다가 병까지 들어 서로 엎어지고 자빠져서 진구렁 속에 시체가 메워지게 되는데도, 목민관 되는 사람은 바야흐로 고운 옷과 좋은 음식으로 제 몸만 살찌우고 있으니 어찌 슬픈 일이 아니겠는가.

내 선친께서는 성조(聖朝)의 지우(知遇)를 얻어 두 현(縣)의 현감(縣監), 한 군(郡)의 군수(郡守), 한 부(府)의 도호(都護), 한 주(州)의 목사(牧使)를 지냈는데, 모두 성적이 있었다. 비록 약용(若鏞)의 불초(不肖)로서도 따라다니면서 배워 다소간 들은 것이 있었고, 따라다니면서 보다가 다소나마 징험한 것이 있었으나, 조금 후에 영락해졌으므로 소용이 없게 되었다.

아주 먼 변방에 궁벽하게 산 지가 18년이 되었는데, 오경(五經)과 사

---

1) 12목(牧)―원래 중국 12주의 제후(諸侯). 즉 지방장관. 우리나라의 지방장관인 관찰사·목사·부사 등(도지사·시장 등).
2) 사도(司徒)―주(周)나라의 6경(卿)의 하나. 백성을 교화시키는 임무를 가졌다.

서(四書)를 손에 잡고 되풀이하면서 연구하여 자기 몸 닦는 학문을 강구(講究)하고는 조금 후에, "학문의 반은 목민을 배워야 되겠다."하여, 이에 23사(史)와 우리나라의 여러 역사와 제자(諸子)와 문집(文集)의 여러 글 중에서 옛날의 목민관이 백성을 다스린 유적을 뽑고 위아래를 뽑아내어 다른 것은 나누고 같은 것은 모아서 차례대로 편(編)을 이루었는데, 남쪽 변방의 땅은 전부(田賦)가 나오는 곳이므로 이서(夷胥)가 간사하고 교활하여 폐해가 어지럽게 일어나게 되었다.

거처하는 곳이 이미 낮으니 들은 것도 자못 상세하므로 이에 또한 이를 분류(分類)하여 대강 기록하여 천박한 견해를 나타냈으니 합계 12편이다.

1은 부임(赴任), 2는 율기(律己), 3은 봉공(奉公), 4는 애민(愛民), 그 다음은 6전(六典), 11은 진황(賑荒), 12는 해관(解官)인데 12편에 각기 6조를 속하게 하니 합계 72조이다. 혹은 몇 조로써 합쳐서 1권으로 하기도 하고 혹은 1조로써 나누어 몇 권으로 하기도 하여 합계 48권으로 1부로 하였다.

비록 시대를 따르고 풍속을 따르고 하여 능히 위로 선왕(先王)의 헌장(憲章)에는 합하지 못하지만, 그러나 백성을 다스리는 일에는 조례(條例)가 구비된 셈이다.

고려의 말기에 비로소 오사(五事)[3]로써 수령(守令)을 고과(考課)했는데 국조에서도 그대로 시행하다가 후에 증가하여 칠사(七事)[4]로 했으니 이른바 그만 요구할 뿐인 것이다. 그러나 목민관의 직책은 관장(管掌)하지 않는 것이 없으니, 여러 조목을 낱낱이 들어도 오히려 그 직책을 다하지 못할까 두려운데, 하물며 그것을 자기가 상고해서 자기가 실행하기를

---

3) 오사(五事)—수령이 힘써야 할 다섯 가지. 고려 때는 농토를 개척했는가[田野闢], 인구가 늘었는가[戶口增], 부역과 세금이 공정했는가[賦役均], 언론·문장이 간결했는가[詞論簡], 도적이 없어졌는가[盜賊息]이었다.
4) 칠사(七事)—수령칠사(守令七事), 즉 오사(五事)에다가 학교 교육이 흥성했는가[學校興], 군사행정이 바로 되었는가[軍政修]가 더 있었다.

바라겠는가.

이 글은 처음과 끝 2편 외의 그 10편에 배열된 것만도 오히려 60조나 되니, 진실로 훌륭한 목민관이 있어 그 직책을 다할 것을 생각한다면 거의 그것에 미혹되지는 않을 것이다.

옛날에 부염(傅琰)5)은 《이현보(理縣譜)》를 짓고, 유이(劉彝)는 《법범(法範)》을 짓고, 왕소(王素)는 《독단(獨斷)》을 짓고, 장영(張詠)은 《계민집(戒民集)》을 짓고, 진덕수(眞德秀)는 《정경(政經)》을 짓고, 호태초(胡太初)는 《서언(緖言)》을 짓고, 정한봉(鄭漢奉)은 《환택편(宦澤篇)》을 지었으니 모두 이른바 목민하는 글인 것이다.

지금은 그 글이 전하지 않는 것이 많고 다만 부정한 언사와 기이한 글귀만이 한 세상에 널리 행하게 되니 비록 내 글이라도 어찌 능히 전하겠는가. 비록 그러나 《역경(易經)》에

"고인(古人)의 말과 과거의 행위(行爲)를 많이 알아서 그 덕을 육성(育成)한다."

라고 했는데, 이것은 진실로 나의 덕을 육성하는 것이지 어찌 반드시 목민하기 위한 것이겠는가.

그것을 심서(心書)라 한 것은 무슨 연유인가. 목민할 마음은 있으면서도 자신이 실행하지 못하기 때문이다. 이로써 '목민심서(牧民心書)'라 칭한다.

당저(當宁 : 純朝) 21년 신사(辛巳, 1821) 3월에 열수(洌水) 정약용(鄭若鏞)은 서문을 쓴다.

牧民心書序

昔舜紹堯 咨十有二牧 俾之牧民 文王立政 乃立司牧 以爲牧夫 孟子之平陸 以芻牧喩牧民 養民之謂牧者 聖賢之遺義也 聖賢之敎

---

5) 부염(傅琰) — 남제(南齊) 사람으로 지방 치정에 모범이었던 관리. 《치현보(治縣譜)》를 지었는데 후에 《이현보(理縣譜)》로 고침.

原有二途 司徒教萬民 使各修身 大學教國子 使各修身而治民 治民
者牧民也 然則君子學 修身爲半 其半牧民也 聖遠言埋 其道寢晦
今之司牧者 唯征利是急 而不知所以牧之 於是 下民羸困 乃瘰乃瘯
相顚連以實溝壑 而爲牧者 方且鮮衣 美食以自肥 豈不悲哉

　聖朝監二縣 守一郡 護一府 牧一州 咸有成績 雖以鏞之不肖 從以
學之 竊有聞焉 從以見之 竊有悟焉 退而試之 竊有驗焉 旣而流落
無所用焉 窮居絶徼 十有八年 執五經四書 反復硏究 講修己之學 旣
而曰學 學半 乃取二十三史 及吾東諸史 及子集諸書 選古司牧牧民
之遺跡 上下紬繹 彙分類聚 以次成編 而南徼之地 田賦所出 吏奸胥
猾 弊瘼芬興 所處旣卑 所聞頗詳 因亦以類疏錄 用著膚見 共十有二
篇 一曰赴任 二曰律己 三曰奉公 四曰愛民 次以六典 十一曰賑荒
十二曰解官 十有二篇 各攝六條 共七十二條 或以數條 合之爲一卷
或以一條 分之爲數卷 通共四十八卷 以爲一部 雖因時順俗 不能上
合乎先王之憲章 然於牧民之事 條例具矣 高麗之季 始以五事 考課
守令

　國朝因之 後增爲七事 所謂責其大指而已 然牧之爲職 靡所不典
歷舉衆條 猶懼不職 矧冀其自考而自行哉 是書也 首尾二篇之外 其
十篇所列 尚爲六十 誠有良牧 思盡其職 庶乎其不迷矣 昔傅琰 作
理縣譜 劉彝作法範 王素 有獨斷 張詠 有戒民集 眞德秀 作政經
胡大初 作緖言 鄭漢奉 作宦澤篇 皆所謂牧民之書也 今其書多不傳
唯淫辭奇句 覇行一世 雖吾書 惡能傳矣 雖然易曰 多識前言往行
以畜其德 是固所以畜吾之德 何必於牧民哉 其謂之心書者何 有牧
民之心而不可以行於躬也 是以名之

　當宁二十一年辛巳暮春 洌水丁鏞序

(5) 《소학주관》의 서문(小學珠串序)

> — 아무리 좋은 글이나 말이라도, 구슬을 형형색색으로 따로 꿰듯이 따로 뽑아서 적어 놓아야 잊지를 않는 법이다.

촉(蜀) 땅의 남자 아이가 슬슬주(瑟瑟珠)라는 구슬알 수천 개를 얻었는데, 이를 보고는 사랑스러워서 가슴에 품기도 하고, 옷깃에 차기도 하며, 입에 물기도 하고 손에 움켜쥐기도 하다가, 동쪽으로 낙양(洛陽)에 가서 이를 팔려고 하였다.

그런데 길을 떠나서는, 피로하여 앞가슴을 헤치면 품은 것이 떨어지고, 물을 건널 적에 구부리면 옷깃에 찬 것이 흩어지며, 기뻐할 일이 있어 웃거나 말할 일이 있어 말을 하면 입에 문 것이 나오고, 갑자기 벌·전갈·뱀 등 사람을 해치는 동물을 만나서 그 환난을 벗어나려 하면 손에 잡은 것을 놓치게 되었다. 그리하여 낙양을 절반도 못 가서 슬슬주가 다 없어졌다.

그는 실망하여 돌아와서 늙은 상인에게 그 사실을 말하니, 늙은 상인은 다음과 같이 말하였다.

"아, 애석하다. 왜 진작 오지 않았느냐? 대체로 슬슬주를 간수하는 데는 방법이 있다. 원객(園客)의 명주실을 끈으로 삼고 돼지새끼의 털을 바늘로 삼아서, 푸른 것은 꿰어서 푸른 꿰미로 만들고, 붉은 것은 꿰어서 붉은 꿰미로 만들어 검푸른 것·붉은 것·누른 것 등을 같은 색끼리 꿰어가지고 물소의 가죽으로 상자를 만들어서 간직한다. 이것이 슬슬주를 간수하는 방법이다. 지금 그대가 슬슬주 만 섬을 얻었더라도 꿰미로 꿰지 않았으니, 어디선들 잃어버리지 않겠는가."

지금 학문하는 법도 이와 같다. 무릇 구경(九經)과 구류백가(九流百家)의 서적에 있어 그 명물(名物) 수목(數目)이 모두 슬슬주이다. 꿰미로 꿰는 것을 본받지 않으면 또한 얻는대로 곧 잃어버리지 않겠는가?

내가 귀양살이하면서 일이 없을 적에 동자(童子) 몇이 나에게서 수업을 받았는데, 기억을 잘하지 못함을 근심하였다. 나는 위에서 말한 늙은 상인처럼 슬슬주의 이야기를 하여 그들을 일깨워주었다.

이에 고경(古經) 이래 여러 서적의 명물 수목을 수집하고, 그 중에 실학(實學)에 도움이 되는 것을 뽑아서 모두 3백 조목을 얻었는데, 이를 《소학주관(小學珠串)》이라 이름하여 그들에게 주었다. 그러자 한 동자가 매우 기뻐하면서 말하기를,

"선생의 글은 근본이 있습니다. 공자(孔子)가 자공(子貢)에게 이르기를 '사(賜)야, 너는 내가 많이 배우고 그것을 기억하는 사람이라고 여기는가. 아니다. 나는 하나로 만사를 관통한 것이다'라고 하였으니, 선생의 글은 근본이 있습니다."

라고 했다. 이것을 서문으로 한다.

小學珠串序

蜀之童 得瑟瑟之珠數千 見而悅之 或懷之 或襆之 或含之以口 或握之以手 東適洛以求其售 既行 勞而披則懷者落 涉而俯則襆者逬 見可喜而笑 可言而言 則含者出 猝遇蜂蠆虺蜴害身之物 欲有以衛其患 則握者釋 未至半而瑟瑟盡矣 悵然而反 以告其老賈 賈曰 嗟乎惜哉 盍蚤來 夫致瑟瑟有法 園客之絲以爲線 么貂之毛以爲筬 碧者串之爲碧串 赤者串之爲赤串 紺玄紫黃 色色而串之 吳犀之革 櫝而藏之 此致瑟瑟之法也 今子雖得瑟瑟萬斛 無串以串之 何適不失 今夫學問之法 猶是也 凡九經九流百家之書 其名物數目 皆瑟瑟也 不肖串以串之 無亦隨得而隨失乎 謫居無事 有童子數人 從而問業 患不能强志 余老賈也 談瑟瑟珠以喩之 於是 蒐輯古經以來名物數目 選其有補於實學者 共得三百條 名之曰小學珠串 以予之 有一童子 躍然喜曰 先生之書有本矣 昔者 孔子謂子貢曰 賜 爾以吾爲多學而識之者與 非也 予一以貫之者也 先生之書有本矣 是爲序

(6) 방례초본의 서문(邦禮艸本序)

> ── 이는 《경세유표(經世遺表)》의 초본이다. 정(政)·법(法)
> 의 저술로서 이 대저를 집필하면서 다산은 '잘 정비된
> 수레에 잘 길들여진 말에다가 멍에를 메우고 좌우로 호
> 위하고 수백 보쯤 나가본 뒤에 잘되었으면 몰고 가듯이
> 이 초본이 잘되었으면 임금이 법을 제정하여 세상을 이
> 끌어 나가는 것과 같다'고 하였다. 경세유표인(經世遺表
> 引)으로 된 책도 있다.

여기서 논하는 것은 법이다. 법인데도 명칭을 예(禮)라고 한 것은 무
엇인가. 예전 성왕(聖王)들은 예로써 나라를 다스리고 백성을 인도하였
다. 그런데 예가 쇠퇴해지자 법이라는 명칭이 생겼다. 법은 나라를 다스
리는 것이 아니고 백성을 인도하는 것도 아니다.

천리(天理)를 헤아려 보아도 합당하고 사람에게 시행해도 화합하는 것
을 예라 하며, 두렵고 비참한 것으로 협박하여 백성들이 벌벌 떨며 감히
죄를 범하지 못하도록 하는 것을 법이라고 한다. 선왕은 예를 법으로 삼
았고 후왕(後王)은 법을 법으로 삼았으니, 이것이 같지 않은 것이다.

주공(周公)이 주(周)나라를 경영할 적에 낙읍(洛邑)에 있으면서 법 6
편을 제정하고 이를 주례(周禮)라 이름하였으니, 그것이 예가 아닌데도
주공이 어찌 예라고 하였겠는가.

세속에서 요순(堯舜)시대의 태평 정치를 말하는 자는 '요와 순은 모두
팔짱을 끼고 공손한 모습으로 아무 말없이 띠 지붕 밑에 앉아 있어도, 그
덕화의 전파하는 것이 마치 향기로운 바람이 사람을 감싸는 것과 같았다'
라고 한다. 이리하여 화락하다는 희희(熙熙)한 것을, 순박하다는 순순(淳
淳)이라고 하고, 만족히 여긴다는 호호(皞皞)한 것을 거거(蘧蘧)하다고
했다. 무릇 시행하거나 동작하는 것이 있으면 곧 당우(唐虞)시대를 인증
하여 꺾으면서 '한비(韓非)·상앙(商鞅)의 정법은 각박하고 정심(精深)

한 것은 실로 말세의 풍속을 다스릴 만한 것이건만, 요순(堯舜)은 어질고 영진(嬴秦)[1]은 포악하였으므로, 엉성하고 느슨한 것을 옳게 여기고 정밀하고 각박한 것을 그르게 여기지 않을 수 없다'고 한다.

그러나 내가 살펴보건대, 마음을 분발하고 일을 일으켜서 천하 사람을 바쁘고 시끄럽게 노역(勞役)시키면서, 한번 숨쉴 틈에도 안일하지 못하도록 한 이는 요순이요, 정밀하고 각박하여 천하 사람을 조심하고 송구하여 털끝만큼이라도 감히 거짓을 꾸미지 못하도록 한 이도 요순이었다. 천하에 요순보다 더 부지런한 사람이 없었건만 하는 일이 없었다고 속이고, 천하에 요순보다 더 정밀한 사람이 없었건만 엉성하고 우활하다고 속인다. 그래서 임금이 언제나 일을 하고자 하면 반드시 요순을 생각하여 스스로 중지하도록 한다. 이것이 천하가 나날이 부패해져서 새로워지지 못하는 까닭이다.

공자(孔子)가 '순(舜)은 하는 일이 없었다'고 한 것은, 순이 현명하고 성스러운 신하를 22인이나 두었으니, 또 무슨 할 일이 있었겠느냐는 뜻이다. 그 말뜻은 참으로 넘쳐흐르고 억양이 있어 말 밖의 기풍과 정신을 얻기에 충분하다. 그런데 지금 사람들은 오로지 이 한 마디 말을 가지고서, 순은 팔짱을 끼고 말없이 단정히 앉은 채 손가락 하나 움직이지 않았어도 천하가 순순히 다스려졌다 하고는, 요전(堯典)과 고요모(皐陶謨)[2]는 모두 까마득히 잊어버리니, 어찌 답답하지 않겠는가.

《주역(周易)》 건괘(乾卦)에 '하늘의 운행은 굳건하다[天行健]'고 하였다. 밝고 밝은 요순은 하늘과 함께 굳건하여 일찍이 잠깐 동안이라도 쉬

---

1) 영진(嬴秦)―영은 진(秦)나라의 성(姓). 영씨의 진나라라는 뜻. 상앙(商鞅)·이사(李斯)의 영향으로 법을 각박하게 시행하여 진시황(秦始皇)이 통일한 지 2대 안에 망하였음.

2) 요전(堯典)과 고요모(皐陶謨)―모두 《서경(書經)》의 편명. 요순(堯舜)이 정치한 실상은 《서경》 우서(虞書), 즉 요전·순전·대우모(大禹謨)·고요모·익직(益稷) 등 5편이 나오는데, 특히 이 두 편만 예로 든 것임. 고요모는 당시 법률을 관장하고 있던 고요(皐陶)의 충언(忠言)을 기록한 것임.

지 못하였으며, 그의 신하인 우(禹)·직(稷)·설(契)·고요(皐陶) 등도 아울러 맹렬히 분발하여 임금의 팔다리와 귀와 눈의 역할을 하였다. 그런데 지금 대신의 지위에 있는 이는 바야흐로 '대체를 가진다[持大體]'는 세 글자만을 가지고 천하 만사를 다한 것으로 생각하니, 또한 지나치지 않은가.

조참(曹參)3)이 청정(淸淨)한 도로 정승 자리에 있었던 것은, 한(漢)나라는 덕(德)이 없이 일어나서 가혹한 진(秦)나라 뒤를 이었으니, 조금만 요동시키면 백성이 장차 무리지어 일어나 난리를 꾸밀 것이므로, 그 형세가 자잘한 생선을 삶듯4) 하는 것을 법으로 삼지 않을 수가 없었기 때문이다. 진평(陳平)은 큰 간인(姦人)이다. 음양(陰陽)을 다스리고 사시(四時)를 순조롭게 하는 것을 대신의 직분이라 하여 남의 단점을 때워 넘겼다.5) 위상(魏相)과 병길(丙吉)6)은 또한 모두 꾀를 잘 내고 벼슬살이

---

3) 조참(曹參)-한고조(漢高祖)의 명신으로 고조를 도와 천하를 평정하였고, 소하(蕭何)가 죽자 그를 이어 정승이 되었는데, 한결같이 소하의 법을 준수해서 백성을 번거롭게 하지 않았다 함.(《史記》 권54 蕭相國世家)

4) 자잘한 생선을 삶듯-정사를 번잡하게 하지 않는다는 뜻. 《노자(老子)》 61장에 '대국을 다스리는 데는 자잘한 생선을 삶듯 한다(治大國 若烹小鮮)'라고 하였는데, 하상공(河上公)의 주석에 '자잘한 생선을 삶을 때에 창자도 비늘도 없어지지 않는 것은, 잘못 건드렸다가 고기가 문드러질까 염려하며 조심하기 때문이다'라고 하였다.

5) 진평(陳平)은 큰 간인…… -진평은 한고조(漢高祖)의 개국 공신. 그가 문제(文帝)때에 좌승상(左丞相)이 되었는데, 문제가 우승상 주발(周勃)에게, 천하의 1년 동안 옥사 처결한 숫자와 전곡(錢穀) 출납의 숫자에 대해 묻자, 주발은 모른다고 하며 등에 땀을 흘렸다. 그러자 문제가 좌승상 진평에게 묻자, 그는 옥사 처결은 주무관인 정위(廷尉)에게, 전곡 출납 내용은 치속내사(治粟內史)에게 물어보라고 답하였다. 문제가 다시 '그대가 주관하는 일은 무엇이냐?'고 묻자, 진평은 '재상은 위로 천자(天子)를 보좌하여 음양(陰陽)을 고르게 하고 사시(四時)를 순조롭게 함으로써 아래로 만물을 알맞게 생성시켜 주며, 밖으로는 사이(四夷)와 제후(諸侯)를 진무(鎭撫)하고 안으로는 백성이 잘 따르게 하여 경대부(卿大夫)가 각기 자기 직무를 잘 수행하게 하는 것입니다'라고 하였다.(《史記》 권56 陳丞相世家, 《通鑑節要》 권7 漢紀 太宗孝文皇帝上)

를 교묘하게 하여, 진평의 옛 비결을 다시 이용해서 스스로 자신들의 엉성한 허물을 엄폐하고 깊숙한 승상부(丞相府)에서 하는 일 없이 녹만 받아먹었으니, 그 당우(唐虞)시대에 굳은살이 박히도록 분주하게 일하던 이와 비교하면 진실로 어떠한가.

가의(賈誼)7)는 말할 만한 때에 말을 하였다. 그러나 제왕의 흥망의 운수를 가지고서 무언가 제작하는 것이 있게 하려 했다면 말을 할 만한 때였지만, 현우(賢愚)가 뒤섞인 그 장수와 정승들을 가지고서 서로 협동하기를 바라는 말은 할 수가 없는 때였다. 그러므로 '일 꾸미기를 좋아하는 소년'이라는 지목을 받아 울분을 품고 억울하게 죽었다.

왕안석(王安石)8)은 청고(淸苦)한 체하여 행실을 가다듬고, 경전(經傳)을 인용하여 그 간사함이 드러나지 않도록 꾸몄다. 그러나 실은 이제(二帝)와 삼왕(三王)9)의 도(道)가 자기 가슴 속에 환하지 못했고, 다만

---

6) 위상(魏相)과 병길(丙吉)―두 사람 모두 한 선제(漢宣帝) 때의 승상으로, 선제를 도와 중흥(中興)을 이룩하였음.(《漢書》권74 魏相丙吉傳,《史記》권96 張丞相列傳)

7) 가의(賈誼)―한 무제(漢武帝) 때의 문신. 20세에 문제의 부름을 받아 박사(博士)가 되고 1년 안에 태중대부(太中大夫)에 이르러 정삭(正朔)을 고치고 예악(禮樂)을 일으키기를 청하였고, 문제가 그를 공경(公卿)의 지위에 임용하려 하자, 주발(周勃)·관영(灌嬰) 등 대신들이 '그는 낙양(洛陽)의 연소한 초학자(初學者)로 권리를 제 마음대로 부리려 하여 모든 일을 어지럽게 한다'고 헐뜯어서 장사왕(長沙王)의 태부(太傅)로 좌천되었다가 뒤에 양회왕(梁懷王)의 태부(太傅)로 나갔는데, 그는 울분에 못이겨 33세에 죽었음.《신서(新書)》《가장사집(賈長沙集)》이 있음. 치안책(治安策)·과진론(過秦論)은 가장 훌륭한 문장으로 칭송됨.(《史記》권84 賈生列傳)

8) 왕안석(王安石)―송(宋)나라 신종(神宗)~철종(哲宗) 때의 재상. 자는 개보(介甫), 호는 반산(半山). 신종 때 정치를 개혁하여 청묘(靑苗)·수리(水利)·균수(均輸)·보갑(保甲)·시역(市易)·균세(均稅) 등의 신법(新法)을 만들었는데, 물의가 들끓어 구당(舊黨) 대신들의 배척을 받아 파직되었음. 당송팔대가(唐宋八大家)의 한 사람으로 저서에《주관신의(周官新義)》《임천집(臨川集)》등이 있음.(《宋史》권327 王安石傳)

9) 이제(二帝)와 삼왕(三王)―이제는 요(堯)와 순(舜), 삼왕은 하(夏)의 우왕

일시의 얕은 소견으로 천하 사람을 몰아서 상고(商賈)의 이익으로 얽어 매었다. 그리하여 온 천하가 기대하는 원로대신들과 싸우려 하여 조정이 텅 비더라도 그것을 걱정하지 않았으니, 이것이 바로 천하 사람이 그를 욕하게 된 까닭이다. 《주례(周禮)》에 청묘법(青苗法)과 보갑법(保甲法)10)을 말한 적이 있었던가. 청묘법과 보갑법을 왕안석이 《주례》에서 나온 것이라고 속였다 하여 온 세상이 왕안석의 일을 경계로 삼아서, 혹 법을 조금 변경해야 한다고 말하는 자가 있으면 무리지어 일어나서 힘껏 공격하여 그를 왕안석이라 지목하고, 자신은 한기(韓琦)와 사마광(司馬光)11)으로 자처하니, 이는 천하의 큰 병통이다.

하우씨(夏禹氏)의 예(禮)는 하우씨가 홀로 제정한 것이 아니라, 곧 요(堯)·순(舜)·우(禹)·직(稷)·설(契)·고요(皐陶) 등이 함께 마음을 합하고 정성과 지혜를 다해서 만세를 위해 법을 제정한 것인데, 한 조목, 한 조례인들 아무나 바꿀 수 있겠는가.

그러나 은(殷)나라 사람이 하(夏)나라를 대신하게 되어서는 줄이거나 보태는 것이 없을 수 없었고, 주(周)나라 사람이 은나라를 대신하게 되어서도 줄이거나 보태는 것이 없을 수 없었다. 왜냐하면 세도(世道)는 마치 강하(江河)가 옮겨지는 것과 같으니, 한 번 정한 것이 만세토록 변동하지 않는다는 것은 이치로 보아 그렇게 될 수가 없다.

진(秦)나라 사람의 법은 곧 진나라 사람의 법이었고 수많은 성왕(聖

(禹王), 은(殷)의 탕왕(湯王), 주(周)의 문왕(文王)·무왕(武王).

10) 청묘법(青苗法)과 보갑법(保甲法)─모두 송나라 왕안석이 창제한 법. 청묘법은 곡식 이삭이 푸를 때에 상평창(常平倉) 곡식을 백성에게 꾸어주었다가 추수 후에 이식을 붙여 받아들이는 방법이고, 보갑법은 열 집씩을 묶어서 한 보(保)로 만들고 한 집에 장정이 두 사람이면 한 사람을 뽑아서 병정(兵丁)으로 삼던 법.《宋史》 권327 王安石傳)

11) 한기(韓琦)와 사마광(司馬光)─한기는 송나라 인종(仁宗)~신종(神宗) 때의 명재상이고, 사마광(司馬光)도 송나라 신종~철종(哲宗) 때의 명재상. 사마광은 왕안석의 신법(新法)을 공박하고 외직으로 쫓겨났다가, 철종 때에 정승이 되어 백성에게 해가 되는 왕안석의 신법을 모두 폐지하였음.

王)들이 전한 법이 아니었다. 그런데도 한(漢)나라가 일어나서는 진나라의 법만을 다 그대로 따랐고 감히 털끝만큼도 변동하지 못하였다. 심지어는 10월을 1년의 첫달로 삼았고, 서적 가진 자를 극률(極律)로 다스리면서, 백 년이나 그대로 내려오다가, 무제(武帝) 이후에야 비로소 한두 가지를 약간 변동하였다.

이와 같은 것은 무슨 까닭인가. 은나라와 주나라 사람은 명철하고 슬기롭고 성스러워서, 그 재주와 식견이 비록 순(舜)이나 우(禹)가 만든 것이라도 줄이고 보태어서 시대의 형편에 적합하도록 할 수 있었던 것이다. 그러나 한나라 사람은 거칠고 어리석어서, 그 재주와 식견이, 비록 상앙(商鞅)과 이사(李斯)12)가 만든 것이라도 일체 따라서 하고 거기서 벗어날 줄을 몰랐던 것이다.

이것으로 보면, 법을 고치지 못하는 것과 제도를 변경하지 못하는 것은 일체 본인이 현능하거나 어리석은 데에 연유한 것이지, 천지의 이치가 원래부터 변경함이 없고자 한 것은 아니었다.

위대하신 우리 효종대왕(孝宗大王)께서는 공법(貢法)을 고쳐서 대동법(大同法)13)으로 하였고, 또한 우리 영종대왕(英宗大王)께서는 노비법(奴婢法)14)을 고치고, 군포법(軍布法)15)을 고치고, 한림천법(翰林薦法)16)

12) 상앙(商鞅)과 이사(李斯)―상앙은 진효공(秦孝公) 때의 재상. 주 1) 참조. 이사는 진시황(秦始皇) 때 승상(丞相)이 되어 군현제도를 정하고 금서령(禁書令)을 내리는 등 각박한 법령을 많이 시행했음.(《史記》권87 李斯傳)

13) 대동법(大同法)―조선 중기 이후 현물로 바치던 공물(貢物)을 미곡(米穀)으로 통일하여 바치게 하던 납세 제도. 이 법은 1608년(광해군 즉위년)에 이원익(李元翼)의 건의로 경기도로부터 시작하여 1624년(인조 2)에 강원도, 1651년(효종 2)에 충청도, 1658년(효종 9)에 전라도로 확대 적용시켰음.

14) 노비법(奴婢法)―조선 숙종(肅宗) 때에 노(奴)에게는 매년 무명 2필, 비(婢)에게는 무명 1필씩을 받아왔는데, 영조 31년(1755)에 각각 반 필씩 감해 주었고, 영조 50년(1774)에 비의 공포(貢布)는 전부 감면하고 노의 공포는 1필만 징수하도록 규정하였음.(《大典會通》戶典 徭賦)

15) 군포법(軍布法)―조선조 때 15세에서 60세까지의 남정(男丁)으로 군역(軍役)이 있는 자에게서 평상시 1년에 무명 1필씩을 징수하던 법.

도 고쳤다. 이것은 모두 천리에 합당하고 인정에 화합하여, 마치 사시(四時)가 서로 이어 돌며 바뀌지 않을 수 없는 것과 같았다. 그런데도 당시 국사를 의논하던 신하들의 발언이 뜰에 가득하였는데, 기세를 올려 힘껏 간하여, 임금의 옷소매를 잡아끌고17), 대궐 난간을 부러뜨리던18) 옛사람의 일을 스스로 본받으려 한 자가 있기까지 하였다. 그러나 그 법을 시행한 지 수백 년에 걸쳐 낙(樂)을 누리고 복을 받았으니 그 뒤에야 백성의 뜻이 조금 안정되었다.

만약 효종·영종 두 임금이 들뜬 논의에 미혹되어, 시일만 보내고 그것을 고치지 않았더라면 그 법의 이해(利害)와 득실(得失)은 마침내 천고에 밝혀지지 않았을 것이다.

영종이 균역법(均役法)19)을 제정할 때에 저지하는 이가 있었는데, 영

---

16) 한림천법(翰林薦法)－한림(藝文館 檢閱)을 뽑는 법. 홍문록(弘文錄)의 예에 의하여 7품 이하의 예문관원이 문과 급제자 중에서 한림 후보자를 선출하고 현임 한림과 전임 한림 3인 이상이 회합하여 각기 적임자의 성명 위에 권점(圈點)을 찍어 뽑음. 단 후보자 전원이 소정의 권점을 얻지 못하면 다시 의정(議政)·제학(提學)에게 명하여 권점을 시행하는데, 그 결과를 왕에게 주달하면 왕은 영사(領事)·감사(監事), 관각(館閣) 등의 당상관 및 옥당(玉堂) 관원(官員)들에게 명하여 과거 성적을 참고해서 뽑으며, 이에 뽑힌 자를 시험의 등급에 따라 순서대로 보직함.《大典會通》吏典 京官職)

17) 임금의 …… 잡아끌고－위문제(魏文帝)가 기주(冀州) 백성 10만 호를 옮겨 하남(河南) 땅을 채우려고 하므로, 신비(辛毗)가 그것이 부당함을 극간하였다. 문제가 몹시 노하여 답하지 않고 일어나서 내전(內殿)으로 들어가자, 신비는 따라가 문제의 옷자락을 잡아당기며, 간하였다.(《三國志》魏志 辛毗傳)

18) 대궐…… 부러뜨리던－한성제(漢成帝) 때 주운(朱雲)이 과감하게 임금에게 간한 고사. 주운이 대신의 무능함을 지적하고, 승상이며 왕의 스승인 장우(張禹)를 시범으로 죽여 나머지 사람들을 격려하라고 청하자, 성제가 노하여 주운을 죽이게 하였다. 어사(御史)가 주운을 끌어내리려 하자 주운은 전(殿)의 난간을 부여잡고 있었으므로 난간이 부러졌다. 이때 주운은 큰 소리로 '신은 죽어 충신 용봉(龍逢)·비간(比干)을 따라 지하에서 노닐면 족하지만, 성조(聖朝)는 어떻게 될지 모르겠습니다'라 하였다.(《漢書》권67 朱雲傳)

19) 균역법(均役法)－조선시대의 병역세법(兵役稅法). 종래의 양역(良役)이 서

종은 '나라가 망한다 하더라도 이 법은 고치지 않을 수 없다'고 하였다. 아, 이는 대성인의 위대한 말씀으로, 세속 임금이 애써 노력하여 할 수 있는 말이 아니다.

그러므로 법을 고치고 현능한 사람에게 관직을 임명하는 것은 춘추필법(春秋筆法)에서 귀중하게 여겼으니, 법을 잘못 고친 왕안석(王安石)의 일 때문에 법 고치는 것을 무조건 나무라는 것은 용렬한 사람의 속된 말이므로 현명한 임금이 걱정할 것이 못된다.

오늘날 일을 저지하는 이는 문득 '조종이 제정한 법을 논의할 수 없다'라고 한다. 그러나 조종의 법은 대부분 국가를 창건하던 초기에 만든 것이다. 그때에는 천명을 아직 환하게 알 수 없었고, 인심도 미처 안정되지 못하였으며, 공신인 장수·정승 중에는 거칠고 억센 무인이 많았고, 백관 사졸 중에는 변덕스런 소인이 많았다. 그래서 각기 자기 사심으로써 자기의 이익만 구하다가 조금이라도 마음에 만족하지 못하면 반드시 무리지어 일어나서 난을 일으켰다.

이러므로 성스러운 임금과 어진 신하가 조정에서 비밀히 국사를 계획할 적에 좌우가 돌아봐지고 앞뒤가 걸려서 끝내는 아무 일도 하지 못하고야 말았다. 대체로 아무 일도 하지 못하게 되어서는 옛 법대로만 따랐으니, 옛 법대로 따르는 것이 원망을 적게 하는 길이며 비록 그 법이 합당하지 못한 점이 있더라도 제가 한 것이 아니라는 생각에서였다.

따라서 국가를 창건한 초기의 법을 고치지 못하고 말세의 풍속을 그대로 따르는 것을 당연한 법칙으로 삼으니, 이것이 예나 지금이나 공통된 근심거리이다.

그러므로 우리나라의 법은 고려의 옛 법을 따르는 것이 많았는데, 세종 때에 와서 조금 줄이고 보탠 것이 있었다. 그리고 한번 임진왜란(壬

민에게 막대한 부담을 가져왔으므로 1750년(영조 26)에 영조가 이에 대한 대책으로 균역청(均役廳)을 설치, 양포(良布) 2필을 1필로 반감(半減)하여 주고 그 재정상의 부족액을 어업세(漁業稅)·염세(鹽稅)·선세(船稅)와 선무군관포(選武軍官布) 및 결작(結作)의 징수로 보충하였음.

辰倭亂)이 있은 이후로는 온갖 법도가 타락하고 모든 일이 어수선하였다. 군문(軍門)을 자꾸 증설하여 국가 재정이 탕진되고 전제(田制)가 문란해져서 부세(賦稅)의 징수가 편중되었다. 재물이 생산되는 근원은 힘껏 막고, 재물이 소비되는 길은 마음대로 터놓았다. 그리고는 오직 관서(官署)를 혁파하고 관원 줄이는 것을 구급(救急)하는 방법으로 삼았다. 그래서 이익 되는 것은 되[升]나 말[斗]만큼이라면 손해 되는 것은 산더미와 같았다. 모든 관직이 구비되지 않아서 정사(正士)에게 녹봉이 없고, 탐욕하는 풍습이 크게 일어나서 백성들이 고통을 받았다.

그윽히 생각건대, 대개 털끝만큼 작은 일이라도 병폐 아닌 것이 없으니, 지금에 와서 고치지 않으면 반드시 나라를 망치고야 말 것이다. 이것이 어찌 충신과 지사가 팔짱 끼고 방관할 수 있는 것이겠는가?

《주역(周易)》 간괘(艮卦)에 '생각이 제 위치를 벗어나지 못한다'라 하였고, 《논어》에 '군자는 그 지위에 있지 않으면 그 정사에 참여하지 않는다'라고 하였으니, 죄에 연루된 신하로서 감히 나라의 예법[邦禮]을 논하겠는가. 논하지 못할 것이 당연하다. 그러나 반계(磻溪) 유형원(柳馨遠)이 법 고치는 일을 논의했어도 죄를 받지 않았고, 그의 글도 나라 안에서 간행되었으니, 그 말을 쓰지 않았을 뿐이지 그 말을 한 것은 죄가되지 않았다.

초본(艸本)이라 한 것은 무엇 때문인가. 초(艸)라는 것은 수정과 윤색을 필요로 하는 것이다. 식견이 얕고 지혜가 짧으며, 경력이 적고 견문이 고루하며, 거처하는 곳이 후미지고 서적이 모자라며, 비록 성인이 가렸다 하더라도 능숙한 솜씨로 하여금 수정 윤색하도록 하지 않을 수 없다. 수정 윤색하지 않을 수가 없는 것이 초가 아니겠는가.

오직 관서(官署)를 1백20으로 한정하고, 육조(六曹)가 각각 20관서를 거느리도록 하는 것은 변동할 수 없다. 관계(官階)를 9품(品)으로 정하고 정(正)과 종(從)의 구별이 없으며, 1품과 2품에만 정과 종이 있도록 하는 것은 변동할 수 없다. 호조(戶曹)를 교관(敎官)으로 하고, 육부(六部)를 육향(六鄕)으로 삼아 향삼물(鄕三物)20)을 두어 만민(萬民)을 가르친다는 명목은 변동할 수가 없다.

고적(考績)하는 법을 엄하게 하고 고적하는 조목을 상세하게 하여, 당우(唐虞) 시대의 옛 법대로 회복하는 것은 변동할 수 없다. 삼관(三館)과 삼천(三薦)의 법21)을 혁파하여, 신진(新進)은 귀천을 구분하지 않도록 하는 것은 변동할 수 없다. 능(陵)을 수호하는 관직은 초임으로 맡기지 말아서, 요행으로 벼슬하는 길을 막는 것은 변동할 수 없다.

문과인 대과(大科)와 생원, 진사시인 소과(小科)를 합쳐서 하나로 만들고 급제자 36인을 뽑되 3년만에 대비(大比)하며, 증광(增廣)·정시(庭試)·절제(節製)22) 따위 법을 없애서 사람 뽑는 데에 제한이 있도록 하는 것은 변동할 수 없다. 문과(文科)와 무과(武科)는 그 정원이 같게 하고 과거에 급제한 사람은 모두 관직에 보임되도록 하는 것은 변동할 수 없다.

전지 10결(結)에 대해 1결을 공전(公田)으로 삼아 농부에게 조력(助力)토록 하고 세(稅)를 별도로 거두지 않는 것은 변동할 수 없다. 군포(軍布)의 법을 없애고 9부(賦)23)의 제도를 정리하여 민역(民役)을 크게

---

20) 향삼물(鄕三物)—향(鄕)은 주(周)나라 제도의 행정구역 단위로서 1만 2천5백 호. 향삼물은 옛적 향학(鄕學)의 세 가지 교과 과정. 첫째는 육덕(六德)으로 지(知)·인(仁)·성(聖)·의(義)·충(忠)·화(和)요, 둘째는 육행(六行)으로 효(孝)·우(友)·목(睦)·인(婣)·임(任)·휼(恤)이요, 셋째는 육예(六藝)로 예(禮)·악(樂)·사(射)·어(御)·서(書)·수(數)임. 이 세 가지 일로 백성들을 가르쳤음.《周禮》地官 大司徒)

21) 삼관(三館)과 삼천(三薦)의 법—삼관은 승문원(承文院)·성균관(成均館)·교서관(校書館)이고, 삼천(三薦)은 선전천(宣傳薦)·부장천(部將薦)·수문장천(守門將薦)인데, 문과에 급제한 33인은 이 삼관에 차례로 나누어 붙이고, 무과에 급제한 28인은 이 삼천으로 나누어 붙이는 법임.

22) 증광(增廣)·정시(庭試)·절제(節製)—증광은 나라에 경사가 있을 때 기념으로 보이던 과거이고, 정시(庭試)는 증광시나 별시(別試) 때 대궐 뜰에서 보이던 과거이고, 절제는 인일절(人日節)·상사절(上巳節)·칠석절(七夕節)·중양절(重陽節) 등의 명절에 성균관(成均館)과 지방의 유생(儒生)을 시취(試取)하던 일.

고르도록 하는 것은 변동할 수 없다. 둔전(屯田)24)의 법을 제정하여 경
성(京城) 수십 리 안은 모두 삼군(三軍)의 전지로 만들어 왕도(王都)를
호위하고 경비를 줄이고, 읍성(邑城) 수리(數里) 안은 모두 아병(牙
兵)25)의 전지로 만들어 군현(郡縣)을 호위하도록 하는 것은 변동할 수
없다.

　사창(社倉)의 한도를 정하고 상평(常平)26)의 법을 제정하여 농간과 부
정을 막는 것은 변동할 수 없다. 중전(中錢)과 대전(大錢), 은전(銀錢)과
금전(金錢)을 주조해서 구부환법(九府圜法)27)의 등급을 분변하여 금(金)
이 연경(燕京)으로 빠져 나가는 길을 막는 것은 변동할 수 없다. 향리(鄕
吏)의 정원을 제한하고 세습(世襲)하는 법을 금해서 간사하고 교활함을

---

23) 9부(賦)-9종의 부세(賦稅). 《주례(周禮)》 천관(天官)　재태재(宰太宰)에 '9
　　종의 부세로써 재화(財貨)를 거두었으니, 1. 국중의 부세[邦中之賦], 2. 국도
　　에서 백 리까지의 4교(郊)의 부세[四郊之賦], 3. 국도 밖 백 리에서 2백 리
　　까지의 6수(遂)의 부세[邦甸之賦], 4. 국도에서 2백 리 밖에서 3백 리까지의
　　공읍(公邑)과 채읍(采邑)의 부세[家削之賦], 5. 국도 3백 리 밖에서 4백 리까
　　지의 부세[邦縣之賦], 6. 국도 4백 리에서 5백 리까지의 부세[邦都之賦], 7.
　　관시(關市)의 부세[關市之賦], 8. 산림(山林)·천택(川澤)의 부세[山澤之
　　賦], 9. 공용(公用)에 쓰고 남은 재부(財賦)[幣餘之賦]이다'라고 하였음.
24) 둔전(屯田)-고려·조선시대에 각 지방 주둔병의 군량 자급을 위해 반급하
　　던 전답. 군졸·서리(胥吏)·평민·관노비(官奴婢) 등에게 미개간지를 개척
　　하여 경작케 하고 여기에서 나오는 수확을 지방 관청의 경비와 군량 기타
　　국가 경비에 쓰도록 하였음. 둔전법은 한(漢)나라 때 시작된 것으로 변경의
　　미개간지를 군졸들에게 경작케 하여 군량의 수요에 충당하였음.
25) 아병(牙兵)-군사의 한 종류. 대장을 수행하여 본진(本陣)에 있는 군사.
26) 상평(常平)-물가를 조절하는 것. 미곡(米穀)·면포(綿布) 따위의 생활 필수
　　품을 값이 쌀 때에 시가보다 다소 비싼 값으로 구입하여 저장해 두었다가,
　　값이 오르면 시가보다 다소 싼값으로 판매하였음.
27) 구부환법(九府圜法)-주(周)나라 태공망(太公望)이 처음 만든 제도. 구부는
　　재물과 화폐를 관장하던 기관으로 즉 태부(太府)·옥부(玉府)·내부(內
　　府)·외부(外府)·천부(泉府)·천부(天府)·직내(職內)·직금(職金)·직폐
　　(職幣)임. 환법(圜法)은 화폐를 원활하게 운용하는 법.(《漢書》 食貨志)

막는 것은 변동할 수 없다. 이용감(利用監)을 개설하고, 북학(北學)의 법을 의논하여 부국강병을 도모하는 것은 변동할 수 없다.

　무릇 이와 같은 것들이 진실로 결단하여 행하여지기를 바라거니와, 소소한 조례와 자잘한 명수(名數)에 혹 구애되어 통하기 어려움이 있는 것들이야 어찌 군이 내 소견을 고집하여 한 글자도 변동할 수 없다 하겠는가. 그 고루하고 막힌 것은 고르게 하고 공평하게 하여, 수정하고 윤색할 것이다. 혹 수십 년 동안 시행하여 그 편리한가의 여부를 징험해 보고 난 다음, 금석(金石) 같은 불변의 법전으로 만들어서 후세에 전한다면 이것이 또한 지극한 소원이며 큰 즐거움이 아니겠는가.

　잘 정비된 수레를 잘 길들여진 말에다가 멍에를 메우고도 좌우로 옹위하고 수백 보쯤 전진시켜보아 그 장치가 잘 되었는지를 시험한 뒤에야 동여매고 몰아가는 것이다. 임금이 법을 제정하여 세상을 이끌어 가는 것이 이것과 무엇이 다르겠는가.

　이것이 곧 초본(艸本)이라 이름하는 까닭이다. 아, 이것이 초본이 아니겠는가.

邦禮艸本序(一名 經世遺表引)

　茲所論者法也　法而名之曰禮何也　先王以禮而爲國　以禮而道民 至禮之衰　而法之名起焉　法非所以爲國　非所以道民也　揆諸天理而 合　錯諸人情而協者　謂之禮　威之以所恐　迫之以所悲　使斯民　兢兢 然莫之敢干者　謂之法　先王以禮而爲法　後王以法而爲法　斯其所不 同也　周公營周　居于洛邑　制法六篇　名之曰禮　豈其非禮　而周公謂 之禮哉　世俗言唐虞之治者曰　堯與舜　皆拱手恭己　玄然默然　以端坐 於茅茨之屋　而其德化之所漸被　若薰風之襲人　於是　以熙熙爲淳淳 以皞皞爲蓬蓬　凡有施爲動作　輒引唐虞以折之　謂韓非商鞅之術　刻 覈精深　實可以平治　末俗特以堯舜賢　而嬴秦惡　故不得不以疎而緩 者爲是　密而急者爲非云爾　以余觀之　奮發興作　使天下之人　騷騷擾

擾 勞勞役役 曾不能謀一息之安者 堯舜是已 以余觀之 綜密嚴酷使天下之人 夔夔遬遬 瞿瞿悚悚 曾不敢飾一毫之詐者 堯舜是已 天下莫勤於堯舜 誣之以無爲 天下莫密於堯舜 誣之以疎迂 使人主 每欲有爲 必憶堯舜以自沮 此天下之所以日腐而不能新也 孔子謂舜無爲者 謂舜得賢聖 至二十二人 將又何爲 其言洋溢抑揚 有足以得風神於言外者 今人專執此一言 謂舜拱默端坐 一指不動 而天下油油然化之 乃堯典皐陶謨 皆浩然忘之 豈不鬱哉 易曰 天行健 明明堯舜 與天同健 曾不能有須臾之息 並其禹稷契益皐陶之等 亦奮迅猛烈 以作帝股肱耳目 而今居大臣之位者 方且得持大體三字 欲以了天下之萬事 不亦過乎 曹參 以淸淨居相位者 漢無德而興 以承秦苛少撓之 則民將羣起而爲亂 其勢不得不以亨鮮爲法耳 陳平 大姦也以理陰陽順四時 爲大臣之職 以彌縫人短 魏相丙吉 又皆工謀而巧宦 再執陳平之舊訣 以自掩其空疎之陋 而素食於潭潭之府 其視唐虞之際 胼胝以奔奏者 顧誠何如 賈誼言之於可言之時 然以帝王興衰之運 而欲有所制作 則可言之時也 以將相賢愚之品 而欲望其寅協 則不可言之時也 故得少年喜事之目 含幽憤以死 王安石 飾淸苦以厲其行 援經傳以文其奸 其實二帝三王之道 未嘗瞭然於胸中 徒以其一時之淺見 率天下而羈之以商賈之利 欲與元老大臣 爲萬夫之望者戰 雖空朝廷而莫之恤焉 斯其所以爲天下僇也 周禮何嘗言靑苗保甲 以靑苗保甲 誣周禮 以王安石 作殷鑒 凡言法可以小變者 羣起而力擊之 目之爲王安石 而自居乎韓琦司馬光 斯則天下之巨病也夏后氏之禮 非夏后氏之所獨制也 卽堯舜禹稷契益皐陶之等 所聚精會神 竭誠單智 爲萬世立法程者也 其一條一例 豈人之所能易哉 然殷人代夏 不能不有所損益 周人代殷 不能不有所損益 何則 世道如江河之推移 一定而萬世不動 非理之所能然也 秦人之法 是秦人之法 非千聖百王之所傳流也 然而漢興 悉因秦故 曾不敢動其一毛 甚則以十月爲歲首 以挾書爲極律 以至百年 得武帝而後 始微變其一

二 若是者何也 殷周之人 哲謀睿聖 其才識所及 雖舜禹之所作爲
能損益以合宜 漢人椎鹵愚蠢 其才識所及 雖鞅斯之所作爲 一冒之
而不知脱 由是觀之 法之不能改 制之不能變 一由夫本人之賢愚 非
天地之理 原欲其無改無變也 洪唯我 孝宗大王 改貢法爲大同 亦唯
我 英宗大王 改奴婢法 改軍布法 改翰林薦法 斯皆合天理而協人情
如四時之不能不變 然而當時集議之臣 發言盈庭 盛氣力諫 至有以
牽裾折檻 自居者 及行之數百年 享其樂受其賜 而後民志少定 若使
二祖 惑於浮議 荏苒而莫之改 則其利害得失 終亦不白於千古矣 英
宗之立均役也 有沮之者 英宗曰 國雖亡 此法不可以不改 於乎此大
聖人之大言 時君世主 所不能黽勉出口者也 故改法修官 春秋貴之
其必以王安石而叱之者 庸夫之俗言 非明王之所宜恤也 今之沮事者
輒曰祖宗之法未可議 然祖宗之法 多作於創業之初 當此之時 天命
有未及灼知 人心有未及大定 元勳將相 多麤豪武夫 百官士卒 多反
側奸人 各以其私 求其自利 小有不厭 必羣起而作亂 是故聖主賢臣
密謀於帷幄之中 而左瞻右顧 前拘後掣 終於無爲而後已 失無爲則
因其故 因其故者 寡怨之道也 雖有未當 非我爲也 故凡創業之初
不能改法 因循末俗 以爲經法 此古今之通患也 故我邦之法 多因高
麗之舊 至世宗朝 小有損益 一自壬辰倭寇以後 百度隳壞 庶事搶攘
軍門累增 國用蕩竭 田疇紊亂 賦斂偏辟 生財之源 盡力社塞 費財
之竇 隨意穿鑿 於是 唯以革署減員 爲救急之方 所益者升斗 而所
損者丘陵 百官不備 正士無祿 貪風大作 生民憔悴 竊嘗思之 盖一
毛一髮 無非病耳 及今不改 其必亡國而後已 斯豈忠臣志士 所能袖
手而傍觀者哉 易曰 思不出其位 君子曰 不在其位 不謀其政 罪累
之臣 其又敢議邦禮乎 曰然雖然磻溪柳馨遠議改法 而無罪其書刊行
於國中寧適不用其言之者無罪也 其謂之草本者何也 草之也者 有待
乎修潤之也 識淺焉 智短焉 踐歷少焉 聞見陋焉 居處僻焉 書籍闕
焉 雖聖人擇焉 不能不使善者修潤之也 不能不修潤之者 豈非艸乎

唯限官於一百二十 使六曹各領二十 斯不可易也 定官於九品 無正
從之別 唯一品二品 乃有正從 斯不可易也 以戶曹爲敎官 以六部爲
六鄕 以存鄕三物 敎萬民之面目 斯不可易也 嚴考績之法 詳考績之
條 以復唐虞之舊 斯不可易也 革三館三薦之法 使新進 勿分貴賤
斯不可易也 守陵之官 勿爲初任 以塞僥倖之門 斯不可易也 合大小
科以爲一 取及第三十六人 三年大比 罷增廣庭試節製之法 使取人
有限 斯不可易也 文科武科其額相同 使登科者 悉得補官 斯不可易
也 於田十結 取一結以爲公田 使農夫助而不稅 斯不可易也 罷軍布
之法 修九賦之制 使民役大均 斯不可易也 立屯田之法 使京城數十
里之內 皆作三軍之田 以衛王都 以減經費 使邑城數里之內 皆作牙
兵之田 以護郡縣 斯不可易也 定社倉之限 立常平之法 以杜奸濫
斯不可易也 鑄中錢大錢 鑄銀錢金錢 辨九圜之等 以塞走燕之路 斯
不可易也 定鄕吏之額 禁世襲之法 以杜其奸猾 斯不可易也 開利用
之監 議北學之法 以圖其富國强兵 斯不可易也 凡如此類 誠願其斷
而行之矣 若夫小小條例 瑣瑣名數 其或有擊碍而難通者 顧何敢膠
守己見 謂不可易其一字乎 其有孤陋者 恕之焉 其有固滯者 平之焉
修之焉 潤之焉 或行之數十年 以驗其便否焉 於是 作爲金石之典
以垂後世 斯不亦至願大樂哉 以旣攻之車 駕之於旣熟之馬 旣軏旣
衡 猶復左擁右衛 前行數百步 試其調合 然後乃縛焉 乃驅焉 王者
之立法馭世 何以異是 此草本之所以名也 嗟乎斯豈非艸本哉

(7) 봉곡사 술회시의 서문(鳳谷寺述志詩序)

> ─성호 이익 선생의 경세적(經世的) 학문은 해박하며 민생
> 에 크게 도움되는 유저로서 우리는 목재(木齋) 이삼환
> (李森煥) 선생을 모시고 그 학문에 대하여 토론도 하고
> 교정보면서 시를 지었다.

우리 성호부자(星湖夫子 : 李瀷)가 지은 책은 수백여 편이나 되건만, 후학들이 성의가 부족하여 미처 교감(校勘)해서 책을 완성하지 못하였다. 을묘년에 내가 금정(金井)으로 좌천되어 가서, 비로소 목재선생(木齋先生)과 편지로 이 일을 의논하였는데, 마침 한두 사우(士友)가 나에게 들렀다가 그 책 편집에 관해 의논한 것을 듣고서는 모두 기꺼이 협조하였다. 그리하여 10월 25일에 온양(溫陽)의 봉곡사(鳳谷寺)에 모여 먼저 《가례질서(家禮疾書)》를 가져다가 범례(凡例)를 만든 다음, 목재가 손수 교정(校訂)하고, 나와 여러 벗들은 베끼는 일을 하여 며칠만에 편집이 완성되었다.

그윽히 생각하건대, 우리 성옹(星翁)의 유저(遺著)는 방대하기 이를 데 없으니, 이것쯤은 큰 솥에 고기 한 점에나 해당할 뿐이다. 그러나 천하의 정미로운 이치와 큰 법이 모두 반드시 예서(禮書)에서 절제 문식되어 나온 것이고, 예가(禮家)의 크고 세밀한 논설들은 실로 주자(朱子)에게서 절충한 것이다. 그렇다면 우리 벗들이 여기에서 또한 성옹의 문을 통하여 주자의 문안으로 들어갈 수 있으니, 어찌 많은 책을 다 볼 것이 있겠는가.

크게 두려운 것은, 우리들이 모두 글이나 외고 시문이나 짓는 것을 업으로 삼는 그것이다. 선생의 문하가 한번 흩어져 각자 집으로 돌아가서는 막연히 서로 잊어버리는 지경에 이르렀고, 게다가 경박하고 무례한 사람과 비속하고 의심 많은 무리가 있어 혹 조그마한 기예(技藝)를 가지고 빠른 효과라고 꾀거나, 혹은 선가(禪家)와 도가(道家)의 교리를 가지고 참된 길이라고 가리킴으로 해서, 여기에 동요되어 스스로 게을러지거나, 여기에 현혹되어 빠져들게 된다면, 식견과 취향이 거칠어질뿐만 아니라 도리어 진취(進取)에 방해가 된다. 그래서 반드시 본원(本源)이 혼탁하여 점차 밝음을 잃어서 끝내는 유용(有用)한 학문이 되지 못하여 요순의 경지에 들어가기 어렵게 될 것이니, 어찌 주자의 무리가 될 수 있으며, 또한 성옹의 후학이 될 수 있겠는가.

책을 베끼는 여가에 이와 같이 서로 경계하고, 마침내 그 뜻을 말하고 그 일을 읊어서 각기 아래와 같이 시를 짓는다. (이때의 시는 권1집 2권에 '11월 1일 서암 봉곡사에서……'에 있다)

鳳谷寺述志詩序

我星湖夫子所著書 可累百餘篇 顧後學誠淺 未及校勘成帙 歲乙卯 余謫金井 始與木齋先生 書議茲役 而適一二士友 見過得聞 其所與議者 皆樂爲之協助 乃以十月廿五 會于溫陽之鳳谷寺 先取家禮疾書 發凡起例 木齋 手自校訂 余與諸友 操觚管翻写 積數日 工告訖 竊惟我星翁遺書 地負海涵 茲特大鼎之一臠耳 然天下之精義大經 必節文於禮書 而禮家之宏綱細目 實折衷於朱子 則吾友於此亦可以由星翁之門 而入朱子之室矣 奚待簡篇之磬閱哉 所大懼者吾輩 皆詞章記誦之業也 山門一散 各歸其家 漠然付之相忘之域 而復有輕儇無行之子 鄙俚多心之類 或取小藝末技 誘以急效 或將禪味道氣 指爲眞路 未免沮撓而自懈 眩惑而却顧 則不惟識趣鹵莽 反妨進取 必將本源混濁 漸失開朗 終不得爲有用之學 而難與入於堯舜之域矣 豈足爲朱子之徒 而星翁之後哉 筆墨有暇 相與警戒如此遂言其志賦其事 各爲詩如左

(8) 〈죽란시사첩〉의 서문(竹欄詩社帖序)

— 죽란시사(竹欄詩社)가 시동인회(詩同人會)로서 결성되던 과정과 시작활동 및 그 규약을 적는다.

예로부터 지금까지의 5천년 가운데서 반드시 그와 더불어 같은 세상에 사는 것은 우연이 아니고, 가로 세로 3만 리 지역 가운데서 반드시 그와 더불어 같은 나라에 사는 것도 우연이 아니다. 그러나 그 나이가 장유의 동떨어진 차이가 있고 거주가 먼 고장에 있으면, 서로 대할 적에 어려워서 즐거움이 적고 세상을 마치도록 서로 알지 못하는 자가 있다. 무릇 이 몇 가지 경우 이외에 또 궁달(窮達)이 같지 않고 취향이 같지 않으면, 비록 나이가 같고 이웃에 살더라도 그와 더불어 종유(從遊)하거나 즐겁게 놀지 않는다. 이것이 인생의 교유가 넓지 않은 까닭인데, 우리나라는 그 중 심한 곳이다.

내가 일찍이 채이숙(蔡邇叔)과 함께 의논하여 시사(詩社)를 만들고 같이 즐겼다. 이숙이 말하기를,

"나와 그대는 나이가 동갑이다. 우리보다 나이가 9년 많은 사람과, 우리보다 9년 적은 사람을 나와 그대는 모두 그들과 벗할 수 있다. 그러나 우리보다 9년 많은 사람과 우리보다 9년 적은 사람과는 서로 만나면, 허리를 굽혀 절을 하고 앉은 자리에서 일어나 피한다. 그래서 그 모임은 벌써 어지러워진다."

고 했다. 그리하여 우리보다 4년 많은 사람으로부터 우리보다 4년 적은 사람까지만 모임을 가졌더니, 모두 15인이었다. 즉

이주신(李舟臣) 이름은 유수(儒修), 홍약여(洪約汝) 이름은 시제(時濟), 이성욱(李聖勖) 이름은 석하(錫夏), 이자화(李子和) 이름은 치훈(致薰), 이양신(李良臣) 이름은 주석(周奭), 한해보(韓偕父) 이름은 치응(致應), 유진옥(柳振玉) 이름은 원명(遠鳴), 심화오(沈華五) 이름은 규로(奎魯), 윤무구(尹无咎) 이름은 지눌(持訥), 신경보(申景甫) 이름은 성모(星模), 한원례(韓元禮) 이름은 백원(百源), 이휘조(李輝祖) 이름은 중련(重蓮)과 나의 형제, 그리고 이숙(邇叔)이다.

이 15인은 서로 비슷한 나이로, 서로 바라보이는 가까운 곳에 살면서 태평한 시대에 출세하여 모두 사적(士籍)에 이름이 오르고, 그 지취(志趣)의 귀착되는 것도 서로 같으니, 모임을 만들어 즐기면서 태평세대를 아름답게 장식하는 것이 또한 좋지 않겠는가.

모임이 이루어지자, 서로 더불어 다음과 같이 약속하였다.

"살구꽃이 처음 피면 한 번 모이고, 복숭아꽃이 처음 피면 한 번 모이고, 한여름에 참외가 익으면 한 번 모이고, 초가을 서늘할 때 서지(西

池)에서 연꽃 구경을 위해 한 번 모이고, 국화가 피면 한 번 모이고, 겨울철 큰 눈이 내리면 한 번 모이고, 세모에 분매(盆梅)가 피면 한 번 모이되, 모임 때마다 술·안주·붓·벼루 등을 설비하고 술 마시며 시 읊는 데에 이바지한다. 모임은 나이 적은 사람부터 먼저 모임을 마련하여 나이 많은 사람에 이르되, 한 차례 돌면 다시 그렇게 한다. 아들을 낳은 사람이 있으면 모임을 마련하고, 수령으로 나가는 사람이 있으면 마련하고, 품계가 승진된 사람이 있으면 마련하고, 자제 중에 과거에 급제한 사람이 있으면 마련한다."

이에 이름과 약조를 쓰고 제목을 '죽란시사첩(竹欄詩社帖)'이라고 썼으니, 그 모임이 흔히 우리집에서 있었기 때문이다.

번옹(樊翁)이 이 일을 듣고 크게 감탄하기를,

"훌륭하도다, 이 모임이여! 내가 젊었을 때에 어찌 이런 모임이 있을 수 있었으랴. 이는 모두 우리 성상께서 20년 동안 선비를 기르고 성취시키신 효과이다. 늘 모일 적마다 성상의 은택을 보답할 방법을 생각해야지, 한갓 곤드레만드레하여 떠드는 것만 일삼지 마라."

고 했다.

이숙(邇叔)이 나에게 서문 쓰기를 청하므로, 번옹(樊翁)의 훈계를 아울러 기록하여 서문으로 삼는다.

竹欄詩社帖序

上下五千年 必與之生並一世者 不適然也 從橫三萬里 必與之生並一邦者 不適然也 然其齒有長幼之縣 而其居在遼遠之鄉 則對之莊然少歡 而有沒世不相識者矣 凡是數者之外 又其窮達有不齊 而趣向有不同 則雖年同庚而處比鄰 莫肯與之游從謙敎 此人生交結之所以不廣 而我邦其甚者也 余嘗與蔡邇叔 議結詩社與共歡樂 邇叔之言曰 吾與子同庚也 多我九年者 與少我九年者 吾與子皆得而友之 然多我九年者 與少我九年者相値 則爲之磬折 爲之辟席 而其會

已紛紛矣 於是 自多我四年者起 至少我四年者而止 共得十五人 李
舟臣 名儒修 洪約汝 名時濟 李聖勖 名錫夏 李子和 名致薰 李良臣 名
周爽 韓俣父 名致應 柳振玉 名遠鳴 沈華五 名奎魯 尹无咎 名持訥 申
景甫 名星模 韓元禮 名百源 李輝祖 名重蓮 與余兄弟 與遍叔是已 玆
十五人者 以相若之年 處相望之地 策名淸時 齊登仕籍 而其志趣所
歸 與之相類 則結社爲歡 賁飾太平 不亦可乎 會旣成 與之約曰 杏
始華一會 桃始華一會 盛夏蓏果旣熟一會 新凉西池賞蓮一會 菊有
華一會 冬大雪一會 歲暮盆梅放花一會 每陳酒殽筆硯 以供觴詠 少
者 先爲之辦 具至于長者 周而復之 有擧男者辦 有出宰者辦 有進
秩者辦 有子弟登科者辦 於是 書名與約而題之 曰竹欄詩社帖 以其
會多在余家也 樊翁聞此事 而喟然曰 盛矣哉 斯會也 吾少時 何得
有此 此皆我聖上二十年來 休養生息陶鑄作成之效也 每一會 其歌
詠聖澤 思所以報答之 無徒酕醄呼呶爲也 遍叔屬余爲序 並記樊翁
之誡 以爲叙

(9) 국화 그림자를 읊은 시의 서문(菊影詩序)

> —국화의 네 가지 특징에다 나는 또 하나 촛불에 비추어
> 벽에 그림자 지는 그 모습을 친구들과 감상하며 시를 지
> 었다. 실체도 중요하지만 그림자 속에 있는 오묘함을 느
> 꼈다.

국화가 여러 꽃 중에서 특히 뛰어난 것이 네 가지 있다. 늦게 피는 것
이 하나이고, 오래도록 견디는 것이 하나이고, 향기로운 것이 하나이고,
고우면서도 화려하지 않고 깨끗하면서도 싸늘하지 않은 것이 하나이다.
　세상에서 국화를 사랑하기로 이름나서 국화의 취미를 안다고 자부하는
자도 사랑하는 것이 이 네 가지에 벗어나지 않는다. 그런데, 나는 이 네
가지 외에 또 특별히 촛불 앞의 국화 그림자를 취하였다. 밤마다 그것을

위하여 담장 벽을 쓸고 등잔불을 켜서 쓸쓸히 그 가운데 앉아서 스스로
즐겼다.

　하루는 남고(南皐) 윤이서(尹彝敍)에게 들러 말하기를,

　"오늘 저녁에 그대가 나에게 와서 자면서 나와 함께 국화를 구경하세."

라고 하였더니, 윤이서는,

　"국화가 아무리 아름답다 한들 어찌 밤에 구경할 수 있겠는가."

라면서 몸이 아프다 핑계하고 사양하므로, 내가 말하기를,

　"구경만 한번 해보게."

하고 굳이 청하여 함께 돌아왔다. 저녁이 되어, 일부러 동자(童子)를 시
켜 촛불을 국화 한 송이에 바싹 갖다대게 하고는, 남고(南皐)를 인도하여
보이면서,

　"기이하지 않은가?"

라고 하였더니, 남고가 자세히 들여다보고는,

　"자네의 말이 이상하군. 나는 이것이 기이한 줄을 모르겠네."

라고 하였다. 그래서 나도 그렇다고 하였다.

　한참 뒤에 다시 동자를 시켜 법식대로 하였다. 이에 옷걸이·책상 등
모든 산만하고 들쭉날쭉한 물건을 제거하고, 국화의 위치를 정돈하여 벽
에서 약간 떨어지게 한 다음, 촛불이 비추기 적당한 곳에 촛불을 두어서
밝히게 하였다. 그랬더니 기이한 무늬, 이상한 형태가 홀연히 벽에 가득
하였다. 그 중에 가까운 것은 꽃과 잎이 서로 어울리고 가지와 곁가지가
정연하여 마치 묵화(墨畵)를 펼쳐놓은 것과 같고, 그 다음의 것은 너울
너울하고 어른어른하며 춤을 추듯이 하늘거려서 마치 달이 동녘에서 떠
오를 제 뜨락의 나뭇가지가 서쪽 담장에 걸리는 것과 같았다. 그 중 멀리
있는 것은 산만하고 흐릿하여 마치 가늘고 엷은 구름이나 놀과 같고, 사
라져 없어지거나 소용돌이치는 것은 마치 질펀하게 물결치는 파도와 같
아, 번쩍번쩍 서로 엇비슷해서 그것을 어떻게 형용할 수 없었다. 그러자
이서(彝敍)가 큰 소리를 지르며 뛸 듯이 기뻐하면서 손으로 무릎을 치며
감탄하기를,

"기이하구나. 이것이야말로 천하의 빼어난 경치일세."
라고 하였다. 감탄의 흥분이 가라앉자 술을 먹게 하고, 술이 취하자 서로
시를 읊으며 즐겼다. 그때 주신(舟臣)·혜보(傒父)·무구(无咎)도 같이
모였다.

菊影詩序

菊於諸花之中 其殊絶有四 晚榮其一也 耐久其一也 芳其一也 豔
而不冶 潔而不凉其一也 世之號愛菊 而自命以知菊之趣者 不出此
四者之外 余於四者之外 又特取其燭前之影 每夜爲之掃墻壁 治檠
釭 而蕭然坐其中以自娛 一日過南皐尹彛叙 而語之曰 今夕子其宿
我 與我觀菊 彛叙曰 菊雖佳 惡得夜觀哉 辭以疾 余曰 但觀 固請
與之歸 至夕謬使童子持燭 逼之於一花 引南皐觀之曰 不奇異乎 南
皐熟視曰 異哉子之言也 吾斯之莫之知有奇異也 余曰然 有頃令童
子如法 於是 除衣架書梡諸散漫參差之物 整菊之位置 而令離壁有
間 安燭於宜燭之處 而明之 於是 奇紋異形焂焉滿壁 其近者 花葉
交加 枝條森整 若墨畫之張焉 其次婆娑彷彿 舞弄纖襬 若月出東嶺
而庭柯之在西墻也 其遠者 漫漶模糊 如雲霞之細薄 滅沒瀅榮 若波
濤之瀰洇 閃忽疑似 莫可名狀 於是 彛叙譁然大叫 踊躍欣動 以手
擊膝而歎曰 奇哉異哉 天下之絶勝也 叫旣定命酒 酒旣酣 相與賦詩
爲樂 時舟臣傒父无咎 亦會焉

(10) 《시경강의》의 서문(詩經講義序)　신해년(1791) 겨울에 지음

> ─《시경(詩經)》의 공부는 깊은 뜻을 구하는 일인데, 백가
> (百家)의 말을 두루 살펴어 그 속에 담긴 의미를 알아야
> 하므로 나는 그 여러 해석을 고찰하였다.

책을 읽는 것은 뜻을 구할 뿐이다. 만약 뜻을 얻는 것이 없으면 비록

하루에 천 권을 읽는다 하더라도 얼굴이 담을 향한 것처럼[面牆] 무식할 것이다. 그렇지만 자의(字義)의 훈고(訓詁)에 밝지 않으면, 뜻과 이치도 따라서 어두워진다. 혹 동을 해석하면서 서라 하면 뜻이 어그러지게 되니, 이것이 옛 선비들이 경서(經書)를 해석할 적에 대부분 훈고를 급선무로 삼은 까닭이다.

고금의 문자가 서로 쓰임이 다른 것은 중화(中華)와 이적(夷狄)의 말을 해설함에 있어 음이 서로 다른 것과 같다. 훈고란 통역(通譯)이다. 통역이 그 본의를 깨치지 못하고, 자기 나라에 돌아가서 말하기를, '중화의 문물이 성대하다'고 하니, 이는 가소로운 오랑캐가 될 것이다. 오늘날 사람이 책을 읽는 데는 몽매하면서도 말마다 반드시 하(夏)·은(殷)·주(周) 삼대(三代)를 일컫는 것이 이것과 무엇이 다르랴. 모든 경서가 다 그러하지만, 《시경(詩經)》이 더욱 심하다.

시(詩)란 맑게 성용(聲容)이나 사색(辭色) 밖에서 읊어 그 어맥(語脈)이 언뜻언뜻 나타나므로, 일문일답하는 기사문(記事文)처럼 평범하게 뜻을 해석할 수 있는 것이 아니다. 그러므로 한 글자의 뜻을 실수하면 한 구(句)의 뜻이 어두워지고, 한 구의 뜻을 실수하면 한 장(章)의 뜻이 어지러워지고, 한 장의 뜻을 실수하면 한 편(篇)의 뜻이 이미 서로 동떨어지게 된다. 그러므로 소서(小序)1)가 폐해진 뒤에 한 마디 말도 하지 못하는 것은 훈고(訓詁)에 밝지 못하기 때문이다.

그윽히 생각하건대, 동조자가 적은 자는 말이 꺾이게 되고 후원이 많은 자는 사리가 펴지게 되는 것이다. 경서를 해석하는 이가 참으로 선진

---

1) 소서(小序)-《시경(詩經)》은 각 편(篇)의 머리에 《서경(書經)》과 같이 서(序)가 있는데, 이것을 대서(大序)와 소서로 나누었음. 대서·소서의 구별에 대해서는 여러 설이 있음. 1. 관저(關雎)의 서 전문을 대서라 하고, 갈담편(葛覃篇) 이하 각 편의 서를 소서라 하는 것. 2. 매서(每序)에서 첫머리 시작하는 말을 소서, 그 이하를 대서라 하는 경우와 또는 그와 반대로 첫머리를 대서, 그 이하를 소서라 하는 등 각기 다르다. 작자(作者)에 대해서는 대서는 자하(子夏)가, 소서는 자하와 모공(毛公)의 합작이라고 했다.

(先秦)과 전한(前漢)과 후한(後漢), 양한(兩漢)의 문자를 널리 고증하여 많고 적은 그 중간을 절충하면 본의(本義)가 거의 나타날 것이다. 나는 다만 뜻은 있으면서도 저술하지는 못하였다. 그런데 신해년 가을에 주상이 《시경문(詩經問)》8백여 조목을 친히 지어서 신에게 조대(條對)하도록 명하였다. 신이 이를 삼가 받아서 읽어보니, 아무리 큰 선비일지라도 대답할 수 없는 것인데, 신이 무슨 말을 하겠는가.

이에 구경(九經)·사서(四書) 및 고문(古文)과 모든 제자(諸子)와 사서(史書)에서 극히 짧은 말 한 마디 글 한 구절이라도 시를 인용하거나 논한 것이 있을 경우에는 다 차례대로 초록(抄錄)하고 이에서 끌어대어 대답하였는데, 훈고가 분명해지니 뜻은 별 문제가 되지 않았다.

책을 올리자, 주상은 어필(御筆)로 그 끝에 비평하기를,

"백가(百家)의 말을 두루 인증하여 그 출처가 무궁하니, 진실로 평소의 온축(蘊蓄)이 깊고 넓지 않다면 어찌 이렇게 할 수 있겠는가."

라고 하였다. 아, 신이 어찌 학문이 깊고 넓은 데에 해당될 수 있겠는가. 신은 감히 사사 의견으로 성상의 분부에 대답하지 못하였을 뿐이다. 그러나 《시경》에 대해서 조금은 마음에 얻은 바가 있는 것 같으므로, 별도로 이와 같이 서술한다.

詩經講義序 辛亥冬

讀書者 唯義理是求 若義理無所得 雖日破千卷 猶之爲面墻也 雖然其字義之詁訓 有不明 則義理因而晦 或訓東而爲西 則義理爲之乖反 玆所以古儒釋經 多以詁訓 爲急者也 古今文字之異用 如華夷解語之殊音 詁訓者象譯也 譯之不得其本意 而歸而語其國曰 中華文物盛矣 斯爲可笑夷也 今人之讀書蒙昧 而言必稱三代者 何以異是 諸經皆然 詩爲甚 詩者 瀏然吟諷於聲容色辭之外 而其語脈倏忽 非如記事之文一問一答者 可以理勢求之也 故失之一字而句義晦 失之一句而章義亂 失之一章 篇意已燕越矣 故小序廢而不得爲一辭者

由詁訓之有不明也 竊嘗念之 與寡者詞拙 援多者理信 釋經者苟博
攷於先秦兩漢之文 而折衷於多寡之間 庶本義著顯 顧有志不能作
辛亥秋 上親製詩經問八百餘條 令臣條對 臣敬受而讀之 雖鉅儒宿
學 所不能答也 臣何言哉 於是 取九經四書 及古文諸子史 凡有一
言隻詞之引詩論詩者 咸序次鈔錄之 於是援而對之 盖詁訓旣明 而
義理無所事矣 書旣上 御筆批其尾曰 泛引百家其出無窮 苟非素蘊
之淹博 安得有此 嗚呼 臣豈能淹博哉 臣唯不敢以私意 對聖旨也
然於詩 竊竊然如有所心得者 別爲之序述如此

(11) 《마과회통》의 서문(麻科會通序)

> ─ 우리나라 명의로서 이헌길(李獻吉)이 있어 마진(痲疹)에
> 대한 책을 홀로 탐구하여 많은 어린아이를 구했고, 나도
> 그 덕에 살았다. 나 또한 마진에 관한 책을 자세히 써서
> 급할 때 등잔불이나 삿갓과 같은 구실이 되게 하련다.

옛날 송나라 범문정(范文正)이 말하기를,
"내가 글을 읽고 도(道)를 배우는 것은 천하의 인명을 살리기 위함이
다. 그렇지 않다면 황제(黃帝)의 의서(醫書)를 읽어서 의약(醫藥)의
오묘한 이치를 깊이 연구하는 것 또한 사람을 살리는 방법이다."
하였으니, 옛사람의 인자하고도 넓은 마음이 이와 같았다.

근세(近世)에 조선조의 명의원으로 이몽수(李蒙叟 : 李獻吉)란 이가
있었다. 그 사람은 뜻이 뛰어났으나 공명을 이루지 못하여 사람을 살리
려 하나 할 수 없었다. 그래서 마진에 관한 책을 홀로 탐구하여 수많은
어린아이를 살렸으니, 나도 그 중의 한 사람이다.

내가 이미 이몽수로 말미암아 살아났기 때문에 마음 속으로 그 은혜를
갚고자 하였으나 어떻게 할 만한 일이 없었다. 이리하여 몽수의 책을 가
져다가 그 근원을 찾고 그 근본을 탐구한 다음, 중국의 마진에 관한 책
수십 종을 얻어서 이리저리 찾아내어 조례(條例)를 자세히 갖추었으나,

다만 그 책의 내용이 모두 산만하게 뒤섞여 나와서 조사하고 찾기에 불편하였다. 그리고 마진은 그 병의 속도가 매우 빠르고 열이 대단하므로 순식간에 목숨이 왔다갔다 하니, 세월을 두고 치료할 수 있는 다른 병과는 다르다.

이에 잘게 나누고 유별로 모아, 눈썹처럼 정연하고 손바닥을 보듯 쉽게 하여 병든 자로 하여금 책을 펴면 처방을 얻어 번거롭지 않게 찾도록 하였다. 이를 무릇 다섯 차례 초고를 바꾼 뒤에 책이 비로소 이루어졌으니, 아, 몽수가 아직까지 살아 있다면 아마 빙긋이 웃으며 흡족하게 생각할 것이다.

슬프다. 병든 사람에게 의원이 없은 지 오래되었다. 모든 병이 다 그렇지만, 마진이 더욱 심하니 어째서인가. 의원이 의원을 업으로 삼는 것은 이익을 위해서다. 마진은 대개 수십 년만에 한번 발생하니, 이 마진병 치료를 업으로 해서 무슨 이익되는 것이 있겠는가. 업으로 삼으면 기대할 만한 이익이 없다고 하여 하지 아니하며, 환자를 만나서는 치료하지 못하는 것이 또한 부끄러운 일인데 더구나 억측으로 약을 써서 사람을 죽게 하는 것은 아, 잔인한 일이다.

마진에 대한 처방은 등잔불이나 삿갓과 같아서, 캄캄한 밤이나 비가 올 때에는 등잔불이나 삿갓을 급급히 불러 찾다가, 아침이 되거나 비가 개면 까맣게 잊어버리니 이것은 우리 사람의 뜻이 모자라서 그런 것이다.

가령 우리 사람이 내년에 전란(戰亂)이 있을 것을 안다면, 가정에서는 무기를 수선하고, 읍에서는 성을 완벽하게 쌓을 것이니, 전란이 어찌 사람을 다 죽일 수 있겠는가. 사람을 더 무섭게 살상하는 어떤 마마라 하더라도 사람들이 태연히 여기고 두려워하지 않는다면 내가 이 책을 만든 것이 몽수(蒙叟)를 저버리지 않을 뿐만 아니라, 참으로 범문정(范文正)에게도 부끄럽지 아니할 것이다. 단, 내가 본디 의약(醫藥)에 어두워서 잘 가려 거취(去取)하지 못하여, 소오줌이나 말똥과 같은 가치 없는 것도 모두 수록(收錄)함을 면치 못하였다. 궁벽한 시골 사람이 진실로 병의 증상을 살피지 않고 이 책을 함부로 믿고서 그대로 강하고 독한 약재를

투입한다면 실패하지 않는 경우가 없지 않을 것이니, 이 또한 내가 크게
두려워하는 것이다.

麻科會通序

昔范文正有言曰 吾讀書學道 要以活天下之命 不然讀黃帝書 深
究醫奧 是亦可以活人 古人立心之慈且弘如是也 近世有李蒙叟 其
人志卓犖不成名 欲活人不能 取麻疹書 獨自探賾 活嬰稚以萬數 而
不侫其一也 不侫旣緣李蒙叟得活 意欲酬無可爲 乃取蒙叟書 泝其
源探其本 得中國疹書數十種 上下紬繹 具詳條例 顧其書皆散漫雜
出 不便考檢 而麻爲病酷迅暴烈 爭時急以判性命 非如他病 可歲月
謀也 於是 支分類萃 眉列掌示 使病家開卷得方 不煩搜索 凡五易
藥而書始成 嗟乎蒙叟而尚在 庶犖然會意也 嗟乎病之無醫也久矣
諸病皆然 而麻爲甚 何則 醫之業醫爲利也 麻盖數十年一至 業此而
安所利乎 業之無所鄞 臨之不能藥 又可恥臆之而天人命 噫其忍矣
麻方如燈檠雨笠 方霄方雨 汲汲呼覓 旣朝旣晴 漠然相忘 斯則吾人
之志短也 使吾人知來年有兵 必家繕甲而邑完築矣 兵何嘗盡劉人哉
何麻之殺傷更酷 而人且恬如而不懼也 則不侫之爲是書 不惟不負蒙
叟 眞不愧范文正矣 第不侫素暗醫旨 不能揀擇去取 未免溲渤具收
僻鄉人士 苟不審病情 妄信此書 輒投以峻劑毒味 未或不敗 此又不
侫之所大懼也

(12) 사신으로 연경에 가는 참판 이기양을 전송하는 서문(送李
參判 基讓 使燕京序)

> ─나의 벗 이기양(李基讓)은 연경에 가더라도 유념하여 이
> 용후생(利用厚生)의 문물을 배워 오되 문익점이 목화씨
> 를 얻어온 공적을 잊지 말라.

옛날에 대부(大夫)로서 다른 나라에 사신으로 가는 이는 조그마한 한 가지 일을 보고서 그 나라 예의(禮義)가 두터운지 얕은지를 알았고, 하찮은 한가지 물건을 보고서 그 나라 법과 기강이 서 있는지 풀리었는지를 알았으므로 이것을 가지고 그 나라의 성쇠(盛衰)를 점치고 흥패(興敗)를 결정하였으니, 이를 두고 '남의 나라를 살펴서 안다'고 이르는 것이다. 남의 나라를 살펴 아는 것은 밝고 민첩하며 지혜가 보통 사람보다 뛰어난 사람이 아니면 할 수 없는 일이다.

이를테면, 저 전지가 잘 가꾸어진 것을 보고 그 농사짓는 기구를 살펴 보며, 물산의 풍요로움을 보고 그 산출(産出)하는 방법을 찾아보는 그런 일은 역관(譯官)으로서도 능히 할 수 있는 일인데, 현명하다거나 어리석다는 것을 따질 것이 뭐 있겠는가.

연경(燕京)이 한양(漢陽)에서 3천여 리나 떨어져 있는데, 사신의 왕래가 길에 끊이지 않고 잇따랐건만, 이용후생(利用厚生)이 되는 물건은 일찍이 한 가지 물건도 얻어 와서 전한 이가 없으니, 사람들이 태연하게 사물에 혜택을 베풀 뜻이 없음이 어찌 이처럼 극심하단 말인가.

복암(茯菴) 이공(李公)은 젊어서 실용(實用)의 학문에 뜻을 두었으나 음관(蔭官)으로 침체되어 공명을 이룬 바가 없었다. 성상(聖上)이 그의 어짊을 알고 그를 출신(出身)시켜 주어, 수년이 못되어 지위가 아경(亞卿)에 이르렀고, 이제 또 다른 나라에 사신으로 가니, 나라가 공에게 의지하는 뜻이 과연 어떠한가. 공은 장차 어떠한 방법으로 나라에 보답하려 하는가. 이 나라 백성을 위해서 이용후생(利用厚生)을 하여 만세토록 길이 힘입게 하기를 생각한다면 보국(報國)하는 점이 적지 않을 것이다.

설사, 두 나라 사이에 불화가 있다 하더라도 공이라면 충분히 그 나라의 허실을 살펴 알고도 남음이 있을 것인데, 하물며 눈으로 직접 보는 것과 손으로 직접 만져보는 것과 역관으로서도 능히 할 수 있는 것을 공이 하지 못하겠는가.

옛날 문익점(文益漸)이 목화씨를 얻어 돌아와서 심고, 씨아[攪車]·물레[軒車]의 제도까지 아울러 얻어서 민간에 전하였으므로, 민간에서는 무명실 뽑는 틀인 광[軠]을 '문래(文來)'라 이름하여 그의 공을 잊지 않으니, 위대하지 않은가.

공이 사신으로 가는 데 있어 오직 이것으로 권면한다.

送李參判基讓使燕京序

古者大夫之使於異國者 見一事之小 而知其國禮義之敦薄 見一物之微 而知其國法紀之弛立 以之卜盛衰決興敗 是之謂覘國 覘國 非有明敏睿知出乎其類者 不能也 若夫視田疇之易 而觀其所以治之之器 視物産之豊 而求其所以出之之法 此一象鞮之所能爲 而何賢愚之足問哉 燕之距漢陽 三千餘里 而冠蓋之往復徠去者 繹繹乎織於路矣 而所以利用厚生之物 曾未有得其一而歸傳之者 何人之恝然無澤物之志 若是其極哉 茯菴李公 少有志乎實用之學 沈淹陰途 無所成名 聖上知其賢 賜之出身 不數年 位亞卿 今又使於異國 國之倚公 顧何如也 公將何術而報國也 爲斯民 思有以利用而厚生 使萬世永賴焉 則斯其爲報國 不淺鮮矣 使兩國而有事乎 公尚能覘國而有裕矣 況目之所睹 手之所摸 象鞮之所能爲者 公其有不能哉 昔文益漸得棉之種 而歸而種之 並得其攬車軠車之制 而傳之民間 民間謂軠爲文來 而不忘其功 不其偉歟 於公之行 唯以是勉之

(13) 사신으로 연경에 가는 교리 한치응을 전송하는 서문(送韓校理致應使燕序) 그때 서장관이 됨

> —나의 벗 한치응(韓致應)이 사명을 띠고 중국 연경으로 간다며 얼굴에 뽐내는 빛이 보이니 도대체 중국이 무엇이 대단하기에 그리 생각하는가 하고 경계하는 서문을 쓰노라.

장성(長城)의 남쪽, 오령(五嶺)의 북쪽에 나라를 세운 것을 '중국'이

라 하고, 요하(遼河)의 동쪽에 나라를 세운 것을 '동국(東國)'이라고 한다. 동국 사람으로서 중국을 유람하는 것을 감탄하고 자랑하고 부러워하지 않는 사람이 없다.

나의 소견으로 살펴보면, 그 이른바 '중국'이란 것이 나는 그것이 '중앙[中]'이 되는 까닭을 모르겠으며, 이른바 '동국'이란 것도 나는 그것이 '동쪽'이 되는 까닭을 모르겠다.

대체로, 해가 정수리 위에 있는 것을 '정오'라 한다. 그러나 정오를 기준으로 해가 뜨고 지는 그 시각이 같으면 내가 선 곳이 동·서의 중앙이라는 것을 알 수 있다. 북극은 지면에서 약간 도(度)가 높고, 남극은 지면에서 약간 도가 낮기는 하나, 오직 전체의 절반만 된다면 내가 선 곳이 남·북의 중앙이라는 것을 알 수 있다. 이미 동서남북의 중앙을 얻었으면 어디를 가도 중국 아님이 없으니, 어찌 '중국'이라고 한단 말인가. 그리고 이미 어디를 가도 중국 아님이 없으면 어찌 별도로 '중국'이라고 한단 말인가.

이른바 '중국'이란 무엇을 두고 일컫는 것인가. 요(堯)·순(舜)·우(禹)·탕(湯)의 정치가 있는 곳을 중국이라 하고, 공자·안자(顔子)·자사(子思)·맹자의 학문이 있는 곳을 중국이라고 하는데 오늘날 중국이라고 말할 만한 것이 무엇이 있는가. 성인의 정치와 성인의 학문 같은 것은 동국이 이미 얻어서 옮겨왔는데, 다시 멀리에서 구할 필요가 뭐 있겠는가.

오직 전지의 씨 뿌리고 심는 데에 편리한 방법이 있어서 오곡(五穀)이 무성하게 하는 것은 옛날 양리(良吏)가 남겨준 은혜이고, 문사(文詞)의 예술(藝術)에 해박하고 고상한 재능이 있어서 비속(鄙俗)하게 하지 않은 것은 옛날 명사(名士)의 여운이다. 지금 마땅히 중국에서 이익을 취해야 할 것은 곧 이것일 뿐이며, 이밖의 것은 곧 강경(强勁)하고 사나운 풍습

---

1) 오령(五嶺)－중국 교지(交阯) 합포(合浦)의 경계에 있는 산명. 즉 대유(大庾)·시안(始安)·임하(臨賀)·계양(桂陽)·게양(揭陽)의 다섯 산.

과, 교묘하고 기궤(奇詭)한 기예(技藝)라, 예속(禮俗)을 망치고 인심을 방탕하게 하는 것으로서 선왕(先王)이 힘쓰던 것이 아니니, 무슨 볼 것이 있겠는가.

내 벗 혜보(徯甫)가 사명을 띠고 연경(燕京)에 가게 되자 자주 중국에서 노니는 것으로써 얼굴에 뽐내는 빛이 있으므로 내가 일부러 중국·동국의 말을 하여 그를 자제시키고, 따라서 이와 같이 권면한다.

送韓校理致應使燕序 時爲書狀官

國於長城之南 五嶺之北 謂之中國 而國於遼河之東 謂之東國 東國之人 而游乎中國者 人莫不歡託歆豔 以余觀之 其所謂中國者 吾不知其爲中 而所謂東國者 吾不知其爲東也 夫以日在頂上爲午 而午之距日出入 其時刻同焉 則知吾所立 得東西之中矣 北極出地 高若干度 而南極入地 低若干度 唯得全之半焉 則知吾所立 得南北之中矣 夫旣得東西南北之中 則無所往而非中國 烏覩所謂東國哉 夫旣無所往而非中國 烏覩所謂中國哉 卽所謂中國者 何以稱焉 有堯舜禹湯之治之謂中國 有孔顔思孟之學之謂中國 今所以謂中國者何存焉 若聖人之治 聖人之學 東國旣得而移之矣 復何必求諸遠哉 唯用疇種植之有便利之法 而使五穀茁茂焉 則是古良吏之遺惠也 文詞藝術之有博雅之能 而不爲鄙俚焉 則是古名士之餘韻也 今所宜取益於中國也者 斯而已 外是則强勍鷙悍之風 淫巧奇詭之技 夷禮俗蕩人心 而非先王之所務也 何觀焉 吾友徯甫將銜命赴燕 頗以游乎中國 自多于色 余故爲中東之說以折之 因而勉之如此

(14) 금강산을 유람가는 교리 심규로와 한림 이중련을 전송하는 서문(送沈奎魯校理 李重蓮翰林游金剛山序)

> ─ 귀는 금석사죽(金石絲竹)의 고상한 음악을 듣자는 것이
> 요, 눈은 이용후생(利用厚生)의 좋은 제도를 보자는 것
> 인데, 금강산에 가서 무엇을 볼 것인가? 뾰족한 봉우리,
> 폭포수, 깊은 골짜기 그것이 무슨 보탬이 있겠는가. 얻을
> 것이 있다면 심신(心神)을 기르는 방법일 게다.

귀는 어찌하여 밝은가. 부르는 소리를 듣고 달려가고, 꾸짖는 소리를 듣고 중지하고, 포효(咆哮)하는 소리를 듣고 해를 피하려는 것이며, 더 나아가서는 금석사죽(金石絲竹)과 유창한 상성(商聲), 심각한 우성(羽聲)을 듣고 즐기려는 것이다.

눈은 어찌하여 밝은가. 평탄하고 험함을 분변하며 마르고 젖은 것을 구별하여, 취하고 버리며 나아가고 물러나게 하려는 것이며, 더 나아가서는 기화이초(奇花異草)와 서화(書畵)나 옛 물건들을 보고 즐기려는 것이다.

산은 어찌하여 거대한가. 바람을 막고 물을 저축하며, 금은동철(金銀銅鐵)과 미재보석(美材寶石)을 생산하여 이용후생(利用厚生)을 하려는 것이고 더 나아가서는 금강산과 같은 명산도 있으니, 사물의 이치를 쉽게 따질 수 없는 것이 이와 같다.

금강산은 오곡(五穀)이 생산되지 않고 삼금(三金)·팔석(八石)¹⁾과 편나무·매화나무·예장나무[豫樟]·상아(象牙)·서피(犀皮)·날짐승의 깃·길짐승의 털 등속의 자원은 하나도 얻을 것이 없고, 만물에 뛰어난

---

1) 삼금(三金) 팔석(八石)-삼금은 금(金)·은(銀)·동(銅), 팔석은 도가(道家)에서 먹는 여덟 가지 약, 즉 주사(朱砂)·웅황(雄黄)·공청(空靑)·유황(硫黃)·운모(雲母)·융염(戎鹽)·초석(硝石)·자황(雌黃).

사람을 놀라게 하여 천하에 이름나게 된 것은, 가파른 봉우리, 우뚝 솟은 돌들의 기괴하고 이상한 형태와 깊은 웅덩이며 폭포가 쏟아지고 출렁거리는 물 그것에 불과할 뿐이다.

그런데 사람이 시냇물과 언덕을 건너 양식을 싸가지고 거친 풀을 헤치고 가파른 바위를 지나며 등에 땀을 흘리고 숨을 헐떡거리면서까지 반드시 한 번 보는 것으로 시원하게 여기는 것은 또한 무엇 때문인가. 현악기(絃樂器)·관악기(管樂器)나 치성(徵聲)·우성(羽聲)의 가락을 듣는 것으로는 부족하기에 쏟아지는 폭포 소리를 들음으로써 기뻐하고, 화초나 나무, 옛 물건을 보는 것으로는 부족하기에 가파른 봉우리, 괴이한 돌을 봄으로써 즐거워하는 것이니, 이목(耳目)의 욕심을 탐하는 것이 너무 심하지 않은가. 나는 그런 사람은 욕심이 많은 것으로 아는데, 세상에서는 어찌하여 청고(淸高)하고 염담(恬澹)한 사람으로 여기는가. 나는 그러한 이유를 알겠다. 귀나 눈의 기능으로서 부르는 소리, 꾸짖는 소리를 분변하고 평탄하고 험함을 구별하는 모든 것은 다 그 구체(口體)를 기르는 것이고, 현악기·관악기나 화초·나무 같은 것은 심신(心神)을 기르는 것이다. 산이 보화 등의 온갖 물건을 산출하여 용도에 이롭게 하는 것은 다 사람의 구체(口體)를 기르는 것이고, 그 가파른 봉우리, 괴이한 돌, 쏟아지는 폭포가 되어 구경거리를 제공하는 것은 심신(心神)을 기르는 것이다. 무릇, 구체(口體)를 기르는 것은 아무리 작더라도 '탐하면 사욕(私慾)이 되고, 심신을 기르는 것은 비록 탐하여 돌이킬 줄 모르더라도 군자는 탐한다'고 하지 않는다. 나의 벗 심화오(沈華五)·이휘조(李輝祖)가 금강산 유람을 떠나려 할 때, 이 말을 써서 주고 두 사람에게 심신을 기르는 방법을 알도록 한다.

送沈奎魯校理 李重蓮翰林游金剛山序

耳惡乎聰 將以聽呼而赴 聽喝而止 聽哮咆以辟害也 及其至也 爲之金石絲竹流商刻羽以悦之 目惡乎明 將以辨夷險別乾濕 令得以取

舍前却也 及其至也 爲之奇花異草書畫古物以娛之 山惡乎磅礴 將
以障風氣蓄水泉 生金銀銅鐵美材寶石 以利用厚生也 及其至也 有
如金剛者起 物理之不可詰如是也 金剛之山 五穀不生 而三金八石
梗枏豫樟 齒革羽毛之屬 無一而得資焉 其所爲超物驚人 以名於天
下者 不過乎峭峰蠹石 詭形怪態 及泓渟激瀉琮琤演漾之水而已 人
之涉川原 齎糇粮 披蒙茸 歷巉巖 汗背脅息 必以一見爲快者 抑奚
以哉 將絲竹徵羽之爲不足 而聽琮琤激瀉以悅之 花木古物之爲不足
而觀峭峰怪石以娛之也 其所以殉耳目之慾 不尤甚哉 吾見其多慾也
何世之予斯人 爲淸高恬澹者乎 曰我知之矣 凡耳目之所爲辨呼喝別
夷險者 皆以養其口體也 若所爲絲竹花本者 以心神也 山之興寶貨
諸物以利用者 皆以養人之口體也 其爲峭峰怪石琮琤激瀉 以供玩者
爲心神也 凡所以養口體者 雖小殉之爲私慾 其以養心神者 雖殉而
不知反 君子不謂貪也 吾友沈華五李輝祖 將遊金剛 於其行 書此以
贈之 令二子者 知所以養心神也

(15) 백두산을 유람하러 가는 진택 신공 광하를 전송하는 서문
(送震澤申公光河游白頭山序) 기유년(1789)에 지음

> ── 백두산은 우리나라의 진산으로 그 뿌리가 땅에 서리어 수
> 천리나 뻗어 있고 위에는 큰 못이 있어 주위가 80리나 된
> 다. 1712년 청제(淸帝)와 우리나라가 경계를 지어 중국에
> 서는 5악에다 6악에 넣어 시절에 따라 향사를 지내지만
> 우리는 수 백년 이래로 한사람도 가본 사람이 없다.

거대한 땅덩이로 말하면 구릉(丘陵)과 평야로 풍기(風氣)를 막고 물의
지류(支流)를 구별하면 족한데, 혹 우뚝이 웅장하게 솟아 수천 리를 서려
서 뭉쳐 있기도 한 것으로 태행산(太行山)·항산(恒山)·대종(岱宗)과
같이 뛰어난 산이 있는 것은 또한 무엇 때문인가. 아마도 이와 같이 웅

장하지 않으면 한 지방을 진압하고 온갖 영이하고 기괴한 것들을 간직하
여 만물이 우러러 보는 대상이 되기에 부족하기 때문일 것이다.

천자(天子)가 순수(巡守)할 적에 오직 도성(都城)과 시골에 들어가서
경작하고 추수하는 일을 살피고, 시절을 고르게 하며 제도를 바르게 하
면 족한데, 또 어찌하여 험난함을 무릅쓰고 높은 산을 올라 사악(四嶽)의
꼭대기에 이른 뒤에야 그만두는 것인가. 대체로 천하를 소유한 천자는
방위(方位)를 분변하고 천신(天神)과 지신(地神)을 예(禮)로 받들어 하
늘이 돌보아주는 은혜에 감히 보답하지 않을 수 없어서일 것이다. 이와
같이 중요한 산을 하민(下民)들은 관심 밖에 두고 일체 돌보지 않으며
말하기를 '저것은 무엇하는 것이냐'고 하니 이러한 사람은 또한 양충(壤
蟲)1)일 따름이다. 그러므로 장건(張騫)2) · 사마천(司馬遷) · 역도원(酈道
元)3) 같은 이는 평생 동안 있는 힘을 다하여 하늘과 땅 끝까지 탐사하
여 이르고 싶은 데까지 이르러서야 그만두었고, 혹은 그것을 기술하여
후세에 전해주기도 하였다. 이와 같이 한 것은 또한 천지 자연에 순응
한 것일 뿐이다.

백두산(白頭山)은 《산해경(山海經)》4)에 이른바 불함산(不咸山)이고,

---

1) 양충(壤蟲)－상대적으로 극히 보잘것없음을 뜻한다. 도량이나 경험이나 규모
   등이 아주 작은 사물이 자기 나름대로 판단하고 상대를 이해하지 못함을 비
   유한 것이다. 양충은 애벌레. 《회남자(淮南子)》〈도응훈(道應訓)〉에 '나를 부
   자(夫子)에 비교하면 "한번에 천리를 나는" 황곡(黃鵠)과 "한번에 한 치 정
   도 꼼틀거리는" 양충(壤蟲)과도 같다'라고 한 데서 온 말이다.

2) 장건(張騫)－한(漢) 무제(武帝) 때의 문신. 벼슬은 중랑장(中郞將)에 이르고
   박망후(博望侯)에 봉해졌음. 남방 월지국(月氏國)에 자원하여 사신으로 갔고,
   오손(烏孫) 등 서역(西域)에 사신으로 가서 국위(國威)를 떨치고 그 나라들
   과의 교통을 개척하였다.(《史記》 권111, 《漢書》 권61)

3) 역도원(酈道元)－북위(北魏) 효문제(孝文帝) 때의 문신. 벼슬은 형주자사(荊
   州刺史) · 관우대사(關友大使)를 지냈음. 학문을 좋아하고 기서(奇書)를 많이
   보았으며, 《수경주(水經注)》와 《칠빙(七聘)》을 지었음.(《魏書》 권89, 《北史》
   권27〉)

4) 《산해경(山海經)》－산천(山川) · 초목(草木) · 조수(鳥獸) 등에 관한 이야기를

지지(地志)에 이른바 장백산(長白山)이다. 그 산맥이 서쪽으로 선비(鮮卑)에서 일어나서, 동북쪽으로 흑룡강(黑龍江)의 위에 이르고, 그 한 가닥이 남으로 꺾이어 우리나라 경계의 북쪽에 이르러 우뚝하게 일어나서 북진(北鎭)·여진(女眞)·오랄(烏喇)의 으뜸이 되었으며, 남쪽으로 말갈(靺鞨)이 되고, 서쪽으로 여연(閭延)·무창(茂昌)이 되고, 서남쪽으로 발해(渤海)가 되었는데, 그 뿌리가 땅에 서리어 수천 리나 뻗어 있다. 그 위에는 큰 못이 되어 주위가 80리나 된다.

청제(淸帝)가 목극등(穆克登)을 보내어 경계비를 세우고,[5] 그를 높여 오악(五嶽)에 넣어 육악(六嶽)으로 만들고는 시절(時節)에 따라 향사(享祀)를 신중하게 지내니 지금은 그 존귀하고 중대함이 또 옛날에 비할 바가 아니다. 서울과의 거리는 2천여 리인데 수백 년 이래로 한사람도 용기를 내어 찾아간 이가 없으니 그 쓸쓸한 상황은 탄식스러울 뿐이다.

근세에 창해거사(滄海居士) 정난(鄭灡)이란 자가 스스로 백두산을 보고 왔다고 말한다. 그러나 그 말이 대부분 옛사람들이 기술한 것과는 맞지 않으니, 식자들은 그가 백두산을 보지 못하였을 것이라고 의심하였다.

진택(震澤) 신공(申公)은 시로 일세에 이름이 으뜸이었는데, 특히 산의 유람을 좋아하는 버릇이 있었다. 그래서 국내의 명산으로 꼽혀지는 묘향산(妙香山)·기달산(怾怛山 : 금강산의 일명)·오대산(五臺山)·속리산(俗離山) 등속은 대체로 그 꼭대기까지 올라가 보지 않은 곳이 없었으나, 오직 백두산(白頭山)은 가보지 못하였다.

금년에 그의 조카 사간공(司諫公)이 경성판관(鏡城判官)으로 나가자,

실은 책. 중국 상고시대 우왕(禹王)이 지었다고 함.

5) 청제(淸帝)…… —1712년(조선 숙종 38) 청태조(淸太祖)가 오랄총관(烏喇摠官) 목극등(穆克登)을 보내어 백두산을 중심으로 국경을 분명히 하자고 하므로, 조선 조정에서는 접반사(接伴使)로 박권(朴權)을 임명하고 군관 이의복(李義復), 통역관 김응헌(金應憲)을 수행케 하였다. 이해 5월 15일 양국 대표는 백두산에 올라 회담하고 압록·토문(土門) 두 강의 분수령인 산꼭대기 동남방 약 4km 해발 2,200m 지점에 경계비를 세웠다.

공은 뛸 듯이 기뻐하며 말하기를,

"내 바라던 일이 이루어졌다."

하고, 드디어 훌쩍 옷소매를 떨치고 떠났다. 그가 떠남에 있어 증별(贈別)이 없을 수 없으므로 이와 같이 말로 증별한다.

送震澤申公 光河游白頭山序 己酉

坤輿之磅礴也 爲之丘陵墳衍 以障風氣 別水支 足矣 其或爲屹然
巨特 蟠結數千里不已 若太行恒山岱宗之類 出乎其萃者 抑何以哉
蓋不如是 不足以鎭方隅蓄靈怪 爲萬物望也 天子之巡守也 唯入都
鄙 省畊斂 協時月 正律度 足矣 又何爲凌險陟高 至于方嶽之上而
後已哉 蓋有天下者 不敢不辨方位 禮神祗 以答天之眷命也 夫以其
重若此 而爲下民者 方且置之 不一顧曰 彼何爲者 是亦壞蟲己矣
故有若張騫司馬遷酈道元者 平生竭其力疲其筋 窮天維絶地極 至其
所欲 至而止 或爲之紀述以詔後 若是者 亦性之所安耳 白頭山 卽
經所云不咸山 而地志稱長白山者 是也 其脉西起鮮卑 東北至黑龍
江之上 其一支南折 至我界之北 崛起而爲之祖 北鎭女眞烏喇 南爲
靺鞨 西爲閭延茂昌 西南爲渤海 其根蟠地 將數千百里 上爲大澤
周八十里 淸帝遣穆克登 立碑爲界而封之 列之五嶽 而爲六時節享
祀唯謹 今其尊且重 又非前古之比 其距漢陽二千餘里 而數百年來
未有一夫褰裳就之者 其亦寂寥 可歎也已 近歲有滄海居士鄭瀾者
自言觀白頭山而來 然其説多與前人所記述不合 識者 疑其未嘗觀白
頭山也 震澤申公 詩名冠一世 顧於山有癖 國內名山 若妙香怾怛
五臺俗離之倫 蓋莫不窮其頂 唯白頭之未至也 今年其從子司諫公
出爲鏡城判官 公踊躍以喜曰 吾事成矣 遂飄然奮袂而去 於其行不
可無贈 贈以言如此

(16) 지중추부사 신공 의청의 백 세 향수를 축하하는 서문(知中樞府事申公義淸 百歲壽序) 임자년(1792) 봄에 지음

> ──백 세 된 신의청(申義淸)은 건강이 50, 60 동안 녹발이요 자손이 60여명이라고 했다. 정종께서 불러다가 칭찬하고 정2품의 벼슬을 주며 희정당에서 대면하셨다.

백 년은 날짜로 따지면 3만 6천6백일이다. 태양(太陽)은 하루에 하늘을 한 바퀴 도는데, 하늘의 둘레는 3백60도이다. 그것을 3만 6천6백일로 곱하면 태양은 1천3백17만 6천도를 운행하는 것이니 백 년을 쉽게 말할 수 있겠는가. 하루는 96각(刻)인데 분(分)으로는 1천4백40분이다. 그것을 3만 6천6백일로 곱하면 각으로는 3백51만 3천6백 각이고, 분으로는 모두 5천2백70만 4천분이 되니 어떻게 백년을 쉽게 말할 수 있겠는가.

어떤 사람을, 그 몸을 바르게 하고 꼿꼿이 서서 태양이 1도를 옮길 때까지 기다리게 하면 반드시 그렇게 못할 것이고, 어떤 사람을, 그 눈을 똑바로 뜨고 감지 않은 상태로 1분 동안을 기다리게 하면 반드시 그렇게 못할 것이다. 기다리지 못하는 그 까닭은 태양이 1도를 옮기는 시간과 1분 동안이 모두 매우 더디고 길어서 우리의 힘이 지탱하지 못하기 때문이다. 이것으로 말한다면 하루가 길지 않은 것이 아닌데 하물며 백 년이겠는가.

그러므로 하늘이 사람을 낼 때에 이미 백 년의 수를 허락해 주었으나 급기야 줄 적에는 대체로 매우 아끼는 것이다. 옛날 한문공(韓文公)이 헌종(憲宗)의 의혹을 풀어 주고자 하여 수천 수백 년 이전을 샅샅이 조사하였는데 백 년 이상의 장수를 누린 이는 겨우 7~8인 정도에 그쳤으니,[1] 나이 백 세 되는 이가 이와 같이 희귀하다.

───────────

1) 한문공(韓文公)이 헌종(憲宗)의 의혹…… ─한문공은 당(唐)의 문장가 한유(韓愈). 문(文)은 그의 시호이다. 당헌종(唐憲宗)이 불골을 금중(禁中)에 맞아들

그러므로 옛날에 천자(天子)가 방악(方嶽)²⁾을 순수(巡守)할 때는 나이 백 세 되는 이를 물어서 찾아가 보는 등 존경하고 예우하는 정도가 모든 악목(岳牧)의 위에 있었던 것은, 이러한 사람은 하늘의 보살핌을 받는 자이므로 상례(常例)로 대우해서는 안되기 때문이 아니겠는가.

주상 16년 봄에 충청도 관찰사(忠淸道觀察使)가 청주(淸州)의 백 세 된 노인 신공(申公)을 나라에 아뢰니, 주상이 '그 근력이 어떠한가?'하여 물어보니 나이 50~60세 된 이와 같다는 것이다.

이리하여 역마로써 서울로 불러와 정2품의 벼슬을 주고 희정당(熙政堂)에서 대면하였다. 신공(申公)은 동안(童顔) 녹발(綠髮)로 옷자락을 끼고 당에 오르는데 걸음걸이가 가뿐하고 씩씩하였다. 주상이 술을 하사하고 묻기를,

"자손은 얼마나 되는고?"

하니, 그는,

"자녀와 손자·증손자 합하여 모두 60여인입니다. 신이 삼가 신의 수복(壽福)으로 바치겠습니다."

하고, 왕이 하사한 술을 받들어 도로 올리므로 주상이 받아서 마셨다.

이미 물러난 뒤에 관각(館閣)에 있는 신하들에게 명하여 시문(詩文)을 지어 전송하게 하였다. 신(臣) 약용(若鏞)이 이미 왕명을 받아 전(箋)을 짓고 또 그를 위해 그 일을 이와 같이 서술한다.

이자, 한유가 〈논불골표(論佛骨表)〉를 올려 이의 부당함을 극간하였다. 한유는 황제(黃帝) 이후 불교가 들어오기 전까지의 역대 제왕(帝王)으로서 장수하고 또한 오래 재위한 이를 열거하고, 불교가 들어온 한명제(漢明帝) 때 이후로는 불교를 신봉하고서도 재위 기간이 짧고 복도 받지 못한 제왕을 들어 비교하여, 불교를 신봉할 것이 못됨을 설명하였다. 한유의 〈논불골표〉에서 든 1백 세 이상 장수한 이로는 황제가 1백10세, 소호(少昊)가 1백세, 제곡(帝嚳)이 1백5세, 제요(帝堯)가 1백18세, 순(舜)·우(禹)가 모두 1백세, 탕(湯)이 1백세, 주목왕(周穆王)이 재위 1백년 등이다.(《唐宋八家文》 권2, 〈論佛骨表〉)

2) 방악(方嶽)―사방의 진산(鎭山). 동악은 대종(岱宗), 남악은 형산(衡山), 서악은 화산(華山), 북악은 항산(恒山). 이를 4악이라 하고 9목(牧)의 장관을 두었다.

知中樞府事申公義清 百歲壽序　壬子春

百年者 三萬六千六百日之積也 太陽一日一周天 周天三百六十度
積三萬六千六百日而計之 則太陽行一千三百十七萬六千度矣 百年
其可易言哉 一日九十六刻 共得一千四百四十分 積三萬六千六百日
而計之 則三百五十一萬三千六百刻 共得分五千二百七十萬四千矣
百年 其可易言哉 有人焉 令正身直立 而俟太陽之徙一度 必不能也
有人焉 令瞪目不瞬 而俟一分之頃 必不能也 其所以不能俟者 由太
陽之徙一度 與一分之頃 皆遲重悠久 而吾力有不支也 由是言之 一
日未嘗非久 矧百年哉 故天之生人也 旣已許之以百年之壽 而及其
予之也 蓋甚惜之 昔韓文公 欲解憲宗之惑 窮搜極覓於數千百年之
上 而得壽百年者 僅七八而止 百年之絕無 而僅有如是矣 故古者
天子巡守方嶽 問百年者就見之 其尊禮在諸岳牧之上 豈不以斯人者
天之所眷 而不可以常典待之歟 上之十六年春 忠淸道觀察使 以淸
州百歲老人申公聞 上曰 其筋力何如 詢之如五六十者 於是 驛召至
京 授之正二品之職 而賜對于熙政堂 申公以童顏綠髮 攝齊升堂 步
履輕健 上賜之酒 而問之曰 子孫幾何 曰子女孫曾 共六十餘人 臣
敬以臣壽福獻之 奉所賜酒還進 上受而晬之 旣退 命群臣在館閣者
爲詩文以送之 臣鏞旣承命作箋 又爲之序其事如此

(17) 족증왕모 박 숙부인의 95세 향수를 축하하는 서문(族曾王
　　母朴淑夫人九十五壽序)　계묘년(1783)에 지음

> ─ 족증왕모 박 숙부인은 95세인데 달빛에 바늘귀를 꿰고
> 치아가 새로 나서 굳은 음식도 씹는다. 아들 진천공이
> 60인데 어리광부리며 며느리 효성이 지극하므로 은덕이
> 라 생각하고 세상의 며느리에게 권면한다.

사람이 어릴 적에는 그 기대하고 원하는 것이 편안하고 부유하고 지위 높고 영화로움뿐이다. 그러나 이른바 편안하고 부유하고 지위높고 영화로운 것은 먼저 수가 기반이 되지 못하면 누릴 수(壽)가 없다. 그러므로 사람이 귀중히 여겨야 할 것은 수이다.

그러나 사람의 나이 40세면 혈기가 조금 쇠해지고 60에 이르러 크게 쇠해진다. 그래서 귀가 비로소 어두워지고 눈이 침침해지며, 이가 다 빠지고, 언어는 앞뒤의 조리가 맞지 않으며, 헐떡거리고 신음하며 쓰러져서 일어나지 못한다. 이와 같은 이는 70, 80세의 대질(大耋)에 이르더라도 즐겁지 아니하다. 반드시 정력이 왕성하여 여느 사람과 같은 뒤에야 수의 안락을 누린다고 하겠다.

그러나, 사람은 누구나 자기 자식은 사랑하나 그 어버이에게 효도하는 이는 거의 드물다. 만약, 자손과 부녀들이 괄시하여 깊이 사랑하지 않고 거처나 음식 등의 예절을 살피지 아니하면 수를 누리더라도 그 마음이 항상 괴롭다. 반드시 효도로 봉양하는 자손이 좌우에서 보살피며 부드럽고 기쁜 안색으로 내 뜻을 순종한 뒤에야 수를 누리는 영화가 있다고 하겠다.

하지만 가령 집안 형편이 가난하여, 봉양할 음식물을 이어대기 어려워서 남자는 땔나무 하고 꼴을 베며 여자는 물 긷고 방아찧는 일을 한다면 비록 그들의 정성이 지극하다 하더라도 내 마음은 늘 그들과 함께 같이 근심하게 된다. 반드시 고기와 술 등 음식이 풍족하고 비단 등 옷감이 수두룩하게 쌓여 있어서 군색하고 떨어진 것을 보지 않은 뒤에야 수의 부유를 누린다고 하겠다.

그러나 서민의 집안으로서 장사를 하거나 재물을 불리어 일어난 사람은 성대하게 공급하는 것이 공경재상(公卿宰相)과 같다 하더라도 결국 비천한 신분이다. 반드시 면류관·수레·휘장·일산·인끈[印綬] 등으로 그 위의(威儀)를 성대히 갖춘 뒤에야 수의 존귀함을 누린다고 하겠다.

수가 대질(大耋)에 이르러 이 네 가지의 즐거움을 겸하여 누린 이는 천하에 대체로 거의 없다.

우리 족증왕모(族曾王母), 숙부인(淑夫人)은 금년 나이 95세인데, 달빛 아래서 바느질 실을 꿸 수 있고, 귓속말로 소곤거리는 것도 모조리 알아들으며 이가 빠졌다가 다시 나서 젊을 때처럼 단단한 것도 씹어먹을 수 있어서 그 기력과 건강이 편안하다. 아들은 지금 진천공(鎭川公)인데, 천성이 지극히 효성스러워서 나이 60이 다 되었는데도 마치 어린아이가 그 부모를 그리는 것과 같으니, 온 집안이 감화되어 어린 손자, 조그마한 여종들까지도 마음을 다해 돌보아 드리니, 그 마음이 영화롭다. 집안이 원래 가난하였는데, 조정에서 그의 효성을 알고 현령 한 자리를 제수하여 한 고을의 녹봉으로 봉양하게 하였다.

이리하여 수레로 관부(官府)에 모시고 와서 맛있는 음식을 모친이 원하는 대로 봉양하니, 존귀하고도 부유하다 하겠다. 이 정도면 하늘이 숙부인에게 복을 누리게 한 것이 후하지 않은가. 그러나 하늘이 어찌 우연히 그러하였겠는가. 숙부인은 본디 명가(名家)의 자손이었고, 우리집으로 출가하게 되어서는 시부모를 잘 섬기고, 유순하여 부덕(婦德)이 있으므로 일족들이 모두 좋아하였다. 그래서 그 복이 이와 같았던 것이니, 하늘이 보답하는 것은 틀릴 수 없는 것이다.

올봄에 내가 진사(進士)로서 두루 유람하다가 진천(鎭川)에 이르러 그 봉양하는 것을 즐겁게 구경하고 글을 지어 하례하는 한편 세상의 며느리들을 권면한다.

族曾王母朴淑夫人九十五壽序 癸卯

人方幼眇時 其所期願唯安富尊榮 然所謂安富尊榮者 非先得壽爲之基 則無所傳焉 故人之所急壽也 然人年四十而血氣少衰 至六十大衰 耳始聾 目始昏 齒牙皆脫落 言語多顚錯 哮喘呻吟 委頓而不能起 若是者 雖至大耋不樂 必其精力旺健 能與人同 然後可謂有壽之安也 然人莫不慈其子 而孝於親者絶稀 若子孫婦女 恝然無深愛 而不察乎溫情飢飽之節 雖壽其心常苦 必有孝養之子 左右周旋怡愉

以順吾之志 然後可謂有壽之榮也 然苟其家世貧簍 菽水難繼 男執
樵蘇 女親井臼 雖其純誠著達 而吾心每與之同憂 必其牲醴豊足 帛
絮堆疊 不見其窘匱者 而後可謂有壽之富也 然匹庶之家 行賈殖貨
而起者 雖其所供給 如公相 終之爲卑賤 必有冠冕車輿惟蓋印綬之
等 得盛陳其威儀 然後可謂有壽之尊也 壽至大臺 而能兼是四者之
樂而有之者 天下蓋絶無也 吾族曾王母淑夫人 今年九十五 月下能
以線串針 與人語呫囁無不達 齒落復生 齧肥如少時 而其氣體安矣
胤子今鎭川公 天性至孝 年將六十 若嬰兒之慕其親 一家化之 童孫
尺婢 莫不盡心服勤 而其心榮矣 家故貧 朝廷察其孝 畀之一縣 令
以專城養 於是 以板輿奉至府 甘旨唯其志 而尊且富矣 天之餉淑夫
人 顧不厚歟 天豈徒然哉 淑夫人少以名家子 及歸于我 善事舅姑
婉順有婦德 宗黨胥悅 乃其福如此 其報施有不可誣者 今年春 鏞
以進士 游歷至鎭川 樂觀其所爲養 而爲文以賀之 兼以勸世之爲人
婦者

9. 기문[記]

(1) 진주 의기사의 기문(晉州義妓祠記)

> ── 의렬의 여자 논개(論介)의 사당 촉석루를 보고 감격하여
> 그 애국 충정을 기리며 기문을 쓴다.

부인들의 성격은 죽음도 두려워하지 않는다. 아래로는 혹 분노와 원한과 억울함을 참지 못하여 죽기도 하고 위로는 의리상 자기 몸을 더럽힐 수 없어서 죽기도 한다. 이러한 죽음에 이르면 세상 사람들은 모두 절개 높은 열녀라고 일컫는다. 그러나 그것은 모두 자기 몸만이 스스로 생명을 끊었을 뿐이다.

더욱이 기생 출신의 여인들은 어릴 적부터 풍류와 음란한 생활과, 바꾸고 변천하는 인정에 팔려, 그 성격이 물 흐르듯 하여 머물러 있지 못하고 모든 남자를 자기 남편처럼 여긴다. 이성간에 있어서도 오히려 이러하였거든 하물며 임금과 신하의 의리에 대해서는 그 무엇을 알았으랴. 그러므로 예로부터 전쟁통에 적에게 겁탈을 당하는 미녀들이 허다하였지만 나라를 위하여 목숨을 바쳤다는 사실은 일찍이 듣지 못하였다.

옛날 왜적들이 진주성을 함락하고 강점하였을 때의 일이다. 한 의로운 기생이 있어서(이름은 논개 : 역자) 왜놈의 괴수를 유인하여 강 가운데 있는 큰 바위 위에서 함께 춤을 추었다. 춤이 바야흐로 어우러지자 그는 왜놈을 껴안고 강물 속에 몸을 던져 죽었다. 여기 이 사당은 바로 그를 제사지내는 곳이다.

아! 어찌 맵디 맵고 훌륭한 부인이 아니랴. 지금 그 한 놈의 적장을

죽인 것만으로는 당시에 전사한 우리 3장사[三士]의 원한을 씻기엔 부족하였다. 그러나 성이 금방 무너져갈 그때에 이웃 성들에서 군대를 멈추고 구원하지 않았으며 조정의 일부 고관들은 도리어 전공(戰功)을 세움을 시기하여 성이 함락되는 것을 기뻐할 정도였다. 철벽 같던 요새가 무너져서 간악한 원수의 손에 들어가고 말았다.

충신 지사들의 통분과 원한은 실로 이번 이 전쟁의 패망보다 더할 데가 없었다. 이와 같은 판국에 그 연약한 여자의 몸으로서 용감히 적장을 죽이고 나라를 위하여 자기 몸을 바쳤으니, 이로 인하여 나라와 백성의 의리는 하늘과 땅 사이에 찬란한 광채를 발휘하게 되었으며, 따라서 한 성에서 적을 무찌르는 것쯤은 넉넉히 해낼 수가 있었다.

어찌 통쾌하지 않을 것이냐. 사당이 오래도록 보수되지 못하여 비바람에 퇴색하게 되었더니, 이제 절도사 홍공(洪公)이 그 허물어진 데를 고치고 단청을 새로 한 다음에 나에게 그 사연을 쓰게 하고 자기도 또한 7언시 네 구를 지어 촉석루(矗石樓)에 붙였다.

晋州義妓祠記

婦人之性輕死 然其下者 或不耐忿毒幽鬱而死 其上者 義不忍 汙辱其身而死 及其死 繄謂之節烈 然皆自殺其軀而止 至若娼妓之屬 自幼導之以風流淫蕩之物 遷移轉變之情 故其性 亦爲之流而不滯 其心以爲人盡夫也 於夫婦尙然 矧有能微知君臣之義者哉 故自古兵革之場 縱掠其美女者何限 而未嘗聞死節者 昔倭寇之陷晋州也 有妓義娘者 引倭酋 對舞於江中之石 舞方合抱之投淵而死 此其祠也 嗟乎 豈不烈烈賢婦人哉 今夫一酋之殱 不足以雪三士之恥 雖然城之方陷也 鄰藩擁兵而不救 朝廷忌功而樂敗 使金湯之固 失之窮寇之手 忠臣志士之憤 歎恚恨未有甚於斯役者矣 而眇小一女子 乃能殱賊酋 以報國 則君臣之義 皦然於天壤之間 而一城之敗 不足恤也 豈不快哉 祠久不葺 風雨漏落 今節度使洪公 爲之補其破缺 新其丹

碧 令余記其事 自爲詩二十八言 題之矗石樓上

(2) 세검정에 놀러 갔던 기문(游洗劍亭記)

> ─ 세검정의 비온 뒤의 폭포는 너무도 힘차고 천지를 뒤흔
> 들어서 장관을 이루었다.

세검정의 경치는 오직 갑자기 쏟아지는 비로 떨어져 흐르는 폭포를 구
경하는 것이 으뜸이리라. 그러나 비가 한창 내릴 적에 사람들은 옷을 적
셔 가면서 말을 달려 교외로 구경 나가기를 즐겨하지 않으며, 또 비가 이
미 갠 뒤에는 그 개울물이 금방 줄어지는 까닭에 세검정이 비록 가까운
산림 속에 있으나 성안의 사대부들이 능히 그 장쾌한 경치를 구경한 자
가 드물다. 신해년1) 여름에 나와 한혜보(韓傒甫) 등 몇몇 사람들이 명례
방(明禮坊)에 모여서 술잔을 나누고 놀 적에 날씨가 찌는 듯이 답답하게
무덥더니 갑자기 검은 구름이 사방에서 일어나며 마른 뇌성이 멀리서부
터 울려 나왔다. 나는 문득 술잔을 거두고 일어서면서,

"이는 폭우가 내릴 징조이다. 제군은 세검정으로 가지 않겠는가. 만일
가기 싫어하는 자가 있다면 그는 반드시 벌주 열 병을 내어 한판 차려
야만 한다."

라고 하였더니 모두들 '그 말이 좋다' 하면서 따라 일어섰다. 드디어 말
을 몰아 창의문(彰義門)을 나서니 주먹 같은 빗방울이 수삼 점 뚝뚝 떨
어져 왔다. 급히 달려 세검정 밑에 다다랐을 때에는 벌써 수문 좌우 산
골 사이가 마치 고래 물뿜는 듯하며 내리는 빗방울에 옷소매가 얼룩얼룩
젖었다. 정자에 올라 서로 줄을 지어 둘러앉았다. 난간 앞 수목들은 모
두 넘어질 듯이 흔들거리며 시원한 기운이 뼛속까지 스며드는 듯하였다.
그러다가 문득 세찬 폭풍이 일고 크고 세찬 소낙비가 쏟아진다. 산골 물

---

1) 신해년(辛亥年)-정조 15년(1791), 작자가 30세 때임.

은 폭포처럼 굽이치며 모여들어 순식간에 온 골짜기는 물에 덮이어 울부
짖었다.

온 천지가 물 세상을 이루면서 모래가 밀리며 돌이 구르고 물보라가
자욱하여지면서 쏟아지는 시냇물이 정자의 주춧돌을 앗아갈 듯 밀어닥쳤
다. 기세는 웅장하고 소리는 억세었다. 정자 난간이 뒤흔들려 금방 엎어
질 것만 같아 마음이 조마조마했다. 나는 '자, 어떠한가?'하고 먼저 말을
꺼내었다. 모두들 '말씀대로 훌륭합니다'라며 감탄하고 술잔을 나누면서
한바탕 웃고 놀았다. 조금 지나 비가 멎고 구름이 걷히더니 산골 물이 점
차로 줄어들었다. 때마침 저녁볕이 수풀 사이로 비쳐들어 만상이 붉고
푸른 온갖 채색으로 물들었다. 서로 더불어 누우며 뒹굴면서 시구를 읊
으며 한없이 즐기었다.

이럴 무렵에 심화오(沈華五)가 우리들의 소식을 듣고 뒤쫓아왔으나 이
미 산골 물은 줄어진 뒤였다. 처음에 우리들이 화오를 초청하였으나 제
때에 오지 않았던 까닭으로 한바탕 조롱해 주었다. 그와 더불어 마지막
으로 한 순배를 돌리고 일어섰다. 이때에 참가한 벗으로는 홍약여(洪約
汝)·이휘조(李輝祖)·윤무구(尹无咎)들이 함께 있었다.

游洗劍亭記

洗劍亭之勝 唯急雨觀瀑布是已 然方雨也 人莫肯沾濕 鞴馬而出
郊關之外 旣霽也 山水亦已衰少 是故亭在 莽蒼之間 而城中士大夫
之能盡享之勝者鮮矣 辛亥之夏 余與韓傉甫諸人 小集于明禮坊 酒
旣行 酷熱蒸鬱 黑雲突然四起 空雷隱隱作聲 余蹶然擊壺而起曰 此
暴雨之象也 諸君豈欲往洗劍亭乎 有不肯者 罰酒十壺 以供具一番
也 僉曰 可勝言哉 遂趣騎從以出 出彰義門 雨數三點已落 落如拳
大 疾馳到亭下水門 左右山谷之間 已如鯨鯢噴矣 而依袖亦斑斑然
登亭列席而坐 檻前樹木 已拂拂如顚狂 王洒淅徹骨 於是 風雨大作
山水暴至 呼吸之頃 塡谿咽谷 澎湃砰訇 淘沙轉石 渤潏奔放 水掠

亭礎 勢雄聲猛 棲檻震動 凜乎其不能安也 余曰 何如 僉曰 可勝言
哉 命酒進饌 諧謔迭作 少焉 雨歇雲收 山水漸平 夕陽在樹 紫綠萬
狀 相與枕藉 吟弄而臥 有頃 沈華五 得聞此事追至 亭水已平矣 始
華五邀而不至 諸人共嘲罵之 與之飮一巡而還 時洪約汝 李輝祖 尹
无咎亦偕焉

(3) 오죽헌의 기문(梧竹軒記)

> ── 오죽헌은 내가 금정(金井) 찰방 때의 집인데 이는 노는
> 곳이 아니라 직무 수행을 위하여 쓰도록 후임자에게 경
> 계하는 기문을 쓴다.

오죽헌은 금정역(金井驛 : 忠淸道 洪州) 찰방(察訪)이 거처하는 집이
다. 뜰 앞에 벽오동 한 그루와 참대 몇 무더기가 있는데 그래서 오죽헌이
란 이름을 가지게 되었다. 찰방은 7품(品)의 관직이다. 을묘년 가을에 나
는 승지(承旨) 벼슬로부터 금정역 찰방으로 좌천되어 내려왔는데 서울에
있던 높은 양반들은 편지로써 나를 위안해 주었다. 그러나 찰방의 직책
에도 세 가지 즐거움은 있었다.

나들이할 때는 언제나 상쾌하게 말을 타고 다니는 것이 첫째 즐거움이
요, 소속 역참을 순회할 때나 아름다운 산천을 유람할 적에 이르는 곳
마다 진수성찬을 대할 수 있는 것이 둘째 즐거움이요, 항상 직무가 한가
하여 까다로운 재정에 관한 일과 복잡한 문서 처리 등의 잡무들이 적은
것이 셋째 즐거움이었다. 고을에서 나를 찾아오는 친구들은 혹 이런 것
으로 나에게 치하를 하기도 한다. 그러나 나는 말한다.

"아니다, 아니다. 저 서울 양반네들의 위안이나 또는 지방 친구들의 치
하들이 마찬가지로 나의 뜻에는 맞지 않는다."

라고. 왜냐하면 대체 벼슬이란 것은 갑자기 올라가다간 떨어지기 쉬우며,
임금의 총애가 지나치게 높다간 그 총애가 도리어 쇠퇴하기 쉬운 법이다.

내가 3품관으로부터 7품관으로 떨어져 내려오게 된 것은 오히려 당연한 일이기도 하였다. 괴이한 것은 하나도 없는 것이다.

찰방의 직책은 그 지방의 사정을 보살피며 백성이 곤란해하는 바를 알아내어 그 해결책을 강구하는 것인데, 만일에 역참의 말[馬]들이 병들어 여위게 되어도 이것이 바로 찰방의 책임이며, 역부들의 노역이 고르지 못하여 그들로 하여금 불평불만을 품게 하여도 이것이 또한 찰방의 책임이며, 지방을 시찰하는 관리들이 월법 행위를 감행하여 백성들과 역마들을 지나치게 괴롭혀도 이것을 법에 의하여 막아내지 못한다면 이도 역시 찰방의 책임이 되는 것이다.

이와 같은 직무들은 찰방의 직책으로는 그다지 쉬운 일이 아니고 실지로 괴로운 임무이다. 그러므로 세 가지 즐거움만 누리고 이 세 가지 괴로운 일을 잘 수행하지 못한다면 장차 나라의 책벌을 면하지 못할 터인데 어찌 7품의 관리인들 오래 보전할 수 있으랴.

내가 이 정신으로 나 자신을 경계하는 동시에 벽상에 써 붙여 나의 후임자에게도 충고한다.

梧竹軒記

梧竹軒者 金井驛察訪之所處也 庭前有碧梧一株 苦竹數叢 此其所以爲梧竹軒也 察訪 七品職也 乙卯秋 余以承旨 貶補金井朝之薦紳大夫 多貽書以慰之者 然察訪之職 有可樂者三 出而乘快馬 一樂也 凡屬驛所在之地 或游歷山水 所至有糗糧 二樂也 居恒少事 一切米鹽獄訟簿牒之煩無有焉 三樂也 鄕中士友之來見者 或以此賀之 余曰 否否 彼薦紳先生之慰之者 與鄕中士友之賀之者 均之非吾意也 夫官驟陞則易顚 寵恆隆則易衰 余之由三品 而遷七品 福也 不足戚也 察訪之職 所以察其苦 而訪其瘼也 馬玄黃不臧則罪也 驛夫勞役不均 使有怨咨 則罪也 奉使之臣 越法濫調 以罷敝人馬 而不能據例爭執則罪也 是察訪之職苦也 不足悅也 享是三樂 而不知是

三苦 則將編配之不免 安敢望七品職哉 余旣以是自勵 遂爲文書之
壁 以告後來者

(4) 부용당을 보고 기문 쓰다(芙蓉堂記)

> ─부용당은 관찰사 이공이 잔치를 베풀던 황해도 해주의
> 연못 정자인데 이 잔치에서 즐겁게 노는 것도 좋지만 수
> 령들이 민정을 잘 살피는 정자가 되기를 바란다고 하여
> 그 내용을 써서 붙이는 기문을 썼다.

해서(황해도) 관찰사 이공 의준(義駿)이 부용당에서 잔치를 차리는데
여러 고을 원들이 10여명이나 참가하였다. 나는 마침 사찰관의 책임으로
해주에 가 있을 때였다. 이공이 편지를 보내어 말하되,
 "지금 연꽃이 만발하였으니 이 모임을 기회로 같이 와서 노는 것이 어
 떻겠습니까?"
라고 하며 나를 초청하였다. 내가 연회석에 이르자 이공은 술을 권하면
서 말하기를,
 "여기는 선화당과는 다릅니다. 오늘의 모임에선 서로 터놓고 자연스럽
 게 놀도록 합시다."
라고 했다. 나는 그 말을 듣고
 "좋습니다, 그 말씀이. 그러나 감사가 수령들의 마음과 사정을 살피려
 면 이 못이 선화당보다 낫다는 것을 공은 아시겠습니까?"
했더니 이공은 무슨 말씀이냐고 그 까닭을 물었다. 그래서 나는 다음과
같이 말했다.
 "수령들이 선화당에 와서는 모두들 걸음도 조심스럽게 걸으며 얼굴을
 얌전히 하고 말을 삼가며 예절을 지켜 한 사람도 양순한 관리가 아닌
 자가 없을 것입니다. 하지만 만일 여기와 같이 연꽃 향기가 코에 향기
 롭고 버들빛이 눈을 찬란케 하며, 맛있는 음식과 풍악을 차려놓고 아
 름다운 미인들이 열을 지어 모여들며, 달콤한 술이 그들의 창자를 적

시고, 맛좋은 안주가 그들의 배를 채우며, 뿐만 아니라 상관도 또한 안색을 부드럽게 하여 아무런 거리낌없이 해학과 농담을 주고받는다면 이런 때에야말로 그들의 본색이 나타날 것입니다.

어떤 이는 큰소리를 지르면서 떠들어대고 희희낙락 웃으며 제멋대로 노는 자가 있을 것입니다. 상관은 그를 보고 그의 성격이 호탕스러워 반드시 일정한 기능은 가졌을지 모르되 법을 경솔히 범하리라는 것을 짐작할 수 있을 것입니다.

어떤 이는 비천한 언사로 상관의 은덕을 찬송하며 아첨을 부려 지나치게 따르는 자가 있을 것입니다. 상관은 그를 보고 그의 성격이 비루하여 반드시 윗사람에게 아부하며 백성들을 기만하리라는 것을 짐작할 수 있을 것입니다.

또 어떤 이는 예쁜 여자에게 은근히 눈짓이나 하면서 연정을 견디지 못하는 자도 있을 것입니다. 상관은 그를 보고 그의 심지가 연약하여 반드시 자기 직책에는 태만하면서 청탁이나 뇌물들을 많이 받으리라는 것을 짐작할 수 있을 것입니다.

또 어떤 이는 술을 마시기를 고래 물켜듯이 들이키면서 흠뻑 취해 가지고도 그냥 들이마시기를 사양하지 않는 자가 있을 것입니다. 상관은 그를 보고 그의 심지가 아주 미욱하여 반드시 술에 팔려 자기 직무를 그르치며 형벌을 남용하리라는 것을 짐작하게 될 것입니다.

이와 같은 그들의 성격과 인품들을 살핀다면 감사가 살피기에 수령들이 이 회합에 있어서 여기가 선화당보다 나을 것입니다."

이공은 나의 말을 듣고 대단히 좋은 말이라고 칭하면서 이어서 말하기를

"그렇지만 감사의 성격에 대해서 수령들도 그와 같이 살필 수 있을 것입니다. 내가 당신의 말씀을 듣고 보니 먼저 자신부터 살펴보아야 하겠습니다. 어느 겨를에 남을 살필 여가가 있겠습니까?"

라고 하였다. 드디어 이 문답한 말들을 적어 부용당 기문으로 삼는다.

芙蓉堂記

海西觀察使李公(名義駿) 於芙蓉堂設宴 守令至者十餘人 余以査官赴海州 李公以書要之曰 今荷花盛開 可因此會 共圖一飮 余至筵 李公勸之酒曰 此與宣化堂不同 今日之事 宜從眞率 余曰 善哉 之言也 雖然監司察守令臧否 此堂勝於宣化 公知之乎 李公曰 何哉 余曰 守令至宣化之堂 皆端步莊色 愼言語恭 禮數無一而非良吏也 至若荷香柳色 照眼觸鼻 竹肉交陳 粉黛叢集 醇酒澆其腸 膾炙塡其腹 上官方且假之顔色 歡諧無滯 於斯之時 有叫呶嘻笑 以自放者 察之而知其雜必有能 而輕犯法矣 有卑詔頌慕以自附者 察之而知其鄙 必面諛而多欺誑小民也 有流眙送意 不能忘情於婦女者 察之而知其軟 必怠於宦而干囑盛也 有痛飮如長鯨 旣醉而不辭飮者 察之而知其昏 必使酒妨務而刑罰濫也 如是則 其察之 不有愈於宣化之堂乎 李公曰 善雖然監司之事 守令亦察之 吾聞令公之言 將以自察之也 奚暇察人哉 遂記問答之語 以爲芙蓉堂記

(5) 황주 월파루 기문(黃州月波樓記)

> ─ 우리나라에 월파정이라는 이름의 정자가 셋이 있는데 하나는 낙동강 가에 있고, 하나는 노량의 서쪽에 있으며 또 하나는 황주에 있으니 나는 모두 구경했다. 그것들은 각각 특색이 있는데 황주에서는 청나라 사신 영위사로 가서 황창무와 포구악을 보았으니 큰 소득이었다.

우리나라에 '월파정'이라는 이름을 가진 정자가 셋인데 나는 그것들을 모두 구경하였다. 그 하나는 영남의 낙동강 가에 있다. 내가 일찍이 진주(晉州)로부터 예천(醴泉)에 가서 이 월파루에 올랐던 일이 있었는데, 그러나 때마침 한낮이었던 탓으로 다만 강의 흐름이 빛나는 것을 보았을 뿐이었다.

또 하나는 노량(露梁)의 서쪽에 있는데 지난날 권(權)·이(李) 등 여러 친구들과 그 정자의 아래에서 배를 타고 놀면서 '월파', 곧 달물결을 구경하였다. 또 하나는 황주성 동편에 있다. 기미년[1] 봄에 청나라 사신이 우리나라를 방문할 때에 내가 영위사(迎慰使)로 황주에 갔었는데 때마침 달밤이라 달빛을 머금은 물결이 산뜻하고 찬란하였다. 황주지사 조공 영경(趙公榮慶)은 나를 위하여 여악과 주찬을 차려 왔고, 안악 군수 박공 재순(朴公載淳)은 또한 춤을 잘 추는 무동 4명을 보내와서 황창무(黃昌舞)를 추며, 포구악(抛毬樂)을 연주하여 나의 흥을 돋구어 주었다.

나는 두 분의 호의를 느끼면서 잘 놀고 또한 시를 지어 그 사연을 읊었다. 이와 같이 내가 월파정 놀이를 한 것이 세 번이었으나 그 중에서 가장 잊혀지지 않는 것은 낙동강의 월파정이었다. 왜냐하면 글과 술로써 한가롭게 논 흥취는 노량의 월파정에서 이를 얻었고, 음악과 춤의 다채로운 미는 황주 월파정에서 흡족히 느꼈으며, 동시에 이 두 군데서는 모두 그 이른바 달물결도 충분히 구경할 수 있었던 것이다. 그런데 다만 낙동강의 월파정에서는 때가 마침 밤이 아니었으므로 그 유명한 달물결을 보지 못했던 것이다. 이 점이 나의 마음에 잊혀지지 않는 것인바 늘 생각하기를 그곳에는 각별히 뛰어난 경치가 있었을 것인데 내가 보지 못하고 놓쳐 버렸구나 하는 섭섭한 느낌을 가지게 된다. 이로 미루어 본다면 사람에게 있어서도 문장과 광채는 자기 가슴 속에 심오하게 쌓아두는 데 있고 이를 남에게 가벼이 보이지 않음으로써 남들이 그를 길이 잊어 버리지 않게 할 수 있으리라고 생각한다. 나는 이로써 자기를 표현하는 데 조급해하는 병통을 반성하면서 돌아온 뒤에 적어 둔다.

黄州月波樓記

東國之稱月波亭者三 余得而盡見之 一在嶺南之洛東 余嘗由晉州

---

1) 기미년(己未年)—정조 23년(1799), 작자 38세 때임.

赴醴泉 得登斯亭 然時堂晝日 但見川華歷歷 一在露梁之西 余嘗與
權李諸人 汎舟斯亭之下 而觀月波焉 一在黃州城東 己未春 詔使至
余以迎慰使 赴黃州 適值月夜 波光瑩朗 知州趙公(榮慶)爲余具女樂
酒饌 安岳郡守 朴公(載淳)亦遣 舞童四人作黃昌之舞 奏抛毬之樂
以助余賞 余感二公之意 爲之燕游 且爲詩以詠其事 余惟月波之渤
三 其最不可忘者 洛東之月波也 何者 交酒雍容之趣 於露梁乎得之
聲色芬華之美 於黃州乎得之 然二者皆見其所謂月波者 獨於洛東
未卜其夜 不見其所謂月波者 斯吾於心不能忘 疑其有奇賞異觀而余
未之見也 由是觀之 人之有文采菁華之積於中者 唯醞藉包蓄 而不
輕示人 斯人之不能忘也 余以是自勉 歸而爲之記

(6) 창옥동 기문(蒼玉洞記)

> ── 창옥동은 서창(西倉)에서 40리를 가야 볼 수 있는 절경
> 이다. 푸른 바위로 물이 폭포도 되고 굽이쳐 소(沼)도 맑
> 은 곳인데 세상 사람들이 모르니 안타깝다.

기미년 봄에 나는 두 아들을 데리고 마하탄(摩訶灘)에서 배를 띄워 강
물이 흐르는 대로 따라가다가 서창(西倉) 밑까지 이르렀다. 산천이 맑고
아름다워 가히 즐겁게 놀 수 있고 가히 즐길 수 있는 곳이었다. 막 돌아
오려던 참이었는데 어떤 이가 창옥동의 경치를 소개하여 주었다. 드디어
배를 두고 말에 올라 고개를 둘이나 넘으면서 40리를 갔다. 홀연히 산과
물이 맞부딪치더니 양쪽 벼랑은 깎아 세운 듯 우뚝 솟고, 바닥은 온통
파란 돌이 깔렸는데 그 청석 위로 시내가 흘러내려 모두가 유리 속 같았
다. 혹은 벼랑에 이르러 폭포가 되고, 혹은 비스듬히 흘러 누운 폭포가
되며, 혹은 한 곳에 물이 모여 맑은 소가 되었다.

굽이굽이 약 10여 리나 되었는데 여기서 나는 한숨을 내쉬면서 탄식하
고 말하였다.

"사람이 이 세상에서 혹은 명예를 얻어 이름내기도 하며, 혹은 광채를 감추고 싶어 산골에 숨어 버리기도 한다. 바로 이 산천 승지도 이와 같구나! 만일 이 창옥동의 아름다운 경치가 저 금강산 속에 있었거나 또는 단양이나 영춘(永春) 지간에 있었더라면 사람이 모두 식량을 싸 가지고라도 찾아가서 구경하려 할 것이며, 돌아와서는 자기 친구들에게 흥미진진하게 자랑하며 말할 것이다.

그런데 이 창옥동은 홀로 변함 없이 높고 깊은 산골에 외로이 숨어 있기 때문에 세상에서 산을 아는 사람이나 물을 건너본 사람들이 아직 한번도 이곳을 지나가보지 않았다. 다만 저 깊은 골짜기에 사는 야인들이 이곳을 보았지만 그들은 화전을 일구며 풀밭을 쪼아서 농사지어 먹고 사는 터이니 아무리 좋은 선경이 눈앞에 펼쳐 있은들 그 아름다움을 어찌 알아낼 수 있었으랴! 만일 산수를 찾아다니는 성벽을 가진 나 같은 사람을 만나지 않았던들 비록 천백 년을 지나더라도 마침내 아무런 이름도 전하지 못하고 말았을 것이다. 어찌 슬픈 일이 아니겠는가."

나는 창옥동에서 그윽히 느낀 바가 있어서 반나절 동안이나 거닐면서 쉽사리 버리고 떠나오지 못하였다. 이날은 촌집에 들어 묵고, 그 이튿날 날이 새자 또 다시 창옥동을 지나면서 돌아왔다.

蒼玉洞記(在鳳鳴坊朝陽里之南)

己未春 余攜二子 於摩訶灘 放船順流 至西倉之下 山川明媚 可娛可悅 將欲回舟 有言蒼玉洞之勝者 遂下舟騎馬 踰二嶺行四十里 忽見山水噴迸 兩厓束立 地皆靑石 水流靑石之上 皆玻瓈也 或墜而爲瀑 或偃而爲臥瀑 或淳而爲澄潭 曲曲皆可坐 曲曲皆可驚 如是者 十餘里 余乃喟然而歎曰 人於斯世 或得名譽以顯揚 或韜光彩而晦匿 亦猶是矣 使蒼玉之瓌 而得處乎 金剛之中 或置之丹陽 永春之間 人且羸糧 而求一見 歸而語津津誇友矣 顧乃介然 獨處乎 高山

深谷之中 世之識山 水之越者 未或一過 而彼深居之野人 唯燒畬斫
菑而食之 雖玄都閬苑 落在眼前 顧安能知其美哉 使不遇癖 於山水
如余者 雖千百年 終亦無名焉已矣 豈不悲哉 余於蒼玉之洞 竊有私
感 徘徊不能舍者 蓋半日是日宿村舍 厥明又由蒼玉洞而還

(7) 여유당 기문(與猶堂記)

> ─여(與)는 겨울 내를 건너듯 조심함이요, 유(猶)는 사방
> 에서 나를 엿보듯 두려워함이니 이로써 나의 당호를 삼
> 는다.

자기가 하지 않고자 하나 부득이하여 스스로 하게 하는 것은 그 일을
그만둘 수 없는 것이요, 자기는 하고자 하고 남에게는 알지 못하게 하면
서도 자기로 하여금 하지 못하게 하는 것은 그만둘 수가 있는 일이다. 그
만둘 수 없는 일도 항상 이를 하게 되지마는 그러나 이미 자기가 하고자
하지 않는 까닭으로 때로는 이를 그만두게 되고, 일의 하고자 하는 것은
상시 이를 하게 되지마는 그러나 이미 남에게 알지 못하게 하는 까닭으
로 또한 때로는 이를 그만두게 되니, 진실로 이와 같이 한다면 천하가 모
두 일이 없을 것이다.

내 병통은 내가 스스로 이를 알고 있는데, 용감하면서도 꾀가 없고, 착
한 일을 좋아하되 가릴 줄을 알지 못하고, 뜻대로 바로 행하여 의심도
아니하고 두려워하지도 않으며, 일을 그만둘 수가 있는데도 다만 마음에
기쁘게 움직임이 있으면 이를 그만두지 않으며, 하고자 하는 점이 없더
라도 다만 마음에 막혀서 불쾌한 점이 있으면 반드시 이를 그만두지 않
았다. 그런 까닭으로 내가 어릴 때는 일찍이 세속 밖의 일에 분주히 일하
면서 의심하지 않았으며, 이미 장성해서는 과거에 빠져서 다른 일은 돌
아보지 않았으며, 이미 입지(立志)하고 나서는 이미 지나간 뉘우침을 깊
이 변명하면서 두려워하지 않았으니, 이런 까닭으로 착한 일을 좋아하여

싫어함이 없었는데도 비방을 받은 것은 홀로 많았었다.

아아, 이것도 또한 운명이다. 그러나 타고난 성질이 있으니 내가 또한 어찌 감히 운명을 말할 수 있겠는가.

내가 보건대 노자(老子)의 말에,

"겨울에 냇물을 건너는 것처럼 신중하면서[與] 사방의 이웃을 두려워 하는 것과 같이 한다[猶]."

라고 했는데, 아아, 이 두 말은 내 병에 약을 주는 것이 아니겠는가.

대저 겨울에 냇물을 건너는 사람은 추위의 독이 뼈에 사무치니 심히 부득이한 일이 아니면 하지 않으며, 사방의 이웃을 두려워하는 사람은 염탐하여 살핌이 몸에 닥쳐지니 심히 부득이한 일이 아니면 하지 않는 법이다.

서신을 다른 사람에게 보내어 경서와 범절의 다른 것을 논하고자 했으나 조금 후에 이를 생각해보면 비록 하지 않더라도 해로울 것이 없었다. 비록 하지 않더라도 해로울 것이 없는 것은 부득이한 일이 아니니 부득이한 일이 아닌 것은 또한 그만두어야 되겠다. 소(疏)를 써 봉해서 남을 평론하여 조신들의 시비를 말하고자 했으나 조금 후에 이를 생각해 보니 이것은 남에게 알지 못하게 하려는 일이니 마음 속에 두려움이 크게 있는 일이고, 마음 속에 크게 두려움이 있는 일은 또한 이를 그만두어야 되겠다.

진귀한 옛날의 그릇을 모으고자 했으나 또한 그만두어야 되겠으며, 관직에 있어 공금을 합쳐서 그 남는 것을 도둑질하고자 했으나 또한 그만두어야 한다.

무릇 마음에서 일어나고 뜻에서 맹동(萌動)한 것은 심히 부득이한 일이 아니면 또한 그만두어야 되겠으며, 비록 심히 부득이한 일이라도 남에게 알지 못하게 하고자 하는 것은 또한 그만두어야 되겠으니 진실로 이와 같이 한다면 천하에 그 어떠한 일이 있겠는가.

내가 이 뜻을 찾아낸 지가 또한 6, 7년이나 되었는데 그 당(堂)에다 편액(扁額)을 걸고자 했으나 조금 후에 이를 생각해 보고는 또한 그만두었었다. 후에 소천(苕川)에 돌아와서 비로소 글자를 써서 문미(門楣)에 붙이고 아울러 그 명칭한 까닭을 기록하여 아이들에게 보인다.

與猶堂記

欲已不爲 不得已 而令已爲之者 此事之 不可已者也 欲已爲之 欲人勿知 而令已不爲者 此事之可已者也 事之不可已者 常爲之 然 旣已不欲 故有時乎己之 事之欲爲者 常爲之 然旣欲人勿知 故亦有 時乎己之 審如是也 天下都無事矣 余病余自知之 勇而無謀 樂善而 不知擇 任情直行 弗疑弗懼 事可以已 而苟於心 有欣動也 則不己 之 無可欲而苟於 心有礙滯不快也 則必不得已 是故方幼眇時 嘗 馳騖方外 而不疑也 旣壯 陷於科擧 而不顧也 旣立 深陳旣往之 悔 而不懼也 是故樂善無厭 而負謗獨多 嗟呼 其亦命也 有性焉 余又 何敢言命哉 余觀老子之言 曰與兮若冬涉川 猶兮若畏四鄰 嗟乎之 二語 非所以藥吾病乎 夫冬涉川者 寒螫切骨 非甚不得已 弗爲也 畏四鄰者 候察遍身 雖甚不得已 弗爲也 欲以書與人 論經禮之異同 乎 旣而思之 雖不爲無傷也 雖不爲無傷者 非不得已也 非不得已者 且已之 欲議人封章 言朝臣之是非乎 旣而思之 是欲人不知也 是欲 人不知者 是有大畏於心也 有大畏於心者 且已之 欲廣聚珍賞古器 乎 且已之 欲居官變弄公貨 而竊其羨乎 且已之 凡有作 於心萌於 志者 非甚不得已 且已之 雖甚不得已 欲人勿知 且已之 審如是也 天下其有事哉 余之得斯義 且六七年 欲以顔其堂 旣而思之 且已之 及歸苕川 始爲書貼于楣 並記其所以名 以示兒輩

(8) 서석산[1]을 보고 쓰다(遊瑞石山記)

> ── 서석산은 전남 광주에 있는 산인데 험준하고 커서 산상
> 에 오르면 북으로 적상산(赤裳山 : 무주), 남으로 한라산
> 이 보이고, 월출산과 송광산은 어린 아들이나 손자격이
> 다. 그러나 기암절벽이나 폭포와 오색 단풍은 없다.

내가 적벽(赤壁)에서 구경한 지 며칠 후에 조공(曺公) 익현(翊鉉)[2]이 금소당(琴嘯堂)으로 나를 찾아왔다가 내가 적벽의 뛰어난 경치에 대해 말하는 것을 듣고 탄복하여 말하기를,

"적벽의 뛰어난 경치는 여자가 화장을 한 것과 같아서 붉고 푸르게 분을 바른 모습이 비록 눈을 즐겁게 할 수는 있으나, 가슴 속의 회포를 열고 기지(氣志)를 펼 수는 없네. 그대는 서석산을 보지 못하였는가. 우뚝한 모습은 마치 거인(巨人)과 위사(偉士)가 말하지도 웃지도 아니하고 조정에 앉아 비록 움직이는 흔적은 볼 수 없으되 그의 공화(功化)는 사물에 널리 미치는 것과 같네. 그대는 그 산을 가보지 않으려나?"

라고 하였다. 이에 우리 형제 네 사람이 다시 서석산을 유람할 것을 의논하였는데, 조공 역시 그의 아우를 보내어 우리를 따르게 하였다.

서석산은 험준하고 커서 이 산은 7개의 군(郡)·현(縣)에 걸쳐 있다.

이 산의 정상에 오르면 북쪽으로는 적상산(赤裳山)이 바라보이고 남쪽으로는 한라산이 멀리 보인다. 그리고 월출산(月出山)과 송광산(松廣山) 같은 산은 모두 어린 자식이나 손자격이다.

위에는 13개의 봉우리가 있는데 항상 흰 구름이 둘러 있다. 여기에 사

---

1) 원주(原注)에 '서석산(瑞石山)은 광주(光州) 동쪽 30리에 있고, 일명 무등산
(無等山)이라고도 한다'고 했다.

2) 조공(曺公) 익현(翊鉉) ─ 화순(和順) 사람.

당(祠堂)이 있는데 무당이 맡고 있다. 그 무당이 말하기를,

"벼락과 번개, 구름과 비의 변화가 항상 이 산의 허리에서 일어나서 자욱하게 아래로 내려가는데, 산 위에는 그대로 푸른 하늘입니다."

라고 하니 굉장히 높은 산이 아닌가. 가운데 봉우리의 정상에 서면, 날 듯이 세상을 가볍게 보고 홀로 특별히 다른 길을 가는 기분이 들어, 인생의 고락(苦樂)은 마음에 둘 것이 못된다는 것을 깨닫게 된다. 나 또한 그 까닭을 알지 못하였다.

대체로 산수가 뛰어난 곳은 반드시 기암(奇巖)과 깎아지른 절벽, 비천(飛泉)과 괴상한 폭포며, 어지러운 자태와 붉고 푸른 온갖 형상이 갖추어져야만이 산경(山經)·수지(水志)에 낄 수 있는 것이다.

그러나 서석산은 높고 험준한 것만으로 호남에 웅장하게 자리잡고 있는데, 조공(曺公)이 홀로 그 산이 여러 산 중에서도 뛰어나다는 것을 알았으니, 그 산과 그 산을 알아보는 사람이 모두 위대하다 하겠다. 규봉(圭峯)을 지나 집으로 돌아왔다. 규봉이라는 산은 두 봉우리의 깎아지른 모습이 마치 도규(刀圭)와 같은데, 그 모서리는 방형(方形)의 법칙에 꼭 알맞았다. 그리고 누운 것, 꺾인 것 등이 그 아래에 또 몇십 개가 더 있었다.

遊瑞石山記(山在光州東三十里一名無等山)

余旣游赤壁之數日 曹公翊鉉 和順人 過余于琴嘯之堂 聽余言赤壁之樂 歎曰赤壁之勝 如女子靚妝 其粉黛珠翠 雖足以悅目 無可以拓胸懷而舒氣志也 子不見 瑞石之山乎 屹然若巨人偉士 不言不笑 坐於廟堂之上 雖不見 其施爲動作之跡 而其功 化之及物廣矣 子盍觀焉 於是 昆弟四人 復謀所以 游瑞石者 曹公亦遣 其弟從焉 瑞石之山 嶢崒磅礴 根之據郡縣者七 登其頂 北可以望赤裳 南可以眺漢挐 而月出松廣之屬 皆兒孫也 上有十三峯 常有白雲護之 有祠焉 巫典之 其言曰 雷霆雲雨之變 常自山腰起 濛濛然推轉向下 而山上

且靑天矣 其爲山不已俊乎 立中峯之頂 飄然有輕世 獨往之想 覺人
生苦樂 無足爲意 余亦莫知 其所以然也 凡山水之勝者 必其有奇巖
削壁 飛泉怪瀑 姿態紛紜 紫綠萬狀 而後方得備數 於山經水志之中
瑞石特以 高峻雄湖南 而曹公獨知 其可以長諸山 其山與人 盖亦偉
矣 歸由圭峯之下 圭峯者 兩峯削立如圭 其稜中舺 臥者折者之 在
其下者 又數十枚

10. 발문[跋]

(1) 취우첩에 발문 쓰다(跋翠雨帖)

> ─태학생 윤군열(尹君悅)의 그림은 너무도 사실적이어서
> 벌레나 짐승을 그려도 살아 있는 모양처럼 그린다. 〈취
> 우첩〉은 그의 화첩이다.

이 화첩 네 권은 돌아가신 태학생(太學生) 윤공(尹公) 군열(君悅 : 이
름은 용(愹)의 작품이다.

어떤 이가 윤공을 조롱삼아 "군열이 자기 작품을 애호하는 것이 흡사
비취새가 제 날개를 애호하는 듯하다."고 한 바 있었는데, 이로써 이 화
첩이 비취새의 날개, 곧 '취우'라는 이름을 가지게 된 것이다.

그의 작품들에는 꽃·나무·새·짐승·벌레 등 할 것 없이 모두 화법
의 묘리에 맞춰서 섬세하고도 생동감이 강한 것을 볼 수가 있다. 저 서투
른 화가들이 모지라진 붓에다가 먹물만 듬뿍 찍어 기괴하게 되는대로 휘
두르면서 뜻만 그리고 형(形)은 그리지 않는다고 자처하는 자들의 작품
과는 대비할 바가 아니다.

윤공은 언제나 나비·잠자리 같은 것들도 손에 잡아들고 그 수염·눈
썹·털·고운 맵시 등의 섬세한 부분까지 자세히 살펴보고는 그 모양을
그리되 꼭 실물을 닮은 뒤에라야 붓을 놓았다. 이를 보더라도 그가 그림
에 얼마나 정력을 들였으며 애를 썼는가를 짐작할 만하다. 윤씨는 공재
(恭齋) 때로부터 화가로서 이름이 높았다.

공재의 아들은 낙서[駱西, 諱 德熙]인데, 낙서의 아들이 곧 군열(君

悅)이었다. 무릇 3대에 걸쳐 그 예술적 기교가 정밀하였던바 예술의 기교란 갑자기 이룩되는 것이 아니었다. 공재는 나에겐 외조부의 아버지뻘이 된다. 그러므로 그 유묵이 우리집에 많이 남아 있었는데 대체로 본다면 인물화가 그 작품들 중에서도 보다 솜씨가 나은 듯하다.

跋翠羽帖

右畫帖四弓 故太學生 尹公君悅(名愹)之所作也 有嘲尹公者曰 君悅之自愛其畫 猶翡翠之 自愛其羽 北翠羽之 所爲名也 所作花木翎毛蟲豸之屬 皆逼臻其妙森細 活動非粗 夫苯生把禿筆 潘水墨 謬爲奇怪 以畫意 不畫形自命者 所能磬比者也 尹公嘗取 蛺蝶蜻蛉之屬 細視其鬚毛粉 澤之微 而描其形 期於肖而後已 卽此而 其精深刻苦 可知也 尹氏自恭齋以畫名 恭齋之子曰 駱西(諱德熙) 駱西之子曰 君悅 凡三世而 其藝益精 藝不可驟以成也 恭齋 於余爲外祖之父 故其遺墨多 在余家 蓋於人物尤長

(2) 고정림[1]이 지은 〈생원론〉의 발문(跋顧亭林生員論)

> —중국의 고정림은 온 나라 사람들이 모두 생원이 되는 것을 두려워했는데 중국의 생원은 과거에 합격해야 하거니와 우리나라는 과거 없이도 생원이자 곧 양반이 되어 폐단이 많다. 나는 온 나라 사람이 모두 양반이 되었으면 차라리 낫겠다.

중국의 생원[2]은 우리나라의 양반과 같은 것이다. 고정림(顧亭林)은 온

---

1) 고정림(顧亭林)—중국 청초(淸初)의 실학자인 고염무(顧炎武)의 별호
2) 생원(生員)—중국에서 생원이라는 명칭이 처음으로 생긴 것은 당(唐)나라 대종(代宗) 영태(永泰 : 765년) 연간에 최고의 교육기관인 태학(太學)의 학생 인원수를 정함으로써 시작되었다. 생은 학생이며 원은 인원수라는 말이다. 그

천하 사람들이 모두 생원으로 될까봐 걱정하고 있다. 그러나 우리나라의 양반은 중국의 생원보다도 그 폐단이 훨씬 더 심한 것이다.

본래 생원은 실제에 있어서 과거에 오른 뒤에 그 칭호를 얻지만 양반은 그와는 반대로 문관이나 무관의 직위를 가지지 않고도 거짓 명칭을 누리고 있으며, 생원은 오히려 그 국가의 관리 정원에 들어 있지만, 양반은 아무러한 제한이 없으며, 생원은 세대마다 달라지는 변천이 있으되, 양반은 한 번 그 칭호를 얻기만 하면 세습적으로 계승하여 후손 만대에 이르도록 그 권리를 잃지 않는 것이다. 하물며 생원의 폐단을 양반은 모두 다 골고루 갖추고 있는 것이 아닌가. 그러나 나는 또한 한 가지 바라는 바가 있는데 차라리 온 나라 사람들이 모조리 다 양반이 되어 버렸으면 하는 것이다.

온 나라 사람이 모조리 양반이 되어 버린다면, 이는 곧 온 나라에 양반이라는 것이 따로 남아 있지 않게 될 것이다. 젊은이가 있기 때문에 늙은이가 있는 것이며, 천한 이가 있기 때문에 귀한 이가 있는 법이다. 만일 모두가 다 높은 사람이 되어 버린다면, 이는 곧 소위 높은 사람이라는 것이 없어져 버리는 것으로 되기 때문이다. 《관자(管子)》3)에 말하기를,

"온 나라 사람이 모두 높은 사람이 될 수는 없는 것이다. 만일 모두 높은 사람이 된다면 일이 이루어지지 못하고 그 나라가 부유해지지 못할 것이다."

라고 하였다.

런데 후세에 이르러서는 태학의 학생은 감생(監生)이라 하였고, 각 지방 학교의 학생을 생원이라 하였다. 이들은 물론 일정한 정원에 의하여 시험에 합격되어야만 되었다. 우리나라에서도 역시 생원이라는 말이 있었는데 이는 본래 소과(小科) 종장(終場)에 합격한 자의 명칭이다. 그러나 이는 양반의 칭호와 마찬가지로 지방에서 소위 행세하는 자들은 과거에 오르지 않았더라도 생원이라고 불렀다.

3) 관자(管子)―중국 춘추시대 제(齊)나라의 정치가였던 관중(管仲 또는 管夷吾)의 저서. 모두 86편으로 나누어졌는데 여기에 인용된 글은 승마편(乘馬篇) 중의 한 토막이다.

跋顧亭林生員論

中國之有生員 猶我邦之有兩班 亭林憂 盡天下而爲生員 若余憂
通一國而爲兩班 然兩班之弊 尤有甚焉 生員實赴 科擧而得玆號 兩
班幷非 文武而冒虛名 生員猶有定額 兩班都無限制 生員世有遷變
兩班一獲 而百世不捨 况生員之弊 兩班悉兼 而有之哉 雖然若余
所望則有之 使通一國 而爲兩班 卽通一國 而無兩班矣 有少斯顯長
有賤斯顯貴 苟其皆尊 卽無所爲尊也 管子曰 一國之人 不可以皆貴
皆貴則不成 而國不利也(乘馬篇)

(3) 공재의 〈조선도장자〉에 써서 붙임(跋恭齋朝鮮圖障子)

> ── 공재의 조선지도는 백두산 위치가 정씨본보다 못하고 삼
> 남도서는 아주 자세하다. 그리고 공재의 지도는 공중에
> 서 내려다본 것처럼 화법에 맞는다.

위의 조선지도(朝鮮地圖) 한 폭(幅)은 나의 외조(外祖) 공재(恭齋) 윤
두서(尹斗緖)1)의 작품이다. 정씨본(鄭氏本)에 의하면, 압록강(鴨綠江)이
서남쪽으로 의주(義州)까지 이르는데, 의주를 백두산(白頭山)과 비교해
볼 때, 백두산이 북으로 더 나간 것이 거의 3~4도(度)의 차이가 난다.
그러나 지금 이 본(本)은 압록강이 서쪽으로 흐르면서 약간 남으로 나왔
기 때문에 백두산과 의주가 남북으로 그다지 차이가 나지 않으니, 이것
이 정씨본보다 못한 점이다. 그러나 삼남(三南)의 도서(島嶼)에 대해서
는 상세하게 그려 넣어 빠뜨리지 않았다. 그런데 정씨본에는 모두 이를
생략하였으니, 이것은 정씨본의 하자이다.
또 정씨본은 모든 산에 대해, 뾰족뾰족한 산봉우리의 높고 낮은 형태

---

1) 공재(恭齋) 윤두서(尹斗緖)-1668~?. 조선 문신·화가, 전항 발문 (1)을 참조

를 그리는 데 있어, 모두 지면(紙面)에 따라 산봉우리를 높고 낮게 그려 놓았기 때문에 산의 앞과 뒤가 분명치 않고 그 맥락(脈絡)도 산만하여 끊겼다 이어졌다 하였다. 그러나 이 본은 산맥(山脈)에 있어서 꼬불꼬불한 모양만 만들었고, 명산(名山)에 대해서는 푸른빛을 약간 더 진하게 칠했을 뿐, 모든 봉우리의 높낮음이 없어, 마치 공중에서 내려다 본 것처럼 하였으니, 이것은 화법(畫法)에 있어서 매우 타당한 것이다. 공재의 그림 솜씨가 세상에 뛰어났으니, 이것이 바로 묘법(妙法)을 터득한 점이다.

跋恭齋朝鮮圖障子

右朝鮮地圖一幅 余外祖尹恭齋之所作也 鄭氏本(文見下) 鴨綠江西南 至義州 義州視 白頭山北極出地 幾差三四度 今此本 鴨綠曲流而微南 白頭與義州 不甚南北 此其有巽 於鄭本者也 然於三南島嶼 詳密不遺 而鄭本並略之 此鄭本之疵也 又鄭本於諸山 作峯巒高下之形 並從紙面 令峯向上 故山之向背不明 而其脉絡 散漫斷續 此本於山脈 只作蟠屈狀 至名山 稍增蒼茂 並無峯巒上下 有若自天俯視者然 此於畫法宜然 恭齋畫藝絶世 此所以得其法也

(4) 〈조선지도첩〉에 써서 붙임(跋朝鮮地圖帖)

> ― 이전의 조선지도에서 산천과 도리(道里)는 상고할 수가 없었는데 정항녕의 조선지도에는 그것이 자세하다. 나는 경기·삼남·해서(海西)를 순찰하면서 이를 고찰하였다.

모두 한 첩(帖)으로 된 위의 조선지도(朝鮮地圖) 8폭(幅)은 정항녕(鄭恒寧)[1]이 만든 것이다. 정지정(鄭止亭) 이후로 여지(與地)에 관한 글을

---

1) 정항녕(鄭恒寧)―1700~?. 조선 문신·학자·지리학자. 〈동국대지도(東國大地圖)〉 제작자.

찬술(撰述)하는 자들이 한 도(道)를 그릴 때마다 지형(地形)이 넓고 좁음과 길고 짧음은 고려하지 않고 오직 책면(冊面)만을 보고서 고루 배열하여 지면 채우는 것을 위주로 하였다. 그러므로 산천(山川)과 도리(道里)는 다 상고할 수가 없었다. 그러나 정씨는 이러한 잘못을 애써 바로잡아서 가장 정밀하고 충실하게 하였다.

내가 경기(京畿)·삼남(三南)·해서(海西) 지방을 거의 다 돌아다녔는데, 가는 곳마다 이 지도를 가지고 고찰하여 보니, 모두 틀림이 없었다. 그래서 이것이 선본(善本)임을 알게 되었다. 만약 여기에 경위선(經緯線)을 첨가하였더라면 더욱 좋았을 것이다.

跋朝鮮地圖帖

右朝鮮地圖 八幅共一帖 鄭氏 恒寧 之所作也 鄭止亭以來 撰輿地書者 每圖畫一道 不問地形之 闊狹匾楕 唯視冊面 務均布以實之 故山川道里 皆不可攷 鄭氏力矯此失 最爲精實 余於京畿 三南海西 游歷殆遍 所至攜此圖按驗之 皆不爽 以故知 其爲善本也 若加經緯線尤善

(5) 〈황산대첩비〉문에 발문 쓰다(跋荒山大捷碑)

> ── 황산은 전라도 남원에 있는 골짜기인데 여기서 이태조가
>   잠저 때 왜장을 쳐죽이고 크게 승리한 기념비로서 호남
>   을 지킨 큰 공적비로 되어 있다.

위의 황산대첩비 한 첩(帖)은, 곧 우리 강헌대왕(康獻大王) 이태조가 잠저(潛邸) 시절에 왜구(倭寇)를 정벌하러 나가 남원(南原)의 황산(荒山) 골짜기에서 왜장(倭將) 아지발도(阿只拔都)를 죽이고, 드디어 큰 승첩을 거두었으므로, 비(碑)를 세워 그 공적을 기록한 글이다.

옛날 내가 황산을 지나다가 이 비문(碑文)을 읽어보고 또 아지발도와

치열하게 싸웠다는 곳을 보았는데, 대체로 깊고 큰 골짜기로서 숲이 우거진 험악한 지역이었다. 왜인(倭人)은 본디 보전(步戰)에 익숙하였고 우리는 보전에 약하였는데, 더구나 그런 산골짜기에서는 말을 달릴 수가 없는데도 승첩을 거두었으니, 그 승첩을 거둔 것은 신통한 무용(武勇)에서 온 것이지 단순한 인력(人力)으로 된 것은 아니다. 세상에서 '왜인들이 계곡에 피를 많이 흘려서 계곡의 돌빛이 지금까지도 빨갛게 물들었다'고 전해오고 있으나, 자세히 살펴보니 이는 본래부터 붉은 돌이지 피로 물들어서 그렇게 된 것은 아니었다. 나는 일찍이,

"남도(南道)의 관방(關防)은 운봉(雲峯)이 으뜸이고 추풍령(秋風嶺)이 다음이다. 운봉을 잃으면 적(賊)이 호남(湖南)을 차지할 것이고, 추풍령을 잃으면 적이 호서(湖西)를 차지할 것이며, 호남과 호서를 다 잃으면 경기(京畿)가 쭈그러들 것이니, 이는 반드시 굳게 지켜야 할 관문(關門)인 것이다."

라고 논한 적이 있다. 그 당시 아지발도가 운봉을 넘어오지 않았더라면 성조(聖祖)께서 어찌 그와 같은 노고를 하였겠는가. 조령(鳥嶺)은 천연적인 요새지이니, 그대로 두는 것이 더욱 견고할 터인데, 무엇 때문에 성(城)을 만들었단 말인가.

跋荒山大捷碑

右荒山大捷碑一帖 卽我康獻大王 在龍潛時 出征倭寇 至南原荒山之谷 殲阿只拔都 遂獲大捷 建碑紀功之文也 昔臣過荒山 讀此碑 觀與所謂 阿只拔都酣戰處 蓋深豁鉅谷 叢林幽險之地也 倭人利於步 而山谿不可馳馬 其勝取神武 非人力也 世稱倭人血流 谿谷石色 至今染赤 視之蓋本赤石 非故血染而然也 臣嘗論南路關防 以雲峯爲首 而秋風嶺次之 雲峰失則 賊得湖南 秋風失則 賊得湖西 兩湖失則 畿甸蹙 此必爭之門也 向使阿只拔都 不踰雲峯 聖祖 豈若是勞苦哉 若鳥嶺天險也 廢之益鞏 何以城爲

(6) 〈신덕기적비첩〉에 발문 쓰다(跋神德紀蹟碑帖)

> ── 이 〈신덕기적비〉는 이태조의 계비인 강씨(康氏)의 사실
> 을 기록한 것으로 이태조와 강씨가 물에 버들잎을 띄워
> 서 떠 드리어 더위병을 예방한 야사가 들어 있다.

위의 신덕기적비(神德紀蹟碑)는 우리 건릉(健陵 : 정조)께서 친히 짓고 손수 전액(篆額)을 쓴 것이다. 내가 곡산부사(谷山府使)로 있을 적에 향인(鄕人)의 말을 들어보니, 이태조의 계비(繼妃)인 신덕왕후(神德王后) 강씨(康氏)의 옛 집터가 용연(龍淵) 위, 용봉(龍峯) 아래에 있는데, 돌기둥이 우뚝 서있다고 하므로, 가보았더니 사실이었다. 야사(野史)에는 이렇게 되어 있다.

"옛날 우리 태조(太祖)께서 여름철에 말을 달려 계곡을 지나다가 매우 갈증이 나므로 여름철에 개울에서 빨래하는 한 여자를 보고 물을 떠오게 하였다. 그 여자는 일어나서 즉시 물을 떠오는데 버들잎 한 움큼을 물에 띄워 가지고 바쳤다. 태조가 노하여 '왜 버들잎을 섞었는가?'하니, 그 여자가 '더울 적에 물을 급하게 마시면 몸에 해로우므로, 그것을 불면서 천천히 마시게 하려는 것입니다.'라고 하였다. 그러자 태조가 그를 매우 기특하게 여겨 말에 태워가지고 함께 돌아왔는데, 그가 바로 신덕왕후이다."

기미년(1799) 여름에 내가 곡산에서 돌아왔는데, 마침 청연(淸燕)을 맞이하여 그 사실을 아뢰었다. 그후 8월 16일이 마침 신덕왕후의 기일(忌日)이었다. 그러자 상(上)께서 감회(感懷)가 있어, 용연(龍淵)의 돌기둥 옆에 비각(碑閣)을 짓고 비를 세워서 그 사적을 기록하게 하였으니, 이것이 바로 그 탑본(榻本)이다. 이 일을 할 때에 내가 자주 자문을 받고 그 한두 가지를 말씀드렸었다. 그런데 지금은 그 비가 이미 고적이 되어 버렸다. 그래서 이를 꾸며서 첩(帖)을 만들고 눈물을 흘리며 그 전말을 기록한다.

그리고 곡산(谷山)에서 북으로 80리쯤 되는 곳에 치마골[馳馬谷]과 태조성(太祖城) 등의 고적(古跡)이 있다. 향인(鄕人)의 전하는 말에는 '태조(太祖)가 이 치마골에서 말을 달리며 칼 쓰는 법을 연습했다'고 한다. 그러나 그 골짜기는 가람산(岢嵐山)의 꼭대기에 있으니, 거기에서 말을 달렸다는 것은 아마도 이치에 합당하지 않은 듯하다. 어떤 이는 '산의 형태가 치마[裙]와 같은데, 방언에 군(裙)을 치마라고 하므로 이렇게 이름한 것이다'라고 한다. 그러나 그 골짜기에 수라천(水剌泉)이라는 우물이 하나 있으니, 그렇다면 성조(聖祖)의 어가가 이 산에서 머무른 적이 있음을 알 수 있겠다. 그래서 상께서 거기에도 비를 세우고자 하여 비를 이미 마련하였었다. 그러나 꼭 믿을 수 있는 일이 못된다 하여 중지하고 말았다.

跋神德紀蹟碑帖

右神德紀蹟碑 我健陵御製 御篆也 臣在谷山府時 鄕人傳有 神德王后康氏之 故第遺基 在龍淵之上 龍峰之下 有石柱屹立 視之果然 野史云 昔我太祖 暑月馳馬度溪 渴甚見一女子 臨溪汘澼 令斟水來 女子起則斟水 泛楊葉一掬而進之 聖祖怒曰 何葉之混也 女子曰 暑而急飲傷入 欲吹之使徐也 聖祖大奇之 載與俱歸 是爲神德王后 己未夏 臣自谷山歸 適因淸燕奏之 會八月旣望 適値神德忌日 上緬然興感 命於龍淵 石柱之傍 建閣立碑 以紀其蹟 此其搨本也 於玆役也 臣數蒙詢問 而陳其一二焉 今其碑已古跡矣 遂裝爲帖 泣書其顚末 又谷山北八十里 有馳馬谷 太祖城等古跡 鄕人傳言 太祖嘗馳馬 習劍于此谷也 然谷在岢嵐山之絶頂 於此馳馬 恐不合理 或云山形如裙 方言裙曰馳馬 故名之 然谷有泉井一眼 曰水剌泉 則聖祖於此山 駐蹕可知也 於是 上又欲立碑 碑旣具 以事在疑信中止之

(7) 〈기기도첩〉에 발문 쓰다(跋奇器圖帖)

> ― 이 〈기기도(奇器圖)〉 1권은 곧 내고(內庫)에 있던 귀한
> 그림으로 내가 김생(金生)에게 옮겨 그리게 하여 병가(兵
> 家)와 농가(農家)에서 도움되게 하려 한 기기도설이다.

위의 〈기기도(奇器圖)〉 1권은 곧 내고(內庫)에 소장(所藏)된 도서집성
(圖書集成) 5천22권 중의 1권이다. 병진년 겨울에 내가 규영부 교서(奎
瀛府校書)로 있을 적에 이 〈기기도〉를 보고는, 돌아와서 그림 잘 그리는
김생(金生)으로 하여금 옮겨 그리게 하였다. 무릇 그 도첩에는 인중(引
重)·기중(起重) 등 여러 가지 기기(器機)와 해목(解木)·해석(解石)·
전마(轉磨)·수총(水銃)·홍흡(虹吸)·학음(鶴飮) 등속의 기구가 자세히
갖추어져 있었다. 병가(兵家)와 농가(農家)에서 참으로 이를 강구하여
시행한다면 반드시 도움이 있을 것이다. 다만 그 도설에 대한 해설이 상
세하지 못하여 그 기관(機關)의 서로 연결된 내용을 알 수가 없으니, 이
것이 한스럽다.

跋奇器圖帖

右奇器圖一卷 卽内庫所藏圖書集成五千二十二卷之一卷也 丙辰
冬 余在奎瀛府校書 得見奇器圖 歸而令工畫者 金生移描 凡引重
起重 諸器 及解木 解石 轉磨水銃 虹吸鶴飮之屬 無不畢具 兵農之
家 苟講而行之 不爲無補也 但其圖説 率略未詳 無以解其機柚之所
聯絡 兹可恨也

(8) 《택리지》에 발문 쓰다(跋擇里志)

> ── 택리지(擇里志)는 이중환(李重煥)이 지은 것인데 나라
> 안 사대부들의 별장이나 농장에 대해 좋고 나쁜 점을 기
> 술한 책이다. 사대부가 땅을 점유하는 것은 나라를 잃는
> 것과 같은 것이다.

위의 〈택리지〉 1권은 고(故) 정자(正字) 이중환(李重煥)이 지은 것으로, 국내(國內) 사대부(士大夫)들의 별장이나 농장에 대한 좋고 나쁜 점을 논한 것이다. 나는 이렇게 논한다.

생활하는 방도는 마땅히 먼저 물길과 뗄나뭇길을 살펴보고, 다음은 오곡(五穀), 다음은 풍속(風俗), 다음은 산천(山川)의 경치 등을 살펴야 한다. 물길과 뗄나뭇길이 멀면, 인력(人力)이 지치게 되고, 오곡이 갖추어지지 않으면 흉년이 잦게 되고, 풍속이 문(文)을 숭상하면 말이 많고, 무(武)를 숭상하면 싸움이 많고, 이익을 숭상하면 백성이 간사스럽고 각박해지며, 힘만을 숭상하면 고루해서 난폭해지고, 산천이 흐릿하고 험악하면 빼어난 인물이 적고 마음이 맑지 못한 것이니, 이것이 그 대체적인 것이다.

우리나라에서 별장이나 농장이 아름답기로는 오직 영남(嶺南)이 최고이다. 그러므로 사대부(士大夫)가 당시에 화액을 당한 지가 수백 년이 되었으나, 그 존귀하고 부유함은 쇠하지 않았다. 그들의 풍속은 가문(家門)마다 각각 한 조상을 추대하여 한 터전을 점유하고서 일가들이 모여 살아 흩어지지 않는데, 이 때문에 조상의 업적을 공고하게 유지하여 기반이 흔들리지 않은 것이다.

가령 진성이씨(眞城李氏)는 퇴계(退溪)를 추대하여 도산(陶山)을 점유(占有)하였고, 풍산유씨(豊山柳氏)는 서애(西厓)를 추대하여 하회(河回)를 점유하였고, 의성김씨(義城金氏)는 학봉(鶴峰)을 추대하여 내앞〔川前〕을 점유하였고, 안동권씨(安東權氏)는 충재(冲齋 : 權撥)를 추대

하여 닭실[鷄谷]을 점유하였고, 경주김씨(慶州金氏)는 개암(開嵒 : 金宇宏)을 추대하여 범들[虎坪]을 점유하였고, 풍산김씨(豊山金氏)는 학사(鶴沙 : 金應祖)를 추대하여 오미(五嵋)를 점유하였고, 예안김씨(禮安金氏)는 백암(柏巖 : 金玏)을 추대하여 학정(鶴亭)을 점유하였고, 재령이씨(載寧李氏)는 존재(存載 : 李徽逸)를 추대하여 갈산(葛山)을 점유하였고, 한산이씨(韓山李氏)는 대산(大山 : 李象靖)을 추대하여 소호(蘇湖)를 점유하였고, 광주이씨(廣州李氏)는 석전(石田)을 추대하여 석전(石田)을 점유하였고, 여주이씨(驪州李氏)는 회재(晦齋 : 李彦迪)를 추대하여 옥산(玉山)을 점유하였고, 인동장씨(仁同張氏)는 여헌(旅軒 : 張顯光)을 추대하여 옥산(玉山)을 점유하였고, 진양정씨(晉陽鄭氏)는 우복(愚伏 : 鄭經世)을 추대하여 우산(愚山)을 점유하였고, 전주최씨(全州崔氏)는 인재(認齋 : 崔晛)를 추대하여 해평(海平)을 점유한 것 등, 이루 다 헤아릴 수가 없다.

그 다음은 호서(湖西)가 뛰어났다. 그래서 회천송씨(懷川宋氏)·이잠윤씨(尼岑尹氏)·연산김씨(連山金氏)·서산김씨(瑞山金氏)·탄방권씨(炭坊權氏)·부여정씨(扶餘鄭氏)·면천이씨(沔川李氏)·온양이씨(溫陽李氏) 등이 모두 기반을 굳히고서 대대로 현달하였다. 그리고 호남(湖南)의 풍속은 호협한 기개만 있고 순박함이 적으므로, 오직 고재봉(高霽峰)의 후예 고씨(高氏)·기고봉(奇高峰)의 후예 기씨(奇氏)·윤고산(尹孤山)의 후예 윤씨(尹氏) 등 몇 집 외에는 현달한 집안이 대체로 적다. 열수(洌水) 위쪽으로는 오직 여주(驪州)의 백애(白厓), 충주(忠州)의 목계(木溪)가 좋은 곳으로 일컬어진다. 그러나 북강(北江) 연변에 있는 춘천(春川)의 천포(泉浦), 양근(楊根)의 미원(迷源)도 뛰어난 곳이다.

나의 집은 소천(苕川)의 시골인데, 물은 몇 걸음만 가면 길어올 수 있으나, 땔감은 10리(里) 밖에서 해오며, 오곡(五穀)은 심는 것이 없고, 풍속은 이익만을 숭상하고 있으니, 낙원(樂園)이라고는 할 수가 없고, 취할 점은 오직 강산(江山)의 뛰어난 경치뿐이다. 그러나 사대부(士大夫)가 땅을 점유하여 대대로 전하는 것은 마치 상고(上古) 시대 제후(諸侯)

가 그 나라를 소유함과 같은 것이니, 만일 옮겨 다니며 남에게 붙어살아서 크게 떨치지 못하면 이는 나라를 잃은 자와 같은 것이다. 이것이 바로 내가 미련을 버리지 못하고 머뭇거리면서 소천을 떠나지 못하는 이유이다.

跋擇里志

右擇里志一卷 故正字李(重煥)之撰 論國內士大夫 莊墅之美惡者也 余論生居之理 宜先視水火 其次五穀 其次風俗 其次山川之勝 水火遠則人力詘 五穀不備 則凶年數 俗尚文則多言 尚武則多鬪 尚利則民詐薄 徒力作 則孤陋而獷 山川濁惡 則民物寡秀拔 而志不清 此其大端也 國中莊墅之美 唯嶺南爲最 故士大夫 阨於時數百年 而其尊富不衰 其俗家各戴一祖 占一莊 族居而不散處 所以維持鞏固 而根本不拔也 如李氏戴退溪 占陶山 柳氏戴西崖 占河洄 金氏戴鶴峰 占川前 權氏戴冲齋 占鷄谷 金氏戴開岊 占虎坪 金氏戴鶴沙 占五媚 金氏戴柏巖 占鶴亭 李氏戴存齋 占葛山 李氏戴大山 占蘇湖 李氏戴石田 占石田 李氏戴晦齋 占玉山 適派占榻子谷 張氏戴旅軒 占玉山 鄭氏戴愚伏 占愚山 崔氏戴訒齋 占海平之類 不可勝數 其次湖西爲勝 故如懷川宋氏 尼岑尹氏 連山金氏 瑞山金氏 炭坊權氏 扶餘鄭氏 沔川李氏 溫陽李氏之類 皆盤踞世雄 湖南俗任俠少質 故唯高氏 霽峰孫 奇氏 高峰孫 尹氏 孤山孫 數家之外 雄顯者蓋少 遵洌水以上 唯驪州白厓 忠州木溪稱善 然北江之濱 如春川之泉浦 楊根之迷源 更勝也 余家苕川之墅 水取於數弓之地 火取於十里之外 五穀無所種 俗尚利 蓋非樂郊 所取唯江山絶勝 然士大夫之 占地而傳世也 如上古 諸侯之有其國 遷徙寄寓 而不能大振 則與亡國者等 余所以眷係遲徊 而不能去苕川也

11. 책 머리글[題]

(1) 《강역고》의 책머리에 쓰다(題疆域考卷耑)

> ── 김부식의 《삼국사기》와 최치원의 삼한(三韓)의 강계는
> 실제와 다른 점이 많다.

김부식(金富軾)은 남송(南宋) 고종(高宗) 때 사람이다. 위로 삼국(三國)의 시초와는 1천2백여 년의 기간인데 조정(趙鼎)·장준(張浚)1)과 같은 사람이 위로 위상(魏相)·병길(丙吉)2)의 일을 기록할 때 어떻게 자세히 말할 수가 있었겠는가. 더군다나 우리나라의 고사(古史)는 황당하고 저속하여 하나도 그것을 근거로 할 수가 없는 경우에 있어서이랴. 삼한(三韓)이 어느 곳에 있었는지도 모르는데 기타의 사실을 어떻게 말할 것인가.

우리나라의 일을 말하고자 하는 자는 반드시 중국의 역사를 널리 참고하되 모든 나라에 관계된 것은 빠짐없이 찾아내어 여기저기 것을 종합하고 분류하고, 연도를 고찰해서 차례로 편입시켜야만 비로소 근본과 핵심을 밝혀 실효를 거둘 것이다. 다만 동사(東史)만을 근거로 하여 구차하게 책을 만들려고 한다면 사실을 빠뜨리거나 연대를 그르치는 일이 없을

---

1) 조정(趙鼎)·장준(張浚)─모두 남송(南宋) 고종(高宗) 때 사람으로, 금(金)나라의 침입(侵入)을 막아 공을 세웠으며, 진회(秦檜)가 주장하던 금나라와의 화의(和議)를 반대하다가 모두 유배되었음.(《宋史》 권360~361)
2) 위상(魏相)·병길(丙吉)─모두 한선제(漢宣帝) 때의 재상(宰相)으로 두 사람이 합심하여 정사(政事)를 도와 치적을 많이 남겼음.(《前漢書》 권74)

수 없을 것이니, 이는 우리나라의 역사에 뜻을 둔 자로서는 마땅히 먼저 알아두어야 할 것이다.

《강역고(疆域考)》는 잘 완비된 책은 아니다. 귀양살이 중에 서적(書籍)이 전혀 없고 채취하여 기입할 수 있는 자료는 십칠사(十七史) 중에서 동이열전(東夷列傳) 4~5권뿐이고, 그 제왕기(帝王紀)·표(表)·지(志)와 기타 열전(列傳)은 일체 보지를 못하였으니, 어찌 빠지는 것이 없을 수 없겠는가. 그 전부(全部)를 참고할 수 있는 것은 오직 《사기(史記)》·《한서(漢書)》뿐이며, 동이열전을 참고할 수 있는 것은 또한 《후한서(後漢書)》·《삼국지(三國志)》·《진서(晉書)》·《위서(魏書)》·《북사(北史)》·《수서(隋書)》·《신당서(新唐書)》뿐이니, 빠뜨리고 그릇되는 것은 면할 수 없는 형편이다.

〈대명일통지(大明一統志)〉와 〈성경지(盛京志)〉는 비록 전부를 보았으나 이 두 책에 기록된 우리나라 강역(疆域)에 대한 설명은 복잡하게 뒤엉켰으므로 간추려서 바로잡을 수도 없을 정도인데, 더구나 이를 믿고 근거로 삼을 수야 있겠는가.

〈성경속지(盛京續志)〉는 일찍이 지리책(地理策)을 임금께 아뢸 적에 잠깐 한번 보았으나 지금은 자세히 알 수가 없다. 그러나 한번 조사하여 빠뜨린 것을 보충하지 않을 수가 없다.

한강 이북에서 압록강 이남은 한무제(漢武帝) 이후로 늘 한나라 땅이 었는데, 광무제(光武帝) 때부터 청천강 이북은 고구려에 소속시키고 이남은 한나라에 소속시켰다가, 그후에 대동강 이북은 모두 고구려에 편입되었다. 그러나 패수, 즉 대동강 이남과 한수 이북은 마침내 한나라 관리의 관할하에 들어갔고 위(魏)·진(晉)을 지나 북위(北魏) 때까지 시대마다 그렇게 하였다. 그러니 동사(東史)를 엮는 자는 패수 이남과 열수 이북의 지역에 대해서는 별도로 한리표(漢吏表)를 만들고, 아울러 그 사실을 기록하여 그 자취를 참고하지 않을 수 없는 것이다. 그러나 모든 이른바 동사(東史)에는 모두 이러한 사실이 빠졌으니, 이것은 불완전한 사례 가운데 큰 것이다.

한강인 열수(洌水)는 지금 서울에 있는 강이다. 이 열수 이북은 본래 한나라 땅에 속하였고 이남은 삼한(三韓)으로서, 이 강물은 곧 삼한과 한나라의 경계선이었다. 그러므로 삼한 사람들은 이 열수를 가리켜 '한강(漢江)'이라고 한다.

백두산(白頭山)의 원줄기는 몽고(蒙古) 땅에서부터 남으로 1천여 리를 달려와 백두산이 되었고, 그 큰 줄기의 동쪽 지역에 별도로 한 국면(局面)을 이루어 다른 지역과 섞이지 않는 곳이 있는데, 우(虞)·하(夏)·은(殷)·주(周) 때는 이를 '숙신(肅愼)'이라 하였고, 한(漢)나라 때는 '읍루(挹婁)', 당(唐)나라 때는 '말갈(靺鞨)', 송(宋)나라 때는 '여진(女眞)', 지금에 와서는 '오랄영고탑(烏喇寧古塔)'이라고 한다. 그런데 김부식(金富軾)의 《삼국사기(三國史記)》에는 이미 한선제(漢宣帝) 때부터 엄연히 말갈이란 이름이 나오니, 이는 매우 황당한 것이다. 비유하면 북적(北狄)인 경우 하(夏)·은(殷)·주(周) 삼대(三代) 때는 '훈육(葷粥)', 한나라 때는 '흉노(匈奴)', 당나라 때는 '돌궐(突厥)', 송나라 때는 '몽고(蒙古)'라고 하여 종류는 같지만 명칭은 통일하기가 어려운데, 한나라 역사를 엮으면서 돌궐이 침입하였다고 쓴다면 껄껄 웃지 않을 사람이 없을 것이다. 이것은 김부식 《삼국사기(三國史記)》의 크게 잘못된 점으로서 덮어 둘 수 없는 일이다.

마한(馬韓)은 열수(洌水) 이남의 땅으로 지금의 경기(京畿)·호서(湖西)·호남(湖南)의 지역이고, 진한(辰韓)은 지금의 경상좌도(慶尙左道)의 지역이고, 변한(弁韓)은 지금의 경상우도(慶尙右道)의 지역인데, 최치원(崔致遠) 이하 삼한(三韓)의 강계(疆界)를 논한 것은 한결같이 잘못된 점이 많다.

題疆域考卷耑

金富軾者 南宋高宗時人也 高麗毅宗時 上距三國之始 一千二百餘年 漢宣帝五鳳元年 赫居世開國 如趙鼎張浚 上修魏相丙吉時事 其能

詳言之乎 況東國古史荒誕鄙俚 一無可據者乎 不知三韓在何地 他尚何說

欲言東事者 必博考中國之史 凡屬於東方者 搜括不遺 參伍會通按年編入 然後方有 綜核之實 但據東史 苟欲成篇 未有不缺漏事實註舛年代者 此留意東事者 所宜先知也

疆域考 非大備之書 誚中絕無書籍 其所得而採入者 不過十七史中 東夷列傳 四五卷而已 其帝紀表志 及他列傳 槩未之見 何得無缺漏乎 其全部考撿者 惟史記漢書而已 其考東夷列傳者 亦止於後漢書 三國志 晉書魏書 北史隋書 新唐書而已 缺漏訛舛所 不免也

大明一統志 盛京志 雖見全部 此二書所記 東方疆域之說 驍駮紕繆 不勝刊正 況可以憑據乎 盛京續志 曾於地理策 仰對時 瞥一得見 今不可詳 要之 不可不一番搜括 以補缺漏

洌水以北 鴨水以南 自漢武帝以來 常爲漢地 始自光武時 薩水以北屬 句麗 今安州清川江以北 以南屬漢 其後浿水以北 皆入句麗 今大同江以北 然浿南漢北 終爲漢吏所統轄 歷曹魏馬晉 降及元魏之世莫不皆然 則修東史者 不得不以 浿南洌北之地 別立漢吏表 並記事實 以考其跡 凡所謂東史 皆缺此事 此缺典之大者也

洌水者 今之京江也 此水以北 本係漢地 此水以南 乃爲三韓 此水卽 蕃漢割界之限也 故三韓之人 指此水曰漢江

白頭山來龍 自蒙古地 南馳千餘里 爲白頭由 此大幹龍 以東之地 別爲一局 不與他混 在虞夏殷周 謂之肅愼 在漢曰挹婁 在唐曰靺鞨 亦謂之勿吉見魏書 在宋曰女眞 在今曰烏喇寧古塔 乃金富軾三國史 己自漢宣之時 儼有靺鞨之名 此荒唐之甚者也 譬如北狄 在三代曰葷粥 在漢曰匈奴 在唐曰突厥 在宋曰蒙古 種類雖同 名稱難通 修漢史者 書突厥入寇 未有不胡盧 大笑者也 此軾史之大誤處 不可掩也

馬韓者 洌水以南 今京畿兩湖之地也 辰韓者 今慶尙左道之地也

弁辰者 今慶尙右道之地也 崔致遠以下 論三韓疆界 一往多誤

(2) 〈책씻이 첩〉의 머리에 쓰다(題洗書帖)

> ──신이 잠시 벼슬이 없이 쉬고 있을 때 정조께서 책을 보
> 내주셔서 5종의 책을 독파하고 책씻이 서첩을 썼다.

기미년 겨울에 신(臣) 약용(若鏞)이 실직이 없는 벼슬인 산질(散秩)로
서 한가하게 지냈는데, 하루는 성상께서 내각(內閣)의 관리를 보내어 송
나라 육무관(陸務觀)의 시 한 권을 써서 올리라고 명하고, 수십 일 후에
또다시 주자(朱子) 시 한 권을 써서 올리라고 하였으며, 수십 일 후에 또
다시 직접 지으신 독춘추시(讀春秋詩)와 서(叙)를 내려주며 열 통[十
通]을 정밀하게 쓰라고 명하고 이어 화답하여 올리도록 하였으며, 또 별
도로 한 통을 써서 표구하여 개인적으로 소장하라고 하였다.

신은 삼가 생각하건대, 내각(內閣)의 사관(寫官) 학사(學士)로서 서예
(書藝)에 능한 사람이 매우 많은데, 어찌하여 신의 졸필(拙筆)로 쓰라고
하였을까? 그것은 아마 신이 은퇴해 있으면서 하는 일이 없으므로, 잠리
(簪履)1)를 기록하게 하여 위로가 되게 하기 위함일 것이다. 그리고 별도
로 한 벌을 써서 개인적으로 간직하라고 명한 경우는 더욱 특이한 은총
이다. 신이 이 첩(帖)을 만드는 것은, 장차 군자(君子)에게 글을 받아서
우리 성상(聖上)의 높으신 달효(達孝)와 열심히 배우는 뛰어난 덕이며
훌륭한 행실을 선양하여 자손에게 물려주고자 함인 것이다. 그때의 서
적은,

〈주서백선(朱書百選)〉, 을묘년(1795) 봄에 신(臣) 약용(若鏞)이 승지
(承旨)로 입시(入侍)하였을 때, 익숙하게 읽으라고 명하고 1질(秩)을 하

---

1) 잠리(簪履)─비녀와 신발이라는 뜻인데 벼슬을 놓은 선비의 한가함을 말한다.
  중국 장열(張說)의 시에 '야몽운관한(夜蒙雲關閑) 잠리열조유(簪履列朝游)'
  라고 했다.

사받았다.

〈오경백편(五經百篇)〉, 병진년 겨울에 신 약용이 명을 받고 구두점을 찍었다.

〈사기영선(史記英選)〉, 병진년 겨울에 신 약용이 규영부(奎瀛府)에 숙직하면서 명을 받고 교정(校正)하였다. 또 명을 받고 채 문숙공(蔡文肅公)에게 가서 서명(書名)을 정(定)하였다. 정사년(1797) 겨울에 신이 곡산부(谷山府)에 있으면서 또 명을 받고 주석(注釋)을 내었다. 전후하여 하사받은 것이 4질(秩)이었다. 경신년(1800) 6월 12일에 또 〈한서선(漢書選)〉 5권을 하사받았다.

〈팔자백선(八子百選)〉, 정미년 봄에 신 약용이 반시(泮試 : 成均試)에 합격하고 1질을 하사받았다.

〈춘추좌씨전(春秋左氏傳)〉, 정사년(1797) 봄에 신 약용이 명을 받고 교정하였고, 또 열국(列國)의 인명(人名)을 편집하고서 1질을 하사받았으며, 또 말 1필을 하사받았다.

'세서(洗書)'라고 한 것은 무슨 뜻인가 하면 시골의 풍속이, 사람을 시켜 힘드는 일을 하게 한 다음 그 일을 끝내고 나면 술을 대접하면서 '세수례(洗手禮)'라 하고, 어린이들이 글을 읽으며 책 한 권을 끝내면 떡을 먹이면서 '세서례(洗書禮)'라고 한다. 매년 겨울마다 성상이 책 한 부를 읽는데, 을묘년에 〈주서백선〉을 읽었고, 병진년에는 〈오경백편〉을 읽었고, 정사년에는 〈사기영선〉을 읽었고, 무오년에는 〈팔자백선〉을 읽었으며, 금년 겨울에는 〈춘추좌씨전〉을 읽었다. 다 읽을 때마다 대비(大妃)께서 주연을 베풀어 대접하였는데, 이를 '세서례'(책씻이)라고 하였다. 성상(聖上)의 효성과 성대비(聖大妃)의 자애(慈愛)는 마치 어릴 때처럼 화기가 애애하였는데, 이는 곧 노래자(老萊子)가 어린이의 옷을 입은 뜻이다.2) 어제시(御製詩) 1편은 신이 서국(書局)에 공로가 있었다고 하여 신

---

2) 노래자(老萊子)가……─부모의 마음을 즐겁게 해주는 것을 말한다. 노래자는 춘추시대 초(楚)나라 사람으로 나이 70에 어린이 옷을 입고 어린이 같은 장난을 하여 부모를 즐겁게 하였다는 고사가 있다. 노래자는 중국의 24효자 중

에게 화답하게 하고, 이어 신에게 표구하여 집안에 전하게 한 것이다.

題洗書帖

己未冬 嘉慶四年 臣若鏞 以散秩閒居 一日 上遺閣吏 命寫陸務
觀詩 一卷以進 後數十日 又命寫 朱子詩一卷以進 後數十日 又降
御製讀 春秋詩並叙 命十通精寫 仍令廣和以進 又命別寫一件 裝池
而私藏之 臣竊伏念 內閣寫官學士之 工於書者甚多 奚以臣拙筆哉
盖以 臣屛居無所事 記簪履以慰藉耳 若其別寫私藏之命 尤異眷也
臣爲是帖 將以請文於君子 以揄揚我 聖上達孝勤學之 盛德至行 以
遺子孫爾

朱書百選　　乙卯春 臣若鏞 以承旨入待時 命熟讀 仍賜一秩

五經百篇　　丙辰冬 臣若鏞 承 命句讀

史記英選　　丙辰冬 臣若鏞 直宿瀛府 承 命校正 又承 命議定書名
　　　　　　于蔡文莆公 丁巳冬 臣在谷山府 又承 命注釋 前後蒙賜
　　　　　　凡四秩 庚申六月十二日 又賜漢書選五件

八子百選　　丁未春 臣若鏞 泮試被抄 蒙賜一秩

春秋左氏傳　丁巳春 臣若鏞 承 命校正 又彙輯列國人名 蒙賜一秩
　　　　　　又蒙 賜馬一匹

其謂之洗書者 何也 閭巷之俗 令人作勞苦 旣卒業 餉以酒殽 名
曰洗手禮 童穉讀書 旣竟卷 餉餠餌 名曰洗書禮 每年冬 上讀書一
部 乙卯讀朱書百選 丙辰讀五經百篇 丁巳讀史記英選 戊午讀八子
百選 是年冬 讀春秋左氏傳 每讀訖 慈宮輒設饌以餉之 斯之謂洗書
禮 聖孝聖慈 藹如童穉時 卽老萊幼服之義也 御製詩一篇 以臣有勞
於書局 命臣廣和 仍命臣裝帖以傳于家也

의 한 사람이다.

(3) 〈한서선〉 머리에 쓰다(題漢書選)

> ── 성상께서 〈한서선〉 10권을 내려주시며 신을 위로할 겸 교서하라 하시면서 5권은 도로 바치고 5권은 집안에 두고 전하라 하였는데 18년간 유배생활을 하다 보니 겨우 한 권이 남았으니 머리에 제한다.

경신년 6월 12일 바야흐로 달밤에 한가롭게 앉아 있는데, 홀연히 문을 두드리는 소리가 있어서 들어오게 하였더니, 내각(內閣)의 아전이었다. 〈한서선(漢書選)〉 10권을 가지고 와서 상의 하교(下敎)를 전하기를,

"근래에 책을 편찬하는 일이 있어 즉시 불러들이려고 하였으나, 주자소(鑄字所)를 새로 개수(改修)하였는데, 벽에 진흙이 아직 마르지가 않았다. 그믐쯤이라야 비로소 들어와서 경연에 등연(登筵)할 수 있을 것이다."

라며, 위로하여 주는 뜻이 지극하였고, 또,

"이 책 5권은 집안에 전하는 물건으로 남겨두고, 5권은 제목(題目)을 써서 돌려보내도록 하라."

고 하였다. 내각 아전의 말이,

"하교(下敎)를 받을 적에 상의 안색(顔色)과 말씨가 온화하고 간절하며 그리워하였다."

라는 것을 보면 〈한서(漢書)〉의 제목을 써달라고 하신 것은 사실은 위로를 하기 위한 성지(聖旨)였다. 그 이튿날부터 상이 미령하여 보름만에 승하하였다. 결국 그날 밤의 그 하사는 영원히 이별하는 은전(恩典)이 되었으며, 군신(君臣)간의 의리는 여기에서 끝난 것이다. 그 생각을 할 때마다 피눈물이 옷깃을 적시며 곧바로 즉석에서 따라 죽어 지하(地下)에서 천안(天顔)을 뵙고자 하였으나 그렇게 할 수가 없었다. 18년 동안의 귀양살이를 마치고 돌아와 〈한서선〉을 찾아보니, 거의 다 유실되고 1권이 겨우 남아 있었다. 아, 애석하다, 나의 후손은 아무쪼록 잘 보존해

야 할 것이다.

題漢書選

庚申六月十二日 方月夜開坐 忽有叩門聖納之乃 内閣吏也 持漢
書選十件來 以傳下敎 曰近有編書事 當卽召入 而鑄字所新改壁 泥
姑未乾淨 晦間 始可入來登筵也 慰藉備至 且曰 是書五件 留作家
傳之物 五件書題目 還入之可也 閣吏言親承 下敎時 顔色辭旨 溫
諄眷戀 今此漢書題目 其實存問之 聖旨也 自厥明日 玉侯愆和 適
至一望 天竟崩矣 卽此夜此賜 爲永訣之恩典 君臣之義 於斯終矣
每念及此 血淚沾襟 直欲卽地殉死 覩天顔於地下 而不可得也 流落
十有八年 歸而視之 散佚殆盡 惟一卷僅存 嗚呼惜哉 爲我後者 尙
善保之 己卯春

(4) 반곡 정공의 《난중일기》에 제하다(題盤谷丁公亂中日記)

> —유성룡의 《징비록》이나 이항복의 《임진록》도 중요한 문
> 헌이지만 임진란의 허실을 잘 알려면 정경달(丁景達)
> 의 〈난중일기〉를 보아야 우리가 어리석다는 것을 알 것
> 이다.

독서를 하는 데는 모두 방법이 있다. 대체로 세상에 도움이 없는 책은
구름 가듯 물 흐르듯 예사롭게 읽어도 되지만, 만약 백성이나 나라에 도
움이 있는 책이면 문단마다 이해하고 구절마다 탐구해가면서 읽어야 하
며, 오창(午牕)에 졸음을 쫓는 방패로 삼기만 해서는 아니되는 것이다.
반곡(盤谷) 정경달(丁景達)이 이 책을 만든 것은 어찌 겨우 그 고생한
것이나 설명하고 그 공로만을 드러내어 그 자손에게 보이기 위한 것이겠
는가. 이는 국가에 경계를 제시하고 후세에 귀감을 남기려고 함일 것이
니, 이 《난중일기》를 읽는 자는 마땅히 그 뜻을 알아야 할 것이다.

서애(西厓) 유성룡(柳成龍)의 《징비록(懲毖錄)》과 백사(白沙) 이항복(李恒福)의 《임진록(壬辰錄)》은 상세하고 분명하지 않은 것이 아니다. 두 상공(相公)은 모두 조정의 대신으로서 혹 어가(御駕)를 호종(扈從)하고 서쪽으로 나가 진중(陣中)에서 전략을 짜냈고, 혹은 왕명을 받들고 남으로 내려와서 문서상으로 공로를 평가하기도 하였다. 그러므로 온 나라의 대세를 논평하고 팔도의 많은 기무(機務)를 조정함에 있어서는 그 업적이 위대하지 않은 것은 아니다. 그러나 물고기도 놀라고 산짐승도 도망간 상태라든가 비바람을 맞으며 들에서 밥해 먹고 지새우는 고초에 대해서는, 한폭의 활화같이 서술한 이 기록만은 못하다. 그것뿐만이 아니다. 벼슬이 낮으면 비록 위에서 명령하는 것이 함정 속으로 몰아넣는 일이라고 하더라도 다만 머리를 숙이고 받들어 시행하면서 그 실패를 감수할 수밖에 없는 것이고, 거리가 멀면 비록 가슴에 품은 지식이 천지를 돌리고 일월을 굴릴 수 있다고 하더라도 오직 입을 봉하고 할 말을 못하고서 그 분수를 지킬 뿐이니, 이를 '유분(幽憤)'이라고 한다. '유분'이 있는 자는 당세에 쓰이지 못하고 오로지 그 포부를 필묵(筆墨)으로 발설하여 후세에 시행되기를 바랄 뿐인데, 이를 '고심(苦心)'이라고 한다. 소인의 아첨하는 행위를 모르면 나라를 다스리지 못할 것이고, 지사(志士)의 유분과 고심을 모르면 역시 나라를 다스릴 수가 없는 것이니, 대체로 이 《난중일기》를 읽는 사람은 먼저 그 유분과 고심에 대해서 눈을 밝게 떠야만 아마 유익함이 있을 것이다.

임진왜란은 고려(高麗) 말기의 왜구(倭寇)가 바람을 타고 갑자기 이르러서 엄습(掩襲)한 것과는 같지 않다. 병술년에 온 일본(日本) 사신(使臣) 귤강광(橘康廣)은 화단(禍端)의 기미를 보였고 신묘년에 온 평조신(平調信)은 침략의 기미를 드러냈었다. 그리고 조헌(趙憲)은 초야에서 가슴을 쳤고,[1] 황윤길(黃允吉)이 경연석(經筵席)에서 성실하게 보고하였

---

1) 조헌(趙憲)은…… ―임진왜란(壬辰倭亂)이 일어나기 전해인 1591년에 일본(日本)의 사신(使臣) 평조신(平調信) 등이 오자, 우리나라에서는 그들을 융숭하게 대우하려 하므로, 조헌이 소(疏)를 올려 왜사(倭使)를 죽여야 한다고 강력

던 일2)이 있었으며, 조정에서도 역시 변방의 일을 깊이 걱정한 나머지 김수(金晬)를 골라서 경상도 관찰사(慶尙道觀察使)에 제수하고 이순신 (李舜臣)을 발탁하여 전라좌도 수군절도사(全羅左道水軍節度使)로 내려 보내는 등 기미가 이미 발생하였고 화근이 이미 드러났다. 그런데 어찌 하여 돌 하나라도 쌓고 창 하나라도 만들어서 성문에 침입할 왜적에 대 한 대비는 하지 않았던가. 그 당시의 일을 나는 들었다. 변방의 사건을 말하면 허풍을 떤다고 하고 군사 일을 말하면 민심을 동요시킨다고 하여, 비변사(備邊司)의 좌석에는 당황한 얼굴빛으로 서로 돌아보지 않은 적이 없으면서도 밖에 나와 사람들에게 말하기는 태평하다고 하며, 규문(閨門) 안에서는 귀를 대고 소곤거리지 아니한 적이 없으면서도 밖에 나와 손님 에게는 걱정이 없다고 하였고, 지방의 관리들도 그 영향을 받고 그 뜻에 맞추어 날마다 음악이나 연주하며 기생과 즐기면서,

　"이것이 민심을 안정시키는 방법이다."

라며, 궁벽한 곳에서 노동일을 하는 사람들도 이미 귀신처럼 당시의 정 세를 꿰뚫어 보고 있다는 것을 알지 못하였다. 반곡공(盤谷公)은 그러한 때를 당하여, 그의 뛰어난 재능으로도 역시 돌 하나라도 쌓고 창 하나라 도 만들어서 눈앞에 닥친 화액에 대비할 수 없었던 것은 진실로 온 나라 에서 하지 않는 것을 가지고 정경달(丁景達) 군수가 선산(善山)에서만 하라는 법은 없었기 때문이었다. 나중에 그가 군사를 징발할 때는 춘하 추동의 사운(四運)법을 설치하고, 적을 방어함에 있어서는 동서남북 험 한 고장에 사채(四寨)의 장수를 두는 등 그 임기응변은 그와 같이 기묘

히 청하였으니, 그 말이 받아들여지기는커녕 오히려 미친 사람으로 간주되었 다. 그러자 조헌이 통곡을 하며 사람을 만날 때마다 '내년에는 반드시 전쟁이 일어날 것이다'고 탄식하였던 일을 가리키는데, 당시 조헌은 수차 과격한 소 를 올려 조정의 득실을 논하다가 추방당하여 시골에 와 있던 때였다.(〈燃藜室 記述〉 권15~16 宣祖朝故事本末)

2) 황윤길(黃允吉)－1591년에 황윤길이 통신사(通信士)로 일본에 갔다와서, 왜 적(倭賊)이 침범할 것이라고 조정에 보고한 것을 말함.(〈燃藜室記述〉 권15 宣祖朝故事本末)

(奇妙)하였으면서도 임진왜란이 나던 4월 15일 이전에는 손가락 하나 못 놀리고 털 하나 움직일 수 없었던 것은 위에서 싫어하는 것을 아래에서 감히 할 수가 없었기 때문이 아니었을까.

대체로 재난이란 숨겨서는 안된다. 병을 숨기는 자는 그 몸을 망치고, 재난을 숨기는 자는 그 나라를 망치는 것이니, 대체적으로 숨기는 것은 좋은 계책이 아니다. 내 마음으로만 알고 있는 것을 나의 형제들이 모른 다면 형제에게는 숨겨도 되는 것이고, 형제들만 알고 있는 것을 나라 사 람들이 모른다면 나라 사람에게는 숨겨도 되는 것이며, 나라 사람만 알 고 있는 것을 상대 나라에서는 모른다면 상대 나라에게는 숨겨도 되는 것인데, 그 당시에는 그렇지가 않았다. 평수길(平秀吉)이 무기를 정비하 고 군사를 단련시킨 것이 10여년이었으므로 일본 사람은 다 알고 있었 다. 대체로 일본 사람이 다 알고 있는 것을 가지고 우리나라 사람에게 숨 기려고 하였으니, 이것이 어찌 잘못 생각한 것이 아니겠는가. 대체적으로 숨기는 것은 좋은 계책이 못된다.

題盤谷丁公亂中日記

讀書總皆有法 凡無益於世之書讀之 可如行雲流水 若其書有裨 於民國者讀之 須段段理會 節節尋究 不可作午憁禦眠楯而己 盤谷 之爲此書也 豈僅爲說其辛苦 表其勞勸 以示其子孫 蓋將垂炯戒於 國家 留寶鑒於來哲耳 凡讀是記者 宜知此意

西厓懲毖錄 白沙壬辰錄 非不詳宜覼矣 二相公 皆廊廟大臣 或扈 駕西出 運籌於帷幄之中 或奉節南來 考功於簿牒之間 故其於評一 國之大勢 衡八域之彙機 則非不偉矣 至於魚駭獸竄之狀 風餐露宿 之苦 不若是記之爲一副活畫 不惟是也 官卑則雖上之所令 驅而納 諸鋒鏑之中 而但得屈首奉行 以受其敗 跡遠則雖內之所蘊 有可以 旋天地轉日月 而唯有緘口泯默 以守其分 此之謂幽憤也 幽憤者 無 用於當世 唯有發洩筆墨 以冀抒之於後世 此之謂苦心也 不知小人

之依 則不可以爲國 不知志士之 幽憤苦心 則不可以爲國 凡讀是記
者 先於其幽憤苦心 明著厥眼 庶乎其有益矣

壬辰之難 非如麗季倭寇 乘風猝至 掩以襲之也 橘康廣風之於丙
戌 平調信露之於辛卯 趙憲擣心於草野 黃允吉質言於筵席 朝廷亦
旣以邊事爲隱憂 擇金晬以授嶺南 擢李舜臣以卑湖南 機已發矣 禍
已著矣 又何不壘一石磨一鐵 以待重門之暴也 當時之事 吾聞之矣
談邊釁者爲壽張 論兵事者爲搖惑 籌司之席 未嘗不奪色相顧 出而
語人 則曰太平 閨門之內 未嘗不附耳 竊言 出而對客 則曰無憂 藩
臣牧臣 承風望旨 日奏繁絃急管 以娛女妓 曰此鎭安民心法 不知窮
鄙夏畦之中 其揣摩猜度已 如鬼如神矣 盤谷公當此之時 以其之才
亦不敢壘一石磨一鐵 以慮燃眉之禍者 誠以擧國之所 不爲善山 無
獨爲之道也 調兵則設 四運之法 禦賊則置 四寨之將 其臨機措畫
若是其奇妙也 而猶不敢 搖一指動一髮 於四月十五之前者 豈不以
上之所厭下不敢爲之歟 夫禍難不可諱也 諱疾者喪其身 諱難者喪其
邦 凡諱非計也 吾心之所獨知 而吾之兄弟不知焉 則諱之於兄弟可
也 兄弟之所獨知 而邦人不知焉 則諱之於邦人可也 邦人之所獨知
而敵國不知焉 則諱之於敵國可也 今也不然 平秀吉敕甲鍛兵 十有
餘年 日本之人 皆知之矣 夫日本之人 皆知之 而猶欲諱之於邦人
豈非惑歟 凡諱非計也

12. 전기〔傳〕

(1) 죽대 선생전(竹帶先生傳)

> ─ 대나무 줄기로 띠를 매고 다닐망정 가난해도 의협심이
> 강했던 이종화(李宗和)공의 이야기는 너무나 통쾌하다.

죽대 선생이란 이공(李公) 종화(宗和)의 별호이다. 가난한 세간에 푼전이 없는 탓으로 가는 대를 짧게 끊어 이것을 노끈에 꿰어 갓끈으로도 쓰고 띠도 만들어 띠었다. 이 때문에 젊은이들은 그를 대띠, 곧 죽대 선생이라고 불렀던 것이다. 그의 조상은 한산(韓山) 사람이었는데 목은(牧隱) 선생 이색(李穡)의 후손이었다. 대대로 영달하여 아조에 들어와서도 관찰사 축(蓄)과 좌참찬 운(塤)과 좌의정 유청(惟淸)과 관찰사 언호(彦浩) 등이 있었고, 또 2대의 음직을 거쳐 좌찬성 죽천 덕형(德泂)이 있었으며, 그 다음에 사헌부 지평 성원(性源)과 현감 경항(景沆) 등이 있었으니 대체로 명문 거족이었다. 그 뒤 4대 동안은 시운이 좋지 못하여 벼슬하지 않았고, 죽대 선생 때에 이르러서는 더욱 곤궁하였다. 그는 자기가 거처할 집도 없어서 일찍 번암(樊巖) 채제공(蔡濟恭) 정승의 가문에서 기식하고 있었는데 채정승도 그를 후하게 대우하였다. 그러나 일반 사람들, 특히 채정승의 가문에 드나드는 인사들은 그의 인품을 만만히 여겨 아주 무능하고 궁한 늙은이로만 간주하였다. 가경(嘉慶) 신유년 가을에 목만중(睦萬中) · 홍희운(洪羲運) · 이기경(李基慶) 등이 사람들을 마음대로 죽이고 살릴 수 있는 무서운 권력을 장악하게 되었다. 그들은 매일같이 풀베듯, 사냥하듯 무고한 벼슬아치들을 제거하기 시작하였다.

없는 말을 날조하여 사헌부에 넘겨 죽이거나 먼 곳으로 귀양보냈다. 그들은 뜬소문을 퍼뜨려 이관기(李寬基)를 체포하여 법정으로 넘겼으며, 채홍정(蔡弘定)을 체포하여 형조에 넘기고 권철(權徹)을 체포하여 포도청에다 가두며, 조상겸(趙尙兼)을 체포하여 변방으로 귀양보냈다. 조금만 자기들의 눈과 비위에 거슬리면 즉시 잡아들여 사지에 몰아넣기를 식은 죽 먹듯이 하였다. 그들은 더욱 자기들의 권력이 확장되자, 채정승의 벼슬을 빼앗기 위한 음모를 꾸며내었다.

그 해 겨울에 자기들의 친구들과 관료들을 위협하여 통문을 만들어 채정승의 죄목을 날조하여 돌리면서 평소에 채정승의 총애를 받던 자들에게는 모두 관직을 주어 자기들 편으로 끌어들이며, 채정승의 총애가 조금 못하던 자들에게는 모두 그 다음의 관직을 주어 자기 편으로 끌어모았다. 동시에 그들은 자기들의 명령을 조금이라도 회피하는 자가 있으면 즉시 천주교도로 몰아 호랑이처럼 으르렁거리면서 개 돼지와 마찬가지로 협박하고 몰아쳤다.

사태가 이쯤 되자, 위로 공경(公卿), 재상(宰相)으로부터 아래로 포의(布衣) 한사(寒士)에 이르기까지 모두 벌벌 떨며 꿇어 엎드려 빌면서 그들의 호령을 공손히 받아들일 뿐이요, 감히 누구 한 사람도 그들의 비위를 거스르는 자가 없었다.

얼마 안 가서 그들의 무리들은 수백 명에 달하였다. 죽대 선생은 이와 같은 공포 속에서도 직접 글을 써서 희운, 기경들과 논란을 계속하면서 채정승의 억울함을 변호하였다. 그의 언사는 간곡하여 듣는 이로 하여금 감격하지 않을 수 없게 하였다.

그는 또 이가환(李家煥)과 나 두 사람을 항상 공정한 자라고 평하였다. 그러다 이가환과 정약용[茶山]이 또 그들의 제물이 되어 돌아볼 여지가 없게 되자, 그는 오직 번암 채정승을 구원하는 데 온갖 성의를 다하여 조금이라도 풀려지기를 기대하였다. 그러나 악당들은 추호도 고려함이 없이 채정승의 명예를 훼손하기 위하여 계속 서둘렀다. 이때 죽대 선생은 밤낮으로 애만 쓰다가 쓰러져 누워 걸음도 채 걷지 못할 형편이 되어 있었다.

그런데 그가 하루는 벌떡 일어섰다. 다 떨어진 낡은 옷을 입고 대끈 갓을 쓰고 대띠를 띠었다. 그는 그 악당들이 모여 있는 곳으로 찾아갔다. 빠른 걸음으로 대문에 들어가서 중문에 걸터앉았다. 그는 눈알을 굴리면 서 한참동안 말이 없이 좌중을 쏘아보았다. 노기가 등등한 그의 안광부 터가 벌써 사람들을 전율케 하였다. 그는 꾸짖어 말하기를,

"이 개 같은 놈들아! 너희 조부의 작위를 추탈(追奪)하고 고조의 작 위를 추탈할지언정 변암의 작위는 빼앗지 못한다. 이 역적놈들아! 이 게 무슨 짓들이냐? 너희들이 발끝부터 머리끝까지가 모두 채정승의 혜택을 입은 터이었는데 너희들이 차마 이럴 수 있느냐? 이 역적놈들 아! 어째 나를 먼저 죽이지 못하느냐?"

라고 하면서 앞으로 달려가 그들이 쓰고 있던 통문을 빼앗아 찢어서 구 겨 입으로 씹고 발로 뭉개버린 다음, 붓이며 벼루며 술병들을 닥치는 대 로 차 엎어 버리고 울부짖으며 꾸짖어대다가 나왔다. 별안간 이 괴변을 당하자 모였던 자들은 기가 꺾이고 얼굴빛이 새파랗게 질려서 감히 한 마디의 말도 입밖에 내지 못하였다. 그 이튿날 이기경은 이 말을 듣고 죽대 선생을 체포하여 형조에 넘겨 사경에 이르도록 고문을 가혹하게 한 다음 단성현으로 유배시켰다. 이리하여 그처럼 억세고 태연자약한 죽대 선생은 멀고 먼 유배의 길을 떠나게 되었으며 반면에 그 악당들은 채 정승의 관작을 빼앗고 말았던 것이다. 죽대 선생이 떠난 뒤 10여일이 지났다.

이기경이 아침에 막 일어나 앉았는데 갑자기 한 여인이 나타났다. 머 리를 풀어헤치고 소매를 둘둘 말아 올렸다. 손에는 큰 칼을 들었는데, 그 칼날은 숫돌에서 갓 간 것처럼 시퍼렇게 날이 서있었다. 곧 방으로 뛰어 들어 이기경을 찔렀다.

기경이 졸지에 당한 일이라 당황하여 안쪽으로 달아나다가 그 옷자락 이 칼날에 맞았다. 여인은 그를 따르다가 여러 비복들에게 붙들려 어쩔 수가 없게 되었다. 여인은 그를 꾸짖되

"네 이 역적놈아! 우리 아버지가 장차 길바닥에서 돌아가실지도 모른다. 너는 마땅히 나의 손에 죽어야 한다. 네 비록 이제 비복들을 시켜 나의 손을 붙잡고 있으나 네가 우리 아버지를 곧 석방시키지 않는 한 너는 끝내 나의 손에 죽을 줄 알아라."

라고 소리질렀다. 기경은,

"빨리 돌아오시도록 조처하마."

하고 애걸복걸했다. 그러자 여인은 선뜻 물러서 나오면서,

"네가 감히 그 말을 어기지는 못하리라."

하고 다짐하였다. 이 이야기는 퍼지고 퍼져 온 나라 안을 진동시켰다. 모두들 죽대 선생에게 훌륭한 딸이 있다고 하였다. 죽대 선생은 단성 고을에 도착하자, 영남의 여러 선비들이 서로 돈·쌀·천 들을 모아 주었다. 날마다 주육과 성찬으로 생활하여 갑자기 부자가 될 정도로 안락한 생활을 하였다.

그는 유배살이 7년만에 돌아와서 집에서 죽었다.

竹帶先生傳

竹帶先生者 李公宗和之別號也 家貧無貲 截細竹寸許 聯貫以爲 纓爲帶 故少年呼之 爲竹帶先生 其先韓山人 牧隱先生 李穡之後也 世世蟬奕 入我朝 有觀察使墳 左參贊塤 左議政惟淸 觀察使彦浩 又蔭仕二世 而有左贊成 竹泉德泂 又其下 有司憲府 持平性源 縣 監景沆 蓋名門之赫赫者也 後四世時否不仕 而竹帶先生 益窮困無 室家 嘗於樊巖 蔡相國之門 寄之以館穀 相國厚遇之 而賓客出其門 者 皆易之 以爲窮老 無能爲也 嘉慶辛酉秋 睦萬中 洪義運 李基慶 等 操生殺之權 日除善類 如草薙禽獮 其蜚語得臺啓 以殺以竄之外 以風聞 捕李寬基 納于鞫廳 以風聞捕蔡弘定 移于刑曹 以風聞捕權 徹 入于捕廳 以風聞捕趙尙兼 投于領外 凡小拂其睚眥之怒者 卽呼 吸陷之 死如反掌然 威旣立 謀奪蔡相國之爵 冬脅知舊 搢紳章甫

發文聲討 造蔡相國之案 凡平日 受相國恩愛者 咸差職司 俾主其論 其受恩愛稍輕者授之以次職 有敢回避者 卽冒之以 西敎之目 吼嚊 如獅虎 驅策如犬羊 於是 上自卿宰 下至韋布之士 咸惴惴然 屈躬 伏地 頓首服罪 以恭聽其號令 無一人 敢枝梧逡巡者 不數日而會者 數百人竹帶先生 乃以此時 抵書與 義運基慶等 反覆開陳 訟蔡相國 之冤 其言哀切 有足感動 推尊兩人爲公正 其自李家煥 丁鏞以下 爲魚爲肉下暇顧 唯救拔我 樊巖相公 是祈是禱 庶幾其紓 秋毫之末 乃惡黨弗之省 督聲討益急 時竹帶先生 焦勞連日夜 尫羸不能步 乃 猝起 穿敝衣 結竹纓帶竹帶 赴衆會之所 蹐跟歷階 而上據中堂 箕 踞而坐 瞋目視會中 良久不語已 英風習習然 洒人罵曰 汝兹狗子等 汝祖可追奪 汝高祖可追奪 我樊巖相公 不可追奪 汝兹逆賊漢等 此 可事 汝等頂踵毛髮 皆樊翁所涵育 卽汝父汝祖皆樊翁所庇覆 汝等 忍爲是乎 逆賦漢等 何不遂殺 我卽前取通文 裂之 扯之 嚼之 踏之 盡蹴其筆碩酒瓶 且哭且罵而出 當是時 會者氣奪面眺 莫之敢一言 厥明日 李基慶以風聞 捕竹帶先生 移刑曹 拷掠殊死 流于丹城縣 竹帶先生 談笑以就道 遂追奪蔡相國爵 竹帶先生旣去之 越十日 李 基慶方晨起 未盥 忽有一女子 被髮擅袖 持大刀 其刃若新發 於硎 直入戶 向李基慶刺之 基慶猝惶急走入內 刃中其衣絮 女子逐之 被 諸婢僕扶救 不能脱 女子罵曰 汝兹逆賊漢 吾父將道死 汝宜死吾手 汝今縱婢執我手 汝不放吾父 汝終死吾手 基慶乞曰 敢不圖所以 盃 還 女子翩然出曰 毋敢背此言 於是 聲震國中 以爲竹帶有子矣 竹 帶先生 旣至丹城 嶺南諸士友 爭致錢米布帛 日飫酒肉美味 猝富貴 安樂 在謫七年 而反卒于家

(2) 장천용전(張天慵傳)

> ─ 장천용은 기인이다. 하늘이 준 나태한 자라고 해서 붙은
> 이름이거니와 피리를 잘 분다고 해서 초빙했는데 술만
> 달래서 취하더니 그날은 쓰러져 자고 아침에 고백하기를
> 피리보다 그림이 장기라고 해서 비단과 필묵을 주었더니
> 천하의 기운찬 명화를 그렸다. 그러나 상주가 짚는 대지
> 팡이를 훔쳐다가 피리를 만들어 불다가 도망갔다.

장천용은 황해도 사람인데 그의 본명은 하늘 천(天)자, 쓸 용(用)자였
던 것을 관찰사 이의준(李義駿)이 순찰사로 곡산에 이르렀을 적에 그와
알게 되었고 그때에 그 이름까지 하늘 천자, 게으를 용(慵)자로 바꾸어
버렸다. 내가 곡산 원으로 부임한 다음 해에 못을 파고 정자를 한 채 지
었는데, 달 밝은 어느 날 밤에 외로이 앉았노라니 피리 소리라도 듣고 싶
어 혼자서 글귀를 읊으며 탄식도 하였다. 그러던 차에 한 사람이 와서,
"이 고을에 장생이라는 자가 있는데 피리도 잘 불고 거문고도 잘 뜯습
니다. 그렇지만 다만 그 사람은 관가에 들어오기를 좋아하지 않습니다.
이제 아전들을 파견하여 그 집으로 가서 붙잡아오게 하면 가능할 것입
니다."
라고 하기에 나는 다음과 같이 타일렀다.
"그래서는 안된다. 만일 그가 참으로 훌륭한 기능을 가지고 있다면 그
를 붙잡아오게 한들 어찌 그러한 방법으로 그로 하여금 참 피리를 불
게 할 수 있겠느냐? 네가 가거든 나의 의사를 잘 전달하고 그래도 좋
아하지 않는다면 강제로 하지는 말아라."
한참 뒤에 심부름 갔던 자가 돌아와서 장생이 온다는 것을 알렸다. 장
생은 왔다. 망건도 벗었으며 발도 맨발이었고 옷은 입었으되 띠는 띠지
않았다. 바야흐로 술에 취하여 눈알이 흐리멍텅하였다. 손에 피리는 들었
으나 불려고는 하지 않고 술만 계속 청하는 것이었다. 서너 잔 권했더니

몹시 취해서 정신을 잃어버렸다. 옆에 있던 사람들이 껴안아 일으켜 바깥방에서 쉬도록 하였다. 이튿날 다시 초청하였다.

그가 정자에 이르자 또 술을 한 잔 대접하였다. 이번에는 천용이 정색을 하면서 '피리는 나의 특기가 아니다. 나는 묵화를 그릴 줄 안다'고 하더니 비단폭을 가져오게 하여 산수(山水)·신선(神仙)·승려(僧侶)·이상하게 생긴 새·천년 묵은 덩굴·오래된 고목 등 수십 폭을 단숨에 그려내었다.

먹빛이 현란스럽되 부자연한 데가 없으며, 모두 기상이 꿋꿋하고 귀괴(鬼怪)하여 사람들의 상상으로는 미치기 어려운 점이 있었다. 특히 그 물태(物態)를 묘사함에 있어서는 세밀한 부분까지 섬세하고 교묘하게 그려 정신이 바로 살아 있는 듯하였다. 보는 이로서는 깜짝 놀라 경탄하며 찬양하지 않을 수 없었다. 한참 뒤에 그는 붓을 놓고 술을 마셨다. 또 흠뻑 취하여 껴안아 그의 집으로 돌려보냈다. 그 다음날 또 불렀더니 그는 벌써 거문고를 메고 피리를 차고 금강산으로 가버렸다는 것이다.

이듬해 봄, 중국 사신이 올 때의 일이었다. 천용과 잘 아는 자가 평산부(平山府)의 관청 청사를 수리할 책임을 지고 그 단청 공사를 천용에게 의뢰하였었다. 그 일에 함께 참가한 이로서는 아버지의 상복을 입은 상주가 한 사람 있었다. 천용은 그 상주의 대지팡이[喪杖]가 이상하게 생긴 것을 발견하였다.

그 지팡이에서는 이상한 소리가 났으므로 밤에 훔쳐서 구멍을 뚫고 퉁소를 만들었다. 그리하여 태백산성 중봉의 마루턱에 올라가 밤새도록 불다가 돌아왔다. 함께 일하던 상주는 몹시 화를 내어 천용을 욕하며 꾸짖어댔다.

이로 인하여 천용은 그만 다른 데로 떠나 버렸다. 그로부터 두어 달 뒤 나는 벼슬을 그만두었는데 내가 돌아온 지 또 두어 달이 지난 뒤 천용은 특별히 산수를 그린 풍경화를 나에게 주면서 자기는 금년 내에 영동 지방으로 이사하겠노라고 하였다.

천용은 아내가 있는데 그 얼굴이 지극히 못생겼고 눈병이 들어 언제나

누워 있었다는 것이다. 길쌈도 못하고 바느질도 못하며 밥도 못짓고, 아이도 낳지 못하는 데다가 성격마저 어질지 못하여 항상 누워 있으면서도 천용에게 욕설만 퍼붓기가 일쑤였다고 하였다. 그러나 천용은 자기 아내를 사랑하여 조금도 싫어하는 빛이 없었다. 이웃 사람들은 모두 그를 이상한 사람이라고 수군댔다.

張天慵傳

張天慵者 海西人 舊名天用 觀察使李公義駿 巡至谷山 與之遊 改之曰天慵 遂李天慵行 余任谷山之明年 鑿池爲亭 嘗月夜淸坐 思聽洞簫 獨語獨歎 有進于前者曰 邑有張生者 善吹簫鼓琴 顧其人不喜入官府 今急發吏卒 至其家擁之 可得也 余曰否 使其人而 誠有執也 可擁之使至 又豈能擁之 使吹哉 汝其往喩吾意 不肯毋相强也 俄而使者復 張生已至門矣 至則脫綱巾 跣足衣而不帶 方沈醉 眼光瀏瀏然 手有簫不肯吹 索燒酒不已 與之三四杯 益酩酊無所省 左右扶而去 宿之于外 明日再召 至池亭 只予之一杯 於是天慵 斂容而言曰 簫非吾所長 長於畫 令取絹本來 作山水 神仙 胡僧 怪鳥 壽藤古木 凡數十幅 水墨凌亂 不見痕跡 皆蒼勁鬼怪 出人意慮之表 至摹狀物態 毫毛纖巧 發其神精 令人駭愕叫呶 而不自已 旣而擲筆索酒 又大醉扶而去 明日又召之 已肩一琴 腰一簫 東入金剛山矣 越明年春 燕使來 有嘗有德 于天慵者 掌修平山府館廨 要天慵施丹碧 而同事者持父服 天慵見 其杖奇竹有異音 乃夜竊之 鑿孔爲洞簫 登太白山城中峯之頂 吹之 竟夜而還 同事者恚甚叱之 天慵遂去 後數月 余解任歸 後數月 天慵特畫 岢嵐山水 以寓之 且言今年 當徙居嶺東云 天慵有妻貌甚惡 夙抱癱瘓之疾 不能績 不能鍼 不能爨不能生産 性復不良 常臥訕天慵 而天慵 眷係不少懈 鄰人咸異之

(3) 몽수전(蒙叟傳)

> ── 몽수 이헌길(李獻吉)은 공정왕(恭靖王)의 별자 후손으로
> 의술이 뛰어났다. 그가 죽을 사람 여럿을 살렸다는 이야
> 기가 많으니 몇 가지만 적어 본다.

이헌길(李獻吉)은 자가 몽수이며 출신은 왕족인데 그의 조부는 공정왕
(恭靖王)의 별자 덕천군(德泉君) 후생(厚生)이었다. 후생의 후손은 대대
로 혁혁하였으며 총재(冢宰) 준(準)이 더욱 유명하였다.

몽수는 어릴 적부터 총명하여 기억력이 비상하였다. 그는 장천(長川)
이철환(李嚞煥) 선생에게 배워 온갖 서적들을 널리 읽은 다음 특히 홍역
(큰마마)에 대한 치료법을 깊이 연구하였다. 그러나 그가 남에게는 그것
을 알리지 않았다. 건륭(乾隆) 을미년(乙未年) 봄에 일을 보러 서울에
갔을 때의 일이다. 때마침 홍역이 번성하여 인명들이 수없이 희생되고
있었다. 몽수는 그것을 구호하고 싶었으나 자기는 상주의 몸이라 어쩔
도리가 없었다.

하는 수 없이 돌아오는데 겨우 서울 교외를 나서자 시체를 메고 삼태
기를 지고 지나가는 자들이 잠깐 동안만 하여도 수백 명이나 되었다. 몽
수는 그를 보고 마음 속으로 가엾고 안타깝게 여겼다. '내가 의술을 가진
자로서 응당 치료하여 주어야 할 것인데 다만 예법에 어긋난다 하여 그
대로 가 버린다면 어진 일이 아니로다'라고 생각하고 다시 돌아와 한 친
척의 집에 자리를 잡고 자기 비방을 발표하기 시작하였다.

이리하여 몽수의 비방을 얻은 자는 죽을 지경에 이른 자도 살아나고
열이 오르다가도 내리었다. 열흘이 못가서 명성을 크게 떨쳐 울부짖으면
서 생명을 애걸하는 자들이 날마다 문 어귀에 가득 차고 거리에까지 늘
어섰다.

직위가 높은 자들도 그의 방에 들어가기가 힘들었고 미천한 자들은 그
의 뜰 아래만 이르러도 다행으로 여겼으며, 온종일 기다린 뒤에야 겨우

그를 만나볼 수 있었다. 그러나 몽수는 홍역의 증세에 대하여 이미 귀에
익어서 두어 마디만 들으면 병의 증상을 쉽사리 이해할 수 있었다. 만나
는 대로 처방을 써 주어 선 자리에서 돌려보냈으나 효력을 보지 못한 때
가 한 번도 없었다.

몽수가 때로 거리에 나와 다른 집으로 갈 적에는 수많은 남녀들이 벌
떼처럼 모여들어 그의 주위를 둘러쌌다. 때문에 그가 이르는 곳마다 먼
지가 자욱히 일어나 누구도 그것을 보고는 이몽수가 온다는 것을 알게
되었다. 하루는 그가 어떤 악동들의 꾐에 빠져 어느 궁벽한 곳으로 끌려
가서 종적이 끊어지게 되었다.

이런 일이 일어나자 온 성안 사람들은 물끓듯이 들끓으면서 이몽수가
있는 곳을 찾았다. 어떤 이가 이몽수가 있는 곳을 귀띔하여 주게 되자,
사람들은 그곳으로 모여들어 문을 부수고 모셔내었다. 또 어떤 불량배가
몽수를 모욕하여 구타까지 하려는 일이 있었을 때도 몽수는 백성들의 보
호에 의하여 무사하였다.

몽수는 어떤 경우를 막론하고 모두 좋은 말로써 대접하며 신속하게 처
방들을 써 주었다. 그러다가 몽수는 자기 비방을 끝까지 비밀에 붙이기
는 어렵고 안된다는 것을 깨달았다. 홍역 치료에 대한 여러 가지 비방들
을 남에게 알려주어 널리 보급하게 되었다.

이로부터 몽수의 비방은 벽촌에까지 전파되어 육경보다도 더 소중한
것으로 알려졌다. 비록 의술에 능통하지 못한 자라도 다만 그의 방법대
로만 한다면 효력을 보지 않는 일이 없었다.

몽수에 대하여 세상에서 칭찬하는 소문이 있는데 그것은 한 부인이
남편의 병을 구해 달라고 몽수에게 애걸했다. 몽수가 그 병 증상을 듣
고서는,

"당신 남편의 병이 지금 대단히 위급하오. 그러나 단 한 가지 약이 있
는데 부인께서는 그 약을 능히 써 내지 못할 것이오."

라고 하였다. 그 부인이 가르쳐 달라고 애걸복걸했으나 몽수는 종시 말
을 하지 않고 다만 독약인 비산을 주어 보냈다.

부인은 그 독약을 주는 뜻이 자기가 먹고 남편과 함께 죽으란 줄 알고 가지고 돌아와서 술에 타서 선반에 올려 놓고는 너무도 서러워서 밖에 나가 한참 울다가 들어오니 그 술이 어느새 없어졌다. 그 남편에게 물었더니 환자인 남편이 목이 말라서 마셨다는 것이다.

부인은 큰일났다고 걱정하면서 다시 몽수에게 달려가서 우선 독약을 먹은 남편부터 구해 달라고 하였는데 몽수가 기이하게 생각하더니,

"부인! 이것은 하늘이 시키는 일인가 보오. 내가 그 약을 부인더러 남편에게 먹이라 했더라면 부인께서도 감히 먹일 수가 없었을 것이오. 이제 당신 남편은 살았소. 얼른 가 보시오."

라고 말했다. 부인이 집에 돌아와 보니 과연 남편은 깨끗이 나았다는 것이다.

몽수는 성품이 탄솔(坦率)하였다. 그러나 그가 예언을 했으니 12년 뒤에는 큰 홍역이 번성할 것이라고 했는데 과연 그대로 홍역이 유행하여 큰 곤란을 받았다.

그는 또 천연두의 치료에도 묘방을 가져서 잘 고쳤다.

외사씨(外史氏)가 말하기를,

"내가 몽수를 보았더니 그 위인의 얼굴은 파리하고 광대뼈가 나왔고 코는 주부코인데 이야기를 즐기며 늘 웃는 얼굴로 사람을 대하더라. 특히 윤전(尹鐫)을 숭모하였고 또 늘 말하기를 백호(白湖 : 林悌의 號)가 덕을 이룸은 정암(靜菴 : 趙光祖의 號) 때문이요, 정암이 덕을 이루지 못함은 백호 때문이니라고 하더라."

이 말은 고담(古談)에서 하는 말이고 사실 군자는 그렇지 않은 것이다.

蒙叟傳

李獻吉 字夢叟 別字蒙叟 系出璿潢 恭靖王別子 德泉君 厚生其祖也 厚生之後 世世輝赫 而家宰準尤著 蒙叟少聰明强記 從長川李嘉煥先生 游博覽群書 旣而見痘疹方 獨自潛心求索 然勿令人知也

乾隆乙未春 有事至漢陽 適麻疹大起 民多天札 蒙叟意欲救時 服衰
不可默而歸 方出郊 見肩櫬背 藁裡過者 俄頃以百數 蒙叟心惻然
自語曰 吾有術可救 爲禮法拘 懷之去不仁也 遂還從姻戚家 發其秘
於是 凡得蒙叟之方者 危者以安 逆者以順 旬日之間 名聲大振 號
呼乞憐者 日塡門塞巷 尊者僅入其室 賤者幸而至階下 或窮 日而後
始見 其面然 蒙叟於疹 旣耳順接數語 已逆揣 其證形隨授一方 謝
之使去 亦無不立效者 蒙叟時出門適他家 衆男婦簇擁後 先屯如蠭
以去所 至黃埃蔽 天人皆望而 知李蒙叟來也 一日爲 惡少輩所謀驅
至一僻處鎖門 而絶其蹤 於是滿城彭彭 索李蒙叟 所在有告者 衆乃
槌其門 出之有麤悍 負氣面辱之甚者 欲歐擊 蒙叟 賴人解得已然
蒙叟皆溫言摧謝 亟以方授之 旣而蒙叟不自堪 乃口號治疹諸法 令
人接行 於是 僻鄕窮士爭 相傳寫信如六經 雖曾於醫者 但如其言
亦罔不效 世稱一婦 爲其夫請救 蒙叟曰 汝夫之病亟矣 但有一藥
汝不能用 婦固請而蒙叟 終不信婦度 不可救 買毒藥以歸(卽砒酸)
酒攪置閣上 將以殉也 出戶外泣 入而視酒 酒已罄 詢其夫 渴而飮
也 趨而至 李蒙叟求救 蒙叟曰異哉 吾所爲一藥 是其所飮 度汝不
能 用不以告 今其活天也 歸視其家 病則愈矣 蒙叟性但率 然嘗言
後十二年 疹必復起 至期 果驗於痘 亦多奇中

  外史氏曰 余及見蒙叟 其爲人 朧顙而鼕鼻 喜譚論恆笑 於前人特
慕伊鐫 嘗曰 白湖成德之靜菴 靜菴未成 德之白湖 蓋古論之餘也
君子以爲未然

(4) 조신선전(曹神仙傳)

> ── 책장수 조신선은 구류(九流)·백가(百家)에 대하여 모르
> 는 것이 없이 이야기를 잘했다. 그가 살아온 이야기를
> 들으면 이미 백 살이 넘었는데 그 수염은 아직도 붉다.
> 무슨 조화인가?

조신선(曹神仙)이라는 자는 책을 파는 아괴(牙僧)로 붉은 수염에 우스갯소리를 잘하였는데, 눈에는 번쩍번쩍 섬광이 있었다. 모든 구류(九流)·백가(百家)의 서책에 대해 문목(門目)과 의례(義例)를 모르는 것이 없어, 술술 이야기하는 품이 마치 박아(博雅)한 군자와 같았다.

그러나 욕심이 많아, 고아나 과부의 집에 소장되어 있는 서책을 싼값에 사들여 팔 때는 배로 받았다. 그러므로 책을 판 사람들이 모두 그를 언짢게 생각하였다. 또 그는 주거를 숨겨서 어디에 사는지 아는 사람이 없었다. 어떤 사람은 그가 남산 옆 돌계곡 산간에 산다고 하나 이 역시 분명치 않다.

건륭(乾隆) 병신년 무렵 내가 서울에 와서 있을 때 처음 조신선을 보았는데, 얼굴과 머리가 4, 50세는 된 것 같았다. 그런데 가경(嘉慶) 경신년에도 그 모습은 조금도 늙지 않고 한결같이 병신년과 같았다. 근자에 어떤 사람이, 도광(道光) 경진년 무렵에도 역시 그랬다고 하였으나, 그때는 내가 직접 보지 못했다. 옛날에 소릉(少陵) 이공(李公)이 말하기를,

"건륭 병자년 무렵에 내가 처음 보았는데, 또한 4, 50쯤 되어 보였다."

라고 하였다. 앞뒤를 모두 계산해 보면 1백 살이 넘은 지 이미 오래이니, 그 붉은 수염이 혹 무슨 이치가 있는 것이 아닌가?

외사씨는 논한다.

"도가(道家)에서는 마음을 깨끗이 하고 욕심을 적게 갖는 것을 신선이 되는 근본으로 삼고 있다. 그러나 조신선은 욕심이 많으면서도 오히려 이처럼 늙지 않았으니, 혹 말세가 되어 신선도 시속을 면할 수 없어서인가?"

曹神仙傳

曹神仙者 賣書之牙僧也 紫鬚而善諧 目閃閃有神 凡九流百家之書 其門目義例 無不領略 纚纚然譚論 如博雅君子 而性多慾 凡孤兒寡妻之家 所藏書帙 輒以輕賈取之 及其賣之也 倍儺焉 故賣書者

多短之 又諱其家居 人無知者 或云在南山之側 石假山洞 亦不明也
乾隆丙申間 余游京師 始見曹神仙 顏髮如四五十者 至嘉慶庚申間
其貌不小衰 一如丙申時 近有人云 道光庚辰間 亦然 但余未至目見
也 昔少陵李公云 乾隆丙子間 吾始見此人 亦如四五十 總計前後
己踰百年久矣 紫髯豈理耶

外史氏曰 道家 以淸心寡慾 爲飛昇之本 乃曹神仙多慾 猶能不老
如此 豈世降俗渝 神仙 猶不能免俗耶

(5) 정효자전(鄭孝子傳)

> ― 정관일(鄭寬一)은 지극한 효자이다. 여섯 살 때부터 효
> 성이 남다르더니 30세에 죽을 때까지 부모님을 위하여
> 효도하다가 죽었다. 그의 아버지는 효자가 죽자 나는 세
> 가지를 잃었으니 자식과 친구와 스승을 한꺼번에 잃었다
> 고 하였다.

효자(孝子) 정관일(鄭寬一)이란 이는 도강현(道康縣) 사람이다. 태어
나면서부터 성품이 매우 착하여 그 부모를 지극히 사랑하였다. 여섯 살
되는 해에 그의 아버지가 밭을 돌아보러 나갔는데, 밤이 되어 추워지자
효자는 그 어머니에게,
"밭에 움막이 있습니까?"
라고 물었다. 어머니가,
"없다."
라고 대답하자, 효자는 벌떡 일어나 나가려고 하였다. 어머니가 말하기를,
"늦은 밤에 어린아이가 어디를 가려고 하느냐?"
라고 하니, 효자는,
"아버지가 들에서 떨고 계시는데 자식은 방에서 따뜻하게 있으니 마음
이 편하겠습니까?"

라고 하였다. 어머니가 굳이 말리니 효자는 창문 아래에 우두커니 앉아 있다가 아버지가 돌아온 뒤에야 편히 쉬었다.

몇 년 뒤에 그의 아버지가 멀리 장사를 나가 있으면서 집에 보낸 편지에 '평안하다'고 하였는데, 효자는 그 편지를 품에 안고 울었다. 그 어머니가 괴이하게 여겨 까닭을 물으니, 효자는,

"아버지께서 아마 병을 앓고 계시나 봅니다. 글자의 획이 떨렸지 않습니까?"

라고 하였는데, 그 아버지가 돌아왔을 때 물어보니 병이 위독했다고 한다. 또 그 아버지가 설사병이 나서 거의 죽게 되어 차(茶)를 생각하였는데, 갑자기 어떤 사람이 차 있는 곳을 가르쳐 주어 병을 치료할 수 있었다. 이날 효자는 그 아버지가 설사로 앓으며 차를 찾는 꿈을 꾸고 깨어나 울면서 말한 적이 있었는데, 아버지가 돌아온 뒤 징험해 보니, 일이 마치 부절(符節)과 같이 들어맞았다.

그 아버지가 먼 곳을 다녀올 때면 비록 밤늦게 돌아오더라도 언제나 따뜻한 밥을 반드시 준비하여 놓았다. 아버지가 이상히 여기니 그 어머니가 말하기를,

"아이가 오늘 저녁 아버지가 돌아올 것이라고 하여 나는 그 말대로 했을 뿐입니다."

라고 했다. 열두 살 때에 아버지가 병이 드니 효자는 이슬을 맞아가며 하늘에 기도하여 병이 낫게 하였다. 이상은 그가 유년시절에 보여준 행실의 백분의 1 정도이다.

장성하여서는 학문에 힘써 경사(經史)를 섭렵하고 곁들여 병법(兵法)·의술(醫術)에서부터 협야(燨冶)·풍고(風鼓)·기해(奇胲)에 이르기까지 통하지 않은 것이 없었지만 집이 가난하여 약을 팔아 부모를 봉양했다. 그가 죽을 때, 경미한 병을 앓아 집사람들이 근심을 하지 않았는데 며칠이 지나자 효자는 그 아버지를 불러 곁에 앉게 했다. 그를 세 번 부르자 세 번 다 대답만 하고 말을 하지 않더니 한참 뒤에 말하기를,

"죽고 사는 것은 낮과 밤이므로 군자는 슬퍼하지 않습니다. 저는 올

해 이런 일이 있으리라는 것을 알고 있었으나 그 달과 날짜는 알지 못
했는데, 지금 맥박이 이미 어지러우니 약으로 고칠 수 있는 것이 아닙
니다. 제게는 두 아이가 있으니 이들로 마음을 위로하소서."

라고 하였다. 3일 후에 죽으니 나이 겨우 서른 살이었다.

한 달도 넘겨 절도영(節度營) 동쪽 7리쯤에 있는 증봉(甑峯) 아래 유
좌(酉坐)의 언덕에 장사지냈으니, 이곳은 효자가 옛날에 스스로 보아 두
고서 손수 소나무와 떡갈나무를 심어 그 부모의 장지(葬地)로 하려던 곳
이다. 그의 아버지는 시섭(始攝)이라고 하는데, 관을 광중(壙中)에 묻을
때 곡하며 말하였다.

"네가 한 번 죽음으로써 나는 세 가지를 잃었다. 아들을 잃고 친구를
잃고 스승을 잃었다."

외사씨(外史氏)는 논한다.

부자(父子)는 천성 지친이다. 그러나 세상에는 대개 가슴을 치고 피를
토하며 그 아들을 하늘에 호소하는 자가 있는가 하면, 지위가 높고 재물
이 많아 아첨하는 말을 빌어 훌륭하게 꾸며 '꿩이 부엌에서 울고 잉어가
얼음에서 뛰어 나왔다'고도 하는데, 모두 믿을 수 있겠는가? 비록 손가
락을 잘라 부모의 병을 치료하고 장딴지를 저며 부모를 봉양하여 작계
(綽稧)가 즐비하다고 한들 역시 증자(曾子)·민자(閔子)가 했던 일은 아
닌 것이다. 정 효자는 죽어서 그 아버지가 그 효를 기록하여 진신(縉紳)
들에게 말을 빌게 되었는데, 한결같이 어린아이를 사랑하는 빛이 애연히
얼굴에 나타났으니 이는 정말 부끄러울 것이 없겠다. 아들은 정말 효자
이며, 그 아버지 또한 인자한 아버지였다.(효자가 죽은 지 6년이 지난 가
경 신미년(1801) 가을에 다산초자는 쓰다)

鄭孝子傳

鄭孝子寬一者 道康縣人也 生有至性 酷愛其親 方六歲時 其父巡
稼于田 夜寒 孝子謂其母曰 田有廬乎 曰無有 孝子勃然起而將出

母曰 莫夜 孺子安往 曰父寒於原 兒煖於室 安乎哉 母固止之 孝子
兀然坐牕下 父反而後息焉 後數年 其父遠服賈 寄家書曰 平安 孝
子抱書泣 其母怪而問之 曰家君殆有疾乎 字畫其不顫乎 及歸而問
之 病則危矣 其父又病氣痢殊死 憶園茶 忽有人指茶處得瘳 是日
孝子 夢其父病痢覓茶 覺而泣言 及歸而驗之 事若合符矣 其父常從
遠方歸 雖暮 饘饢必豫具 父異之 母曰 兒言今夕父且還 我如其言
而已 十二歲時 父病 孝子露禱天得瘳 斯其幼年 實行之百一也 旣
壯力學 涉獵經史旁 及兵法醫家 以至鵝冶風鼓 寄胲之餘 靡不汎濫
焉 家貧 賣藥以養親 及其死也 蓋微疾也 家人不以爲憂 旣數日 孝
子呼其父而坐之 三呼三應而不言 良久而後語之曰 死生如晝夜 君
子勿悲也 兒知今年 有此事 其日月所不知也 今脈已亂 非藥可救
兒有二雛 願以慰心 越三日而絕 年纔三十 旣踰月 葬于節度營之
東七里甌峯之下 負酉之原 乃孝子舊所自占 手植松柞 欲以葬其親
者也 父曰始攝 臨其壙而哭之曰 汝一暝而 我有三失 失子焉 失友
焉 失師焉

　外史氏曰 父子 天性也 然世蓋有 拊心歐血 以懇其子 于天者矣
或位隆賚高 丐諛辭以崇飾者 曰雉雛于竈 鯉躍于氷 可悉信哉 雖血
指饙肺 綽楔相望 又非曾閔之攸踵也 若鄭孝子者死 而使其父狀其
孝 以乞言于薦紳 一唯夫孩提之愛 而藹然情見于色 斯無怍矣 子固
孝矣 乃其父 亦慈父也哉(孝子旣死之 越六年嘉慶辛未之秋 茶山樵者)

13. 진실을 밝혀 주는 말[贈言]

(1) 초의승 의순을 위해 주는 말(爲草衣僧意洵贈言)

> ─ 시란 사상의 표현이니 천인 성명의 법칙을 알고 인심 도
> 심의 분별을 살펴야 쓸 수 있는 것인즉 두자미(杜子美)
> 처럼 충후 측달한 도덕과 호매 건강한 기상을 가져야 좋
> 은 시를 쓴다.

(전략) 시라는 것은 사상의 표현이다. 사상이 본디 비겁하다면 제 아무
리 고상한 표현을 하려 해도 이치에 맞지 않으며, 사상이 본디 협애하다
면 제 아무리 광활한 묘사를 하려 해도 실정에 부합하지 않는다.

때문에 시를 쓰려고 할 때는 그 사상부터 단련하지 않으면 똥무더기
속에서 깨끗한 물을 따라 내려는 것과 같아서 일생토록 애를 써도 이룩
하지 못할 것이다. 그러면 어떻게 할 것인가? 천인(天人) 성명(性命)의
법칙을 연구하고 인심 도심의 분별을 살펴, 그 때문은 잔재를 씻어내고
그 깨끗한 진수를 발전시키면 된다. 저 도연명(陶淵明)이나 두자미 같은
시인들도 모두 이런 방향으로 노력하였겠는가? 물론 그렇다. 도연명이
정신과 물질이 서로 영향을 주는 원리를 인식하였음은 두말할 것도 없
거니와 두자미는 더욱이 천품이 높은 데다가 충후 측달한 도덕과 호매
건강한 기상을 겸비하였었다.

범상한 우리들은 일생동안 수양을 쌓아도 그 본바탕의 청수한 점은
두자미에 미치기가 쉽지 않을 것이다. 그보다 못한 여러 시인들도 모두
당하기 어려운 기백을 가지고 있어서 그대로 본뜨지는 못한다. 설사 노

력하여 도달한다 하더라도 그 천품만을 배워서 따를 바가 아니다.(이하
생략)

爲草衣僧意洵贈言

(前略) 詩者言志也 志本卑汙 雖强作淸高之言 不成理致 志本寡
陋 雖强作曠達之言 不切事情 學詩而不稽其志 猶瀝淸泉於糞壤 求
奇芬於臭樗 畢世而不可得也 然則奈何 識天人性命之理 察人心道
心之分 淨其塵滓 發其淸眞 斯可矣 然則陶杜諸公 皆用力由此否
曰 陶知神形 相役之理 可勝言哉 杜天品本高 忠厚惻怛之仁 兼之
以豪邁鷙悍之氣 凡流平生治心 其本源淸澈 未易及杜也 下此諸公
亦皆有不可當之氣岸 不可摹之 才思得之 天賦又非學焉者 所能跂
也 (以下略)

(2) 이인영을 위하여 주는 말(爲李仁榮贈言)

> ─문장이란 학식이 속에 쌓이면 문장으로써 밖으로 표현되
> 는 것이 마치 고량진미가 창자 안에서 퍼지면 기름기가
> 피부로 나타나듯 하니 문장은 밖으로부터 구할 수는 없
> 다. 수식만 잘한다고 참 문장은 아니다.

내가 열수(洌水) 가에 살고 있을 때이다. 하루는 얌전한 소년이 찾아
왔다. 등에 무엇을 걸머졌는데 알고 보니 책이었다. 이름을 물으니 이인
영이라 하였고, 나이를 물으니 열아홉이라고 하였다. 또 그의 뜻을 물으
니, 그는 앞으로 문학을 전공하려는 바 비록 공명을 이루지 못하여 종신
토록 불우한 생활을 한다 하더라도 후회하지 않겠다는 것이다.

그래서 그의 책보따리를 헤쳐 본즉 모두가 시인 재사들의 기발하고 참
신한 작품들로서 혹은 파리 대가리만큼 잘게 쓴 글씨였으며, 혹은 모기
눈썹처럼 자질구레한 글발들이었다. 그는 또 자기의 포부를 털어놓는데

마치 청산유수격으로 술술 쏟아져 나와 그의 책보따리 속보다도 수십 배나 더 풍부하였다. 그의 눈은 반짝반짝 맑은 빛이 흐르며 그의 이마는 툭튀어나와 물소 뿔처럼 어른어른 비치는 것 같았다. 나는 그에게 다음과 같이 타일렀다.

"그대여 앉으라. 내 그대에게 말하겠노라. 대체로 문장이란 어떤 것인가? 학식이 속에 쌓인 다음 문장으로써 밖에 표현되는 것이 마치 고량진미가 창자 안에서 퍼지면 기름기가 피부에 나타나며 맛좋은 술이 입 안으로 들어가면 붉은 빛이 얼굴에 오르는 것과 같은 것이다.

문장을 어찌 밖으로부터 가져올 것인가? 화평 중정한 덕으로 마음을 수양하고 효성과 우애의 행실로써 성격을 단련하여 경건하게 지니며 성의로 관철시켜 떳떳이 하여 고치지 말며 힘쓰고 힘써 도를 향하여 전진하여야 한다.

사서로써 자기 몸을 안착시키며 육경으로 자기 지식을 넓히고 많은 역사 서적으로 고금의 변천을 통달하며 예악형정의 문헌과 법전 제도의 고전들이 가슴 속에 가득 쌓인 다음 외계의 사물과 접촉하며 사회의 시비나 이해에 부딪치게 되면 곧 자기의 마음 속에 쌓인 축적이 넘치고 용솟음쳐서 한 번 밖으로 퍼져 나가 천하 만세의 광채로 될 것인바, 이렇게 막아 둘래야 막아 둘 수 없는 지경에 이르러 한 번 자기가 표현하고 싶어하는 것을 터뜨려 놓으면 사람들이 그것을 보고 일러 '문장'이라고 한다. 이런 것이 참으로 문장이다.

어찌 풀을 헤치고 바람을 보려는 듯이 빨리 달리고 조급히 서둘러 소위 그 문장이란 것을 손으로 붙잡아다가 입으로 삼킬 수 있겠는가? 세상 사람들이 흔히 말하는 '문장'의 학이란 것은, 이는 곧 성현의 도를 해치는 좀이다. 이 두 가지가 서로 용납되지 못한다. 아니꼽게 여겨 팽개쳐 버려야 할 것이다.

그러나 이 따위 문장이라도 그것을 하려고 한다면 그도 역시 그 가운데 문이 있고 길이 있으며 기운이 움직이고 혈맥이 통해야 되는바 반드시 경전으로 근본을 삼고 여러 역사 문헌이나 선비의 저작들을 섭

렴함으로써 혼후(渾厚)하고 함축성 있는 기운을 쌓고 심오하고 원대한 지향을 배양하여 위로는 나라를 다스릴 방책들을 생각할 줄 알며 아래로는 온 세상을 선동 고취하는 기수로서의 임무를 깨달은 뒤에라야 바야흐로 녹녹하지 않을 것이다.

요즘의 문장이란 것은 그렇지 못하다. 나관중을 조상으로 삼고 시내암과 김성탄을 어버이로 받들어 조잘거리는 앵무새의 혓바닥처럼 이리저리 놀려 그 음란하고 괴상스러운 말들을 꾸며놓고 저 혼자 스스로 기뻐하며 즐거워한다. 이래서야 어찌 문장이라 할 수 있겠는가. 저 시고 떫거나 야밤중에 목멘 소리만 늘어놓는 것과 같은 시구(詩句)들은 온유하고 돈후한 시풍이 아니다.

음탕한 곳에만 마음을 보내며 비분한 장면에만 눈을 팔고, 사람의 간장을 녹이는 언사만 누에 실 뽑듯이 늘어놓으며, 뼈를 에고 살을 저미는 듯한 문구를 벌레 소리처럼 내고 있다. 그것을 읽고 나면 흡사 새파란 달이 추녀 밑을 들여다보는 듯하고, 산골짝의 귀신이 휘파람을 불며 음산한 바람이 촛불을 삼켜 버리며, 원한에 잠긴 여인이 흐느껴 우는 듯도 하다.

이와 같은 것들은 다만 문장가들만이 사도로 여길 뿐만 아니라 그 기상이 처참하고 심지가 각박하여 위로는 하늘의 복을 받을 수 없으며 아래로는 세상 사람들의 조롱을 면치 못할 것이다.

참으로 문장의 도를 아는 자라면 응당 놀라 피해서 달아나기가 바쁠 것이어늘 하물며 몸소 행장을 차려 그의 꽁무니를 뒤따라갈 것인가? 우리나라 과거의 제도는 이것이 본디 쌍기(雙冀)로부터 시작되어 춘정(春亭)에게 이르러 완비되었던 것이다.

무릇 이 기예를 익히는 자들은 헛되게 정신만 소모하고 세월을 허송할 뿐만 아니라 아무데도 쓸모 없는 인간이 되어서 자기 생애를 끝마치고 만다.

참으로 이단으로서는 으뜸가는 것이며 세상의 앞길을 위해서 큰 걱정이 되는 것이다. 그러나 나라의 제도가 아직은 고쳐지지 않고 있는 이상은 그대로 따라갈 수밖에 없다.

이것이 아니고는 군신의 의리도 물을 데가 없기 때문이다. 그러므로 조정암·이퇴계 같은 여러 선생도 모두 이 기예를 닦아 자기 몸의 출로를 구하였는데 지금 그대는 무슨 사람이기에 그것도 벗어던져 버리고 돌아보지 않으려고 하는가? 자기가 살아가기 위한 학문도 오히려 버리지는 못할 것이어늘 하물며 이와 같은 음란한 소설의 찌꺼기나 떫고 시고 짧은 문구에만 정신을 잃어 자기 신세를 포기할 수 있겠는가.

더욱이 위로는 부모도 섬기지 않고 아래로 처자도 돌아보지 않으며 가깝게는 자기 문호도 보전하지 못하고 멀리는 나라를 다스리며 백성들에게 혜택을 끼치려고도 하지 않고 다만 나관중이나 시내암의 문장에만 매달리려고 하니 또한 정신 없고 어리석은 짓이 아니겠느냐.

바라건대 자네는 이로부터 문장의 학은 단념하고 빨리 집으로 돌아가서 늙은 어머니를 받들어 안으로는 효성과 우애를 독실히 하고 밖으로는 경전의 공부를 열심히 하라. 성현들의 격언에 항상 관심을 가져 잊어버리지 말며, 겸하여 과거 공부도 계속하여 자기 갈 길을 찾음으로써 임금을 섬겨 시대의 쓸모 있는 인간이 되며, 후세에 이름을 남길 훌륭한 사람이 되도록 하라.

부디 그 하찮은 호기심으로 하여 경솔하게 자기의 귀중한 한 몸을 버리지 말라. 정말 그대가 고치지 않는다면 이는 저 마작이나 투전으로 세월을 보내는 노름꾼들보다도 못할 것이다."

爲李仁榮贈言

余在洌上 一日 有妙少年至 背有荷視之書笈也 問之 曰我李仁榮也 (數句刪) 問其年十有九 問其志 志在文章 雖不利於功名 終身落拓 無悔也 瀉其笈 皆詩人才子 奇峭淸新之作 或細文如蠅頭 或小言如蚊睫 傾其腹 泌泌如葫蘆之吐水 蓋富於笈數十倍也 視其目 炯炯有流光 視其額 隆隆若犀 通之外暎也 余曰 噫 嘻子坐 吾

語子 夫文章何物 學識之積於中 而文章之發於外也 猶膏梁之飽
於腸而光澤 發於膚革也 猶酒醪之灌於肚 而紅潮發 於顏面也 惡
可以襲 而取之乎 養心以和中之德 繕性以孝友之行 敬以持之 誠
以貫之 庸而不變 勉勉望道 以四書居吾之身 以六經廣吾之識 以
諸史達 古今之變 禮樂刑政之具 典章法度之故 森羅胸次之中 而
與物相遇 與事相值 與是非相觸 與利害相形 卽吾之所蓄積 壹鬱
於中者 洋溢動盪 思欲一出 於世爲天下萬世之觀 而其勢有 弗能
以過之 則我不得不一吐 其所欲出 而人之見之者 相謂曰 文章 斯
之謂文章 安有撥草 瞻風疾奔急走 求所謂文章者 而捉之吞之乎
世所謂文章之學 乃聖道之蟊螟 必不可相容 然汙而下之 藉使爲之
亦其中有門 有路有氣有脈 亦必本之以經傳 翼之以諸史諸子 積渾
厚冲融之氣 養淵永敦遠之趣 上之思所以黼黻王猷 下之思所以 旗
鼓一世 然後方得云 不錄錄 今也不然 以羅貫中爲祧 以施耐菴 金
聖歎爲昭穆 喋喋猩鸚之舌 左翻右弄 以自文 其淫媟機險之辭 而
竊竊然 自娛自樂者 惡足以爲文 若夫凄酸 幽咽之詩句 非溫柔
敦厚之遺教 栖心於淫蕩之巢 渤目於悲憤之場 鎖魂斷腹之語 引之
如蠶絲 刻骨鑴髓之詞 出之如蟲喳 讀之如靑月窺椽 而山鬼吹歔
陰飆滅燭 而怨女啾泣 若是者 不唯於文章家爲 紫鄭抑 其氣象慘
悽 心地刻薄 上之不可以 受天之胡福 下之不可以 免世之機辟 知
命者當 大驚疾避之弗暇 矧躬駕以隨之哉 吾東科擧之法 始終雙冀
備於春亭 凡習此藝者 鎖磨精神 抛擲光陰 使人齒莽蔑裂 以沒其
齒 誠異端之最 而世道之鉅憂也 然國法未變 有順而已 非此路 則
君臣之義 無所問焉 故靜菴 退溪諸先生 咸治此藝 以發其身 今子
何人 乃欲屣脫 而弗顧耶 爲性命之學 猶且不絕 矧爲此淫巧 小說
之支流 酸寒短句之餘裔 以輕抛此身世乎 仰不事父母 俯不育妻子
近之不能顯門戶 以庇宗族 遠之不能尊朝廷 而澤黎庶 思以追配
於羅施之廡 不亦狂且愚哉 願子自茲以往 絕意文章之學 亟歸養老

母 内篤孝友之行 外勤經傳之工 使聖賢格言 常常浸灌 俾之不畔
旁治功令之業 以圖發身 以冀事君 以備昭代之瑞物 以作後世之偉
人 勿以沾沾之嗜 而輕棄此 千金之軀也 苟子之不改 卽馬弔江牌
狹斜之游 亦無以加於是也 (嘉慶庚辰五月一日)

(3) 양덕인 변지의를 위하여 주는 말(爲陽德人邊知意贈言)

> ── 사람이 시를 쓴다는 것은 원예사가 나무를 길러 꽃을 피
> 우는 것과 같으니 나무를 바로 세우고 거름을 주어 길러
> 그 진액이 올라가서 줄기에 가지와 잎이 돋고 그런 다음,
> 꽃이 피는 것이니 꽃은 밖으로부터 구할 수는 없다.

변군 지의가 천 리 먼 길에 나를 찾아왔다. 내가 그의 뜻하는 바를 물
으니, 그는 문학을 전공하겠다고 한다.

이날에 마침 집안 아이들이 나무를 심고 있기에 나는 그 나무를 가리
켜 비유하면서 다음과 같이 말하여 주었다.

"사람이 문장을 쓴다는 것은 풀이나 나무에 꽃이 피는 것이나 같다.
나무 심는 사람이 그 나무를 심을 때에는 뿌리를 묻어 주고 줄기를 바
로 세워 주면 된다.

얼마 지나면 진액이 올라와서 가지가 뻗으며 잎이 돋고, 그런 다음
에야 꽃이 핀다.

그러므로 꽃은 밖으로부터 가져오지 못한다. 의지를 굳게 세우며 그
사상을 바로잡음으로써 그 뿌리를 북돋우며, 행동을 똑똑히 하여 자기
몸을 수양함으로써 그 줄기를 바로 세우며, 경전을 연구하고 예법을
상고함으로써 그 진액이 오르게 하고 견문을 넓히고 예술을 익힘으로
써 그 가지가 뻗어나게 하며, 잎이 돋아오르게 한다.

이러한 다음에 자기가 깨달은 것을 체계적으로 축적하고 그 축적을
작품으로 표현한다면 사람들이 그것을 가리켜 문장이라고 한다. 문장

은 이러한 것이다. 문장은 밖으로부터 가져오지 못한다. 자네가 이 진리를 깨닫는다면 집으로 돌아가 탐구하더라도 자기 자신에게 훌륭한 스승이 있을 것이다.”

爲陽德人邊知意贈言

邊君知意 千里而訪余 詢其志 志在文章 是曰 兒子游種樹 指以喻之曰 人之有文章 猶草木之有榮華耳 種樹之人 方其種之也 培其根 安其幹己矣 旣而行其津液 敷其條葉 而榮華於是乎發焉 榮華不可 以襲取之也 誠意正心 以培其根 篤行修身 以安其幹 窮經硏禮 以行其津液 博聞游藝 以敷其條葉 於是類其所覺 以之爲蓄 宣其所蓄 以之爲文 則人之見之者 見以爲文章 斯之謂文章 文章不可 以襲取之也 子以是歸而求之 有餘師矣

14. 편지글[書]

(1) 복암에게 답장 쓰다(答茯菴)

> ── 복암 이기양(李基讓)이 목화씨 앗는 기계인 씨아[攪
> 車]제도를 보내왔기에 참으로 좋은 일이라 생각하고 답
> 장을 보냅니다. 목화씨 앗는 기계의 핵심은 십(十)자 바
> 퀴의 사용법이니 그 내용을 설명하겠습니다.

보내신 글월에서 목화씨 앗는 기계, 곧 씨아[攪車] 제작법에 대하여 언급하였으니 이는 참으로 감사한 일입니다. 씨아의 구조에서 가장 묘리가 있는 곳은 '십(十)'자 바퀴의 사용법입니다. 쇠로 만든 축의 제법은 별로 신기할 것이 없으나 그 축의 꼭지가 기둥 중심에 닿는 부분의 제작이 극히 정밀하여야 되겠습니다.

그리고 축의 면에는 아주 세밀한 이빨이 있어서 본래 올록볼록 톱니바퀴가 뾰족하던 것이 지금은 그 이빨이 닳고 모지라졌기 때문에 목화씨를 정밀하게 앗아내지 못하고 있습니다.

만일에 그 축의 이빨이 닳아 모지라지지 않았더라면 목화씨에 솜털이 조금도 붙어 나오지 않을 것입니다. 다만 그 새 기계를 구입하여 가져오지 못하는 것이 유감으로 생각될 뿐입니다.

들으니, 좌상께서 이미 군부에 지시하여 그 견본에 의거하여 새로운 것을 제작하도록 하였다 하니, 꼭 한 번 성상을 만나 그와 같은 기계들을 많이 만들어 전국내에 보급시키도록 권유하여 준다면 우리 백성 생활에 도움될 바 적지 않을 것입니다.

사람으로서 그 혜택을 자손 만대에 끼치려고 한다면 실로 이러한 실
무에 머리를 돌려야 될 것입니다. 가까운 기일 내에 승정원에 들 기회가
없다면 아무쪼록 소를 올려 대량으로 생산하여 이를 각 지방에 보급시
키도록 고무하여 주시기를 간절히 바라는 바입니다.

그 씨아는 하룻동안에 목화 2백 근을 앗아낸다 하니 가령 이를 손틀로
씨를 발라내려면 아무리 팔힘이 좋은 부녀자라 하더라도 20일 간의 노력
은 들여야 할 것이 아니겠습니까. 더욱이 상인들에게는 이 기계의 사용
이 막대한 이익을 가져다 주게 될 것입니다.

왜냐하면 4천 근의 목화를 앗는다면 그 씨를 뽑아 버리기 때문에 무게
가 천 근밖에 되지 않을 것이므로 배편, 말편의 운반 비용이 4분의 3은
감소될 것입니다. 영공께서 될 수 있는 대로 적극 도모하여 주십시오. 그
러면 후손에게 크게 영광이 있을 것입니다.

答茯菴

承書兼示攪車 不勝欣荷之至 攪車之妙 專在十字風輪 若基鐵軸
之制 別無神奇 然軸頭 與柱腹相軋處 製作極精 軸身溝線 本應凸
凹分明 今漫刓不突 故剝棉不精耳 令其不刓 棉核安見一毛哉 恨不
能買取 新造者來也 聞左相已令軍門 依樣造作 若得一番筵稟 頒式
八方 其于利用厚生之 政不云少補 澤流萬世 正在此等事矣 從近無
入院之期 則須卽陳疏 以請頒式 如何如何 一日剝得二百斤 此是健
婦廿日之工 又如商販者 剝得四千斤 可成千斤 其舟馬運輸之費 將
四分減三 其利豈不博哉 令公其亟圖之 尙克有後哉

(2) 이 관찰사에게 답함(答李觀察)

> ── 금천(金川)과 토산(兎山)의 사건에 대하여 관찰사 이의
> 준(李義駿)공께서 물어왔으니 감히 대답합니다. 토산 수
> 령은 여덟가지 잘못을 저질렀습니다. 그는 나와는 아는
> 사이이고 금천수령은 모르는 사이지만 공정하게 말하면
> 내 친구 토산이 잘못했습니다.

금천(金川)·토산(兎山)의 사건에 대하여 제가 주제넘게 논평할 것은
없으나 양민을 도적이라 하여 체포하였으니 첫 번째 잘못이요, 호소(呼
訴)를 폭행이라 하여 쳤으니 두 번째 잘못이요, 남생원(南生員)이라는
자는 서울 선비라 하여 석방하였으니 세 번째 잘못이요, 이씨(李氏)라는
자만 도적의 괴수로 몰아 가두었으니 네 번째 잘못이요, 큰 도적이라고
떠들어 순영(巡營)에까지 보고하였으니 다섯 번째 잘못이요, 순영에까지
는 보고하면서도 병영과 진영에는 보고하지 않았으니 여섯 번째 잘못이
요, 이것을 구실로 허장성세하여 백성들을 못살게 굴었으니 일곱 번째
잘못이요, 때문에 서로 감정을 품고 통첩하면서 상호간의 예절을 잃었으
니 여덟 번째 잘못입니다.

저의 소견으로서는 토산의 일은 낱낱이 착오를 일으켰으나 금천은 아
무것도 잘못한 것이 없다고 인정됩니다. 그런데 지금 다 옳지 못하다고
만 하여 동일하게 취급하니 이 일을 정당하게 결론 내리기는 어려울 것
같습니다.

모름지기 토산의 수령으로 하여금 담담하게 자기를 반성시키는 것이
상책일 듯합니다. 저와 토산 수령과의 사이는 어릴 적부터 이웃하여 살
았으므로 친분이 멀지 않으며, 금천 수령과는 지금까지 안면도 모르는
처지이지만 이왕 말을 하는 바에는 어찌 공정한 입장에 서지 않을 수 있
겠습니까. 아울러 살펴주시기 바랍니다.

答李觀察

金川兎山之事 鏞不宜妄加評議 然以良民爲 盜而縛之 一誤也 以呼訴 爲劫打而擊之 二誤也 以南生 爲京士而放之 三誤也 以李兒爲賊魁而囚之 四誤也 以爲大盜 而徑報巡營 五誤也 旣報巡營 而不報兵營鎭營 六誤也 以此執言 而欲移虛市樹旗 以過貨 七誤也 以此懷怒 而報牒 多失相敬之義 八誤也 鄙見則兎山之事 段段錯誤 金川無所失 今兩非而兼調之 恐難妥帖 須令兎山 平心自反 爲善耳 鏞與兎山 弱齡鄰居 情好未淺 金川至今 不識其面 然旣開口言矣 敢不以公正耶 並須諒察

(3) 김공후 이재에게 보내는 편지(與金公厚履載) 기사(1809) 6월

①

> ─너무 가물어서 금년은 흉년들 징조로 모내기를 못하고
> 종자 값이 폭등해서 장차 일이 걱정인데 지방장관들은
> 귀머거리처럼 못보고 못듣는 척하고 깊은 산으로 피서
> 가서 절간을 결딴내고, 조정의 양반들과 결탁하고 부정
> 을 자행하니 큰일입니다.

요즘 건강이 좋으신지요? 탕임금 이후로 이러한 큰 가뭄이 또 어찌 있겠습니까. 지난해 동짓달부터 금년 입추에 이르기까지 겨우 세 차례에 지나지 않는 먼지 잘 만한 비가 내렸을 뿐입니다. 더욱이 5월달에 들면서부터는 40여일 동안이나 하늘에 구름 한 점 없었고, 밤에도 바람이 일어 이슬조차 내리지 않았습니다.

벼농사는 물을 것도 없거니와 기장·피·목화·삼·깨·콩 등의 밭곡식 및 채소·마늘·과일 등을 비롯하여 들에 나는 명아주·비름·쑥과

같은 푸성귀까지도 모조리 타버렸으며, 대밭에는 죽순이 돋지 못하고 소나무는 솔방울이 제대로 달리지 못하였습니다. 무릇 땅에서 자라나 사람의 입에 들어갈 만한 것이나 기타 생활에 도움이 될 만한 것치고는 하나도 성장할 가망이 없게 되었습니다.

뿐만 아니라, 우물물이 마르고 시냇물까지 말라서 농민들에게는 목마른 걱정이 배고픈 걱정보다도 더한 셈이 되었습니다. 마소들도 물과 풀을 먹을 수 없게 되었으며, 따라서 집집마다 농사 밑천인 소를 잡아먹어 버리나 이를 금지하지는 못할 사정입니다.

모르긴 하지만, 예로부터 이와 같은 큰 한재와 큰 흉년이 또 어찌 있겠습니까. 때문에 6월에 접어들면서 유랑민들이 사방으로 흩어져 가는 곳마다 곡성이 진동하고 길바닥에는 버린 아이의 시체가 부지기수여서 마음 속으로 걱정만 될 뿐 아니라 차마 볼 수 없으며 귀로 차마 들을 수 없는 형편에 이르렀습니다.

여름부터 이러하니 가을일을 어찌 가히 짐작할 것이며, 겨울 이후의 형편은 상상하기도 어려울 지경입니다.

이 고을1)의 논이 통틀어 6천여 결(結)에 지나지 않는데, 그 중에서 모를 심지 못한 것이 4천여 결에 달하며 심었다고 하더라도 가뭄에 타 버려 붉으레한 흙바닥으로만 남은 것이 10분의 7, 8이나 됩니다.

근일에 와서 모내기를 못할 논에는 메밀을 뿌리게 하였으나 그 종자 한 되에 값이 20냥이나 되었으며, 뿌린 종자들도 제자리에서 말라 버려 한 포기의 싹도 자라나는 것이 보이지 않습니다.

이와 같이 무릇 수전·한전을 막론하고 모두 돌덩이처럼 굳어 버려 호미질을 하지 못한 채로 모진 잡초들만이 앙상할 따름입니다. 일감을 잃은 농민들은 팔짱을 끼고 하늘만 쳐다보며 나이 많은 노인들도 이러한 대흉년은 천고에 들어보지 못하였다고 탄식만 할 뿐입니다.

금년 추수가 가망이 없으므로 시장에는 벌써부터 곡식이 나오지 않습

---

1) 이 고을—강진을 가리킴. 다산이 유배간 강진에서 머물고 있을 때다.

니다. 식량이 넉넉하다고 하던 부농들까지도 겨우 죽을 쑤어서 내년 보릿고개까지나 끼니를 이어낼 정도이니 시장에 어찌 곡식이 나오겠습니까. 때문에 축적이 없는 빈농들은 제 아무리 금과 옥을 가졌다 하더라도 곡식을 구경할 수가 없는 형편입니다.

각지에서 유랑민들이 생기게 된 원인은 곧 여기에 있는 것입니다. 이 고을만 그런 것이 아니라 온 고을이 다 그러하며 한 도만 그런 것이 아니라 여러 도가 다 그러하여 들리는 소식은 참으로 기막힌 일뿐입니다.

그러나 지방 장관들은 귀머거리처럼 못 듣는 척하고 더위를 피하여 깊은 산골이나 찾아다니는 판이라 백성들은 그들의 얼굴조차도 볼 수 없게 되었습니다.

그러면서도 온갖 공사들은 계속 일으켜 백성들을 동원함이 풍년 시절보다도 더하며, 심지어는 간사한 서리들을 시켜 민간의 곡식들을 탐색하고 산간의 사찰들을 덮치며 거리의 상인들을 협박하여 백 석을 가진 자는 천 냥을 뇌물로 바치게 하고, 10석을 가진 자는 백 냥을 뇌물로 내게 하는 등 갖은 수단의 가렴주구를 다하여 포학무도함이 그지없으니 이는 또 어떻게 된 판국입니까. 지극히 고지식한 백성들은 혹시나 하고 내년 봄의 진휼미2)를 믿고 있으나 그러나 저의 소견으로는 진휼미를 공급할 수 있는 대책이 있을 것 같지 않습니다.

각 지방 군·현들의 양곡대장들이 6, 7년 이래로 한갓 공문서로만 남아 있어서 10만 석으로 기록되어 있다면 실지는 3만 석밖에 남아 있지 않으며(나주·순창 지방 등), 3만 석으로 기록된 곳은 불과 1만 석도 없을 것이요(강진·장흥 지방), 그 나머지는 모두 탐관오리들 손에서 없어져 버린 것입니다.

수년 내로 탐관오리들의 횡포가 더욱 심하여지더니 그들은 다시 조정의 양반들과 결탁하여 도리어 자기 지방 수령들을 깔고 앉으려고 하며,

---

2) 진휼미(賑恤米)-구제미. 흉년에 백성들을 구조하기 위해 국가에서 내어주는 양곡.

국가의 창고를 자기 개인의 재산이나 다름없이 여겨 별의별 탐욕 행위를 못할 짓 없이 다하고 있습니다.

그들의 계집이나 딸자식들은 젊은이는 고사하고 늙은 것들까지도 출입할 때에는 모두 가마를 타고 다니며, 좌우에서 어라! 쉬를 부르며 껴잡아 받들기를 큰 고관들의 행차나 같이 하고, 그들의 자식들은 비록 벼슬에 오르지 않은 자라도 언제나 큰 갓을 쓰고 앉아 유의 유식하며 따라서 생활이 부화하고 풍기가 문란하니, 이러한 문란들이 모두 어디에서 나온 것이겠습니까. 오로지 국가 창고의 곡식을 도적질하여 이러한 짓을 서슴치 않고 하는 것입니다.

실례로 이 고을만 보더라도 민간에 내주었다는 곡식이 장부에는 2만 석으로 적혀 있으나 실지로 내어준 것은 7천 석에 불과한 것입니다.

10월달에 이르러 환자곡식을 받아들일 때에는 아무리 그들이 백성들의 가죽을 벗기고 뼈마저 다 긁어 온다 하더라도 2천 석도 모으기가 힘들 것입니다.

그런데 현재 창고의 재고량은 쌀이 60석, 보리가 천여 석에 불과하니 이것으로서는 비록 창고의 곡식을 모조리 다 털어 준다 해도 수천 명분한 달치의 식량밖에 되지 않을 것입니다.

기아로 헤매는 백성들이 만여 명이 넘는데 수천 명의 한 달치분 식량으로써 앞으로 어떻게 진휼미를 보장하여 줄 수 있단 말입니까? 다른 고을에도 사정이 다 같으니 양곡을 장차 수송해 올 데도 없을 것이며, 여러 도들이 모두 기근에 빠졌으니 구제할 길이 막연하게 되었습니다.

비록 공수(龔遂)나 황패(黃覇)와 같은 재간 있는 이가 수령이 되고 주공(周公)과 소공(召公)처럼 현명한 이가 도의 장관으로 된다손 치더라도 백성들을 먹여 살릴 대책은 강구하지 못할 것입니다.

아! 하늘이여! 이 일을 장차 어떻게 하오리까?(이하 깎음)

與金公厚履載　己巳六月

一

伏惟茲辰　起居康衛　由湯以降　有如此大旱乎　越自土發之月　至于立秋　唯三次浥塵　五月以來　天無點雲　四十餘日　夜必風燥露　亦不降　稻固無論　黍稷棉麻　荏菽之屬　蔬茹瓜蓏　百果之等　以至藜莧蒿菜之族　靡不焦爛　竹不生笋　松不結子　凡出於土　入於人口者　及爲吾民　日用所切須者　無一生成　水泉枯洇　川流斷絕　野居之人　渴憂甚於饑患　牛馬不得　飮水茹草　家家屠牛　莫之禁止　不之古來　有如此大凶大荒乎　六月之初　流民四散　號哭之聲　殷殷田田　嬰兒之棄於道者　不記其數　傷心慘目　不忍聽　不忍視　盛夏如此　秋可知也　自冬以往　無言可言　大抵此縣　水田　不過六千餘結　其未移者　四千也　其已移之中　苗焦土露　赤如絳雲者　十之七八　其旱田　則赤壤己矣　近日水田之　未種者　代播蕎麥　而蕎子一升　價至二十　旣種而焦　不見一苗　又凡水旱之田　皆焦枯凝固　鋤櫌不入　稂莠不除　民皆拱手而坐觀　詢之故老　考之往牒　實未聞有　如此之大荒也　秋旣無望　市遂絕糶　富民有糧者　皆食麥粥　以抵來年之麥　市其有糶乎　家無素蓄者　雖持金玉　無由得穀　流亡之早　職由是也　不唯此縣爲然　一路皆然　諸路皆然　傳聞危懍　魂慑魄遁　而司牧之臣　褒如充耳　深居辟暑　民不見面　徭役日興　甚於豐年　唯縱猾吏悍校　搜括民間藏粟　或掩襲寺刹　或勒奪商販　錄百石者　賂錢千錄十石者　賂錢百　詬哃凌辱　靡有法紀　此又何故也　至愚之氓　皆望明春之抵濟　然以鏞所見　振濟非可覩也　諸郡縣穀簿　六七年來　都作空文　簿十萬者　實不過三萬(如羅州淳昌)　簿三萬者　實不過一萬(如康津長興)　其餘皆吏逋也　比歲吏族豪橫甚矣　締交宰相　箝勒守令　視府爲私　唯意所欲　其婦女少者　勿論已老爲婆者　或往鄰縣　皆乘屋轎　左右呵擁　摸擬官眷　其子弟不仕者

平民戴冠隱囊 名分都壞 紀綱全頹 斯何出也 皆倉中之粟 逋而爲
是也 試以此縣言之 民間分穀簿 則二萬 其實七千餘石也 十月開
倉 雖剎膚推髓所收入 必不過二千石 而倉中留者 米六十石 麥千
餘石而己 雖竭倉而捐賑 不過爲數 千口一月之糧耳 饑口恰過萬數
穀簿不支一月 其有賑乎 諸縣皆然 移轉無路 諸路皆饑 交濟沒策
今雖 使龔黃爲守令 周召爲方伯 活民則無術矣 嗚呼 蒼天此何事
也(以下 刪)

②

> ―지금 호남지방에서는 두 가지 큰 걱정이 있으니 하나는
> 관리들의 탐욕이요, 하나는 백성들의 소동입니다. 이 몸
> 은 병들어 언제 죽을지 모르며 귀양 땅에나 뼈를 묻을지
> 모르지만 나라를 걱정하고 백성을 위하여 몇 자 쓰오니
> 짐작하여 주시기 바랍니다.

지금 호남 지방에서는 큰 염려가 되는 것이 두 가지가 있습니다. 그
하나는 백성들의 소동이며, 또 하나는 관리들의 탐욕 행위입니다. 수삼년
이래로 명문대가들로서 가족을 끌고 깊은 산골로 이주하여 가 버린 자가
수천 명에 달하는바 무주(茂朱)·장수(長水) 등지의 산간에는 이 주민들
의 초막들이 골목마다 가득차 있습니다.

한편, 순창(淳昌) 동복(同福) 지방에는 집을 잃고 노방에서 헤매는 유
랑민들의 행렬이 거리에 늘어서 있습니다. 따라서 해안지대에는 가는 곳
마다 부락들이 쓸쓸하며 논밭이 값이 없고 보이는 얼굴마다 창황 망조하
여 어찌할 바를 모르며 들리는 소리마다 뒤숭숭하여 소란스럽기 짝이 없
습니다. 그 중에서도 너무나 가난하여 오도가도 못하는 자들은 모두 자
기 마을의 사전(社錢)을 털고 문중 재산을 털어내어 술과 고기와 풍악의
기구로써 등산놀이·뱃놀이나 하면서 밤낮 취하여 떠들썩하며 엉덩이 춤
에 손뼉을 치면서 히히덕거리고 있습니다.

그러나 실상은 이들이 무엇이 즐거워서 그러는 것이 아니라 자기들의 울분에 대한 화풀이에 지나지 않는 것입니다. 그 까닭은 무엇이겠습니까? 대체로 뜻을 잃고 국가를 원망하는 사람들이 뜬소문을 퍼뜨리고 이상한 말들을 지어내어 유언비어로 백성들을 선동하기 때문입니다.

한 사람이 거짓 소문을 퍼뜨리면 만 사람이 참말로 곧이듣고 비록 장의(張儀)나 추연(鄒衍) 같은 구변으로도 그들을 설복시킬 수 없을 만큼 되었습니다. 그럼에도 불구하고 지방 수령들은 귀머거리처럼 못들은 체하며 관찰사들도 이를 아무런 관심사로 여기지 않고 있습니다. 이는 곧 자기 자식이 미친 병에 걸려 울부짖으며 날뛰고 있는데도 그의 부모나 형자된 자로서 너 어째 그러냐고 한 번도 물어 보지 않는 것이나 다름 없습니다.

나라의 조정은 백성의 심장이며, 백성은 조정의 팔·다리나 마찬가지여서 한결같이 맥박이 움직이고 혈맥이 순환하여 일순간의 사이라도 간격이 있어서는 안될 것입니다.

그런데 오늘 수많은 백성들이 공포에 떨고 있고, 방대한 지역들이 소동에 뒤흔들리고 있어도 조정에서는 아무런 구제 대책을 강구하지 않고 다만 자기들의 권력 싸움과 정권 쟁탈에만 급급하고 있습니다. 큰집이 한 번 무너져 버린다면 어찌 제비나 참새인들 날아 앉을 자리가 있겠습니까? 과연 백성들의 전하는 바가 사실이라면 실로 나라의 앞날에 전란의 염려가 없지 않을 것입니다.

그렇다면 하루 속히 성곽을 수리하고 군사 시설을 정비하며 국가의 요새지마다 무력을 배치하여 방어 대책을 강구함으로써 밖으로는 외적들의 침략 기도를 사전에 제지하고 안으로는 민심을 수습하여 국력을 단결시킬 것이요, 공연히 병을 속이고 의원을 싫어하였다가 장차 불의의 환난을 당하지 않게 될 수 없을 것입니다.

만일 그렇지 않다면 유능한 조정 관원들을 지방으로 파견하여 백성들로 하여금 무근거한 헛소문에 동요되지 말게 하며, 유언비어를 퍼뜨린 자들을 샅샅이 탐색하여 처단하는 동시에 산악지대로 이주한 자들은 그 사정의 여하를 고려할 것 없이 모두 본고장으로 돌려보내며, 명령을 듣지 않는 자에게는 부득이 징계 처벌이라도 주어야 할 것입니다.

그러나 오늘 조정에서는 이렇게도 하지 않으면서 저렇게도 하지 않고 나라의 적폐를 그대로 버려두어 아무런 대책을 세우지 않으니 이는 도대체 어쩌자는 법인지를 모르겠습니다. 그리고 탐관오리들의 횡포한 행위는 날마다 해마다 가면 갈수록 심하여질 뿐입니다.

그 사이 5, 6년 동안만 보더라도 무릇 수백 리의 지역에 걸쳐 새로운 관리들이 번갈아 오는데 이는 오는 사람마다 한층 더 기괴망측한 자들이며, 이 고을이 모조리 그러하여 더러운 소문과 누추한 냄새를 차마 듣고 맡을 수 없는 형편입니다.

소위 그 관장이란 자들도 아전들과 함께 모리만 일삼으며 심지어는 그들을 사수하여 온갖 교활한 짓을 다하게 하므로 천 가지 만 가지 주구와 억압에 백성들은 이젠 목숨조차도 유지하기가 어렵게 되었습니다. 법 아닌 법이 달마다 생겨나 이루 다 헤아릴 수 없습니다. 먼 시골의 아전들 따위도 조정의 세도 재상들과 결탁되어 있으며, 어쩌다가 그의 편지 한 장만 내려와도 기세가 더욱 우쭐하여집니다.

그들은 서울 양반을 팔면서 상관이나 백성들에게 뽐내므로 고을 수령들마저 도리어 그들의 위세에 위축되어 감히 매 한 차례도 가하지 못하거니와 시골 양반들쯤은 더욱 겁을 먹고 그들의 죄상을 적발 신고하지 못하고 있습니다. 때문에 그들의 지반은 더욱 굳어져서 온갖 침해와 취탈을 제멋대로 하고 있습니다.

한 고을만 보더라도 이런 자들이 5, 6명이나 되는 터이니, 양떼들에게 덤벼드는 호랑이를 잡아 죽여 버리지 않고, 묘판에 돋아나는 잡초를 뽑아 치워 버리지 않는다면 어찌 양이나 모들이 순조롭게 자라날 수 있겠습니까.

그런데 도내를 순시한다는 감사들까지도 이르는 고을마다 매번 이들 5, 6명을 불러다가 만나보고 성찬까지 차려 대접하는 것입니다. 이러한 대접을 받은 그들은 더 한층 어깨가 으쓱해져서 하늘도 모르며 땅도 모르고 온갖 행패를 다 하는 것입니다.

아! 애석하도다. 그 깨닫지 못함이여! 한 도가 이럴 때는 여러 도를 가히 짐작할 수 있는 바 여러 도가 또한 이와 같다면 이 나라의 일은 장차 어떻게 되겠습니까.

이 몸은 병들어 언제 어느 날 죽을지 모르며, 유형 객지에서 뼈를 파묻어 버리더라도 한 될 것이 없으나 다만 나라를 사랑하고 걱정하는 늙은 마음만은 외로운 등불처럼 빛나고 있습니다. 누구와 더불어서 흉금을 털어놓고 이야기할 데도 없어 도리어 갑갑한 증세만 더하더니, 마침 술잔이나 마시고 좀 취한 김에 붓 가는 대로 이와 같이 몇 줄 적었으니 늘러 짐작하여 용서하여 주실 것을 바랍니다.

二

今湖南一路 有可憂者二 其一民騷也 其一吏貪也 數三年來 望族豪戶之 遷徙入深者 幾千年矣 茂朱長水之間 茇舍彌滿山谷 淳昌同福之際 流民充塞道路 沿海諸堰 則井落蕭然 田園無價 觀其貌 遑遑如也 聽其聲 洶洶如也 其貧弱不能徙者 又皆毀其社錢 破其門貨 競買酒肉 絲菅登山泛水 窮晝達夜 酣呼謔呶 搏髀拍手 以爲樂 非樂也 謂將哀也 此其故何也 失志怨 國之徒 譸張浮言 煽動危詞 作爲讖緯邪說 以惑民聽 一夫唱僞 萬口傳眞 雖以儀衍之辯 亦無以發其蔀矣 然而守土之官 袖如充耳 按道之臣 漠不經心 此猶子女 病癲狂叫亂走 而父母兄長 不一問其何痛也 朝廷者 生民之心肝 生民者 朝廷之四體也 筋絡連湊 血脈流通 不能一息 容有隔絶 今百姓憂畏 而無所安慰 一路騷擾 而不圖鎭撫 唯傾軋翻覆是急 不知大廈一傾 燕雀亦無 所啁啾也 誠如民言 果有南憂 是宜修城郭 繕甲兵選將鍊卒 以守要害之地 外折敵謀 內壯民志 不宜諱疾忌鍼 養成大廳 以受一朝之患 如其不然 宜遣一介之使 曉諭民間 俾恃無恐 其有倡爲詭妄者 鋤而罪之 其遷徙流移者 勿問事情 一齊打發 還其本

貫 令有破傷 以懲以戒 不可已也 旣不出彼 又不由此 任其蠱壞 莫
之相攝 斯何法也 貪官汚吏之 恣行不法 歲增月加 愈往愈甚 上下
六七年 縱橫數百里 來來彌奇 邑邑皆然 穢聲惡臭慘 不忍聞 與吏
同販 縱之爲奸 千瘡萬痏 民不聊生 非法之法 式月斯生 今不能一
二計也 下邑小吏 無不締交 宰相尺牘纏絳 氣焰山聳 藉賣鋪張 上
下誇耀 守令畏縮 不敢略施其簸楚 士民恐怯 不敢訟言其瑕疵 威權
旣立 侵虐唯意 計一縣之中 如是者不減五六 羊不去虎 苗不去莠
其何能茁壯長也 每監司行部 所至郡縣 必招是五六人 賜之顏色 饋
以食桌 凡得是賜者 退而行惡 無天無地 惜乎 其不悟也 一路如此
諸路可知 諸路如此 國將何爲 此身風痺轉甚 百病侵纏 死亡無日
甘捐瘴江之骨 唯是憂國之誠 耿耿在心 無以發洩 轉成痞結 於是乘
其小醉 信筆輸寫如此 伏惟照察 恕其狂愚

(4) 이 절도사 민수에게 답하다(答李節度民秀)

①

> ── 이 절도사께서 배 만드는 조선법(造船法)에 큰 관심을 두
> 시니 나라를 위해 큰 공로입니다. 특히 풍륜(風輪)을 배
> 에 다는 일은 중대한 일이요, 전쟁에 대비하는 일입니다.

배 밑창에 바퀴를 다는 장치는 옛날에도 이미 효험 본 바 있었습니다.
더욱이 우리나라에서 만든 배들은 그 제작이 너무나 둔하고 무겁기 때문
에 풍륜(風輪)을 달지 않고는 진행 속도를 빨리 할 수 없을 것입니다.

나라 사이는 언제나 말썽이 많은 것으로 불의의 전쟁이 일어날 수도
있는바 조선법(造船法)에 대해서는 우리들이 반드시 강구하여야 될 중요
한 과제입니다.

선체에 유회(油灰)를 칠하여 틈을 메우는 것을 조운선(漕運船)1)이나

일반 상선(商船)에도 모두 적용하는 것이 좋겠습니다.

당신이 이미 이 방법을 적용하여 배 두 척을 만들어 성공하였으니 이는 국가에 이익되는 일일 뿐만 아니라 우리나라 조선법의 전통을 살린 큰 업적이 되는 것입니다. 이와 같은 사실들은 마땅히 조정에 보고해야 될 일인바, 저로서는 성심으로 치하를 드려 마지않습니다.

다만 좋은 방안들이 제기되었지만 자재를 보장하기가 어려운 형편이고 보니 묘당(廟堂)으로부터도 어떤 대책을 강구하여 주지 못한다면 장차 이 일을 어떻게 하는 것이 좋겠습니까? 내 의견으로는 전선(戰船)은 그 구조가 너무 커서 사용하기가 어려울 것 같으나 병선(兵船) 이하는 민간에 내어주어 항시로 사용하도록 하는 것이 좋을 듯합니다. 다만 그 주행 거리를 제한하여 북쪽으로는 한강 계선을 넘지 못하게 하고, 동쪽으로는 창원(昌原) 계선을, 남쪽으로는 흑산도 및 추자도 지구를 벗어나지 않게 한다면 일조에 긴급한 일이 있더라도 즉시 배들을 집결시킬 수 있을 것입니다. 이와 같은 방법으로 배를 계속 사용하게 하면 흐르는 물은 썩지 않고 문 돌쩌귀는 녹슬지 않는다는 옛말과도 같이 선체도 썩지 않고 부속 시설들도 활용하기 쉬워서 급한 경우에 운전하기 편리할 것입니다.

그런데 현재와 같이 국가에 일이 없다고 하여 수많은 병선들을 흙탕물 속에 내버려두었다가 그 선체가 상하거나 구조가 허물어진 뒤에는 아무리 나라에 급한 일이 있더라도 제때에 효과적으로 사용하기 어려울 것입니다. 병선은 그 구조에 총구멍의 장치들이 있어서 일반 선박과는 다르지만, 해안 지방의 선부들에게 문의한즉 모두 사용할 수 있다고 하니 만일 병선들을 민간에 빌려줄 것을 허락만 한다면 각지 수영2)들도 적지 않은 재정 절약을 볼 것입니다. 이 문제에 대하여 서울 조정에 제의하여 보는 것이 어떻겠는지요? 도리어 부당한 견해라고 힐책이나 받지 않겠는지 짐작하기 어려운 문제입니다.

---

1) 조운선(漕運船)―국가의 양곡·화물을 운반하는 배.
2) 수영(水營)―수군절도사의 본영.

答李節度民秀

一

船底踏輪之制 古人已食其效 况我東船制鈍重 若無風輪 無以爲
急疾之機 趨利辟害之際 瞬息是爭 則此法在所必講 且油灰艙縫之
法 無論漕船商船 皆當爲之 執事先試此二法 己製二船 皆有成而無
敗 其於報國恩 而繩祖武 兩盡其分 欽歎不能盡諭 此事不可不狀聞
但樣子雖存 物力難辨 廟堂恐無措畫 然則 狀啓結辭甚難 果何以爲
計耶 愚則意戰船甚大 雖難使用 兵船以下 許民使用 但恨其程道
北不過京江 東不過昌原 南不過黑山楸子 則設有警急 豈不能 聞變
則回耶 流水不腐 戶樞不蠹 常時使用 則臨急可以運行 今乃閣置
於泥汉之中 使其筋絡解緩 一朝推而出之 病敗百出 將安用之 其樓
版銃穴 雖制度有別 問諸浦民 皆云使用有術 此物若許民使用 則諸
凡水營財力 亦必稍紓矣 此事未可狀請耶 抑將 以迂濶見笑耶 誠所
未曉

②

> ──선륜(船輪)에 대하여 나도 같은 의견입니다. 그것은 실
> 감는 자새 바퀴만하다고 〈기기도설(奇器圖說)〉에서 보
> 았는데 다른 책에도 그렇게 되어 있고 김비장도 그만 하
> 면 된다고 하였습니다.

당신이 말해 온 선륜(船輪)의 제조법에 대해서는 나의 견해도 역시 그
러하였습니다. 내가 일찍이 내각¹⁾에 소장되어 있던 〈기기도설(奇器圖

---

1) 내각(內閣)─규장각을 말함.

說)〉[2]을 본 적이 있는데 거기에는 물을 저어 굴러가는 바퀴의 크기가 실 감는 자새만하다고 하였습니다. 그런데 마침 이곳에서도 한 책을 얻어 보았는데, 그 중 전마(轉磨) 제6도에는 바퀴의 모양이 꼭 실 감는 자새 같은 그림으로 되어 있으므로 이를 김비장[3]에게 보였더니 그도 역시 이 와 같은 바퀴를 사용한다면 힘차게 물을 저을 듯하다고 하였습니다. 이 도본을 참작하여 다음과 같이 제작하면 어떨까 합니다.

먼저 축을 뱃전으로부터 뱃기둥(배 한가운데 세운 기둥)을 꿰뚫게 하 고 그 양쪽에다가 '十'자형으로 된 살대를 둘씩 가설합니다. 살대는 '十' 자형으로 되었기 때문에 그 가지가 넷인데, 살대마다 둥근 바퀴를 끼우 고, 또는 이 바퀴에 의거하여 그 두 살대의 가지와 가지의 사이 및 두 살대의 가지와 다음 가지의 중간에 가름대를 건너지르면 곧 여덟 개의 가름대가 가설됩니다. 이리하여 둥근 사닥다리처럼 생긴 여덟 개의 가름 대를 발로 디디어서 물을 저어 넘기게 하는 것입니다. 또 한 가지 방법은 양쪽 살대의 가지에 직접 가름대를 대고(바퀴는 끼우지 않는다) 거기에 얇은 나무 판자를 붙여 군인들로 하여금 가름대를 디디어 물을 젓게 하 여도 될 것입니다. 다만 작은 배는 이와 같이 할 수 있을 것이나 큰 배는 앞의 방법을 적용하여야 될 것입니다. 또한 이와 그 가름대를 뱃전으로 부터 뱃기둥을 꿰뚫게 하는 바에는 그 뱃전과 기둥 사이에 '十'자 쐐기를 가설하여(가름대를 붙여서) 힘센 장정들로 하여금 그 쐐기를 잡아 돌리 면 뱃전 밖에서 바퀴를 디디는 힘을 도울 수 있을 것이며, 따라서 배가 보다 더 빠르게 달릴 수 있을 것입니다. 아울러 생각하시면 어떠하실런 지요?

二

來論船輪之制 茅志所圖 雖如許(鄙人)嘗見 內閣所藏奇器圖說 凡

---

2) 기기도설(奇器圖說)-각종 기계에 대한 도안과 해설문이 기록되어 있는 책. 전출 10. 발(跋)의 (7) 참조.
3) 김비장(金裨將)-절도사의 부하 장병.

踏轉之輪 其形多 如收絲簍子 此中偶有一冊 其中轉磨 第六圖 其
踏輪政 如收簍子 故出示金神 金神亦曰 輪形如此 則其激水 似益
有力 此則量宜改造 未爲不可 試詳論如左 先作一橫軸 其內頭貫之
於舷版 以達立柱(船內有立柱) 乃於軸身左右交 插十字之輻 十字則
其輻 四條也 於其四輻 施以鼓輪 兩輻之間及 兩輻之交 皆作踏梯
則其梯爲八也 旣有八梯 則遞踏遞轉 可以激水 又或左右兩幅 施以
橫框 乃設薄板 令軍士直踏橫框 亦可激水 但小船小輪 可以如此
大船大輪 宜用上法 又其軸之一頭 旣由舷孔 貫於立柱 則舷柱之間
又設十字交楔 令健夫踞坐船中 執其楔而轉其軸 則舷外蹋輪者 可
以省力 其激水尤迅矣 並入商量如何

③

> ― 배의 추진기인 실감는 자새 같은 기구를 다는 데는 배안
> 에서 조작할 수 있는 가로지름대를 설치해야 좋을 것이
> 며 그 이치는 씨아[攪子], 즉 박면기(剝綿機)의 '十'자
> 바퀴 원리가 좋겠습니다.

다시 생각하건대 뱃전 밖에 방패(防牌)를 가설한다 하더라도 바퀴를
디디는 사람이 바로 바닷물 위에서 젓기 때문에 조심스럽기 짝이 없어서
그 바퀴를 디디기보다는 자기의 몸을 의지하는 데 더 정신이 쓰이게 될
것은 당연한 사실입니다. 나의 의견으로는 그 물을 젓기 위한 바퀴는 다
만 실자새[絲簍子]와 같이 만들고 그 가로지름대[橫框]에는 쇠가죽을
대되(얇은 판자를 붙이는 대신에) 가지가 넷으로만 되게 하고('十'자 살
대의 가지가 곧 넷이다) 뱃전과 뱃기둥 사이에 있는 가름대에 둥근 바퀴
를 끼우고 디디기 위한 가로장은 8개 또는 12개 혹은 16개(배의 대소에
따라) 정도로 만들고 그 위쪽에 또 가름대를 가설하여 손잡이를 만드는
것입니다. 그리하여 건장한 군인 2명, 혹은 4명(배와 바퀴의 대소에 따

라)으로 하여금 둥근 사닥다리형으로 된 바퀴를 디디어서 돌리면 뱃전 밖에 가설된 자새가 따라서 같이 돌 것입니다. 이렇게 되면 아무리 강한 적의 탄환이나 화살이라도 배 안에는 들어오지 못할 것입니다. 설사 방패가 없더라도 배 안에서 자유롭게 바퀴를 디뎌서 돌릴 수 있을 것입니다. 그리고 또 뱃기둥 옆 가름대의 머리 쪽에 씨아[攪子], 즉 박면기[剝綿攪車]의 '十'자 바퀴와 같은 바퀴를 더 가설하면 한층 더 빠르게 운전할 수 있을 것입니다. 그러나 이렇게까지는 하지 않아도 되리라고 생각합니다. 두루 참고하여 연구하여 주시기 바랍니다.

三

竊又思之 舷外雖有防牌 踏輪之人 直臨碧海 其心戰栗 用力在攀 其踏難猛 此必然之理也 愚意激水之輪 只如收絲籰子 而其橫框蒙之以 牛皮(不必用薄板) 但作四脊(十字輻自爲四脊) 乃於船內舷 與立柱之間 安一鼓輪 其踏梯爲八脊 或爲十二脊 或爲十六脊(隨船之大小) 上設橫梁 以資攀援 乃令健卒 二人或四人(隨輪之大小) 踏梯以轉輪 則舷外籰輪 自亦隨轉 其激水 必迅猛有力 賊之丸箭 難及舷内 雖無防牌 可以放心 脚下不臨碧海 可以壯膽 其踏必有力矣 若於立柱之外 當其軸頭 又設十字風輪 如剝棉攪車之制 則其運轉益迅 然何必至此 第亹商量焉(啓草則只依原本用之 若蒙許施 則當其直造之時 議用右法未晩 姑不必備言矣)

(5) 두 아들에게 보내는 편지(寄二兒) 임술(1802)

> ── 작품을 쓰려면 먼저 경서를 읽고 학식의 기초를 쌓은 다음 자기 나라 역사나 문헌을 읽고 안목을 넓힌 뒤에 써야 한다.

(전략) 요즘 어떤 소년들은 원(元)나라·명(明)나라 시대의 경망한 문

인들의 시고 차고 뾰죽하며 부스러진 문체를 모방하여 절구(絶句)나 단율(短律)을 지으면서 속으로는 저 혼자 이 세상에서 가장 뛰어난 작가인 것처럼 자부한다.

그들은 멋없이 거들거리면서 거만을 떨뿐만 아니라 고대나 지금의 것은 모조리 보잘것없는 것으로 쓸어버리려고 한다. 나는 이들을 항상 안타깝게 여긴다.

작품을 쓰려면 반드시 먼저 경서를 읽어 학식의 기초를 쌓은 뒤에 과거의 역사 문헌들을 섭렵하여 치란흥망의 원인을 알아내며, 또는 실천적인 이론을 연구하고 선배들의 경제에 관한 저서를 읽을 것이다. 이리하여 자기 마음이 언제나 백성들에게 혜택을 끼치며 만물을 보호 발육하려는 사상을 가져야만 바야흐로 글 읽는 학자가 될 것이다.

이와 같이 된 연후에 혹은 꽃핀 아침, 밝은 저녁과 무르녹는 그늘이나 보슬비 내리는 때를 당하면 그 속에 서려 있던 감흥이 격동하며 표연한 시상이 떠올라 자연스럽게 노래하고 자연스럽게 이루어져 음조와 선율이 유창하게 발현될 것이다. 이것이 이 시가(詩家)의 생동한 경지이다.

너희들은 나의 말을 우활하다고 하지 말라.

수십년 내로 일종의 괴이한 이론들이 유행되고 있다. 그 논자들은 우리나라 문학을 덮어놓고 배척한다. 무릇 선배들의 문집에 대하여 처음부터 눈 주어 보려고 하지 않으니 이것이 큰 병통이다. 사대부의 자식들이 자기 나라의 고전들을 알지 못하고 선배들의 이론에 익지 못하다면 제 아무리 학문이 고금을 관통한다 하더라도 이는 한갓 무지를 면하지 못할 것이다. 다만 시집들부터 먼저 보려고 하지 말고 상소문·차자·묘비문·서간문 들에서 그 안목을 넓히도록 할 것이다. 또《아주잡록(鵝洲雜錄)》《반지만록(盤池漫錄)》《청야만집(靑野謾輯)》들과 같은 여러 문헌들도 널리 구하여 두루 읽어야 한다. (하략)

(이 편지글 중에서 문장에 관한 부분만 뽑았다)

寄二兒　壬戌

(前略) 近一二少年 取元明間 輕佻妄客 酸寒尖碎之詞 摹擬爲絶
句短律 竊竊然自負 其爲超世文章 傲睨貶薄 欲掃蕩今古 吾嘗愍之
必先以經學 立著基址 然後涉獵前吏 知其得失 理亂之源 又須留心
實用之學 樂觀古人 經濟文字 此心常存澤萬民 育萬物底意思 然後
方做得讀書君子 如是然後 或遇煙朝月夕濃陰小雨 勃然意觸 飄然
思至 自然而詠 自然而成 天籟瀏然 此是詩家活潑門地 勿以我迂也
數十年來 怪有一種議論 盛斥東方文學 凡先獻文集 至不欲寓目 此
大病痛 士大夫子弟 不識國朝故事 不見先輩議論 雖其學 貫穿今古
自是鹵莽 但詩集不須急看 而疏箚墓文書牘之屬 須廣其眼目 又如
鵝洲雜錄 盤池漫錄 靑野謾輯等書 不可不廣搜博觀也 (下略)

(6) 큰아들 학연(學淵)에게 써 보낸다(寄淵兒)　무진(1808) 겨울

> ― 시를 쓰려면 의지가 확립되고, 학식이 순정하며 큰 도를
> 알아서 임금의 잘못을 바로잡고, 백성을 이롭게 하는 마
> 음이 있어야 하며, 특히 우리나라 문헌을 읽고, 고사를
> 인용하라.

전번에 성수(醒叟)의 시를 읽었다. 그 애가 네 시를 논평한 내용은 모
두 네 시의 결점을 정확하게 비판한 것이라고 생각한다. 너는 깊이 명심
해야 할 것이다.

그런데 그 자신이 지은 시들은 비록 아름답기는 하나 나로서는 좋아하
는 시체가 아니다. 후세의 시들은 마땅히 두보(杜甫)를 공자처럼 여겨야
할 것이다.

대체로 두보의 시가 모든 시인들의 시보다도 으뜸인 점은 《시경(詩

經)》3백 편의 유지(遺志)를 잘 계승하였기 때문이다. 3백 편은 모두가 충신·효자·열부·친우들의 측달 충후한 사상의 표현이다.

임금을 사랑하고 나라를 걱정하지 않은 것은 시가 아니며, 어지러운 시국을 아파하여 퇴폐한 습속을 통분히 여기지 않은 것은 시가 아니며, 진실을 찬미하고 허위를 풍자하며 선을 전하고 악을 징계하는 사상이 없으면 시가 아니다.

그러므로 의지가 확립되지 못하고 학식이 순정하지 못하며 큰 도를 알지 못하고 임금의 잘못을 바로잡으며 백성을 이롭게 하려는 마음이 없는 자가 시를 지을 수 없다.

너는 이것에 힘쓸지어다. 두보의 시는 전고들을 쓰되 그 흔적이 없어서 얼른 보아 자기가 만들어낸 말인 듯하나 자세히 살펴보면 모두 출처가 있으니 이것이 시성(詩聖)이라는 칭호를 받게 된 까닭이다. 한퇴지(韓退之)의 시는 자구가 모두 출처가 있으되 시어는 자기 창작이 많으나, 이로 하여 시인으로서 대현(大賢)인 것이며, 소자첨(蘇子瞻)의 시는 구절마다 고사를 쓰되 흔적이 나타나며 얼른 보아서는 뜻을 알 수 없기 때문에 반드시 두루 고전을 상고하여 그 출처를 캐어본 뒤에야 겨우 그 의미가 통하게 된다. 이로 인하여 그가 시인으로서 박사(博士)라는 말을 듣는 것이다.

소자첨의 시는 우리 3부자의 재간으로써 종신토록 전공해야만 비로소 비슷하게 모방할 수 있을 것이다.

사람이 이 세상에 나서 할 일이 하도 많은데 어찌 이런 노릇을 할 수 있겠느냐.

그런데 시를 쓰면서 전연 고사나 전고를 사용하지 않고 다만 바람이나 달을 읊으며 바둑이나 술을 노래하여 겨우 운자나 다는 것은 서너 집 되는 촌의 고루한 훈장들이나 하는 일이다. 이로부터 너는 시를 쓰면서 고사를 잘 사용하는 데 위주하도록 할 것이다. 그러나 우리나라 사람들은 얼핏 보면 중국의 고사만을 사용하니 이 역시 비루한 문풍이다. 응당 《삼국사기》《고려사》《국조보감》《여지승람》《징비록》《연려실기술》및 기타 우리나라 저작들에서 그 고사를 채취하며 해당 지방의 현실을 연구하여 시에 들어가야만 바야흐로 세상에 이름을 남기며 후배들에게 전수할 수 있을 것이다.

유혜풍(柳惠風)의 〈십육국회고시(十六國懷古詩)〉가 중국 사람들이 간행한 바가 된 것도 이를 실증하여 준다. 〈동사즐본(東事櫛本)〉이 이런 필요로 만든 책인데 아마 대연이 너에게 빌려줄 리가 없을 터이니 너는 〈십칠사〉의 〈동이전(東夷傳)〉 가운데서 좋은 고사들을 채취하여 활용하여 볼 것이다.

寄淵兒　戊辰冬

(前略) 向來醒叟之詩見之矣 其論汝詩 切切中病 汝當服膺 其所自作者雖佳 亦非吾所好也 後世詩律 當以杜工部 爲孔子 蓋其詩之所以冠冕百家者 以得三百篇遺意也 三百篇者 皆忠臣孝子烈婦良友惻怛忠厚之發 不愛君憂國 非詩也 不傷時憤俗 非詩也 非有美刺勸懲之義 非詩也 故志不立 學不醇 不聞大道 不能有致君澤民之心者 不能作詩 汝其勉之 杜詩用事無跡 看來如自作 細察皆有本(有出處) 所以爲聖 韓退之詩 字法皆有所本(有出處) 句語多其自作 所以爲大賢也 蘇子瞻詩 句句用事 而有痕有跡 瞥看不曉意味 必也左考右檢 採其根本 然後僅通其義 所以爲博士也 乃此蘇詩 以吾三父子之才 須終身專工 方得刻鵠 人生此世 可爲者多 何可爲此乎 然全不用事 吟風詠月 譚菜說酒 苟能押韻者 此三家村裏村夫子之詩也 此後所作 須以用事爲主 雖然我邦之人 動用中國之事 亦是陋品 須取三國史 高麗史 國朝寶鑑 輿地勝覽 懲毖錄 燃藜述(李道甫所輯) 及他東方文字 採其事實 考其地方 入於詩用 然後方可以名世 而傳後 柳惠風 十六國懷古詩 爲中國人所刻 此可驗也 東事櫛本爲此設 今大淵無借汝之理 十七史東夷傳中 必抄採名跡 乃可用也

15. 설(說)

이 설(說)은 정다산의 문(文) 중에 들어 있는 과학의 논설이다. 다산은
설과 저술 등을 통해서 광범한 과학 논설문을 썼다. 광학(光學)·역학(力
學)·화학 및 지구과학·의학 등 실로 천재적인 과학적 발명 지혜로써
주로 국리민복(國利民福)의 정신과 이용후생(利用厚生)의 이념으로 관
찰하고 고안(考案)하고 그것을 문학성있게 서술하였다.

본저는 정다산의 경세제민(經世濟民)의 시·문을 대상으로 연구한 저
술이어서 설(說)은 문학작품의 범주에는 들지 않지만 다산 문학 연구에
있어서 경세제민 정신을 논의하는 데는 또한 중요한 논설이라 생각하고
그 많은 논설 중에서 다음 세 편만 보기삼아 거론하여 '시·문선'의 말미
에 붙여둔다.

(1) 캄캄한 방에서 그림보는 기구 이론(漆室觀畵圖說)

> ― 이는 사진기의 이론이다. 초등학생들에게 사진기의 원리
> 를 가르칠 때 검은 마분지로 네모통이를 만들어 바늘구
> 멍을 뚫고 바깥 경치를 보게 한 것은 20세기의 일이나
> 정다산은 18세기 말에 이 원리를 고안·설명하고 있다.

집을 산과 호수 사이에 지으니 여울과 산봉우리의 아름다움이 좌우에
비쳐들고 죽수화석(竹樹花石)은 떨기떨기 쌓였으며 누각(樓閣)의 담장과
울이 죽죽 뻗어 있다. 이에 청명하고 좋은 날을 가려 방에 들어가 외부의
밝음을 받아들일 수 있는 모든 창과 출입구를 다 막아 방안을 칠흑같이
하되, 오직 한 구멍만 남겨 화경(火鏡)인 애체1)를 그 구멍에 안정시킨다.

그리고는 눈처럼 하얀 종이판을 애체와 두어 자 거리에(애체에 따라 거리를 조정한다) 받아서 비추게 하면, 여울과 산봉우리의 아름다움, 또는 죽수화석(竹樹花石)이 떨기져 쌓인 것과 담장과 울이 죽죽 뻗어 있는 것이 모두 판지 위에 반사되어 짙고 옅은 청록색과 성긴 가지와 조밀한 잎의 형태와 색깔이 천연 그대로 선명하고 위치가 정연한 한 폭의 천연적인 그림이 되어, 섬세하기가 실오라기나 머리털 같아 고개지(顧凱之)·육탐미(陸探微)로도 그려낼 수 없을 것이니, 아마도 천하의 기관(奇觀)일 것이다. 애석한 것은 바람받은 나뭇가지가 움직이는 것을 묘사하기 어려운 것이다. 그러나 사물의 형체가 거꾸로 되었으므로 황홀한 감상이 든다. 지금 어떤 사람이 조금도 틀리지 않은 초상화를 그리려 한다면 이밖에 다시 좋은 방법이 없을 것이다. 그러나 뜰에 단좌(端坐)하여 마치 이소인(泥塑人 : 흙으로 빚어서 만든 사람 모양)같이 할 수 있는 자가 아니면 묘사하기 어려움이 바람에 흔들리는 나뭇가지와 다를 바 없으리라.(그림 부전)

漆室觀畵圖說

室於湖山之間 有洲渚巖巒之麗 映帶左右 而竹樹花石叢疊焉 樓閣藩籬 邐迤焉 於是選晴好之日 閉之室 凡牕櫳牖戶之有可以納外明者 皆塞之 令室中如漆 唯留一竅 取靉靆一隻 安於竅 於是取紙版雪澄者 離靉靆數尺 隨靉靆之平突 其距度不同 而受之映 於是洲渚巖巒之麗 與夫竹樹花石之叢疊 樓閣藩籬之邐迤者 皆來落版上 深靑淺綠 如其色 疎柯密葉 如其形 間架昭森 位置齊整 天成一幅 細如絲髮 遂非顧陸之所能爲 蓋天下之奇觀也 所嗟 風梢活動 描寫崎艱也 物形倒植 覽賞恍忽也 今有人欲謀寫眞 而求一髮之不差 捨此再無良法 雖然 不儼然端坐於庭心如泥塑人者 其描寫之艱 不異風梢也

---

1) 정다산의 설(說) 중에 '애체출화도설'(靉靆出火圖說) 즉 화경(火鏡)을 태양빛에 대면 그 초점에서 불이 난다는 이론인데 화경이란 볼록렌즈이며, 우리들도 볼록렌즈로 검은 종이에 대고 태양볕에 불타게 한다.

(2) 눈을 매달아놓고 보는 기구 이론(懸眼圖說)

> ── 잠망경은 물속에서 밖을 보는 장치이지만 성(城) 안에
> 서 적정(敵情)을 살피려면 머리를 노출시킬 수 없으니
> 눈을 성벽 위에 높이 매달고 보는 것이 이롭다는 것이
> 다. 잠겨서 보는 잠망경과는 달리 높이 매달아놓고 보는
> '눈'이 다르다. 이상 두 편은 정다산의 광학(光學)의 논
> 설이다.

현안이란 적을 감시하기 위해 만든 성에 부속된 장치입니다. 그 제도
는 타안(垜眼 : 타에 뚫어놓은 구멍)의 시초(始初)에 불과하지만, 그 쓰임
새는 매우 긴요합니다. 《석명(釋名)》에,

  "성 위의 담장을 비예(睥睨)라 하는데, 구멍을 통해서 비상(非常) 사
  태를 살피는 것을 말한다."

라고 하였는데, 비예란 즉 지금의 여장(女墻)이고, 거기의 구멍은 즉 타
안입니다. 타(垜) 즉 성가퀴 하나에 세 개씩의 구멍을 뚫습니다. 그 구멍
의 형세는 똑바로 뚫기도 하고, 아래쪽으로 비스듬히 기울게 뚫기도 하
는데, 똑바로 뚫린 구멍으로는 먼곳을 바라볼 수만 있고, 비스듬히 뚫린
구멍으로는 역시 몇 십보(十步)의 바깥쪽만을 볼 수 있습니다. 때문에
여곤(呂坤)은,

  "타(垜)에 타안을 만들어 사용하지 않으면 적병을 감시할 수가 없다."

고 하였습니다. 대개 눈으로 보는 시각(視角)은 곧바로만 볼 수 있고 휘
어서 볼 수가 없는 것인데, 하물며 타안을 따라 적병을 보는 것은 마치
유리관을 통해서 달[月]을 보는 것과 같습니다. 그래서 사람의 눈과 유
리관과 달이 모두 나란히 일직선으로 된 뒤에야 겨우 볼 수 있는 것이니,
타안으로 두루두루 볼 수 있겠습니까. 더구나 적병이 성벽 밑에 바짝 붙
어서 괭이나 가래를 가지고 성벽 아래의 못을 메우거나, 구멍을 뚫어서
성벽을 헐거나, 또는 피거(皮車 : 가죽수레)·운제(雲梯 : 사다리) 등을

사용하여 호(壕)를 메워 성을 올라와도 아군(我軍)은 이미 아래를 내려
다보지 못하니, 어찌 방어할 수 있겠습니까. 또 타구에 서서 방어하려고
하나, 적병들의 많은 총과 활이, 아군들이 머리나 손을 내밀기만을 엿보
고 있습니다. 이러한 까닭에서 현안(懸眼)이 만들어지게 되는 것입니다.

그 방법은, 타(垛)마다 가장 중심 부분에 성의 평면으로부터 구멍을
뚫는데, 크기에 알맞게 벽돌을 구워서 쌓되 점점 밑으로 내려가면서 층
계를 이루며 좁아지게 쌓아, 적병이 성벽 아래에 이르면 빠짐없이 단번
에 발견할 수 있을 뿐 아니라, 화살·돌·총 등을 모두 이용하여 공격할
수 있으니, 참으로 좋은 방법입니다. 여곤이 말한 천정(天井)의 제도도
자못 이 제도와 같은데 그의 설명에 따르면 이러합니다.

"타구(垛口)가 있는 여장(女墻)의 밑부분에 천정(天井) 한 개를 만드
는데, 한눈에 곧바로 성벽의 아래쪽을 내려다 볼 수 있고, 창(槍)을 사
용하여 적병을 막을 수도 있으며, 적병이 성벽을 넘어올 경우에는 제
일 먼저 이 천정에 발이 빠지게 된다. 이 구멍은 평소에는 물이 흘러
빠지는 배수구(排水口)로만 사용하기 때문에 덮개를 만들어서 아군들
의 빠짐을 예방한다."(성은 본래 양편으로 쌓아 올리기 때문에 비가
오면 당연히 빠지는 곳이 필요하므로 물이 흐르게 한다고 하였다)

이제 모든 제도를 참고해서 현안을 만드는데, 성의 치(雉)가 서로 마
주보게 되어 있어서 탄환이나 화살이 서로 미칠 수 있으므로 타면(垛面)
이 비록 드물게 있으나, 적병이 감히 성벽 밑으로 가까이 접근하지 못할
것입니다. 유성룡이,

"포루(砲樓)가 하나 있으면 현안이 필요하지 않다."
고 한 것은 바로 이 때문입니다. 지금은 옹성과 여러 치의 성벽 전면
(前面)에만 각각 몇 개씩의 현안을 두었으니, 그 제도는 아래 그림에
자세합니다.(그림 부전)

懸眼圖說

懸眼 所以視賊之附城也 其制不過垛眼之濫觴 然爲用滋切爾 釋

名曰城上垣 謂之睥睨 言於孔中睥睨非常也 睥睨 卽今之女墻 而其
孔卽垛眼 垛眼 每一垛三眼 然眼勢或平或陂 平者只可遠 遠瞭望
其陂者 亦唯察數十步以外 故呂坤以爲垛 不用眼 無賴窺賊 蓋凡目
道所及 有直無迂 而况從垛眼視賊 譬如從玻瓈窺月必也 人目與玻
瓈 與月連成三直 然後方免違避 則垛眼所視 庸詎周乎 况賊密附城
根 或用钁錐 畚梁鑿穴壞城 或用皮車雲梯 塡壕登城 我軍旣未下視
安能防禦 欲立垛口 則賊又叢銃與矢 伺我伸頸出手 此懸眼之所以
作也 其法每垛當中 自城面平爲孔 照號燒磚 層累彎縮 賊到城下
一見無遺 矢石銃桶 無所不施 固爲美矣 而呂坤天井之制 亦頗類是
其說以爲 垛口墻根 留天井一箇 一眼直看城根 可容使槍噴糞 賊卽
上城先投井中 此眼平日 但可流水留蓋門扇 防我失脚 城本夾築城上
値雨 水宜有洩 故云流水也 今參考諸制 令作懸眼 然兩雉相對 丸矢互
及 則垛面雖疎 賊不敢附 柳成龍所謂一置砲樓 不須懸眼者此也 故
今但於甕城 及諸雉城 前面各置眼幾箇 制詳下圖

(3) 기중기에 대한 이론(起重圖說)

> ── 정다산의 기중기에 대한 이론과 실제 활용에 대한 업적
> 은 너무 유명하다. 활차를 이용하여 작은 힘으로 무거운
> 것을 들어올리는 이론과 실제 생활은 너무도 절실했던
> 당시의 몽매한 상황이었다. 그러나 다산은 이를 이용하
> 여 수원성을 쌓고 국고금 4만냥을 절약해서 정조의 칭
> 찬을 받았다.

성(城)은 돌로 쌓는 것이기에 돌만이 필요합니다. 그러나 그 돌을 구
하기가 어려운 것이 아니라, 돌을 캐내고 운반하는 데 진실로 힘이 들고
경비가 많이 듭니다. 그것은, 무거워 밑으로 떨어지려는 성질을 가진 돌
을, 억지로 들어서 높게 올리려는 때문입니다.

옛날 주(周)나라가 강성했을 때 무왕(武王)이 구정(九鼎)을 낙읍(雒邑)에다 옮기고, 선왕(宣王)이 석고(石鼓)를 봉상(鳳翔)에다 세웠습니다. 이 두 물건은 비할 데 없이 무거운 것들인데, 무왕이나 선왕의 어질고 또 슬기로움으로써 어찌 백성의 어깨에 땀이 배게 하고, 백성의 종지뼈가 끊어지도록 하고, 구부(九府)의 재물을 다 소비해 가면서 그러한 일을 했겠습니까? 《예기(禮記)》에,

"무거운 솥[鼎]을 움직이는 데 그 힘을 헤아리지 않는다."

라고 하였는데, 아마 꼭 그러하지만은 않은 듯합니다. 옛 성인(聖人)들은 소리개의 꼬리를 보고 배를 만들었고, 쑥대[蓬]가 날고 송곳[髝] 자루가 돌아가는 것을 보고 수레를 만들었으니, 그것을 볼 때, 반드시 기구를 만들어 편리하게 사용토록 하여 뒷세상까지 그 은혜로움을 남겼을 터이나, 지금까지 전해온 것이 없으니 애석한 일입니다. 응소(應劭)가,

"태산(泰山)에 무제(武帝) 때의 돌이 있는데 다섯 대의 수레로도 실을 수가 없어서, 그대로 두고 집을 지었다."

라고 한 것을 보면, 서경(西京) 시대 이후로 이미 기구를 사용했던 것이 아닌가 여겨집니다. 이제 그 전해 남은 것은, 뱃사람들만이 쓰는 활차(滑車)가 그것입니다. 대개 돛은 무겁고 돛대는 높아서 몇 사람이 일으켜 세우는데, 장대의 끝에 있는 활차가 돌아서 힘을 덜어주지 않는다면, 어찌 중간에 그치거나 꺾임을 면할 수 있겠습니까. 이제 옛사람들이 남긴 뜻을 취하고 새로운 제도를 참고해서, 기중소가(起重小架)를 만들어 수원성(水原城)을 쌓는 데 사용토록 하였습니다. 이는 비록 천정(千鼎 : 천개의 솥, 즉 무겁고 큰 것을 말함)에 한 조각 쇠붙이이며, 아홉 마리 표범의 반점(斑點) 중에서 하나의 반점에 지나지 않지만 그러나 오히려 기계의 성능이 신묘하고 쓰임이 민첩하여, 어리석은 사람이 보면 깜짝 놀라고, 지혜있는 사람도 보면 혹할 만합니다. 심지어는 성문 양편에 세우는 돌(속칭 懸端石이라고 한다)의 무게가 수만 근씩이나 되어 천명(千名)의 힘으로도 움직이지 못하고, 백 마리의 소로도 끌지 못합니다. 이것을 두 사람이 도르래의 손잡이를 잡으면, 번거롭게 힘쓰는 소리를 할 필

요도 없이 한 개의 깃털을 들어올리듯 공중에 들어올리게 되니, 힘겨워 숨이 찰 걱정도 없을 뿐 아니라 나라의 재산도 절약되니, 그 이익됨이 또한 크고 많다고 하지 않을 수 있겠습니까. 그렇다고 해서 그 기계를 만드는 데 그다지 복잡하고 어려운 것도 아닙니다. 약간의 공력(工力)만 들여서 도르래를 만들어 서로 통하고 서로 이끌게 만들면, 조그만 어린아이의 한 팔 힘으로도 여러 만근(萬斤)의 무게를 들어올릴 수 있으니, 절대로 보통의 생각으로는 헤아릴 수조차 없는 일입니다.

그러나 수원성의 역사(役事)는 작고 물건도 가벼우니, 어찌 꼭 그런 기계를 사용할 필요가 있겠습니까. 다만 그 가운데서 가장 간단하고 쉽게 알 수 있는 것을 골라 시험해보겠습니다. 이제 아래에 차례차례 그림을 그려서 설명하겠습니다. 첫 번째는 가(架)이고, 두 번째는 횡량(橫梁)이고, 세 번째는 활차(滑車)이고, 네 번째는 거(簴)인데, 거에는 고륜(鼓輪)과 녹로(轆轤)를 같이 설치해야 완전하게 사용할 수 있습니다.

신(臣)은 삼가 내려준 《기기도설(奇器圖說)》에 실려 있는 기중(起重)의 법(法)들을 살펴보니, 무릇 11조(條)나 되었습니다. 그런데 모두 정밀하지 못하고 다만 제8조·제10조·제11조의 그림만이 자못 정밀하고 신묘하였습니다. 그러나, 제10조의 그림은 모름지기 구리쇠로 만든 나사(螺絲)의 도르래가 있어야 되니 지금 생각해보건대, 비록 나라 안에서 제일가는 기술자라 할지라도 능히 그것을 만들지 못할 뿐더러, 더구나 구리쇠 바퀴에다 톱니를 만드는 것은 어려울 것입니다. 때문에 제8조와 제11조를 취하여 참고해서 변통하여 만들었는데, 아래와 같습니다.

그림 ①과 같이 네 개의 발이 있는 긴 틀[架]입니다. 갑(甲)과 을(乙)이 틀의 들보[梁]이고, 병(丙)·정(丁)·무(戊)·기(己)는 애각(礙角)이라는 것인데, 거(簴)에 설치된 것과 연결된 줄이 밀려서

① 가(架)

벗겨지지 않도록 하기 위한 것입니다. 이 틀의 높이는 쓰임새에 따라서 높이를 더하거나 덜하면 됩니다.

아래 그림 ②와 같이 경(庚)과 신(辛)은 위의 활차(滑車)의 횡량(橫梁)

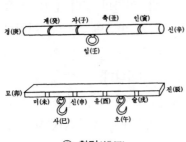

② 횡량(橫梁)

입니다(쇠붙이로 둥글게 만든다). 그 등쪽은 가량(架梁 : 큰 틀의 들보)의 안쪽과 맞닿는 것이고, 임(壬)은 쇠로 만든 고리인데, 밧줄을 꿰어서 드리우는 것입니다. 계(癸)·자(子)·축(丑)·인(寅)은, 활차의 걸고리를 거는 곳인데, 약간씩 가늘게 만들어 걸고리가 안전하게 걸리도록 하고, 조금씩 움직일 수 있는 여유를 주되, 다른 곳으로 넘어가지는 않도록 해야 합니다. ○ 묘(卯)와 진(辰)은 아래 활차를 거는 횡량(橫梁)입니다(나무로 만들되 모[方]가 지게 한다). 사(巳)와 오(午)는 쇠로 만든 갈고리로 무거운 물건을 달아매는 곳이고, 미(未)·신(申)·유(酉)·술(戌)은 활차의 걸고리를 거는 곳으로, 각각 홈을 파서 걸고리가 꼭 맞도록 하여 움직여 딴 곳으로 옮겨가지 못하도록 합니다.

다음 그림 ③의 활차와 같이 둥근 걸고리를 가지고 있는 것이 위쪽 횡량에 거는 활차입니다. 갑(甲)은 바퀴[輪]이고, 을(乙)과 병(丙)은 축(軸)이고, 정(丁)은 둥글게 생긴 걸고리인데 위의 횡량에 매달리는 것으로, 움직일 수 있게 하기 위하여 둥글게 만든 것입니다. ○ 아래쪽에 모가 난 걸고리를 가지고 있는 것이 아래쪽 횡량에 거는 활차입니다. 무(戊)는 바퀴이고, 기(己)와 경(庚)은 축(軸)이고, 신(辛)은 모난 걸고리로서 아래 횡량에 꼭 맞게 고정시키는 것으로 움직이지 못하도록 하기 위하여, 모가 지게 만든 것입니다.

위의 바퀴나 아래의 바퀴나 모두 단단한 나

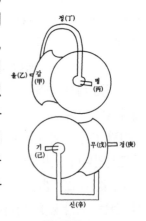

③ 활차(滑車)

무를 사용하여 만드는데, 가운데 허리
부분을 깊게 하여 밧줄이 밖으로 벗
어지지 않도록 합니다. 위의 축(軸)이
나 아래의 축이나 모두 강철로 만드
는데, 모가 지게 만들어서 바퀴와 꼭
맞물리게 하고, 축의 끝머리는 둥글게
하여 잘 돌아가게 합니다.

④의 그림 녹로(轆轤)는 거(簴)의
아래에 가로로 설치되어(거는 아래에
나온다) 고륜(鼓輪)에서 감겨져 오는

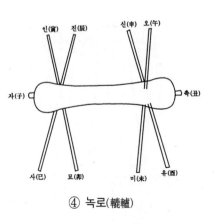

④ 녹로(轆轤)

밧줄을 받아 감는 것입니다(같이 아래에 나온다). 자(子)와 축(丑)은, 녹
로의 축이고(축의 끝머리 부분이다) 인(寅)·묘(卯)·진(辰)·사(巳)의
말뚝과 오(午)의 말뚝은, 녹로의 양편 끝에 있는 십자(十字) 모양의 손잡
이 말뚝인데, 사람이 왼편과 오른편에서 녹로를 돌리고자 하면 각각 십
자로 된 이 손잡이 말뚝을 잡고 돌리면 됩
니다(함께 아래에 보인다).

그림 ⑤와 같이 갑(甲)·을(乙)·병(丙)·
정(丁)이 거(簴)인데, 무(戊)와 기(己)의 양
편에 세우는 기둥은 고륜(鼓輪)을 설치하는
것이고, 경(庚)이 고륜인데, 모양은 요고(腰
鼓 : 허리 부분이 잘록한 장고)와 같으며, 밧
줄을 전달받아서 다시 녹로에 전달해주는 역
할을 합니다. 신(辛)은 고륜의 축인데(축의
한쪽 끝은 가리워져서 보이지 않는다) 두 기
둥 사이에 고륜을 고정시키는 역할을 합니다.
○ 임(壬)과 계(癸)는 녹로의 축인데(이미
앞에서 설명했다) 그 허리 부분은 고륜에서
전달해오는 밧줄을 받아 감는 역할을 하고,

⑤ 거(簴)
고륜(鼓輪)·녹로(轆轤)의
합도(合圖)

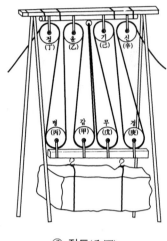

⑥ 전도(全圖)

축(丑)은 이미 감겨진 밧줄입니다. 인(寅)·묘(卯)·진(辰)·사(巳)의 말뚝과 오(午)·미(未)·신(申)·유(酉)의 말뚝은 녹로 양편 머리의 십자(十字) 모양의 손잡이 말뚝으로서 힘을 받는 곳입니다.

○ 술(戌)은 다른 곳에서 밧줄이 오는 것인데 즉 장가(長架)에 설치된 활차로부터 전달되어 온 것입니다(함께 아래에 설명하였다).

○ 거(簴)는 왼편과 오른편에 각각 하나씩이 필요합니다.

이제 크고 무거운 물건을 높이 들어올리려면, ⑥의 그림과 같이 먼저 네 개의 발이 있는 장가(長架)를 세우고, 다음은 위의 횡량을 장가의 아래편에다 붙들어 달고(쇠사슬이나 쇠고리를 사용하여 조립한다) 그 횡량에다 활차 네 개를 매답니다. 다음은 무거운 물건을 매단 아래의 횡량에다 활차 네 개를 움직이지 못하도록 고정시켜 매달되, 위의 활차와 서로 어긋나게 하여, 나란히 마주 쳐다보게 배열되지 않도록 해야 합니다(여덟 개의 줄이 위에서 드리워지는데 그 드리워지는 직선을 따라 활차를 배열하면 된다). 다음은 두 대의 거(簴)를 장가(長架)의 오른편과 왼편에 설치한 다음 밧줄 한 가닥을 위 횡량의 중심에 달린 쇠고리에 걸어서 줄의 끝이 왼편과 오른편으로 향하도록 하는데, 왼편 끝은 갑(甲)의 활차를 거쳐서, 을(乙)·병(丙)·정(丁)의 활차를 지나 왼편에 설치된 고륜으로 전해져 감겨돌아 녹로에 전해지고, 오른편 끝은 무(戊)의 활차를 거쳐 기(己)를 지나 경(庚)을 거쳐 신(辛)을 지나 오른편에 설치되어 있는 거에 이르러 왼편의 예(例)와 같이 합니다. 다음에는 사람이 왼편과 오른편에 있는 녹로의 십자(十字)로 되어 있는 손잡이 막대를 돌리면, 여덟 가닥의 밧줄이 일제히 줄어들면서 무거운 물건을 자동적으로 들어올리게 됩니다.

起重圖說

城以石築 所須唯石 非石之羇 唯起石與運石 洵費力而糜財 以其重
墜之性 强擧之使 高也 昔周之盛 武王遷九鼎于洛邑 宣王樹石鼓于鳳
翔之 二器者 其鉅重無比 彼以其仁且智 將汗民之肩 絶民之臏 竭九
府之財 而爲是哉 禮所云 引重鼎 不程其力者 殆非然矣 古之聖人 觀
鴟尾以造舟 觀飛蓬杚𥇒 以造車 必其有製器便用 以惠來後 而惜乎無
所傳也 應劭言 泰山有武帝時 石五車 不能載 因置爲屋 則西京以來
已弗能然歟 今其遺意 唯舟人之用滑車 因是已 蓋帆重桅高 數夫起之
非有竿頭 滑車圜轉 遞授之力 惡能免礙滯中絶哉 今取古人遺意 參以
新制 製爲起重小架 俾用于城華之役 兹蓋千鼎之一臠 九豹之一斑 然
猶機神用捷 愚駭智惑 至若城門兩旁之石 俗號懸端石 重各數萬斤 千
人之所不能動 百牛之所不能輓者 兩夫操俀 不煩呼邪 擡起半空 如勝
一羽 徒不病喘 帑不損費 其益不亦弘多乎 若更無秘蘊奧 稍費工力
以之爲輪 爲旋使之 相通相撥 卽小孩一腕之力 可起累鉅萬之重 萬萬
非常慮所能測也 然役小物輒何用焉 姑取其粗淺 易知者聊試之矣 兹
開列作圖如左 一曰架 二曰橫梁 三曰滑車 四曰簏 簏安鼓輪轆轤 而
其用全矣

臣謹按 內降奇器圖說所載 起重之法
凡十一條 而皆粗淺 唯第八第十第十一
圖 頗爲精妙 然第十圖 須有銅鐵螺絲
轉 方可爲之 今計雖國工 不能爲銅鐵
螺絲轉 至於銅輪之有齒者 亦必不能
故只取第八第十一 參伍變通 制如左
如上圖 四足形長架 甲乙爲架梁 丙
丁戊己爲礎角 卽簏見下 之所倚 令礙著

架

橫梁　另用聯結　免致挺脫也　架之崇幾丈幾尺　隨所用之高下　增減之

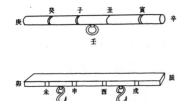

如上圖　庚辛爲上滑車橫梁　用鐵造之而圓　其背將以配架梁之腹者　壬爲鐵環　將以跨垂索條者　癸子丑寅爲鐙痕鐙見下　令各稍瘦以安鐙　略有活動而不至越界也　○卯辰爲下滑車橫梁　用木造之兩方

巳午爲鐵鉤　將以鉗懸重物者　未申酉戌爲鐙跡　令名凹陷　以沒鐙　欲其捧定而不得游移也

如上圖　戴圓鐙者　是上滑車　甲爲輪　乙丙爲軸　丁爲虹鐙　虹鐙　將以貫懸於上橫梁者　欲其活動　故令圓也　○垂方鐙者　是下滑車　戊爲輪　己庚爲軸　辛爲函鐙　函鐙將以絜鎖於下橫梁者　欲其堅持　故令方也　○上下各輪　以堅木爲之　而每腰圍視兩頭稍瘦　令繩索免致外脫　上下各軸　以剛鐵爲之　而每軸身要方　與輪捧合　軸頭要圓　令旋轉也

滑車
上下各圖

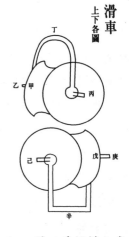

如上圖　轆轤　所以橫設於簾下　簾見下　以受鼓輪所傳

之索條者也　並見下　子丑爲轆轤之書軸頭也　寅卯辰巳之橛　午未申酉之橛　爲轆轤兩端之十字橛　人在左右　欲轉轆轤者　各執十字橛　以轉之也　並見下

轆轤

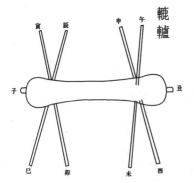

如上圖　甲乙丙丁爲簾　戊己爲兩立柱　所以安鼓輪者也　庚爲鼓輪　形如腰鼓　所以遞受索條　而遞傳于轆

轆者也　辛爲鼓輪之軸　軸之一頭隱兩不現也
所以安鼓輪於立柱者也　○壬癸爲轆轤之耑
已見上　子爲其腰　中細處　所以受鼓輪所傳
之索條者也　丑爲索條之已纏者也　寅卯辰
巳之楲　午未申酉之楲　爲轆轤兩頭之十字
楲　所以受人力者也　○戌爲索條之方來者
卽自長架上滑車而傳來也　並見下　○簾左右
各一

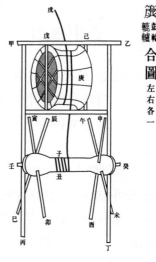

　今有鉅重之物　欲起之使高　先立四足　形
長架　次取上橫梁　仰配架梁　用鐵繩　或用鐵
彎以配之　於橫梁貫懸滑車四具　次取下橫梁

全
圖

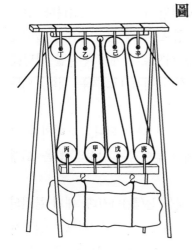

鈎　連重
物於橫梁　絜鎖滑車四具　而排安上
下滑車　令各違避　無作對眼　以八繩皆
直垂成垂線爲度　次取兩簾　倚竪於長
架外左右　次用索一條　跨垂於上橫
梁鐵環　令索兩頭　分向左右　左頭從
甲　滑車轉繞　歷乙歷丙歷丁　至左簾
糾繞鼓輪　傳至轆轤上右頭　從戌滑
車　歷己歷庚歷辛　至右簾如左例　次
用人力轉動　左右轆轤之十字楲　則
八繩齊縮　而重物自起矣

총설(總說)

신(臣)은 삼가 생각건대, 활차를 사용하여 무거운 물건을 움직이는 것이 두 가지의 편리한 점이 있다고 여깁니다. 첫째는 사람의 힘이 덜 든다는 것이고, 둘째는 무거운 물건이 무너지고 떨어지는 위험이 없다는 것입니다.

사람의 힘이 덜 든다는 것에 대하여 논하건대, 무릇 사람이 무거운 것을 들어올리려면, 힘과 무게가 서로 같아야 비로소 들어올릴 수 있는 것이니, 만일 1백 근의 무게라면 반드시 1백 근의 힘이 있어야만이 비로소 당해 낼 수 있는 것입니다. 그러나 지금의 방법으로는 한 대의 활차만을 사용해서도 능히 50근(斤)의 힘으로 1백 근의 무게를 들어올릴 수 있으니, 이는 절반의 힘으로 전체의 무게를 감당할 수 있다는 것입니다. 만일 두 대의 활차를 사용한다면 능히 25근의 힘으로 1백 근의 무게를 들어올릴 수 있으니, 이는 4분의 1밖에 안되는 힘으로 무게의 전체를 감당해 낸다는 것이니, 세 대나 네 대일 때 그 힘이 점점 더해지는 것이, 모두 이와 같은 예(例)입니다.

새로운 바퀴를 더할 때마다 갑절의 힘이 더 나게 되니, 그 이치가 그러합니다. 이제 위아래 여덟 개의 바퀴에서 얻어지는 갑절의 힘은 25배가 되니, 이 또한 굉장한 것입니다.

무거운 물건이 떨어질 위험이 없다는 것을 논(論)하건대, 대개 물건의 무게는 일정하지 아니한 것과는 달리 밧줄의 굵기는 일정하므로 일정한 밧줄로 일정하지 않은 무게를 다룬다면, 그 형세가 오래도록 유지될 수 없습니다. 그러므로 자칫 잘못하여 손을 놓치게 되면, 반드시 무너지고 떨어져 다치게 마련이지만, 지금의 위아래 여덟 개의 바퀴를 쓰는 법을 사용하면, 한 개의 밧줄이 여러번 감겼으나 그 힘이 서로 연결되어 있어, 이 한 가닥의 밧줄로 능히 두 가닥의 밧줄 역할을 해냅니다. 따라서 여덟 개 바퀴 무게의 힘으로 수만 근(斤)의 무게를 들어올리고도 오히려 힘이 남으니, 어찌 무너지고 떨어지는 일이 있겠습니까.

○ 또 무릇 무거운 물건이 아래로 떨어질 때 그 형세의 속도는, 그 무게의 많고 적음에 따라 다르므로 떨어지는 시간이 얼마나 걸리느냐 하는 것은, 그 물건의 무게가 얼마나 되느냐에 달려 있는 것입니다. 물건이 만일 매우 무거울 경우에는, 그 떨어지는 형세가 더욱 급하게 되는 것입니다. 그러나 이제 여덟 개의 바퀴를 사용하는 방법을 이용한다면, 밧줄이 이에 여러번 감겨 있어서 갑자기 풀릴 수 없고, 설사 손을 놓친 경우가 있더라도 반드시 차례대로 천천히 풀리기 때문에 다시 붙들어 구원할 수가 있는 것입니다.

무릇 활차로 매우 무거운 물건을 움직일 때는 반드시 녹로(轆轤)의 틀이 있어야 그 힘을 갑절로 더 낼 수 있습니다. 가령 마주보는 활차가 그 바퀴가 각각 네 개씩이라면 능히 1천 근의 무게를 움직일 수 있지만 만일 거기에다 다시 녹로가(轆轤架)를 더하는데, 녹로가의 손잡이 길이가 녹로가 기둥의 길이와 10분의 1인 비례일 경우에는 40근의 힘으로 2만 5천 근의 무게를 움직일 수 있습니다(十字 모양의 막대를 사용할 때 막대의 길이가 녹로 기둥과의 길이 비율이 이와 같다).

그런 까닭에 녹로가는 활차와 함께 서로 힘을 도와 능히 무거운 물건을 움직일 수 있는 것입니다. 앞에서 거론한 갑절의 힘을 낼 수 있는 비례(比例)에 대해서는 모두 별도의 전문(專門)이 있으므로, 여기서는 다 기록하지 않습니다.

이상의 법은 기중가(起重架)의 법 중에서도 가장 간단하고 보잘것없는 것이나, 인력이 또한 많이 절약됩니다. 만일 큰 바퀴와 작은 바퀴가 서로 맞물려서 서로 이끌고 밀어주는 방법을 사용한다면 천하에 무거운 물건이 없을 것입니다. 더구나 나사가 돌아가면서 서로 밀어주고 끌어주는 방법일 경우에는 역시 어린아이 한 팔의 힘으로도 수만 근의 무게를 움직일 수 있습니다. 그러나 이제 이 성을 쌓는 데 사용되는 석재(石材)는 그다지 크거나 무거운 것들이 아니니, 닭을 잡는 데 굳이 소잡는 칼을 쓸 필요가 없다고 여깁니다.

總　說

臣伏念 用滑車 運動重物 其便有二 省人力一也 重物不致于崩墜
二也 論省人力 蓋凡人之起重 必力與重相等 方得起動 如一百斤之
重 必須一百斤之力 始足以當之 今法止用一具滑車 則能以五十斤
之力 起一百斤之重 此以力之半 抵重之全也 若用二具滑車 則能以
二十五斤之力 起一百斤之重 此以力之四分之一 抵重之全也 三具
四具之遞加其力 皆倣此例 每加新輪遞 加倍力 其理則然也 今此上
下八輪之倍力 爲二十五倍 斯亦雄矣

論重物 不致于崩墜 蓋物之輕重不等 繩之圍径有限 以一定之繩
閱不齊之重 其勢不能持久 偶有脱手 重大之物 必崩墜觸傷 今用上
下八輪之法 則一繩屢纏 其力相連 此一股單繩 能當二股之繩 八重
之力 以起數萬斤之重 而猶有餘力 豈有崩墜之理乎 ○又凡重物之
垂壓向下者 其墜勢之緩急 隨其體重之多少 其時刻之幾何 係乎斤
兩之幾何 物若鉅重 則其墜勢益急 然今用八輪之法 則繩旣屢纏 不
能驟開 設有脱手之患 必有先後漸次之頃 可以扶救也

凡用滑車 運動最重之物 必須轆轤架 所以倍加其力也 假有兩對
之滑車于此 各有四輪 則四十斤之力 能動一千斤之重 若又添轆轤
架而其轆轤 柄于其轆轤 柱之径 爲十與一之比例 則以四十斤之力
能動二萬五千斤之重 用十字梘則梘之長于轆轤柱之径與此同率 故轆轤
架與滑車 互相爲力 所以能起重也 右所論倍力之比例 具有專門 不
具陳也

此法 在起重家最爲粗淺者 然省人力亦多 若用大小輪 相通相撥
之法 則天下無重物矣 至於螺旋轉 彼此相撥之法 亦可使小孩一手
之力 起數萬斤之重 然今此築城 石材無甚重大 割雞無用牛刀也

색 인(索引)

1128

[ㅊ]

圖書出版
明文堂印
版權所有

經世濟民의 혼신
茶山의 詩文 下
-폐허산하 적지천리 백성은 어쩌라고-

初版 印刷 ●	2002年	8月	24日
初版 發行 ●	2002年	8月	30日

著 者 ● 金 智 勇
發行者 ● 金 東 求
發行處 ● 明 文 堂

서울특별시 종로구 안국동 17~8
대체   010041-31-001194
전화   (영) 733-3039, 734-4798
        (편) 733-4748
FAX 734-9209
Homepage www.myungmundang.net
E-mail   om@myungmundang.net
등록   1977. 11. 19. 제1~148호

값 25,000원
ISBN 89-7270-695-7 94810
ISBN 89-7270-054-1 (세트)

中國學 東洋思想文學 代表選集

공자의 생애와 사상 金學主 著 신국판

공자와 맹자의 철학사상 安吉煥 編著 신국판

老子와 道家思想 金學主 著 신국판

自然의 흐름에 거역하지 말라 莊子 安吉煥 編譯 신국판

仁과 中庸이 멀리에만 있는 것이드냐 孔子傳 김전원 編著

백성을 섬기기가 그토록 어렵더냐 孟子傳 安吉煥 編著

영원한 신선들의 이야기 神仙傳 葛洪稚川 著 李民樹 譯

中國現代詩研究 許世旭 著 신국판 양장

白樂天詩研究 金在乘 著 신국판

中國人이 쓴 文學槪論 王夢鷗 著 李章佑 譯

中國詩學 劉若愚 著 李章佑 譯 신국판 양장

中國의 文學理論 劉若愚 著 李章佑 譯

梁啓超 毛以亨 著 宋恒龍 譯 신국판 값 4000원

동양인의 哲學的 思考와 그 삶의 세계 宋恒龍 著

東西洋의 사상과 종교를 찾아서 林語堂 著·金學主 譯

中國의 茶道 金明培 譯著 신국판

老莊의 哲學思想 金星元 編著 신국판

原文對譯 史記列傳精解 司馬遷 著 成元慶 編譯

新譯 史記講讀 司馬遷 著 진기환 譯 신국판

新校譯 淮南子(上中下) 劉安 編著 安吉煥 編譯 신국판

論語新講義 金星元 譯著 신국판 양장

人間孔子 李長之 著 김전원 譯

改訂增補版 新完譯 論語 張基槿 譯著 신국판

中國古典詩人選❶ 改訂增補版 新譯 李太白 張基槿 譯著

中國古典詩人選❷ 改訂增補版 新譯 陶淵明 張基槿 譯著

개정증보판 中國 古代의 歌舞戲 金學主 著 신국판 양장

중국고전희곡선 元雜劇選 (사)한국출판인회의 이달의 책 선정도서(2002. 1·2월호) 金學主 編譯 신국판 양장 값 20,000원

修訂增補 樂府詩選 金學主 著 신국판 양장

修訂新版 漢代의 文人과 詩 金學主 著 신국판 양장

漢代의 文學과 賦 金學主 著 신국판 양장

改訂增補 新譯 陶淵明 金學主 譯 신국판 양장

改訂增補版 新完譯 書經 金學主 譯著 신국판

改訂增補版 新完譯 詩經 金學主 譯著 신국판

修訂增補 墨子, 그 생애·사상과 墨家 金學主 著 신국판 양장

중국의 희곡과 민간연예 金學主 著 신국판 양장

改訂增補版 新完譯 孟子(上·下) 車柱環 譯著 신국판

新完譯 論語—경제학자가 본 알기쉬운 논어— 姜秉昌 譯註 신국판

新完譯 한글판 論語 張基槿 譯著 신국판

국내최초 한글판 완역본 코란(꾸란:이슬람의 聖典) 金容善 譯註 신국판

戰國策 김전원 編著 신국판

宋名臣言行錄 鄭鉉祐 編著

基礎漢文讀解法 제34회 문화관광부 추천도서(2001. 11. 6) 崔完植·金榮九·李永朱·閔正基 共著

漢文讀解法 崔完植·金榮九·李永朱 共著 신국판

基本生活漢字 제33회 문화관광부 추천도서(2000. 11. 17) 최수도 엮음 4·6배판

東洋古典41選 安吉煥 編著 신국판

東洋古典解說 李民樹 著 신국판 양장